Johannes Mario Simmel, geboren 1924 in Wien, wurde 1948 durch seinen ersten Roman »Mich wundert, daß ich so fröhlich bin« bekannt. Mit seinen brillant erzählten, zeit- und gesellschaftskritisch engagierten Romanen – sie sind in 26 Sprachen übersetzt und haben eine Auflage von weit über 65 Millionen erreicht – hat sich Simmel international einen Namen gemacht. Nicht minder erfolgreich sind seine Kinderbücher. Fast alle seine Romane wurden verfilmt.

Von Johannes Mario Simmel sind außerdem erschienen:

»Es muß nicht immer Kaviar sein« (Band 29, 3145)
»Bis zur bitteren Neige« (Band 118)
»Lieb Vaterland magst ruhig sein« (Band 209)
»Alle Menschen werden Brüder« (Band 262)
»Und Jimmy ging zum Regenbogen« (Band 397, 3146)
»Der Stoff, aus dem die Träume sind« (Band 437)
»Die Antwort kennt nur der Wind« (Band 481)
»Niemand ist eine Insel« (Band 553, 3150)
»Ein Autobus, groß wie die Welt« (Band 643)
»Meine Mutter darf es nie erfahren« (Band 649)
»Hurra – wir leben noch!« (Band 728)
»Zweiundzwanzig Zentimeter Zärtlichkeit« (Band 819)
»Wir heißen euch hoffen« (Band 1058, 3148)
»Die Erde bleibt noch lange jung« (Band 1158)
»Bitte laßt die Blumen leben« (Band 1393, 3147)
»Die im Dunkeln sieht man nicht« (Band 1570)
»Es muß nicht immer Kaviar sein / Liebe ist nur ein Wort« (Band 1731)
»Doch mit den Clowns kamen die Tränen« (Band 2957)

Vollständige Taschenbuchausgabe Januar 1991

Druck und Bindung brodard & taupin
Printed in France 5 4 3 2 1
ISBN 3-426-03149-3

Johannes Mario Simmel:
Liebe ist nur ein Wort

Roman

Knaur

PROLOG

Das erste Wort, das der Schnee unsichtbar werden ließ, lautete »... niemals...«. Das zweite Wort, das verschwand, lautete »... immer...«.

Das Blatt, auf dem die Worte standen, war unter einen Holzsplitter geglitten, der aus dem Boden der Turmstube ragte. So widerstand das Papier der Zugluft, die zwischen den Luken des Gemäuers herrschte, Schneekristalle stäubten auf die blutbefleckten Dielen. Die Dielen waren alt, das Blut auf ihnen war noch jung, frisch, feucht und warm. Die Dielen waren so alt wie die schwarzen Dachbalken, die klobigen, unförmigen Mauersteine, die morsche, gleichfalls blutbespritzte Wendeltreppe. Älter als sie alle war der Turm. Viele Jahrhunderte alt. Älter als das Christentum in diesem Lande.

Das Wort »... vergessen...« und, an einer anderen Stelle des Blattes, die Worte »... mit meinem ganzen Herzen...« schneiten jetzt zu, danach der Name, der als Unterschrift den Brief beendete, dessen unregelmäßig verlaufende Zeilen die fiebrigen, fliegenden Züge einer Frauenhandschrift trugen. In großer Eile, großer Angst oder großer Verzweiflung mußte die Botschaft geschrieben worden sein, die der Schnee da begrub, lautlos und leise.

Vor sechzehnhundert Jahren bereits hatte jener Turm nur noch eine Ruine dargestellt. Elfmal war er in den folgenden Zeiten renoviert worden, von hessischen Raubrittern und hessischen Landgrafen, das letztemal von Seiner Allergnädigsten Durchlaucht Wilhelm IX. im Jahre 1804 – dem Wunsche dieses hohen Herrn gemäß in seinem ursprünglichen Stil: Als Wahrzeichen und Aussichtsturm. Nun war das Gemäuer längst schon wieder fast eine Ruine, an deren Fuß eine Tafel den Wanderer warnte:

EINSTURZGEFAHR! BETRETEN VERBOTEN!

Ignorierte man jedoch solcherlei Hinweise, dann konnte man durch die Luken der Turmkammer weit, weit hinaus ins Land blikken. Das Flüßchen Nidda sah man, das sich mit schilfbewachsenen Ufern durch Wiesen, Weiden, fruchtbares Ackerland, zwischen Gebüsch und Gruppen silberner Erlen talwärts schlängelte; den Großen Feldberg mit seinen dunklen, weiten Waldrücken; den dreifach gebuckelten Winterstein; im Osten den blauen Zug des Vogelsberges und das Massiv des Hohenrodskopfes, dessen mächtige, dreieckige Wiesenflanke im Sonnenlicht magisch aufleuchtete inmitten nachtschwarzem Baummeer; kleine und kleinste Dörfer, Burgen, Gehöfte, schwarze und hellbraun gefleckte Kühe daneben konnte man sehen, und Eisenbahnen, die sich, melancholisch pfeifend, fern im Dunst verloren. Bad Nauheim und Bad Homburg vermochte man wohl zu erblicken, wenn das Wetter schön war, Bad Vilbel, Königstein, Dornholzenhausen, Oberursel, ja, all dies und hundert andere Stätten menschlicher Gemeinschaft, deren größte Frankfurt war, Frankfurt am Main.

Nun hatte längst die Nacht begonnen, und Dunkelheit lag über allem. Gleichwohl, und wenn es heller Tag gewesen wäre: Keine zwei Meter hätte man ins Land hinauszusehen vermocht, denn ein ungeheurer Schneefall sank seit drei Stunden nieder aus drohend düsteren Wolken.

So dicht schneite es in dieser Nacht, daß es war, als bestünde die Luft selber aus Schnee, als gäbe es überhaupt keine Luft mehr, sondern nur noch ein atemraubendes, alles Leben erstickendes und dabei doch nicht einmal zu greifendes, nicht einmal zu benennendes Medium, schwerelos und lastend schwer zugleich, aus der Unendlichkeit des Himmels kommend und also ohne Grenzen, ohne Ende, ein Treiben von Abermilliarden Flocken, welches die Finsternis erhellte, die Dunkelheit erbleichen ließ. Schon waren Straßen und Wege verlegt, schon brachen schwere Äste ächzend unter der Last des Schnees. Und dabei schneite es erst seit drei Stunden. In zwei Tagen sollten die ältesten Leute weitum sich an einen solchen Schneefall zu ihrer Lebenszeit nicht mehr erinnern können. Nein, keine zwei Meter hätte der Wanderer auch im Licht des Tages bei derart wüstem Treiben sehen können aus des Turmes Luken, die doch, bei schönem Wetter, hoch über den höchsten Baumwipfeln des Taunus, den Weg so weit, so weit ins Land freigaben.

Es war der ideale Ort für einen solchen Turm. Dieser Ansicht mußte schon zehn Jahre vor Christi Geburt der römische Feldherr Drusus gewesen sein, als er hier eine Befestigungslinie gegen die Germanen anlegen ließ. Der gleichen Ansicht mußte knapp hundert Jahre später der römische Kaiser und Feldherr Domitian gewesen sein, als er seinen Legionen befahl, mit dem Bau des Limes zu beginnen, der, über Berge und Schluchten hinweg, an Hünengräbern und Mooren vorüber, durch Auen und Wälder, eine fünfhundertundfünfzig Kilometer lange befestigte Grenze, die »befriedeten« Provinzen Obergermanien und Rätien schützen sollte. Die Kaiser Trajan, Hadrian und Antoninus Pius hatten das gewaltige Bauwerk zwischen Rhein und Donau fortgesetzt, zuerst mit Wällen

und Pfahlgräben, danach mit mehr als eintausend Wachttürmen und über hundert Kastellen. Gut zu erkennen waren an vielen Stellen noch immer die Reste dieser gewaltigen Anlage, die errichtet worden war dereinst, von machtlosen Menschen gegen machtlose Menschen, auf Befehl der großen Machthaber und Menschenschlächter.
Ein Paar braune, pelzgefütterte Schuhe wanderten über dem Blatt hin und her. Sie hingen frei in der Luft, die Schuhe, und sie bewegten sich langsam, manchmal berührten sie einander sanft, jetzt und jetzt. Und jetzt nicht.
»... il nostro concerto...« Schnee lag bereits zentimeterhoch über diesen Worten, und über diesen auch: »... Porto Azzurro...« Flocken sanken herab auf manche feuchte Blutstelle der Dielen, machten sie rosenrot, rosig, hellrot, machten sie weiß. Immer mehr Blutspuren und immer mehr Worte verschwanden unter dem Schnee. Das Blut ließ er unsichtbar werden, die Tinte zerfließen, die Botschaft vergehen. Sie hatten keine Eile, die Flokken, und auch die festen Winterschuhe nicht.
Einen geruhsamen Viertelkreis beschrieben sie über dem Brief. Aus nördlicher Richtung wanderten ihre Spitzen nordnordöstlich gegen Osten hin. Hier erlahmte der Schwung, den die Zugluft ihnen verlieh. Sie pendelten zurück. Nordnordost. Nord.
»... ich schwöre Dir...«
Zerflossen die Worte, begraben der Schwur.
Die Schuhe des Erhängten pendelten über die Stelle daneben: »... bei meinem Augenlicht...« Diese Worte verschwanden zwei Minuten später.
Nord. Nordnordost. Ost.
Auch auf den Schuhen und den Kleidern setzten die Flocken sich fest. Der Tote hing von einem dunklen Dachbalken herab, einen alten Strick um den Hals. Es gab viel Gerümpel in der Turmstube, zerbrochene Stühle, moderndes Holz, rostendes Werkzeug.
Milchigdunkel, diffus war das Licht hier oben, und keinen Laut hätte man vernommen (denn der majestätische Schnee kam stille, stille, er betrug sich, wie sich all jene betragen, die gar gewaltig Macht besitzen und wissen, daß sie tun und lassen können, was auch immer sie belieben), nein, keinen Laut hätte man vernommen, wären da nicht die kleinen Mäuse gewesen, die, hungrig und frierend, ruhelos geraschelt hätten unter den Seiten einer alten Zeitung, wo sie Schutz suchten vor der grausamen Kälte der Nacht.
Die Zeitung lag fernab des Toten, in einer Ecke der Stube, ge-

schützt solcherart vor dem Schnee. Aufgeschlagen war sie, und ihr Titel lautete:

ANZEIGER DES REICHES DER GERECHTIGKEIT
MENSCHENFREUNDLICHE ZEITUNG FÜR JEDERMANN
ZUR MORALISCHEN UND SOZIALEN HEBUNG
VERLEGER:
DER ENGEL DES HERRN, FRANKFURT AM MAIN

Die Mäuse raschelten.

Erfroren, zusammengekrümmt und schwarz hingen Spinnen in zerstörten Netzen.

»... die Fischerboote mit den blutroten Segeln, blutrot im Sonnenuntergang...«

Verschwunden.

»... der Wein, den wir tranken im Hafen von Marciana Marina...«

Zerflossen.

»... unsere Bucht, die grünen Wellen, in denen wir einander umarmten...«

Vergangen. Vorbei.

Das junge Gesicht des Erhängten war blutverschmiert und zeigte Wunden, um die das Blut in der Kälte zu Krusten erstarrte. Auch auf die Wunden sanken die Flocken, auf das kurzgeschnittene braune Haar, in die offenen braunen Augen mit den riesig geweiteten Pupillen. Aber die Flocken schmolzen noch fort, dort, wo sie Haut und Haar und Augäpfel berührten. Der Tote konnte noch nicht lange tot sein. Es war noch Wärme in ihm.

Die starren, blicklosen Pupillen machten die kleine, end- und ziellose Reise der Schuhe mit, der ganze Körper machte sie, die Reise.

Ost. Nordnordost. Nord.

Und wieder zurück.

Nord. Nordnordost. Ost.

Blutig waren die schmalen Hände des Erhängten, aufgeschlagen die Knöchel. Blutig und an mehreren Stellen zerrissen waren der dicke Rollkragenpullover, die graue Keilhose. Auf dem Pullover, auf den Schuhen, auf den Hosen blieb der Schnee schon liegen, denn sie waren kalt, so kalt wie auch der Körper des Erhängten bald schon sein würde. Kalt genug für die Flocken.

»... unsere erste Begegnung...«

Ost. Nordnordost. Nord.

»... unser erster Kuß...«

Nord. Nordnordost. Ost.

Und sie zerflossen, sie vergingen, all diese zärtlichen Worte, unter dem zärtlichen Druck des Schnees, der sie vergehen ließ, verschwinden, alle, alle...

Der Tote war etwa zwanzig Jahre alt, sein Körper der eines großen Jungen, schlank und wohlgewachsen. Ob er gut ausgesehen hatte im Leben, vor ein paar Stunden noch? Nun sah er grausig aus. Jetzt quoll die Zunge aus einem vor Stunden noch vielleicht sensiblen, vielleicht sinnlichen, nun verzerrten Mund, geschwollen, blau und scheußlich. Und Schneekristalle fielen auf sie und zergingen, denn auch die Zunge war noch warm.

Der da jetzt hing, er hatte die Geschichte des Limes wohl gekannt, hatte gewußt, daß dieser Aussichtsturm einst erbaut worden war von römischen Soldaten, die ihre Oberen, siegestrunken, machtberauscht, aus dem heiteren Süden und der Wärme ihrer Heimat hier heraufgehetzt hatten, in diesen eisigen, dunklen Norden. Vor den Weihnachtsferien war man in der Klasse des Toten darangegangen, bei Tacitus nachzulesen, was dieser über die Entstehung der Türme und Kastelle zu berichten wußte. (Tacitus, Cornelius, größter römischer Geschichtsschreiber, geb. um 55, gest. um 116 nach Christi Geburt. War Prätor, dann Konsul, später Statthalter der Provinz Asia. Schrieb die »Germania« – die erste Völkerkunde Germaniens –, die »Historiae« und die »Annalen«. Knüpfte in Stil, Komposition und pessimistischer Grundhaltung an Sallust an und versuchte, das Handeln der Herrschenden durch Erfassung psychologischer Momente zu erklären.)

All dies war dem Toten bekannt gewesen. Der in der helldunklen Nacht da hing, Strick um den Hals, und langsam kälter wurde, kälter, steifer, hatte – sich auf sein Abitur vorbereitend – wenige Wochen noch vor seinem Ende diese Worte des Cornelius Tacitus übersetzt: »Vier Legionen übergab also der Germanicus dem Caecina, fünftausend Mann Hilfstruppen und dazu in aller Eile zusammengeraffte Scharen aus den diesseits des Rheins wohnenden Germanen. Die gleiche Zahl Legionen, die doppelte an Bundesgenossen nahm er selbst mit sich. Auf den Überresten der Befestigungen seines Vaters Drusus auf dem Berge Taunus errichtete er neue Anlagen, Wälle, Pfahlbauten, Wachttürme und ein Kastell...«

Der Leichnam pendelte.

»... Du meine Seele, Du mein Atem...«

Es gab kein Wort, mit dem sie nicht fertig wurden, die Flocken. Unter der alten Zeitung raschelten die kleinen, frierenden Mäuse. Krachend wie eine explodierende Bombe brach irgendwo draußen in der weißen Sintflut wieder ein Ast. Und weiter schneite es, heftiger von Minute zu Minute, lautlos und unaufhörlich. Der Schnee war gekommen wie eine schwere Krankheit, Lähmung, Last, wie eine Plage, eine Heimsuchung, der man nicht entfliehen, der man sich nicht widersetzen konnte, sondern sich ergeben mußte wie dem Tod.

»Oliver, mein geliebter Oliver...«

Nun war auch diese Zeile verschwunden, mit welcher der Brief begonnen hatte. Die Schuhe wanderten über sie hinweg. Kläglich pfiffen die Mäuse. Eine Uhr am blutigen Handgelenk des Toten zeigte die Zeit. Es war 21 Uhr 34. Wieder pendelte der Körper zurück. Der Schnee erreichte die letzten noch unbedeckten Worte. Er hatte keine Eile, sie zu zerstören, er tat es sanft, behutsam, zärtlich. Doch er zerstörte sie. Nun waren sie verschwunden. So hatten sie gelautet: »... Liebe meines Lebens...«

Zu dieser Zeit – 21 Uhr 35 am 7. Januar 1962 – ertönte aus zahlreichen Lautsprechern in der zugigen, eiskalten Abfahrthalle des Frankfurter Hauptbahnhofs eine heisere, erkältete Männerstimme: »Achtung, bitte, auf Gleis 14! Der Fernschnellzug Paris-Expreß aus Paris nach Wien über Karlsruhe, Stuttgart, München, Salzburg und Linz fährt ab. Bitte vom Zug zurücktreten und die Türen schließen. Wir wünschen Ihnen eine gute Fahrt.«

Die letzten Türen des D-Zuges flogen zu. Sacht ruckte die Diesellokomotive an. Räder begannen zu rollen, schneller und schneller, Achsen schlugen. Der lange Zug fuhr in das nächtliche Schneetreiben hinein und war schon Sekunden später von ihm verschluckt.

Der Paris-Expreß führte drei Schlafwagen mit sich, den dritten als letzten Waggon des Zuges. In einem Einzelabteil erster Klasse dieses Wagens stand ein großer, schwerer Mann von achtundfünfzig Jahren. Er starrte den Sekundenzeiger einer altmodischen goldenen Repetieruhr an, die auf der Mahagoniplatte des geschlossenen Eckwaschtisches lag, und zählte seine Pulsschläge. Es waren sechsundachtzig in einer Minute.

Der dicke Mann verzog den kleinen, runden Mund zu einem wehen Lächeln, dem Moribunden gleich, der wohl weiß, daß er den nächsten Tag nicht mehr erleben wird, jedoch dahinzugehen gedenkt in Einsamkeit und Würde. Er ächzte schwer, betrachtete im Spiegel über dem Waschtisch sorgenvoll die Zunge, als trüge sie einen schwarzen Pestilenzbelag (sie war aber ganz gesund blaßrot), ächzte wiederum und entnahm sodann einem kleinen altmodischen Koffer, der auf dem Bett lag, eine silberne Dose, in der sich Medikamentenfläschchen, Pillenröhrchen und Arzneischächtelchen aller Art sowie ein Fieberthermometer befanden. Die Schatulle trug die Initialen A.L.

Der Fettleibige mit der gesunden, rosigen Gesichtsfarbe, dem allzu langen ergrauenden Blondhaar und dem noch völlig blonden großen Schnurrbart, den er nach der Art des von ihm verehrten Albert Schweitzer trug, traf seine Wahl sorgfältig. Albert (Albert!) Lazarus schluckte zwei Pillen, zwei rote, längliche Kapseln, und trank Wasser nach, das er zuvor aus einer mitgebrachten Sprudelflasche in einen mitgebrachten Kunststoffbecher gegossen hatte. Er führte stets Selterswasser in Flaschen mit sich, er mißtraute allem Wasser, dessen Herkunft er nicht kannte, allen fremden Gläsern und allen fremden Toiletten, wogegen sich im letzteren Fall zu seinem Leidwesen nichts tun ließ.

Nun zog er umständlich, dabei andauernd seufzend, seinen altmodischen Anzug aus, den er absichtlich so groß hatte anfertigen lassen, daß er selbst an seinem mächtigen Körper noch lose schlotterte und Falten warf – gleich jenen Beinkleidern und Lüsterjacken, die der Mann aus Lambarene bevorzugte. In der Tat ging des Albert Lazarus' Verehrung für den großen Menschenfreund im fernen Afrika so weit, daß er ihn nicht nur in Sprechweise und Kleidung nachahmte, sondern sich sogar bei den verschiedensten Behörden zu immer der nämlichen wissentlichen, willentlichen und darum strafbaren Handlung hatte hinreißen lassen.

»Ihr Name?« So hatte man ihn oft von Amts wegen gefragt.

»*Albert* Lazarus.« So hatte er dann stets geantwortet. Und dabei hieß er, der Wahrheit die Ehre, laut Eintragung im allerdings fernen (und zum Glück seit längerem unerreichbaren) Geburtenregister des Standesamtes III der Stadt Leipzig *Paul* Robert Wilhelm Albert Lazarus. Solches verschweigend, hatte er zeit seines Lebens Albert zum Hauptrufnamen erkoren. Albert Lazarus spielte auch auf dem Harmonium, einem kleinen, das in seine Wohnung paßte, und er verehrte Bach...

Sorgsam hängte er den Anzug über einen Bügel des Abteils und zog sich weiter aus. Er trug eine Selbstbinderkrawatte, in deren schon glänzendem Knoten eine echte Perle saß, ein Hemd mit steifem Kragen, steifen Manschetten, dem gestickten Monogramm A. L. und lange, wollene Unterhosen. Alle diese Kleidungsstücke verwahrte er pedantisch. Ein Paar handgestrickte Kniestrümpfe streifte er nicht ab. Die Haut seines fetten Körpers war so rosig und rein wie die des Gesichtes, wie die eines Säuglings.

Nun zog er ein weißes Nachthemd an, das man am Halse mittels zweier rosaroter Kordeln schließen konnte. Das Nachthemd reichte bis zu seinen Füßen, besaß einen feinen rosaroten gestickten Saum und, über der Brust, wiederum das Monogramm A. L. Dem Koffer entnahm der Fettleibige eine große Bonbonniere und einen umfangreichen schwarzen Leitzordner. Stöhnend wuchtete er sodann das keineswegs schwere Gepäckstück in den Aluminiumträger über dem Fenster empor. Einen Waschbeutel beließ er darin. Er hatte nicht die Absicht, das Becken des Abteils zu benützen. Wer wußte, wer es vor ihm benützt hatte? Wer zählte die Mikroben, die sich in der Porzellanschüssel, im Zahnputzglas tummelten? Dem dicken Mann wurde schon übel, wenn er bloß daran dachte. Er wusch sich nie im Schlafwagen.

Jetzt überprüfte er, ob es durch die Kittstellen des Fensters auch nicht zog, befestigte zur Sicherheit noch den schwarzen Glanzstoffvorhang vor der spiegelnden Scheibe und stellte den Regler des Zentralheizungskörpers von »1/2« auf »Voll«, obwohl trockene Hitze im Abteil herrschte. Die Bonbonniere öffnete er, betrachtete mit plötzlich aufleuchtenden Augen ihren Inhalt und steckte eine Cognackirsche in den Mund. Die goldene Repetieruhr hängte er an den grünspanbefleckten Messinghaken über der samtgepolsterten kreisrunden Stelle der Mahagoniwand neben dem Kopfkissen, woselbst in den letzten vierzig Jahren gar viele Uhren gehangen haben mochten. Der Schlafwagen harmonierte mit dem Mann, der ihn benützte: Er war so altmodisch wie er. Sollte dieser in zwei Jahren verschrottet werden, so wollte jener in zwei Jahren in Pension gehen.

Albert Lazarus war seit einunddreißig Jahren Lektor eines großen Frankfurter Verlages, seit zwölf Jahren Cheflektor. Er hatte nie geheiratet. Er besaß keine Kinder. Er mochte Kinder nicht. Er war ambitionslos, gutmütig, menschenscheu und davon überzeugt, todkrank zu sein. Er war, in Wahrheit, kerngesund, wenn man von einem völlig unbedeutenden Leberleiden absah, das er zudem allein dem völlig unvernünftigen und unverordneten, ja ärztlich verbotenen Konsum gigantischer Mengen von Medikamenten aller Art und einer noch unvernünftigeren Art der Ernährung verdankte. Albert Lazarus war ein bedürfnisloser Mensch. Geld interessierte ihn ebensowenig wie Frauen oder Karriere. Eine einzige Leidenschaft hielt ihn in ihren Klauen: Süßigkeiten! Morgens aß er Pudding zum Frühstück, abends trank er heiße Schokolade. Wenn er im Verlag arbeitete, suchte er Mittag um Mittag eine nahe Konditorei auf und verspeiste dort Jahr um Jahr, Tag um Tag immer drei verschiedene Tortenstücke, riesige, cremereiche, giftigbunte, wobei er nie die Schlagsahne vergaß.

Sein Verleger kannte alle Schwächen des Albert Lazarus. Er wußte, daß er den größten Hypochonder der großen Stadt Frankfurt zum Cheflektor hatte – und dazu einen unbestechlichen Kritiker eingereichter Manuskripte, einen Mann, der in drei Jahrzehnten immer wieder neue Begabungen entdeckt und gefördert und dem Verlag größere Dienste erwiesen hatte als irgendein anderer Angestellter.
Der Verehrer des berühmten Humanisten und Arztes stellte die Bonbonniere auf den roten Teppich neben das Bett, schaltete die Deckenbeleuchtung des Abteils aus und die Leselampe über dem Bett an, lockerte die festgestopften Decken und kroch ächzend unter sie. Er angelte nach dem Leitzordner, der zu seinen Füßen lag. Ehe er ihn öffnete, wählte er aus der Bonbonschachtel noch ein Schokoladenstück mit einem gräßlich-grünen Pistaziensplitter darauf aus und steckte es in den Mund, dabei murmelnd: »Gift. Reines Gift für mich.« Er schluckte, preßte eine Hand gegen sein Herz und verspürte keinerlei Schmerz. Das schien ihn zu ärgern, denn er machte ein zorniges Gesicht. Und zornig schlug er den Ordner auf, der ein dickes Manuskript enthielt. Auf der Seite unter dem Deckblatt stand:
Wer immer dieses Buch liest:
Mein Name ist Oliver Mansfeld. Ich bin 21 Jahre alt und
Sohn des Walter Mansfeld ...
Der dicke Mann ließ das Manuskript sinken.
Oliver Mansfeld?
Ein Stück Nougat. (Ich werde ohnedies nicht mehr die nächsten Weihnachten erleben. Wir stehen alle in Gottes Hand.)
Sohn des Walter Mansfeld ...
Von Oliver Mansfeld wußte Albert Lazarus nichts, der junge Herr hatte sich bislang weder literarisch noch auf anderem Gebiet hervorgetan. Sein Vater Walter jedoch war fast jedem erwachsenen Menschen der Bundesrepublik bekannt als Urheber eines der größten Skandale der Nachkriegszeit.
Ein Stückchen Krokant.
Lazarus lutschte hingegeben. Der Zug fuhr jetzt sehr schnell, die Achsen schlugen gehetzt. Hm. Der Sohn dieses Lumpen hatte also einen Roman geschrieben. So, so. Lazarus sah auf dem Deckblatt des Leitzordners nach. Danach war das Manuskript am 20. Dezember 1961 im Verlag eingetroffen und natürlich – Schlamperei von der Meyer, der werde ich etwas erzählen, wenn ich zurückkomme – über Weihnachten und Neujahr liegengeblieben. Erst gestern vormittag hatte diese Meyer, der man etwas erzählen

würde, wenn man zurückkam, einem das Manuskript in die Hand gedrückt mit den Worten: »Vielleicht können Sie es sich auf Ihrer Reise ansehen, Herr Lazarus.«

Der Frankfurter Verlag besaß Zweigstellen in Wien, Berlin und Zürich. Lazarus sollte am Montag, dem 8. Januar 1962, einige geschäftliche Besprechungen in Wien führen. Die Fahrt dorthin dauerte etwa zwölf Stunden. So hatte er, da er gerne nachts las, das Manuskript mitgenommen.

Nun sehen wir (vielleicht eine Cognackirsche) ... sehen wir also, was der junge Herr zu sagen hat.

Ich möchte Schriftsteller werden. Dieses Manuskript stellt einen ersten Versuch dar. Ich kenne selber am besten die Schwächen des Buches, das aus Gründen, die dem Lektor ohne Kommentar einleuchten werden, kein Schlußkapitel besitzt. Das vorliegende Manuskript ist ein (noch) unverschlüsselter Schlüsselroman...

Ein (noch) unverschlüsselter Schlüsselroman.

Lazarus überlegte:

Entweder ist dieser junge Herr sehr naiv oder sehr raffiniert. Kleine Sensationshascherei? Rache am Väterchen? Interesse des Lektors wecken? Lazarus kannte viele Tricks vieler Schriftsteller. Immerhin, das war einmal etwas Neues.

Ich glaube, daß jeder Autor in seinem ersten Buch fast ausschließlich persönliche Erlebnisse verwertet, die ihn sehr erschüttert haben...

Gift, reines Gift für mich. Lazarus steckte eine gefährlich mit Nußsplittern armierte Praline in den Mund.

So ist auch mein Buch entstanden, vielleicht sollte ich besser sagen mein Tagebuch, denn das ist es in der gegenwärtigen Form wohl eher noch. Weder die Namen der agierenden Personen noch die Schauplätze der Handlung noch die Handlung selbst wurden verändert. Was auf den folgenden Seiten steht, ist die Wahrheit...

Na fein. Jetzt ist ein Nußstückchen in den hohlen Zahn geglitten; es stand ja zu erwarten.

... die Wahrheit, wie ich sie erlebte.

Was weißt du schon von der Wahrheit, Bubi?

Ein Tagebuch gibt man nicht ohne weiteres aus der Hand, besonders, wenn es so private und intime Eintragungen enthält wie dieses. Noch weniger hat man gemeinhin den Wunsch, es gedruckt verbreitet zu sehen. Ich habe diesen Wunsch, und ich reiche mein Manuskript ein mit der ausdrücklichen Billigung jener Frau, für die es geschrieben wurde. Diese Frau und ich lieben einander. Mein Roman ist die Geschichte dieser Liebe...

Gott sei Dank, jetzt habe ich den Splitter mit der Zunge wieder herausbekommen. Wozu soll ich mich noch zum Zahnarzt schleppen, der ich das nächste Frühjahr kaum erleben werde? Aber keine Nuß mehr, lieber ein Stückchen Marzipan...

... und es ist uns gleichgültig, was andere Menschen denken. Wenn es nach uns beiden ginge, müßte weder ihr noch mein Name verändert werden. In einer Stunde bringen wir dieses Manuskript gemeinsam zur Post und schicken es an Ihren Verlag ab, denn wir haben einen Entschluß gefaßt, der es mir gestattet, nun ohne jede Furcht und ohne jede Scham aller Welt die Wahrheit zu sagen...

Mit der freien Linken strich Lazarus die herabhängende breite linke Schnurrbartspitze, wodurch ein Stückchen Schokolade auf die Bettdecke fiel, und grunzte. Ohne jede Furcht und ohne jede Scham. Na also. Nun wissen wir es endlich: Pornographie.

Der Kleine hat sich umgetan und festgestellt, daß dies das Jahrhundert der Pornographien ist. Der feinen, versteht sich, die in feinen Verlagen erscheinen. In einem wie unserem beispielsweise. Nur daß bei uns noch keiner erschienen ist.

Es liegt nicht an meinem Verleger, es liegt an mir. Ich habe noch nichts Rechtes gefunden. Mein Verleger: Ein fortschrittlicher Mann. »Moderne Literatur – das ist Sauerei«, sagt er. »Oder man macht pleite. Sehen Sie sich das an! ›Lady Chatterley‹! ›Lolita‹! Daneben kann man sich natürlich allerlei Hochgestochenes leisten. Und dann Sachbücher! Sachbücher gehen immer. Aber Fiction? Ich frage Sie, Lazarus, wozu bezahle ich Sie eigentlich? Damit Sie hier jahraus, jahrein auf Ihrem dicken Hintern sitzen und mir Ihre Dichter andrehen wollen?« So redet er, ein moderner Mensch. Ich bin altmodisch. Ich finde, es würde auch immer noch ohne Pornographie gehen. Schuld an allem ist Hemingway. Der hat damit angefangen. Aber bei dem haben sie von den schlimmsten Wörtern nur den ersten und den letzten Buchstaben gedruckt und dazwischen Punkte. Heute drucken sie die ganzen Wörter.

Auf der anderen Seite: Er war immer gut zu mir, mein Verleger. Ich habe mein Leben bei ihm verbracht. In zwei Jahren verlasse ich ihn, das heißt, wahrscheinlich schon früher. Umständehalber. Er soll dann nicht auf einen Toten schimpfen. Es wäre eigentlich nur Freundespflicht, daß ich ihm noch so ein richtiges, saftiges Ding beschaffe, bevor ich abkratze.

Hoffentlich schreibt der Kleine da auch noch in diesem hingekackten Gefasel, das sie »Inneren Monolog« nennen, ach, ach, und dann bitte, bitte, noch in schlechtem Deutsch und mit falscher Interpunktion! Oder noch besser gar keiner! Dann verkaufen wir ihn als deutschen James Joyce. Als Henry Millers Komparativ. Aber wenn er bloß nicht die Schweinereien abstrakt geschrieben hat! Idioten, die das tun, gibt's bei uns nämlich gerade haufenweise. (Darum ist mir auch noch nichts Rechtes untergekommen.) Da sitzt die deutsche Hausfrau dann, und wenn sie nicht eine intellektuelle halbstarke Tochter hat, die ihr die Sache erklärt, muß sie an allem verzweifeln, was sie von Anatomie weiß, und sich händeringend fragen: Was ist denn eigentlich hier los? Was macht sie denn mit ihm? Wie viele sind es denn überhaupt? Und die Fremdwörter findet sie auch nicht im Brockhaus...

Aber vielleicht haben wir diesmal Glück.

Albert Lazarus sah nach, wie dick das Manuskript war.

743 Seiten.

19 Mark 80. Billiger werden wir es wohl nicht herstellen können. Aber wenn der Junge vernünftig ist und sich klar ausdrückt, wo er sich klar auszudrücken hat, und wenn er außerdem noch Enthüllungen über diesen Schieber, seinen Vater, macht – können wir glatt Zehntausend als erste Auflage drucken!

Wenn.

Jetzt vielleicht noch ein Stück Nougat.

Manch einer in der Geschichte unserer Liebe wird abstoßend oder so gezeichnet, daß er sich in seiner Ehre gekränkt oder in seinen Gefühlen verletzt sehen könnte...

Da haben wir es. Wieder nichts. Ich wußte es ja.

... vor allem mein Vater und Fräulein Stahlmann, und ich gebe zu, daß es mir tiefe Befriedigung bereiten würde, gerade sie vor aller Welt in ihrer Pervertiertheit und ihren Lastern bloßzustellen und so zu schildern, wie sie wirklich sind.

Ein Hoffnungsschimmer. Der Junge scheint wirklich naiv zu sein. Naivität läßt sich natürlich auch verkaufen. Und erst Naivität mit Pornographie...

Ruhig, ruhig!

Weiterlesen.

Man ist schon allzu oft enttäuscht worden. Dann sind diese Knaben naiv und unanständig und können nicht schreiben. Haben wir alles schon gehabt.

Behalten wir aber die Namen Mansfeld und Stahlmann bei und verändern nur die Namen aller anderen Personen und die Schauplätze der Handlung, dann ist nichts gewonnen. Ich habe gehört, daß jeder Mensch sogenannte Persönlichkeitsrechte besitzt...

Ja, Kleiner, hast du das schon gehört?
... und sich dagegen verwahren kann, in erkennbarer Form als Gestalt eines Romans benützt zu werden, selbst wenn diese Gestalt durchaus positiv und liebenswert gezeichnet ist.
Ich darf keine Bonbons mehr essen, sonst wird mir schlecht. Ach, ich sterbe ohnedies. Leberkrebs. Die Ärzte sagen es mir nur nicht. Noch eine Cognackirsche. Ein komischer Junge ist das. Sicherlich kein Idiot. Und wenn die anderen den »Schlüssel« und das »Ruhekissen« drucken, warum sollen nicht auch wir endlich einmal...
Das ist das Dilemma, in dem ich mich befinde. Ich bitte Sie, meine Herren, die Sie auf dem Gebiet Experten sind, unter diesen Gesichtspunkten mein Manuskript zu prüfen und mich, falls es Ihr Interesse findet, juristisch zu beraten. Ich werde gerne bereit sein, das Buch in der von Ihnen empfohlenen Weise umzuarbeiten. Im voraus danke ich Ihnen für die Mühe der Lektüre. Oliver Mansfeld.
Nougat ist doch am besten, dachte Lazarus. Er blätterte um. Auf der nächsten Seite stand:
LIEBE IST NUR EIN WORT
Roman
Albert Lazarus verspürte ein leichtes Brennen im Magen. Na also, dachte er voller Genugtuung, jetzt ist mir schlecht. Danach begann er zu lesen.
Er las bis gegen drei Uhr früh, dann zog er das Läutewerk der goldenen Repetieruhr, das er auf 7 Uhr 30 eingestellt hatte, auf und putzte seine Zähne mit Mineralwasser. Endlich zerrte er den Glanzstoffvorhang ein wenig zur Seite und blickte in die Nacht hinaus. Der Zug befand sich zu dieser Zeit auf der Strecke zwischen München und Rosenheim. Hier schneite es nicht. Lazarus sah einsame Lichter vorüberhuschen, und er hörte das Sausen des Nachtsturms, der an der Wagenkette des Paris-Expresses rüttelte. Er hatte etwa die Hälfte des Manuskriptes überflogen, »angelesen«, wie das in seinem Fachjargon hieß, und er war plötzlich traurig geworden und ratlos.
Wieder im Bett, analysierte er seinen Zustand. Nicht das Manuskript (seinen Verleger und dessen Ansichten über auflageträchtige Sujets hatte er vollends vergessen) machte ihn so verwirrt. Nein. Dieser Roman war in der Tat ein »Erstling«, an vielen Stellen verbesserungsbedürftig, wenn nicht unbrauchbar, und dazu in einer Sprache abgefaßt, die den Lektor zuerst dermaßen irritiert und abgestoßen hatte, daß er immer wieder versucht gewesen war, den Leitzordner auf den Tisch zu werfen – um dennoch immer wieder weiterzulesen.

Das lag, konstatierte Lazarus, wohl an zweierlei. Erstens hatte er, der alternde Eigenbrötler, der Kinder nicht mochte, von der Welt, in der dieses Buch spielte, bislang nicht das geringste geahnt, und er kam sich vor wie ein Gulliver, der unversehens, unvorbereitet, jählings in ein Reich der Zwerge katapultiert worden war. Und zum zweiten, hrm, nun ja, also der Wahrheit die Ehre (mit lindem Sodbrennen wälzte Lazarus sich auf seinem Lager), zum zweiten war das, was er da gelesen hatte, die erste Liebesgeschichte, die ihm seit Jahren unter die Augen gekommen war. Immer weiter nachgrübelnd über das Gelesene, fiel der Achtundfünfzigjährige zuletzt in einen schweren Schlaf und hatte einen wirren, traurigen Traum, aus dem ihn Punkt 7 Uhr 30 das Schrillen seiner Repetieruhr riß.

In Wien war es sehr kalt, aber trocken.

Albert Lazarus verbrachte den Tag mit Besprechungen. Er erledigte seine Geschäfte dermaßen abwesend und offensichtlich beständig mit ganz anderen als den zur jeweiligen Sache gehörenden Gedankengängen beschäftigt, daß seine Gesprächspartner sich mehr als einmal über den sonst so korrekten und konzentrierten Mann ärgerten, jedoch aus Höflichkeit schwiegen.

Kaum im Abteil des Schlafwagens, der mit dem Paris-Expreß Wien um 22 Uhr 15 verließ, ging Lazarus wieder zu Bett und las das Manuskript zu Ende. Er aß diesmal keine Pralinen. Gegen vier Uhr früh legte er den Leitzordner fort und starrte, ein fetter Mann in einem lächerlichen Nachthemd, aufrecht sitzend, lange Zeit ins Nichts. So schlief er ein, ohne die Uhr aufgezogen und die Zähne geputzt zu haben. Eine Fahrtstunde vor Frankfurt weckte ihn der Schaffner und brachte Tee. Er fand den Reisenden des Einzelabteils 13/14 in einem zerwühlten Bett, unwirsch und schlechter Laune.

In Hessen schneite es mit unverminderter Heftigkeit, die Bahnstrecke war zum Teil verweht. Während der Herr schlief, hatte es deswegen bereits einige Aufenthalte gegeben, berichtete der Schaffner. Den heißen Tee schlürfend, hörte Lazarus stumpf solchem Gerede des braun Uniformierten zu, der, nachdem er um Erlaubnis gebeten hatte, die schwarze Blende vor dem Fenster hochzog und so den geröteten Augen des Albert Lazarus den Blick in eine weiße Wüstenei freigab.

»In Norddeutschland soll es noch schlimmer sein.«

»So.«

»Die meisten Zugverbindungen sind überhaupt unterbrochen, Telefonleitungen zerstört. Der Frankfurter Flughafen und andere Flughäfen haben den Betrieb eingestellt.«

»So.«

»Die Autobahn soll von Frankfurt an in Richtung Kassel noch nicht geräumt und unbefahrbar sein. Wir haben auch Verspätung.«

»So.«

»Ich will den Herrn nicht stören.«

»Dann tun Sie es nicht«, sagte Lazarus. Seit einem Vierteljahrhundert war keine so unhöfliche Bemerkung über die schmalen, runden Lippen dieses dicken Mannes gekommen, der bei aller Robustheit unter einer geradezu krankhaften Schüchternheit litt. Der Schaffner verschwand beleidigt.

Albert Lazarus fühlte sich übel an diesem Morgen. Er, der jede Woche zu einem Spezialisten und jedes Vierteljahr zu einem anderen ging und alle Spezialisten Scharlatane nannte, weil sie alle ihm immer wieder nichts anderes als das bestätigten, was er nicht hören wollte, nämlich, daß er vollkommen gesund sei, Albert Lazarus hatte am Morgen dieses 9. Januar 1962, eine Fahrtstunde vor Frankfurt, die objektiven Gefühle eines Menschen, der vor dem Ausbruch einer schweren Krankheit steht, und zwar zu einem noch so frühen Zeitpunkt, daß er nicht in der Lage ist, die dumpfe, quälende Quelle seines Unbehagens zu lokalisieren.

Lazarus holte die Medikamentenschatulle hervor. Er schluckte Pillen und zählte Tropfen auf den Teelöffel ab. Aber während er sich, die Haushälterin verfluchend, die vergessen hatte, ihm seine Pantoffeln in den Koffer zu legen, in Socken vor dem Wandspiegel mit einem elektrischen Gerät rasierte und anzog, wuchs sein Unbehagen weiter. Der Kopf schmerzte. Er fröstelte. Wieder in seinem altmodischen Anzug, glitt er, obwohl auch dieses Abteil überheizt war, in die Ärmel des gefütterten Wintermantels, wand einen Schal um den Hals und setzte einen altmodischen Schlapphut (Schweitzer!) auf, bevor er sich neben das Fenster setzte und in das irrsinnige Schneetreiben hinausstarrte, welches das ganze Land in einem einzigen grenzenlosen weißen Chaos untergehen ließ. Nur an der temperierten Scheibe schmolzen die Flocken.

Nach einer Weile wurde Lazarus schwindlig. Er senkte den Kopf und bemerkte, daß er noch immer in Socken dasaß. Diese elende Martha, dachte er, sich ob seiner Fettleibigkeit mühsam bückend und ein Paar altmodischer Schnürstiefel anziehend, ich werde mich erkältet haben, weil ich gestern und heute nacht ohne Pantoffeln im Abteil herumgegangen bin.

Diese »elende Martha« war ein ältliches Fräulein, das seit nunmehr siebzehn Jahren den kleinen Haushalt des Albert Lazarus

führte. Er rauchte nicht. Er trank nicht. Es hatte niemals Frauen in seinem Leben gegeben. Und auch mit Fräulein Martha (52) verband ihn trotz siebzehnjähriger Gemeinschaft keine wirklich menschlich zu nennende Beziehung. In gelegentlichen Anfällen von Jähzorn (sie traten immer dann auf, wenn ein Spezialist ihm gerade wieder einmal einen exzellenten Gesundheitszustand bestätigt hatte) pflegte der alternde Mann dem alternden Fräulein aus lächerlichstem Anlaß zu kündigen – jedoch jedesmal *nach* dem fünfzehnten eines Monats. Da das Arbeitsverhältnis laut Vertrag immer nur *bis* zum fünfzehnten eines Monats kündbar war, wies Fräulein Martha die Entlassung denn jedesmal auch prompt und kühl zurück, worauf Lazarus die Affäre auf sich beruhen ließ. Dieses seltsame Spiel, das sie seit siebzehn Jahren miteinander spielten, war das einzige, was sie beide verband, die einzige Brücke über die Abgründe ihrer und seiner Einsamkeit.
Ich warte noch ein paar Tage, überlegte Lazarus, die Senkel seiner Stiefel schnürend, und wenn es eine Grippe wird, dann werfe ich sie diesmal hinaus. In ein paar Tagen war der fünfzehnte...
Er richtete sich auf und sah wieder aus dem Fenster.
Was sollte das alles? Er war zu klug, um nicht zu wissen, warum er sich elend fühlte, zerschlagen, matt und krank. Der Zustand hatte seelische Ursachen, nicht körperliche. Das Manuskript, das er in zwei Nächten gelesen hatte – war es gut, war es schlecht? Lazarus hätte es nicht zu sagen vermocht. Etwas Derartiges war ihm noch nie passiert. In Kollegenkreisen bewunderte man die Treffsicherheit seines Urteils. Diesmal, zum ersten Male, war er ratlos. Das einzige, was ihm völlig klar schien, war: Die Geschichte, die er gelesen hatte, war nicht erfunden, nein, sie war erlebt worden. Und echt, wie dieses Manuskript, mußte wohl auch die Liebe sein, von der das Buch erzählte. War sie aber echt, dann schwebte der junge Mensch, der hier in exhibitionistischer Weise intime und intimste Geschehnisse offenbarte, in Gefahr. In großer Gefahr. In Lebensgefahr.
Plötzlich bemerkte Lazarus, daß er Angst hatte, Angst um diesen Oliver Mansfeld und die Frau, die jener liebte. Sie waren beide in Gefahr. Man mußte ihnen helfen! Wer? Und wie? Wer wußte denn von dem, was sie beschlossen hatten, was sie planten? Lazarus fuhr sich nervös durch den mächtigen Schnurrbart.
Er, er war der einzige, der davon wußte. Nur er: Ein alternder, unbeholfener Bücherwurm, der niemals geliebt, dem niemals eine Frau begegnet war, die ihn geliebt hatte, die ihn hätte lieben können. Er, ein schüchterner, wehleidiger Mensch ohne Freunde, ein

Mann, über den Männer lächelten und den Frauen lächerlich fanden, stets lächerlich gefunden hatten. Ein altmodischer, schwerfälliger, fetter Mensch, der zuviel Süßes aß und keine Lücke hinterlassen würde, wenn er starb, keinen, der um ihn weinte. So sah das einzige Wesen aus, das nun um eine Liebe wußte, welcher Unheil, Leid und ein gewaltsames Ende drohten.

Darum, erkannte Albert Lazarus in plötzlicher Hellsicht, fühle ich mich krank, übel, elend. Weil ich Angst habe, Angst um einen Einundzwanzigjährigen, den ich nicht kenne, um eine unbekannte Frau, von der ich dennoch alles weiß, alle Geheimnisse, die sie hat, Angst davor, daß etwas Furchtbares geschieht, bevor ich etwas tun und so vielleicht eine Katastrophe verhindern kann.

Was kann ich tun? Ich, ein kleiner Mann ohne Macht, Geld, Kraft? Mein Leben lang habe ich nichts tun können. Niemandem helfen. Niemals. Keinem. Aber nun muß ich etwas tun, und schnellstens, niemand kann mir diese Verpflichtung abnehmen. Ich muß handeln.

Handeln, wie? Tun, was? Ich weiß es nicht. Ich weiß es nicht. Aber wenn wahr ist, was auf diesen Seiten steht – er hob den schwarzen Leitzordner auf, der zu Boden geglitten war, und starrte ihn an –, wenn all dies wahr ist (und es ist gewiß wahr, das ist das einzige, das ich gelernt habe in dreißig Jahren: Die sogenannte Kunst, die stets verlogen ist, zu unterscheiden von der Wahrheit, die stets nichts mit sogenannter Kunst zu tun hat), dann muß ich diesen jungen Menschen schnellstens warnen, zu mir rufen. Allerschnellstens. Sonst ist es zu spät...

Er schlug das Manuskript noch einmal auf. Die Titelseite, erinnerte er sich, trug einen Adressenvermerk. Da war er.

Alle Rechte bei:
Oliver Mansfeld
c/o Internat Professor Florian
Friedheim im Taunus
Telefon 34321

Ich werde ihn anrufen, überlegte Lazarus, sobald ich im Büro bin.

Benommen wie ein Mensch mit leichtem Fieber fühlte er sich nun, da er noch einmal, abwesend, mit wirren, leicht wandernden Gedanken das Manuskript durchblätterte, in dem so leidenschaftlich und in einer ihm so fremden Sprache von so vielem gesprochen wurde, das Albert Lazarus in achtundfünfzig Jahren eines ereignislosen Lebens niemals erfahren hatte: Von der unermeßlichen Seligkeit der Liebe, von der abgründigen Verzweiflung der Liebe, von Eifersucht, Haß, Verzückung und Hoffnung. Ja, ich werde

sofort anrufen, dachte Lazarus. Dann fiel ihm ein, daß der Schaffner etwas von unterbrochenen Telefonverbindungen erzählt hatte. Albert Lazarus, das Manuskript auf den Knien, fröstelte.
Mit einer Verspätung von eineinhalb Stunden erreichte der Paris-Expreß endlich Frankfurt am Main. In der Bahnhofshalle kaufte der dicke Mann, der seinen kleinen Koffer selber trug, eine Mittagszeitung. Als er die Schlagzeile erblickte, blieb er stehen. Er stellte den Koffer auf den nassen, schmutzigen Boden, mitten im Mahlstrom unzähliger eiliger Menschen. Lautlos bewegte er die Lippen, sein rosiges Gesicht hatte jede Farbe verloren. Die Schlagzeile lautete:
SOHN DES SCHIEBERMILLIONÄRS MANSFELD ERMORDET
Lazarus stand reglos; nur die Hände, welche die noch druckfeuchte Zeitung hielten, zitterten. Er las, was in Fettschrift, zunächst dreispaltig, später einspaltig gesetzt, unter der Überschrift stand:
Frankfurt, 9. Januar (Eigenbericht). Blutüberströmt, mit schweren Verletzungen, die auf einen erbitterten Kampf schließen lassen, wurde der 22jährige Schüler Oliver Mansfeld, Sohn des berühmt-berüchtigten Radioindustriellen Walter Mansfeld, in der ersten Morgenstunde des heutigen Tages in der Giebelstube eines verfallenen Aussichtsturms, nahe dem Dorf Friedheim im Taunus, erhängt aufgefunden. Alle Begleitumstände sprechen dafür, daß Oliver Mansfeld einem Verbrechen zum Opfer gefallen ist.
Schüler Mansfeld – er besuchte trotz seines Alters noch die neunte Klasse des Internats Professor Florian – wurde bereits am Sonntagabend vermißt. Seit Montagmittag durchkämmten Landgendarmerie und Bundeswehr das unübersichtliche Waldgebiet rund um das Internat, wo Mansfeld am Sonntagnachmittag zum letztenmal gesehen worden war. Die anhaltenden katastrophalen Schneefälle erschwerten die Aktion außerordentlich. Gegen Mittag entdeckten Angehörige der Bundeswehr in einer Waldschneise, etwa zwei Kilometer vom Schulgebäude entfernt, den völlig zugeschneiten Wagen des Toten. Die Sitze, das Lenkrad, der Boden, das Armaturenbrett sowie die Außen- und Innenseite der linken Wagentür waren über und über mit Blut befleckt.
Zu spät. Er war zu spät gekommen.
Mit hängenden Schultern, offenem Mund und offenen Augen, die ins Nichts starrten, stand Albert Lazarus da, ein fetter, alter Mann, dem graublondes, stumpfes Haar unter der Hutkrempe hervorquoll und unordentlich über die Ohren fiel. Mechanisch tastete er nach seinem Schnurrbart, in dem noch immer etwas Schokolade klebte. Er merkte nicht, daß Menschen ihn anstießen. Er hörte

und sah nichts. Zu spät. Zu spät. Wenn diese Meyer das Manuskript nicht verschlampt und es ihm vor den Feiertagen gegeben hätte ...
Oder wäre es auf jeden Fall geschehen? Gab es im Leben nichts, was man verhindern konnte? Lazarus fror. Sein Kopf schmerzte zum Zerspringen. Ein Satz von Oscar Wilde fiel ihm ein: »Die Wahrheit erkennen wir immer erst dann, wenn wir mit ihr absolut nichts mehr anzufangen vermögen.«
Er nieste. Er zwang sich, weiterzulesen.
Der Text war nun einspaltig gesetzt:
Da alle Telefonverbindungen zwischen Frankfurt und dem Taunus unterbrochen sind, forderte die Landgendarmerie daraufhin über Funk die Hilfe des Frankfurter Polizeipräsidiums an. Eine Mordkommission unter Führung von Kriminalhauptkommissar Hardenberg wurde mit Hubschraubern zum Fundort geflogen. Die Maschinen landeten auf einem freigeschaufelten Tennisplatz neben der Schule. Das Internat besitzt eine Kartei der Blutgruppen aller Schüler. Der Polizeiarzt der Mordkommission konnte so leicht feststellen, daß das im Wagen gefundene Blut mit der Blutgruppe Oliver Mansfelds identisch ist. Beamte des Erkennungsdienstes sicherten eine Reihe von Hinweisen und Spuren, die zur Stunde noch geheimgehalten werden.
Die Suche nach dem Verschwundenen wurde auch bei Einbruch der Nacht ...
»Mensch, können Sie sich nicht vielleicht woanders hinstellen?« Lazarus, heftig angestoßen von einem Mann, der ein Paar Skier über der Schulter und einen Rucksack trug, taumelte zur Seite. Entschuldigend zog er den alten Hut und trat mit seinem Koffer neben einen Blumenladen beim Ausgang. Hier zog es heftig, aber Lazarus spürte es nicht.
... wurde auch bei Einbruch der Nacht nicht unterbrochen. Mit Handscheinwerfern und Fackeln, auf Skiern, setzten über 70 Mann die Aktion fort, die heute morgen um 0 Uhr 35 Erfolg hatte. Die Leiche Oliver Mansfelds, die, steifgefroren und eingeschneit, in der völlig verschneiten Aussichtsstube eines alten Turmes, etwa zwei Kilometer vom Schulgebäude entfernt, entdeckt wurde, befand sich in einem solchen Zustand, daß der Arzt der Mordkommission schon nach einer ersten kurzen Untersuchung folgendes feststellen konnte:
- *der Tod muß bereits in den Nachmittags-, spätestens in den frühen Abendstunden des Sonntags eingetreten sein;*
- *alle Anzeichen sprechen dafür, daß Oliver Mansfeld zusam-*

mengeschlagen, schwer verletzt und sodann, wahrscheinlich während er bewußtlos war, erhängt wurde.
Für die Annahme, daß Mord vorliegt, sprach sich unserem gleichfalls mit Hubschrauber zum Fundort geflogenen Berichterstatter gegenüber auch Hauptkommissar Hardenberg aus, nachdem Beamte des Erkennungsdienstes in der Turmstube Spuren und Gegenstände sichergestellt hatten, deren Art zur Stunde ebenfalls noch geheimgehalten wird.
Hier folgte, in der Mitte der Seite, wieder dreispaltig gesetzt und mit schwarzen Balken eingeschlossen, dieser Text:
DIE POLIZEI BITTET UM MITARBEIT
Wer hat Oliver Mansfeld (22 Jahre, schlank, 1,78 Meter groß, schmales, auffallend gebräuntes Gesicht, braune Augen, sehr kurz geschnittenes, dichtes braunes Haar) seit Sonntag, den 7. Januar, 15 Uhr 30 auf dem Rhein-Main-Flughafen, der Autobahn oder an einem anderen Ort gesehen? Der Tote war zuletzt bekleidet mit einem kamelhaarfarbenen Dufflecoat, einem dicken blauen Rollkragenpullover, grauen Keilhosen und pelzgefütterten, festen braunen Winterschuhen.
Wer hat nach 15 Uhr 30 am 7. Januar einen weißen Wagen der Marke Jaguar 500, schwarze Schweinslederpolsterung, gesehen? Es handelt sich um ein Kabriolett mir schwarzem Dach, das wahrscheinlich zurückgeschlagen war. Aller Wahrscheinlichkeit nach saß Oliver Mansfeld am Steuer und neben ihm ein elfjähriger Junge von fremdländischem Aussehen. Der Wagen trägt das polizeiliche Kennzeichen L 43131–Z (Zollnummer!).
Wer ist in der Lage, Einzelheiten über ein Telefongespräch zu berichten, das Oliver Mansfeld in der Blauen Bar des Rhein-Main-Flughafens am 7. Januar 1962 zwischen 15 Uhr 30 und 15 Uhr 45 von einem Apparat aus führte, der auf der Bartheke stand? Anzeichen sprechen dafür, daß sein Gesprächspartner eine Frau war. Hat Oliver Mansfeld ihren Namen oder ihren Vornamen genannt? Zur fraglichen Zeit hielten sich zahlreiche Gäste in der Bar auf.
Sachdienliche Hinweise, die auf Wunsch vertraulich behandelt werden, nimmt jede Polizeidienststelle, vor allem aber das Dezernat 1 des Frankfurter Polizeipräsidiums, Telefon 23 65 31, entgegen.
Albert Lazarus ließ die Zeitung sinken und starrte in das Schneegestöber auf dem Platz vor dem Bahnhof hinaus. Er überlegte lange wie ein Mann, der gewissenhaft das Für und Wider einer schwerwiegenden Entscheidung abwägt, denn er wußte, daß von dem, was er nun tat, Ungeheuerliches abhängen konnte – für jene Akteure des Dramas, die noch lebten. Zuletzt ging er mit schleppen-

den Schritten zu der langen Reihe der Telefonzellen, die sich in der Halle befanden, betrat eine von ihnen und wählte die Nummer, welche die Zeitung angab.
Zweimal surrte das Freizeichen, dann meldete sich eine monotone Männerstimme: »Polizeipräsidium. Dezernat 1. Kommissar Wilms.«
»Hier spricht...« Lazarus mußte sich räuspern, seine Stimme war völlig heiser, die Kehle verlegt. »Hier spricht Albert Lazarus.« Er nannte seinen Beruf und den Namen des Verlages, für den er arbeitete. »Ich komme gerade von einer Reise zurück und lese vom Tod Oliver Mansfelds.«
Die Stimme am anderen Ende der Leitung wurde interessierter: »Ja? Und?«
»Mein Verlag hat vor Weihnachten das Schreibmaschinenmanuskript eines Romans erhalten. Absender und Verfasser ist ein gewisser Oliver Mansfeld.«
»Woher wissen Sie das?«
»Es steht auf dem Manuskript.«
»Es muß nicht wahr sein.«
»Es ist wahr, Herr Kommissar. Ich habe das Manuskript auf meiner Reise gelesen. Die Ereignisse des Romans spielen sich im Taunus, im Internat eines gewissen Professor Florian ab. Das Internat liegt unweit Friedheim.«
Jetzt klang die andere Stimme atemlos: »Der Autor nennt die richtigen Namen?«
»Und zwar in allen Fällen, wie er in einem Vorwort erklärt. Die Handlung setzt im September 1960 ein, und Mansfeld erzählt dann, was sich seither zugetragen hat – bis knapp vor Weihnachten 1961. Das Manuskript ist unvollendet, trotzdem glaube ich...«
»Das Präsidium liegt fünf Minuten vom Bahnhof entfernt. Darf ich Sie bitten, sofort zu mir zu kommen, Herr Lazarus?«
»Das wollte ich gerade tun.«
»Gehen Sie nicht zum alten Bau an der Friedrich-Ebert-Anlage. Kommen Sie in den Neubau in der Mainzer Landstraße. Dritter Stock, links. Dezernat Mord. Ich erwarte Sie.«
»Ich komme sofort.«
»Vielen Dank.«
Albert Lazarus hängte ein und trat aus der Zelle. Er ging zum Ausgang und in das Schneetreiben hinein, das ihn beinahe blind machte. Minuten später schon gefror der Schnee in seinem Walroßschnurrbart, seinem langen Haar und seinen buschigen, blondgrauen Augenbrauen zu kleinen Eispartikelchen.
Autos am Straßenrand bemühten sich vergebens, aus riesigen

Schneewehen freizukommen. Pneus drehten sich rasend und sinnlos. Es stank nach verbranntem Gummi. Ein Funkstreifenwagen mit heulender Sirene und aufgeblendeten Scheinwerfern jagte vorbei.
Als Albert Lazarus, der unbekannte Mann mit dem berühmten Leitbild, die Poststraße überquerte, um in die Ottostraße einzubiegen, geriet er in eine größere Menschenmenge, die eben, ärgerlich und gereizt, einen Straßenbahnzug verließ, der vor einer eingefrorenen Weiche steckengeblieben war. Schwindlig und erregt, schwitzend und frierend zugleich, stieß Lazarus mit Männern und Frauen zusammen, die hinter ihm herschimpften.
Er hörte es nicht. Als wollte er ihn schützen, hob er den kleinen Koffer vor die breite Brust und hielt ihn da mit beiden Händen. So trug er ihn durch die weiße Schneehölle, vorsichtig, mit den unsicheren Schritten eines alten Prostatikers (der er nicht war), er, Albert Lazarus, in dessen unwichtigem, unbedeutendem Leben niemals noch etwas Wichtiges, Bedeutendes geschehen war – bis zu dieser Stunde.
Und so verlieren wir ihn denn aus den Augen, hinter den wirbelnden Rädern und Schlieren der Flocken, diesen Unbekannten unter Unbekannten, diesen Einen unter Millionen, diesen achtundfünfzig Jahre seines Lebens geduckten, einsamen Mann, der in einem altmodischen Koffer ein Manuskript von 743 Schreibmaschinenseiten trägt wie einen kostbaren Schatz. Helfen soll dieses Manuskript nun, ein Verbrechen zu klären, ein Rätsel zu lösen, und erzählt doch nur die Geschichte einer Liebe, die kein Ende hat und nie haben wird, und die ihren Anfang nahm vor mehr als fünfzehn Monaten, an einem schönen Herbstnachmittag, um ganz genau zu sein: Am vierten September des Jahres eintausendneunhundertundsechzig.

DAS MANUSKRIPT: ERSTES KAPITEL

1

Wär's nicht zum Flennen, müßte man ja wohl darüber lachen. Jedesmal, wenn ich nach Deutschland zurückkomme, gibt es dasselbe Theater. Seit sieben Jahren geht das so. Langsam könnten sich die Herren mit dem Gedanken vertraut machen, daß mein verfluchter Vater in ihren Fahndungsbüchern steht als Mann, der sofort zu verhaften ist. Er – nicht ich.

Wenn man bedenkt, wie oft ich in diesen sieben Jahren zwischen Luxemburg und Deutschland hin und her geflogen bin! Aber nein, nichts zu wollen, es ist immer dasselbe, auch an diesem 4. September 1960. Es ist genauso, wie es immer war und immer sein wird. Bis Gras über die Sache gewachsen ist und sie meinen Alten wieder ins Land lassen. Schon toll, daß so eine Sauerei eines Tages verjährt und keiner ihm dann mehr an seinen schönen Wagen fahren kann! Was denn? Totschlag kann sogar schon nach fünf Jahren verjähren. Feine Gesetze haben wir.

Wie gesagt: Es ist genauso wie immer. Nur über dem Flugplatz müssen wir diesmal nicht so lange kreisen wie sonst. Zwei Maschinen landen vor uns. Teddy fliegt dauernd Linkskurven. Teddy Behnke heißt er. Der Pilot von meinem Alten. Im Krieg hat er Bomber geflogen. Jetzt fliegt er eine »Cessna« und eine Beech-»Bonanza«. Mein Herr Papa hat sich zwei Flugzeuge zugelegt, seit er nicht mehr nach Deutschland darf. Niedliche Dinger. Trotzdem, zum Kotzen. Auf beide Rumpfseiten der »Bonanza« hat mein Alter in Riesenbuchstaben hinschmieren lassen: MANSFELD. Rot auf Silber.

Das ist typisch für ihn. So ein richtiger Neureicher. Mit ihm verglichen, kommt Teddy aus der englischen Hocharistokratie. Aber Teddy kann weiter nichts als Golfspielen und Tennis und Fliegen. Von Golf und Tennis kann man nicht leben. Also muß Teddy fliegen. Im Krieg hat er es für das Vaterland getan, fürs teure, schließ dich an, jetzt tut er es für einen dreckigen Schieber. Es muß schlimm sein, wenn man weiter nichts kann als Fliegen. Ich glaube nicht, daß Teddy gern bei meinem Alten arbeitet. Er hat immer das gleiche Poker-Face und läßt sich nichts anmerken, aber manchmal merkt man es doch.

Wir landen, er läßt die Karre vor dem Flughafengebäude ausrollen.

»Wenn es Ihnen nichts ausmacht, Herr Oliver, dann möchte ich gerne gleich zurückfliegen.«

»Sie meinen, Sie wollen nicht mit mir zum Paß gehen und sich filzen lassen.«

»Das habe ich nicht gesagt, Herr Oliver.«

»Aber gedacht. Glauben Sie, *ich* würde da reingehen, wenn ich nicht müßte?«

Er schaut mich an und macht the old Poker-Face und sagt keinen Ton.

»Such is life«, sage ich, nehme meine braune große Reisetasche und klettere aus der Maschine. Er springt mir nach und brabbelt ziemlich undeutlich: »Ich muß noch zur Flugsicherung.«

»Sail well, dear fellow of mine«, sage ich. Diesen Tick mit den englischen Brocken dazwischen habe ich noch aus dem letzten Internat behalten. Hoffentlich verschwindet er bald. Bin neugierig, was die da oben im Taunus gerade für einen Tick haben. Irgendeinen haben wir alle, immer. Nicht besorgniserregend. Geht vorüber. Nothing serious.

»Sie sind mir nicht böse, daß ich Sie nicht begleite und warte, bis Sie abfahren?«

»Keine Spur. Grüßen Sie meine Mutter.«

»Gewiß, Herr Oliver. Ich werde die gnädige Frau morgen im Sanatorium besuchen, ich verspreche es Ihnen.«

»Bringen Sie ihr Blumen mit«, sage ich und gebe Teddy Geld. »Rote Rosen. Erzählen Sie ihr, ich hätte gesagt, diesmal würde ich mich zusammennehmen. Aus diesem Internat fliege ich nicht wieder raus. So etwas beruhigt sie immer.« Er antwortet wieder nicht, und darum frage ich: »What's the matter, old boy?«

»Es ist alles sehr peinlich für mich, Herr Oliver.«

»Ach, Teddylein! Glauben Sie, für mich ist es das reine Honiglecken? Sie sind wenigstens nicht sein Sohn! Sie können kündigen! Sie haben es gut. Dieser verfluchte Hund!«

»So sollten Sie nicht von Ihrem Vater sprechen.«

»Vater! Daß ich nicht vor fröhlichem Gelächter ersticke! Meinetwegen kann er verrecken, mein alter Herr«, sage ich. »Und die liebe Tante Lizzy dazu. Es wäre ein Freudentag für mich. Na ja«, sage ich und gebe Teddy die Hand, »also dann. In diesem Sinne!«

Er sagt leise: »Gott schütze Sie.«

»Wer?«

»Gott.« (Teddy ist fromm.)

»Und was soll er tun?«

»Er soll Sie beschützen.«

»Ach so«, sage ich. »Ja, natürlich, das soll er. Und Sie soll er auch beschützen. Und die ›Bonanza‹ auch. Und die ›Cessna‹! Er soll überhaupt alles beschützen. Schließlich beschützt er ja auch so ein Schwein wie meinen Alten. Da kann man es schon von ihm verlangen! So long, Teddy.«

»Leben Sie wohl, Herr Oliver«, sagt er, und dann hinkt er über den Betonboden zu einer Tür, darüber steht: AIR WEATHER CONTROL. Hat einen Flaksplitter ins Knie bekommen, ganz zum Schluß noch, fünfundvierzig, als alles schon im Eimer war. Darum hinkt er. Und darum ist er wohl fromm geworden. Feiner Kerl, dieser Teddy. Was der wohl so denkt über unsere Familie? Ich kann es mir vorstellen. Dasselbe wie ich vermutlich.

Ich nehme meine Tasche auf und gehe zur Paßkontrolle. Gibt sehr viel Betrieb heute. Sonntags immer. Eine Menge großer Maschinen. Drüben, vor dem Restaurant, sitzen die Menschen im Freien und trinken Kaffee und sehen zu, wie die Boeings und die Caravelles starten und landen. Ist auch ein schöner Tag. Blauer Himmel, ganz warm. Und diese silbernen Fäden in der Luft, Altweibersommer. Nach Kartoffelfeuer riecht es. Draußen, auf dem Flugfeldrasen, weidet eine Herde Schafe...

»Ihren Paß, bitte.«

Ich gebe dem Beamten hinter der hohen Theke meinen Paß. Er schlägt ihn auf, und gleich darauf macht er dann dieses Gesicht, das sie alle machen. Immer. Manche pfeifen auch ein bißchen, wenn sie meinen Namen lesen. Oder sie summen. Aber sie machen immer dieselben Gesichter.

Übrigens ist das schon wieder ein neuer Beamter, ich habe ihn noch nie gesehen. Auch den nicht, der in der Sperre vor mir lehnt, damit ich um Himmels willen nicht vielleicht flüchte.

Ich habe Flanellhosen, ein weißes Hemd ohne Krawatte und einen Blazer angezogen. Keine Manschettenknöpfe. Slipper. Ich ziehe mich immer so an, wenn ich nach Deutschland komme. Dann geht das Ausziehen schneller.

»Sie heißen?«

Hören Sie, könnte ich jetzt beispielsweise sagen, das steht in dem Paß, den Sie in der Hand halten, warum fragen Sie also? Aber ich sage es nicht, denn das weiß ich schon lange, daß so etwas gar keinen Sinn hat. Sagst du es, dann lassen sie dich eine halbe Stunde im Transitraum warten und tun so, als ob sie telefonieren, und alles dauert fünfmal so lange. Trotzdem: Zuerst habe ich es ein paarmal gesagt, vor sieben Jahren. Da war ich vierzehn und habe es nicht besser verstanden. Inzwischen bin ich klüger geworden. Das walte Hugo.

Mit einem verbindlichen Lächeln erwidere ich: »Ich heiße Oliver Mansfeld. Aber ich bin der Sohn, nicht der Vater.«

Der hinter der Theke hört gar nicht hin, sagt keinen Ton, bückt sich und sucht etwas.

»Links im obersten Fach«, sage ich.

»Was ist da?«

»Das Fahndungsbuch«, sage ich. »Wenn es noch die letzte Ausgabe ist, dann Seite 134, unten, vorletzte Zeile. Da steht er.«

»Wer?«

»Mein väterlicher Urheber.«

Tatsächlich holt er das Fahndungsbuch aus dem Fach, das ich ihm

verraten habe, und folgsam blättert er zur Seite 134. Dabei beleckt er einen Finger. Dann fährt er mit ihm die ganze Seite herab, obwohl ich ihm gesagt habe, daß mein Vater ganz unten steht, und dort findet er ihn dann endlich und liest, was es zu lesen gibt, und bewegt lautlos die Lippen.
Der andere, der sich mir in den Weg gestellt hat, fragt inzwischen: »Woher kommen Sie?«
Ich habe eine Menge gelernt in den letzten sieben Jahren, und darum sage ich nicht: Das wissen Sie so gut wie ich, der Kontrollturm hat Sie angerufen und mich avisiert, als wir noch Linkskurven drehten. Ich antworte sanft und höflich: »Aus Luxemburg. Wie immer.«
»Was heißt: Wie immer?«
»Das heißt, daß ich immer aus Luxemburg komme.«
»Seine Familie lebt da«, sagt der hinter der Barriere und macht das Fahndungsbuch zu. »Hier steht es.«
Danach geht alles so weiter wie immer, ein bißchen ausführlicher vielleicht diesmal, weil die beiden gerade nichts zu tun haben.
»Wohin wollen Sie jetzt?«
»In den Taunus hinauf. Morgen fängt die Schule an.«
»In welche Klasse gehen Sie?«
»In die achte.«
»Mit einundzwanzig?«
»Ja.«
»Dann sind Sie dreimal sitzengeblieben?« Schlauer Junge, was? Immer höflich, immer freundlich.
»Jawohl. Ich bin ein sehr schlechter Schüler. Mathematik und Physik kapiere ich einfach nicht. Ich bin ein Idiot. Aber mein Vater besteht darauf, daß ich das Abitur mache.« Daß er darauf besteht, stimmt. Daß ich ein Idiot bin, stimmt nicht. Ich kapiere Physik und Mathematik. Ich bin dreimal sitzengeblieben, um meinen Alten zu ärgern. Es ist mir gelungen. Er hat wochenlang getobt. Das waren die glücklichsten Wochen in den letzten sieben Jahren für mich. Ich werde auch beim Abitur durchfallen. And how! Zeit, daß ich mir wieder einmal ein paar schöne Stunden mache.
»Das ist Ihr ganzes Gepäck?«
»Ja.«
»Was ist da drin?«
»Bücher. Schallplatten. Waschzeug.«
»Und alles andere?«
»Habe ich in Frankfurt gelassen. Bei einem Freund. Der hat meine Sachen inzwischen schon ins Internat hinaufgeschickt.«

Draußen wird ein grelles Schrillen lauter und lauter. Dann geht die Tonhöhe herunter, wir hören ein Jaulen. Dann wird es still. Eine Turboprop ist gelandet, ich kann sie durch die offene Tür sehen.
»Lufthansa London«, sagt der hinter der Theke. Gott sei Dank, jetzt hört das Gequassel auf, jetzt bekommt er Arbeit. Er macht seinem Kollegen ein Zeichen.
»Ich komme schon«, sage ich.
»Wohin?« fragt der Kollege.
»Was wollten Sie denn gerade sagen?« frage ich den Kollegen.
»Ich muß Sie bitten, mir zum Zoll zu folgen.«
»Stellen Sie sich vor«, sage ich, »das habe ich erraten.«
»Werden Sie nur nicht frech, junger Mann, ja?«
Das kommt davon, wenn man sich gehen läßt. Immer schön das Maul halten.
An die Lufthansa-Maschine haben sie inzwischen eine Gangway herangerollt, die Kabinentür steht offen, und die ersten Passagiere treten ins Freie. Ein Junge, etwa in meinem Alter, ein jüngeres Mädchen, ein Mann, der einen Arm um die Schulter einer Frau gelegt hat. Sie lachen alle. Sie werden fotografiert. Gehören alle zusammen. Eine glückliche Familie. So etwas gibt es auch.
Ein Scheißkerl, mein Alter.
Aus.
Schluß.
Nicht daran denken.
Das fehlt gerade noch, daß ich zu flennen anfange.
In den ersten Jahren habe ich das manchmal getan, hier draußen, beim Paß, wenn ich so glückliche Familien sah. Vater, Mutter, Kinder. Tatsächlich geflennt.

2

Sind Sie schon einmal vom Zoll untersucht worden? So richtig, meine ich, in einer von diesen Zellen? Mir ist es mindestens fünfzigmal passiert. Mindestens! Ich will Ihnen erzählen, wie es ist und wie Sie sich dabei verhalten müssen. Man kann nie wissen!
Also was das Verhalten betrifft: Freundschaft, Freundschaft! Kein böses Wort. Kein wütender Blick. Alles tun, was der Zöllner sagt. Nur reden, wenn Sie gefragt werden. Um Himmels willen kein Protest. So etwas macht den Herren bloß Laune. Und Sie, was haben Sie davon? Nullkommajosef.
Die Holzzellen sind nicht größer als ein Klosett. Es gehen gerade

zwei Menschen hinein. In jeder Box gibt es einen Hocker, einen Tisch und einen Haken an der Wand. Die Zellen stehen aneinandergereiht ein bißchen im Hintergrund. Im Schatten der allgemeinen Zollabfertigungsanlage, die Sie alle kennen, dieser langen Rutschbahn aus Blech, an der man seine Koffer öffnet. Dahinter, verstehen Sie, schamhaft versteckt, liegen die Zellen. Die Herren Passagiere werden von Zöllnern untersucht, die gnädigen Frauen von Zöllnerinnen. So etwas gibt es auch. Manchmal ist das sehr komisch. Weil die Zellen doch nur Holzwände haben, wie Badekabinen. Sie hören also jedes Wort, von links und rechts.
»Legen Sie den Büstenhalter ab. Das Höschen auch, bitte.«
»Was ist das? Ein Bruchband? Tut mir leid. Öffnen Sie es.«
An diesem Sonntag allerdings bin ich offenbar der einzige, der gefilzt wird. Es ist ganz still in der Holzzelle, in der das passiert. Der Zöllner trägt eine grüne Uniform und ist sehr klein. Zuerst kramt er in meiner Reisetasche. Jede einzelne Schallplatte zieht er aus dem Umschlag, sieht in die Hülle. Ray Coniff. Louis Armstrong. Ella Fitzgerald. Oscar Peterson. Dann die Bücher »Mila 18«. »La Noia«. »The Rise and Fall of the Third Reich«. »Der Letzte der Gerechten«. Martin Buber und Camus. Leo Trotzki: »Mein Leben«.
Jedes Buch durchblättert der Kleine so, daß unbedingt alles herausfallen muß, was zwischen den Seiten liegt. Es fällt nichts heraus. Es liegt auch nichts drin. Bei dem Trotzki redet er zum erstenmal: »Das lesen Sie?«
Devot: »Ja, Herr Inspektor. Um Himmels willen, es ist doch nicht verboten?«
Keine Antwort. Das ist die richtige Tour.
Trotzdem blättert er den Trotzki zweimal durch. (Weil ich nämlich von allen Büchern, die ich mitbringe, eine Geheimbotschaft ausgerechnet in dieser Autobiographie verstecken würde, nicht wahr?) Der Trotzki erweist sich als unfruchtbar.
Nach den Büchern kommt das Waschzeug. Zahnpastatube auf, Zahnpastastube zu. Seifenetui auf, Seifenetui zu. Elektrischer Rasierapparat: Dazu braucht er zwei Minuten. Das ist eine lange Zeit, und weil ich weiß, daß es noch viel länger dauern wird und ich unter keinen Umständen die Geduld verlieren darf, sehe ich aus dem kleinen Fenster. Jede Zelle hat so ein Fensterchen in der Tür. Eigentlich muß es durch einen Vorhang geschlossen sein. Aber der hier ist nicht ganz richtig zugezogen.
An der Zollrutsche wird jetzt das Gepäck der Lufthansa-Passagiere ausgeladen. Viele Leute warten da vor drei Zöllnern. Sie werden

sehr schnell abgefertigt. Da ist wieder das Ehepaar mit den beiden Kindern. Weil sie alle immer noch lachen und so fröhlich sind, sehe ich lieber anderswohin. Da führt ein Gang in einen dunklen Schuppen. Beim Eingang sehe ich ein Schild: EINTRITT VERBOTEN! Hinter dem Schild, im Halbdunkel, steht ein Pärchen und küßt sich. Aber wie!
Er hat die Arme um ihre Schultern gelegt, sie die ihren um seinen Leib. So stehen sie da. Der Kuß hört überhaupt nicht auf. Er sieht prima aus. Schwarzes Haar. Schwarze Augen. Groß. Schlank. Grauer Freskoanzug. Spitze Schuhe. Bärtchen. Wahrscheinlich ein Italiener. Sie ist kleiner als er, vielleicht so groß wie ich. Beigefarbene Hosen trägt sie, flache beigefarbene Schuhe, einen beigefarbenen Pullover, ein Tuch lose um den Hals. Ich denke: Beige ist ihre Farbe, und sie weiß es. Kurven hat die Dame. Boy, o boy. Wie eine Rennjacht. Dabei ist sie nicht mehr jung. Sicherlich schon über dreißig.
Na endlich! Le baiser phantastique ist zu Ende. Sie sehen sich an. Das heißt: Sie kann seine Augen sehen, er die ihren sicher nicht, denn sie verbirgt das halbe Gesicht hinter einer riesengroßen dunklen Sonnenbrille. Wird ihren Grund haben dafür. Wenn das der Herr Gemahl ist, dann ist mein Alter ein ehrlicher Mensch!
Schade, daß sie die Brille trägt, ich hätte gerne die Augen gesehen. So sehe ich nur ein ziemlich schmales Gesicht mit sehr weißer Haut, auf dem linken Backenknochen einen schwarzen Punkt, volle rote Lippen, eine zierliche Nase, eine hohe Stirn und bläulichschwarzes Haar, das ihr in einer weichen Welle in den Nacken fällt.
Jetzt spricht sie mit dem Kerl. Wunderschöne Zähne hat sie. Er sagt etwas, und sie verzieht den Mund, als wäre sie am Weinen, dann gibt sie ihm viele kleine Küsse, schnell, ganz schnell, auf den Mund, auf die Wangen, die Augenlider. Wenn die beiden wüßten, daß da einer zuschaut! Immerhin haben sie sich ganz schön verkrochen, beim Eingang zu dem Schuppen. Die muß doch völlig wahnsinnig nach ihm sein! Wie die rangeht. Das regt einen ja schon beim bloßen Zusehen auf!
»Leeren Sie, bitte, Ihre Taschen aus. Legen Sie alles auf den Tisch.«
Mit der Reisetasche ist der Dicke also fertig. Jetzt geht das Theater mit der Brieftasche los, der Streichholzschachtel, der Zigarettenpackung, dem Taschentuch. Er nimmt tatsächlich alle Streichhölzer heraus und alle Zigaretten, und das Taschentuch schüttelt er. Ich sehe wieder aus dem Fenster. Die beiden umarmen einander noch immer. Mensch, ist das eine Frau …
»Ziehen Sie sich aus, bitte.«

»Aber gern.« Es geht ganz schnell, denn ich weiß ja, was ich anziehe, wenn ich nach Deutschland komme. In einer halben Minute stehe ich in Socken und Unterhose vor dem Dicken, der gemütlich anfängt, die Kleider zu filzen. Er dreht das Futter aller Taschen nach außen, tastet den Stoff des Blazers ab und sieht in den Aufschlägen der Flanellhose nach. Vielleicht liegt eine H-Bombe drin.
»Sie können sich setzen.«
»Danke, ich stehe lieber.« Weil sie ihn nämlich gerade wieder küßt.
»Sicherlich halten Sie das für eine Schikane, Herr Mansfeld.«
»Aber, ich bitte Sie!« Sein schwarzes Haar streichelt sie, seinen Kopf hält sie mit beiden Händen.
»Ich tue nur meine Pflicht, glauben Sie mir.«
Jetzt küßt sie ihm die Hand. Einmal. Zweimal. Dreimal. Dann preßt sie die Hand an ihre Wange. Mensch, hat der Kerl Schwein! Wirklich eine tolle Biene. Wenn ich bloß die Augen sehen könnte...
»Ich bin nur ein kleiner Beamter. Wenn es heißt durchsuchen, dann muß ich durchsuchen. Dienst ist Dienst. Ich habe gar nichts gegen Sie.«
Das ist ja widerlich, daß ich den beiden dauernd zusehe. Ich drehe mich um und sage zu dem Dicken: »Ich habe auch nichts gegen Sie, Herr...«
»Koppenhofer.«
»Ich habe überhaupt nichts gegen Sie, Herr Koppenhofer! Ich weiß, Sie müssen Ihre Pflicht tun. Man hat mich hier schon so oft durchsucht, daß ich ganz erstaunt darüber bin, Sie noch nie gesehen zu haben.«
»Ich arbeite erst seit drei Wochen da. Sie haben mich versetzt, aus München.«
»Darum!« Ich ziehe meine Socken aus und gebe sie ihm. »Aber was mit meinem Vater los ist, wissen Sie natürlich.« Er nickt betreten. Ein netter Kerl, der kleine Dicke. Wie er dasteht und verlegen in die Socken schaut. »Ich betrachte das nicht als Schikane. Nicht als gegen mich gerichtete Schikane. Mein Vater soll schikaniert werden. Er soll darunter leiden, daß er weiß: Sein Sohn wird jedesmal gefilzt wie ein Verbrecher, wenn er in sein eigenes Land zurückkommt. Es hat keinen Sinn, den Herren hier zu erklären, daß sie da von einer falschen Voraussetzung ausgehen. Mein Vater leidet nicht darunter. Mein Vater scheißt darauf. Mein Vater scheißt auf alle Menschen. Vor allem auf mich.«
Herr Koppenhofer blickt mich fassungslos an.
Ich frage: »Die Unterhose auch?«
Er schüttelt den Kopf und macht ein geniertes Gesicht.

»Wenn ich nur einmal ganz kurz ...«
Also stehe ich auf, und er zieht mir die Hose schnell hinten vom Leib und dann schnell vorn und betrachtet, was es da zu betrachten gibt.
»Sie können sich wieder anziehen.«
»Danke, Herr Koppenhofer«, sage ich und nehme die Socken. Warum soll ich jetzt nicht freundlich sein zu ihm? Was kann denn er dafür? Die Brüder vom Paß, die können auch nichts dafür, die haben auch ihre Weisungen.
Ich sage: »Die Paßleute haben auch ihre Weisungen. Wie ich Ihnen schon erklärt habe: Mein *Vater* soll schikaniert werden, nicht ich. Und das ist auch ganz richtig und gerecht so! Aber man geht eben von einer unrichtigen Voraussetzung aus. Nämlich der, daß mein Vater nicht auf mich scheißt, sondern daß er mich liebt.«
»Sie sagen schreckliche Sachen, Herr Mansfeld.«
»Ich sage nur die Wahrheit. Glauben Sie, mein Alter ist so dämlich, daß er mir oder irgendeinem seiner Direktoren, die er dauernd zu sich rufen läßt, Material mitgibt, das euch interessieren könnte? Wenn er so dämlich wäre, hättet ihr ihn damals doch hinter Schloß und Riegel bringen können.«
Was ist eigentlich los mit mir? Warum quatsche ich so viel? Und immer weiter! Immer weiter!
»Die Direktoren filzt ihr auch jedesmal, sie sind es so gewöhnt wie ich. Habt ihr schon ein einziges Dokument, eine einzige Notiz auf einem winzigen Zettel gefunden in den letzten sieben Jahren? Nichts! Die Schweinereien, die mein Alter ausheckt, da in Luxemburg, die werden niemals zu Papier gebracht! Die haben seine Herren im Kopf, wenn sie zurückkommen. Und das können Sie leider nicht sagen: Bitte, nehmen Sie jetzt den Kopf ab, mein Herr!«
»Sie sind doch wütend auf mich.«
»Ich schwöre, nein!« Jetzt bin ich angezogen und stecke alle Sachen wieder in die Taschen. Es sind nicht viele. Ich stecke nie viel in die Taschen, wenn ich nach Deutschland komme. Es hält so auf.
Die beiden sind immer noch da. Jetzt halten sie sich an den Händen und sehen sich stumm an. Wahrscheinlich fliegt er bald ab. Klar, daß er abfliegt – so wie sie angezogen ist.
Während der Zeit, in der ich gefilzt wurde, habe ich dauernd Stimmen aus Lautsprechern gehört. Sie kennen das ja: »Achtung bitte, Air France gibt Abflug ihres Clippers 345 nach Rom über München, Zürich bekannt. Passagiere werden durch Flugsteig drei an Bord gebeten. Wir wünschen Ihnen einen angenehmen Flug.« – »Atten-

tion please! Passengers Wright, Tomkinson and Harris, booked with Pan American World Airways to New York, please, come to the counter of your Company...«
Und so weiter. Ich stecke gerade meine Zigaretten ein, da höre ich es! »Frau Verena Lord, ich wiederhole, Frau Verena Lord! Bitte, kommen Sie zum Informationsbüro. Wir haben hier einen Anruf für Sie!«
Durch das kleine Fenster sehe ich, wie die Frau mit der riesigen Sonnenbrille zusammenfährt. Entsetzt starrt sie den Mann an, der sie umarmt. Sie sagt etwas. Er sagt etwas. Sie schüttelt den Kopf. Das schöne blauschwarze Haar fliegt hin und her.
»Frau Verena Lord... Frau Verena Lord... Sie werden am Telefon verlangt... Bitte, kommen Sie zum Informationsbüro!«
Jetzt spricht er beschwörend auf sie ein. Auch mit den Händen. Sicher ein Italiener. Sie stampft mit einem Fuß auf.
Der dicke Zöllner öffnet die Tür.
»Also dann, viel Glück, Herr Mansfeld! Sie können gehen. Und bitte wirklich: Nichts für ungut.«
»Ja, ja«, sage ich und gebe ihm die Hand, aber ich sehe ihn nicht mehr an. Ich sehe nur die Frau mit der schwarzen Brille. Die Reisetasche in der Hand, gehe ich an ihr vorbei, an ihr und ihrem Kerl. Im gleichen Moment wendet sie sich um, und wir stoßen zusammen.
»Pardon«, sage ich.
Sie sieht mich völlig geistesabwesend an, dann läuft sie durch die Halle davon. Der Kerl geht ihr zögernd nach. Hat er Angst? Scheint so. Hätte ich auch. Wenn die Dame jetzt vom Herrn Gemahl am Telefon verlangt wird?
Wieso riecht es hier so nach Maiglöckchen?
Ach so. Der Duft ihres Parfüms. Diorissimo ist das. Kenne ich. In dem vorletzten Internat, aus dem ich hinausflog, hatte ich so eine kleine Wuchtbrumme, die liebte dieses Zeug. Ich schenkte es ihr immer. Nicht, daß ich geizig bin. Wirklich nicht. Aber es kostet ein Vermögen, und der Duft ist so flüchtig, er verfliegt so schnell, so schnell, wie ich hinausflog, damals, wegen dieser kleinen Brumme...
Diorissimo.
Verena Lord.
Ich muß übrigens auch zum Informationsbüro. Ich will mich erkundigen, wie ich nach Friedheim komme. Über die Autobahn, das weiß ich. Aber dann?
»Hallo, Träger!«
»Bitte sehr, der Herr.«

»Würden Sie so freundlich sein und meinen Wagen aus der Garage holen? Ein weißer Jaguar.«
»Haben Sie ihn bei uns eingestellt, als Sie abflogen?«
»Ja.«
»Darf ich um die Papiere bitten?«
Ich gebe sie ihm.
»Haben Sie noch Gepäck?«
»Nein. Der Zündschlüssel steckt.«
»Dann fahre ich den Wagen direkt vor den Haupteingang.«
»Okay.«
Ich gehe zum Informationsbüro und überhole dabei den Schwarzhaarigen, Hübschen, Langsamen. Er macht sich Gedanken, man sieht es.
Diorissimo. Ich rieche es immer noch. Lange Beine. Blauschwarzes Haar. Verena Lord. Und dann verspüre ich auf einmal einen Stich in der Leber.
Moment mal. Moment mal. Verena Lord...
Verena Lord?

3

»Ich bitte Sie sehr, diesen Überfall zu entschuldigen...«
Zehn Minuten sind vergangen.
Ich werfe gerade die weiche, braune Reisetasche hinter die Sitze des Jaguars, da höre ich die Stimme. Rauchig und tief ist diese Stimme, heiser beinahe. Ich drehe mich um, da steht sie vor mir, und da ist auch wieder der Maiglöckchenduft.
»Gnädige Frau?«
Aber ich halte mich doch am Wagen fest, denn so etwas kommt eigentlich nur in Romanen vor, oder? Ich meine: Daß einem so etwas passiert.
Frau Verena Lord steht vor mir und bewegt die Hände, als würde sie sich mit einem Stück unsichtbarer Seife waschen. Sie ist blutrot im Gesicht und weiß nicht weiter. Darum frage ich: »Kann ich Ihnen helfen?«
Dämliche Frage! Hätte sie mich sonst angesprochen? Wenn die Dame mich noch lange so betrachtet, brauche ich einen Cognac. Einen doppelten! Obwohl ich ihre Augen gar nicht erkennen kann. Aber was ich sehen kann, genügt.
»Ja«, sagt sie mit dieser kehligen Stimme, die jeden normalen Mann verrückt machen muß, »ich glaube, Sie können mir helfen...

das heißt, wenn Sie wollen ... Ich meine ... o Gott, ist das peinlich ...« Und jetzt sieht sie wieder so aus, als wollte sie weinen – wie vorhin, als sie in dem dämmrigen Eingang zum Zollschuppen ihren Kerl umarmte.
Der Kerl kommt übrigens jetzt auch heran. Ganz langsam. Aber immerhin, er hat eingesehen, daß die Dame mit ihrem Problem nicht fertig wird. Ich glaube, er würde einen Alfa Romeo dafür geben, wenn er nicht mit mir reden müßte. Muß er aber. Denn der Gesichtsausdruck der Dame ist ganz hilflos.
Da steht er also endlich vor mir, der Hübsche. Spricht mit italienischem Akzent, aber fließend: »Signore, die Dame befindet sich in außerordentlicher Eile. Wir waren doch vorhin alle drei im Informationsbüro, nicht wahr ...«
»Ja«, sage ich.
»... und ich wartete neben Ihnen, während die gnädige Frau in der Zelle telefonierte.« Ihre Augen lassen mich jetzt nicht mehr los. Warum werden meine Hände feucht? Das ist ja idiotisch! Gar nicht idiotisch. Natürlich habe ich schon so mein Dutzend Bienen gehabt. Aber so etwas ... nein, so etwas nie! Ihre Wangen sind jetzt bleich, und ihre Brüste heben und senken sich hastig. Er redet weiter wie ein Fremdenführer oder einer, der Ihnen erklärt, wie Sie Poker spielen müssen.
»Da ich neben Ihnen stand – scusi, signore –, mußte ich einfach hören, wie das Fräulein hinter dem Schalter Ihnen den Weg nach Friedheim erklärte.«
»Ja, da muß ich hin.«
»Die gnädige Frau muß da auch hinfahren.« Junge, Junge, sieht der Kerl gut aus. Ein einziges Mal möchte ich so aussehen. Zwei Tage nur. Einen. Halb so gut! Dann wäre ich krankenhausreif, erschöpfungshalber. Der Kerl und die Dame passen überhaupt prima zusammen. Das scheint oft so zu sein bei Leuten, die nicht zusammenkommen dürfen und nie zusammenkommen werden.
Er hat sie aber geküßt. Das geht mich einen Dreck an. Trotzdem, wissen Sie was? Es erfüllt mich mit blindwütiger Eifersucht.
Also sehe ich ihm mal auf seine olivenfarbenen, behaarten Gentlemanhände, und zwar so lange, bis er sie auf den Rücken legt, und komisch, da ist es aus mit meiner Eifersucht.
Was denn?
Ich hatte mal eine, die war einundvierzig und bekam einen Weinkrampf, als ich aus dem Internat flog und ihr sagte, ich könnte sie deshalb nicht mehr treffen. Na ja, aber on the other hand: Verena Lord. *Verena Lord!*

Das mit den dämlichen Fremdwörtern dazwischen will ich mir auch endlich abgewöhnen.
Der Kerl sagt: »Die Dame muß schnellstens nach Friedheim, aber sie hat keinen Wagen.«
»Wie ist sie hergekommen?«
Sie packt ihn am Arm und sagt wie jemand, der fühlt, daß er gleich ohnmächtig hinschlagen wird. »Bitte, hören Sie auf. Das ist doch alles Wahnsinn.«
Sie. Sie! Natürlich muß sie »Sie« sagen, wenn er ihr Liebhaber ist. Soll sie ihm vielleicht vor mir um den Hals fallen?
Kennen Sie das: Wenn einem alles, alles, alles an einer Frau gefällt? Wenn sie sagen und tun und lassen kann, was sie will, und man ist halb verrückt vor Sehnsucht und Verlangen? Und man kennt die Frau gar nicht? Mir ist das einmal in einem D-Zug passiert. Aber ihr Mann war dabei, und sie stiegen in Karlsruhe aus. Damals konnte ich ein paar Nächte nicht schlafen. Jetzt passiert es mir zum zweitenmal.
Und bei Verena Lord. Ausgerechnet bei ihr. Wenn sie wüßte! Natürlich muß sie es bald erfahren. Man wird es kaum verheimlichen können. Von allen Frauen auf der Welt Verena Lord. Sachen gibt es ... Was für schöne Hände sie hat! Am Mittelfinger der Rechten trägt sie einen platingefaßten Smaragd, umgeben von Brillanten, und am Handgelenk ein Armband – mit Brillanten und Smaragden. Der Stein und das Bracelet sind eine Wucht, also wirklich! Auf Schmuck verstehe ich mich nämlich. Mein Alter, das Schwein, kauft jede Menge davon. Kapitalsanlage. Erste Fachleute aus Amsterdam beraten ihn, wenn er kauft. Ein paarmal habe ich zugehört. So kenne ich mich aus. Mir kann keiner was erzählen. Also, was diese Dame da am Finger trägt, dieser Brummer, der hat mindestens seine fünf Karat, und wenn das Armband nicht unter Brüdern Hundertfünfzigtausend gekostet hat, dann habe ich nicht bei der Lektüre von Karl Marx Fieber bekommen und bei der vom Marquis de Sade Gähnkrämpfe.
Der Kerl legt einen Arm um die Dame. (Warum trägt sie solche Klunker wohl zu Hose und Pullover? Kommt sie vielleicht aus einem Kellerchen? Da kommen oft die Schönsten her! Nein. Unsinn. Diese Dame kommt aus keinem Keller. Diese Dame kommt aus einer Welt ... aus einer Welt, in der man so frei, so sicher, so unbekümmert um andere ist, daß man kostbarsten Schmuck tragen kann, auch wenn man in Hosen und Pullover herumläuft. Heute weiß ich, aus welcher Welt Verena kam, als sie noch nicht Frau Lord war. Damals wußte ich es noch nicht.)

Der Kerl, mit dem Arm um die Schulter der Dame, lächelt frisch, fröhlich und frei und sagt zu ihr: »Einen Moment, bitte, ja? Sie dürfen jetzt nicht die Nerven verlieren.« Und zu mir: »Die Dame kam mit meinem Wagen her. Sie hat mich begleitet. Ich fliege nach Rom. Natürlich könnte sie ein Taxi nehmen. Oder auch meinen Wagen. Aber darum geht es nicht.«
»Sondern?«
»Es geht darum, daß die Dame schnell nach Friedheim kommt. So schnell wie möglich. Als ich sah, daß Sie einen Jaguar haben, kam mir die Idee, Sie zu ersuchen, die Dame mitzunehmen. Wieviel macht der Wagen?«
»Na, so Zweihundertzwanzig werde ich schon aus ihm rausholen.«
»Und Sie würden die Signora mitnehmen?«
»Mit Vergnügen.«
»Wunderbar.« Jetzt holt er die behaarten Hände wieder hinter dem Rücken hervor und reibt sie und flüstert ihr etwas ins Ohr, und nur das Ende des Satzes klingt laut: »... er aus Frankfurt heraus ist, bist du längst oben in Friedheim.«
Das »Du« hat er wieder geflüstert, aber nicht geflüstert genug. Wer ist das wohl, der erst aus Frankfurt heraus sein wird, wenn wir längst oben in Friedheim sind? Was glaubt ihr wohl, ihr kleinen Häschen und Maulwürfe?
Ich weiß bloß nicht, warum ich auf einmal so sentimental bin. Ist das hier vielleicht *meine* Liebe? Na also! Und darum sage ich frech: »Wenn die gnädige Frau vor dem Herrn Gemahl zu Hause sein möchte...«
Sie wird noch bleicher und starrt mich an und murmelt: »Dem Gemahl...«
»Vielleicht auch dem Brüderchen. Wie soll man das so genau wissen?« Solche Sachen sage ich immer, wenn ich sentimental bin. Warum bloß?
»Hören Sie«, fängt sie an, »ich kenne Sie nicht. Sie waren so freundlich, mich mitnehmen zu wollen. Aber unter diesen Umständen will und werde ich auf keinen Fall...«
Der Kerl gibt ihr nur einen ganz kleinen Stoß. Da verstummt sie schon. Der Gentleman und ich sind einer Meinung. Ich sage: »Klar. Kann ich gut verstehen. Ausgezeichnet verstehen. Ich habe Ihre Gefühle verletzt. Bitte tausendmal um Vergebung, Frau Lord.«
»Sie kennen meinen Namen?«
»Nicht nur den Namen!«
»Was soll das heißen?«

»Später. Erst mal losfahren.«
»Ich steige nicht ein, bevor Sie mir nicht erklärt haben, was das heißen soll!«
»Sie müssen mit ihm fahren«, sagt das niedliche Bärtchen. »Sie müssen.«
»Finde ich auch«, sage ich.
»Wer sagt mir, daß Sie kein Erpresser sind?« flüstert sie.
»Niemand.« Da bin ich noch ganz groß. Langsam wird das eine französische Boulevardkomödie.
Der Kerl tritt vor und packt mich am Blazer und spricht leise: »Ich warne Sie. Wenn Sie hier eine Situation ausnützen wollen, gnade Ihnen Gott! Ich werde Sie finden, wo immer Sie sind, und dann...«
»Nicht«, sage ich.
»Was nicht?«
»Lassen Sie meine hübsche Jacke los. Ich mag das nicht.«
Aber da habe ich mich verrechnet. Er läßt nicht los, sondern lächelt nur unter seinem Bärtchen, und seine Augen werden tückisch, als er sagt: »Es ist mir gleich, was Sie mögen oder was Sie nicht mögen, Herr Mansfeld.«
»*Mansfeld?*« sagt sie.
Und da bin ich wieder ganz klein.
»Mansfeld?« sagt sie.
»Er hat seinen Namen genannt, bei der Information, Signora. Sein Herr Papa ist der bekannte... Mansfeld.«
»Mansfeld?« wiederholt sie. Dieser Hund, mein Vater!
»Sie können Vertrauen zu Herrn Mansfeld haben«, meint der Hübsche. »Er ist ein Gentleman. Mit einem solchen Papa kann man gar nichts anderes sein als ein Gentleman.«
Dieser Hund, dieser Hund – mein Vater! Man kann auf verschiedenste Art gedemütigt werden. Die schlimmste ist die, bei der Sie sich sagen müssen: Du kannst nichts dafür – ein anderer hat dir das alles eingebrockt. Aber das ist egal. Du mußt dein Maul halten. Und so sage ich nur noch: »Vier Minuten sind schon um.«
Der Hübsche küßt der Dame jetzt nur zart die Hand und sieht sie an aus feuchten Schlafzimmeraugen und sagt: »Herr Mansfeld hat recht. Vier Minuten haben wir schon verloren.« Und zu mir: »Ich danke Ihnen.«
»Macht mir doch Freude, die gnädige Frau nach Friedheim zu bringen.« Sage ich und gehe schon um den Jaguar herum.
Er verneigt sich – nicht zu tief! – und sagt: »Leben Sie wohl, Signora. Und vielen Dank für die Begleitung.«

Sie redet so erstickt, daß ich sie kaum verstehe (hoffentlich heult sie mir jetzt nicht meinen Wagen voll!): »Haben Sie einen guten Flug. Kommen Sie gesund wieder.«
»Aber sicherlich«, sagt er, während er schon den Wagenschlag auf ihrer Seite öffnet und sie mit sanfter (ach, mit so sanfter) Gewalt in den Wagen und auf den Sitz neben mir schiebt, »avanti, avanti, carina.«
Plötzlich sehe ich, daß die Hand, die den Wagenschlag offenhält, daß seine olivengelbe, behaarte Hand zittert.
Ach so.
Schau mal einer an.
Der Herr ist auch nur ein Mensch.
Und ich habe einfach einen Knacks seit der Geschichte mit meinem Vater, als ...
Nicht daran denken. *Eine* Beruhigung habe ich jetzt: Andere Leute besitzen auch nur Nerven. Und etwas Neues habe ich eben gelernt: Wenn einem ganz mies ist, dann muß man ganz tough sein. Mir, mir ist ganz mies, seit sieben Jahren schon.
Und tough (bloß damit mich jeder richtig versteht) heißt nach dem von Professor Edmund Klatt 1951 unter Berücksichtigung der amerikanischen Umgangssprache herausgegebenen Langenscheidtschen Wörterbuch soviel wie hart, zäh, eklig. Sie können's nachlesen. Seite 475, linke Spalte. Da steht auch: tough guy = harter Junge, sl. Das sl. bedeutet Slang.
Okay, tough guy, sage ich zu mir. Go ahead, tough guy. Die Dame Verena sitzt neben dir. Starte den Motor, tough guy, und tritt dem Ding mal ordentlich in den Bauch, daß der Kompressor aufheult.

4

Gang rein. Kupplung raus. Die Dame fliegt im Sitz zurück, als der Jaguar losschießt und wir in die Kurve um den Parkplatz gehen. Hier muß ich noch aufpassen, hier gibt es massenhaft Polypen.
Ich sehe in den Rückspiegel und sage: »Ihr Freund winkt.«
Keine Antwort.
Sie bewegt sich nicht.
Ich konnte nicht verstehen, was er ihr zuletzt ins Ohr flüsterte, aber sie scheint nicht sehr erfreut darüber zu sein. Sie sitzt da, als wäre sie im Sitzen gestorben, gerade während sie sich auf die Unterlippe biß.

Auf was für eine Unterlippe!

Ich glaube, ich habe nie eine schönere Frau gesehen. Noch nie.

Ich sage *Frau.* Ich sage nicht *Mädchen.*

Absichtlich.

Ich glaube, ich muß etwas klarstellen, denn ich weiß nicht, ob Sie es wissen. Mit uns Knaben und Mädchen, mit all diesen Teens und Twens ist das so eine Sache.

Den Mädchen sind die Jungen zu dämlich, und den Jungen die Mädchen. Vor allem die Mädchen leiden unter Gleichaltrigen. (Mit Recht.) Also suchen sie sich Ältere. So um die fünfunddreißig herum, die haben heutzutage eine feine Zeit. Die wissen einfach nicht, wohin mit all den Sechzehnjährigen! Können sie gar nicht schaffen. Niemals. Wie sich das ranschmeißt! Klar, ich kann's verstehen. Die Kerle haben Geld. Sie passen auf. So ein Mädchen ist bei ihnen sicher aufgehoben. Ich erinnere mich noch gut, wie ich mit achtzehn war. Boy, o boy, das haben sich auch nur diese fünfzehnjährigen Gören bieten lassen, was ich damals aufstellte. Wie ein tapsiger Bär. Gelernt habe ich es erst bei der schon erwähnten Einundvierzigjährigen.

Sehen Sie, *den* Riecher bekommen die Mädchen von heute offenbar schon bei der Geburt mit: Bei einem Gleichaltrigen ist es eine einzige Quälerei. Darum loben sie sich die älteren Herren. Sie wissen, wo der Punkt sitzt. They know how. Sind schließlich auch Menschen, die Mädchen, wollen auch etwas davon haben. Und wenn trotz allem einmal etwas passiert – so ein Erwachsener hat immer noch seine Beziehungen, nicht wahr? Ein Junge fängt bloß an zu beten oder rennt zur Mami, um zu beichten.

Na, und bei Leuten in meinem Alter, bei denen in den Wechseljahren, ist es genauso. Die meisten Mädchen, die ich getroffen habe, waren nicht nur zu blöde, als daß ich mich mit ihnen hätte unterhalten können, sondern auch zu blöde *dazu.* I ask you: Wer hat denn heute noch Zeit zum Anlernen? Nein, nein, danke! Für mich Dreißigjährige, Herr Ober. Können auch noch ein bißchen älter sein.

Jetzt verstehen Sie vielleicht auch meine Nervosität. Ich bin nämlich nervös, da am Steuer, während wir zum Autobahnkreuz Frankfurt hinauffahren. Ich meine: Nicht, daß mir gerade der Schweiß auf der Stirn steht. Aber nervös bin ich, ich gebe es zu. Die Dame Verena ist schuld daran. Ich muß sie dauernd ansehen. Ich blicke in den Rückspiegel.

Der italienische Beau sieht uns nach, zuckt die Schultern und geht in das Flughafengebäude hinein.

»Jetzt hat er's aufgegeben«, sage ich.
Wieder keine Antwort.
Von der Seite kann ich wenigstens ein bißchen von ihren Augen sehen, trotz der verdammten Brille. Ich glaube, die Augen sind schwarz. Die Nasenflügel vibrieren. Die Hände beben. Ich sehe, daß der Verschluß des Armbands sich geöffnet hat, so eine kleine Schleife aus Platin. Aber ich kann es ihr nicht sagen. Ich kann sie nur anstarren.
Schön. Schön. So schön ist sie. Alles an ihr. Der Körper. Ihre Haltung. Ihr Haar. Ich glaube, wenn man mit einem Kamm hindurchführe, würde es knistern. Und wenn man mit den Händen darin wühlte...
Iiiiiiii!!!
Verdammt – das war knapp. Ich habe das Stoppschild bei der Einfahrt zur Autobahn übersehen. Beinahe war ich schon in dem Cadillac drin. Hätte der Fahrer nicht sein Steuer verrissen...
So geht das nicht. Wenn ich jetzt richtig abhaue, muß ich nach vorn sehen und nicht immer zur Seite hin, zu ihr. Ich sage: »Es tut mir leid.«
Mit dieser Rauchstimme fragt sie: »Was?«
»Ach, nichts Besonderes. Um ein Haar wären wir jetzt beide bloß tot.«
Glauben Sie, die Dame sagt darauf etwas?
Kein Wort, kein einziges Wort.
Auf unserer Seite der Bahn, die nach Norden in den Taunus hinaufführt, herrscht wenig Verkehr. Gegenüber, Richtung Kassel–Frankfurt, fahren sie nebeneinander und Schnauze an Auspuff. Klar. Sonntagnachmittag. Die ganze Stadt kommt vom Ausflug zurück. Papi. Mami. Kinderlein. Picknick gemacht im Wald. Zweige mit bunten Blättern gesammelt. In den Wagen sitzen sie jetzt, glückliche, müde Familien. Familie – wenn ich das Wort schon höre...
Ich fahre auf der linken Spur unserer Bahn. Was soll ich auf der rechten? Die Tachonadel steht schon jetzt bei 160.
Ab und zu taucht natürlich auch auf meiner Spur so ein Wagen auf, der es eilig hat. Der dicke blaue Kapitän zum Beispiel gerade. Er geht und geht nicht nach rechts. Also nichts wie nah ran und auf die Lichthupe gedrückt.
Na also, Kleiner, warum funkt es denn jetzt?
Der Bubi am Steuer schüttelt die Faust und hupt hinter mir her.
Sei doch nicht so böse, Bubi! Wenn es die Dame eilig hat...
Und das ist vielleicht eine Dame!

Wir sind bestimmt schon drei Minuten auf der Bahn, da sagt sie erst: »Es wäre mir egal.«
»Was, bitte?«
»Wenn ich jetzt tot wäre.«
»Ja, ja«, sage ich.
»Im Ernst«, sagt sie.
»Ich habe auch im Ernst ja, ja gesagt.«
Plötzlich kommt ihr Kiefer vor, und ihre Stimme klingt so, als würde sie Tränen verschlucken. »Mir ist alles egal. Alles auf der Welt. Mich ekelt alles an.«
»Na, na, na«, sage ich und werfe einen Blick (Abteilung Moralische Aufrüstung) auf den Fünfkaräter und auf das Armband mit den Smaragden und Brillanten.
»Ach das«, sagt sie. »Das Zeug. Sie glauben, so etwas allein macht glücklich?«
»Bravo! Jetzt sind wir mitten drin in einem schönen deutschen Film«, sage ich. »Schmeißen Sie den Dreck doch aus dem Fenster! Der Verschluß des Armbands ist ohnehin schon offen. Ein Griff genügt.«
Leider hört sie mir nicht zu. Und der Verschluß bleibt geöffnet. Sie hätte zuhören und die kleine Platinschleife schließen sollen, damals. Vieles wäre anders gekommen. Alles vielleicht.
Das habe ich jetzt schön hingeschrieben. Nachher sind wir immer klug. Aber in dem Moment, in dem es darauf ankommt...
Ich denke auch nicht mehr an den offenen Verschluß. Mich ärgert diese Frau auf einmal. Doch ein Kellerkind! Nur ein Kellerkind sagt solchen Unsinn. Geld allein macht nicht glücklich. Kennen wir...
Es kommt noch schöner: »Sie sind sehr jung, Herr Mansfeld.«
»Wohl, gnädige Frau«, antworte ich darauf, »wohl bin ich noch sehr jung. Aber eben darum bitte ich Sie, auch ein ganz klein wenig an mein junges, junges Leben zu denken. Mir ist nämlich noch nicht alles ganz egal.« Kunstpause. »Und Ihnen natürlich auch nicht.«
»Doch!«
»Und weil Ihnen alles so egal ist, darum müssen Sie unbedingt schnellstens nach Friedheim.«
Da tut sie etwas, das macht mich nun wirklich verrückt. Sie legt ihre linke Hand auf meine rechte, und ihre ist kühl, und meine ist heiß...
Die Hand. Die Hand. Ich glaube nicht, daß ich das lange aushalte.
Sie sagt: »Sie haben recht. Ich rede Unsinn.«
Ich sage: »Sie haben wunderschöne Hände.«

Prompt nimmt sie die Hand weg. Gott sei Dank! Das habe ich gewollt. Darum habe ich es gesagt. Wie soll ein Mensch seinen Wagen bei 170 Sachen sonst ruhig auf der Bahn halten? Es ist so schon verflucht schwer. Sie sitzt ganz dicht neben mir. Der Wagen ist so eng, so klein, so niedrig. Ich rieche nicht nur ihr Parfüm. Ich rieche auch ihre Haut, den Puder und die Schminke. Muß übrigens ein guter Lippenstift sein, den sie benützt. Überhaupt nicht verschmiert.

180. 185. 190.

»Was für ein Glück ich habe«, sagt sie plötzlich heiser.

»Sie meinen, weil unsere Bahn nicht so voll ist?«

»Nein.«

»Was denn?«

»Ich meine, weil Sie auch nach Friedheim müssen.«

Glück?

Was heißt hier Glück, verehrte Dame?

Hätten Sie gesagt, Sie müßten nach Heidelberg – ich hätte Sie nach Heidelberg gefahren. Oder nach Düsseldorf. Oder nach Konstantinopel. Überallhin hätte ich Sie gefahren. Denn die so zwischen dreißig und vierzig, die sind meine Kragenweite.

5

Jetzt muß ich etwas sagen. Drei Dinge. Es ist höchste Zeit. Erstens: Ich könnte diese Geschichte natürlich auch anders aufschreiben. Nicht gerade wie Thomas Mann, aber doch in klassischerem Deutsch und in längeren Sätzen. Bestimmt könnte ich das! Ich will Ihnen etwas verraten: So habe ich auch angefangen, so sah die erste Fassung aus! Längere Sätze. Keine Kraftausdrücke. Mehr Schmalz. Nicht dieses Gehetze. Wissen Sie was? Nach zwanzig Seiten habe ich gemerkt: Das wird kältester Kaffee.

Ich kann Ihnen auch erklären, warum. Weil ich ein Halbstarker bin. Genauso einer, wie er im Buch (der so viel feineren Erwachsenen) steht: Faul, frech, schlampig. Weiß alles besser. Kenne jedes neue Buch, jede neue Platte, jedes neue Orchester. Und das alles langweilt, langweilt, langweilt mich zu Tode. (Wie Sie noch einmal und noch einmal und noch einmal bei der Sagan nachlesen mögen.) Ich bin ein Muster ohne Wert. Ich kann keinem helfen, und wenn ich's könnte, würde ich's nicht. Sobald ich und meinesgleichen erwachsen sein werden, sei Gott allen Menschen gnädig! Denn unsere Generation wird diese Welt schon unter die Erde bringen, keine Bange. (Das denken Sie doch, schöne Leserin, geistreicher Leser. Davon sind Sie doch überzeugt.) Wir wiederum, die Halbstarken, hegen die arge Befürchtung, daß Sie es schon noch allein schaffen werden. Nun spielen Sie mal nicht gleich die zornigen alten Männer! War ja nicht böse gemeint. Nur ehrlich. Siebenundachtzig Tote gab's gestern in Algerien. Ist doch nicht schlecht für einen Samstag. Oder?

Sehen Sie, ich wollte natürlich auch lieber, ich wäre klug und weise und könnte schreiben wie Th. M. Aber damit ist Sense. Ich bin ein Halbstarker, das hat man mir oft genug gesagt, und ein Halbstarker kann, wenn er will, daß man ihn begreift, eben nur wie ein Halbstarker schreiben. Und ich will, daß Sie mich begreifen, daß Sie jedes Wort verstehen. Denn ich habe eine Geschichte erlebt, die mir mehr an die Nieren geht als alles andere, was mir im Leben passierte. Es ist – Sie werden lachen – eine Liebesgeschichte.

Nein. Bitte. *Bitte,* lachen Sie nicht.

Ich danke Ihnen. Und das sehen Sie doch jetzt ein, das mit dem Stil, nicht?

Punkt zwei: Auf den 46 Seiten, die ich bisher schrieb, habe ich wieder und wieder meinen Alten verflucht. Und ihn ein Schwein genannt, einen Verbrecher, einen Schuft. Jetzt sage ich auch noch, daß ich ihm den Krebs wünsche, ihm und der süßen Tante Lizzy. Sie lesen das alles. Und nun gibt's zwei Möglichkeiten. Entweder Sie denken: Das ist ja widerlich. Der Junge ist widerlich. Die Geschichte ist widerlich. Oder Sie denken: Wenn er seinen Vater wirklich so haßt, dann soll er uns auch endlich sagen, warum. Klipp und klar. Damit wir entscheiden können, ob er recht hat, oder ob er einfach pathologisch ist.

Ich versichere Ihnen, ich bin nicht pathologisch. Und Sie werden mir recht geben, wenn Sie wissen werden, was mein Vater getan hat. Aber ich kann es nicht aufschreiben. Ehrenwort nicht. Ich habe es versucht. Es geht nicht. Ich fange an zu heulen, oder ich besaufe mich. Denn es ist nicht nur das, was die Gerichte meinem Alten vorwerfen. Es ist mehr. Viel mehr. Als wir uns eine Weile kannten, hat Verena mich gefragt, was mein Alter verbrochen hat und warum ich ihn so hasse. Und *ihr,* sehen Sie, ihr konnte ich es erzählen. Ich habe auch geheult dabei. Aber ich konnte Verena alles sagen, die ganze dreckige Wahrheit.

Das ist mein erstes Buch, und die Arbeit fällt mir sehr schwer. Darum bitte ich Sie: Lassen Sie mir noch etwas Zeit – Zeit, bis ich zu der Stelle komme, an der Verena mich fragt. Denn dann werde ich es leichter haben. Dann muß ich nämlich nur eine Szene schildern und aufschreiben, was sie sagte und was ich sagte, damals. Ich bin dann sozusagen ein Dritter, nicht so sehr beteiligt. Dann wird es gehen, ich bin ganz sicher. Schenken Sie mir also noch Geduld? Ein wenig? Ja?

Ich danke Ihnen.

Und schließlich wäre da der dritte Punkt: Die Zeit.

In der ersten Fassung habe ich alles brav in der Vergangenheit aufgeschrieben. So wie's der Brauch. Sie *war* die schönste Frau, die ich jemals gesehen *hatte*. Sie *legte* ihre Hand auf meine. Und so weiter, Sie verstehen. Ja, aber das halte ich nicht durch! Schon in der ersten Fassung bin ich dabei dauernd in die Gegenwart geglitten. Unbewußt. Ich habe es immer erst bemerkt, wenn ich die Seite aus der Maschine zog und sie durchlas.

Es geht nicht. Ich kann nicht in der Vergangenheit über das schreiben, was mein Leben, mein Atem, was alles ist, das ich habe und haben will und worum ich kämpfe. Denn das, was ich erzählen will, das ist ja meine Gegenwart! Ich bin mitten in ihr. Ich muß in ihr bleiben. Der Tag, an dem ich Verena zum erstenmal sah, ist für mich noch genauso Gegenwart wie der Moment, in dem ich jetzt das »s« in dem Wort »das« tippe. Alles ist Gegenwart für mich. Alles, was geschah seit jenem Sonntagnachmittag. Ich würde mich töten – nein, das ist ein zu großes, ein zu feines Wort für einen Halbstarken, das muß für die feinen, für die großen Schreiber reserviert bleiben –, also, ich würde mich umbringen, wenn diese Gegenwart jemals Vergangenheit würde. Ich weiß: Sie wird nicht Vergangenheit werden, solange unsere Liebe dauert. Darum lassen Sie mich in der Gegenwart weiterschreiben – schon aus Aberglauben.

Ja?

Ich danke Ihnen noch einmal.

6

195. 200. 205.

»Na,« sage ich, »was habe ich Ihnen versprochen?« Und riskiere einen Blick. »Wenn es nicht so steil bergauf ginge, käme ich auf 220.« Sie betrachtet mich. Und zum erstenmal lächelt sie. Wenn ich bloß ihre Augen sehen könnte! Sie trägt immer noch die dunkle Brille. Aber trotzdem ist es wunderbar, dieses Lächeln. Wissen Sie, als ich vierzehn war, da machten wir in dem Internat, das ich damals besuchte, eine Reise auf die Zugspitze. (Gleich danach flog ich aus dem Institut, but that is another story, wie Kipling sagt.) In der Hütte hat mich damals einer um drei Uhr früh geweckt, damit ich sehe, wie die Sonne aufgeht. Zuerst habe ich ihm einen Tritt gegeben. Aber später, als ich dann sah, wie sie aufging, die Sonne, da habe ich mich bei ihm entschuldigt und bedankt. Und dann dachte ich jahrelang: Dieser Sonnenaufgang war das Schönste, was du jemals erleben konntest. Bis heute habe ich das gedacht, goddammit, bis zu diesem Augenblick. Jetzt glaube ich es nicht mehr. Verena Lords Lächeln ist schöner als eine Million von Sonnenaufgängen!

Daß wir zynisch sind und blasiert, ewig gelangweilt und angewidert von allem und jedem, dieses Gerede kann ich langsam nicht mehr hören. Das haben ein paar Literaten in Umlauf gebracht und einen Haufen Geld damit verdient. Bravo, ich gönne es ihnen, aber was ist denn hier eigentlich los? Wer glaubte denn dem Hitler, wer schrie denn Heil und überfiel die halbe Welt und vergaste sechs Millionen Juden, und kann sich heute an nichts mehr erinnern? Wer war denn das? *Wir* nicht!

Überlegen Sie doch einmal!

Also, daß sie das getan haben, *überlegen*, das kann man unseren Herren Eltern wirklich nicht zum Vorwurf machen. Geglaubt, ja, das haben sie. Ein bißchen viel geglaubt haben sie, unsere Alten. Das erzählen sie uns jedenfalls andauernd. Wir glauben ihnen ja auch, daß sie geglaubt haben. Leider haben sie zu wenig überlegt. Ein bißchen zu wenig gedacht. Ein bißchen weniger glauben und ein bißchen mehr denken wäre besser gewesen. Darum mögen sie uns nicht. Weil es bei uns Halbstarken nämlich umgekehrt ist. Wir glauben nur wenig von dem Salm, den sie uns erzählen; aber das kommt daher, daß wir ein bißchen mehr denken. Nicht alle natürlich. Aber die, die nicht denken, die glauben wenigstens auch nicht. Ich finde, das ist schon ein enormer Fortschritt! Und mir ist es auch immer noch lieber, sie tanzen Twist und tragen Lederjacken und bauen die Schalldämpfer aus ihren Mopeds, als daß sie freiwillig einrücken mit klingendem Spiel und Tränen in die Augen bekommen, wenn die Hymne ertönt oder von Langemarck die Rede ist. Von allen Jungen, die ich kenne – und das sind eine Menge –, ist keiner freiwillig eingerückt! Jeder nur, weil er mußte. Und Sie hätten einmal hören sollen, was sie vorher zu sagen hatten. Klar gibt es auch Idioten unter uns. Wo gibt es keine? Aber ich sage Ihnen: Die meisten denken doch ein bißchen mehr, als ihre Eltern gedacht haben.

Ich, ich habe auch nachgedacht.
Seit sie neben mir sitzt, habe ich nachgedacht. Den ganzen Weg in den Taunus hinauf. Ausfahrt Schwalbach. Ausfahrt Weißkirchen. Ich habe darüber nachgedacht, ob es mir wohl gelingen wird, sie umzulegen. Ich meine: Das ist doch eine natürliche Überlegung. Als normaler Mann werden Sie mir recht geben. Sie ist so schön. Sie betrügt ihren Gatten. Mit so einem Italiener. Wer weiß, mit wem noch? Also warum nicht auch mit mir? Dann, nach der Ausfahrt Bad Homburg, ist etwas Komisches passiert. Etwas, das bei mir äußerst selten vorkommt: Ich habe mich geniert. Vor mir selber. Für das, was ich dachte. Obwohl es natürlich das einzig Senkrechte war. Was soll ich tun?
Ich habe mich geschämt. Ich glaube, das war der Moment, in dem ich anfing, sie zu lieben. Hinter der Ausfahrt Bad Homburg...
Da sage ich zu ihr: »Das Tuch, das Sie da halten, binden Sie besser um den Kopf.«
»Warum?«
»Wenn Ihr Mann doch schon auf der Bahn ist, und wir überholen ihn jetzt, dann erkennt er Sie vielleicht, trotz der Brille. Aber mit dem Tuch kann kein Mensch Sie erkennen. Und schauen Sie immer ein bißchen zu mir herüber.«
Sie wird blutrot, und ihre Lippen bewegen sich lautlos, aber sie nimmt das Tuch und bindet es über das Haar und zieht es nach vorn, so daß ihr Gesicht für jeden, der sie von rechts ansieht, unsichtbar wird.
»Okay«, sage ich.
Was für ein schöner Herbst! Die Bäume am Rand der Bahn tragen rotes und gelbes und braunes Laub, und über allem leuchtet noch die Sonne, nur die Ferne ist schon in blauen Dunst gehüllt. Ein goldener Wald ist das, durch den wir fahren. So schön. So schön. Aber die Schatten werden bereits länger...
Jetzt hat sie sich halb zu mir gewendet, doch ich habe das Ding auf 210 hochbekommen und muß nach vorne sehen. Der ganze Wagen zittert, und der weiße Mittelstreifen der Bahn rast mir entgegen.
»Am Flughafen sagten Sie, Sie wüßten nicht nur, wie ich heiße, sondern mehr.«
»Stimmt«, sage ich.
»Was wissen Sie?«
»Sie sind die Frau des Frankfurter Bankiers Manfred Lord. Ihr Mann macht mit meinem Vater Geschäfte. Ich kenne Ihren Mann nicht. Aber ich kenne meinen Vater. Es können also keine sehr feinen Geschäfte sein.«

»Viele Leute heißen Lord. Ich muß nicht die Frau dieses Bankiers sein, Herr Mansfeld.«
»Aber Sie sind es.«
»Ja.«
»Sie haben ein uneheliches Kind.«
»Sein Vater ist gestorben, bevor es geboren wurde. Wir hätten geheiratet.«
»Gewiß«, sage ich und denke: Was warst du wohl früher? Barfrau? Nie! Sekretärin? Nie! Ein bißchen kenne ich mich schon mit Menschen aus. Auch Mannequin warst du nicht. All das nicht. Was du warst, woher du kommst, ich kann es nicht sagen. Da ist ein Geheimnis um dich, das fühle ich. Was für ein Geheimnis? Aus welcher Umgebung stammst du? Wo hat er dich gefunden, der ehrenwerte Manfred Lord? »Seien Sie nicht beleidigt«, sage ich. »Sie fragen, ich antworte. Das Kind heißt Evelyn. Ihr Mann hat sich mit ihm abgefunden, aber er will es nicht adoptieren.«
»Woher wissen Sie das alles?«
»Von meinem Vater. Der hat ein paarmal über Sie gesprochen.«
»Was?«
»Nur Gutes.« Lüge. Schlecht hat er über sie gesprochen, schmutzig, abfällig. Für meinen Alten ist die Frau seines Geschäftsfreundes »diese Person«, »das kleine Luder«, »der gold-digger«. »Es ist ein Jammer«, pflegt mein Vater zu sagen, »daß ein Mann wie Manfred Lord sich so vergessen konnte.« Und meine feine Tante Lizzy pflegt zu sagen: »Sie hat eben das geheime Klingelspiel.« Soll ich Verena Lord das erzählen? Man kann den Menschen immer nur einen ganz kleinen Teil der Wahrheit sagen, wenn man gut zu ihnen sein will, denn die Wahrheit tut weh.
»Was für einen Wagen fährt Ihr Mann? Einen Mercedes?«
»Ja.«
»Schwarz?«
»Ja.«
»Wir haben zwei vor uns. Ich überhole sie jetzt. Drehen Sie sich noch mehr zu mir.«
Sie tut es. Wir schweigen beide eine ganze Weile. Als sie endlich spricht, kann ich ihren Atem auf meiner Wange fühlen.
»Woran denken Sie, Herr Mansfeld?«
Es ist schon komisch: Hätte sie diese Frage bei der Ausfahrt Schwalbach oder bei der Ausfahrt Weißkirchen oder jedenfalls noch vor der Ausfahrt Bad Homburg an mich gerichtet, dann wäre ich keß geworden. Oder charmant. Aber jetzt haben wir schon die Ausfahrt Friedrichsdorf hinter uns, und alles ist anders, ganz,

ganz anders, und ich werde nie mehr so denken wie *vor* der Ausfahrt Bad Homburg.
Nie. Aber ich bin eben verklemmt, komplexbeladen, kaltschnäuzig, was Sie wollen.
»Ich habe Sie etwas gefragt, Herr Mansfeld.«
Ich antworte nicht.
»Ich habe gefragt, woran Sie denken!«
Verklemmt, wie wir jungen Leute eben sind, antworte ich: »Ich dachte soeben, daß eine klassenlose internationale Gesellschaft die einzige Hoffnung ist, die der Menschheit noch bleibt, daß man eine solche Gesellschaft jedoch ohne einen Atomkrieg nicht konstituieren kann, und daß ein solcher Atomkrieg die Menschheit vernichten wird. Voilà: Der circulus vitiosus.«
Darauf fragt sie nur: »Und wie heißen Sie mit dem Vornamen?«
»Oliver«, antworte ich.
Jetzt weiß ich, daß ich sie liebe.

7

Daß ich sie liebe.
Ist das nicht verrückt? *Ich* und verliebt! Und in eine Frau, die ich nie zuvor im Leben gesehen habe und die seit einer halben Stunde neben mir sitzt. Eine Frau, die verheiratet ist. Die ein Kind hat. Die einen Liebhaber hat. Ist das verrückt oder nicht?
»Achtung«, sage ich. »Wieder ein schwarzer Mercedes.«
Folgsam wendet sie mir den Kopf zu. Ich überhole den Wagen.
»Diesmal saß eine Frau am Steuer«, sage ich. »Sehen Sie wieder geradeaus, sonst bekommen Sie noch Genickstarre.«
Aber sie sieht mich weiter an.
»Was denken Sie ehrlich, Herr Mansfeld?«
Ja, was denke ich ehrlich?
Ich denke: Ich will bei dir bleiben. Immer. Immer.
Aber kann man so etwas sagen, zu einer Frau, die man seit einer halben Stunde kennt?
»Ich will nicht, daß Sie trouble kriegen«, antworte ich. »Ihr... Ihr Freund hat im Informationsbüro am Flughafen zugehört, als mir das Fräulein den Weg nach Friedheim erklärte...«
»Und?«
»Und *ich* habe zugehört, als Sie telefonierten. Ich konnte nicht anders. Sie hatten die Tür der Zelle nicht richtig geschlossen. Und Sie sprachen zu laut. Viel zu laut.«

»Es war ein ganz unwichtiges Gespräch.«
»Das ist nicht wahr.«
»Sie haben nur gehört, was *ich* sagte!«
»Man kann aus den Antworten ein ganzes Gespräch rekonstruieren.«
»Und?«
»Jemand aus Frankfurt hat angerufen. Jemand, dem Sie vertrauen können. Vielleicht die Köchin. Oder der Chauffeur.«
»Und?«
»Wer immer es war, er wußte, daß Sie sich im Flughafen befanden – mit Ihrem Freund. Er rief an, um Ihnen zu sagen, Ihr Mann sei unvermutet oder schneller als vorgesehen von einer Reise zurückgekehrt und sucht Sie nun. Der Betreffende muß Ihrem Mann vorgelogen haben, Sie wären in Friedheim. Wahrscheinlich haben Sie da oben eine Villa. Deshalb müssen Sie so schnell hinauf. Damit Sie vor Ihrem Mann da sind. Sie können ihm dann erzählen, Sie hätten einen Spaziergang gemacht.«
Jetzt dreht sie den Kopf nach vorn und wirft ihn zurück und sagt: »Da kommt wieder eine Ausfahrt. Biegen Sie ab. Bringen wir es schnell hinter uns.«
»Ich verstehe nicht...«
»Sie sind ein Erpresser. Na schön. Mein Pech. Gehen Sie vom Gas herunter. Sie sollen abbiegen! Die Gegend hier ist einsam, das Gebüsch sehr hoch. Die Viertelstunde! Bitte sehr, bedienen Sie sich, Herr Mansfeld.«
Ich bin so verblüfft, daß ich kein Wort herausbringe.
Da schreit sie hysterisch: »Los! Biegen Sie ab! Holen Sie sich, was Sie wollen!« Und greift in die Speichen des Lenkrads und reißt es nach rechts.
Der Jaguar beginnt zu schleudern, kommt bis auf einen Viertelmeter an einen Wagen auf der rechten Spur heran – und das bei 210 Sachen! Ich schlage im Reflex mit der Faust nach ihr und treffe ihren Arm und ihren Körper. Etwas klirrt – wahrscheinlich das Armband. Ich muß ihr sehr weh getan haben, denn sie schreit noch einmal auf und läßt das Rad los und preßt eine Hand gegen die Brust.
Ist Ihr Wagen schon einmal ins Schleudern gekommen? Ja? Bei 100? Bei 140? Werden Sie es jemals vergessen können? Bei mir waren es 210. Etwas Grausigeres habe ich noch nicht erlebt. Der Jaguar legt sich auf die beiden linken Räder. Ich verreiße das Steuer. Jetzt liegt er auf den rechten Rädern. Jetzt sind wir auf dem Grünstreifen. Die Reifen jaulen. Langsam bremsen. Ganz vorsichtig

bremsen. Lenkrad locker halten. Dein Wagen hat jetzt mehr Intelligenz als du. Zurück auf die Bahn. Zurück auf den Grünstreifen. Und auf der Gegenbahn die Wagenkolonne. Alles fliegt vorbei wie in einem wüsten Traum. Entsetzte Gesichter. Steine. Autos. Wieder auf der Bahn.
Verena hat zuerst gekreischt. Jetzt ist sie still und hält sich an dem gepolsterten Armaturenbrett fest. Der Jaguar dreht sich einen Augenblick so stark, daß ich denke, nun überschlagen wir uns endlich, und alles ist aus. Dann springt er wieder nach vorne. Ich trete aufs Gas, damit er weiter wenigstens halbwegs geradeaus fährt. Er tanzt noch immer wie ein Betrunkener. Mir rinnt der Schweiß in die Augen. Und alles, was ich denken kann, ist: Wenn wir davonkommen, schlage ich ihr die Zähne ein.
Hinter uns, vor uns, neben uns hat ein wüstes Hupkonzert eingesetzt. Aber es ist schon alles vobei. Der Wagen pendelt nur noch. Und ich gehe mit der Geschwindigkeit wieder hinauf.
»O Gott«, sagt sie.
»Sprechen Sie nie wieder so mit mir«, sage ich endlich mühsam und wische mir den Schweiß von der Stirn. »Nie, nie wieder.«
»Es tut mir leid. Es tut mir so leid.«
»Seien Sie ruhig.«
»Es war gemein, was ich sagte. Es war verrückt, daß ich Ihnen ins Steuer griff. Ich bin verrückt.«
»Sie sollen ruhig sein.«
»Ich bin vollkommen verrückt. Ich weiß überhaupt nicht mehr, was ich tue.«
Jetzt liegt der Wagen endlich wieder ganz fest.
»Können Sie mir verzeihen?«
»Warum nicht?«
»Ich war gemein.«
»Sie sind unglücklich«, sage ich, »das ist alles.«
»Sie können nicht ahnen ...«
»Ich habe Phantasie. Ich kann mir allerhand vorstellen. Achtung. Wieder ein Mercedes.«
Sie wendet wieder den Kopf. Und diesmal senkt sie ihn, und er berührt meine Schulter. Ich fühle ihr Haar. Es riecht wunderbar.
Vorbei an dem Mercedes.
»Haben wir ihn überholt?«
»Nein«, lüge ich, »warten Sie noch.«
Es ist erst fünf Uhr, aber schon wird es dämmrig. Ganz oben, vor uns, liegt noch der Goldglanz der Sonne, doch das Licht verliert seine Kraft, und die Wälder sind hier nicht mehr so bunt wie eben

noch. Ihr Laub ist schon welk, braun und brüchig, und in den Tälern wird es schattig und kalt. Und Verenas Kopf liegt noch immer auf meiner Schulter.

8

»Fünf Uhr. Da gibt es Musik bei AFN.« Ich drücke auf den Knopf, der das Autoradio einschaltet. Klavier und Geigen. Eine klagende Trompete. Zur gleichen Zeit sagen wir beide: »Gershwin! Konzert in F.«

»Der zweite Satz«, sagt sie.

»Der zweite Satz ist der schönste.«

»Ja«, sagt sie und hebt den Kopf und sieht mich an, »auch für mich.«

»Ist Ihnen schon besser?«

Sie nickt.

»Wie lange sind Sie verheiratet?«

»Drei Jahre.«

»Wie alt sind Sie?«

»Das fragt man nicht.«

»Ich weiß. Wie alt sind Sie?«

»Dreiunddreißig.«

»Und Ihre Tochter?«

»Fünf.«

»Und Ihr Mann?«

»Einundfünfzig. Das war auch gemein von mir, nicht wahr?«

»Was?«

»Einen Mann zu heiraten, der achtzehn Jahre älter ist – und ihn nun zu betrügen.«

»Sie hatten Ihr Kind«, sage ich. »Und wahrscheinlich kein Geld. Hören Sie doch, das Klavier ...«

Da legt sie eine Hand auf meine Schulter, und wir lauschen beide lange Zeit der Musik dieses großen Künstlers, der mit achtunddreißig an einem Gehirntumor verrecken mußte, während es Generäle gibt, die noch mit achtzig Rosen züchten.

»Wie alt sind Sie, Herr Mansfeld?«

»Einundzwanzig. Und damit Sie nicht weiterfragen müssen: Ich fahre nach Friedheim, weil da oben ein Internat liegt und ich noch zur Schule gehe. Ich blieb dreimal sitzen. Heuer werde ich zum viertenmal sitzenbleiben.«

»Aber weshalb?«

»Nur so«, sage ich, »zum Spaß, verstehen Sie? Jetzt müssen wir herunter von der Autobahn.« Ich ziehe das Lenkrad nach rechts.
AUSFAHRT OBER-ROSBACH/PFAFFENWIESBACH/FRIEDHEIM
Hinter den Ortsnamen stehen die Entfernungen.
FRIEDHEIM: 8 km.
Eine große Kurve führt zu einer Brücke über die Autobahn. Ich sehe Birken, Erlen, ein paar Eichen. Die Straße wird schmal. Masten einer Überlandleitung. Silbern leuchten die Drähte hoch oben in der Luft, die letzten Sonnenstrahlen treffen sie noch. Wiesen und Wäldchen. Ein kleiner Ort. Eine winzige Holzbrücke führt über einen winzigen Fluß. Zu beiden Seiten der Straße stehen Pappeln, dann kommen die Häuser. Eine friedliche Biedermeierstadt. Ich passiere einen überbauten Durchgang zwischen zwei weiß-braunen Fachwerkhäusern, dann sehen wir den Marktplatz, das Rathaus, einen stämmigen Kirchturm mit barocker Haube, alles blankweiß verputzt, vergoldet und bemalt. Immer wieder Fachwerkhäuser, sauber und alt, mit bunten Farben bemalt. Ich muß jetzt langsam fahren, fünfzig Kilometer, denn viele Wagen haben meinen Weg gewählt.
Gegenüber dem Kirchturm steht ein ganz altes Haus mit kunstvollen Schnitzereien an der Fassade, einem Sinnspruch, den ich sogleich vergesse, und einem alten Laden im Erdgeschoß. »REISEUTENSILIEN« steht über dem Eingang. In der Auslage liegen nicht nur Koffer und Handtaschen, ich sehe auch Sattel und Reitzeug. Hier gehen sie also auch noch mit Pferden auf die Reise.
Vorbei der Marktplatz. In der »Hintergasse« sind wir jetzt, und auch hier gibt es Fachwerkhäuser mit spitzen Giebeln und alten Geschäften.
»GROSSHANDLUNG IN FRISEURARTIKELN«. »OMNIBUSUNTERNEHMEN«. »SPEZIALITÄTENBÄCKEREI A. WEYERSHOFENS SEL. ERBEN«. Sehr hell sind die glatten Fassaden der Häuser, dunkel ist ihr Holz. Eine fromme Schwester geht über die Straße, mit steifer Haube, ein Gebetbuch in den weißen Händen.
»Gibt es noch eine zweite Straße zu Ihnen hinauf?« frage ich die Frau neben mir.
»Wenn Sie jetzt gleich rechts abbiegen. Aber sie ist sehr schlecht.«
»Das macht nichts. Auf dieser hier komme ich nicht weiter. Diese hier führt wohl zum Internat. Heute ist Ferienende. Alle Eltern bringen ihre Kinder zurück. Es sollen über dreihundert sein.«
»Waren Sie noch nie da?«
»Nein. Ich bin ein Neuer. Jetzt rechts?«

»Ja. Aber ich kann auch laufen... ich will Sie nicht aufhalten. Sie müssen ins Internat.«
»Ich habe Zeit. Sie haben keine.«
Ich biege rechts ab. Die Straße wird fürchterlich. Schlagloch, Schlagloch, Querrinnen und Steine. Die Herbstblumen im Gras am Wegrand sind schmutzig und verstaubt.
»Warum tun Sie das noch für mich, nach dem, was ich sagte?«
»Ich weiß nicht«, antworte ich.
Und das ist auch so eine Lüge.

9

Ich muß auf Dreißig heruntergehen, sonst brechen mir die Radachsen und die Federn. Der Weg – von einer Straße kann man nicht mehr reden – steigt sehr steil an. Es wird immer dämmriger. In Gärten und Parks sehe ich prunkvolle Villen, kleine Schlösser, eine renovierte Burg.
»Wer wohnt da?«
»Leute aus Frankfurt«, sagt sie. »Im Sommer, über das Wochenende. In zehn Minuten sehen Sie unser Haus.«
Kann man auf einmal, plötzlich, von einem Moment zum anderen, eine so mörderische, blindwütige Sehnsucht nach Liebe, nach einer wirklichen, echten, ehrlichen Liebe empfinden?
Immer mehr verfällt das Licht. Der Tag geht zu Ende. Noch sitzt sie neben mir. Noch zehn Minuten. Und dann?
Mir ist plötzlich kalt.
Am Straßenrand erscheint eine Tafel. Ich lese:
MENSCHENFR. GESELLSCHAFT
(DER ENGEL DES HERRN)
ERHOLUNGSHEIM
Ein Pfad führt zu einem weißgestrichenen, alten Gutshof hinab. Vor ihm steht eine grüne Pumpe. Kinder tanzen um sie herum.
»Wer hat Sie also angerufen am Flughafen?«
»Die Köchin.«
»Sie können ihr vertrauen?«
»Unbedingt.«
»Wieviel Angestellte haben Sie hier oben?«
»Ein Gärtnerehepaar. Einen Diener.«
»Was ist mit denen?«
»Sie halten zu meinem Mann. Sie hassen mich. Ich bin für sie...«
Sie unterbricht sich.

»Der letzte Dreck, nicht wahr? Ich kenne das. Ich kann mir das alles gut vorstellen.«

»O nein, Herr Mansfeld! Nein! Sie können sich überhaupt nichts vorstellen!«

»Doch«, sage ich. »Doch. Wir haben uns noch nie gesehen. Sie leben hier. Ich komme aus Luxemburg. Und trotzdem. Ich glaube...«

... daß wir einander so ähnlich, so ähnlich sind und uns sofort verstehen würden, wollte ich sagen. Natürlich sage ich es nicht.

»Was glauben Sie?«

»Nichts. Ich rede Dummheiten. Sie haben recht. Ich kann mir natürlich gar nichts vorstellen.«

»Jetzt wieder rechts, bitte.«

Der Weg wird noch schlechter.

»Wann haben Sie die Villa verlassen?«

»Gegen halb drei.«

»Ist Ihre Tochter zu Hause?«

»Ja.«

»Haben Sie zu Hause gesagt, daß Sie einen Spaziergang machen wollten?«

»Ja.«

»Dann bleiben Sie dabei. Unter allen Umständen. Ich setze Sie vor dem Haus ab. Wir sind uns nie begegnet. Dabei müssen Sie bleiben. Unter allen Umständen. Auch wenn irgend jemand behauptet, Sie in meinem Wagen gesehen zu haben. Sie müssen bei *einer* Lüge bleiben. Nur dann wird er Ihnen glauben.«

»Wer?«

»Ihr Mann. Man darf nie die Lügen wechseln. Man muß eisern die eine wiederholen, die man gewählt hat.«

»Was sind Sie für ein Mensch?«

»Der Kern ist gut.«

»Wo gingen Sie vor den Ferien zur Schule?«

»In Salem.«

»Und?«

»Nichts und. Ich mußte weg.«

»Wegen einer Frau?«

»Wegen eines Mädchens.«

»Hatten Sie viele Mädchen in Ihrem Leben?«

»Ja. Nein. Ich weiß nicht.«

»Haben Sie... haben Sie einmal eine geliebt?«

»Ich glaube nicht. Nein. Bestimmt nicht. Und Sie?«

Wie wir miteinander sprechen. Wie wir uns verstehen. Ich wußte

es ja. Ich wußte es. Und nur noch fünf Minuten. Höchstens fünf Minuten. Immer dämmriger wird es und immer kälter. Nebel steigen auf im Tal, und über dem dunklen Wald steht in einem farblosen Himmel die schmale Sichel des zunehmenden Mondes.
»Was ich, Herr Mansfeld?«
»Haben Sie schon einmal geliebt?«
»Den Vater meines Kindes, ja. Und Evelyn.«
»Den Mann am Flughafen?«
Sie schüttelt den Kopf.
»Wirklich nicht?«
»Wirklich nicht. Er ist nur mein... Ich schlafe nur mit ihm. Das ist etwas ganz anderes.«
»Ja«, sage ich, »das ist etwas ganz anderes. Sie müssen mir zeigen, wo ich halten soll.«
»Da vorn bei der großen Eiche.«
»Ich... ich möchte Ihnen so gern helfen.«
So etwas habe ich noch nie gesagt, *nie!*
»Das können Sie nicht, Herr Mansfeld.«
»Vielleicht doch. Wer weiß? Ich werde jetzt wohl hier leben, wenn man mich nicht wieder hinauswirft.«
Sie sagt nichts.
»Fahren Sie gleich morgen wieder nach Frankfurt zurück?«
»Nein, ich bleibe noch, mit dem Kind. Bis Anfang Oktober.«
Warum macht mich das glücklich? Warum erfüllt mich das mit wilder Freude? Nur weil sie bis Anfang Oktober noch irgendwo in meiner Nähe sein wird? In meiner Nähe. Irgendwo.
Tough guy? Sentimentaler Idiot.
»Sie haben recht«, sage ich. »Keiner kann keinem helfen. Da ist die Eiche.« Ich halte den Wagen an. Und dann ist es doch wieder stärker als ich. »Darf ich Sie um etwas bitten?«
»O Gott«, sagt sie. »Nein! Nicht! Ich war so froh, daß ich Ihnen vorhin Unrecht tat.«
»Es ist nichts Schlimmes.«
»Was ist es?«
»Ich möchte, daß Sie einen Moment Ihre Brille abnehmen. Ich möchte Ihre Augen sehen.«
Sie zögert. Dann tut sie es. Und nun sehe ich endlich die Augen, das Schönste, das Allerschönste an ihr. Sie sind eigentlich viel zu groß für das schmale Gesicht, schwarz, langbewimpert, verschleiert. In diesen Augen steht ein tieftrauriger Ausdruck. Sie wissen um viele Dinge, um schmerzhafte und häßliche zumeist wahrscheinlich. Man kann ihnen wenig vormachen, diesen Augen.

Und dabei ist ihr Blick trotzdem hilflos. Nur noch sehr wenig Hoffnung liegt in diesem Blick. Seltsam, und dabei so viel Leidenschaft. Und Sehnsucht, so viel, so viel Sehnsucht! Niemand, denke ich, der jemals in diese Augen gesehen hat, wird sie jemals vergessen können.
»Steigen Sie aus«, sage ich. »Gehen Sie weg. Schnell. Und drehen Sie sich nicht mehr um.«
Sie klettert aus dem Jaguar und setzt wieder die Brille auf.
»Danke«, sagt sie heiser.
»Gehen Sie.«
»Und Sie werden zu keinem Menschen ...«
»Zu keinem. Niemals.«
»Herr Mansfeld, ich ...«
»Sie sollen weggehen. *Bitte!*«
Da geht sie, und ich sehe ihr nach, der Frau mit der beigefarbenen Hose, dem beigefarbenen Pullover, dem Tuch um das Haar, der Frau mit der schmalen Taille und den breiten Schultern, die jetzt, müde und kraftlos, vorgeneigt sind.
Manchmal, nicht oft, weiß ich genau, was in anderen Menschen vorgeht oder was abwesende Menschen tun. Selten ist das so bei mir. Aber dann stimmt es immer.
Jetzt, in diesem Moment, weiß ich mit absoluter Bestimmtheit, daß Tränen Verena Lords Augen füllen, ihre wunderbaren Augen. Tränen für wen?
Hinter der Eiche macht der Karrenweg eine Biegung. Da verschwindet sie, die Frau mit dem blauschwarzen Haar. Sie hat sich wirklich nicht mehr umgesehen. AFN spielt jetzt das »Brandenburg Gate« von Dave Brubeck.
Da, wo ich gehalten habe, ist der Platz breit genug zum Wenden. Dreimal hin und her, dann habe ich den Wagen herum und fahre den Weg zurück, den ich kam, hinunter zu der Kreuzung, über Schlaglöcher, Feldsteine, Mulden. Der alte weiße Gutshof unten im Tal, da ist er wieder, und da ist auch der Wegweiser mit der seltsamen Inschrift:
MENSCHENFR. GESELLSCHAFT
(DER ENGEL DES HERRN)
ERHOLUNGSHEIM
Immer noch spielen fröhliche Kinder bei der alten grünen Pumpe im Hof. Ich habe jetzt das Fenster an meiner Seite herabgekurbelt und höre Rufe.
»Bruder Walter! Bruder Walter!«
»Schwester Claudia! Das Kaninchen läuft uns davon!«

Menschenfreundliche Gesellschaft. Der Engel des Herrn. Erholungsheim.
Der Maiglöckchenduft ist schon wieder verschwunden, vergangen, verweht.
Diorissimo.
Verena Lord.
Sonntag, 4. September 1960.
So hat es begonnen...

10

Dann bin ich wieder bei der Abzweigung und reihe mich ein in die Kette der Wagen, die zum Internat hinauffahren.
In den Autos sitzen Erwachsene und Kinder, große und kleine, Jungen und Mädchen. Die Wagen sind staubig und kommen von weit her, ich kann es an den Kennzeichen sehen. Wien, Zürich, Brüssel, Paris, Lille, Hamburg. Und Frankfurt natürlich. Sehr oft Frankfurt. Auch zwei US-Wagen kann ich erkennen. Eine endlose Kette kriecht da den Berg hinan.
Verenas Augen. Immer noch sehe ich ihre Augen. Jetzt ist sie schon zu Hause. Ob wir es geschafft haben? Oder ob er sie schon erwartet hat, ihr Mann? Und ob sie dann die Nervenkraft besitzen wird, bei der einen, einzigen Lüge zu bleiben, bei der man bleiben muß, wenn man schon lügt?
In immer neuen Serpentinen steigt die Straße jetzt an. Uralte Bäume treten ganz dicht an ihren Rand. Ich sehe geborstene Mauern, eine Turmruine in der Entfernung. Hat es hier einmal Befestigungen gegeben?
Steilhänge zu beiden Seiten der Straße heben sich. Tafeln warnen: ACHTUNG! STEINSCHLAG!
Nun wird es wirklich dunkel. Ich schalte die Scheinwerfer ein. Vor mir beginnt eine Kette roter Schluß- und Bremslichter zu funkeln.
Warte auf mich. Ich werde dich finden, auch in des Schattentals finstersten Gründen.
Was ist das? Marlowe? Ja, ich glaube. Warum fällt mir das plötzlich ein?
Wait for me. I shall not fail to meet thee in the shadow vale.
Ihre wunderbaren Augen.
And »The Brandenburg Gate«.
Ein Wegweiser:

INSTITUT DR. FLORIAN – ZUR SEEROSE. INSTITUT DR. FLORIAN – ZUM QUELLENHOF. INSTITUT DR. FLORIAN – ZUR ALTEN HEIMAT. INSTITUT DR. FLORIAN – ZUM HAUPTGEBÄUDE.

Was heißt hier eigentlich immer Doktor? Ich denke, er ist Professor? Der Weg zum Hauptgebäude ist der steilste. Den fahre ich hinauf. Ich kenne das schon. In Lugano war es auch so, in Salem und auch in Bayreuth. Sechs, acht Villen stehen rund um so ein Hauptgebäude. Mädchenhäuser. Jungenhäuser. Da fahren sie jetzt hin mit ihren verstaubten Wagen und liefern ihre Kinder ab, laden sie aus, werden sie los. Und fahren wieder weg. Das ist überall so, wenn die Schule beginnt. Ich kenne es seit Jahren. Nur daß *ich* seit Jahren allein ankomme, wo immer es ist.

Das Hauptgebäude muß einmal ein Schloß gewesen sein. Eine riesige alte Kastanie steht davor. Alles dunkel. Ich sehe keinen Menschen, nicht ein einziges Auto. Natürlich, jetzt sind sie alle in »ihren« Häusern, jetzt tobt der Kampf um die Zimmer, um die Betten. Wer schläft bei wem? Wo sind die alten Freunde vom vergangenen Jahr? Wie sehen die Neuen aus?

Kofferberge. Radios. Tennisschläger. Reisesäcke. Besorgte Mütter. Väter, die auf die Uhr sehen. Wie lange soll das noch dauern? Morgen früh um acht muß ich bei Gericht sein. Nun komm schon, Trude! Leb wohl, meine kleine Süße, und sei schön brav, versprichst du das deiner Mami? Du mußt ordentlich lernen, du weißt, wie teuer das Schulgeld ist. Und viel Geschrei. Und viel Gelächter. Und viele Tränen...

Sicher ist allerhand los in den Villen. Sicher sind alle Toiletten verriegelt, und kleine Kinder stehen darin und weinen, heimlich, denn Weinen wird ungern gesehen hier. Kenne ich alles, kann ich mir alles vorstellen. Ich habe mich auch eingeriegelt, beim erstenmal. Da war ich vierzehn. Und hatte noch keinen Wagen, keinen Führerschein. In einem Internat bei Bad Vilbel war das. Teddy Behnke, unser Pilot, hatte mich hingebracht. Denn meine Mutter darf auch nicht mehr nach Deutschland. Sie steht auch auf der Fahndungsliste und ist sofort zu verhaften. Teddy gab mir damals einen Kuß. Können Sie sich das vorstellen? »Von deiner Mutter«, sagte er. »Sie bat mich, dir den Kuß zu geben. Und ich soll dich bitten, ihr zu verzeihen.«

»Sagen Sie ihr, daß es nichts zu verzeihen gibt, wenn Sie sie sehen, Herr Behnke.«

»Jawohl, mein Kleiner. Ich fliege noch heute zurück. Und morgen besuche ich deine Mutter im Sanatorium. Soll ich deinem Vater auch etwas sagen?«

»Ja, bitte. Ihm und Tante Lizzy.«
»Was?«
»Daß ich wünsche, sie mögen verrecken! Beide. Langsam. Und weh soll es ihnen tun. Haben Sie verstanden, Herr Behnke? Verrecken!«
Und dann bin ich davongelaufen und habe mich eingeriegelt in einer Toilette. So kindisch ist man mit vierzehn. Zum Glück wird man älter.
Ich steige aus.
Bei meinem Eintreffen soll ich mich im Hauptgebäude melden, haben sie nach Luxemburg geschrieben. Bei Herrn Professor Florian. Er will mich sprechen. Kann noch ein paar Minuten warten, der Arschpauker.
Ich sperre den Wagen nicht ab. Ich strecke mich und vertrete meine Beine. Gute Luft hier oben. Ich gehe vom Wagen fort, die Schloßfassade entlang, an der es Balkone gibt und Karyatiden und Nischen, in denen Kerle aus Sandstein stehen, mit Büchern im Arm oder den Reichsapfel in der Hand und eine Krone auf dem Kopf. Das übliche, Sie kennen es.
Was ist das?
Ich fahre herum. Jemand hat den Schlag meines Wagens zugeworfen. Wer? Verflucht, es ist so finster hier, im Hause brennt kein Licht, ich sehe nur einen Schatten. Den Schatten eines Mädchens.
»He!«
Das Mädchen duckt sich. Ein Petticoat fliegt hoch, als sie losrennt. Ich renne ihr nach. Sie ist etwa so groß wie ich. Das ist aber auch alles, was ich sehen kann.
»Bleib stehen!«
Da stürzt sie schon in das dunkle Haus hinein. Ich stolpere, falle beinahe, komme gerade noch wieder auf die Beine und erreiche gleichfalls die Schule. Die Eingangstür steht offen. In der Halle ist es finster. Man sieht nicht die Hand vor den Augen.
Totenstille.
»Hallo!« Kein Laut.
Was soll ich machen? Sie versteckt sich hier. Wo? Ich kenne dieses Haus nicht. Ich weiß nicht einmal, wo die Lichtschalter – verflucht! Jetzt bin ich mit der Stirn gegen eine Säule gerannt.
Wo ist das Luder? Schon wieder stoße ich gegen etwas, diesmal eine Bank. Es hat keinen Sinn, ich kann es genausogut aufgeben. Was habe ich schon davon, wenn ich sie finde, die neugierige Zicke?
Oder ob sie etwas gestohlen hat?
Durch die offene Eingangstür dringt milchige Dunkelheit. Ich gehe zurück ins Freie und öffne eine Tür meines Wagens. Nein. Soweit

ich sehen kann, hat sie nichts geklaut. Trotzdem sperre ich den Jaguar jetzt ab. Sicher ist sicher, denke ich.

11

Nun stehe ich eine lange Weile vor der Schule und warte, warte, ich weiß selbst nicht, worauf. Daß dieses Mädchen wieder auftaucht? Idiot! Da kannst du lange warten. Die kennt sich hier gewiß genau aus und ist längst durch irgendeinen anderen Eingang abgehauen. Aber dieser Professor Florian könnte ja wohl eigentlich mal auftauchen, nicht wahr? Oder sonst ein Mensch. Was ist das für ein Saftladen hier? Wütend gehe ich in das Hauptgebäude. In der finsteren Halle dröhnen meine Schritte überlaut.
Ich kann meine Streichhölzer nicht finden. Ich taste mich also eine Wand entlang und merke, daß die Halle rund ist, mit einem Stiegenaufgang in der Mitte. Einmal werde ich ja wohl an einen Lichtschalter kommen oder an eine Tür.
Da ist eine Tür. Ich taste nach der Klinke und drücke sie nieder. Die Tür geht auf. In dem Raum dahinter sind die Vorhänge zugezogen. Unter einer Stehlampe sitzt ein kleiner Junge an einem Tisch, spielt mit Puppen und singt dabei: »Herr Hauptmann, Herr Hauptmann, wie geht es Ihrer Frau ... ?«
Eingerichtet wie ein Wohnzimmer ist der Raum. Antike Möbel. Das weiche Licht konzentriert sich auf den Jungen und den Tisch.
»Tag«, sage ich.
Nichts. Der Kleine spielt und singt weiter: »... Sie kämmt sich nicht, sie wäscht sich nicht, sie ist 'ne alte Sau!«
Jetzt sehe ich erst, wie klein er ist. Ein Meter vierzig. Wenn's hoch kommt! Er sitzt so da, als wollte er dauernd versuchen, die Knie ans Kinn zu ziehen. Mir wird ein bißchen übel, als ich sehe, daß er das gar nicht versuchen will, sondern daß sein ganzes Rückgrat verkrümmt ist – und wie, Mann, und wie!
Den Kopf hält er auch schief, die linke Wange liegt beinahe auf der Schulter. Man kann auch sagen: Die linke Schulter ist zur Wange hochgerutscht. Völlig verwachsen ist der Kleine mit dem blonden Haar, den blassen Wangen und den strahlend blauen Augen. Ich kann sein Gesicht sehen, nachdem ich zum zweitenmal »Tag!« gesagt habe. Da fährt er nämlich auf und hebt die Hände vors Gesicht, und nackte Angst sitzt in seinen blauen Augen.
Wo bin ich hier gelandet? Was ist das hier? Ein Irrenhaus?
»Hör mal«, sage ich, »ich tu' dir doch nichts!«

Aber wie gelähmt verharrt er, Hände vor dem Gesicht, die Knie an den Leib gezogen.
»Hast du vielleicht ein Mädchen gesehen?«
Kopfschütteln.
»Mit einem Petticoat. So groß wie ich. Sie muß hier irgendwo sein.«
Schulterzucken mit den schiefen Schultern. Dann beginnt seine Unterlippe zu zittern.
»Was ist denn los mit dir? Warum hast du solche Angst?«
»Ich habe immer Angst«, sagt er mit einer ganz leisen, ganz hohen Stimme.
»Vor wem?«
»Vor allen Leuten.«
»Warum?«
»Es sind alles Schweine«, sagt der kleine Krüppel. »Man kann nicht vorsichtig genug sein.« Dann läßt er endlich die Hände sinken und sieht mich an. Sein Blick flackert. »Wer bist du? Ein Neuer?«
»Ja.«
»Ich bin schon seit zwei Jahren hier.«
»Was machst du so allein hier? Warst du denn nicht daheim in den Ferien?«
»Nein«, sagt er und stößt die Puppen an, mit denen er gespielt hat, so kleine, hübsche Puppen. »Ich bin hiergeblieben.«
»Den ganzen Sommer?«
»Ja. Ein paar andere auch noch. Santayana. Noah. Und Chichita. Aber bei denen war es einfacher, die konnten nicht heim. Ich, ich habe mir erst die Pulsader aufschneiden müssen, bevor sie es eingesehen haben.«
»Was eingesehen haben?«
»Daß ich hierbleiben will.«
»Du hast dir die Pulsader aufgeschnitten?«
Er streckt sein dünnes linkes Ärmchen vor, und ich sehe zwei rote, frische Narben. »Mit einem Glasscherben«, sagt er. »In der Badewanne. Die Römer haben das immer so gemacht, nicht? In heißem Wasser. Wir haben es gelernt, in Geschichte. Aber ich habe vergessen, die Badezimmertür abzusperren. Einer ist hereingekommen. Ich war schon fast ex. Der Doktor Färber hat mich wieder hingekriegt. Da hat der Chef dann gesagt, ich muß nicht nach Hause. Schick, nicht?«
»Ja«, sage ich, »das hast du fein gemacht.«
»Lieber noch wäre ich natürlich richtig tot gewesen.«
»Warum?«
»Wegen meiner Mutter.«

»Was ist mit der?«
»Na, wenn ich tot gewesen wäre, dann hätte sie doch um mich weinen müssen, nicht?«

12

Eine alte Dame kommt herein. Das heißt, sie tastet sich herein. Es ist ziemlich unheimlich, wie sie da plötzlich aus dem Dunkeln des Treppenhauses auftaucht und ihren Weg sucht, indem sie mit der rechten, zitternden Hand eine Truhe, einen Sessel berührt. Sie ist nicht viel größer als der kleine Krüppel und gewiß schon weit über die Sechzig. Sie trägt eine Brille, deren Gläser so dick sind, daß die Augäpfel dahinter aus den Höhlen zu quellen scheinen wie bei einem Frosch. Sie muß halb blind sein, die alte Dame.
Es ist eigentlich alles ziemlich unheimlich hier, finde ich. Wenn das so weitergeht, haue ich gleich wieder ab. Was soll's denn? Schatten, Krüppel, Mumien – und dafür sechshundert Mark Schulgeld im Monat? Ich komme mir vor wie bei Frankenstein zu Hause. Vielleicht ist es dort gemütlicher.
An den Bewegungen der alten Dame und der Sicherheit, mit der sie sich fortbewegt, merkt man, daß sie sich gut auskennt in diesem Raum. Sie lächelt. Ihr gütiges Gesicht ist heiter.
»Ja, wer ist denn das?« fragt sie, knappe zwei Meter von mir entfernt und in dem Tonfall, in dem man zu Sechsjährigen spricht. »Entschuldigen Sie, aber bei künstlichem Licht kann ich nicht ganz so gut sehen.«
»Sie kennen mich nicht, Frau ...«
»Fräulein. Fräulein Hildenbrand.« Sie zupft am weißen Kragen ihres strengen, hochgeschlossenen Kleides. Sie riecht nach Lavendelseife. »Ich bin die Pädagogin hier.«
»Ich heiße Oliver Mansfeld.«
»Ach, Oliver! Wir haben Sie schon erwartet. Doktor Florian wollte Sie sprechen.«
»Jetzt sagen Sie auch Doktor!«
»Bitte?«
»Auch auf allen Wegweisern stand Doktor Florian. Auf seinem Briefpapier steht Professor.«
»Das ist er auch.«
»Na und?«
»Aber er will nicht, daß man ihn so nennt.«
»Wir nennen ihn überhaupt nur den Chef«, sagt der Krüppel.

Die alte Dame lächelt und streicht ihm über das Haar. »Den Chef, ja. Er wird gleich kommen, der Chef. Heute ist so viel los bei uns. Sehen Sie doch, Oliver, was unser Hansi gemacht hat!«
Auf dem Tisch vor Hansi liegen Puppen, Bäume, Zäune, Küchengeschirr, Bausteine, Möbel, eine bunte Miniaturwelt. Es gibt Männer, Frauen, Kinder und Babys, alles immer in drei Anfertigungen: einmal prächtig, einmal durchschnittlich und einmal armselig gekleidet. Es gibt harmlose Tiere und gefährliche Tiere. Es gibt ein Klosett, Autos, Eisenbahnen, Gitter, Schnüre. Und es gibt einen ganz prunkvollen Prinzen und eine wunderschöne Prinzessin.
Mit all diesen Dingen hat der Junge, der Hansi heißt, ein gewaltiges Chaos angerichtet. Die Puppen liegen über und unter umgestürzten Bänken, Sesseln und Schränken. Die Wände eines Zimmers sind umgeworfen, nur eine aus drei glänzend blau angestrichenen Pfosten gebildete Tür ist stehengeblieben. Durch sie marschiert der wunderschöne Prinz hinaus und zieht ein sehr großes, gefährlich aussehendes Krokodil mit gräßlich aufgerissenem Maul und gefletschten Zähnen an einer roten Schnur hinter sich her.
»Um Gottes willen«, ruft das Fräulein Hildenbrand aus und schlägt in gespieltem Entsetzen die Hände zusammen, »was ist denn bloß passiert, Hansi? Als ich fortging, saß doch noch die ganze Familie beim Abendbrot, und alles war in bester Ordnung.«
»Ja, als Sie fortgingen«, sagt der kleine Krüppel und legt den Kopf noch schiefer, und ein böses Lächeln zuckt um seine schmalen Lippen. »Aber dann! Dann ist das Krokodil hereingekommen! Durch diese Wand hier. Es hat sie einfach umgeworfen, die Wand. Und dann hat es alle totgebissen... « Er zeigt auf die Puppen. »Den Heinz, den Karl, Herrn Fahrenschild...«
»Und die Mutter? Die steckt ja mit dem Kopf im Klo!«
»Da muß sie auch bleiben.«
»Aber weshalb?«
»Weil sie immer ins Bett macht und Nägel kaut und so böse ist.«
»Wie böse?«
»Das weiß ich nicht. Das Krokodil hat's gesagt.«
»Und du? Dir hat es nichts getan?«
»Nein, Fräulein. Erst hat es alle totgemacht und den Kopf von der Mutter ins Klo gesteckt. Und hat zu mir gesagt: ›Du mußt mir versprechen, daß du sie da steckenläßt, auch wenn ich weg bin!‹ Das habe ich ihm versprochen. Jetzt bringe ich es gerade in den Zoo zurück. Es heißt Hannibal. Ich baue auch noch den Zoo, ja, Fräulein?«
»Ja, Hansi, ja, einen schönen Zoo! Aber sag mal, möchtest du mir nicht einen Gefallen tun? Zieh doch die Mutter aus dem Klo heraus!«

Hansi schüttelt finster den Kopf.
»Aber wie lange soll sie denn da steckenbleiben?«
»Wenn der Spielkasten *mir* gehören würde, für immer«, sagt der kleine Hansi. Dann dreht er uns den krummen Rücken zu. »Ich muß den Zoo machen. Hannibal will heim.«
»Ja, da dürfen wir euch natürlich nicht aufhalten«, meint das kleine Fräulein, das sich tief über das Spielzeug geneigt hat. »Kommen Sie, Oliver, wir warten nebenan auf Doktor Florian.« Und sie geht, sich wieder an Stühlen und Tischkanten entlangtastend, auf die zweite Tür zu und öffnet diese. Das Zimmer dahinter muß der Arbeitsraum von Doktor Florian sein. Eine Schreibtischlampe brennt. Alle vier Wände sind von Bücherregalen verdeckt. Ein großer Globus steht beim Fenster. Ich sehe viele Bilder, von Kindern gemalt, und auch Gebasteltes. Es gibt ein paar tiefe Lehnstühle.
»Nehmen Sie Platz«, sagt das alte Fräulein.
Wir setzen uns beide.
»Keine Bange, Oliver. Glauben Sie nicht gleich, Sie wären in einer Nervenklinik gelandet anstatt in einer Schule! Hansi ist eine Ausnahme. Die allermeisten der dreihundert Kinder, die wir hier haben, sind seelisch gesund. Sie werden die Söhne und die Töchter von berühmten Schauspielern und Schriftstellern kennenlernen, von Ingenieuren, Maharadschahs, Piloten, Kaufleuten, sogar einen kleinen persischen Prinzen.« Sie spielt mit einem Buch, das sie bei sich trägt. »Doktor Florian macht in unserem Institut ein Experiment – mit dem Einverständnis aller Eltern: Wir mischen von Zeit zu Zeit ein paar schwierige und schwierigste Fälle unter die Normalen und versuchen, den Kranken so zu helfen.«
»Und gelingt Ihnen das?«
»Beinahe immer. Aber es gelingt nicht *uns*!«
»Wem denn?«
»Den anderen, den normalen Kindern! Die Gesunden machen die Kranken gesund«, sagt Fräulein Hildenbrand und lächelt.
»Der arme kleine Hansi. Er erzählt, er hätte versucht, sich das Leben zu nehmen, als die Ferien kamen?«
»Das stimmt«, sagt Fräulein Hildenbrand leise. »Aus Angst vor seiner Mutter und Herrn Fahrenschild.«
»Den gibt es wirklich?«
»Leider ja. Ich habe ein paar schwierige Kinder hier, aber mit dem Hansi ist es ganz schrecklich. Seit mehr als einem Jahr beschäftige ich mich jetzt mit ihm, und es kommt und kommt zu keiner Besserung. Würden Sie glauben, daß er das grausamste Kind der ganzen Anstalt ist?«

»Der blonde, kleine Krüp ...« Ich unterbreche mich.

Die alte Dame nickt.

»Der kleine, blonde Hansi, ja. Heute vormittag hat er eine Katze zu Tode gequält. Wir haben das Kreischen gehört. Aber als wir Hansi fanden, war die Katze schon tot. Darum lasse ich ihn jetzt wieder einmal spielen.«

»Spielen? Er wird nicht bestraft?«

»Man erreicht nichts mit Strafen. Im Spiel kann er seine Aggressionen abreagieren. Sie haben ja das Schlachtfeld gesehen, das er angerichtet hat. Jeder Mensch ist zuzeiten aggressiv. Es gibt viele völlig normale Kinder bei uns, die schlagen Taschenmesser oder Beile oder Hacken in die schönen alten Bäume.«

»Und Sie tun nichts dagegen?«

Die kleine Dame schüttelt den Kopf. »Nein«, sagt sie, »denn es ist immer noch besser, Bäume werden erschlagen, als Menschen.« Dabei fällt ihr das Buch aus der Hand, mit dem sie gespielt hat. Sie bückt sich und tastet über den Teppich, aber sie sieht das Buch nicht, das beinahe vor ihr liegt, und ich denke erschrocken: Sie ist nicht nur halb, sie ist ja beinahe ganz blind!

Schnell hebe ich das Buch auf und gebe es ihr. Sie lächelt.

»Danke vielmals, Oliver. Dieses elende elektrische Licht! Ich sehe ausgezeichnet, wirklich! Aber bei elektrischem Licht ...« Ihr Lächeln erlischt, ein paar Sekunden sitzt sie verloren da. Dann richtet sie sich sehr gerade auf und spricht schnell weiter: »Hansi hat Schreckliches durchgemacht. Er kam in Frankfurt zur Welt. Der Vater ließ die Mutter im Stich und machte sich davon. Da war Hansi drei. Die Mutter sieht gut aus – heute noch. Damals wurde sie zuerst Schönheitstänzerin, danach Straßenmädchen. Aber dann holte sie sich eine langwierige Krankheit und konnte nicht mehr arbeiten.« Das alles erzählt Fräulein Hildenbrand ganz sachlich, nun wieder lächelnd, still. »Natürlich kam sie in Not. Ich kenne sie gut. Sie ist asozial und ein bißchen schwachsinnig. Nun, und in jener Zeit, als es ihr schlecht ging, kam sie auf den Gedanken, dem kleinen Hansi die Hände und die Füße zusammenzubinden und ihn so liegenzulassen, drei Stunden am Vormittag, drei Stunden am Nachmittag. Manchmal auch noch länger.«

»Aber warum denn, um Himmels willen?«

»Nun, um einen Krüppel aus dem kleinen Hansi zu machen, natürlich! Und das hat sie ja auch erreicht. Sein Rückgrat wird nie mehr gerade werden. Und auch den Kopf wird er niemals mehr aufrecht halten können.«

»Mir ist übel«, sage ich, »und ich verstehe kein Wort.«

»Aber es ist doch so einfach, Oliver! Die Mutter wollte Hansi betteln schicken. Als er hübsch verkrüppelt war, tat sie es auch. Er stand immer vor den feinsten Restaurants und Nachtlokalen. Dazu zog sie ihm die ältesten Lumpen an. Er hat viel Geld gebracht in der Zeit. So ein verkrüppeltes Kind rührt doch jeden, nicht wahr?«
»Hat denn kein Mensch im Haus etwas gemerkt?«
»Leider erst viel zu spät. Betteln schickte die Mutter den Buben immer erst abends und heimlich, und die Rückgratverkrümmung hielt man für eine natürliche Erkrankung. Hansi verriet nie ein Wort. Seine Mutter hatte ihm gesagt, daß sie ihn totschlagen würde, wenn er ein einziges Mal den Mund aufmachte. Erst als er fünf war, griff endlich das Jugendamt ein. Jemand hatte eine Anzeige erstattet.«
»Und?«
»Sie kam vor Gericht, weil Hansi einer Fürsorgerin die Wahrheit erzählt hatte, trotz seiner Angst. Aber im Gerichtssaal leugnete er wieder alles ab. Es gab also keine Beweise gegen die Mutter. Sie erhielt nur eine Geldstrafe dafür, daß sie ihren Sohn betteln geschickt hatte.«
»Sonst nichts?«
»Hansi kam in ein Heim. Er kam in viele Heime. Die Mutter wurde Dienstmädchen bei einem Herrn Fahrenschild. Jetzt war sie wieder gesund. Und immer noch hübsch, wie gesagt. Vor drei Jahren haben die beiden geheiratet. Nun wollte die Mutter Hansi zurückhaben. Aber so einfach geht das nicht ...« Ihre Stimme wird leise. Sie neigt sich vor und flüstert, als ob es niemand hören dürfte außer mir: »Sie werden es doch dem Chef nicht verraten?«
»Verraten?«
»Das mit dem Buch vorhin.«
»Bestimmt nicht.«
»Er will mich nämlich in Pension schicken. Meine Augen werden immer schlechter, sagt er. Und das mit dem elektrischen Licht glaubt er mir nicht. Aber ich habe doch mein ganzes Leben mit Kindern verbracht ...«
Durch ihre dicken Brillengläser blickt das alte Fräulein ins Nichts. Sie tut mir so leid, daß ich schnell frage: »Und was geschah weiter mit Hansi?«
Da lächelt sie, wie befreit, und sie antwortet: »Mit dem Hansi, ach ja! Dieser Herr Fahrenschild ist wohlhabend. Bauunternehmer. Herr Fahrenschild wünschte, daß der Junge ein Internat besuchte, eine gute Schule. Er war bereit zu zahlen, was es kostet. Ja, aber auch das war nicht so einfach! Kein Internat in Deutschland wollte

Hansi haben. Bettnässer. Nägelkauer. Schlechter Schüler. Schwer gestört. So haben *wir* ihn dann genommen. Und alles ging gut – bis zu den Weihnachtsferien. Da machten wir einen Fehler.«

»Nämlich?«

»Herr Fahrenschild kam selber herauf und bat so innig, Hansi mitnehmen zu dürfen, daß wir weich wurden. Wir ließen uns täuschen, der Chef und ich. Herr Fahrenschild machte einen guten Eindruck auf uns...« Wieder geht ihr Blick ins Nichts, sie sagt verloren und zu sich selber: »Ich habe immer gedacht, ich könnte vom Gesicht eines Menschen auf seinen Charakter schließen.«

»Kann man das nicht?«

»Ich jedenfalls nicht. Auf mich mag jemand wie ein Engel wirken und doch ein Teufel sein. Sie haben nicht die Striemen gesehen...«

»Striemen?«

»Auf Hansis ganzem Körper. Ich habe den Jungen mit dem Baukasten spielen lassen – und dabei kam nach und nach alles heraus, was in den Weihnachtsferien passierte. Dieser Herr Fahrenschild hat Hansi furchtbar behandelt. Darum hat der Kleine dann den Selbstmordversuch gemacht, als die großen Ferien kamen. Darum haben wir ihn hierbehalten. Aber es ist schwer, es ist sehr schwer mit ihm. Wenn er jetzt auch noch in die Pubertät kommt...« So viel Freundlichkeit, so viel Wärme strahlt Fräulein Hildenbrand aus. Ich denke: Und keiner weiß etwas von dieser beinahe blinden Dame, die hier oben in den Wäldern des Taunus sitzt und ihr ganzes Leben mit Kindern verbracht hat. Keiner gibt ihr einen Orden wie den großen Menschenschlächtern, keine Fanfaren schmettern für sie, da ist kein Bundesverdienstkreuz übrig, nichts.

Ich frage: »Dieser Spielkasten, verwenden Sie den bei allen schwierigen Kindern?«

»Ja, Oliver. Das ist ein sogenannter Szeno-Test. Die moderne Kindertherapie ist eine Spieltherapie. Wir beobachten: Wie spielt das Kind? Wir überlegen: Warum tut es das jetzt? Wir hören zu, was es selber zu seinen Einfällen sagt. Wir beobachten, mit welchem Gegenstand, mit welcher Person das Kind sich identifiziert. Es geht bei der Auswertung des Tests nicht darum, den Intelligenzgrad, Charaktereigenschaften oder Begabungen festzustellen. Wir wollen Einblick in die Art und die Tiefe des Konflikts erhalten, unter dem das Kind leidet.

Sie haben ja selber gesehen, wie es in Hansi aussieht: Herrn Fahrenschild hat das Krokodil getötet. Alle anderen Menschen auch. Die Mutter hat es ins Klo gesteckt. Wegen Nägelkauen und Bettnässen! Und weil sie ›auch sonst‹ so böse ist. Nur dem Hansi selber

– und der Hansi ist der große, schöne Prinz, die feinste Puppe von allen! –, nur dem Hansi hat das Krokodil nichts getan. Es ließ sich sogar an die Leine nehmen und in den Zoo zurückführen.«
»Das Krokodil, das ist seine Aggressivität?«
Das Fräulein nickt. »Ja. Aber auch seine Hoffnung, seine Sehnsucht, sein Wunsch, einmal erwachsen und stark und mächtig zu sein und sich rächen zu können an allen, an der ganzen Welt!«
Ich sage: »Einmal *wird* er groß sein. Sicher nicht kräftig, sicher nicht mächtig. Aber erwachsen. Und was wird dann passieren?«
»Ja«, sagt Fräulein Hildenbrand und rückt an ihrer Brille. »Was wird dann passieren? Vielleicht wird unser Hansi ein Verbrecher werden, ein Mörder.«
»Was glauben Sie?«
»Ich glaube, daß er ein guter Mensch wird«, sagt sie still.
»Trotz der Katze heute? Trotz allem?«
»Trotz allem. Wenn ich das nicht glauben würde, immer und bei allen meinen Kindern, dann könnte ich meinen Beruf nicht ausüben. Dann hätte ich nur Mißerfolge. Aber ich übe meinen Beruf seit mehr als vierzig Jahren aus, Oliver, und ich habe Erfolge gehabt, viele, viele!«
»Mehr Erfolge als Mißerfolge?«
»O ja«, sagt sie, und jetzt lächelt sie wieder. »Aber es waren nie *meine* Erfolge, es haben mir immer andere dabei geholfen. Wir müssen einander alle helfen ... Keiner ist eine Insel.«
»Eine was?«
»Drehen Sie sich um. Hinter Ihnen hängt ein Spruch an der Wand. Doktor Florian hat ihn aufgehängt. Lesen Sie.«
Ich stehe auf, und das lese ich:
Kein Mensch ist eine Insel, ganz für sich allein. Jedermann ist ein Stück des Kontinents, ein Teil des festen Landes. Wäscht das Meer eine Scholle fort, wird ganz Europa ärmer, so als ob eine Landzunge verschlungen würde oder ein Schloß, das deinen Freunden gehört oder dir selbst. Jedermanns Tod macht mich ärmer, denn ich bin hineinverstrickt in die Menschenwelt. Und deshalb verlange nie zu wissen, wem die Stunde schlägt. Sie schlägt immer für dich
JOHN DONNE (1573–1631)
»Wem die Stunde schlägt ...«
»Ja«, sagt das alte Fräulein, »da hat er es her, der Hemingway.«
Eine Weile schweigen wir beide, dann fragt sie mich: »Wollen Sie mir helfen? Mit dem kleinen Hansi, meine ich. Wollen Sie sich ein bißchen um ihn kümmern?«
Ich antworte nicht.

»Damit er kein Verbrecher wird, kein Mörder. Wenn ich Sie darum bitte...«
Eine Katze hat er zu Tode gequält, der kleine Krüppel. Was heißt denn da: Helfen? Was heißt denn da: Kümmern? Ein komisches Internat ist das, in dem ich hier gelandet bin!
»Sie haben sicherlich auch Ihre Schwierigkeiten, Oliver. Und sicherlich werden auch Sie hier Freunde finden, die Ihnen helfen. Ich wäre so froh, wenn...« Das Telefon läutet.
Die alte Dame steht auf und tastet sich zum Schreibtisch, und da tut sie mir so leid, daß ich den Hörer für sie abhebe und ihn ihr hinhalte.
»O danke, wie aufmerksam.« Sie meldet sich. Dann macht sie ein überraschtes Gesicht. »Ja, er ist zufällig hier. Sie können verbinden.« Sie hält mir den Hörer hin.
»Für mich?«
»Das Fräulein in der Zentrale hat Sie schon im ›Quellenhof‹ gesucht.«
Wer kann mich jetzt hier anrufen? Vielleicht meine Mutter. Aber bevor ich noch den Hörer am Ohr habe, weiß ich, daß es nicht meine Mutter ist, rieche ich wieder den Maiglöckchenduft, sehe ich wieder die riesigen schwarzen Augen, höre ich wieder »The Brandenburg Gate«...
Und da ist auch sie, sie, diese rauchige, kehlige Stimme, leise und hastig: »Herr Mansfeld?«
»Ja.«
»Sie wissen, wer spricht?«
»Ja.«
»Ich muß Sie sehen.«
»Wo sind Sie?«
»Im Hotel ›Ambassador‹. Am Ortseingang von Friedheim. Können Sie herunterkommen?«
Das fängt ja fein an. Vielleicht fliege ich hier schon hinaus, bevor ich überhaupt auch nur mein Zimmer gesehen habe!
»Es ist etwas passiert.«
»Ich komme sofort«, sage ich schnell. Sonst erzählt sie mir auch noch am Telefon, was passiert ist. Ich weiß nicht, wie das ist: Ich muß bloß eine Frau kennenlernen, schon habe ich trouble!
»Denken Sie sich irgendeine Ausrede aus...«
»Okay«, sage ich, denn mir ist schon eine Lüge eingefallen, »okay, gnädige Frau, ich beeile mich, damit Sie heimfahren können.«
Dann lege ich den Hörer auf, bevor sie noch etwas erwidern kann.

»Es tut mir leid«, sage ich zu Fräulein Hildenbrand, »aber ich muß einen Moment fort. Eine Freundin meiner Mutter ißt im Hotel ›Ambassador‹, bevor sie nach Frankfurt zurückfährt, und möchte mich gern noch ein paar Minuten sehen.«
»Das ist verständlich«, sagt die alte Dame und lächelt milde. »Ich werde Ihnen erklären, wie Sie am schnellsten zum ›A‹ kommen. Die Kinder nennen das Hotel alle nur das ›A‹. Es ist übrigens strengstens untersagt, sich im ›A‹ aufzuhalten – auch den Großen.«
»Die Dame will gerade abfahren. Ich werde mich nicht im Hotel aufhalten.«
»Natürlich nicht, Oliver.« Dieses Lächeln. Kein Wort glaubt sie mir. Warum sollte sie? Ich würde mir selber auch kein Wort glauben. Was kann bloß passiert sein?
»Entschuldigen Sie mich bei Herrn Professor Florian, wenn er inzwischen kommt.«
»Selbstverständlich.« Und dann erklärt sie mir den Weg.
Als ich gehe, muß ich durch das Zimmer, in dem der kleine Krüppel spielt. Er hat einen Zoo gebaut und genauso verwüstet wie vorher das Wohnzimmer. Tiere liegen herum, Gitter sind umgeworfen.
»Hannibal«, sagt er grinsend.
»Was Hannibal?«
»Hat er gemacht. Alles. Käfige aufgebrochen. Tiere totgebissen.« Das Krokodil sitzt in der Mitte des Tisches. Der schöne Prinz reitet stolz auf ihm.
»Aber ich, ich kann mit ihm machen, was ich will, hat Hannibal gesagt. Mich hat er lieb!«
»Das ist aber fein!« sage ich.
Komisch, jeder wünscht sich ein Wesen, das ihn liebhat. Und wenn's ein Krokodil ist. Hansi. Verena. Ich und du. Und Müllers Kuh. Müllers Esel wünscht sich's auch.

13

Das »A« ist eine Wucht! Kennen Sie das »Carlton« in Nizza? Na, so ungefähr.
Drei Parkplätze. Golfing-links. Tennisplätze. Springbrunnen, bunt angestrahlt. Mercedes, Mercedes, Mercedes. BMW. Wieder Mercedes. Etwas anderes sehen Sie hier nicht. Der livrierte Portier reißt die gläserne Drehtür für wunderschöne Damen im Cocktail-

kleid auf, für würdige Herren im Smoking. Musik einer Kapelle weht zu mir heraus, als ich langsam die erleuchtete Fassade des Riesenkastens entlangfahre.
Hier trifft sich also die Creme der Frankfurter Gesellschaft, die Herrschaften, die hier oben ihre Häuschen haben. Und wahrscheinlich ist das auch ein Ia-Nobel-Absteigequartier für erholungsbedürftige Manager und Generaldirektoren. Die werden hier wohl ihre Wonnemäuschen unterbringen. So praktisch! Eine halbe Stunde nur von Frankfurt. Und dabei so groß! Der Frau Gemahlin kann man immer sagen, man hätte hier eine Tagung. Irgendeine Tagung wird in dem Monsterbau doch immer stattfinden. Teufel noch mal!
Und Nerzcapes!
Junge, Junge, mink, mink, mink! Einer schöner als der andere. Wenn man so denkt: Vor einundzwanzig Jahren haben wir den größten Krieg aller Zeiten angefangen, vor fünfzehn haben wir ihn verloren...
Jetzt bringt ein Page einen Cellophankarton. In dem sind gut und gerne dreißig Orchideen. Das Ding geht kaum durch die Drehtür. Ein Glück, daß wir ihn verloren haben. Den Krieg, meine ich. Wer weiß, ob wir sonst Butter aufs Brot hätten?
Aber wo ist Verena Lord?
Daß sie sich nicht gerade vors Portal stellen würde, war mir klar. Werden ja wohl ein paar Herrschaften hier sein, die sie und den Herrn Bankier kennen. Aber das Portal habe ich längst passiert, ich bin schon am ganzen Hotel vorbeigefahren, die Straße wird wieder dunkel. Vor mir sehe ich ein paar armselige Lichter.
Was soll das denn, verehrte Dame?
Moment mal!
Da steht ein kleines Mädchen am Straßenrand, daneben ein riesiger hellbrauner Boxer mit heraushängender Zunge. Das kleine Mädchen winkt. Niedliches Ding: Blondes Haar, kleine Zöpfe, blaue Augen. Blaues Strickjäckchen. Weißer Rock. Blau-weiße Ringelsöckchen. Weiße Schuhe.
Bremse. Ich kurbele das Fenster herab. Die Kleine sieht mich todernst an und fragt: »Bist du Onkel Mansfeld?«
»Ja, Evelyn«, sage ich.
»Woher kennst du meinen Namen?«
Na, das war doch wirklich nicht schwer, wie?
»Ein kleiner Vogel hat ihn mir verraten. Steig ein.«
»Darf Assad auch hinein? Das ist nämlich *mein* Hund, weißt du?«

»Come in, Assad«, sage ich, klappe den rechten Sitz vor, und Assad klettert schnaufend hinter mich.
»Du auch«, sage ich zu Evelyn und klappe den Sitz zurück.
Sie steigt ein. Ich fahre weiter. Evelyn hat eine Tafel Schokolade in der Hand. »Willst du?«
»Nein, danke. Iß sie selber. Du hast Schokolade doch bestimmt gern.«
»O ja«, sagt sie und beißt ein Stück ab. »Marzipan natürlich noch lieber. Marzipan habe ich am allerliebsten.«
»Das kann ich verstehen«, sage ich. (Mir wird schon schlecht, wenn ich das Wort höre.)
»Guten Abend, Onkel Mansfeld«, sagt sie artig und gibt mir die Hand. »Im Sitzen kann ich leider keinen Knicks machen. Ich mache sonst immer einen.«
»Ich doch auch«, sage ich. Darüber muß sie furchtbar lachen.
»Ja, jetzt glaube ich es«, sagt sie dann, nachdem sie sich beinahe an einem Stück Schokolade verschluckt hat.
»Was?«
»Was Mami gesagt hat.«
»Was hat Mami gesagt?«
»Ich soll dich zu ihr bringen, denn du bist ein guter Onkel und wirst uns helfen.«
»Helfen?«
»Na ja«, sagt sie leise. »Du weißt doch. Wegen Papi. Darum darf auch niemand wissen, daß ihr euch trefft.«
»Nein, niemand, Evelyn!«
»Papi schon gar nicht. Er ist nämlich überhaupt nicht mein wirklicher Papi, weißt du?«
»Ich weiß alles.«
»Du bist prima, Onkel Mansfeld. Ich mag dich.«
»Ich mag dich auch, Evelyn.«
Das ist wahr. Ich mag überhaupt Kinder. Darüber haben schon viele meiner Freunde ihre dämlichen Witze gemacht. Aber es ist wahr: Ich kenne nichts Netteres als kleine Kinder. Sie vielleicht?
»Ja, aber wo ist denn Mami?«
»Da vorn rechts biegt ein Weg ab. Den müssen wir hochfahren. Mami wartet dort. Hier hat sie nicht warten können. Wegen der Leute, verstehst du?«
»Ja.«
»Und ich habe sie begleiten müssen. Wegen dem Gärtner. Und dem Diener. Damit die Papi nicht erzählen, Mami ist allein noch einmal weggegangen. Wir haben gesagt, wir machen noch einen Spaziergang.«

»Ihr habt keine Geheimnisse voreinander, wie?«
»Nein, wir sagen uns alles. Sie hat ja auch nur mich«, sagt die Kleine. »Da steht sie.«
Ich bin einen ziemlich schmalen Waldweg hochgefahren, an dessen Seiten uralte Bäume stehen. Weiter oben sehe ich ein uraltes Gemäuer. Was ist das? Ein Aussichtsturm?
Da steht sie, halb hinter einem Baum, und sie trägt immer noch das Kopftuch, aber nicht mehr die dunkle Brille. Dafür einen dunkelblauen Regenmantel, mit hochgeschlagenem Kragen, den Gürtel eng geschnallt. Sie sieht sehr weiß aus im Gesicht. Sind es nur die Scheinwerfer? Jetzt halte ich neben ihr. Sofort steigt Evelyn aus.
»Assad!«
Der Boxer springt ihr nach.
»Ich lasse euch allein, bis ihr mich ruft.«
»Ja, mein Herz.«
»Aber, bitte, laßt wenigstens das kleine Licht von den Scheinwerfern an, ich habe sonst Angst. Komm, Assad!«
Der Boxer läuft ihr nach, als sie den Weg zu dem alten Turm hinaufhüpft.
»Was ist los?« frage ich.
»O Gott«, sagt Verena. »Sie haben es also nicht gefunden?«
»Was?«
»Mein Armband.«
»Sie haben das Bracelet verloren?«
Sie kann nur nicken, während sie eine Stablampe aus der Tasche des Regenmantels zieht und den Boden des Jaguars ableuchtet. Ich steige aus. Ich klappe die Sitze hoch. Ich habe auch eine Taschenlampe. Wir durchsuchen den ganzen Wagen, mindestens fünf Minuten lang. Nichts.
Alle möglichen Vögel und andere Tiere höre ich schreien. Es gibt viele Geräusche im Wald. Vor uns sehe ich die kleine Evelyn und ihren Hund als winzige Silhouetten. Evelyn sammelt Steine und wirft sie fort, und Assad bringt sie zurück. Manchmal bellt er dabei. Zuletzt sitzen wir nebeneinander im Wagen, die Türen stehen offen, und ich rieche wieder ihr Parfüm.
»Haben Sie eine Zigarette?« fragt sie so leise, daß ich es kaum höre. Ich gebe ihr eine und nehme mir eine, und wir rauchen beide. Einen Moment wird mir ganz schlecht, weil ich denke, sie denkt, ich hätte das Armband gestohlen. Aber dann wird mir wieder besser, denn sie legt eine Hand auf meine Schulter und sagt heiser: »Mit mir haben Sie nur Scherereien.«

»Reden Sie nicht so. Es tut mir so leid. Ich habe Ihnen auf der Fahrt gesagt, daß der Verschluß offen war. Erinnern Sie sich?«
Sie nickt. »Als Sie mir ins Steuer griffen und ich nach Ihnen schlug, hörte ich etwas klirren. Da wird es wohl zu Boden gefallen sein.«
»Aber wo ist es jetzt?«
»Als Sie ausstiegen bei der Eiche...«
»Dort habe ich jeden Zentimeter abgesucht.«
»Vielleicht hat es jemand vor Ihnen gefunden.«
»Ja«, sagt sie, »vielleicht. Waren Sie schon im Internat?«
»Ich mußte noch auf den Direktor warten. Aber ich habe den Wagen abgesperrt. Kein Mensch kann...«
Und da fällt es mir endlich ein.
»Merde!« sage ich.
»Was merde?«
»Das Mädchen«, sage ich. »Dieses verfluchte Mädchen!«

14

Nachdem ich Verena alles erzählt habe, sitzt sie ganz still da und raucht und sieht nach vorn, wo in einiger Entfernung ihre kleine Tochter mit dem Hund spielt. Verena bläst Rauch durch die Nase aus und fragt: »Glauben Sie, daß dieses Mädchen das Band gestohlen hat?«
»Ganz sicher. Sie rannte auch davon, als ich sie anrief.«
»Drehen Sie das Radio an.«
»Warum?«
»Damit uns niemand hört.«
»Hier ist niemand. Sie meinen, damit Ihre Tochter nichts hört.«
»Ja.«
»Sie hält doch zu Ihnen. Sie sagt, Sie hätten keine Geheimnisse voreinander.«
»Sie kann meinen Mann nicht leiden. Er kann sie nicht leiden. Sie glaubt, sie weiß alles von mir. Sie würde sich umbringen lassen, bevor sie mich verrät. Aber natürlich weiß sie nicht alles. Ach! Sie weiß überhaupt nichts!«
Und dabei gibt es sicher so viel zu wissen, denke ich, aber ich sage es nicht, sondern drehe das Radio an.
»Haben Sie eine Ahnung, wer das Mädchen war?«
»Nicht die geringste.«
»Also haben wir auch nicht die geringste Chance, das Band wiederzubekommen.«

»Das ist nicht gesagt. Ich muß nachdenken. Es wird einen Weg geben. Es gibt immer einen Weg. Regen Sie sich nicht auf, bitte, bleiben Sie ruhig.«
»Es gibt keinen Weg. Es gibt nie einen Weg«, sagt sie. »Aber ich rege mich nicht auf. Ich bin ganz ruhig. Haben Sie keine Angst.«
»Evelyn sagte vorhin etwas, das habe ich nicht verstanden. Ist Ihr Mann denn nicht heimgekommen?«
»Nein. Eben.«
»Eben?«
»Er rief nur an. Er hat etwas vor. Er plant etwas.«
»Was plant er?«
»Das weiß ich nicht.«
»Sie sollen keine Angst haben.«
»Ich habe keine. Ich habe keine.« Aber ihre Hand zittert so, daß ihr die Zigarette entfällt. »O Gott«, sagt sie, »ich wollte, ich hätte nicht so furchtbar Angst!«
Da lege ich einen Arm um ihre Schulter, und sie läßt es geschehen, ja, sie preßt sich sogar gegen mich und sagt erstickt: »Sie wissen nicht, in welcher Lage ich mich befinde, Herr Mansfeld. Sie ahnen es nicht. Das mit dem Armband hat mir gerade noch gefehlt.«
»Ich fahre zurück ins Internat. Ich werde den Diebstahl melden. Dann werden eben alle Mädchenzimmer untersucht. Oder mir fällt etwas anderes ein. Mir fällt bestimmt etwas ein! Ich finde das Mädchen! Ich finde das Armband! Nicht. Nicht. Bitte, nicht weinen!«
»Ich weine doch gar nicht«, sagt sie, aber weil ihre Wange jetzt an meiner Wange liegt, rinnen ihre Tränen über unsere beiden Gesichter, und das kleine Mädchen da vorn auf dem einsamen Waldweg vor dem alten Turm springt und tanzt und wirft Steinchen.
»Was hat Ihr Mann am Telefon gesagt? Genau! Ganz genau!«
»Daß er heute nicht mehr heraufkommt, sondern in Frankfurt bleibt.«
»Und wann kommt er?«
»Morgen abend.«
»Also haben wir doch einen ganzen Tag Zeit!«
»Wenn er nicht in einer Stunde kommt. Wenn er nicht überhaupt schon da ist...«
»Sie müssen aufhören zu weinen, wirklich!«
»Sie kennen ihn nicht. Sie kennen ihn nicht! Ich hatte schon die ganze Zeit das Gefühl, daß er Enrico mißtraut...«
Enrico? Ach so... der...
»Und jetzt auch noch das Armband. Wenn er kommt und das Arm-

band ist weg, hat er einen Grund mehr! Verloren? Das glaubt er mir nie! Er hat schon einmal gesagt, daß er Enrico für einen Gigolo hält...«

»Schweigen Sie!«

»Was?«

»Ich verbiete Ihnen, so etwas zu glauben! Müssen *Sie* einem Mann Geld geben, damit er Sie liebt?«

»Ach, was wissen denn Sie!«

»Nichts«, sage ich, »natürlich, ich weiß gar nichts.«

Die Frau, die ich im Arm halte, als wäre sie meine Geliebte, sagt: »Sie sind reich. Sie waren immer reich. Ich nicht. Ich war einmal so arm, daß ich kein Brot mehr hatte für Evelyn und mich. Wissen Sie, was Elend ist?«

»Ich habe schon mal etwas davon gehört.«

»Nichts wissen Sie! Überhaupt nichts! An dem Abend, an dem ich meinen Mann kennenlernte...«

In diesem Augenblick kommt Evelyn mit dem Boxer den Weg herunter auf uns zugelaufen, und Verena richtet sich schnell auf und unterbricht sich.

»Was ist, mein Herz?«

Der Boxer bellt.

»Ruhig, Assad! Entschuldige, daß ich störe, Mami. Aber glaubst du, daß Onkel Mansfeld uns wirklich helfen wird?«

»Wenn er kann...«

»Wirst du können, Onkel Mansfeld?«

»Bestimmt, Evelyn, ganz bestimmt.«

»Au fein!« Sie gibt der Mutter einen Kuß. »Seid nicht böse, aber ich war so neugierig, ich habe es einfach nicht mehr ausgehalten. Jetzt bleibe ich so lange fort, bis du mich rufst. Komm, Assad!« Und wieder läuft sie mit dem Hund davon. Verena und ich sehen ihr nach.

»Sie ist alles, was ich habe«, sagt Verena.

»Dann haben Sie eine ganze Menge. Was war an dem Abend, an dem Sie Ihren Mann kennenlernten?«

Verena lacht. Es klingt halb hysterisch.

»An dem Abend, lieber Herr Mansfeld, besaß ich noch neun Mark achtzig – und dreißig Tabletten Veronal.«

»Woher kam das Zeug?«

»Von einem Apotheker. Ich hatte ihm ein paar Wochen lang Liebe vorgemacht, mit ihm geschlafen, verstehen Sie – immer wenn er Nachtdienst hatte.«

»Und dabei die Tabletten gestohlen.«

»Ja. Damit ich mich umbringen konnte.«
»Und Evelyn?«
»Evelyn auch. An diesem Abend nahm ich also die neun Mark achtzig und ging mit ihr fort. Es sollte unser letztes Essen sein. Danach ... danach wollte ich es tun ...«
»Aber Sie taten es nicht.«
»Nein. Auf dem Nachhauseweg lief Evelyn beinahe in einen Wagen hinein. *Er* saß am Steuer.« Und dann schreit sie plötzlich: »Ich gehe nicht noch einmal zurück ins Elend! Kein Brot! Kein Licht! Kein Gas! Nie mehr! Nie mehr! Ich habe die dreißig Tabletten noch! Wenn er mich jetzt hinauswirft, tue ich es!«
Es ist mir wirklich unangenehm, aber sie schreit so laut, daß Evelyn schon hersieht. Und wenn unten auf der Straße jemand vorbeigeht, versteht er jedes Wort. Ich muß es tun. Es wird mir nicht leicht. Ich schlage ihr ins Gesicht. Zweimal. Links. Rechts. Sie keucht. Ihr Mund steht offen. Aber jetzt schreit sie nicht mehr.

15

Über meinem Rückspiegel gibt es eine kleine Lampe, die knipse ich an und drehe den Spiegel zu ihr und sage: »Machen Sie Ihr Gesicht zurecht. So darf Sie keiner sehen.« Folgsam wie ein Kind holt sie eine Puderdose und einen Lippenstift aus ihrem Regenmantel und restauriert sich. Ich sehe ihr dabei zu und denke, neun Mark achtzig, neun Mark achtzig, dreißig Tabletten Veronal. Wie schön sie ist, wie schön, wie schön, wie schön.
Ich sage: »Damals waren Sie arm. Aber Sie waren nicht immer arm.«
»Woher wissen Sie das?«
»Ich weiß es nicht, ich fühle es. Ihre Familie muß einmal sehr reich gewesen sein. Denn nur jemand, der Reichtum kennt und ihn für eine Zeit verlor, hat solche Angst, das zu verlieren, was er wieder hat, und wieder arm zu sein.«
Sie schweigt.
»Wollen Sie mir nicht sagen, woher Sie kommen?«
»Nein.« Das klingt böse, aggressiv und laut.
»Dann nicht. Werden Sie jetzt wenigstens vernünftig sein?«
Sie nickt. Ich glaube auch, daß sie jetzt vernünftig sein wird, sonst würde sie sich nicht schminken.
»Ich fahre zurück ins Internat. Sie gehen heim. Professor Florian werde ich erzählen, daß mir ein Armband meiner Mutter gestohlen

wurde. Sie hat es mir mitgegeben, damit ich es zu einem Frankfurter Juwelier bringe. Das Mädchen – wer immer es ist – kann mit dem Ding nicht weit gekommen sein. Alle Kinder müssen um acht in ihren Häusern sein. Also gibt es in sämtlichen Häusern eine Durchsuchung. Ich bestehe darauf. Sonst rufe ich die Polizei.«

»Polizei...« Sie starrt mich an.

»Es ist das Armband meiner Mutter, vergessen Sie das nicht! Ich besitze also einen guten Grund. Wenn Ihr Mann wirklich erst morgen abend kommt, haben wir massenhaft Zeit.«

»Und wenn er blufft? Und wenn er früher kommt?«

»Herrgott, das wird doch nicht das einzige Schmuckstück sein, das Sie haben – oder?«

»Nein. Er... er hat mir sehr viel geschenkt.«

»Also! Vielleicht fällt es ihm gar nicht auf, daß Sie das Ding nicht tragen. Und wenn es ihm auffällt, dann haben Sie es eben einer Freundin geliehen. Ein paar Lügen werden Ihnen wohl noch selber einfallen! Sie sind doch nicht von gestern.«

»Sie müssen eine feine Meinung von mir haben.«

»Ich will Ihnen mal sagen, was ich glaube: Wir sind einander so ähnlich wie ein Gesicht und seine Maske, wie ein Schlüssel und sein Schloß. Und darum habe ich eine gute Meinung von Ihnen, ja!«

Sie gibt keine Antwort.

»In welcher Gegend liegt Ihre Villa?«

»Direkt über dem alten Turm.«

»Ich soll im ›Quellenhof‹ wohnen. Kennen Sie den?«

»Ja.«

»Kann man das Haus von Ihnen aus sehen?«

»Aus meinem Schlafzimmerfenster.«

»Schlafen Sie allein?«

»Ja. Mein Mann und ich haben seit einer Ewigkeit nicht mehr...«

Einmal möchte ich eine Frau treffen, die das nicht sagt! Dabei bin ich nicht einmal ihr Liebhaber. Das muß ein Tick sein. Auch bei den Männern! Männer sind genauso. Intime Beziehungen zu meiner Frau? Seit Jahren nicht mehr!

»Sie haben eine Taschenlampe. Ich habe eine. Heute nacht Punkt elf sehen Sie aus dem Fenster. Wenn ich alle fünf Sekunden nur einmal blinke, dann habe ich überhaupt noch nichts herausgebracht, und die Sache sieht mies aus. In diesem Fall treffen wir uns morgen früh um acht hier wieder und überlegen weiter.«

»Um acht müssen Sie doch zur Schule.«

»Ich muß gar nichts«, sage ich. »Sie blinken immer einmal zurück,

damit ich weiß, daß Sie mein Signal verstanden haben. Jetzt weiter: Wenn ich immer schnell zweimal nacheinander blinke, habe ich das Armband schon. Dann kommen Sie auch morgen früh um acht hierher, und ich gebe Ihnen das Ding. So spät nachts dürfen Sie nicht mehr aus dem Haus, ob Ihr Mann da ist oder nicht. Aber Sie werden dann wenigstens beruhigter schlafen können.«
»Noch nie in meinem ganzen Leben hat ein Mensch für mich ...«
»Ja, ja, schon gut. Wenn ich immer dreimal nacheinander blinke, dann heißt das: Ich weiß, wer das Mädchen ist und wo das Band liegt, aber ich brauche noch Zeit. Man muß an alle Möglichkeiten denken. In diesem Fall blinken Sie zurück, daß Sie verstanden haben. Und dann blinke ich die Zeit, zu der ich hoffe, Ihnen das Band geben zu können. Also: Achtmal ist acht Uhr, dreizehnmal ist dreizehn Uhr, und so weiter. Klar?«
Sie nickt stumm. Jetzt ist ihr Gesicht wieder in Ordnung. Das Licht der kleinen Lampe über dem Rückspiegel fällt auf uns beide. Sie sieht mich an, und ihre riesigen schwarzen Augen machen mich schwindlig. Ich will es nicht tun, ich will mich anständig benehmen, aber es sind ihre Augen, ihre wundervollen Augen. Ich ziehe sie an mich, um sie zu küssen. Da nimmt sie meine Hand und führt sie an ihre Lippen in einer Bewegung, die ebenso zärtlich wie abweisend ist – und schöner als der schönste Kuß, den ich jemals bekommen habe.
»I am sorry«, sage ich schnell, gehe um den Wagen herum und helfe ihr beim Aussteigen. »Verlieren Sie nicht die Nerven. Wir schaffen es. Es wäre ja gelacht, wenn wir es nicht schaffen würden. Ich habe schon ein paar solche Dinger erlebt!«
»Sie sind großartig«, sagt sie.
»Ich bin ein Stück Dreck und sonst gar nichts. Aber Sie, Sie gefallen mir so! Ich ... ich ... ich würde alles für Sie tun, alles.«
»Sie tun schon so viel für mich.«
»Ich verlange auch etwas dafür.«
»Das habe ich gemerkt.«
»Der Kußversuch? Das war eine reine Reflexbewegung. Routine. Tue ich immer. Aber wenn ich Ihr Armband finde, dann werde ich etwas verlangen!«
»Was?«
»Dreißig Tabletten Veronal.«
Sie antwortet nicht.
»Gehen Sie nicht darauf ein, und wir lassen das Geschäft.«
»Herr Mansfeld, Sie haben wirklich keine Ahnung, in welcher Situation ich mich befinde, abgesehen von dem Armband ...«

»Ich will es gar nicht wissen. Ich will die dreißig Tabletten. Bekomme ich sie oder nicht?«
Sie sieht mich so lange an, daß mir wieder schwindlig wird, dann legt sie wieder meine Hand auf ihre Lippen und nickt.
»Also Punkt elf«, sage ich noch einmal.
Da geht sie schon fort, hinauf zu dem alten Turm, wo ihre kleine Tochter und der Boxer Assad spielen, die ihr nun beide entgegenlaufen. Mutter und Tochter winken. Ich winke zurück, aber nur einmal. Dann setze ich mich in den Wagen, schalte das Fernlicht ein und sehe Verena, Evelyn und den Hund hinter dem alten Aussichtsturm im schwarzen Wald verschwinden, während ich den Wagen zur Straße zurückrollen lasse. Knapp vor der Kreuzung halte ich an und hebe die Hand ans Gesicht, die sie an ihre Lippen führte. Sie riecht nach Diorissimo, diese Hand, nach Frau, Schminke und Puder. Ich schließe die Augen und fahre über mein Gesicht mit dieser Hand, während Vögel schreien und die Tiere des Waldes miteinander sprechen und auf der Straße vor mir Autos vorübersausen.
Der Duft ihres Parfüms, ihrer Lippen, ihrer Haut hüllt jetzt mein ganzes Gesicht ein. Ich öffne die Augen wieder und sehe meine Hand an und schließe sie zur Faust, als ob ich so diesen Wohlgeruch länger bewahren könnte. Dabei fällt mir ein, daß Milton (John heißt er, glaube ich, der große englische Poet, jedenfalls, Sie wissen's bestimmt), daß dieser Milton also sein halbes Leben in Italien verbracht hat. Er liebte das Land so. Er nannte es sein Paradies. Im Alter erblindete er. So brachten Freunde ihn zurück ins kalte, neblige England, und da saß er dann in seinem Haus Abend um Abend vor dem Kaminfeuer, mit einer uralten, vertrockneten Olive in der Hand. Die Haushälterin erzählte den Nachbarn, daß Milton dabei immer lächelte. Die Olive hatte er aus Italien mitgebracht. Und zu seiner Haushälterin sagte er einmal: »Wenn ich sie in der Hand halte, diese kleine Frucht, dann bin ich wieder dort, wo ich einmal so glücklich war. Dann kann ich wieder alles sehen, Florenz und Neapel, Mailand und Rom, mein Paradies. Ich halte nun mein Paradies in meiner Hand.«
Ich halte nun mein Paradies in meiner Hand...
Aber der Duft schwindet schon wieder, so schnell, so schnell. Ob alles Schöne so flüchtig ist? Sicherlich. Bei allen Menschen. Nur das Böse, das Grausame ist von Dauer. Das Zärtliche, das, was dir Tränen in die Augen treibt, weil auch du einen anderen brauchst, dieses Lächeln, diese Berührung von Finger und Lippe, diese Erinnerung das alles vergeht, verweht, ist bald vergessen.

Ich muß sehen, daß ich das Armband auftreibe. Dreißig Tabletten Veronal kann ich vielleicht selbst mal brauchen.
Winker raus. Ich trete auf den Stempel. Zurück zur Schule. Es ist zum Kotzen, wie sentimental ich manchmal werde! Gott sei Dank, es ist schon vorüber.
Nein. Warum soll ich lügen?
Es ist noch nicht vorüber. Ich fürchte, es wird nie vorüber sein. Nicht mit Verena. Nicht mit dieser Frau.
Unlogisch, nicht? Gerade habe ich das Gegenteil geschrieben!

16

Er schießt hinter dem Wegweiser hervor, wie eine Gewehrkugel, wie ein Waldschrat, ein Alp aus einem bösen Traum. Ich bekomme einen solchen Schreck, daß ich auf die Bremse trete und den Motor abwürge. Ruck! Ich fliege über das Steuer. Als ich mich wieder aufrichte, steht er schon vor mir, verkrüppelt, winzig, unheimlich. Ein Gnom. Ein Geist. Ein Ungeist. Und wieder ist da dieses tükkische Lächeln, das seine dünnen Lippen verzerrt.
»Habe ich dich erschreckt?« fragt der kleine Hansi.
»Das kann man wohl sagen.«
»Ich habe dir aufgelauert.«
»Was?«
Ironisch klagend sagt er: »Es halten mich hier alle für einen Idioten. Ich habe natürlich gelauscht, als du telefoniert hast. Ich habe auch schon vorher gelauscht, als Fräulein Hildenbrand über mich gesprochen hat. Was hast du dieser Frau gesagt?«
»Welcher Frau?«
»Na, die du gerade getroffen hast. Der Chef ist übrigens schon raufgekommen. Er hat gesagt, ich soll aufhören zu spielen und in den ›Quellenhof‹ gehen. Also, was hast du ihr gesagt?«
»Hör mal, ich habe jetzt genug von dir! Hau ab! Ich muß zum Chef.«
»Es halten mich alle für einen Idioten«, jammert er wieder. »Hast du gesagt, daß du ihr Armband wiederfinden wirst?«
»Was für ein Armband?«
»Wir wollen's kurz machen«, sagt er grinsend. »Ich habe dich angelogen.«
»Wann?«
»Na, du hast doch gefragt, ob ich ein Mädchen gesehen habe, eine mit einem Petticoat. Ich habe nein gesagt. Aber ich habe sie ge-

sehen. Ich habe ein Geräusch gehört und die Vorhänge gehoben, und da war sie. Und wie sie das Armband klaute, habe ich auch gesehen, es hat gefunkelt und geglitzert!«

Mir wird sehr heiß, und ich packe eines seiner erbarmungswürdig dünnen Ärmchen und ziehe ihn ganz nah zu mir heran.

»Au! Laß mich los! Du tust mir weh!«

»Du hast sie doch gesehen!«

»Sage ich ja.«

»Du weißt, wie sie heißt?«

»Klar.«

»Wie?« Darauf schweigt er.

»Wie heißt sie?« frage ich und schüttle ihn. Auf einmal sehe ich, daß seine Lippen zucken. (Hoffentlich fängt der nicht auch noch an zu weinen!) Ich lasse ihn los. Er murmelt: »Ich sage es dir. Aber unter einer Bedingung.«

»Bedingung?«

»Daß du mein Bruder wirst«, sagt er leise.

»Was ist das für ein Quatsch?«

»Das ist kein Quatsch.« Jetzt wird er plötzlich ganz weich. »Sieh mal, die Kinder hier oben, die haben doch alle ihre Eltern nicht da. Oder sie mögen sie nicht. Die Kinder sind ganz allein. Da haben sie angefangen, sich ihre eigenen Verwandten zu suchen. Sie machen sich ihre eigenen Familien, damit sie nicht mehr so allein sind. Das tun sie schon lange, viele Jahre. Noah ist der Bruder von Wolfgang. Walter ist der Bruder von Kurt. Alle haben sie Brüder oder Schwestern. Oder Kusinen und Vettern. Väter und Mütter nicht, das gibt's nicht. Von Vätern und Müttern haben sie die Schnauze voll, wie ich.« Jetzt redet er eifrig und schnell und hält meinen Arm fest mit seinen winzigen Händchen. »So einem Bruder oder so einer Schwester kann man alles anvertrauen. Sogar weinen darf man, wenn man allein ist mit so einer Schwester oder so einem Bruder. Alle hier haben Schwestern und Brüder. Nur ich nicht. Ich habe schon alle gebeten. Keiner mag mich.«

»Warum nicht?« frage ich, obwohl ich es weiß.

»Na, weil ich halt so scheußlich aussehe. Aber ich möchte doch so gern einen Bruder haben! Einen großen. Du bist der Größte hier, der Älteste. Die anderen würden zerplatzen! Willst du es werden, wenn ich dir sage, wer das Armband hat?«

Wenn ich nein antworte, ist der kleine Krüppel imstande, das Mädchen zu warnen. Dann läßt sie den Schmuck verschwinden, bevor die Durchsuchung einsetzt. Und es ist natürlich auch nicht eben vorteilhaft für mich, wenn ich diesem Professor Florian gleich mit

der Polizei ins Haus geschneit komme. Auf die sanfte Tour wäre es natürlich am besten. Aber wenn der Kleine lügt?
»Kannst du denn beweisen, daß sie das Armband hat?«
»In fünf Minuten.«
»Was?«
»Ich habe gesagt, in fünf Minuten. Wenn du mein Bruder sein willst. Willst du?«
Was sind fünf Minuten? Give him a chance.
»Wie alt bist du eigentlich, Hansi?« frage ich.
»Elf«, grinst er.
»Ja«, sage ich. »Ich will dein Bruder sein.«
Er läuft um den Wagen herum und klettert auf den Sitz neben mich. »Fahr links den Weg hinauf. Zur ›Alten Heimat‹. Da wohnen die großen Mädchen.«
Dieser Wald ist von Wegen durchzogen wie ein Labyrinth. Ich habe das Gefühl, in einen Tunnel hineinzufahren, einen Tunnel, gebildet aus uralten Bäumen. Und wieder höre ich die Tiere des Waldes. Was für ein Abend! Ob der Chef bereits sehr wütend ist, daß er so lange auf mich warten muß? Der kleine Hansi sieht mich unablässig an. Das macht mich wahnsinnig nervös. Ist er Ihnen bekannt, dieser feuchte Kinderaugenblick? Voller Vertrauen, voller Liebe? Großer Gott, in was gerate ich hier hinein?
»Ich kenne dieses Mädchen ganz genau«, sagt der Krüppel. »Ich weiß sogar, wie sie nackt aussieht. Die meisten Mädchen machen die Vorhänge zu, wenn sie sich ausziehen, aber manche lassen sie offen. Da beobachte ich sie.«
»Du schleichst ans Haus?«
»Ja. Man muß sehr vorsichtig sein und sich die Schuhe ausziehen, damit die Erzieherin einen nicht hört. Du mußt dir jetzt auch gleich die Schuhe ausziehen. Ich habe sogar einmal gesehen...« Er bricht ab und lacht. »Das erzähle ich dir später einmal. Dazu brauche ich Zeit. Brems jetzt, sonst hören sie uns.«
Also fahre ich den Wagen ein Stück zwischen zwei Bäume in den Wald hinein und schalte den Motor ab und die Lichter aus. Nur das kalte Licht des zunehmenden Mondes erhellt die Gegend.
»Das ist aber eine Sauerei«, sage ich, »Mädchen beim Ausziehen beobachten und so. Ein guter Junge tut das nicht.« (Ausgerechnet ich, ich hab's nötig!)
Er erwidert ernst: »Ich bin kein guter Junge. Ich bin nicht dumm genug, um ein guter Junge zu sein. Ich bin bösartig. Du hast es ja gehört. Geh hinter mir her.«
Das tue ich.

Er flüstert: »Als mich der Chef vorhin wegschickte, bin ich schon mal hier raufgerannt. Da stand sie in ihrem Zimmer und spielte mit dem Armband.«
»Schläft sie allein?«
»Ja. Kein Mädchen will mit ihr zusammenleben. Alle hassen sie.«
»Warum?«
»Sie nimmt ihnen allen die Jungen weg. Wir nennen sie hier nur die Luxusnutte. Weil sie sich immer so aufdonnert wie ein Filmstar. Mit falschem Schmuck und so. Sie ist ganz verrückt nach Glasperlenketten und Amuletten und Klimperarmbändern. Alle wissen, daß sie dauernd klaut. Und sie versteckt alles, was sie klaut! So gut, daß keiner je etwas gefunden hat! Vielleicht trägt sie das Armband noch. Vielleicht haben wir Glück. Jetzt dürfen wir aber nicht mehr reden. Und die Schuhe müssen wir uns ausziehen. Laß deine Slipper hier, neben meinen«, sagt Hansi. »Das ist der Baum, wo ich immer die Schuhe ausziehe.«
Auf Strümpfen marschieren wir also durch den Wald, einer Villa entgegen, deren Fenster alle erleuchtet sind. Der Platz vor dem Haus ist leer, die Eltern sind schon alle weggefahren.
Ich trete auf einen trockenen Ast, der knackt und bricht. Herum fährt Hansi.
»Paß doch auf, Mensch!«
»Tut mir leid.«
»Tut mir leid! Wenn ich so tapsig wäre wie du, hätte ich noch nie einen Busen gesehen!«
Er sagt nicht Busen. Das wird ein feines Früchtchen werden, dieser Elfjährige. Aber werden wir das nicht alle einmal werden?
Plötzlich bin ich aufgeregt.
Wenn es wahr ist, was er sagt... wenn es wahr ist...
Dann haben wir die »Alte Heimat« erreicht. Das ist so ein verspielt gebautes altes Haus mit Erkern und Türmchen und Balkonen, und ich denke, wie leicht es wäre, sich zu einem dieser Balkone hinaufzuschwingen, und wie viele Jungen das wohl schon getan haben mögen. Aus dem Inneren der Villa höre ich Mädchenstimmen, Gelächter, Wasser rauschen und mindestens zehn Grammophone. Alles durcheinander. Was für ein Glück, daß sie solchen Klamauk machen!
Hansi hat meine Hand genommen und zieht mich eine niedere Hekke entlang zur Rückseite des Hauses. Fenster mit Vorhang. Fenster mit Vorhang. Da: Fenster ohne Vorhang! Der kleine Krüppel zieht sich am Sims hoch. Ich bin groß genug, um so in das erleuchtete Zimmer hinter dem Fenster zu sehen. Ein Bett. Ein Tisch. Ein Stuhl.

Ein Schrank. Eine Waschecke. An den Wänden Bilder von Filmstars, ausgeschnitten aus Zeitschriften. Brigitte Bardot. Tony Curtis. Burt Lancaster. O. W. Fischer, Elizabeth Taylor. Die ganzen Wände sind verdeckt von diesen klebrigbunten Bonbonbildern. Auf dem Tisch steht ein Plattenspieler. Ich kann hören, welche Platte gerade läuft: »Love is a many-splendored thing...« Das ist aus »Alle Herrlichkeit auf Erden«. Habe ich auch.

Zu der traurigen Musik dreht sich ein Mädchen langsam im Kreis durchs Zimmer. Es trägt einen blauen Rock, einen Petticoat darunter, eine weiße Bluse und flache Schuhe. Das Mädchen muß siebzehn oder achtzehn sein. Sie hat löwenfarbenes Haar, ziemlich lang, sehr hoch toupiert, aus der hohen Stirn nach hinten gekämmt. Im Nacken wird die Mähne durch eine schwarze Spange zusammengefaßt. Unter der Spange fällt sie nach allen Richtungen auseinander, über die Schultern des Mädchens, über ihren Rücken. Das Mädchen hält die Arme ausgestreckt, und tatsächlich: Am rechten Handgelenk trägt sie das Armband! Die Brillanten und Smaragde funkeln im Licht. Das Mädchen sieht das Schmuckstück an wie einen Geliebten. Sie wendet nicht den Blick von ihm. Plötzlich fährt sie herum, und ich meine schon, sie hat uns bemerkt, und ducke mich schnell.

»Nix«, flüstert Hansi, »es hat bloß geklopft.«

Tatsächlich.

Die Luxusnutte ruft: »Einen Moment, ich ziehe mich gerade an!« Dann eilt sie blitzschnell zu ihrem Bett, rückt es von der Wand, kniet nieder und zieht ganz langsam, ganz vorsichtig, einen Mauerziegel aus der Wand. In einer kleinen Höhle dahinter sehe ich verschiedenes glitzern. Das Mädchen streift Verenas Armband ab, legt es in die Höhlung und schiebt den Ziegel behutsam wieder an seinen Platz. Dann rückt sie das Bett zurecht, richtet sich auf und geht zur Tür.

»Jetzt wissen wir es«, flüstert Hansi.

Wir schleichen vom Haus fort, in den Wald zurück. Hansi steuert genau auf den Baum zu, bei dem wir unsere Schuhe ließen. Während wir sie anziehen, sagt der Krüppel: »Du mußt bis morgen warten.«

»Ich bin doch nicht verrückt! Ich gehe sofort zurück!«

»Ja«, sagt Hansi und lacht wieder, »und was machst du dann?«

»Ich hole mir das Ding.«

»Nun will ich dir mal etwas flüstern. Wenn du es so anfängst, bekommst du das Band nie! Jetzt ist die Haustür verschlossen. Also mußt du klingeln. Also macht die Erzieherin auf. Weißt du, was sie machen wird? Entweder sie schmeißt dich sofort raus – oder sie sagt, du mußt warten, und telefoniert mit dem Chef. Bevor der nicht da ist, kommst du nie in das Haus hinein, nie im Leben! Und in der Zeit, die bis dahin vergeht, hat die Luxusnutte das Zeug so verkutet, daß kein Mensch es mehr findet.«

Da ist natürlich etwas daran.

»Morgen«, sagt der kleine Krüppel »morgen vormittag, wenn Schule ist, dann mußt du das Band holen. In welche Klasse gehst du?«

»In die achte.«

»Na prima. Die Luxusnutte auch. Du sagst einfach, dir ist schlecht.«

»Und dann?«

»Rennst du hier rüber. Am besten knapp nach zwölf. Am Vormittag sind die Häuser alle offen und leer. Kinder in der Schule. Erzieherinnen im Ort oder beim Essen. Und knapp nach zwölf sind auch die Putzfrauen schon abgehauen. Jetzt weißt du, wo ihr Zimmer ist. Also nix wie rein und raus mit dem Band!«

Ich überlege. Und je länger ich überlege, um so mehr leuchtet mir ein, was er sagt.

»Du hast recht.«

»Ich habe immer recht«, sagt er, an meiner Seite durch den Wald gehend. »Aber hier glauben alle, ich bin ein Idiot.«

»Ich nicht.«

Da tastet er nach meiner Hand, und ich halte sie also fest, denn er ist doch jetzt mein »Bruder«, und, boy, o boy, er hat mir einen Dienst erwiesen!

»Das ist eine ganz Scharfe, was?« sagt er.

»Ja. Und daß sie das Band heute noch wegbringt...«

»Ausgeschlossen. Darf keine mehr raus aus der Bruchbude.«

»Wie heißt sie?«

»Geraldine Reber.«

Jetzt sind wir bei meinem Wagen.

»Ich danke dir, Hansi«, sage ich.

»Quatsch. Ich danke *dir*«, sagt er und bekommt wieder diese Heulbubiaugen. »Ich habe mir doch immer einen Bruder gewünscht. Jetzt habe ich einen. Du weißt ja nicht, was das bedeutet.«

»Schon gut«, sage ich, »schon gut.« Jetzt muß ich ihn loswerden. Ich habe auf die Uhr gesehen. Es ist immerhin halb neun. Um elf Uhr erwartet Verena ein Zeichen von mir...

»Das ist der glücklichste Tag von meinem Leben«, sagt Hansi. »Ich habe einen Bruder bekommen und das feinste Bett in unserem Zimmer! Früher mußte ich immer neben der Tür schlafen. Im Zug. Jetzt habe ich das Bett unter dem Fenster, in der Ecke, neben der Zentralheizung. Ist das nicht toll? Das verdanke ich der OAS!«

»Wem?«
»Mensch, Oliver, du bist doch nicht doof! Der OAS! Dieser französischen Terrororganisation, die überall Plastikbomben schmeißt.«
»Was hat das mit deinem Bett zu tun?«
»Alles. Schau mal, das feine Bett hat im vorigen Jahr Jules gehört. Jules Renard hieß er.«
»Hieß er?«
»Heute hat der Vater dem Chef einen Brief geschrieben. Jules hat in seinem Zimmer gespielt, in Paris. Auf der Straße ist ein Auto mit OAS-Leuten vorübergefahren. Das Fenster von Jules' Zimmer stand offen. Da haben sie eine Plastikbombe reingeschmissen. Er war gleich tot. Und ich bekomme jetzt sein Bett! Ist das nicht Glück? Denk doch, sie hätten ihre Bombe woanders hingeschmissen. Dann müßte ich wieder neben der Tür schlafen, im Zug!«
Er drückt mir die Hand. »Jetzt werde ich abhauen, sonst gibt's Ärger mit dem Erzieher. Er ist übrigens ein Neuer. Aber das mußt du doch zugeben: So viel Massel an einem einzigen Tag, das ist schon allerhand!«
»Ja«, sage ich, »man muß dir wirklich gratulieren, Hansi!«

17

Kennen Sie James Stewart, den amerikanischen Filmschauspieler? Also, genau so sieht er aus, der Chef! Übergroß, alle Glieder überlang, kurzes Haar, das schon grau wird, schlaksige, schlenkernde Bewegungen. Und, weil er so groß ist, ewig leicht vornübergeneigt. Alt? Fünfundvierzig höchstens, würde ich sagen. Älter bestimmt nicht.
Er spricht immer leise und freundlich, niemals hebt er die Stimme. Er ist die Ruhe selber. In einem (übrigens tadellosen) grauen Flanellanzug sitzt er hinter seinem großen Schreibtisch, Fingerspitzen gegeneinander, und sieht mich eine ganze Weile schweigend an. Er hat graue, kluge Augen. Ich sitze vor ihm in einem tiefen Lehnsessel, tiefer als er, und erwidere seinen Blick. Einmal wird er ja zu reden beginnen, denke ich. Er tut's auch. Er fragt: »Rauchst du?« Und fügt schnell hinzu: »Ich sage grundsätzlich allen Schülern du, auch den Großen. Außer, sie wünschen, daß ich Sie sage. Wünschst du es?«
»Nein. Sagen Sie du, bitte.« Wir rauchen.
Er spricht, immer ruhig, immer leise: »Die Sache ist ganz einfach mit dir, Oliver. Du bist einundzwanzig. Dreimal sitzengeblieben.

Du bist aus fünf Internaten hinausgeflogen, ich habe die Berichte gelesen. Es waren immer Mädchengeschichten. Ich weiß, daß kein anderes Internat in Deutschland dich mehr nehmen will. Betrachte unsere Schule also nicht als Straßenbahnhaltestelle. Das ist die Endstation. Nach uns kommt nichts mehr.« Ich schweige, denn mir ist auf einmal gar nicht gut. Eigentlich wollte ich ja auch hier hinausfliegen – meines Alten wegen. Aber nun habe ich Verena kennengelernt ...

Der Chef sagt lächelnd: »Im übrigen glaube ich nicht, daß ich Schwierigkeiten mit dir haben werde.«

»Ich bin aber ein Schwieriger, Herr Doktor. Es steht in allen Berichten.«

Er lächelt. »Die Schwierigen habe ich besonders gern. Weißt du warum? So ein Normaler, der ist doch langweilig. Aber wenn ich einen Schwierigen habe, denke ich mir immer: Warte mal, bei dem muß doch etwas dahinterstecken!«

Mensch, ist der vielleicht raffiniert!

»Wir arbeiten hier überhaupt mit anderen Methoden.«

»Ja, das habe ich schon gemerkt.«

»Wann?«

»Ich habe den Baukasten gesehen, mit dem Sie diese Tests machen. Fräulein Hildenbrand hat mir alles erklärt.«

Jetzt wird sein Gesicht traurig, und er fährt sich mit der Hand über die Stirn. »Fräulein Hildenbrand«, sagt er verloren, »ja, das ist eine großartige Person! Meine älteste Mitarbeiterin. Nur ihre Augen ... Sie sieht so schlecht. Hast du das nicht bemerkt?«

»Sie sieht schlecht? Also nein, das ist mir wirklich nicht aufgefallen, Herr Doktor!«

»Ach, Oliver!« Er seufzt. »Das war eine nette Lüge. Aber ich mag auch nette Lügen nicht. Ich mag überhaupt keine Lügen. Darum frage ich dich auch nicht, was du beim ›A‹ unten gemacht hast und warum du so spät zu mir kommst. Weil du mich anlügen würdest. Ich frage nur sehr selten. Glaube darum aber nicht, daß du eine Flasche vor dir hast, die sich alles bieten läßt. Gewisse Dinge sind bei uns genauso wie in allen anderen Internaten. Wenn einer untragbar ist, fliegt er – verstanden?«

»Jawohl, Herr Doktor.«

»Auch du. Klar?«

»Ja.«

»Mein Internat ist teuer. Mit ein paar Ausnahmen, die Stipendien erhalten, kommen nur Kinder reicher Eltern zu mir.« Jetzt wird er ein bißchen ironisch: »Die Elite der internationalen Welt.«

»Wie zum Beispiel ich«, sage ich, ebenso ironisch. »Mein Vater, der gehört doch wirklich zur Elite der internationalen Welt.«
»Darum geht es nicht! Ich habe nicht die Eltern zu erziehen, sondern euch. Du und die anderen hier werden eines Tages die Werke und Werften und Banken, und was weiß ich, eurer Väter übernehmen. Ihr werdet einmal ›oben‹ sein. Und dann? Wieviel Unglück werdet ihr dann anrichten, ihr Auserlesenen, Reichen, Versnobten? Das ist meine Verantwortung.«
»Was?«
»Daß ihr eben kein Unheil anrichtet. Oder nicht zu viel. Wir alle hier, Fräulein Hildenbrand, alle Lehrer, alle Erzieher, ich, wir bemühen uns, euch zurechtzubiegen und das Schlimmste zu verhindern. Weil eure Eltern Geld haben – die allermeisten von ihnen jedenfalls –, darum werdet ihr später einmal, nolens volens, vielen, vielen anderen als Vorbild dienen, oder sagen wir als Leitbild dienen müssen. Deshalb schmeiße ich jeden hinaus, der nicht guttut. Kapierst du das?«
»Ja, Herr Doktor.«
»Sag mir, warum.«
»Sie wollen nicht mit daran schuld sein, daß es in zehn oder zwanzig Jahren falsche Leitbilder geben wird.«
Er nickt und lächelt und preßt die Fingerspitzen gegeneinander.
»Und weißt du auch, warum ich Lehrer geworden bin?«
»Na deshalb!«
»Nein.«
»Sondern?«
»Paß auf. Mich hat einmal ein Lehrer unterrichtet, das war ein Idiot.«
Mensch, hat der vielleicht was auf dem Kasten! Zuerst die Moralpredigt und nun die Anekdote. Damit ich nicht denke, er ist bloß ein dämlicher Arschpauker. Nein wirklich, der Mann gefällt mir. Ob ich ihm auch gefalle?
Ich wechsle also die Tonart, und um ihn zu testen, werde ich keß. »Ein Idiot?« frage ich. »Ja, gibt es denn bei Lehrern überhaupt so etwas?«
»Natürlich. Nur ihr seid lauter Einsteins! Hör weiter zu. Mit neun Jahren war ich eine vollkommene Niete in Rechtschreibung. Und weil mein Lehrer ein Idiot war, hat er mich also übergelegt und mir den Hintern vollgehauen. Täglich, Oliver, täglich! Es war wie's Amen im Gebet. Die anderen hatten wenigstens mal Pause – aber nicht ich, nein, mich nahm er sich jeden Tag vor.«
»Armer Doktor Florian.«

»Warte noch ein bißchen mit dem Mitleid. Bald werden Tränen über deine Bäckchen rinnen. Die Dresche in der Schule war nämlich noch nicht alles. Zu Hause, wenn mein Vater die Hefte sah, ging es noch mal los! Er war sehr jähzornig, mein Vater, denn er hatte einen zu hohen Blutdruck.«

»Kenne ich«, sage ich und denke: Noch nie habe ich mich bei jemandem so schnell so sehr zu Hause gefühlt. »Hat mein Alter auch. Aber der – na, Sie wissen ja selbst, was mit dem los ist, Herr Doktor.«

Er nickt.

»Man muß sich wundern«, sage ich, und es ist nicht frech gemeint, sondern ehrlich, »daß Sie nach all dem so ein vernünftiger Mensch geworden sind!«

»Ich habe mich wahnsinnig zusammenreißen müssen«, sagt er, »und außerdem kennst du nicht mein wahres Wesen.« Er klopft sich gegen die Brust. »Da drinnen aber ist's fürchterlich, wie schon Schiller bemerkte.«

»Da unten, bemerkte Schiller.«

»Wo du willst, such es dir aus«, sagt er.

Wenn ich ein Mädchen wäre, ich würde mich verlieben in den Chef. Der Kerl ist ja hinreißend. Ob er eine Frau hat? Ring sehe ich keinen. I'm telling you, that one kann jede haben, die er will. *So* möchte ich gerne mal sein. Leise und stark dabei, weise und fröhlich. Aber das wird wohl immer eine Fehlanzeige bleiben ...

»Jetzt paß auf«, sagt der Chef. »Mein Vater, ein kleiner Beamter, machte mit seinem Zorn bei mir nicht halt. Er verprügelte auch immer gleich meine beiden Brüder mit und beschimpfte meine Mutter. Ich kann dir sagen, als ich neun war, da standen vielleicht Gewitterwolken über dem Hause Florian!«

Wie er so lächelt und redet und mit den Fingerspitzen Gymnastik macht, muß ich auf einmal denken: Ob er sehr unglücklich ist? Denn daß er unglücklich ist, fühle ich plötzlich. Ganz klar. Ganz scharf. Überscharf. Ich weiß manchmal, was andere denken, was in ihnen vorgeht – und es stimmt dann immer.

Was bedrückt den Chef so?

»Meine Mutter«, erzählt er weiter, »die war schon ganz verzweifelt. Doch dann bekamen wir einen neuen Lehrer. Der war anders als der erste. Der nahm mich beiseite und sagte: ›Ich weiß, was los ist mit dir, in Rechtschreibung und zu Hause. Ich werde jetzt einmal die Fehler in deinen Arbeiten überhaupt nicht anstreichen. Du bist sowieso ein hoffnungsloser Fall. Schreib einfach drauflos!‹«

»Donnerwetter!«
»Ja, Donnerwetter. Weißt du, was die Folge war?«
»Na, Friede und Eintracht kehrten wieder ein in Ihrem trauten Heim, vermutlich.«
»Das sowieso. Aber daß er gesagt hatte, ich sei ein hoffnungsloser Fall, das weckte meinen Widerspruchsgeist! Das machte mich wütend! Keiner wird gern für einen Volltrottel gehalten, nicht wahr? Also nahm ich mich zusammen. Was soll ich dir sagen – ein Vierteljahr später habe ich völlig fehlerfrei geschrieben. Und weißt du, was ich mir damals vornahm?«
»Lehrer zu werden.«
»Jetzt weißt du es. Ich wollte so ein Lehrer werden wie dieser zweite damals, Seelmann hieß er. Wir nannten ihn nur ›Die Seele‹. Ich wollte meine eigene Schule haben und meine eigenen Methoden. Und ich wollte nicht nur reiche Kinder aufnehmen, sondern auch begabte arme, denn mein Vater war selber ein armer Mann und hatte nie eine höhere Schule besuchen können. Warum siehst du mich so an?«
»Ach, nichts.«
»Nein, sag es.«
Also sage ich es. Diesem Mann kann man, glaube ich, alles sagen.
»Das ist natürlich großartig, das mit den begabten Armen, denen Sie Stipendien geben. Die Sache hat nur einen Haken, Herr Doktor.«
»Welchen?«
»Sie sagen: ›Nicht nur reiche Kinder will ich in meinem Internat haben, sondern auch begabte arme.‹«
»Ja, und?«
»Auf diese Weise wird es nie Gerechtigkeit geben.«
»Wieso nicht?«
»Gerechtigkeit – oder sagen wir auch bloß Gleichgewicht – könnte doch nur entstehen, wenn Sie auch unbegabte arme Kinder aufnehmen würden. Denn so, wie die Dinge liegen, müssen die begabten Armen, die die Stipendien kriegen, unentwegt mit Intelligenz, Fleiß und guten Noten hervorstechen, nicht wahr? Wozu führt das? Zu Strebertum, zu Intrigen! Zu Gemeinheit! Sie wollen den Armen Gutes tun, Herr Doktor, gewiß, aber um welchen Preis? Wirklich, ich habe schon oft darüber nachgedacht! Es ist so wie überall, wo begabte Minderheiten das Doppelte leisten müssen.«
Da fängt er wieder an zu lächeln, und eine Weile sagt er gar nichts, und dann antwortet er leise: »Da hast du recht, Oliver. Aber die

Welt ist nun einmal nicht so, wie wir sie uns wünschen. Was soll ich tun? Idiotischen Armen Stipendien geben? Und dafür idiotische Reiche hinauswerfen? Das kann ich mir nicht leisten. Dann würde ich pleite machen. Und wäre damit den begabten Armen gedient?«

»Sie haben recht«, sage ich.

»Wir müssen uns öfter unterhalten«, sagt er. »Möchtest du mich manchmal abends besuchen?«

»Gern, Herr Doktor!«

Einmal, lieber Gott, wenn mein Vater einmal so mit mir gesprochen hätte!

»Siehst du, und weil man eben eine Sache immer nur zu sechzig oder höchstens siebzig Prozent gut machen kann, habe ich mir auch noch die Schwierigen auf den Hals geladen.«

»Als Alibi vor sich selber sozusagen.«

»Ja, als Alibi«, sagt er plötzlich abrupt und steht auf. »Das wäre für den Moment alles, Oliver. Ach ja, noch eines: Du mußt natürlich deinen Wagen wegbringen. In Friedheim gibt es eine Garage. Da stellst du ihn unter. Hier oben hat kein Schüler einen Wagen. Also kannst auch du keinen haben, das ist doch klar, nicht? Gerade du wirst das verstehen, der du so viel über Gleichgewicht nachgedacht hast und über Gerechtigkeit.«

Was soll man da antworten?

Zuerst will ich frech werden.

Was sage ich?

»Jawohl, Herr Doktor, morgen bringe ich den Wagen weg.«

»Gut. Dein Gepäck ist schon im ›Quellenhof‹. Du kannst jetzt hinunterfahren.«

»Ich wohne im ›Quellenhof‹?«

»Das habe ich deinem Vater doch geschrieben?«

»Schon, aber...«

»Aber was?«

»Aber ich habe vorhin den Hansi getroffen, der wohnt auch im ›Quellenhof‹. Das ist doch das Haus der *kleinen* Jungen!«

»Ja«, sagt er. »Gerade deshalb. Siehst du, wir haben es so eingerichtet, daß in den Häusern der Kleinen immer ein paar Große wohnen. Die können die Erzieher unterstützen. Und auf die Kleinen aufpassen. Wir suchen uns natürlich die Großen gewissenhaft aus. Diesmal haben wir dich ausgesucht.«

»Ohne mich zu kennen?«

»Nachdem ich hörte, daß du aus fünf Internaten geflogen bist, war meine Wahl getroffen.«

»Herr Doktor«, sage ich, »Sie sind der klügste Mann, den ich kenne!«
»Es geht«, antwortet er. »Und es ist nett, daß du es sagst. Aber wie kommst du darauf?«
»Das ist doch klar wie Kloßbrühe. Indem Sie mir auftragen, auf die Kleinen aufzupassen, verpflichten Sie mich gleichzeitig.«
»Wozu?« fragt er scheinheilig.
»Mich anständig zu benehmen... ein Vorbild zu sein... und... und... Sie wissen genau, wozu!«
»Oliver«, sagt er, »ich muß dir dein Kompliment zurückgeben. Du bist der klügste Junge, den ich je getroffen habe.«
»Aber schwierig.«
»Das habe ich besonders gern, du weißt ja.«
»Warten Sie's ab«, sage ich. »Wir werden ja sehen, ob Sie es so gern haben werden.«
»Du hast einen schwachen Punkt. Jeder hat einen. Ich auch. Fräulein Hildenbrand auch. Ich möchte gar keine Menschen um mich haben, die keine Punkte haben. Punktlose Menschen sind unmenschliche Menschen. Sag selber, was dein schwacher Punkt ist.«
»Mädchen.«
»Mädchen, ja«, murmelt dieser unheimliche Pauker, »und in deinem Alter werden es bald Frauen sein. Trinkst du?«
»Nur ein bißchen.«
»Jetzt fahr zum ›Quellenhof‹. Melde dich bei deinem Erzieher. Er heißt Herterich. Er ist hier so neu wie du. Dein Zimmer liegt im ersten Stock. Es wohnen noch zwei große Jungen darin, sie heißen Wolfgang Hartung und Noah Goldmund. Es sind alte, gute Freunde. Wolfgangs Vater haben die Amis 1947 aufgehängt. Als Kriegsverbrecher. Er hat sich in Polen ausgetobt.«
»Und Noah?«
»Noah ist Jude. Als die Nazis seine Eltern abholten, haben Freunde ihn aufgenommen und versteckt. Er war damals ein Jahr alt. Er hat überhaupt keine Erinnerung an seine Eltern. Wolfgang übrigens auch nicht. Der war drei, als sie seinen Vater henkten. Die Mutter hatte sich schon vorher das Leben genommen. Für beide Jungen zahlen Verwandte das Schulgeld. Die Verwandten von Noah leben in London.«
»Und die beide sind *Freunde?*«
»Die besten, die du dir denken kannst. Ist doch auch ganz klar, Oliver.«
»Ganz klar?«
»Überlege! Wolfgangs Vater war unter den Nazis ein ganz hohes

Tier. Im Geschichtsunterricht wird dauernd von ihm gesprochen. Wir haben einen sehr radikalen Geschichtslehrer, der saß drei Jahre im KZ.«

»Muß angenehm für Wolfgang sein«, sage ich.

»Eben. Keiner wollte mehr etwas mit ihm zu tun haben, als herauskam, was sein Vater getan hat. Nur Noah. Noah sagte: ›Was kann Wolfgang für seinen Vater?‹« Das ist ein Satz, den muß ich mir merken. Was kann ein Junge für seinen Vater? Was kann zum Beispiel ich – nein, nicht daran denken!

»Und dann sagte Noah zu Wolfgang: ›Deine Eltern sind tot, und meine Eltern sind tot, und wir können beide nichts dafür. Willst du mein Bruder werden?‹ Das mit dem Bruder ist nämlich so bei uns . . .«

»Ich weiß, wie das ist. Ich habe auch schon einen.«

»Wen?«

»Den kleinen Hansi. Er hat mich darum gebeten. Vorhin.«

»Das ist schön«, sagt der schlaksige, zu große Chef und reibt sich die Hände, »das freut mich aber, Oliver. Wirklich, das freut mich!«

18

»Nein, er ist nicht verheiratet«, sagt Fräulein Hildenbrand. Sie sitzt neben mir im Wagen. Ich bringe sie nach Hause. Sie bat mich darum, als ich den Chef verließ. Da traf ich sie in der Halle der Schule. (»Es wäre sehr freundlich von Ihnen, Oliver, ich kann nachts nämlich nicht ganz so gut sehen.«) Wir fahren nach Friedheim hinunter. Da hat die alte Dame ein Zimmer, höre ich. Ein sehr gemütliches Zimmer bei netten Wirtsleuten. Über dem Schankraum. »Wissen Sie«, sagt Fräulein Hildenbrand, während wir durch den dunklen Wald fahren, »er hat den ganzen Krieg mitgemacht, der arme Kerl. Und ganz zum Schluß noch hat es ihn erwischt.«

»Er wurde verwundet?«

»Ja. Sehr schwer. Er . . . er kann niemals Kinder bekommen.«

Ich schweige.

»Viele Schüler wissen das, ich kann nicht sagen, woher. Niemand hat jemals eine gemeine Bemerkung darüber gemacht oder einen dummen Witz. Alle Kinder lieben den Chef.«

»Das kann ich mir vorstellen.«

»Wissen Sie auch, warum? Nicht weil er so burschikos ist und redet wie sie. Nein! Sie sagen, er ist immer gerecht. Kinder haben dafür ein sehr feines Gefühl. Später, wenn sie erwachsen werden,

geht es verloren, leider. Aber nichts beeindruckt Kinder so sehr wie Gerechtigkeit.«
Und wieder die vielen Geräusche im Wald, die uralten Bäume, bizarre Schatten, ein winziges Reh, das erstarrt am Wegrand steht, und ein Hase, der so lange vor uns herrennt, bis ich einen Moment die Scheinwerfer ausschalte.
Es sind ungefähr zehn Minuten bis nach Friedheim hinunter. Fräulein Hildenbrand erzählt mir in diesen zehn Minuten von den Kindern, die ich nun kennenlernen werde: Inder, Japaner, Amerikaner, Engländer, Schweden, Polen, Deutsche, den großen Noah, die kleine Chichita aus Brasilien.
Ich habe einmal einen Roman gelesen, »Menschen im Hotel« hieß er. So komme ich mir vor, während ich Fräulein Hildenbrand zuhöre. Als wäre ich in einem Grand Hotel gelandet. In einem internationalen Hotel, in dem Kinder die Gäste sind.
Vor einer erleuchteten Gastwirtschaft bittet mich Fräulein Hildenbrand dann, zu halten. Die Gastwirtschaft heißt »Rübezahl«, es steht auf einer alten Tafel über dem Eingang. Weil es Sonntag ist, herrscht noch viel Betrieb, ich höre aus dem Inneren der Wirtschaft Lachen, Männerstimmen und eine Musikbox.
»Stört Sie das nicht?« frage ich.
»Ach, wissen Sie, Oliver, natürlich höre ich etwas. Aber es ist so schwer, hier in der Gegend ein Zimmer zu bekommen. Mir macht der Lärm nichts. Ich würde auch in einem Grab schlafen oder in einer Müllgrube, wenn ich nur bei meinen Kindern bleiben darf. Er hat doch nichts gesagt? Über meine Augen, meine ich?«
Natürlich antwortete ich: »Kein Wort hat er gesagt.«
Wie man mit einer Lüge einen Menschen glücklich machen kann! Als ich ihr aus dem Jaguar helfe, strahlt die alte Dame mich an.
»Das ist schön. Ich habe es ja gewußt. Er würde es nie tun...«
»Was würde er nie tun?«
»Mich wegschicken wegen meiner Augen. Der Chef ist der beste Mensch von der Welt. Ich erzähle Ihnen jetzt etwas, aber Sie dürfen es niemandem weitersagen. Ehrenwort?«
»Ehrenwort.«
Und trara-bum-diäh! dazu die Musik im »Rübezahl«.
»Einmal, da mußten wir ein Kind als untragbar fortschicken. Der Vater kam und regte sich furchtbar auf. Zuletzt beschimpfte er den Chef und schrie: ›Was wissen Sie denn überhaupt. Wie können denn Sie überhaupt richten, der Sie selber kein einziges haben?‹«
»Und?«

»›*Ich* habe keine Kinder? Hunderte, Hunderte von Kindern habe ich und habe ich gehabt und werde ich weiter haben, Herr Generaldirektor!‹ Denn das war irgend so ein hohes Tier aus Düsseldorf, ausgefressen und aufgeblasen.«

»Den Typ kenne ich.«

»Da wurde er still, der Herr Generaldirektor«, sagt Fräulein Hildenbrand. »Und als er abgezogen war, sagte der Chef zu mir: ›Niemals ärgern, nur wundern!‹ Gute Nacht, Oliver.«

»Ich bringe Sie noch zur Tür.«

»Das ist nicht nötig«, sagt sie, macht zwei Schritte, stolpert und fällt beinahe über den Bordstein. Ich springe zu ihr und führe sie behutsam zu dem alten Eingang neben dem neuen Eingang der Kneipe.

»Das war nett von Ihnen«, sagt sie. »Wie ich schon bemerkte, dieses elektrische Licht...« Und sie blickt mich flehend an durch ihre überdicken Brillengläser, flehend darum, ich möge ja glauben, sie sähe normal.

»Klar«, sage ich. »Das ist ja widerlich, die Beleuchtung hier. Ich sehe auch kaum die Hand vor den Augen.«

»Und nun gute Nacht, Oliver.«

Wie schnell man doch einen Menschen durch eine Lüge glücklich machen kann. Jetzt, da die alte Dame im alten Eingang des Hauses verschwunden ist, frage ich mich: Schnell – aber wie lange? Zwei betrunkene Bauern kommen aus der Kneipe. Sie singen, was drinnen gerade die Musikbox spielt: »Was machst du mit dem Knie, lieber Hans, beim Tanz...«

Alles ist ordentlich und sauber in Friedheim. Sogar Lichtpeitschen und Neonlicht hat die Hauptstraße. Weiter vorn gibt es eine Verkehrsampel. Gewiß eine wunderschöne kleine, alte Stadt mit lauter anständigen Leuten, die Sonntag morgens in die Kirche gehen und Samstag abends über Kulenkampff oder Frankenfeld lachen, wenn die im Fernsehen komisch sind, aber die auch ganz ernst und feierlich werden können vor dem Flimmerkasten, wenn es zum Beispiel »Don Carlos« gibt oder »Wallensteins Tod«! Brave Leutchen, gute Leutchen. Sie glauben alles, was sie lesen, was man ihnen sagt. Sie gehen zur Wahl. Wenn es sein muß (ungefähr alle fünfundzwanzig Jahre bei uns), gehen sie auch in den Krieg. Und die, die übrigbleiben, spielen, wenn sie ihn verloren haben, die Neunte Symphonie von Beethoven. Und dem Chef haben sie die Sachen weggeschossen beim letztenmal, und weil er nicht ein einziges Kind haben kann, redet er sich ein, er hätte Hunderte.

Ach, wer von uns redet sich nichts ein?

19

21 Uhr 45.
Ich stehe in dem Zimmer im »Quellenhof«, packe meine Klamotten aus und hänge sie in den Schrank. (Ich hab' es schon erzählt, ein Freund hat mein Gepäck geschickt.) Noah Goldmund und Wolfgang Hartung helfen mir beim Auspacken. Noah ist ein schwächlicher, blasser Junge mit schwarzem, zu langem Haar und schwarzen Mandelaugen. Wolfgang Hartung ist groß und kräftig und hat blondes Haar und blaue Augen.
Die beiden haben ein sehr gemütliches Zimmer. Noah interessiert sich für Musik, Wolfgang für Bücher. Schallplatten liegen herum. In einem Regal sehe ich Wolfgangs Bücher. Sehr viele Ausländer, in Originalausgaben. Malraux. Orwell. Koestler. Poliakow: »Das Dritte Reich und seine Diener«. »Das Dritte Reich und seine Denker«. Ernst Schnabel: »Macht ohne Moral«. Picard: »Hitler in uns«. John Hersey: »The Wall«.
Noah hat unter meinen Schallplatten das Erste Klavierkonzert von Tschaikowskij entdeckt und fragt, ob er es spielen darf.
»Klar«, sage ich.
Sie haben einen Plattenspieler, die beiden. Noah läßt ihn laufen.
»Das ist nämlich ganz komisch mit diesem Tschaikowskij«, sagt Noah. »Mein Vater hat ihn genauso geliebt wie der Vater von Wolfgang. Mein Vater spielte ihn am Abend, bevor sie ihn abgeholt haben. Und Wolfgangs Vater wünschte sich das Erste Klavierkonzert, bevor sie ihn aufhängten.«
»Haben die Amis ihm die Platte vorgespielt?«
»Nein«, sagt Wolfgang. »Aber nicht aus Gemeinheit. Die Platte ließ sich einfach nicht so schnell auftreiben! Du mußt mal denken. Siebenundvierzig. Da ging's noch ziemlich drunter und drüber. Und sie konnten doch eine Hinrichtung nicht aufschieben wegen einer Schallplatte.«
»Ja«, sage ich, »das muß man verstehen.«
Wolfgang legt Hemden in meinen Schrank.
Kommt ein junger Mann mit einem schütteren blonden Schnurrbart herein und sagt: »In einer Viertelstunde Licht aus!«
»Jawohl, Herr Herterich«, sagt Noah und verneigt sich übertrieben.
»Aber gewiß, Herr Herterich«, sagt Wolfgang. »Darf ich Sie mit Oliver Mansfeld bekannt machen? Oliver, das ist Herr Herterich, unser neuer Erzieher.«

Ich gebe dem jungen Mann die Hand (seine ist ganz naß) und sage, daß ich mich freue, seine Bekanntschaft zu machen. Die Tür des Zimmers ist offengeblieben, und ich höre mindestens noch ein Dutzend Grammophone und Radios im Haus. Nur Jazz. Wir sind ja auch im »Haus der kleinen Jungen«!
Der Erzieher gibt Noah und Wolfgang ein paar Briefe und Zeitungen. »Das kam heute nachmittag.«
Wieder benehmen sich die beiden wie Clowns mit ihren Verneigungen und dem übertriebenen Lächeln und der übertriebenen Höflichkeit. »Vielen, vielen Dank, Herr Herterich!«
»Es ist außerordentlich liebenswürdig, daß Sie sich die Mühe gemacht haben, uns die Post noch heute zu bringen, Herr Herterich!«
Der Schmächtige wird ganz rot und geht rückwärts zur Tür. »Schon gut«, sagt er, »schon gut. Aber, wie gesagt: In einer Viertelstunde muß das Licht aus sein.«
»Aber gewiß doch, Herr Herterich.«
»Aber selbstverständlich, Herr Herterich.«
Die Tür fällt hinter dem Kleinen ins Schloß. Ich frage: »Warum kriecht ihr ihm denn so hinein, Männer?«
Wolfgang erklärt es mir: »Dieser Herterich ist ein Neuer. Wir wissen noch nicht, wie er ist. Wir müssen ihn prüfen. Jeder Neue wird zuerst verarscht. Hör doch, das Klavier! Zum Wahnsinnigwerden! Wer spielt?«
»Rubinstein«, sage ich. »Was nennt ihr verarschen?«
»Na, das, was wir gerade getan haben. ›Jawohl, Herr Herterich. Gewiß, Herr Herterich.‹ Du bist einfach überfreundlich. Aber so, daß er nie sagen kann, du nimmst ihn auf den Arm. Das ist die schnellste Art, den Charakter herauszukriegen.«
»Wieso?«
»Wenn so ein Erzieher ein Idiot ist, verbittet er sich nach zwei Tagen diesen Ton und sagt, wir verhöhnen ihn. Daran kannst du immer die Idioten erkennen.«
Der blonde Wolfgang erwärmt sich für sein Thema: »Die Idioten wickeln wir um den Finger. Gefährlicher sind schon die, die auf den Ton eingehen. Da mußt du dann auch wieder prüfen: Ist es ehrlich, oder ist es Beschiß? Aber so nach zwei, drei Wochen hast du ein völlig klares Bild. Sollen die Hosen in Spanner oder über Bügel?«
»In Spanner, bitte.«
»Dann hast du ein klares Bild, wie gesagt. Entweder so ein Erzieher ist nett und petzt nicht. Okay. Oder er hat kleine Schwächeanfälle und petzt zuerst, und wir können ihn bessern.«
»Petzt was?«

»Mensch, ich habe gehört, du bist aus fünf Internaten rausgeflogen, du wirst doch wissen, wovon ich rede.«
»Ach so«, sage ich, »das meinst du.«
»Na klar. Muß ja jeder von uns mal weg in der Nacht oder bekommt Besuch, nicht wahr? Also wenn der Erzieher okay ist oder wenn er sich bessert, dann befreunden wir uns sogar mit ihm. Wenn er sich aber nicht bessert oder uns beim Chef verpfeift, dann machen wir ihn so fertig, daß er von selber geht. Das habt ihr doch auch so gemacht, da, wo du gewesen bist, oder?«
»Ja. Nur das mit dem Verarschen nicht. Wir haben ihn einfach beobachtet und ihn dann fertiggemacht, wenn er ein Schwein war.«
»Mit dem Verarschen geht es schneller. Die Doofen verlieren dadurch rascher die Nerven, verstehst du?«
Wolfgang hat inzwischen meine Wäsche eingeräumt. Noah liest.
»Wirklich prima, der Tschaikowskij«, sagt Wolfgang. »Ich bin froh, daß wir endlich die Platte haben.«
»Ihr beide seid prima«, sage ich. »Und ich bin froh, daß ich bei euch gelandet bin.«
»Ja, ja«, sagt Noah. »Halb so schlimm.«
»Du solltest noch mal pinkeln gehen«, sagt Wolfgang.
Solcherart verbergen sie ihre Gefühle.

20

Die Türen zu den Zimmern der kleinen Jungen sind schon alle geschlossen, aus vielen dringt noch Jazzmusik. Der Gang, den ich hinabgehe, ist menschenleer. Als ich die Toilette erreiche, sehe ich, daß sie zugeriegelt ist. Na schön. Ich warte. An der Tür klebt ein Zettel. Mit Rotstift hat da einer hingeschrieben:
Die Kinder sind schrecklich talentlos, faul und unwissend. Ich quäle mich jeden Tag und Nacht, wie ich es bessern soll, dabei kann ich sie wegen der Plumpheit ihres Betragens keinem anständigen Besucher vorstellen, ja, nicht einen Bissen wissen sie in gesitteter Weise zum Munde zu bringen, und in ihren Zimmern hausen sie wie die Schweine.

Achim von Arnim an seine Frau Bettina im Jahre 1838.

Plötzlich höre ich eine Jungenstimme von der anderen Seite der Tür flüstern. Es muß ein kleiner Italiener sein, der da Englisch spricht, mit einem fürchterlichen Akzent, Sie kennen das: An jedes Wort ein a angehängt.
»... anda in oura towna, understanda, you just cannot get a housa,

yes? So many families, anda a no houses ...« Ich tippe deutsch weiter, was er englisch sagt: »Da haben sie dann endlich ein paar Neubauten fertig gekriegt, sozialer Wohnungsbau, ja, aber bevor sie noch die Leute einziehen lassen konnten, die jahrelang auf die Wohnungen gewartet hatten, ja, da sind ein Haufen Familien in der Nacht losgestürmt, Pappa, Mamma, die Kinder, und haben sich den Neubau einfach genommen.«

»Was heißt genommen?« fragt eine andere, hochmütige Jungenstimme, auch in sehr akzentuiertem Englisch.

Ich rüttle an der Türklinke. Daraufhin rauscht auf der anderen Seite die Wasserspülung. Aber die Tür bleibt geschlossen, und die Konversation geht weiter.

»Na, sie sind ohne Erlaubnis in die Wohnungen, ja? Wir auch! Und wir haben Barrikaden errichtet, und unten die Fenster vernagelt, und die Türen. Am nächsten Morgen, die Karabinieri, die haben keine Möglichkeit gefunden, uns rauszukriegen aus dem Haus.«

»Warum haben sie nicht geschossen?« fragt eine dritte, ganz feine Jungenstimme, in einem ganz absonderlichen Englisch.

»Weil sie gute Menschen waren«, sagt die zweite Jungenstimme.

»Quatsch. Alle Menschen sind Schweine«, sagt eine Stimme, die ich kenne. Das ist der kleine Hansi. Da sitzen also vier auf der Toilette und quatschen. »Sie haben nicht geschossen, weil so was immer böse aussieht, auf arme Leute schießen. Waren doch sicher auch schon Fotografen da, was?«

»Masse Fotografen«, sagt der Italiener. »Und die haben nur darauf gewartet, daß ein Karabiniere schießt, ja, oder eine Frau zusammenschlägt oder so etwas. Sie waren ganz wild darauf!«

»Und was haben die Karabinieri gemacht?« fragt der Junge mit der ganz seltsamen, feinen Stimme.

»Sie haben den Neubau umzingelt und keinen Menschen mehr heraus- oder hineingelassen.«

»Aushungern, was?« sagt Hansi, mein sogenannter »Bruder«.

»Ja. Nur war das nicht so einfach, versteht ihr. Unsere Eltern haben uns durch die Kellerluken geschoben, und wir sind fortgerannt, um Brot und Wurst und Käse zu holen. Die Karabinieri haben ein paar von uns erwischt, aber lange nicht alle. Wenn man so klein ist, kann man verflucht schnell rennen.«

»Und dann?«

»Dann sind wir einkaufen gegangen.«

»Hattet ihr denn Geld?«

»Die Männer von der Wochenschau und vom Fernsehen haben uns Geld gegeben.«

»Klar«, sagt Hansi, »die *guten* Menschen! Damit sie noch ein paar hübsche Aufnahmen bekamen.«
»Manche von uns haben außerdem auch noch ein bißchen gebettelt«, berichtet der Italiener. »Ich zum Beispiel. Und dann sind wir zurück und haben das Essen über die Köpfe von den Karabinieri zu den Fenstern hinaufgeschmissen, wo unsere Eltern waren.«
»Habt ihr nicht oft danebengeschmissen?« fragt der mit dem hochmütigen Akzent.
»Ein paarmal ja, leider. Aber meistens haben wir getroffen.«
Ich klinke wieder. Darauf ruft dieser freche Hund, der Hansi: »Besetzt! Kannst du nicht lesen?«
»Ich kann lesen«, sage ich, »aber wenn hier noch lange besetzt ist, trete ich die Türe ein, ihr Lauser.«
»Nanu«, sagt der Hansi, »die Stimme kenne ich doch! Sei nicht böse, Oliver, wir haben hier gerade eine wc-Party und rauchen noch eine Kippe. Geh doch runter. Unten ist auch ein Klo.«
»Ihr gehört ins Bett. Ich soll auf euch aufpassen. Ich habe es dem Chef versprochen.«
»Fünf Minuten noch, ja?« sagt Hansi. Gleichzeitig schiebt sich der Riegel zurück, und ich sehe vier Jungen in dem Klosett. Zwei sitzen auf der Brille, einer auf der Erde. Hansi, der geöffnet hat, steht. »Das ist mein Bruder«, sagt er stolz zu den anderen, die, wie er, alle rauchen. Das kleine Fenster steht offen. Die Vier tragen schon Pyjamas. Hansi zeigt auf einen kraushaarigen Schwarzkopf mit funkelnden Augen: »Das ist Giuseppe«, sagt er englisch. Dann zeigt er auf einen winzigen Neger. Der sitzt auf der Brille und ist so schwarz, du glaubst es kaum. »Das ist Ali.« Dann zeigt er auf einen Jungen mit sehr feinen Gliedern und einem sehr zarten Gesicht. »Das ist Raschid. Ein persischer Prinz.«
»How do you do, Sir?« sagt der Prinz. Er ist es, der mit dem ganz seltsamen Akzent spricht.
»Okeydokey«, sage ich.
»Ich muß englisch mit ihnen reden«, erklärt Hansi, »sie können alle noch kein Deutsch.«
»Ach so?« sage ich. Aber Ironie ist an Hansi verschwendet.
Der winzige Neger, der eine breite goldene Kette mit einem großen Kreuz daran trägt, sieht mich wütend an und sagt: »Now get the hell out of here and leave us alone!«
»Du bist wohl verrückt geworden«, meine ich und will ihm eine langen.
»Schmutziger Weißer«, sagt er.
Ich trete einen Schritt vor, aber Hansi stellt sich schnell dazwi-

schen. »Er meint es nicht so!« ruft er. »Wirklich nicht! Bei ihm zu Hause ist alles anders als hier. Ich erkläre es dir morgen. Geh doch unten aufs Klo!«
»Meinetwegen«, sage ich. »Aber in fünf Minuten seid ihr im Bett, verstanden?«
»Ehrenwort«, sagt Hansi. Ich schließe also die Tür, die gleich darauf wieder verriegelt wird, und gehe ein paar Schritte laut fort und komme dann leise zurück, denn ich will hören, was sie nun reden. In ihrem schauderhaften Englisch.
Hansis Stimme: »Das ist *mein* Bruder, versteht ihr? Wer ein Wort gegen ihn sagt, kriegt von mir ein paar in die Fresse!«
Die Stimme des kleinen Negers mit der Goldkette: »Okay, okay. Forget about him. Was war weiter, Giuseppe?«
»Ein paar Tage ist es gutgegangen. Wir haben in Hauseinfahrten geschlafen, wir Kinder, und am Tag haben wir immer Brot und Käse und Wurst gekauft und zu unseren Eltern hinaufgeschmissen, und die Leute vom Fernsehen und der Wochenschau haben uns gefilmt, wie wir vor den Karabinieri davongerannt sind oder wie einer von uns erwischt worden ist, oder wie wir die Sachen geschmissen haben.«
»Und?«
»Am dritten Tag hatten sie genug Aufnahmen und gingen weg. Und wir kriegten kein Geld mehr. Zwei Tage später sind unsere Eltern dann herausmarschiert, freiwillig, vor Hunger.«
»Ich sage ja, alle Menschen sind Schweine«, deklariert Hansi.
Der Prinz erkundigt sich höflich: »Und wie bist du in das Internat gekommen, Giuseppe? Es kostet doch viel Geld hier!«
»Ich habe Glück gehabt, verstehen, ja? Ich war Bester in der Klasse. Mein Vater hat neun Monate gekriegt.«
»Neun Monate? Für die Hausgeschichte?«
Die Stimme Giuseppes klingt schamvoll: »Nicht nur für die Hausgeschichte. Er hatte noch eine andere Strafe, die war auf Bewährung. Jetzt muß er sie dazu absitzen.«
»Was für eine Strafe?«
»Er war da in so einer Streikgeschichte drin.«
»Dein Vater ist Kommunist?« fragt der Neger angewidert.
»Ja, er ist Kommunist. Aber er ist nicht mein richtiger Vater!« ruft Giuseppe schnell. »Er ist nur mein Pflegevater, verstehen? Ich bin ein Adoptivkind.«
»Was ist das?« fragt der Prinz mit seinem feinen Stimmchen.
»Das ist ein Kind, das keine Eltern hat, und fremde Leute nehmen's«, erklärt mein »Bruder«.

»Aber jedes Kind muß doch Eltern haben«, sagt der Prinz. Danach zieht einer von ihnen wieder die Spülung, damit Herr Herterich glaubt, da drin ist wirklich einer beschäftigt, und aus dem Rauschen höre ich die Stimme Hansis: »Hat's auch. Aber manche kümmern sich einfach einen Scheiß darum. Die Mütter lassen's irgendwo liegen. Wie war's denn bei dir, Giuseppe?«
Sagt der ganz verschämt: »Ja, man hat mich auch liegenlassen. Vor einer Kirche.«
»Adoptivkind«, meint der Neger bösartig. »Das ist schon etwas Feines!«
»Sei still«, sagt da der kleine Giuseppe tapfer. »Dich haben deine Eltern nehmen *müssen,* weil du gekommen bist. Aber meine Eltern haben mich *aussuchen* können!«
»Erzähle zu Ende«, bittet der kleine Prinz. »Wie kannst du hier sein?«
»Der Chef hat von der Geschichte in der Zeitung gelesen und an den Direktor von meiner Schule geschrieben, daß er den Besten umsonst aufnehmen will – wenn der will. Na, und ob ich wollte, Mamma mia, das könnt ihr mir glauben!«
»Frierst du auch so wie ich?« fragt ihn der kleine Prinz.
»Ja. Das ist aber auch das einzige. Sonst finde ich es herrlich hier. Ich habe ein eigenes Bett! Zum erstenmal im Leben!«

21

Als ich aus dem unteren Stockwerk in mein Zimmer zurückkehre, liegen Noah und Wolfgang schon im Bett. Meine Tschaikowskij-Platte läuft noch immer, aber ganz leise, und nur zwei Nachttischlampen brennen. Beim Heraufkommen konnte ich feststellen, daß die WC-Party vorüber ist. Langsam wird es ruhig im Haus. Ich habe einen Balkon am Ende des Ganges gefunden, von dem aus sieht man im Mondlicht den alten Aussichtsturm und dahinter eine große, weiße Villa vor schwarzem Wald. Verenas Haus.
22 Uhr 30.
In einer halben Stunde werde ich auf den Balkon gehen. Die Taschenlampe habe ich gleich, als ich kam, aus dem Wagen genommen.
Noah Goldmund liest noch immer. Er liest die »Times«, Wolfgang Hartung liest »Eichmanns gab es viele«. Beide rauchen.
»Wie ist das also nun?« frage ich, während ich anfange, mich auszuziehen. »Darf man hier rauchen oder nicht?«

»Wir dürfen. Die Kleinen nicht.«
»Ach so. Darum die Parties auf den Klos.«
»Das machen sie alle«, sagt Noah. Er lacht. »Die Mädchen ziehen sich sogar Handschuhe dazu an. Damit die Erzieherin dann an den Händen riechen kann. In allen Häusern haben die Kleinen dosenweise dieses Zeug, das man versprüht und das jeden Geruch wegnimmt.«
»Sie verspritzen auch Eau de Cologne«, sagt Wolfgang. »Es gibt keine Klos in der Welt, auf denen es so gut riecht wie bei uns!«
»Sie gurgeln hinterher immer mit Vademecum«, sagt Noah über die »Times« hinweg. »Am liebsten sperren sie sich zu zweit ein, weil sie doch alle Geheimnisse haben. Mehr als fünf gehen nicht hinein.«
Ich erzähle, was ich belauscht habe, während ich mich wasche.
»Ich habe einmal zwei Mädchen belauscht«, sagt Noah. »In der Schule. Sie unterhielten sich über ›Vom Winde verweht‹. Das müssen sie beide gerade gelesen haben. Die eine weinte furchtbar, man hörte es bis auf den Gang heraus, und immer wieder hat sie geschluchzt: ›Glaubst du denn wirklich, daß sie sich noch kriegen? Glaubst du es denn wirklich?‹ Die andere hat sie getröstet: ›Sicherlich! Ganz bestimmt! Kannst du Gift drauf nehmen. Sonst wäre es doch nicht so ein Welterfolg geworden!‹ – ›Mein Gott‹, hat die andere, die weinte, gesagt, ›hoffentlich, hoffentlich!‹ «
Wir lachen.
»Hör mal«, sagt der Junge, dessen Eltern sie vergast haben, zu seinem Freund, dessen Vater diese Eltern vergasen ließ und gehängt wurde, »jetzt kommt das Thema wieder. Ist das nicht edel?«
Edel – das Wort kenne ich schon aus Salem.
»First class«, sagt der Wolfgang.
Und wir hören zu, bis die Platte abgelaufen ist.
»Spiel noch einmal die Rückseite, Oliver, und dann hau dich in die Falle.«
Das ist mir sehr recht. Ich drehe die Platte um und setze die Nadel auf. Die beiden in ihren Betten lächeln mich an.
»Warum lächelt ihr?« frage ich.
»Nur so. Nichts Böses«, sagt Wolfgang.
»Weil dir doch sicher mies ist heute abend«, sagt Noah.
»Mir ist nicht mies.«
»Allen Neuen ist mies am ersten Abend.«
»Mir nicht. Ich bin's schon gewöhnt, wißt ihr.«
»Das ist natürlich ein Vorteil, wenn man oft genug das Institut wechselt«, meint Noah.

»Dein Vater, das ist ja vielleicht eine Nummer«, sagt Wolfgang.
»Hör bloß auf«, bitte ich, »sonst kommt mir der Milchkaffee hoch!«
Dann wende ich mich fragend an die beiden:
»In dem Klo saß ein kleiner Neger, und ein Prinz, Raschid heißt er, glaube ich.«
Noah legt die »Times« weg und grinst. »Mit seinem ganzen Namen heißt er Prinz Raschid Dschemal Ed-Din Runi Bender Schahpur Isfahani.« Er setzt sich im Bett auf, und während ich meine Zähne putze, doziert er: »Ich habe ihn gleich interviewt, als er ankam.«
»Wie kam er an?« fragt Wolfgang.
»In einem Taxi. Vom Flughafen. Aus Kairo. Da hat er Verwandte.«
»Was für Verwandte?«
»Einen Onkel hat er in Kairo. Die Familie des jungen Prinzen gehört zu den ruhmreichsten und ältesten seines Landes. Ich habe im Brockhaus nachgesehen. Was er sagt, stimmt.«
»Was sagt er?«
»Sein ältester Vorfahre, Ismail, hat die Dynastie der Safawiden und damit das heutige ›Neupersische Reich‹ gegründet. 1501 nach Christus war das, meine Herren.«
Jetzt ziehe ich den Pyjama an.
»Er führte die schiitische Form des Islam ein – was immer das ist – und hinterließ seinem Sohn ein gewaltiges Imperium. Der und seine Nachfahren, alle diese Herren also, eroberten neue Landstriche, aber sie förderten auch, wie es so schön im Brockhaus heißt, den Handel und die edlen Künste und schufen eine an Schätzen unermeßlich reiche Residenzstadt, die, dem ruhmvollen Geschlecht des kleinen Dreikäsehochs von deiner Klo-Party zu Ehren, den Namen Isfahan erhielt. Auch in den folgenden Jahrhunderten tat sich das uralte Geschlecht immer wieder auf höchst ehrenvolle, patriotische und geschichtsträchtige Weise hervor. Ende der Durchsage.« Noah läßt sich wieder auf sein Bett fallen.
»Und wie kommt der Kleine hierher?« frage ich.
»Der Vater von Raschid scheint ein Gegner des Schahs zu sein. Er hat, hör' ich, mit ein paar Tausend Studenten und Offizieren einen Putschversuch gemacht, der ging ins Auge. Was ich immer sage, man soll nicht putschen. Folge? Der Schah ließ den Papa einsperren und setzte die Mama unter Hausarrest. Im letzten Augenblick brachten Freunde den Kleinen ins Ausland. Ich nehme an, die Familie hat Geld in Deutschland, darum ist Raschid hier ge-

landet. Jetzt wartet er darauf, daß der Schah gestürzt wird. Denn vorher kann er nicht nach Hause. Ihr hättet mal hören sollen, was er über den Schah gesagt hat, als er ankam!«
Plötzlich dringt ein gewaltiges Gebrüll zu uns.
»Was ist das?« Wolfgang fährt auf.
»Mir doch egal«, sagt Noah. »Wahrscheinlich verarschen sie den neuen Erzieher.«
»Ich habe dem Chef versprochen, mich um die Kleinen zu kümmern«, sage ich.
»Das haben wir beide auch«, sagt Noah. »Aber so mitten in der Nacht?«
»Ich sehe mal nach.«
»Okay«, sagt Noah.
Ich schlüpfe in die Pantoffel, wobei ich auf die Uhr sehe (22 Uhr 45, eine Viertelstunde habe ich noch Zeit), dann ziehe ich meinen Morgenmantel an. Das Geschrei kommt aus dem Erdgeschoß. Ich laufe die Treppe hinunter. Eine Tür steht offen. In dem Zimmer dahinter sehe ich einen bleichen, bebenden Herrn Herterich, meinen grinsenden, kreischenden »Bruder« Hansi, den kleinen Schwarzen und den kleinen Raschid. Der hält einen kleinen Teppich in der Hand und weint. Die beiden anderen Jungen tanzen um ihn herum. Herr Herterich schreit mit einer Stimme, der man anmerkt, daß er ihr selber nicht traut: »Ruhe! Ich bitte mir absolute Ruhe aus!«
»So kommen Sie nicht weiter«, sage ich, packe mir den Krüppel und schüttle ihn, daß er nur so hin und her fliegt. Dann ziehe ich ihn ganz dicht heran und sage leise: »Kusch!«
Darauf verstummt er. Seine Augen funkeln böse. Aber er kuscht.
»So macht man das«, sage ich zu Herrn Herterich. Ich habe das Gefühl, einen großen Sieg errungen zu haben. Ich hätte es besser nicht tun sollen.

22

»Was ist hier also los?«
(Die ganze Unterhaltung wird englisch geführt. Aber in was für einem Englisch!)
»Raschid will beten.«
»Ist das so komisch?«
Der Neger und Hansi blicken sich an.
»Lacht doch, wenn ihr es so komisch findet, ihr Idioten!« sage

ich und fühle, wie dankbar mir der schmale Herr Herterich dafür ist, daß er selbst das nicht sagen muß. »Los, lacht doch, wenn ihr Mumm habt!«
Sie lachen natürlich nicht, denn ich habe eine Hand gehoben und sehe sie so an, daß ich selber nicht den Mumm hätte, zu lachen.
Der kleine Neger sagt: »Raschid ist ein Heide. Darum haben wir gelacht.«
»Wie heißt du überhaupt?«
»Das weißt du doch! Ali. Ich bin der Sohn von König Faharudizedschimala dem Ersten.«
»Von *wem* bist du der Sohn?«
Der Erzieher sagt leise und auf deutsch zu mir: »Er ist der Sohn eines der mächtigsten Männer der Kakaoküste. Da, wo er herkommt, haben nur die ganz, ganz reichen Leute weiße Diener, weiße Chauffeure und weiße Lehrer für ihre Kinder. Es gilt als Zeichen größten Reichtums, sich weiße Bedienstete leisten zu können. Alis Vater kann das. Darum hat der Junge einen Überwertigkeitskomplex.«
»Jetzt weiß ich, warum die Herren da unten unbedingt Entwicklungshilfe brauchen«, sage ich.
»Was wollen Sie machen? Ein Weißer, das ist einfach Dreck für Ali, er wurde so erzogen. Wir müssen ihm das ganz langsam abgewöhnen.«
»Ganz langsam?« sage ich. »Das wird ganz schnell gehen!« Den Überwertigkeitsneger frage ich: »Und du, du bist kein Heide?«
»Ich bin Christ!« sagt er stolz.
»Aha. Und Raschid ist ein Heide, bloß weil er eine andere Religion hat als du.«
»Es gibt bloß *eine* Religion. *Meine.*«
»Es gibt viele Religionen. Ich muß mich auch über dich wundern, Hansi. Dich habe ich für klüger gehalten.«
»Es war ja nur so komisch wegen dem Teppich«, sagt mein »Bruder« und lächelt sanft.
Wir reden jetzt deutsch und englisch durcheinander.
Der kleine Prinz mit der olivenfarbenen Haut, den feinen Gliedern und den schwarzen Augen, die groß und traurig sind, dunkel, feucht und von langen, seidig glänzenden Wimpern beschützt, antwortet: »Ich fragte, wo hier Osten ist. Ich muß doch meine Abendsure sprechen. Auf dem Teppich. Und dabei muß ich mich nach Osten verneigen.«
»Ich habe eine Armbanduhr mit einem Kompaß«, sage ich. Dann

stellen wir fest, wo Osten ist. Genau da, wo sich das Fenster befindet.
»So«, sage ich zu Herrn Herterich, denn schließlich ist er es ja, der Autorität beweisen soll, und nicht ich, ich habe ihm genug geholfen, »jetzt reden *Sie!*«
Dieser Erzieher wird nicht lange bei uns bleiben! Er muß aus ganz kleinen Verhältnissen kommen. Sogar jetzt, wo ich ihm alles so schön zurechtgeschoben habe, spricht er stockend und unsicher: »Leg den Teppich gegen das Fenster, Raschid. Und sprich dein Nachtgebet.«
»Es ist kein Gebet, es ist eine Sure«, antwortet der kleine Prinz und sieht dabei mich an, mit einem Blick voll Dankbarkeit.
»Sprich deine Sure«, murmelt Herr Herterich verlegen. Ich denke, ich helfe ihm noch einmal: »Ja«, sage ich, »sprich sie, Raschid. Laut. In deiner Sprache. Wir werden alle zuhören. Keiner wird einen Ton von sich geben. Und wenn Herr Herterich oder ich von nun an – egal wann, morgens oder abends – noch ein einziges Mal hören, daß man dich nicht in Ruhe läßt, dann können diese beiden Knaben was erleben!«
Der kleine Prinz legt den Teppich zurecht, kniet darauf nieder, senkt den Kopf bis zum Boden und redet in seiner Muttersprache. Später hat er mir einmal übersetzt, was er an jenem Abend sprach.
»Allah allein kennt die Geheimnisse des Himmels und der Erde, und das Geschäft der letzten Stunde – die Auferweckung der Toten – dauert nur einen Augenblick oder noch weniger, denn Allah ist mächtig. Er hat uns aus den Leibern unserer Mütter hervorgebracht, und wir wußten nichts. Er hat uns Gehör, Gesicht und das verständige Herz gegeben, auf daß wir dankbar werden. Sehen wir denn nicht, wie die Vögel in der freien Luft des Himmels fliegen, ohne daß jemand anderer als Allah sie dort halten kann? Auch hierin liegen Zeichen für gläubige Menschen. Allah ist es, der uns Häuser zu Stätten der Ruhe gegeben hat und die Häute der Tiere zu Zelten, welche wir am Tag der Weiterreise leicht abnehmen und auch wieder aufrichten können an dem Tag, da wir uns erneut niederlassen; und ihre Wolle und ihren Pelz und ihre Haare zu vielerlei Gerät. Auch hat Er uns manches geschaffen zum Schatten, zum Beispiel Bäume, Berge gegen die Sonne, und ihre Grotten und Höhlen zur Zuflucht bestimmt, und Kleider als Schutz vor Kälte, und Panzer als Schutz im Krieg. So groß ist seine Gnade, daß wir ihm uns ganz hingeben. Allah ist groß, Allah sei gepriesen, Allah sei bedankt.«

23

Das war's.
Danach richtet er sich auf, der kleine Raschid, rollt den Gebetsteppich zusammen und kriecht in sein Bettchen. Ali und Hansi tun es ihm gleich.
»Gute Nacht«, sagt Herr Herterich.
»Good night, gentlemen«, sage ich. Keiner gibt eine Antwort, nur Raschid lächelt mir zu, und ich sehe, daß Hansi dieses Lächeln gesehen hat, und plötzlich lächelt er auch – dieses schreckliche Totenkopflächeln, aber mir ist überhaupt nicht klar, was ich hier in fünf Minuten angerichtet habe. Hätte ich doch bloß die Schnauze gehalten und Herrn Herterich, dieses armselige Würstchen, machen lassen!
Der geht jetzt mit mir auf den Gang hinaus, reicht mir eine schweißfeuchte, kalte Hand und stottert: »Ich danke Ihnen, Oliver... Ich... ich... Sehen Sie, das ist mein erster Tag heute... Ich bin ganz krank vor Aufregung... So viele Jungen... Die Kleinen sind sowieso alle Teufel... Ich habe Angst, ja, ich gebe es zu, schreckliche Angst... und wenn Sie mir nicht geholfen hätten...«
»Sie müssen Hornhaut auf der Seele bekommen, Herr Herterich. Sonst machen die Jungen Sie fertig!«
»Hornhaut auf der Seele«, murmelt er traurig. »So etwas ist leicht gesagt...« Dann nickt er mir noch einmal zu und schlurft den Gang hinab zu seinem Zimmer. Ich glaube nicht, daß diesem Mann zu helfen ist.
22 Uhr 55. Jetzt wird's aber Zeit!
Oben, auf dem Balkon im ersten Stock, ist es kühl, aber nicht kalt. Der Mond steht hinter dem Haus, so liegt der Balkon im Schatten. Da ist der alte Aussichtsturm. Da ist Verenas Haus.
23 Uhr genau.
Ich hole meine Taschenlampe aus dem Morgenmantel und richte sie gegen die ferne Villa. Ich blinke dreimal. Dann zähle ich bis fünf. Dann blinke ich wieder dreimal.
Da blitzt oben, in einem Fenster des großen weißen Hauses, ein Licht auf, kurz, aber hell, sehr hell. Verena hat mich verstanden.
Ich habe mir schon alles überlegt. Vormittags ist Schule. Dann hole ich das Armband. Zwischen zwei und vier haben wir frei, danach wieder Unterricht bis sechs. Also kann ich Verena frühestens um halb drei treffen. Sagen wir lieber um drei. Man weiß nie, was passiert.

Ich blinke fünfzehnmal.
Fünfzehnmal blinkt es aus der weißen Villa zurück.
Vorsichtshalber blinke ich noch fünfzehnmal.
Wieder kommt ihr Zeichen: Verstanden!
Jetzt könnte ich schlafen gehen.
Warum gehe ich nicht?
Warum stehe ich immer noch auf dem Balkon und sehe hinauf zu dem großen, weißen Haus im Wald, warum?
Ich bin auf einmal so traurig wie noch nie in meinem ganzen Leben, und ich war oft traurig. Ich habe Sehnsucht nach einer Sache, von der ich weiß, daß sie unmöglich ist.
Im Haus höre ich ein paar Kinder schreien. Das kenne ich gut. Die Kinder schreien im Schlaf. Sie beißen in die Kissen und stöhnen, und viele weinen, weil sie böse Träume haben. Manche sitzen gewiß auch am Fenster und starren in die Nacht wie ich. Es ist eine Welt für sich, so ein Internat. Vielleicht interessiert es Sie nicht, zu erfahren, was für eine Welt das ist. Das täte mir leid. Denn mich interessiert es natürlich, weil es meine Welt ist, die Welt, in der ich – immer noch – lebe. Darum fallen mir jetzt auch noch Geschichten ein, die Fräulein Hildenbrand mir erzählte, als ich sie heimbrachte, Geschichten von Kindern, die dieses Internat besuchen.
Da ist die elfjährige Tania aus Schweden. Als sie sechs Jahre alt war, starb ihre Mutter. Der Vater heiratete wieder. Die zweite Frau verunglückte ein Jahr darauf tödlich bei einem Autounfall. Nun hat der Vater zum drittenmal geheiratet. Tania weigert sich hysterisch, die dritte Frau auch nur zu sehen. Im Internat findet sie zu niemandem Kontakt. Zweimal hat der Tod ihr geraubt, was ein Kind am meisten braucht: Eine Mutter. Er wird es ein drittes Mal tun, der Tod, davon ist Tania überzeugt. Darum nimmt sie die dritte Frau ihres Vaters überhaupt nicht zur Kenntnis. Sie nimmt mit der Zeit immer weniger zur Kenntnis. Fräulein Hildenbrand sagt: »Tania kränkelt. Sie ißt nicht. Sie lernt schlecht. Sie ist geistesabwesend. Wir befürchten einen Ausbruch von Jugendschizophrenie ...«
Und dann denke ich an das, was mir Fräulein Hildenbrand von Thomas erzählt hat. Der ist achtzehn Jahre alt, er wird also in meine Klasse kommen, morgen früh werde ich ihn kennenlernen. Thomas' Vater war im Dritten Reich ein berühmter General. Heute hat er einen führenden Posten im NATO-Hauptquartier von Paris. Dauernd steht sein Name in den Zeitungen. Viele beneiden Thomas um seinen Vater, den die westlichen Gegner Deutschlands von

gestern (offenbar fanden sie keinen Geeigneteren) dazu ausersehen haben, einer ihrer militärischen Führer von heute zu sein. Thomas haßt seinen Vater dafür, daß er das tut, was er immer getan hat...

Ich denke an Chichita, das fünfzehnjährige Mädchen aus Rio de Janeiro. Ihr Vater baut einen Staudamm in Chile, die Mutter lebt nicht mehr. Drei Jahre wird Chichita im Internat bleiben, ohne ihren Vater zu sehen. Sie sagt, sie sei froh darüber. Denn jedesmal, wenn sie ihrem Vater begegnet, hat er eine andere Freundin, zu der Chichita »Tante« sagen muß. Als Fräulein Hildenbrand sie einmal fragte, was wohl das Schlimmste auf Erden wäre, da antwortete Chichita aus Brasilien: »Kinder. Das sagt mein Vater immer.«

Ich denke an das, was mir Fräulein Hildenbrand von dem dreizehnjährigen Fred erzählt hat. Seine Eltern sind geschieden. Der Vater, schuldiggesprochen, muß der Mutter eine hohe Apanage bezahlen. Die Mutter lebt in Frankfurt – ganz nah. Aber sie lebt wie eine Abenteurerin. Der Sohn ist ihr dauernd im Wege. Wenn er heimkommt, sitzt fast immer ein Onkel da, und Fred wird fortgeschickt. Seine Mutter gibt ihm Geld. Viel Geld. Fred soll sich amüsieren!

Nur zu Hause sein soll er nicht.

Wenn er in seiner Einsamkeit zum Vater nach Hamburg fährt, dann ist er auch seinem Vater und dessen Freundinnen im Wege. Nur einer nicht. Diese eine verführt den Dreizehnjährigen. Der Vater kommt dahinter. Nun darf Fred nie mehr nach Hamburg.

Ich denke daran, was mir die alte, fast blinde Dame, als ich sie nach Hause fuhr, von einem sechzehnjährigen Mädchen namens Santayana erzählt hat. Ihr Vater ist ein spanischer Schriftsteller, der aus politischen Gründen nicht mehr nach Spanien darf. Nach dem Krieg schuf er ein paar großartige Bücher. Jetzt schafft er nur noch großartige Skandale. Auf Ceylon hat er eine verheiratete Frau zu seiner Geliebten gemacht. Man jagte beide aus dem Land. Santayana wurde geboren, eine Eurasierin. Sie hat kein Zuhause. Sie hat nie ein Zuhause gekannt. Aber sie kennt fast alle Großstädte der Welt und ihre besten Hotels. Sie weiß, was ein Brillantdiadem ist, ein geplatzter Wechsel, ein Gerichtsvollzieher. Denn ihr Vater, verzweifelt, entwurzelt, hat manchmal zuviel Geld und manchmal überhaupt keines. Santayana weiß und kennt beinahe alles. Sie ist sehr klug, sehr schön, sehr eitel. Sie wird wohl einmal eine große Hure werden...

Ich stehe auf dem Balkon und denke an den verkrüppelten Hansi,

an den kleinen Ali mit seinem Überwertigkeitskomplex, an Raschid. Und ich denke natürlich auch an mich. Aber als ich damit anfange, weiß ich, daß ich sofort wieder damit aufhören muß.
Und darum gehe ich zurück ins Haus und höre in ihren Zimmern die Kleinen reden und stöhnen und schreien, trete leise in mein Zimmer und sehe, daß Noah und Wolfgang inzwischen das Licht ausgemacht haben. Sie schlafen beide. Ich lege mich in mein Bett. Wolfgang atmet tief. Im Wald schreien die Käuzchen. Ich verschränke die Arme hinter dem Kopf und denke daran, daß ich morgen um drei Uhr Verena Lord wiedersehen werde. Ihr schmales Gesicht. Ihr blauschwarzes Haar. Ihre wundervollen, traurigen Augen.
Morgen um drei sehe ich sie wieder und bringe ihr das Armband. Vielleicht wird sie lächeln. Sie ist so schön, wenn sie lächelt.
Morgen um drei.
Die Käuzchen.
Verena Lord.

ZWEITES KAPITEL

1

»Germania omnis a Gallis Raetisque et Pannoniis Rheno et Danuvio fluminibus, a Sarmatis Dacisque mutuo metu aut montibus separatur; cetera Oceanus ...«
»Halt«, sagt das Frettchen. »Das genügt. Bitte, übersetzen Sie, Fräulein Reber.«
Da wären wir also. Erster Schultag, letzte Unterrichtsstunde. Latein. 5. September 1960. Ein Blick auf die Uhr. 12 Uhr 10. Und die Stunde ist um 12 Uhr 30 zu Ende...
Zweiundzwanzig Schüler hat die Achte: Zwölf Deutsche, drei Franzosen, einen Engländer, drei Schweizer, einen Japaner und zwei Österreicher. Wir sitzen in einer hellen, modern eingerichteten Klasse, deren Stahlrohrmöbel in einem Halbkreis angeordnet sind. Kein altmodisches Katheder auf dem Podium. Der Lehrer hat einen Tisch und einen Stahlrohrsessel wie wir, auf der gleichen Ebene.
»Nun, Fräulein Reber, wollen Sie die Güte haben, anzufangen?«
Fräulein Geraldine Reber. Die Luxusnutte. Jetzt kann ich sie genau betrachten, bei Tageslicht. Ich vermag schon zu verstehen, wie sie

zu ihrem Spitznamen kam. Nicht, daß sie überwältigend schön wäre, wirklich schön sind eigentlich nur die Beine und die Brust. Aber sie ist herausfordernd sexy. Sie hat ihr löwenfarbenes Haar so hoch toupiert, daß es fast schon lächerlich wirkt. Die Lippen sind hell geschminkt, die Wimpern geklunkert und die Lider grün bemalt. Sie trägt einen weißen, grobmaschigen Pullover, der ihr mindestens zwei Nummern zu klein ist. Natürlich hat sie eine von diesen endlos langen Glasperlenketten (grün), ein Klimperarmband mit einem Haufen Tinnef daran, und einen Ring, der so groß ist, wie er wertlos ist, also sehr groß. Wieder trägt sie einen weiten Faltenrock, einen grünen diesmal, und seit heute morgen ist mir klar, warum Geraldine Faltenröcke bevorzugt. Seit heute morgen flirtet sie mit mir.
Ich habe beim Frühstück den verkrüppelten Hansi getroffen, und er hat gesagt: »Die Luxusnutte ist deshalb bei allen so verhaßt, weil sie nicht sehen kann, wenn zwei miteinander gehen. Dann macht sie den Jungen so lange verrückt, bis er sein Mädchen sausen läßt und mit ihr geht.«
Hansi weiß alles.
»Aber nicht nur das macht sie. Wenn sie selber mal einen hat, und ein neuer kommt, dann geht sie an den Neuen ran wie Blücher. Es ist komisch: Sobald sie den Neuen dann rumgekriegt hat, interessiert er sie nicht mehr, und sie behandelt ihn wie den letzten Dreck, wenn wieder ein Neuer kommt.«
Seit acht Uhr früh heute morgen bin ich also »der Neue« für die Luxusnutte, der ich direkt gegenübersitze. Und so sehe ich ihre Beine. Geraldine weiß, daß sie schöne Beine hat. Sie trägt Schuhe mit ganz hohen Absätzen, was, wie Hansi sagt, verboten ist, aber sie tut's trotzdem, und dunkle Seidenstrümpfe aus so einem feinen Netzstoff trägt sie auch – den letzten Schrei! Sie kreuzt andauernd die Beine. Sie zeigt, was sie hat: Das Fleisch der Schenkel, das schwarze Höschen. Und dazu blickt sie mich so an, daß mir wahrscheinlich heiß und kalt werden würde, wenn ich nicht schon ein bißchen was erlebt hätte.
Natürlich ist sie eine schlechte Schülerin. Hinter ihr sitzt ein blonder, großer Junge, der versucht ihr vorzusagen. Walter Colland heißt er, hat mir Hansi erzählt. »Der geht mit ihr. Das heißt, vor den Ferien ging er mit ihr. Jetzt bist du an der Reihe. Ob du es glaubst oder nicht: In spätestens drei Tagen ist der Walter seine Luxusnutte los.«
Ich glaube dir, Hansi, ich glaube dir aufs Wort! Armer Walter. Er hat übrigens noch nichts gemerkt. Oder er tut so. Geraldine

kann nicht verstehen, was Walter ihr einsagt. Das Frettchen schreit dazwischen: »Colland, noch ein Wort, und ich melde es der Direktion.«
Daraufhin ist Walter still, und Geraldine beginnt eine hoffnungslose Stotterei: »Germanien… also, Germanien in seiner Gesamtheit…« Diesen Tacitus kenne ich langsam auswendig. (Ich bin in der Achten zweimal sitzengeblieben.) Ich könnte der Luxusnutte leicht helfen, aber erstens sitzt sie zu weit von mir entfernt, und dann ist da noch die Kleinigkeit mit dem Armband, nicht wahr? Darum sehe ich mir lieber weiter die Beine und das schwarze Spitzenhöschen an.
»Halt!« schreit das Frettchen. Es schreit dauernd. »Ich habe Ihnen gesagt, Colland, daß Sie zu schweigen haben! Noch einmal, und ich mache Ernst mit meiner Meldung!«
Vielleicht soll ich ein paar Worte über das Frettchen verlieren. Also, das Frettchen heißt Doktor Friedrich Haberle und ist der neue Lateinlehrer, genauso neu wie Herr Herterich, und folglich hat die Klasse ihn auch sofort verarscht. Seinen Spitznamen brachte er mit. Zu des Frettchens Unglück war aus dem Internat, aus dem er selber kam, ein Junge rausgeflogen (natürlich, was sonst?), der geht hier in die Sechste und gab uns beim Frühstück erschöpfende Informationen über Doktor Friedrich Haberle: »Der ist ein richtiges Arschloch. Den könnt ihr um den Finger wickeln. Er hat eine Frau und drei kleine Kinder. Der Traum seines Lebens war ein Haus. Er schuftete und sparte und gönnte sich nichts, und der Frau nichts, und den Kindern nichts – alles fürs Häuschen, fürs kleine. Vor ein paar Monaten hat er etwas gefunden, ausgerechnet in Friedheim. So eine Jahrhundertwendevilla, besonders preiswert. Ich möchte da ja nicht begraben sein. Aber er ist glücklich! Wegen der Villa hat er auch das Internat gewechselt und ist hier heraufgekommen.«
»Seine Achillesferse?« hat Wolfgang sich erkundigt.
»Er hat keine.«
»Quatsch. Jeder hat eine. Mädchen?«
»Du liebe Güte! Der sieht kein Mädchen an, das ist ein idealer Familienvater, der liebt seine Frau, seine Kinder…«
»Und das Häuschen, jaja«, hat Noah ungeduldig gesagt. »Aber wieso können wir ihn um den Finger wickeln, wenn er überhaupt keine Schwäche hat?«
»Ich habe nicht gesagt, er hat keine Schwäche. Er besteht aus Schwäche! Ihr werdet es ja sehen. Er läßt sich einfach alles gefallen. Er droht und tut dann nichts. Er ist sanft wie ein Lamm. Ein

paar Wochen werdet ihr bei ihm Klamauk machen, soviel ihr wollt – dann hört ihr ganz von selber auf. Man ermüdet so entsetzlich, wenn man keinen Widerstand findet. Im übrigen ist er ein erstklassiger Lehrer – für den Fall, daß sich einer von euch für Latein interessiert. Was ich nicht annehmen will.«
»Doch, ich«, hat Noah gesagt. »Deine Schilderung ist darum sehr interessant für mich.«
»Wenn du lernst, ist er sogar nett zu dir. Aber das eine kannst du euren Mädchen gleich bestellen: Wenn sie nichts können, und sie können doch alle nichts – das Frettchen läßt sie sausen! Da ist nichts mit Becircen und ausgeschnittenen Blusen und Augenverdrehen. Das Frettchen ist eisern monogam!«
Scheint zu stimmen. Geraldine jedenfalls versucht gerade vollkommen ergebnislos, mit dem Frettchen Unterleib ohne Dame zu spielen. Er sitzt vor ihr, sie zeigt zur Abwechslung ihm einmal alles, was sie hat, aber das Frettchen guckt überhaupt nicht hin.
Übrigens: Frettchen ist ein herrlicher Name. Klein gewachsen ist der Haberle-Doktor, Knopfaugen hat er, und Ohren, die nicht nur abstehen, sondern auch rund sind und emporragen. Das ist aber noch nicht alles: Das ganze Gesicht läuft sozusagen spitz auf einen einzigen Punkt zusammen, eine aggressive Knollennase. Darunter sieht man einen kleinen Mund mit scharfen, häßlichen Zähnen. Der arme Hund! Rotgeränderte Augen hat er auch noch!
Und nun kommt das, was den Doktor Friedrich Haberle am meisten mit einem Frettchen verbindet: Er stinkt. Anders. Aber auch. Er stinkt nach Schweiß.
Nicht, daß er sich nicht waschen würde. Ich bin überzeugt, er schrubbt sich morgens und abends die Achselhöhlen und alles andere wund. Wenn auch mit der billigsten Seife. (Das Häuschen, das Häuschen!) Nein, daß er stinkt, hat einen Grund, den ich sogar bedauere. Weil er doch immer so spart, darum trägt er einen zweireihigen Anzug mit breit wattierten Schultern, der ist mindestens zehn Jahre alt. Zehn Jahre lang hat er in ihn hineingeschwitzt, wenn er sich aufregte, wenn er überarbeitet war. Kennen Sie das, so einen richtig durchgeschwitzten Anzug?
Es tut mir leid, das Frettchen. Das ist ein armes Schwein. Die Klasse hat ihn auch längst eingestuft. Alle sind der gleichen Meinung. Eine Nulpe.
Das heißt – und das muß ich für das Frettchen sagen –, zu Anfang der Stunde sah die Sache anders aus. Sie müssen bedenken, wir sind doch lauter Riesen gegen den kleinen Lehrer, der sicher auch nicht sehr gesund und sicher nicht sehr mutig ist. Als er also her-

einkam, da nahm Gaston, einer von den Franzosen, eine Schnupftabaksdose aus der Hose, öffnete sie und schnupfte mit großer Umständlichkeit. Dann gab er die Dose Wolfgang, und der tat dasselbe. (Ich habe es ja geschrieben. Hier wird jeder Neue verarscht.)

Das Frettchen stand da, wurde bleich und rot, und sagte kein Wort. Ich sah, wie verzweifelt er war. Zunächst fiel ihm überhaupt nichts ein. Die Mädchen kicherten. Die Dose erreichte den dritten Jungen. Das Frettchen sagte: »Wir beginnen mit der Lektüre der ›Germania‹ des Tacitus. Bitte, öffnen Sie Ihre Bücher.«

Das war nun wirklich nicht gerade die beste Art, sich einzuführen. Prompt passierte denn auch folgendes: Keiner von uns zweiundzwanzig nahm seinen Tacitus. Die Dose wanderte weiter. Einer nach dem andern schnupfte. Sonst war es ganz still. Wir sagten nichts, er sagte nichts. Er sah uns stumm an. Es sind sechs Mädchen in der Klasse und sechzehn Jungen. Sie können sich vorstellen, wie lange es dauerte, bis alle sechzehn die Dose benützt hatten. Der Sechzehnte stand auf und brachte das Ding Gaston zurück. Ich beobachtete das Frettchen die ganze Zeit lang. Zuerst fürchtete ich, er würde in Tränen ausbrechen. Dann kam eine Periode, da sah ich: Er dachte sich etwas aus! Und tatsächlich, als Gaston die Dose gerade wieder seelenruhig einstecken wollte, sagte das Frettchen zu ihm: »Ich bin ja neu hier, aber das muß ich schon feststellen: Feine Manieren habt ihr! Davon, daß man einem Gast auch etwas anbietet, habt ihr wohl noch nie etwas gehört, wie? Freßt ihr zu Hause auch alle eure Sachen allein und laßt die andern zuschauen? Das habe ich mir anders vorgestellt!«

Eine solche Haltung kann man schon bewundern, nicht? Die anderen hatten das Frettchen nicht so genau beobachtet wie ich. Gaston stand ganz betreten auf, trat vor und hielt dem Pauker die Dose hin.

»Verzeihen Sie, Monsieur, wir wußten nicht, daß ...«

»Ja, ja«, sagte das Frettchen, »ihr wißt überhaupt noch eine ganze Menge nicht!« Und dann schnupfte er selber. Ich könnte schwören, er schnupfte zum erstenmal in seinem Leben, und ihn ekelte davor, aber er tat es, und er konnte es: Er hatte es eben sechzehnmal gesehen, wie es gemacht wird.

»Ich danke Ihnen herzlich, Gaston«, sagte das Frettchen. Zunächst waren alle sprachlos. Dann sagte Wolfgang laut zu Noah: »Dieser Junge hat uns falsch informiert. Das ist ja gar keine solche Flasche!«

»Abwarten«, antwortete Noah.

Und er hatte recht! Schon ein paar Minuten später war es dann wegen einer Frechheit, die sich Walter leistete, mit des Frettchens Beherrschung aus. Und er begann zu schreien. Er hatte sich so zusammengenommen. Er war so klug gewesen. Alles umsonst. Er hörte nicht auf zu schreien. Und er schreit noch immer...

»Wie lange soll ich warten, Fräulein Reber? Germanien in seiner Gesamtheit – was bedeutet das?«

Natürlich hat sie keine Ahnung.

»Weiß es jemand anderer?«

12 Uhr 12.

Jetzt wird es Zeit für mich. Ich hebe eine Hand.

»Nun, Mansfeld?«

»Mir ist nicht gut, Herr Doktor.«

Großes Gelächter. Das Frettchen wird weiß. Na schön. Ein Feind mehr. In Latein kann er mir, nachdem ich zum drittenmal dasselbe Pensum durchnehme, ohnehin nicht an den Wagen fahren. Die anderen glauben, ich will das Frettchen auf den Arm nehmen. Also ein Feind und einundzwanzig Freunde. Mit einem Satz! Ich sage noch einen: »Ich fürchte, ich muß hinausgehen.«

Er nickt nur stumm und sieht ganz elend aus.

Ich gehe zur Tür, während sich Friedrich Südhaus meldet. Das ist der Primus der Klasse, ein unsympathischer Junge mit scheinheiligem Gesicht und so einem nervösen Zucken um den Mund.

»Bitte, Südhaus!«

»Germania omnis, Germanien in seiner Gesamtheit, wird von den Galliern und den Rätiern und den Pannoniern durch die Flüsse Rhein und Donau getrennt, von den Sarmaten und Dakern durch gegenseitige Furcht oder Berge...«

»Ausgezeichnet, Südhaus, ich danke Ihnen.«

Wolfgang erzählte mir, der Vater des Primus sei ein alter Nazi und jetzt ein großes Tier, Generalstaatsanwalt. Fast hätte ich geschrieben: Und jetzt *natürlich* ein großes Tier.

Ich muß machen, daß ich in die Mädchenvilla komme.

2

Der kleine Hansi hat recht gehabt: So gegen Viertel eins bedeutet es das reinste Kinderspiel. Die Haustür ist nicht zugesperrt, die Putzfrauen sind bereits gegangen und die Erzieherinnen beim Essen oder noch im Ort oder was weiß ich wo. Es scheint kein Mensch im Haus zu sein.

Ich überlege kurz, wo ich mit Hansi in der Nacht gestanden habe, dann öffne ich die letzte Tür des Ganges rechts – gleich die richtige! Ich stehe in Geraldines Zimmer.
Jetzt geht alles sehr schnell. Ich lasse die Tür offen und öffne auch noch das Fenster für den Fall, daß doch ein Erwachsener kommt. Dann höre ich ihn rechtzeitig und habe einen zweiten Ausweg. Ich schiebe das Bett von der Wand und taste sie ab, denn Geraldine hat den Ziegelstein sehr hübsch wieder in die Mauer geschoben und die Bruchstellen verschmiert. Klar! Sonst wäre ihr Versteck schon längst entdeckt. Ich weiß noch ungefähr, wo die Stelle ist... Da habe ich sie. Den Stein hole ich mit meinem Taschenmesser heraus. Und dann, dann sehe ich es vor mir, Verenas Armband. Es liegt auf einer Uhr, zwei Ringen und einer silbernen Kette, die Geraldine auch gestohlen hat. Das Zeug lasse ich liegen, ich nehme nur das Bracelet.
Komisch – jetzt, da ich es in der Hand halte, erblicke ich in meiner Phantasie Verena vor mir, nackt, vollkommen nackt. Ich stehe an irgendeinem Strand auf irgendeiner Insel im Süden, und sie kommt auf mich zugelaufen, lachend, mit ausgebreiteten Armen und nackt, wie gesagt, vollkommen nackt.
Ich bin ein bißchen schwindlig, als ich den Stein zurückschiebe, und ich fahre zusammen, als ich die Stimme höre. »Ach, so ist das.«
Ich drehe mich um.
Geraldine steht in der Tür.

3

Wie ein Gespenst sieht sie aus, aschgrau im Zwielicht des Ganges, unwirklich beinahe. Rasend schnell gleiten die lackierten Finger an den Perlen der langen Kette auf und nieder. Ihr Atem geht keuchend, die Augen funkeln.
»Ja, so ist das«, sage ich und schiebe das Bett zurück. »Hast du gedacht, du kannst es behalten?«
»Woher hast du gewußt, wo es ist?«
»Das geht dich nichts an.«
Jetzt kommt sie auf einmal auf mich zu, mit halb geschlossenen Augen und halb geöffnetem Mund. Das hat sie im Kino gesehen.
»Laß das. Wie kommst du überhaupt her?«
»Mir ist auch schlecht geworden. Ich wollte dir nach.«
»Warum?«
»Weil du mir so gefällst«, sagt sie und faßt mich an. Ich stoße

sie zurück. »Du gefällst mir wirklich. Ich habe gedacht, du bist noch in der Schule. Dann habe ich dich nicht gefunden und bin hierher gegangen. Es ist sowieso gleich Schluß mit dem dämlichen Unterricht.« Mir wird heiß. Ich muß hier raus. Schleunigst!
»Laß mich gehen.«
»Nein.«
»Du mußt keine Angst haben. Ich sage es nicht dem Chef.«
»Ich habe keine Angst. Meinetwegen sag es ihm! Aber bleib da.«
»Du bist verrückt!«
»Bitte!« Jetzt legt sie den Arm um meinen Hals und hält ihre Hände in meinem Nacken ganz fest zusammen und preßt sich gegen mich, Brust, Bauch, Schenkel, alles! Sie will mich küssen. Ich drehe den Kopf fort.
»Ja, ich bin wild, wild nach dir! Hast du nicht bemerkt, wie ich dich den ganzen Vormittag angestarrt habe?«
»Doch. Aber ich bin nicht wild nach dir! Kapiert?«
Darauf steckt sie mir die Zunge zwischen die Lippen.
Ich packe das toupierte Haar und ziehe ihren Kopf zurück. Sie lächelt jetzt ein irres Lächeln und flüstert: »Komm in den Wald...!«
Jetzt habe ich genug. Ich gebe ihr einen Stoß und mache, daß ich aus dem Haus komme. Nur weg! Ich gehe den einsamen Weg in den Wald hinauf. Das Armband habe ich in der Tasche. Langsam. Jetzt ist es ja vorüber. Jetzt habe ich Zeit. Denke ich. Denn ich bin noch keine hundert Meter weit gekommen, da höre ich Schritte. Ich drehe mich um. Sie geht mir nach.
Es ist sehr warm an diesem Tag. Die Sonne scheint. Ich gehe nicht schneller. Sie auch nicht. Es ist geradezu lächerlich. Sie folgt mir wie ein Hund, immer im gleichen Abstand. Keiner redet ein Wort. So wandern wir also über buntes Laub, durch den Herbstwald, und schräge Sonnenbahnen fallen durch die Baumkronen auf uns. Kein Mensch weit und breit. Ab und zu drehe ich mich um. Sie hat immer denselben Gesichtsausdruck: zusammengepreßte Lippen, eine Doppelfurche zwischen den Augenbrauen und völlig verrückte Augen. So geht sie mir nach, vielleicht zehn Minuten lang. Dann, als der Weg durch eine kleine Schlucht führt und eine Biegung macht, ist sie auf einmal weg.
Hat genug, denke ich.
Die Bäume wachsen hier dicht, zwischen ihnen gibt es Gebüsch. Es ist sehr einsam in der kleinen Schlucht. Der Weg biegt sich wieder. Geraldine steht vor mir.
Sie kennt sich besser aus als ich und muß irgendeine Abkürzung

benutzt haben. Sie steht an einen Baum gelehnt und sieht mir entgegen mit offenem Mund und halb geschlossenen Augen, diesen Wahnsinnsausdruck in den Augen. Den Pullover hat sie ausgezogen. Den Rock hat sie abgestreift. Und jetzt trägt sie kein Höschen mehr.

4

Als ich dieses Buch zu schreiben begann, da nahm ich mir vor: Es soll ehrlich sein, vollkommen ehrlich. Jetzt hätte ich eine Stelle erreicht, da wäre es bequemer zu lügen. Aber was besäße dann das Buch für einen Sinn?

Ich bin aus fünf Internaten geflogen. Jedesmal waren Mädchengeschichten daran schuld. Ich habe auch meinen Webfehler. Es gibt Situationen, da besitze ich einfach keinen Verstand mehr, kein Gehirn. Black-out. Das ist so, seit ich mein erstes Mädchen hatte. Ich bin dann einfach nicht zurechnungsfähig. Verflucht, ich fühlte es schon in ihrem Zimmer, so wie ein Epileptiker seinen Anfall! Aus dem Zimmer kam ich eben noch heraus. An dem Baum komme ich nicht mehr vorbei.

Wenn ich heute zurückdenke, habe ich das Gefühl, daß ich vollkommen betrunken war, und sie auch. Wir waren wie rasend. Vielleicht fünf Meter vom Wegrand, in dem dichten Unterholz, auf dem von der Sonne heißen Boden. Ich zerriß ihre Strümpfe, sie mein Hemd, weil ich mich nicht schnell genug auszog. Wir haben einander gekratzt und gebissen. Wir haben getan, was ich nicht aufschreiben kann, weil es nicht gedruckt würde. Unsere Körper wurden blutig von den Steinen und Dornen, auf denen wir uns herumrollten, ineinander verkrampft. Wir haben es nicht gemerkt.

Und es nimmt kein Ende, es fängt immer wieder an. Noch tagelang spürte ich die Risse ihrer langen, scharfen Fingernägel auf meinem Rücken. Wenn sie so weit ist, verdrehen sich ihre Augäpfel dermaßen, daß man nur noch das Weiße sieht, und sie stößt Töne aus wie ein Mensch in Höllenqualen. Sie hält mich umklammert, und um mich dreht sich alles.

Ich habe in meinem Leben zwar schon eine ganze Menge Mädchen gehabt. Aber so eines noch nie. Dieser Wahnsinn steckt an. Zwei Rasende hielten sich da umklammert.

Das soll ein ehrliches Buch sein. Ich habe Geraldine nie geliebt. Aber ich habe mit keiner anderen Frau je etwas Derartiges erlebt wie mit diesem mannstollen Mädchen, das mich mit Abscheu

erfüllt hat vom ersten Augenblick an. Das ich beschimpft habe im gleichen Moment, da sich die roten Nebel vor meine Augen senkten. Das ich gehaßt habe, als sie sich erschöpft aus meinen Armen löste. Ganz still lag sie auf der Erde, sah mich an mit diesem irren Blick und stöhnte: »Ich liebe dich.« Und immer wieder lallte sie: »Ich liebe dich... Ich liebe dich... Noch nie war es so... wie mit dir...!«
Dies soll ein ehrliches Buch sein.
Als endlich alles vorbei ist, liegt sie reglos da. Ihre Lippen sind blau. Sie bebt noch immer am ganzen Körper. Und da denke ich plötzlich mit Entsetzen an etwas, das sie gleich darauf sagt, mit diesem starren Blick und mit einer schwachen Kinderstimme: »Das war das erste Mal in meinem Leben...«
Schweigend sitze ich neben ihr.
»Ich habe es so oft versucht. Immer wieder. Seit ich vierzehn bin. Ich hatte bestimmt mehr Jungen als du Mädchen. Es hat nie geklappt, was wir auch anfingen. Ich bin halb wahnsinnig geworden. Ich habe den Jungens Theater vorgespielt... Ich habe es allein versucht. Es ging nie... Und nun du... O du... Es war so schön... Ich liebe dich!«
Geraldine liebt mich. Sie, die ich verabscheue...

5

14 Uhr 10.
Wir haben uns angezogen. Ich mußte ihr dabei helfen, so schwach war sie noch.
Um 15 Uhr muß ich bei diesem alten Turm sein. Verena wartet. Wie werde ich Geraldine los?
»Woran denkst du?« fragt sie prompt. »An dich«, sage ich natürlich. Und da schmiegt sie sich an mich, ganz eng. »Ich liebe dich. Es war so schön. Ich habe gedacht, ich muß sterben. So schön. Wie noch nie. Erst jetzt weiß ich, wie das ist. Ich werde nie mehr von dir loskommen!«
Und sie meint es ernst, das sieht man ihr an. So etwas hat auch gerade mir passieren müssen.
»Liebst du mich auch?«
»Nein.«
Das hat keinen Sinn, das muß sie gleich wissen. Es hat wirklich keinen Sinn: »Es macht mir nichts, wenn du mich nicht liebst. Du wirst einmal anfangen damit.«

»Nein!«
»Du kennst mich nicht, du weißt nicht, wie ich sein kann. Du wirst mich lieben, einmal, bestimmt. Ich bin so glücklich, Oliver. Ich war noch nie so glücklich. Du wirst sehen, wie lieb ich sein kann.« Sie gibt mir viele Küsse, sie streichelt mich, und ich denke: Verena. Verena. Verena.

6

Ich sage: »Du mußt zurück in euer Haus.«
»Ich will nicht.«
»Dann geh in den Speisesaal.«
»Ich kann jetzt nicht essen.«
Das könnte ich auch nicht.
»Sie werden uns suchen.«
»Sie finden uns nicht.«
»Aber ich muß in meine Villa.«
»Noch eine Viertelstunde«, sagt, nein, bettelt sie mit solchen Hundeaugen, daß einem übel werden kann, »dann bin ich ganz brav. Dann gehe ich zurück und lasse dich in Ruhe. Fünfzehn Minuten?«
Ich nicke.
»Ich gehöre doch jetzt zu dir...«
Auch das noch!
»... wir beide, wir gehören doch jetzt zusammen...«
Nein. Nein. Nein!
»... und da will ich dir sagen, was mit mir los ist.«
»Was heißt, was mit dir los ist?«
»Warum ich so bin... So verkorkst... Und wenn du nicht gekommen wärest und hättest mich erlöst...«
Das sagt sie! Dieses Wort! Wie ich es hintippe. Noch einmal: Erlöst!
»... dann wäre ich noch in die Klapsmühle gekommen. Darf ich meinen Kopf an deine Brust legen?«
»Natürlich.« Sie tut es, und ich streichle ihr lächerlich toupiertes Haar, das jetzt aussieht, als hätte sie sich mit einer Rivalin geprügelt, und sie redet wie im Schlaf vor sich hin, während sie mich auch streichelt: »Ich bin achtzehn. Und du?«
»Einundzwanzig.«
»Wir haben in Breslau gelebt. Mein Vater war Physiker. 1946 haben uns die Russen hopsgenommen. Ihn als Wissenschaftler und uns aus Nettigkeit. Vater sollte doch für sie arbeiten. Wir kamen

nach Nowosibirsk. Da hat mein Vater gearbeitet. In einem riesigen Institut. Es waren noch viele andere deutsche Forscher dort. Wir hatten ein kleines, hübsches Häuschen vor der Stadt.«

»Damals warst du vier Jahre alt.«

»Ja. Und es hat schon im Kindergarten angefangen.«

»Was?«

»Warte. Die Russen waren nett zu meinem Vater und zu meiner Mutter, und die erwachsenen Russen waren auch nett zu mir. Alle! Sie brachten uns Eßpakete. Mir brachten sie Puppen und Spielzeug. Wir feierten die Feste zusammen mit den Nachbarn.«

»Und wer war nicht nett?«

»Die Kinder! Ich sage ja, es ging im Kindergarten los, und dann, als ich in die Schule kam, wurde es ganz schlimm. Obwohl ich fließend russisch sprach! Deutsch konnte ich ja nur zu Hause reden. Mein Vater hatte sich für zehn Jahre verpflichtet. Also mußte ich acht Jahre in die Schule gehen. Ich kann dir sagen, es war die Hölle.«

14 Uhr 25.

Verena. Verena. Verena.

»Kinder haben doch noch keinen Verstand. Sie hörten, ich sei eine Deutsche...«

»Ach so.«

»Eine Deutsche, du verstehst? Wir haben ihr Land überfallen, und viele Kinder in meiner Schule hatten keine Väter mehr oder keine Brüder. Weil sie im Krieg gefallen waren, in dem großen Hitlerkrieg. Nun haben sie sich gerächt.«

»An dir.«

»An mir, ja. Sie haben mich verprügelt. Jeden Tag. Manchmal so schlimm, daß ein Arzt kommen mußte.«

»Scheußlich.«

»Meine Eltern mußten mich zuletzt aus der Schule nehmen. Dann, 1956, war der Vertrag abgelaufen, den mein Vater geschlossen hatte. Na ja, so zogen wir nach West-Berlin. Vater arbeitete am Max-Planck-Institut. Und ich wurde weiterverprügelt.«

»Von wem?«

»Von deutschen Kindern.«

»Was?«

»Ist doch ganz klar! Mein Vater hatte zehn Jahre für die Sowjets gearbeitet. Das erzählten die Kinder zu Hause. Irgend so ein Vater sagte zu seinem Sohn: ›Dieser Mann hat Geheimnisse verraten, er hat den Sowjets geholfen, vielleicht ist er ein Kommunist. Auf alle Fälle ist er ein Verräter.‹ Am nächsten Tag erzählte der Junge

das in der Schule. Da ging es los. Sie nannten mich nur die ›Verrätersau‹. Hier nennen sie mich ...«
»Ja, ich weiß.«
»Aber das ist nicht so schlimm.«
»Arme Geraldine«, sage ich. Und das ist sogar ehrlich.
»Ach, weißt du, ich war damals schon größer. Und stärker. Ich habe zurückgeschlagen, gebissen, mit Steinen geschmissen. Und wenn es sehr arg wurde und ein ganzes Rudel ging auf mich los, hatte ich einen herrlichen Trick, um mich zu schützen.«
»Welchen Trick?«
»Ich habe russisch geschrien. So laut ich konnte. Russisch! Was mir einfiel! Manchmal sogar Gedichte! Egal! Wenn ich russisch schrie, bekamen sie Angst! Alle! Immer! Dann krochen sie zurück und ließen mich zufrieden!«
Sie hebt den Kopf und lächelt. »Das war doch ein prima Trick, nicht?«
»Prima. Und weiter?« Ihr Gesicht verfinstert sich. Sie senkt den Kopf und legt ihn auf meine Knie.
»Vater ist ein sehr großer Wissenschaftler, verstehst du? Er hat zum Beispiel in Sibirien eine Sache erfunden, die bauten die Sowjets in ihre Düsenflugzeuge ein. In die ganz schnellen ...«
»Was ist das für eine Sache?«
»Genau weiß ich es natürlich auch nicht. In einem solchen Riesending, das mit solch irrsinniger Geschwindigkeit fliegt, kann der Pilot nicht mehr dauernd alle Instrumente beobachten. Das geht einfach über Menschenkraft. Da hat mein Vater irgend etwas Elektronisches eingebaut, das auf alle wichtigen Anlagen in der Maschine aufpaßt. Also sagen wir zum Beispiel auf fünfzig Gefahrenmomente. Wenn an einem dieser Punkte etwas nicht in Ordnung ist, schaltet sich ein Lautsprecher ein und sagt dem Piloten: Achtung, Achtung, das und das funktioniert nicht.«
»Toll«, sage ich. Und finde es toll.
»Aber das Tollste ist, daß mein Vater die fünfzig Warnungen von einer Frauenstimme auf Band sprechen ließ. Von einer Frauenstimme! Das imponiert mir am meisten. Denn der Pilot spricht doch sonst über Funk immer nur mit Männern. Wenn er also die Frauenstimme hört, dann weiß er: Das bedeutet Gefahr! Er kann sie nicht überhören, die Frauenstimme!«
Ich sage: »Und jetzt kann *ich* deine Geschichte zu Ende erzählen.«
»Ja?«
»Ja. Die Amis haben deinem Vater ein phantastisches Angebot gemacht, und heute arbeitet er in Cape Canaveral oder sonst ir-

gendwo, und im Sommer darfst du deine Eltern besuchen. Stimmt's?« Sie reißt einen Grashalm ab und kaut an ihm herum und sagt leise: »Es stimmt nur zum Teil. Die Amis haben meinem Vater ein Angebot gemacht, natürlich. Wir sollten alle hinüber. Aber mein Vater ist allein geflogen.«

»Wieso?«

»Meine Mutter ließ sich scheiden. Sie behauptete, sie könnte nicht länger mit einem Mann zusammenleben, der Jahr um Jahr mithilft, immer schlimmere Vernichtungswaffen zu erfinden.«

»Das ist ein Standpunkt«, sage ich.

14 Uhr 30. Verena. Verena. Verena.

»Aber sie hat gelogen. Alle Menschen lügen. Meine Mutter ließ sich scheiden, weil sie in Berlin einen ganz reichen Textilkaufmann kennengelernt hatte! Mein Vater wußte das nicht. Er weiß es heute noch nicht. Ich habe den beiden nachspioniert, meiner Mutter und dem Kerl.«

»Warum hast du deinem Vater nichts gesagt?«

»Warum sollte ich? Mir war immer meine Mutter lieber! Vater wußte das auch. Deshalb hat er bei der Scheidung auch freiwillig zugestanden, daß ich bei Mutter bleibe.«

»Na, das hat ja herrlich geklappt.«

»Herrlich. Kaum war Vater weg, heiratete meine Mutter wieder und steckte mich ins Internat.«

»Warum?«

»Mein Stiefvater kann mich nicht leiden. Immer, wenn wir uns sehen, gibt es Streit. Ich darf nur ganz selten nach Berlin. Mutter zittert jedesmal, wenn ich komme. Aber mein Vater ist glücklich, daß ich in Deutschland erzogen werde. In den großen Ferien fliege ich zu ihm. Er arbeitet tatsächlich in Cape Canaveral. Jetzt baut er Raketen.«

»Ich verstehe«, sage ich. Dann sehe ich sie an. Sie flüstert: »Die Viertelstunde ist um, ja?«

»Ja.«

»Ich gehe auch schon. Ich heule nicht. Ich halte dich nicht fest. Ich mache dir keine Schwierigkeiten, das schwöre ich dir. Ich werde dir nie Schwierigkeiten machen!«

»Schon gut«, sage ich. Wir stehen beide auf. »Schon gut, Geraldine. Warte, ich bringe dein Haar noch ein wenig in Ordnung.« Sie schmiegt sich an mich und küßt meine Hände. »Und du mußt dich auch noch ein bißchen zurechtmachen, bevor du zu den anderen gehst«, sage ich, »sonst sieht dir jeder an, was passiert ist.«

14 Uhr 40.

»Du mußt in die Villa.«

»Um vier ist Geschichte. Da sehen wir uns wieder.«

»Ja.«

»Ich möchte immer bei dir sein. Tag und Nacht. Bis ich sterbe.«

»Leb wohl, Geraldine.«

»Gibst du mir nicht einmal einen Kuß?«

Wir küssen uns. Sie lächelt traurig.

»Was hast du?«

»Ist sie schön?«

»Wer?«

»Frag doch nicht. Die Frau, der das Band gehört.«

»Nein.«

»Natürlich ist sie schön. Sie ist viel schöner als ich. Und jetzt gehst du zu ihr. Lüg mich nicht an. Bitte, lüg mich nicht an!«

»Ja«, sage ich. »Jetzt gehe ich zu ihr.«

»Liebst du sie?«

»Nein.«

»Du lügst. Aber es macht mir nichts, Ehrenwort. Es macht mir nichts, solange du auch mit mir gehst. Denn du bist der erste Mann in meinem Leben.«

»Also dann bis vier in Geschichte.«

Und dann geht sie, stolpernd auf ihren hohen Absätzen, erhitzt, mit verschmiertem Gesicht und einer Bluse, die aus dem Rock rutscht. Sie verschwindet im Gebüsch. Es wird still. Ich mache mich auf den Weg zu dem alten Turm, den ich über den Wipfeln der Bäume sehe. Eine Hand halte ich in der Tasche, und in der Hand halte ich das Armband Verenas.

Nach drei Schritten höre ich ein Geräusch und bleibe jäh stehen. Jemand rennt gehetzt durch das Dickicht davon. Ich kann ihn nicht sehen, nur hören. Ich kann ihn bestimmt auch nicht mehr einholen, denn schon verklingen die Schritte. Jemand hat uns belauscht. Wie lange? Was hat er gehört? Was hat er gesehen? Alles? Wer war es?

7

Zwei Minuten vor fünfzehn Uhr.

Ich bin ganz pünktlich, obwohl ich mich noch gewaschen habe. Zum Glück fließt da ein kleiner Bach. Es war schön im eiskalten Wasser.

Zwei Minuten vor fünfzehn Uhr.
Und kein Mensch da.
Also setze ich mich auf eine Stufe beim Eingang zu dem verfallenen Gemäuer, neben dem eine Tafel steht:
EINSTURZGEFAHR! BETRETEN VERBOTEN!
Ein altes Ding, dieser Turm! Zum letztenmal renoviert vom Allergnädigsten Kurfürsten Wilhelm IX. anno 1804 – das lese ich auf einer anderen Tafel, die auch schon zerfällt.
Plötzlich steht sie vor mir, wie das Rotkäppchen im Walde. Diesmal trägt sie ein rotes Kleidchen und eine rote Mütze. Ihre Mutter zieht sie immer wie eine kleine Puppe an.
»Guten Tag, Onkel Mansfeld«, sagt sie feierlich.
»Hallo, Evelyn! Wo kommst denn du her?«
»Ich habe hinter dem Turm auf dich gewartet. Mami wartet oben.«
»Im Turm?«
»Ja. Du sollst hinaufkommen.«
»Aber wenn das Ding einstürzt...« Ich zeige auf die Tafel.
»Das stürzt nicht ein. Wir müssen sehr vorsichtig sein, Mami und ich. Man darf sie nicht allein mit einem Mann sehen. Darum nimmt sie ja auch jedesmal mich mit.«
Jedesmal... Nimmt sie dich oft mit, Kleine? Sehr oft? Hierher auch? Trifft sie hier auch ihren italienischen Beau? Und andere Herren? So viele Fragen. Keine gestellt.
»Warte«, sage ich und gebe ihr etwas, das ich schon den ganzen Tag mit mir herumtrage. Sie stößt einen Freudenschrei aus: »Marzipan!«
»Ißt du doch am liebsten, nicht?« Ich habe das Päckchen heute beim Frühstück in der Schulkantine gekauft.
»Woher weißt du das?«
»Hast du mir selber gesagt, gestern abend.«
»Ja?« Sie sieht mich ungläubig an. Erinnern kann sie sich also auch noch nicht. Zu klein. Verena hat Glück. Und eine feine Bundesgenossin.
Wenn es auch nicht sehr fein ist, was sie da tut. Apropos nicht fein: Sind Sie so prima, Herr Mansfeld? Was haben Sie denn vor zwei Stunden getan?
Weil ich ein feiger Hund bin und nicht daran denken will, frage ich schnell: »Wie geht es deinem Hund?«
»Assad? Gut, danke.«
»Warum hast du ihn nicht mitgebracht?«
»Er schläft jetzt.«
»Ach so. Da darf man natürlich nicht stören.«

»Nein. Außerdem will er auch manchmal allein sein, weißt du. Wie jeder Mensch.«
»Da hast du recht, Evelyn.«
»Ich verschwinde jetzt. Geh hinauf. Wenn jemand kommt, fange ich an zu singen. Mami kennt das schon.«
»Ach ja?«
»Ja. Oben kann man sich verstecken.«
»War Mami schon einmal mit einem anderen Onkel oben?«
»Nein, noch nie!«
»Woher weißt du dann, daß man sich da verstecken kann?«
»Na, weil ich oben war! Mit Mami! Wir gehen oft hinauf. Es ist sehr schön oben, du wirst sehen.«
»Tschüß«, sage ich. Sie zögert. »Was gibt's noch?«
»Darf... darf ich dir einen Kuß geben, Onkel Mansfeld?«
»Für das Marzipan?«
»Nein.«
»Weshalb denn?«
»Na, weil du uns doch helfen willst.«
»Ach so«, sage ich. »Deshalb«, sage ich. »Natürlich darfst du mir einen Kuß geben«, sage ich, beuge mich zu ihr herab, und sie schlingt ihre Ärmchen um meinen Hals. Ich bekomme einen Kuß auf die Wange, der ist bestimmt der feuchteste, den ich je bekam. Dann läuft sie ganz schnell weg. Ich wische meine Wange ab, betrete den alten Turm und steige die Wendeltreppe hinauf, die bei jedem Schritt knarrt und knirscht, höher und höher, und der Gedanke, daß mich jede Stufe ein paar Zentimeter näher an Verena heranbringt, treibt mir den Schweiß auf die Stirn. Das ist ja ein Riesending. Hätte ich gar nicht gedacht. Siebenundneunzig Stufen! Als ich endlich die Turmstube erreiche, steht sie vor mir, ernst und aufrecht, und ihre wunderbaren Augen sind auf mich gerichtet, diese schwarzen Augen, viel zu groß für das schmale Gesicht, diese Augen, in denen so viel Traurigkeit und Bescheidwissen zu lesen steht, so viel Sehnsucht nach Liebe, diese Augen, die ich nicht vergessen kann und nicht vergessen werde, bis ich sterbe.
Sie trägt ein leichtes Kleid an diesem Tag, weit ausgeschnitten, ärmellos, aus weißem Leinen, darauf sind in leuchtenden Farben Blumen gemalt. Ich kenne mich aus mit Kleidern: So einfach dieses hier aussieht – es hat ein kleines Vermögen gekostet. Und wie es sitzt! Ich darf nicht zu lange hinsehen. In dem Kleid sieht sie noch aufregender aus, als wenn sie es nicht anhätte. Verena. Verena. Ach, Verena!
Ich hole das Armband aus der Tasche und gebe es ihr. Dann trete

ich an eine der Luken dieser Turmstube, die vollgefüllt ist mit verrostetem Werkzeug, zerbrochenen Möbeln, Strohsäcken und moderndem Holz. Ich sehe über die braunen und roten und goldenen Blätter der Bäume hinweg. Sonne liegt über allem. Ein leichter blauer Dunst verwischt die Ferne. Und wieder ziehen diese silbernen Fäden vorbei, Altweibersommer.

»Hübsch ist das hier«, sage ich und fühle, wie sie hinter mich tritt. »In der Gegend kenne ich mich aus. Ich habe in Frankfurt gelebt.« Ich rede immer weiter, und es fällt mir immer schwerer weiterzureden, denn jetzt steht sie ganz dicht hinter mir. »Der kleine Fluß da unten, das ist die Nidda. Da drüben, das ist der Vogelsberg, der dreimal gebuckelte Riesenbrocken, das ist der Winterstein, und da, wo die Sonne zwischen den schwarzen Bäumen noch ein Stück Wiese so hell bescheint, das ist der Hoherodskopf, da habe ich einmal...«

»Oliver!«

»Ja.«

Ich drehe mich um, und alles ist wieder da: Diorissimo, der Maiglöckchenduft, der Duft ihrer Haut, ihr blauschwarzes Haar, die Augen, die Augen...

»Danke«, sagt sie flüsternd.

»Ach, lächerlich«, sage ich. Es soll forsch klingen, aber ich heule beinahe dabei. »Was für ein schönes Kleid Sie tragen!«

»Mein Mann kommt tatsächlich erst heute abend. Haben wir nicht unheimliches Glück?«

»Ja. Unheimliches Glück.«

»Warum starren Sie mich so an?«

»Ich bekomme noch etwas von Ihnen.«

»Was?«

»Sie wissen ganz genau, was. Geben Sie es mir.«

Sie bewegt sich nicht.

»Los! Oder ich nehme Ihnen das Band wieder fort!«

Da greift sie in eine kleine Tasche, die ihr Kleid an der Hüfte hat, und nimmt eine kleine, runde Schachtel heraus.

Ich öffne sie.

»Was tun Sie?«

»Sehen, ob es dreißig sind. Und alle Veronal.«

Es sind dreißig. Und alle Veronal.

Ich stecke die kleine Schachtel ein.

»Werden Sie sie wegwerfen?«

»Nein.«

»Was denn?«

»Aufheben.«
»Wozu?«
»Wozu haben Sie sie aufgehoben?«
»Oliver...«
»Ja.«
»Sind Sie sehr...«
»Sehr was?«
»Nichts.«
Und dann sehen wir beide aus der Luke, und das Herz tut mir weh, und ich sage mir, daß ich ein Idiot, ein Idiot, ein dreimal verfluchter Idiot bin, und daß ich mich an diese Geraldine oder sonst eine halten soll, aber diese hier, diese Verena Lord in Ruhe lassen muß. Und ich sehe kleine Dörfer, Burgen, Gehöfte, schwarze und hellbraun gefleckte Kühe, sehe Eisenbahnen, die laut pfeifen und sich schnell im Dunst verlieren. Ich sehe Bad Homburg, Bad Nauheim und Frankfurt, und Verena sieht das alles auch. So stehen wir nebeneinander, vielleicht drei Minuten lang, und keiner redet. Dann fühle ich plötzlich, wie ihre linke Hand nach meiner rechten tastet. Ich geniere mich, denn meine ist feucht vor Aufregung, doch als sie ihre Finger in die meinen flicht, da merke ich: Ihr geht es ebenso. Auch ihre Hand ist feucht.
Was ich jetzt aufschreibe, haben wir alles gesagt, ohne uns dabei ein einziges Mal anzusehen. Wir blicken die ganze Zeit aus der Turmluke, über die Baumwipfel hinweg, hinunter zu den Eisenbahnen, Kühen, Burgen, Dörfern.
»Wie fanden Sie das Armband?«
»Ein Mädchen hat es gestohlen. Ein kleiner Junge beobachtete sie dabei und verriet mir ihren Namen.«
»Ist sie hübsch?«
»Nein.« (Leichte Frage.)
»Wie haben Sie das Armband zurückbekommen?«
»Das Mädchen geht in meine Klasse. Während des Unterrichts lief ich in die Villa, in der sie wohnt, und in ihr Zimmer und holte mir das Ding.«
»Hat sie es schon bemerkt?«
»Nein.« (Noch leichtere Frage.)
»Ihr ganzer Kragen ist voll Lippenstift.«
»Dann muß ich mein Hemd wechseln, bevor der Nachmittagsunterricht beginnt. Ich danke Ihnen für den Hinweis.«
»Ich danke Ihnen für das Armband.«
»Können wir uns hier wieder treffen?«
Keine Antwort.

»Ich habe jeden Tag zwischen zwei und vier frei. Natürlich kann ich auch zu jeder anderen Zeit kommen. Ich haue dann einfach ab.«
Keine Antwort.
»Ich habe Sie etwas gefragt, Madame!«
»Ich habe es gehört.«
»Und?«
Schweigen.
»Ich habe Ihnen doch geholfen, nicht? Helfen Sie mir auch. Bitte!«
»Helfen? Ich? Ihnen?«
»Helfen. Sie. Mir. Ja.«
»Indem wir uns hier treffen?«
»Ja. Nur treffen. Sonst nichts. Da hinuntersehen. Miteinander reden. Nebeneinander stehen, so wie jetzt.« Sie läßt meine Hand los.
»Sie sind einundzwanzig. Ich bin dreiunddreißig. Ich bin zwölf Jahre älter als Sie!«
»Das macht mir nichts.«
»Ich bin verheiratet.«
»Das macht mir nichts. Außerdem unglücklich.«
»Ich habe ein Kind.«
»Ich habe Kinder gern.«
»Ich habe einen Geliebten.«
»Das macht mir nichts.« (Lüge.)
»Vor ihm hatte ich einen anderen.«
»Sicherlich hatten Sie viele. Das ist alles vollkommen unwichtig. Verena, warum haben wir uns bloß nicht ein paar Jahre früher kennengelernt?«
Und von jetzt ab bis zum Schluß dieses Gespräches sehen wir einander an. Wir reden ganz ruhig und leise. Ein leichter Wind kommt auf, er rauscht in den Bäumen.
»Das wäre Wahnsinn«, sagt sie.
»Was?«
»Wenn wir uns hier wieder träfen.«
»Ich schwöre, ich tu' Ihnen nichts! Ich will Sie nur ansehen, nur mit Ihnen sprechen. Gestern, auf der Autobahn, hatten Sie da nicht das Gefühl, daß wir uns gut verstehen würden? Ich meine nicht im Bett. Ich meine unsere Ansichten, unsere Gedanken. Hatten Sie nicht das Gefühl, daß wir einander sehr ähnlich sind? Sehr, sehr ähnlich?«
»Ja... Sie sind genauso verdorben und verloren und allein wie ich.« In der Ferne pfeift eine Lokomotive. Jetzt fällt schon Sonnenschein durch die Luke und auf Verenas Kleid. Die Blumen leuchten, als lebten sie.

»Haben Sie mit dem Mädchen geschlafen, das mein Armband stahl?«
»Ja.«
»Aber nicht aus Liebe.«
»Wahrhaftig nicht aus Liebe.«
»Das kenne ich. Ach, wie ich das kenne!«
Wie sie spricht. Ihre Haltung. Ihr Gang. Jede Bewegung. Diese Frau hat ein Geheimnis. Sie will mir nicht sagen, woher sie stammt, woher sie kommt. Sie macht sich schlecht, sie redet übel von sich. Das alles ist Verstellung, das alles ist Lüge.
Wer bist du, Verena?
Woher hat dich dein Weg geführt?
Warum belädst du dich mit Schmuck? Warum zitterst du bei dem Gedanken, arm, noch einmal arm zu sein – und setzt dich doch andauernd dieser Gefahr aus, indem du deinen Mann betrügst? Warum?
Ich werde dich nie mehr danach fragen. Du wirst es mir vielleicht einmal erzählen ...
»Und wir werden uns hier wieder treffen und miteinander reden?«
»Unter einer Bedingung.«
»Welcher?«
»Daß Sie mir das Veronal zurückgeben.«
»Nie! Wenn das die Bedingung ist, dann lassen wir es.«
»Ich will die Tabletten nicht wiederhaben. Ich will, daß *Sie* sie nicht besitzen.«
»Und ich will nicht, daß Sie das Zeug haben!«
»Dann vernichten Sie es. Jetzt gleich. Vor mir. Ich muß es sehen.«
»Wie soll ich es vernichten?«
»Vielleicht brennt es.«
Diesmal habe ich Streichhölzer. Ich zögere, bevor ich eines anzünde, denn ich hätte das Veronal gern behalten.
Die Schachtel brennt lichterloh, die Tabletten verkohlen und zerfallen nur. Ich werfe den Rest auf den Boden. Verena tritt mit einem Schuh so lange darauf herum, bis alles verschmiert und zerstört und in die Bohlen gerieben ist.
Dann sehen wir uns an.
»Und wenn man bedenkt, daß Sie dafür mit einem Apotheker geschlafen haben«, sage ich.
»Und wenn man bedenkt, daß wir uns jetzt beide nicht mehr damit umbringen können«, sagt sie.
»Und wenn man bedenkt, daß ich Ihre Bedingung erfüllt habe. Wann sehen wir uns wieder? Morgen?«

»Nein.«
»Übermorgen?«
»Auch nicht übermorgen.«
»Wann denn?«
»Es wird erst wieder in ein paar Tagen möglich sein.«
»Weshalb?«
»Weil ich schwanger bin«, antwortet sie. »Ich habe Ihnen doch gesagt, daß Sie keine Ahnung haben, in welcher Situation ich mich befinde, was alles mit mir los ist. Nichts wissen Sie! Gar nichts!«

8

»Schwanger?«
»Sie haben es gehört.«
Komisch, bei jeder anderen hätte ich sofort gedacht: Na, Mensch, dann ist das doch *die* Gelegenheit! Das soll ein ehrliches Buch bleiben. Vorhin, als ich über Geraldine schrieb, habe ich mich nicht besser gemacht, als ich war. Jetzt mache ich mich nicht schlechter. Ich dachte bei Verena keine Sekunde lang daran, was für eine feine Gelegenheit das wäre. Keine Sekunde lang? Der Gedanke kam mir nicht einmal.
»Von wem sind Sie schwanger?«
»Das weiß ich nicht.«
»Von diesem Italiener?«
»Von ihm. Oder von meinem Mann.«
»Gestern abend sagten Sie ...«
»Da habe ich gelogen. Eine Frau muß doch mit ihrem Mann schlafen, wenn sie einen Geliebten hat, nicht wahr? Falls etwas passiert.«
»Sie haben vollkommen recht. Ich wollte Ihnen gestern abend nur nicht widersprechen. Natürlich haben Sie auch Enrico erzählt, daß Sie seit einem Jahr nichts mehr mit Ihrem Mann haben.«
»Natürlich.«
»Das erzählen alle Frauen ihren Geliebten.«
»Hat eine Frau es auch Ihnen schon einmal erzählt?«
»Ja.«
»Und?«
»Ich habe es nicht geglaubt. Aber ich habe nicht gesagt, daß ich es nicht glaube. Man darf nicht ungerecht sein. Die Männer benehmen sich genauso, wenn sie eine Geliebte haben.«
Eine Weile Schweigen. Dann frage ich:
»Wollen Sie das Kind?«

»Großer Gott! In meiner Situation?«
»Weiß Enrico davon?«
»Enrico ist verheiratet. Es weiß niemand davon. Nur Ihnen habe ich es jetzt erzählt. Warum bloß?«
»Weil wir uns so gut verstehen. Eines Tages ...«
»Was?«
»Eines Tages werden Sie mich lieben.«
»Hören Sie auf!«
»Mit der Art von Liebe, nach der Sie sich so sehnen. Ich weiß es genau. Manchmal gibt es Momente, da weiß ich genau, wie alles kommen wird. Haben Sie einen Arzt?«
»Ich kann das Kind nicht zur Welt bringen.« Sie senkt den Kopf. »Nach Evelyns Geburt sagten die Ärzte, eine weitere sei lebensgefährlich. Ich muß also in eine Klinik. Das ist auch einer der Gründe.«
»Gründe wofür?«
»Daß meine Ehe so schlecht ist, und daß ich so ... daß ich so bin.«
»Ich verstehe Sie nicht.«
»Sie wissen, Evelyn ist ein uneheliches Kind.«
»Ja.«
»Sie wissen, daß mein Mann sie nicht mag.«
»Ja.«
»Aber er hat sich immer brennend ein eigenes Kind gewünscht, verstehen Sie? Einen Sohn, der einmal seine Bank übernimmt. Als ich ihn traf ... damals im Elend ... da verschwieg ich ihm, daß ich nie mehr ein Kind bekommen dürfte. Später sagte ich es ihm dann. Das war gemein von mir, nicht?«
»Sie waren in Not!«
»Nein, ich hätte es ihm sagen *müssen.* Unter allen Umständen! Sehen Sie, so ... so sind wir einander fremder geworden mit jedem Tag. Er hat mir nie Vorwürfe gemacht, direkte Vorwürfe, meine ich.«
»Aber indirekte.«
»Ja. Er ... er liebt mich, auf seine Art, er hängt an mir, aber er kann mir nicht verzeihen, daß ich nie in der Lage sein werde, seinen größten Wunsch zu erfüllen. Er sieht mich mit anderen Augen. Nicht mehr wie eine ... eine ...«
»Wie eine richtige Frau.«
»Ja, das ist es.«
»Und darum haben Sie begonnen, dieses Leben zu führen.«
»Warum?«
»Um sich selber zu bestätigen, daß Sie doch noch eine Frau sind.«

Sie sieht mich lange an. »Ein sonderbarer Junge sind Sie, Oliver.«
»Darum haben Sie es getan – stimmt das?«
Sie gibt keine Antwort. Ich möchte wirklich mal wissen, ob es auch glückliche Menschen auf dieser beschissenen Erde gibt.
Jetzt erst fällt mir auf, daß Verena nicht geschminkt ist. Ich sage es ihr. Sie antwortet: »Ich hatte mir vorgenommen, Ihnen einen Kuß zu geben.«
»Aber Sie besitzen doch einen phantastischen Lippenstift, der nicht abfärbt. Sie waren mit ihm geschminkt, als Sie Enrico küßten.«
»Darum wollte ich ihn nicht verwenden.«
»Sie werden sehen, es wird noch Liebe werden zwischen uns.«
»Nie, nie. Unmöglich.«
»Der Lippenstift«, sage ich. »Der Lippenstift beweist es. Und nun warten Sie ab. Ich habe Zeit. Alle Zeit von der Welt.«
Sie blickt mich groß an. Dann frage ich sie:
»Wann werden Sie es Ihrem Mann sagen?«
»Heute abend.«
Ich frage: »In welche Klinik gehen Sie?«
Sie sagt mir, in welche. Eine Klinik im Westen Frankfurts.
»Wann wird es gemacht werden?«
»Wenn ich morgen fahre, übermorgen.«
»Dann komme ich Sie am Donnerstag besuchen.«
»Das ist ausgeschlossen! Das geht nicht! Das verbiete ich Ihnen!«
»Sie können mir nichts verbieten.«
»Und wenn Sie mich in Gefahr bringen damit?«
»Ich bringe Sie nicht in Gefahr. Sie haben ein Einzelzimmer, klar. Ich gebe bei der Aufnahme einen falschen Namen an. Und ich komme am Vormittag.«
»Warum am Vormittag?«
»Weil Ihr Mann da doch auf der Börse ist – oder?«
»Ja, das stimmt, aber ...«
»Am Donnerstag, Verena.«
»Es ist Wahnsinn, Oliver, es ist alles Wahnsinn, was wir da tun.«
»Es ist süßer Wahnsinn. Und einmal wird es Liebe sein.«
»Wann? Wenn ich vierzig bin? Und Evelyn zwölf?«
»Und wenn Sie sechzig sind«, sage ich. »Ich muß in die Schule zurück, es ist halb vier. Wer geht zuerst?«
»Ich. Warten Sie ein paar Minuten, ja?«
»Klar.« Sie geht zur Treppe, und da dreht sie sich noch einmal um und sagt: »Wenn Sie am Donnerstag kommen, dann melden Sie sich als mein Bruder an. Otto Willfried heißt er. Werden Sie sich das merken?«

»Otto Willfried.«

»Er lebt in Frankfurt.« Auf einmal lächelt sie. »Und heute abend um elf kommen Sie auf Ihren Balkon heraus.«

»Warum?«

»Weil ich eine Überraschung für Sie habe.«

»Was für eine Überraschung?«

»Sie werden es sehen«, sagt sie, »Sie werden es sehen. Heute nacht um elf.«

»Okay«, sage ich, »Otto Willfried und heute nacht um elf.«

Ich lehne mich an einen der alten, morschen Balken, die das Dekkengewölbe tragen, und sehe ihr nach, wie sie die Wendeltreppe hinabsteigt, langsam, vorsichtig, obwohl sie flache Schuhe trägt. In der Biegung der Treppe dreht sie sich noch einmal um.

»Und es ist doch Wahnsinn«, sagt sie. Dann ist sie verschwunden. In der Tiefe höre ich sie mit Evelyn sprechen, dann verklingen die Stimmen. Ich trete an keine Luke. Ich sehe ihnen nicht nach. Ich halte die Hand, die Verena in der ihren hielt, an mein Gesicht und rieche den Maiglöckchenduft, der so schnell verfliegt. Nach drei Minuten gehe auch ich die alte Wendeltreppe hinab. Wieder im Freien, fällt mir ein, daß ich noch in den »Quellenhof« muß, weil der Kragen meines Hemdes von Geraldines Lippenstift verschmiert ist. Also setze ich mich in Trab und renne los, denn viel Zeit habe ich jetzt nicht mehr. Und ich will nicht gleich am ersten Tag zum Unterricht zu spät kommen. Im gleichen Augenblick, in dem ich zu laufen beginne, knackt etwas vor mir, und ich sehe eine Gestalt durch das dichte Unterholz davonrennen. Es geht alles so schnell, daß ich wiederum, wie schon beim erstenmal, nicht sofort sagen könnte, wer da rennt. Aber es ist komisch: Diesmal war ich auf etwas Ähnliches vorbereitet, diesmal habe ich geradezu erwartet, beobachtet zu werden. Und so reagieren meine Augen diesmal schneller, und ich erkenne, wer da davonrennt. Es ist der blonde, verkrüppelte Hansi, mein »Bruder«.

9

»Nirgendwo glaubt man so inbrünstig wie in Deutschland an den Krieg als vornehmstes politisches Mittel. Nirgendwo ist man eher geneigt, über seine Schrecken hinwegzusehen und seine Folgen zu mißachten. Nirgendwo setzt man Friedensliebe so gedankenlos persönlicher Feigheit gleich.« Diese Sätze des Journalisten Carl von Ossietzky, der lieber im KZ sterben als der Gewalt weichen wollte, hat uns Doktor Peter Frey zu Beginn der Geschichtsstunde aus einer alten »Weltbühne« vorgelesen.

Dieser Doktor Frey ist der beste und klügste Pauker, der mir je unterkam, believe you me! (Und mir kamen eine Menge unter.) Er ist hager und groß, vielleicht fünfzig Jahre alt, und er hinkt. Wahrscheinlich haben sie ihm im KZ die Knochen zerschlagen. Der Doktor Frey spricht stets leise, schreit nicht wie das dämliche Frettchen, er lächelt, er ist freundlich, und er hat eine Autorität, die ist einfach nur unheimlich zu nennen. Nie schwätzt einer bei ihm. Nie gibt einer eine freche Antwort. Was ich so in der ersten Stunde mitbekomme, lieben sie ihn alle, den hinkenden Doktor Frey. Einer liebt ihn nicht, das merke ich: Der Primus, Friedrich Südhaus, der Junge mit dem nervösen Zucken um den Mund. Na ja, wenn ich einen Vater hätte, der ein alter Nazi ist und jetzt irgendwo Generalstaatsanwalt, würde ich den Doktor Frey auch nicht lieben. Man muß gerecht sein: Der Mensch ist das Produkt seiner Erziehung. Andererseits: Finden Sie das nicht schrecklich? Was für ein prima Kerl könnte der Südhaus mit einem anderen Vater, beispielsweise mit diesem Doktor Frey, geworden sein?

Nachdem er das Ossietzky-Zitat vorlas, sagte Doktor Frey: »Wir haben jetzt in Geschichte das Jahr 1933 erreicht. In den meisten Schulen und bei den meisten Lehrern gibt es da einen großen Sprung. Und zwar von 1933 bis 1945. Über diese Jahre gibt es nichts zu erzählen. 1945 geht es wieder los. Und zwar mit dem sogenannten Zusammenbruch Deutschlands, wie allerorten verschämt die Tatsache umschrieben wird, daß dieses Land, das den größten Krieg aller Zeiten begann, 1945 bedingungslos vor seinen Gegnern kapitulieren mußte. Dann kommt noch ein kleinerer Sprung, und wir sind bei 1948, beim Wirtschaftswunder. Ich will euch nichts erzählen, was ihr nicht hören wollt! Sagt es mir also gleich, ob ihr die Wahrheit über das Dritte Reich kennenlernen wollt oder nicht. Ich warne euch. Die Wahrheit ist nicht schön. Die meisten meiner Kollegen machen es sich leicht und reden überhaupt nicht von ihr. Ich werde von ihr reden, ich werde euch alles erzählen, die ganze schmutzige Wahrheit – wenn ihr es wollt. Wer es will, soll die Hand heben.«

Daraufhin haben alle die Hand gehoben, auch die Mädchen – bis auf zwei Jungen. Der eine Junge hieß Friedrich Südhaus. Der andere, Sie werden es nicht glauben, hieß Noah Goldmund!

Geraldine sitzt mir gegenüber und sieht mich an, als sie die Hand hebt. Sie läßt jetzt die Sache mit dem Faltenrock und dem Beinekreuzen. Sie sieht aus, als ob sie jeden Moment in Tränen aus-

brechen würde. Ab und zu formt sie ihre Lippen zu einem Kuß und schließt die Augen. Walter, mit dem sie vor den Ferien »ging«, muß inzwischen gemerkt haben, was los ist. Ich denke, sie legt es richtig darauf an. Ihr ist alles egal. Alle sollen wissen, daß sie jetzt zu mir gehört! Zu mir! Zu mir, der ich nur daran denke, daß ich Verena am Donnerstag in der Klinik besuchen werde.
Ich glaube, wenn ich die Hand nicht gehoben hätte, hätte Geraldine sie auch nicht gehoben. Sie tut alles, was ich tue. Sie ist blaß, sie hat tiefe Ringe unter den Augen. Und immer wieder formt sie die Lippen zu einem Kuß und schließt die Augen. Mir ist schlecht. In was bin ich da hineingeraten? Wie soll ich herausfinden? Sie tut mir leid, die Luxusnutte. Sie hat genauso Sehnsucht nach einer wirklichen, echten, großen Liebe wie Verena und ich. Aber kann ich Geraldine helfen? Nein. Nie. Niemals.
Es ist übrigens interessant, was Noah und dieser Friedrich Südhaus erwiderten, als Doktor Frey sie fragte, warum sie dagegen seien, daß er uns ausführlich über das Dritte Reich und seine Verbrechen unterrichte.
Zuerst Friedrich Südhaus: »Herr Doktor, ich finde, es muß einmal Schluß gemacht werden mit dieser ewigen deutschen Selbstbezichtigung. Die hängt doch sogar schon unseren westlichen Verbündeten und dem ganzen Ausland zum Hals heraus! Wem dienen wir denn damit? Doch nur der DDR, doch nur den Kommunisten!«
Das ist ein eigenartiger Junge. Wolfgang haßt ihn. Er hat mir heute beim Frühstück Aussprüche zitiert, die Südhaus angeblich von sich gab. Zum Beispiel: »Man hätte den Hitler machen lassen sollen, aber richtig! Es sind noch viel zuwenig Juden vergast worden.«
»Man hat ihn ja genug machen lassen«, hat Wolfgang darauf erwidert. »Sechs Millionen, das ist doch ganz hübsch.«
»Quatsch. Es waren niemals mehr als vier! Höchstens!«
»Ach so, entschuldige. Das ist natürlich ein gewaltiger Unterschied, ob man vier oder sechs Millionen ermordet.«
»Juden müssen alle ausgemerzt werden, sie sind das Gift unter den Völkern.«
»Du bist ein Jahr lang mit der Vera gegangen. Das ist eine Halbjüdin. Du hast es gewußt. Es hat dir nichts gemacht.«
»Über Halbjüdinnen kann man reden!«
»Wenn sie hübsch sind, ja!«
»Nein, überhaupt. Auch über Halbjuden. Schau mal, sie haben doch auch fünfzig Prozent arisches Blut. Sei gerecht.«

Sei gerecht... Ein seltsamer Junge, dieser Südhaus. Wissen Sie, was mir Wolfgang (der ihn haßt) noch erzählte? Friedrichs Vorbild ist Mahatma Ghandi. Ist das zu fassen? Ich sage Ihnen, der Junge kann nichts dafür. Es sind die Eltern, die verfluchten Eltern, die ihn so erzogen haben. (Ich weiß genau, was passiert, wenn Eltern wie die von Südhaus diese Zeilen jemals lesen. Sie werden das Buch an die Wand feuern und toben. Aber ich habe gesagt, dies soll ein ehrliches Buch sein, und da kann ich doch nicht auf einmal zu lügen beginnen oder Passagen auslassen. Halten Sie die Luft an. Es kommt noch viel schlimmer.)

10

Ebenso interessant wie die Antwort des Südhaus war, was Noah antwortete. Er sagte, ein bißchen stotternd und mit gesenktem Kopf, als ob ausgerechnet er ein schlechtes Gewissen haben müßte: »Herr Doktor, Sie wissen, wie ich Sie für Ihre Haltung verehre. Sie wissen, daß ich weiß, was Sie im KZ durchgemacht haben. Es ist mir klar, daß Sie mit Ihrem Bericht über das Dritte Reich etwas Gutes tun wollen. Sie wollen aber auch etwas Unmögliches tun.«
»Nämlich was?« hat Doktor Frey gefragt, freundlich, leise und in der Klasse herumhinkend.
»Sie wollen die Unbelehrbaren belehren, Herr Doktor.«
»Sie meinen Südhaus?«
»Ja, zum Beispiel ihn. Es wird Ihnen nicht gelingen. Unbelehrbare sind unbelehrbar. Wissen Sie, was passieren wird? Er wird nur eine neue Wut und neuen Haß auf uns bekommen.«
»Das ist nicht wahr, Goldmund.«
»Das ist die reine Wahrheit, Herr Doktor. Ich bewundere Sie. Ich verehre Sie. Aber Sie sind auf dem Holzweg. Sie werden Schwierigkeiten bekommen, wenn Sie so weitermachen. Dieses Volk ist unbelehrbar. Es ist alles vollkommen sinnlos. Sie sehen ja: Wer etwas gegen die Nazis sagt, ist gleich ein Kommunist! Wollen Sie das auf sich nehmen?«
»Ja, Goldmund. Das will ich gern, wenn das wirklich so ist.«
»Entschuldigen Sie, Herr Doktor, aber da habe ich Sie für klüger gehalten. Was für einen Sinn hat eine abstrakte Wahrheit?«
Darauf hat der Doktor Frey mit einem Satz geantwortet, der war so schön, daß ich ihn hier niederschreiben muß. Er hat gesagt: »Die Wahrheit ist nicht abstrakt, Noah, die Wahrheit ist konkret.«

11

Steht der Wolfgang Hartung auf, Sohn des ss-Obersturmbannführers, der Tausende von Polen und Juden erschießen ließ, und sagt: »Mir ist egal, ob die Wahrheit konkret ist oder abstrakt. Ich will die Wahrheit hören! Und mit Ausnahme von Noah und Friedrich wollen sie alle in dieser Klasse hören. Wir sind glücklich, daß wir einen Lehrer wie Sie haben. Bitte, lassen Sie uns nicht im Stich! Die Abstimmung hat zwei gegen zwanzig Stimmen ergeben. Fangen Sie an. Erzählen Sie uns die ganze Wahrheit! Verschweigen Sie nichts! Einer muß uns doch die Wahrheit erzählen! Wie soll es denn besser werden, wenn uns keiner erzählt, wie es war.«

»Wolfgang, das verstehst du nicht«, sagte da Noah.

»Was versteht Wolfgang nicht?« fragte Doktor Frey.

»Er meint es gut, Herr Doktor. Er sieht nur nicht die Folgen. Wenn Sie uns jetzt lang und breit erzählen, was Hitler alles getan hat, dann werden Friedrich – und vielleicht auch noch ein paar andere – sagen: Recht hat er gehabt! Verstehen Sie denn nicht?« (Noch nie habe ich Noah so aufgeregt gesehen.) »Mit den besten Absichten von der Welt richten Sie hier etwas Schreckliches an! Lassen Sie uns doch die Chose vergessen! Reden wir vom Kaiser Claudius! Erzählen Sie uns noch einmal, wie Herr Nero Rom angezündet hat. Unverfängliche Geschichten, bitte! Dies ist nicht die Zeit, von Juden zu reden.«

»Und die sechs Millionen?« schrie da Wolfgang.

»Schrei nicht«, erwiderte Noah. »Waren Verwandte von dir darunter? Na also.«

»Ich kann das nicht vergessen«, hat Wolfgang gesagt. »Nein, es waren keine Verwandten von mir darunter. Aber mein Vater hat deine Leute umbringen lassen, Noah. Und solange ich lebe, werde ich das nicht vergessen können. Bis zu meinem Tode nicht. Das, was zwischen dreiunddreißig und fünfundvierzig passiert ist, das ist für mich und wird für mich das größte Verbrechen der Geschichte bleiben. Mein Vater war mitschuldig daran. Und darum will ich alles, alles, alles über diese Zeit wissen, denn ich muß alles, alles, alles wissen, wenn ich etwas besser machen soll. Und ich möchte so gerne etwas besser machen . . .«

Noah hat gelächelt und gesagt: »Du bist ein netter Kerl. Aber du hast keinen Verstand. Das heißt, du hast Verstand, aber wie ein Zebra: In Streifen. Es gibt nichts besser zu machen, nicht auf diesem Gebiet, glaube mir doch.«

»Ich glaube dir nicht«, hat Wolfgang erwidert. Daraufhin schwieg Noah und lächelte nur. Und vor diesem Lächeln mußten sich alle abwenden, Wolfgang, ich, Doktor Frey und sogar Friedrich Südhaus. Wir ertrugen es nicht, dieses Lächeln...
Doch dann begann Doktor Frey zu erzählen. Vom Dritten Reich.

12

Vielleicht ist er ein netter Kerl, dieser Walter Colland – aber fair ist er nicht, nein, keinesfalls. Er hat im Wald auf mich gewartet, und als ich vom »Quellenhof« zur Schule zurückgehe – so gegen neunzehn Uhr –, da springt er mich von hinten an und schlägt mir gleich einmal mit der Faust ins Genick, daß ich stolpere und falle. Dann liegt er auch schon auf mir und schlägt, wohin er mich trifft. Und er trifft verflucht oft und gut, er ist stärker als ich.
Hat mir das mein »Bruder« eingebrockt? Oder kam der blonde Walter endlich selber darauf? Es ist schon ganz dunkel im Wald, jetzt bekomme ich ein bißchen Oberwasser, so stark ist er auch nicht. Wir rollen auf dem Boden und den Steinen hin und her.
Jetzt gebe ich ihm eine in die Fresse. Ich habe Glück und ihn ordentlich getroffen. Er stöhnt und rutscht zur Seite, und ich kann aufstehen. Auf alle Fälle gebe ich ihm noch einen Tritt. Er bleibt liegen, und im Mondlicht sehe ich, daß er zu heulen anfängt. Das auch noch.
»Laß sie in Ruhe«, sagt er.
»Wen?«
»Du weißt, wen.«
»Keine Ahnung.«
»Du kannst jede haben, die du willst. Ich habe nur sie.«
»Steh auf.« Er steht auf.
»Ich bin kein so feiner Pinkel wie du. Ich habe keinen so reichen Vater. Meine Eltern sind arm.«
»Was hat das damit zu tun?«
»Bei uns zu Hause ist immer Streit. Ich sage dir, Geraldine ist alles, was ich habe.«
Ich will gerade antworten: Wer nimmt sie dir weg?, da sagt *ihre* Stimme: »Du *hast* mich? Du hast mich *gehabt*. Es ist *aus. Schluß. Vorbei!*«
Wir fahren beide herum. Da steht sie mit ihrem grünen Faltenrock, eine Jacke übergeworfen, an einen Baum gelehnt und lächelt dieses irre Lächeln.

»Was machst du hier?« frage ich.
»Ich wollte dich abholen zum Essen.«
Walter stöhnt.
»Hast du dir die Prügelei angesehen?« frage ich sie.
»Ja. Warum?«
Ich bemerke jetzt, daß meine Nase blutet. Es ist auch schon Blut auf meine Lederjacke getropft. Schweinerei! Ich habe die Lederjacke so gern. Also nehme ich ein Taschentuch und halte es unter meine Nase und sage: »Warum hast du dich nicht früher bemerkbar gemacht?«
»Warum hätte ich das tun sollen? Ich habe alles gesehen und alles gehört.«
Der arme Kerl, der blonde Walter, tritt zu ihr und will eine Hand auf ihre Schulter legen, aber sie stößt ihn weg.
»Geraldine ... bitte ... bitte ... Sei nicht so zu mir ...«
»Hör auf!«
»Ich tu' alles ... alles, was du willst ... Ich entschuldige mich bei Oliver ... Oliver, verzeih mir, bitte!«
Meine Nase blutet noch immer, und ich antworte nicht.
»Ich liebe dich, Geraldine ... ich habe dich doch so wahnsinnig lieb ... « Das sagt er, wirklich, der Idiot!
»Hör auf!«
»Ich kann nicht aufhören.«
»Du widerst mich an.«
»Was?«
»Ja!« schreit sie plötzlich, daß es durch den Wald hallt, »du widerst, widerst, widerst mich an! Hast du es jetzt verstanden? War ich deutlich genug?«
»Geraldine ... Geraldine ...«
»Hau ab.«
»Aber was soll ich denn machen ohne dich ... Ich habe doch nur dich ... Bitte, Geraldine, bitte ... Meinetwegen ... meinetwegen geh mit Oliver ... aber laß mich auch bei dir bleiben ... nur bei dir bleiben ...«
Jetzt wird mir langsam übel. So kann ein Mann doch nicht reden! Sie wächst natürlich mit jedem seiner Worte mehr und mehr in ihre Königinnen-Rolle hinein.
»Wir sind fertig«, sagt sie, und ich muß daran denken, daß seine Eltern arm sind und im Streit leben, und daß ihre Eltern überhaupt geschieden sind, und was für arme Hunde sie sind, und wie sie sich immer noch mehr weh tun, noch mehr, noch mehr, noch mehr. Oft, oft, oft wünsche ich mir, ich wäre nie geboren worden.

Geraldine schlägt mit einem Stock, den sie in der Hand hat, durch die Luft und schreit: »Willst du jetzt endlich verschwinden und uns allein lassen oder nicht?«
Wie ein geprügelter Hund schleicht Walter daraufhin fort, verschwindet im Dunkeln, zwischen den Bäumen. Sofort läßt sie den Stock fallen, und ich habe sie am Hals. Sie küßt mich. Sie glüht.
»Komm ...«
»Nicht jetzt.«
»Bitte. Bitte jetzt. Bitte.«
»Nein«, sage ich. »Wir müssen zum Abendessen.«
Sie preßt sich an mich. »Wir müssen nicht essen gehen.«
»Doch. Wir müssen. Besonders ich. Ich muß überhaupt alles tun, um jedes Aufsehen zu vermeiden. Ich bin aus fünf Internaten geflogen. Das hier ist das letzte, ein anderes nimmt mich nicht mehr. Du mußt auf mich Rücksicht nehmen.«
»Das tu' ich... Das tu' ich bestimmt... Ich werde dir nie Schwierigkeiten machen, mein Liebling, nie... Ich tu' nur, was du willst... wenn du nur bei mir bleibst...«
Nun frage ich Sie: Finden Sie das Leben so schön? Vor zwei Minuten hat Walter genauso unterwürfig und hilflos gesprochen wie jetzt Geraldine. Es ist ein reiner Zufall, daß ich in dieser einen Sache der Überlegene bin. Weil ich nicht liebe eben.
»Nach dem Abendessen, ja?«
Ich nicke.
»Wieder in der Schlucht...? In unserer Schlucht...?«
Ich nicke. Ich bin fest entschlossen, nach dem Essen sofort in den »Quellenhof« zu rennen. Ich gehe nicht in die Schlucht. Ich gehe nicht in die Schlucht. Ich will nicht mehr zu Geraldine. Nie mehr. Nie mehr. Während der Prügelei, während des ganzen Gesprächs, während der ganzen Geschichtsstunde mußte ich an Verena denken. Was ihr bevorsteht. Und daß ich sie wiedersehen werde, Donnerstag vormittag in der Klinik. Verena. Verena. Verena.
»Ich bin so glücklich... Du weißt nicht, was das für ein Tag für mich ist«, sagt Geraldine.
»Komm jetzt essen.«
»Ja, laß uns ganz schnell essen gehen. Und dann in die Schlucht! Der Mond scheint... Ich habe eine Decke in der Schule gelassen... Wenn du wüßtest... wenn du wüßtest...«
»Was?«
»Est ist schon beinahe soweit, wenn du mich nur anrührst, Oliver. Wenn du mich ansiehst... Ich liebe dich, Oliver, ich liebe dich so sehr...«

»Wenn wir jetzt nicht essen gehen, fällt es auf. Und das kann ich mir einfach nicht leisten. Gerade mit einem Mädchen. Der Chef wartet doch nur auf so etwas.«

»Ja, Oliver, ja, ich komme ja schon. Du hast ganz recht. Ich weiß auch, daß du mich nicht liebst...«

Soll man darauf antworten? Nein!

»... sondern diese Frau, der du das Armband gebracht hast...«

Darauf muß man antworten: »Das ist nicht wahr!«

»Doch ist es wahr... ich weiß nicht, wer sie ist... Ich will es gar nicht wissen... solange du nur nicht zu mir sagst, was ich zu Walter gesagt habe.«

»Was?«

»Geh weg. Hau ab. Laß mich zufrieden.«

Armer Walter, wenn du wüßtest!

Arme Menschen. Wenn sie alle wüßten...

Es ist doch ein Glück, daß man so wenig weiß, nicht wahr?

13

Dreihundert Kinder essen zu Abend. Der Speisesaal liegt im Keller des Hauptgebäudes. Viele lange Tische. Wir müssen in zwei Partien essen, zu je hundertfünfzig, denn mehr faßt der Saal nicht.

Die Tische sind ganz fein gedeckt, und Erzieher oder Lehrer passen darauf auf, daß keiner wie ein Ferkel ißt. Meistens setzt sich der Chef unter uns und ißt mit. Wie ich höre, hat er im vorigen Jahr Jungen und Mädchen gemeinsam essen lassen, damit sie sich mehr zusammennehmen und bessere Manieren bekommen, vermute ich. Es hat aber nichts geholfen. Heuer versucht der Chef es darum mit dem anderen System. Die Mädchen sitzen alle links, wir sitzen alle rechts.

Sie machen sich keine Vorstellung, wie viele Angestellte so ein Internat hat. Die Köchinnen. Die Serviermädchen (denn es wird uns serviert), die Tellerwäscherinnen, die Kartoffelputzerinnen. Essen für dreihundert Kinder! Und das dreimal am Tag! Der Chef sagt zu mir, als er mir meinen Platz zeigt: »Langsam werde ich trübsinnig, Oliver.«

»Wieso?«

»Kein Personal mehr. Alles läuft mir weg. Unten in Rosbach ist eine Kaserne. Die wirbt mir meine Leute ab. Ich kann zahlen, was ich will – die Bundeswehr bezahlt immer mehr! Na, und die Mädchen sind sowieso ganz verrückt mit den Jungens da unten. Wenn das so weitergeht, werdet ihr bald selber Kartoffeln schälen und abwaschen und servieren müssen!«

Bei diesem Abendessen passiert dann die Geschichte mit Hansi und Raschid, dem kleinen Prinzen. Sie müssen sich das so vorstellen: Große und kleine Jungen sitzen an den Tischen durcheinander. An meinem Tisch sitzen Noah und Wolfgang und noch ein paar große Jungen, und es ist gerade noch ein Stuhl frei. Ich kann überhaupt nichts dafür! Es ist der Stuhl neben mir. Natürlich steuert Hansi sofort auf ihn zu und will sich niederlassen, da sagt der Chef: »Nein, Hansi. Du bist schon länger bei uns und hast Freunde unter den kleinen Jungen. Du setzt dich da hinüber. Außerdem erfreust du damit Ali.«

»Scheiß auf Ali«, sagt Hansi durch die Zähne.

»Ich habe das nicht gehört«, sagt der Chef. »Aber das nächste Mal höre ich es, Hansi, verstanden?«

Der kleine Krüppel nickt, er sieht mich dabei an, und seine Augen glühen wieder.

»Auf diesen Stuhl setzt sich Raschid«, sagt der Chef. »Herr Herterich meldet mir, daß er es sich so gewünscht hat. Weil offenbar Oliver heute nacht etwas für ihn getan hat. Stimmt das?«

»Keine Ahnung«, sage ich und sehe den kleinen Prinzen an, der so fein angezogen ist, als ginge es zu einem Staatsempfang.

»Ich will nicht petzen«, sagt der Prinz auf englisch.

»Ich will auch nicht, daß du petzt«, sagt der Chef. »Ich weiß sowieso, was passiert ist, Herr Herterich hat es mir erzählt. Das war eine richtige Schweinerei von euch, Hansi und Ali. Bitte, Raschid, nimm Platz...«

»Ich danke sehr«, sagt der Prinz und setzt sich zwischen Noah und mich.

»... und du geh hinüber zum Tisch von Ali«, sagt der Chef.

Hansi zieht ab. Im Weggehen murmelt er mir zu: »Nach dem Essen sprechen wir uns noch.«

Wie in einem schlechten Krimi! Aber ich habe trotzdem ein sehr maues Gefühl im Magen...

Neben meinem Teller liegt eine rote Rose. Wolfgang und Noah haben schon ihre Witze darüber gemacht, bevor ich mich mit Raschid setzte. Sie hat sie köstlich amüsiert, die Rose.

»Bitte, laßt Oliver in Ruhe«, sagt der Prinz.

»Wir meinen es ja nicht böse«, sagt Noah. »Die Liebe, die Liebe ist eine Himmelsmacht.«

»Ich habe keine Ahnung, wo die Blume herkommt«, sage ich lahm.

Darauf geben Noah und Wolfgang sich einen Blick, und danach sehen sie zu Geraldine hinüber, die sehr weit entfernt von uns an einem Mädchentisch sitzt und jetzt puterrot im Gesicht wird. Habe ich das vielleicht verdient?
Ich muß sehen, daß Raschid und Wolfgang und Noah mit mir nach dem Essen gemeinsam in den »Quellenhof« gehen. Es ist zu dumm, aber langsam bekomme ich Angst vor dieser Geraldine: Sie ist nicht richtig im Kopf, sie ist zu allem fähig. Jetzt lächelt sie mich wieder an mit diesem irren, mannstollen Lächeln, und alle sehen es ...
Nur kein Skandal. Ich nehme die Rose und rieche daran und lächle zurück. Darauf beugt sie sich über ihren Teller und ißt, und ich habe meine Ruhe. Mehr und mehr denke ich daran, was für ein dreckiges Leben das wäre, wenn es nicht Verena gäbe, Verena, Verena, Verena, die ich wiedersehen werde, übermorgen, Donnerstag.
Die Serviermädchen gehen herum und halten uns Platten hin, und wir benehmen uns ganz vornehm, und wenn ich zu Geraldine hinübersehe, dann begegne ich ihrem Blick, und darum sehe ich selten hinüber, aber auch nicht überhaupt nicht, denn ich will mir keine Feinde machen, und ich weiß nicht, was Hansi weiß, der mit Giuseppe und Ali und ein paar großen Jungen nebenan sitzt und mich so anblickt, daß ich auf der Stelle tot umfallen würde, wenn Blicke und so weiter ...
Jetzt bekommen wir jeder einen Teller, auf dem liegen drei Radieschen und vier verschiedene Arten von Käse. Am Tisch beginnt ein große Tauscherei.
»Gib mir deinen Emmentaler, und du bekommst meinen Gervais.«
»Ich möchte den Gorgonzola. Du kannst meinen Emmentaler haben.«
Und so weiter. Das scheint hier so die Sitte.
»Du magst doch Camembert?« sagt Noah zu Wolfgang, schiebt ihm sein Stück zu und bekommt von dem nickenden Wolfgang dafür eine Scheibe Harzer Roller.
»Harzer habe ich am liebsten«, erklärt Noah.
Und jetzt blickt Geraldine mich wieder an. Sie strahlt.
Ich sehe, wie Walter seine Serviette hinwirft und aus dem Saal geht. Ich sehe, wie der kleine bucklige Hansi mich ansieht. Ich sehe, wie Geraldine mich ansieht. Ich würge meinen Käse hinunter.

14

»Himmelherrgott noch einmal, der *Chef* hat doch gesagt, du darfst nicht neben mir sitzen, nicht ich, Hansi!« sage ich. Ich sage es zum drittenmal. Wir stehen vor dem Hauptgebäude unter der alten Kastanie, und der Mond scheint giftig und grün durch die Äste. Die anderen Schüler sind alle schon in ihre Häuser gegangen, das Abendessen ist vorüber. Ich las einmal ein Buch, das hatte einen großartigen Titel »Arm, häßlich, böse«. An diesen Titel muß ich jetzt denken, da Hansi, der kleine Bucklige, mich mit haßverzerrtem Gesicht ansieht. Arm und häßlich, das macht offenbar wirklich böse.
»Es ist mir scheißegal, ob der Chef mich woanders hingesetzt hat oder nicht! Du bist mein Bruder. Du hättest mich verteidigen müssen!«
»Ich dich? Wie?«
»Du hättest sagen müssen, ich bestehe darauf, daß Hansi neben mir sitzt. Aber nein, du hast die Schnauze gehalten! Natürlich, so ein Prinz ist ja etwas Feineres! Und darum hast du ihn gestern abend auch verteidigt gegen mich!«
»Ich habe ihn nicht verteidigt, weil ein Prinz etwas Feineres ist, sondern weil du dich gemein gegen ihn benommen hast!«
»Aber du bist mein *Bruder*!«
»Das spielt dabei keine Rolle!«
»Doch spielt es! Einem Bruder oder einer Schwester mußt du immer helfen und sie verteidigen – was hätte denn das ganze Spiel sonst für einen Sinn?«
Käuzchen schreien.
Verena Lord...
Ob sie ihrem Mann jetzt gerade sagt, daß sie ein Kind erwartet?
»Und jetzt will ich dir noch etwas flüstern, Oliver: Die rote Rose, die habe *ich* neben deinen Teller gelegt.«
»Du?«
»Hast du gedacht, Geraldine wäre so blöd? Glaubst du, sie will rausfliegen? Hast du nicht bemerkt, wie feuerrot sie wurde, als die anderen die Blume sahen? Das«, sagt mein »Bruder«, »war nur ein kleiner Vorgeschmack von dem, was dir bevorsteht, wenn du dich nicht anständig gegen mich benimmst.«
Ich starre ihn bloß an.
»Ich bin klein. Ich bin schwach. Ich bin bucklig. Ich bin erst elf. Aber ich habe Hirn. Ich kann sehr unangenehm werden, Oliver. *Sehr!*«

So etwas darf man sich natürlich nicht bieten lassen.
»Jetzt werde ich dir mal was sagen, Hansi: Ich pfeif' auf dich! Such dir einen anderen Bruder. Ich kann sowieso keinen brauchen, der mir dauernd nachspioniert.«
Darauf summt er den »River-Kwai«-Marsch und stößt mit den Schuhen Steinchen weg.
»Hast du mich verstanden?«
»Genau, Oliver. Und darum mußt du zu mir halten, ob du willst oder nicht. Ich laß mir doch nicht einfach einen Bruder wegnehmen von so einem Kackprinzen, wenn ich endlich einmal einen gefunden habe.«
»Was heißt das?«
»Ich weiß alles«, sagt er und schupst Steinchen.
»Was?«
»Ich habe alles gesehen.«
»Es gab nichts zu sehen.«
»Na, Mensch ... Ich habe alles mit Geraldine gesehen, und alles beim Turm.«
Das mit Geraldine ist mir egal. Aber das mit dem Turm muß ich genau wissen. »Was war beim Turm?«
»Du hast dem kleinen Mädchen Marzipan gegeben, sie hat dich geküßt, du bist raufgegangen, dann ist die Dame runtergekommen, und dann du.«
»Aber du weißt nicht, wer die Dame war.«
»Doch.«
»Quatsch.«
»Gar kein Quatsch.«
»Also los, wer war die Dame?«
»Die Mutter von der Kleinen.«
»Neuigkeit! Aber du kennst nicht ihren Namen!«
»Doch. Ich kenne auch ihren Namen.«
»Nein!« Mir wird kalt.
»Ja!«
»Woher?«
»Im Sommer kam die Kleine oft ins Freibad, unten neben dem ›A‹. Sie kann noch nicht schwimmen. Ich habe mit ihr gespielt und sie im Gummiring gehalten. Sie heißt Evelyn Lord. Also heißt die Mutter auch Lord. Nur den Vornamen weiß ich nicht. Aber so viele Lords wird es doch nicht geben hier oben – oder glaubst du?«

15

Kennen Sie diesen Traum (wenn Sie zuviel gegessen haben), daß Sie sich in einem Zimmer befinden, dessen Wände von allen Seiten langsam immer näher auf Sie zukommen, und der Boden hebt sich, und die Decke senkt sich, und die Luft wird immer weniger, immer dünner – und Sie können nichts dagegen tun, nichts, nichts, nichts?

Ich lehne mich an die Kastanie, zünde eine Zigarette an und sage zu dem kleinen Krüppel: »Du bist ja verrückt. Das war nie im Leben dieses kleine Mädchen aus dem Freibad – wie sagst du übrigens, daß es heißt?«

»Du weißt genau, wie es heißt, und sie war es.«

»Nein.«

»Na schön«, sagt Hansi.

»Was heißt, na schön?«

»Laß mich erst mal an deiner Kippe ziehen.« Ich gebe ihm die Zigarette. So tief kann der Mensch sinken.

Er gibt sie mir zurück, das Mundstück ist nun naß, und er bläst Rauch durch die Nase und sagt: »Wenn du mir nicht jetzt hier versprichst, daß du mein Bruder, mein richtiger Bruder, bleiben wirst für immer – egal, was ich tu' –, dann werde ich Geraldine erzählen, daß ich dich mit Frau Lord beim Turm gesehen habe. Und dann werde ich es dem Chef erzählen. Und dann werde ich es Walter erzählen. Und wenn das alles noch nicht genügt, werde ich herausfinden, wo diese Leute wohnen, und es Herrn Lord erzählen. Denn wenn die Frau ein Kind hat, dann wird sie ja wohl auch einen Mann haben, nicht? Der wird sich freuen!«

»Du Schwein«, sage ich.

»Siehst du, daß ich recht habe.«

»Wieso?«

»Wenn du nicht Angst hättest, daß ich es wirklich tu', hättest du nicht Schwein zu mir gesagt. Du mußt aber keine Angst haben. *Solange du mein Bruder bist.* So lange halte ich zu dir. Ich verspreche auch, aufzupassen, daß euch nachher keiner erwischt.«

»Wen? Wo?«

»Geraldine und dich. In der Schlucht. Wo ihr verabredet seid.«

»Wieso?«

»Ich war auch vorhin in der Nähe, als sie mit dir sprach. Ich bin *immer* in deiner Nähe«, sagt er, und jetzt zeigt er mir wieder dieses schreckliche, schmallippige Totenkopflächeln. »Damit du siehst, daß ich es ernst meine«, fährt er fort, »will ich dir auch noch mitteilen, daß Geraldine ganz fest damit rechnet, dich heute noch zu sehen.«

»Woher weißt du das?«

»Ich habe ihr versprochen, daß du kommen wirst.«

»Du hast...«

»Ja. Habe ich. Auch ein kleiner Vorgeschmack. Wie die Rose. Du mußt einsehen, daß ich mir dich nicht wegnehmen lasse. Niemals! Von niemandem.«

»Hansi, du bist verrückt!«

»Natürlich. Was hast du gedacht? Ich bin ein Kretin. Ich bin ein Krüppel. Darum brauche ich dich ja so! Geraldine, das wäre auch eine für mich! Aber so eine kriege ich nie! Ich werde überhaupt nie ein schönes Mädchen kriegen, verwachsen und scheußlich, wie ich bin. Aber einen Kuß habe ich gekriegt von Geraldine!«

»Wann?«

»Als ich ihr sagte, daß ich etwas von dir weiß und daß du in die Schlucht kommen wirst. Daß du in die Schlucht kommen mußt. Und das mußt du! Sonst sage ich Geraldine, wie die Frau heißt, die du im Turm getroffen hast.«

Also Moment, Moment mal! Er ist elf. Ich bin einundzwanzig. Es wird doch noch möglich sein, daß ich, der ich mir auf meine Intelligenz so viel einbilde...

»Hansi! Wenn du mich schon dauernd bespitzelst, dann weißt du doch auch, wie die Sache mit Geraldine überhaupt passiert ist.«

»Klar. Sie hat dich ertappt, als du das Armband holtest, und ist dir nach, und im Wald hat sie sich an dich rangeschmissen.«

»Eben. Aber ich *liebe* sie doch nicht!«

»Habe ich das behauptet? Du liebst diese andere Frau. Frau Lord liebst du.«

»Ich kenne überhaupt keine Frau Lord!«

»Oliver«, sagt er, »so kommen wir nicht weiter. Ich will auch gar nicht wissen, wen du liebst und wen nicht. Mir ist die eine so egal wie die andere. Ich will beim Essen neben dir sitzen, und ich will, daß du dich wie ein richtiger Bruder benimmst.«

»Und wenn ich beim Chef erreiche, daß du neben mir sitzt, und wenn ich dein richtiger Bruder bin – was dann?«

»Dann halte ich das Maul.«

»Ehrenwort?«

»Großes Ehrenwort.« Damit holt er ein Taschenmesser hervor und kratzt sich damit am Handgelenk so stark, daß ein bißchen Blut hervorquillt. »Trink!«

»Warum?«
»Du schwörst mir, daß du mein Bruder bleibst, und ich schwöre dir, daß ich dir nicht mehr nachspionieren werde.«
Und wir werden beide unsere Schwüre brechen, denke ich. So ist das offenbar: Die Großen machen es mit Staatsempfängen und Urkunden und feierlichen Verträgen, der bucklige Hansi macht's mit einem Taschenmesser und ein bißchen Blut.
Er hält mir das Ärmchen hin. Ich lecke sein Blut und glaube, mir kommt das Abendessen hoch dabei. Hansi nimmt mein rechtes Handgelenk, ritzt die Haut und leckt auch ein bißchen von meinem Blut ab.
»So«, sagt er dann und klappt das Messer zu, »und wenn jetzt einer von uns den Schwur bricht, dann muß er sterben.«
Wenn's weiter nichts ist...
»Geh in die Schlucht. Geraldine wartet auf dich. Ich schwöre, daß ich dir nicht nachgehe. Aber wenn du nachher in den ›Quellenhof‹ kommst, dann mußt du noch einmal in mein Zimmer sehen und mir die Hand geben und sagen: ›Schlaf schön, Hansi!‹ Nur mir.«
»Warum?«
»Damit Raschid sich nichts einbildet. Kapiert?«
»Kapiert«, sage ich. David und Goliath. Goliath und David. Ich verliere Verena, ich bringe sie in furchtbare Gefahr, wenn ich nicht tue, was diese kleine Bestie sagt.
Die kleine Bestie sagt: »Ich muß so sein, Oliver. Ich habe zum erstenmal im Leben einen Bruder. Einen anderen werde ich nie kriegen. Und ich will dich nicht an diesen Prinzen verlieren.«
»Du verlierst mich ja nicht.«
»Ich sehe doch, wie er sich an dich heranmacht.«
Jetzt schmiegt er sich an mich. »Und ich habe dich doch so lieb...«
»Hör auf. Ich mag das nicht.«
Er läßt mich los. Er geht endlich. Der kleine Hansi...

16

»Diesmal war es noch schöner.«
»Ja.«
»Für dich auch?«
»Ja.«
»Wirklich?«
»Wirklich, Geraldine.«

»Lüg nicht. Du hast es sicherlich schon oft erlebt. Auch mit der Frau, der das Armband gehört.«

»Nein!«

»Warum regst du dich so auf?«

»Weil ... weil ich mit dieser Frau überhaupt noch nie etwas gehabt habe!«

»Aber du wirst etwas mit ihr haben.«

»Nein!«

»Warum nicht?«

»Weil ich nicht will!«

»Du lügst. Du willst. Das weiß ich. Aber vielleicht ist es unmöglich. Hoffentlich ...«

Ob dieser verfluchte Hansi sein Versprechen gehalten hat? Sicherlich nicht. Der hockt hier wieder irgendwo im Gebüsch und sah und sieht und hört und hörte alles. Allmächtiger, bin ich in einer Situation!

In die kleine Schlucht scheint der grüne Mond, und alle Dinge haben bizarre Schatten, auch Geraldine und ich, die wir nebeneinander auf einem Felsblock sitzen, sie einen Arm um meine Schulter.

Es ist warm. Die Käuzchen und die Eulen schreien, und andere Tiere auch. Geraldines Körper glüht, ich kann es durch das Kleid fühlen.

»Weißt du, Oliver, daß ich dich angelogen habe?«

»Wann?«

»Heute nachmittag. Als ich sagte, es würde mir nichts ausmachen, wenn du diese andere Frau lieben würdest. Das war eine Lüge.«

»Ja, natürlich.«

»Tu nicht so überlegen. Ich meine es im Ernst! Ich ... ich ... könnte es nicht ertragen, daß du eine andere liebst ... Wenn ich je herausbekomme, daß du sie liebst und wer sie ist ...«

»Da mußt du dich an Hansi wenden.«

»Was?«

»An den schlauen Hansi, der alles weiß. Der hat dir übrigens auch die Sache mit der Rose eingebrockt.« Lächerlicherweise halte ich sie immer noch in der Hand, die rote Rose, und drehe sie hin und her.

»Das war Hansi?«

»Ja«, sage ich laut, damit er es hört, falls er in der Nähe ist, »das war der liebe Hansi, dein Vertrauter. Und du wirst noch viel mehr mit ihm erleben, wenn du ihm nicht bald tüchtig Bescheid stößt.

Und jetzt muß ich nach Hause. Und du auch.«
Sofort beginnt sie wieder zu winseln.
»Es war doch nur Spaß...«
»Es war Ernst.«
»Nein, Spaß... Ich würde dich doch dann ganz verlieren... So, wenn ich ruhig bin, habe ich wenigstens immer noch ein bißchen von dir... Oliver, Oliver... Du wirst mich doch nicht verlassen?«
Vielleicht sind Hansi *und* Walter in der Nähe...
»Ich gehe jetzt!«
»Noch zehn Minuten. Es ist so zeitig. Bitte, bitte.« Sie gibt mir viele Küsse, auf die Wange, auf den Mund, auf die Stirn.
»Kannst du dir im Ernst vorstellen, daß ich dir jemals Sorgen, daß ich dir jemals Schwierigkeiten machen, jemals im Weg stehen könnte?«
»Nein, Geraldine, natürlich nicht.« Ja, Geraldine, natürlich doch! Nur Schwierigkeiten. Nur Sorgen. Nur im Weg stehen. Wie soll das bloß weitergehen? Jetzt streichelt sie mein Gesicht. »Du hast Vertrauen zu mir, nicht wahr?«
»Ja, Geraldine.« (Nicht einen Funken, Geraldine.)
»Es hat nämlich keiner Vertrauen zu mir, weißt du. Nur du. Die Mädchen mögen mich alle nicht.« Kunststück.
»Walter hatte Vertrauen zu dir«, meine ich.
»Ach der!« sagt sie. Noch nie im Leben habe ich jemanden zwei Worte mit solcher Verachtung sagen hören. »Du hast zu mir Vertrauen, ich zu dir. Ich möchte dir alles erzählen.«
»Das hast du doch schon.«
»Nein, nicht nur über mich... Über alle anderen Mädchen... Wie es zugeht in unserem Haus... Du würdest dich totlachen...«
Totlachen.
Den Arm um ihre Schultern, sehe ich auf meine Armbanduhr.
21 Uhr.
»Soll ich... darf ich dir ein paar Geschichten erzählen?« Mit Hansi vielleicht im Gebüsch? Mit Walter vielleicht im Gebüsch?
»Bitte, Oliver. Nur erzählen. Ich will nichts anderes mehr. Nur noch ein bißchen in deinem Arm bleiben. Ich erzähle auch nur komische Geschichten, zum Lachen – ja?«
Auf einmal tut sie mir leid. Lauter lustige Geschichten. Wie lustig sind deine lustigen Geschichten, traurige Geraldine?
»Erzähl ein bißchen«, sage ich und streichle sie, und da schmiegt sie sich ganz eng an mich und stöhnt vor Glück.
»Ich kann dir erzählen, wer mit wem geht, wenn du willst... von

uns haben fast alle einen ... Aber keine hat so einen wie ich! Das netteste Pärchen, das wir haben, sind Gaston und Carla. Gaston kennst du ja schon. Carla ist erst fünfzehn.«
»Carla ist erst fünfzehn, sagst du?«
»Ja.«
»Aber Gaston ist achtzehn!«
»Na und? Das ist doch immer so. Alle Mädchen gehen mit älteren Jungen. Die Gleichaltrigen sind ihnen zu doof.«
Ein Standpunkt.
»Findest du Gaston nicht süß?«
»Süß.«
»Sie gehen jeden Donnerstag ins ›A‹ tanzen.«
»Es ist doch verboten, ins ›A‹ zu gehen.«
»Alles ist hier verboten! Nichts erlaubt! Wenn du wüßtest, wie uns die ganze Chose zum Hals raushängt! Viele gehen absichtlich ins ›A‹! Sie wollen erwischt werden! Sie wollen rausfliegen!«
»Warum?«
»Weil sie nach Hause wollen, heim zu ihren Eltern!«
»Aber die anderen«, sage ich.
»Welche?«
»Die, die nicht rausfliegen wollen.«
»Was ist mit denen?«
»Ich habe gehört, der Chef hat überall seine Zuträger. Auch unter den Kellnern. Wenn einer von euch auftaucht, telefoniert so ein Kellner sofort mit dem Chef. Ist das wahr?«
»Ja, das ist wahr. Aber Gaston und Carla ist es egal. Sie wollen fliegen.«
»Sie wollen fliegen?«
»Ja. Und heiraten. Gaston spielt so wunderbar Klavier. Er könnte sofort in einer Band arbeiten. Und sie lieben sich doch so, nicht?«
Und sie lieben sich doch so, nicht?

17

»Du wolltest mir aber komische Geschichten erzählen, Geraldine!«
Ich muß weg. Ich muß weg. Und wenn ich nicht gleich weg kann, dann muß ich mit ihr über Sachen reden, die nichts mit Liebe zu tun haben. Sonst geht alles wieder von vorn los. Sonst vergleicht sie Gaston und Carla mit uns. Sonst ...
»Los! Erzähl was Komisches, Geraldine!«

Und sie erzählt mir allen möglichen Klatsch, erzählt, wie komisch es ist, wenn alle Mädchen sich am Sonnabend richtige »Schönheitsmasken« machen, oder wenn Chichita singt: »Pigalle, Pigalle, das ist die große Mausefalle von Paris. Pigalle, Pigalle, da schmeckt der Speck so süß!« Und so plätschert ihr dummes Geschwätz daher, ich höre kaum hin, denke an ganz etwas anderes und sage schließlich: »Jetzt müssen wir aber gehen.«
»Ja, Oliver, ja.«
So gehen wir also Hand in Hand (was soll ich machen, sie hat meine Hand einfach genommen) durch den herbstlichen Wald bis zu dem Wegweiser, wo unsere Pfade sich endlich trennen, und da küssen wir uns noch einmal, und während wir uns küssen, überlege ich, wo sich jetzt Hansi verbirgt, hinter welchem Strauch, und wo Walter, und was geschehen kann, wenn Hansi mich verrät.
»Gute Nacht, Oliver.«
»Gute Nacht, Geraldine.«
Die Käuzchen schreien.
»Bist du auch so glücklich?«
»Ja.«
»Es ist nicht wahr.«
»Doch.«
»Nein. Ich sehe es dir an. Ich weiß es. Du denkst nur an diese Frau mit dem Armband.«
»Nein.«
»Doch. Eine Frau spürt so etwas. Eine Frau weiß so etwas.«
»Es ist wirklich nicht wahr.«
»Dann sag, daß du glücklich bist. Nur ein bißchen glücklich.«
»Ich bin glücklich, Geraldine.«
»Du brauchst keine Angst zu haben. Natürlich wird herauskommen, daß wir miteinander gehen. Aber keiner wird es dem Chef verpetzen. Nicht einmal Walter. Sonst kommt er nämlich ins ›Zuchthaus‹.«
»›Zuchthaus‹, was ist das?«
»Das haben wir uns eingerichtet. Wenn einer petzt, dann kommt er ins ›Zuchthaus‹. Dann redet keiner mehr mit ihm, dann nimmt keiner Notiz von ihm, dann ist er einfach Luft für alle, auch für die Kleinsten! Das ist in Minuten im ganzen Internat herum, wenn wir einen ins ›Zuchthaus‹ tun. Und das ist so schlimm, das ›Zuchthaus‹, daß bisher noch keiner verpetzt hat. Keiner!«
»Also müssen wir keine Angst haben.«
»Überhaupt keine Angst. Weißt du was, Oliver?«
»Was?«

»Bevor du kamst, da hatte ich immer Angst. Nicht vor dem ›Zuchthaus‹. Vor viel schlimmeren Sachen.«
»Was für Sachen?«
»Die will ich nicht sagen. Aber jetzt habe ich überhaupt keine Angst mehr. Ist das nicht schön? Ist das nicht wundervoll?«
»Ja«, sage ich, »wundervoll.«
»Hast du auch Angst, Oliver?«
»Mhm.«
»Wovor?«
»Vor vielen Dingen«, sage ich, »aber ich will darüber auch nicht reden.« Und ich küsse Geraldines Hand.
»Du bist meine Liebe«, sagt sie. »Meine große Liebe. Meine einzige Liebe. Du bist die Liebe meines Lebens.«
Ich denke: Das war das letztemal. Jetzt ist Schluß. Ich weiß noch nicht, wie ich dir beibringen werde, daß Schluß ist, aber es ist aus. Und die Luxusnutte stolpert davon, hinein ins Dunkel. Ich bleibe noch einen Augenblick stehen, denn von da, wo ich mich befinde, kann man Verena Lords Villa sehen. In vielen Fenstern brennt Licht. Die Vorhänge sind zugezogen. Hinter einem Vorhang sehe ich den Schatten eines Mannes und einer Frau. Der Mann hält ein Glas in der Hand. Die Frau spricht auf ihn ein. Er nickt. Geht auf sie zu.
Es ist zu blöd, so etwas aufzuschreiben, wirklich: Aber ich bemerke plötzlich, daß ich Tränen in den Augen habe.
»Love«, heißt es in diesem verdammten, sentimentalen Lied, »is a many-splendored thing«. Is it really? No, it is *not*. Ich werfe Hansis rote Rose fort, so weit ich kann, fort, hinein ins Gebüsch.

18

Ich habe nun noch einmal alles gelesen, was ich bisher schrieb, und ich glaube, es ist wieder höchste Zeit, daß ich etwas sage: Dies ist kein Buch *gegen* Internate. Ich schreibe nicht, um Reklame dafür zu machen, daß niemand mehr sein Kind in ein Internat schickt, weil er gelesen hat, was ich schrieb.
Das will ich wirklich nicht! Das ist nicht meine Absicht. Im Gegenteil, manchmal denke ich, daß ein paar Lehrer und Erzieher, die dieses Buch lesen, mir ein bißchen dankbar sein werden, weil ich zeige, wie gemein manche von uns zu ihnen sind, und wie schwer sie es haben. Ich hoffe sehr, daß das ein paar Lehrer und ein paar Erzieher denken werden.

Ferner bitte ich Sie zu überlegen: Ich bin aus fünf Internaten hinausgeflogen, weil ich mich unmöglich benommen habe. Sie sehen also: Die Internate sorgen schon selber dafür, daß Leute wie ich nicht ihr ganzes Institut korrumpieren. Kein Internat in Deutschland wollte mich mehr haben. Wegen meines Rufes. Die Internate haben selber einen Ruf zu verlieren! Sie können es sich gar nicht leisten, Typen wie mich zu halten. Nur einer hat noch geglaubt, es sich leisten und mich bessern zu können: Doktor Florian. Er hat es getan, weil er, wie schon erwähnt, andere Erziehungsmethoden benützt; weil er vor niemandem Angst hat; und weil er, wenn es ihm zu bunt wird, auch Brüder wie mich hinauswirft. Natürlich – auch daran müssen Sie denken – sammeln sich bei einem Mann wie Doktor Florian, der derartig vertrauensvoll, optimistisch – ich möchte fast sagen: Lebensgefährlich optimistisch – ist, mehr Subjekte meiner Art an als anderswo. Er ist so etwas wie eine Auffangstelle für alle, die keiner mehr haben will. In diesem Sinn ist sein Internat kein typisches Internat.

Und schließlich: Auch bei Doktor Florian gibt es Hunderte von Schülern, die völlig normal lernen, sich gut benehmen und anständig arbeiten. Die Lehrer sind mit ihnen zufrieden. Die Eltern sind mit dem Internat zufrieden. Alle sind zufrieden. Wenn ich weniger (oder gar nicht) über diese normalen, gutartigen, ordentlich lernenden Kinder schreibe, dann deshalb, weil ich in der Geschichte, die ich erzählen will, keinen Kontakt mit solchen Kindern hatte. Und das liegt wiederum an mir. Gleiches zieht Gleiches an. Wäre ich selber normal, gutartig und anständig – ich hätte Kontakt zu dieser Majorität bekommen, o ja, sicherlich! Aber mit einem geradezu unheimlichen Instinkt streben immer jene Menschen zueinander, die einander ähnlich sind. So ist es auch hier.

Internate sind eine notwendige, gute Einrichtung. In England schikken alle Eltern, die es sich überhaupt leisten können, ihre Kinder in Internate. Ich sage es noch einmal: Was ich hier schildere, sind Ausnahmen, das ist nicht die Regel. Es wäre schrecklich, wenn Sie das nicht glauben würden. Dann käme ich mir nämlich niederträchtig vor gegen den Chef, gegen Doktor Frey, gegen das Frettchen, niederträchtig gegen viele andere Lehrer und Erzieher, die sich bis zur Erschöpfung darum bemüht haben, aus uns anständige Menschen zu machen – und am niederträchtigsten gegen das gütige alte Fräulein Hildenbrand, die Pädagogin, die hier so viele Jahre lang so vielen Kindern geholfen hat.

Nein, nein, nein!

Ich bin schlecht, ich und noch ein paar andere, *nicht* das Internat!

Als ich ein kleiner Junge war, da spielte ich am liebsten im Lehm, wenn es geregnet hatte. In diesen großen Wasserlachen, wissen Sie? Und ich machte mich natürlich immer völlig dreckig dabei. Meine Mutter war verzweifelt. Mein Vater nicht, der war nur wütend und verprügelte mich sofort. Das half selbstredend überhaupt nichts.
Da kaufte meine Mutter mir die schönsten Spielsachen. Domino, Eisenbahn, und so weiter und so weiter. Und sagte: »Bleib doch im Haus, wenn es geregnet hat, Liebling, spiele mit deinen schönen Sachen. Du hast doch so viele!«
»Ich geh' lieber hinaus.«
»Aber warum? Interessiert dich denn alles hier nicht?«
Darauf antwortete ich: »Nein, Mami. Ich intessier' mich nur für Smutz.«
Ich war noch so klein, daß ich manche Wörter nicht richtig aussprechen konnte. Meine Mutter hat die Geschichte oft erzählt, und viele Leute haben darüber gelacht.
Wenn ich heute an diese Geschichte zurückdenke, kann ich nicht mehr über sie lachen. Ich denke, Sie können es auch nicht.

19

Als ich den »Quellenhof« erreiche, sehe ich einen Schatten neben dem Eingang, unter den Bäumen. Noch ein paar Schritte, und ich erkenne Walter. Ich bücke mich und hebe einen Stein auf, denn wie gesagt, er ist stärker als ich, und noch einmal passiert mir das nicht, daß er mich zusammenschlägt.
Als ich mich bücke, sagt er: »Laß den Stein liegen. Ich tu' dir nichts.«
»Was machst du dann hier?«
»Ich wollte mich bei dir entschuldigen ...«
»Was?«
»Entschuldigen, ja. Wegen vorhin. Du kannst nichts dafür. Sie allein ist schuld. Oder auch nicht. Sie ist eben so, wie sie ist. Als ich kam, war es dasselbe. Mein Vorgänger hieß Paul. Den ließ sie genauso stehen, wie sie jetzt mich stehen läßt. Und wie sie eines Tages dich stehen lassen wird wegen irgendeinem Neuen. Verzeihst du mir?«
Schrecklich, wenn einer einen so etwas fragt, nicht?
»Klar verzeihe ich dir«, sage ich.
Dann muß ich ihm auch noch die Hand geben.

»Danke.«
»Schon gut.«
»Und seid vorsichtig. Wenn der Chef das Geringste erfährt, schmeißt er euch raus, beide.«
»Ja, Walter.« Und ich überwinde mich und murmele noch: »Wenn sie so eine ist, wie du sagst, dann braucht es dir doch auch wirklich nicht leid zu tun!«
Da dreht er den Kopf zur Seite, und seine Stimme klingt ganz erstickt, als er antwortet: »Das ist ja das Verfluchte. Sie kann sein, wie sie will. Schlimmer. Noch schlimmer! Es ist mir ganz gleich, wie sie ist! Ich... ich... liebe sie...« Und läuft ins Haus.
Ich bleibe noch einen Augenblick draußen, dann folge ich ihm und sehe in das Zimmer, in dem Raschid, Ali, und mein »Bruder« wohnen. Ali und Hansi sitzen auf ihren Betten, ganz still und feierlich, und der kleine, zarte Prinz kniet auf dem Gebetsteppich und spricht seine Abendsure.
»Im Namen Allahs, des Allbarmherzigen! Lob und Preis Allah, dem Herrn aller Weltbewohner, dem gnädigen Allerbarmer, der am Tage des Gerichtes herrscht! Dir allein wollen wir dienen, und zu Dir allein flehen wir um Beistand. Du führe uns den rechten Weg. Den Weg derer, die Deiner Gnade sich freuen – und nicht den Pfad jener, über die Du zürnst oder die in die Irre gehen...«
Er verneigt sich dreimal tief, dann steht er auf und rollt den kleinen Teppich zusammen, während er mich anlächelt. Auch Hansi lächelt, und allmählich bekomme ich Angst vor diesem Lächeln meines »Bruders«. Nun ist es soweit. Er hat vorhin im Wald eine Forderung gestellt, und die muß ich erfüllen, sonst bringe ich Verena Lord in Gefahr; die muß ich erfüllen, und wenn ich Raschid noch so weh tue damit.
Was ist das für ein Leben, in dem man immer einem Menschen weh tun muß? Ein schönes?
Ich danke.
Alle drei Jungen sehen mich jetzt an, Hansi und Raschid voll Verehrung und der Sehnsucht, ich möchte ihr Freund sein, der kleine Neger mit dem Überwertigkeitskomplex voll Verachtung. (Welch ein Glück – so habe ich es wenigstens mit einem leicht!)
Raschid lächelt.
Hansi lächelt.
Ali sagt zu mir: »Was ist das hier für ein Saustall! Ich habe meine Schuhe vor die Tür gestellt, damit sie geputzt werden, und dieser Herterich...«
»*Herr* Herterich.«

»Was?«
»Es heißt *Herr* Herterich, verstehst du?«
»Lächerlich! Herr werde ich sagen! Zu dem! Der verdient doch keine fünfhundert Mark im Monat.«
»Wenn du nicht Herr zu ihm sagst, werde ich es dem Chef melden.«
»Petzer!«
»Nenne mich, wie du willst. Was war also mit Herrn Herterich?«
»Er hat gesagt, ich soll mir meine Schuhe selber putzen.«
»Da hat er völlig recht. Alle putzen ihre Schuhe selber.«
»Ich nicht! Ich habe das noch nie im Leben getan! Zu Hause hatte ich einen weißen Diener dafür.«
»Ja«, sage ich, »aber hier bist du nicht zu Hause. Und hier hast du keinen weißen Diener dafür. Du wirst deine Schuhe selber putzen.«
»Niemals!«
»Dann lauf dreckig herum, mir ist es egal. Wenn du dich nicht schämst! So etwas will der Sohn eines Königs sein!«
Das wirkt.
Er schaut mich einen Moment mit blitzenden Augen an und zerrt an dem großen goldenen Kreuz, das an der großen goldenen Kette um seinen Hals hängt, dann sagt er etwas Afrikanisches (sicher nichts Feines), wirft sich auf sein Bett, dreht den Kopf zur Wand und zieht die Decke über den Kopf.
Jetzt kommt der ärgste Moment. Ich muß es tun. Sonst gefährde ich Verena.
Ich gebe dem Krüppel die Hand und sage: »Schlaf schön, Hansi.« Und dann gehe ich aus dem Zimmer. Als ich mich umdrehe, sehe ich, wie Hansi mir mit einem triumphierenden Ausdruck nachblickt. Der Sieger. Der bucklige Sieger. Der ewig Unterdrückte, Verspottete, Verachtete – heute abend ist er der Sieger. Darum strahlt er so.
Und neben ihm steht der kleine Prinz, mit hängenden Schultern, den Gebetsteppich noch unter dem Arm, und sieht mich todtraurig an mit seinen feuchten, dunklen, langbewimperten Augen. Ich schließe die Tür ganz schnell hinter mir.

20

Ich gehe in ein Badezimmer und unter eine Brause und seife mich lange ab, denn ich habe Zeit. Es ist erst 21 Uhr 30. Und Verena hat gesagt, ich soll um 23 Uhr auf den Balkon kommen.

Nach der Dusche gehe ich in mein Zimmer. Der Plattenspieler läuft wieder, ich höre das Klavierkonzert Nummer Zwei von Rachmaninow. Wolfgang und Noah liegen schon in ihren Betten. Beide lesen. Als ich hereinkomme, sehen sie mich an, dann sehen sie einander an und grinsen.
»Was ist so komisch?«
»Du.«
»Wieso?«
»Na, du bist eben komisch«, sagt Noah. »Du gehst komisch, du redest komisch, du kommst komisch spät heim. Du hast heute eben deinen komischen Tag. Wenn *ich* dich vielleicht auch komischer finde als Wolfgang.«
»Was heißt das?«
»Wir haben nämlich gewettet.«
»Glaub nur nicht, daß ich ihn weniger komisch finde, weil ich zehn Mark blechen mußte«, sagt Wolfgang.
»Was war das für eine Wette?«
Noah grinst wieder: »Ob dich die Luxusnutte schon am ersten Tag rumkriegen würde.«
»Und woher wißt ihr?«
»Instinkt«, sagt Noah und lacht schallend.
»Quatsch«, sagt Wolfgang zu mir. »Auf Instinkt hin hätte ich niemals zehn Mark geblecht. Hansi hat es uns erzählt.«
»Hansi?«
»Klar. Der erzählt alles. Immer. Allen. Heute nachmittag um zwei in der kleinen Schlucht. Stimmt's?«
Ich schweige.
»Siehst du. Auf Hansi kann man sich verlassen«, sagt Noah. »Von den zehn Mark bekommt er übrigens eine, das war ausgemacht.«
»Wird das immer so ausgemacht?«
»Natürlich. Wenn einer über einen anderen etwas wissen will, ruft er Hansi und verspricht ihm eine bestimmte Provision. Er wird ja auch immer prompt von Hansi bedient.«
»Da muß der ja schon ein wohlhabender Mann sein«, sage ich.
»Ist er auch. Er hatte ein Riesensparschwein, in das ging schon vor den Ferien nichts mehr hinein. Jetzt hat er ein neues gekauft.«
»Wo ist das alte?«
»Vergraben im Wald«, sagt Noah.
Hansi. Immer wieder Hansi.
Ich lege mich in mein Bett.

21

23 Uhr. Noah und Wolfgang schlafen schon, und es ist dunkel im Zimmer, als ich leise aufstehe, nach meinem Morgenmantel taste und auf den Balkon hinausschleiche. Wolken bedecken den Himmel, der Mond ist verschwunden, die Nacht unheimlich schwarz. Ich kann nicht einmal die weiße Fassade von Verenas Villa erkennen, ich starre nur in die Richtung, in der sie liegt.

Ich warte. Ich friere. Ich trete von einem Bein auf das andere. 23 Uhr 05. 23 Uhr 10. 23 Uhr 15. Ich will schon wieder ins Haus zurückgehen, weil ich denke, daß Verenas Mann sie vielleicht daran gehindert hat, das zu tun, was sie, mir zur Überraschung, tun wollte, da flammt in der Dunkelheit ein winziger Lichtpunkt auf. Und noch einmal. Und noch einmal. Ich bin so aufgeregt, daß ich nicht genug Luft bekomme. Denn nach diesen drei Lichtzeichen beginnt Verena zu morsen.

Sie hat *morsen* gelernt! Noch nicht gut. Aber sie hatte ja auch nur ein paar Stunden Zeit. Und sie hat es gelernt. Für mich. Mein Herz klopft wild, während ich die Buchstaben entziffere, die da stockend und undeutlich als Lichtsignale durch die Nacht zu mir kommen. Ein D ist das. Und ein O. Und zwei M. Ein E. Ein R. Ein S. Ein T. Ein A. Ein G.

DOMMERSTAG!

Donnerstag, meint sie natürlich. Sie verwechselt das N mit dem M, aber was macht das? Was macht das? Am Donnerstag werde ich sie in der Klinik besuchen, und sie freut sich darauf, sonst hätte sie nicht gerade mühevoll dieses Wort ausgesucht. Sie beginnt schon wieder zu blinken.

D...O...M...

Ich renne so leise ich kann in mein Zimmer und hole meine Taschenlampe aus dem Nachttisch. Wolfgang wacht halb auf und knurrt: »Was is'n los?«

»Nichts. Schlaf weiter.«

Er seufzt, dreht sich zur Seite, und gleich darauf ist er wieder eingeschlafen, und ich bin wieder draußen auf dem Balkon, wo Verena gerade das zweite Wort blinkt: ...T...A...G...

Ich lehne mich an die kalte Hauswand, und nun blinke ich, und weil ich Angst habe, daß sie bloß die Buchstaben dieses einen Wortes versteht, blinke ich dasselbe wie sie, aber richtig.

D...O...N...N...E...R...S...T...A...G...

Wenn es ihr nur nicht zu weh tut...

Fünf Sekunden Pause.
Dann meldet sie sich wieder.

D...O...M...M...E...R...S...T...A...G...

Wir blinken das einzige Wort, das sie gelernt hat: Sie falsch, ich richtig.

DOMMERSTAG.

DONNERSTAG.

Lieber Gott, lieber Gott im Himmel, bitte mach, daß sie beinahe gar keine Schmerzen hat.

DRITTES KAPITEL

1

Ich glaube, ich werde nie ein Schriftsteller werden, denn ich kann nicht einmal Verena Lords Gesicht an diesem Donnerstagvormittag richtig beschreiben. Ich finde keine Worte, keine Ausdrücke, ich kann nicht sagen, was mich bewegt, als ich ihr Zimmer betrete. Es ist ein großes, schönes Zimmer, vor dem offenen Fenster steht ein alter Ahornbaum, dessen Blätter sind wunderbar bunt, rot und golden, gelb, braun und ockerfarben.

Verena liegt in einem Bett neben dem Fenster. Sie ist sehr blaß, unter ihren Augen runden sich schwarze Ringe. Das macht, daß die Augen noch einmal so groß erscheinen, ungeheuer groß. Das ganze Gesicht mit den blutleeren Lippen, den eingefallenen Wangen und dem zurückgekämmten und im Nacken gefaßten Haar scheint nur aus Augen zu bestehen, aus diesen traurigen, wissenden Augen, die ich nie, nie vergessen werde; von denen ich träume; die schönsten Augen der Welt; die leidenschaftlichsten; und darum eben wohl die traurigsten. Ich glaube nicht, daß eine echte Liebe jemals etwas anderes sein kann als traurig.

»Hallo«, sagt sie. Aber nur ihre Lippen lächeln, die Augen nicht.

»War es sehr schlimm?« frage ich und vergesse, überhaupt guten Tag zu sagen.

»Gar nicht.«

Aber ich sehe, daß sie lügt, denn sie lächelt immer noch so verzerrt. »Hast du große Schmerzen?«

»Sie gaben mir gleich nachher Spritzen und Pulver. Wirklich, Oliver, es war einfach gar nichts!«

»Ich glaube dir nicht. Ich glaube, daß es sehr weh tut.«

»Aber du hast doch für mich gebetet.«
»Ja.«
»Wirklich?«
»Ja!«
»Betest du sonst auch?«
»Nein, nie.«
»Siehst du, und trotzdem hat es geholfen. Ich danke dir, Oliver.«
Ich glaube ihr noch immer nicht, aber ich sage nichts mehr, sondern lege einen Strauß Blumen auf das Bett.
»Rote Nelken!« Und jetzt lächeln – für einen Moment – auch ihre Augen. »Meine Lieblingsblumen ...«
»Ich weiß.«
»Woher?«
»Gestern, in der Freizeit, bin ich zwei Stunden lang vor eurem Grundstück auf und ab gelaufen, bis ich endlich Evelyn sah. Ich glaube, sie hat mich gern.«
»Sehr! Du bist der erste Onkel, den sie gern hat.«
»Sie erzählte mir, du seist im Krankenhaus, weil man dir die Mandeln herausnehmen müsse, und da fragte ich sie, was deine Lieblingsblumen wären. Es war ganz einfach.«
»Ach, Oliver ...«
»Ja?«
»Nichts ... Bitte, klingle doch der Schwester. Ich möchte die Blumen an meinem Bett haben.«
»Aber wenn dein Mann ...«
»Du hast dich doch hier als mein Bruder angemeldet, oder?«
»Klar, wie du sagtest.«
»Na, mein Bruder kann mich doch wirklich besucht und mir meine Lieblingsblumen mitgebracht haben! Er wohnt hier in Frankfurt. Und er sieht dir sogar ein bißchen ähnlich! Mein Mann hat ihm eine Stelle verschafft. In der Wechselstube am Hauptbahnhof. Übrigens, stell dir vor: Er mußte heute früh nach Hamburg fliegen, mein Mann, ganz plötzlich. Wir haben so viel Zeit, wie wir wollen. Er kommt erst abends zurück. Ist das nicht wundervoll?«
Ich kann nur nicken. Diese schwarzen, traurigen Augen machen mir das Atmen schwer, das Sprechen, das Dasein.
»Setz dich!«
Ich nehme einen Stuhl und ziehe ihn ans Bett.
»Wie bist du hergekommen?«
»Mit dem Wagen.«
»Unsinn. Natürlich nicht zu Fuß! Ich meine: Ihr habt doch jetzt Unterricht!«

»Ach das! Das war ganz einfach! Heute morgen sagte ich unserem Erzieher, mir sei schlecht. Darauf holte er ein Thermometer. In meinem Zimmer schläft ein netter Junge, Noah heißt er, der zeigte mir, wie man das mit dem Thermometer macht, nachdem ich ihm erklärt hatte, daß ich vormittags weg müßte.«

»Wie macht man es?«

»Man hält das eine Ende, da, wo das Quecksilber ist, zwischen zwei Finger und ...«

Tür auf.

Eine Schwester erscheint, ganz in Weiß, mit Häubchen und allem Drum und Dran.

»Sie haben geläutet, gnädige Frau?«

»Ja, Schwester Angelika. Mein Bruder Otto Willfried ...«

Ich erhebe mich und sage: »Sehr erfreut.«

»... hat mir ein paar Blumen gebracht. Würden Sie wohl so liebenswürdig sein und eine Vase besorgen?«

»Aber gerne, gnädige Frau.«

Schwester Angelika geht. Die Blumen nimmt sie mit. Kaum hat sich die Tür hinter der Schwester geschlossen, sagt Verena: »Man hält also das Ende zwischen zwei Finger – und?«

»Na ja, und dann reibt man. Die Säule steigt in Nullkommajosef. Bei mir stieg sie, weil ich zu fest rieb, auf 42, und wir mußten sie wieder herunterschlagen.«

»Ein prima Mittel! Das muß ich mir merken.«

»Warum?«

»Weißt du, mein Mann will manchmal etwas von mir und ...«

»Schon gut«, sage ich schnell, »schon gut.«

2

»Verena?«

»Ja?«

»Montag nacht, mit deinen Morsezeichen, hast du mich sehr glücklich gemacht.«

»Das wollte ich auch. Habe ich furchtbar schlecht gemorst?«

»Du hast wundervoll gemorst! Immer Dommerstag statt Donnerstag!«

»Ich habe N und M verwechselt?«

»Ja.«

Wir lachen beide. Plötzlich hört Verena auf, hält sich den Leib und verzieht das Gesicht.

»Du hast doch Schmerzen!«
»Überhaupt keine! Nur wenn ich so furchtbar lache! Erzähle weiter. Also, wieviel Fieber hattest du?«
»39,5. Der Erzieher ließ mich nicht zur Schule gehen. Er rief den Arzt an. Der kann aber erst am Abend kommen.«
»Und dann?«
»Dann wird das Fieber eben wieder abgeklungen sein. Bis übermorgen! Denn länger als zwei Tage halte ich es nicht mehr aus, dich nicht zu sehen.«
»Schon morgen werde ich entlassen. Da kann ich schon ein bißchen laufen. Mein Mann will, daß ich mich oben in der Villa erhole. Weil das Wetter noch so schön ist.«
»Ach, wenn das Wetter doch noch recht lange so schön bleibt! Dann muß ich nicht jeden zweiten Morgen das Thermometer hochreiben, dann kann ich dich vielleicht schon am Samstag wieder in unserem Turm treffen.«
»Hoffentlich, Oliver, hoffentlich. Jetzt erzähle weiter.« Sie spricht eilig, wie jemand, der nur redet, damit der andere nicht von etwas redet, das jener nicht hören will. »Was geschah, nachdem Fieber konstatiert wurde?«
»Ein Kinderspiel. Ich wartete, bis die anderen in der Schule waren, dann stand ich auf und ging zu Herrn Herterich, dem Erzieher, und sprach ernsthaft mit ihm.«
»Ernsthaft?«
»Siehst du, dieser Herterich ist neu im Internat. Unsicher. Schwach. Ich habe ihm einmal geholfen, als er mit den ganz kleine Jungen nicht fertig wurde. Er hofft, daß ich ihm wieder helfen werde. Also sage ich zu ihm: ›Herr Herterich, ich habe das Thermometer hochgerieben.‹ – ›Das dachte ich mir‹, antwortet er traurig. – ›Jetzt gibt's zwei Möglichkeiten‹, sage ich. ›Ich muß nämlich dringend ein paar Stunden weg. Möglichkeit eins: Sie heißen Hase und wissen von nichts, und ich verspreche Ihnen, daß ich spätestens um halb eins, bevor die anderen kommen, wieder in meinem Bett liege. Das ist die eine Möglichkeit. Die andere ist, daß Sie jetzt den Chef anrufen und ihm sagen, was ich Ihnen gerade sagte. In diesem Fall schwöre ich Ihnen, daß Sie in weniger als einem Monat freiwillig weggehen – reif für eine Nervenklinik. Ich habe hier eine Menge Freunde, und Sie haben keinen einzigen.‹ – Er war natürlich vernünftig und sagte, ich könnte abhauen, und er wüßte von nichts, solange ich nur um halb eins wieder da wäre, bevor die anderen kämen. Er war sogar dankbar.«
»Wofür?«

»Daß ich versprach, ihm weiter bei den Kleinen zu helfen. Da ist so ein verrückter Neger, der bildet sich ein, alle Weißen wären Dreck und ...«

»Oliver.«

»Ja?« Ich neige mich vor. Sie neigt sich vor.

Es klopft. Wir fahren zurück. Schwester Angelika kommt mit einer Vase herein, in der meine Nelken stehen. Sie stellt sie auf den Nachttisch und bewundert die Blumen und meinen guten Geschmack und gratuliert der gnädigen Frau zu ihrem reizenden Bruder. Sie ist einfach zum Kotzen, diese Schwester Angelika!

Als sie das Zimmer verlassen hat, neige ich mich wieder vor. Aber Verena schüttelt den Kopf und stößt mich zurück. »Nein«, flüstert sie, »nicht jetzt. Du weißt nicht, was für mich auf dem Spiel steht. Sie ist jetzt bestimmt draußen und sieht durch das Schlüsselloch und lauscht«, flüstert sie. »Sie glaubt doch nie im Leben, daß du mein Bruder bist.«

Das leuchtet mir ein. Und ich flüstere so leise wie sie: »Komischer Anfang, nicht wahr?«

»Komischer Anfang von was?«

»Von einer Liebe«, flüstere ich. »Vielleicht ist es keine für dich. Für mich ist es eine.«

Danach schweigt sie lange, und dann sagt sie: »Entsetzlich! Vor nichts habe ich mehr Angst.«

»Als wovor?«

»Als vor Liebe. Als vor einer richtigen Liebe.«

»Aber warum?«

»Weil alle meine richtigen Lieben scheußlich aufgehört haben. Sie fingen wunderschön an und hörten scheußlich auf. Ich will keine neue Liebe mehr! Ich habe genug!«

»Du liebst deinen Mann nicht.«

»Nein.«

»Eben.«

»Eben was?«

»Eben deshalb sehnst du dich nach Liebe, obwohl du dich vor ihr fürchtest.«

»Unsinn!«

»Das ist kein Unsinn. Jeder Mensch braucht einen anderen Menschen, den er lieben kann.«

»Ich liebe mein Kind.«

»Ein Kind ist nicht genug. Es muß ein erwachsener Mensch sein. Vielleicht bin ich für dich nicht der Richtige. Du bist für mich bestimmt die Richtige.«

»Woher willst du das wissen?«
»Bei einer richtigen Liebe weiß man so etwas. Sofort. Ich wußte es sofort.«
Sie nimmt meine Hand, und ihre Augen, ihre wunderbaren Augen sehen direkt in die meinen, als sie sagt: »Ich habe dir erzählt, wie elend es mir ging, als ich meinem Mann begegnete. Du weißt eine Menge über mich. Ich weiß gar nichts von dir.«
»Aber von meinem Vater!«
»Auch von dem nicht.«
»Wieso nicht? Der Skandal, den er verursachte, machte doch Schlagzeilen in allen Zeitungen der Bundesrepublik!«
»Ich hatte damals kein Geld, um mir Zeitungen zu kaufen. Ich hatte ganz andere Sorgen. Wenn ich meinen Mann später manchmal fragte, was denn mit diesem Mansfeld sei, sagte er immer nur: ›Das verstehst du doch nicht, das hat gar keinen Sinn, daß ich dir das erkläre.‹«
»Weil er mit ihm zusammengearbeitet hat!«
»Was?«
»Und er arbeitet immer noch mit ihm zusammen! Nicht umsonst ist mir am Rhein-Main-Flughafen sofort dein Name aufgefallen.«
»Was hat dein Vater getan, Oliver? Warum haßt du ihn so?«
Ich schweige. Draußen bewegen sich die Ahornblätter, die goldenen, die roten und die braunen, in einem sanften Südwind.
»Oliver!«
»Ja?«
»Ich habe dich gefragt, warum du deinen Vater haßt und was er dir getan hat!«
»Ich will es dir erzählen«, sage ich leise. »Ich will dir alles erzählen...«
Sie greift wieder mit ihrer eiskalten Hand nach meiner heißen.
»Es begann am 1. Dezember 1952, an einem Montag. Ja, da begann es. Für mich jedenfalls. An diesem Montag wurde das Morddezernat im Frankfurter Polizeipräsidium davon in Kenntnis gesetzt, daß sich in der Zentrale der Mansfeld-Werke eine Tragödie ereignet hatte. Eine gewisse Emilie Krakel rief an. Ihre Stimme...

3

... klang schrill vor Entsetzen: ›Ich bin eine von den Putzfrauen hier... und wie ich eben in das Büro von Herrn Jablonski komme, da sitzt er... sitzt er in seinem Sessel am Schreibtisch...

ganz zusammengesackt ... mit dem Kopf auf der Tischplatte ... Er hat ein Loch in der Schläfe ... alles voll Blut ... Einer muß ihn erschossen haben ... Kommen Sie ... kommen Sie schnell!‹

Die Mordkommission kam schnell. Eine Viertelstunde später war sie da. Der Name ihres Leiters lautete Kriminalkommissar Hardenberg. Seine Männer machten sich an die Arbeit. Der sechsundfünfzigjährige Chefprokurist hatte den Tod durch eine Kugel aus einer Pistole Kaliber 7,65 gefunden. Die Kugel war durch die rechte Schläfe in den Schädel eingedrungen und hatte bei ihrem Austritt aus der linken Schläfe einen Teil des Schädels mitgerissen. Die Kugel wurde gefunden, die Pistole nicht. Der Polizeiarzt erklärte: ›Genau kann ich es natürlich erst nach der Autopsie sagen. Aber eines steht fest: Dieser Mann ist seit vielen Stunden tot.‹

›Seit mehr als vierundzwanzig Stunden?‹ fragte der Kommissar Hardenberg.

›Seit mindestens sechsunddreißig‹, antwortete der Arzt.

Demnach war der Tod also in den Nachmittagsstunden des Samstags eingetreten. Man wußte, daß Jablonski, obwohl glücklich verheiratet und Vater von zwei Kindern, häufig Samstagnachmittage, ja mitunter selbst Sonntage in dem dann menschenleeren Riesenwerk verbrachte, um in seinem Büro zu arbeiten. An diesem Wochenende war seine Familie zu Verwandten nach Wuppertal gefahren. (Und damit war erklärt, warum die Frau keine Vermißtenanzeige erstattet hatte.)

Kommissar Hardenberg und seine Leute fanden das Büro des Chefprokuristen völlig verwüstet vor. Schränke waren erbrochen, der Inhalt ihrer Laden teils auf dem Fußboden verbrannt, teils in alle Ecken des Zimmers geworfen worden, die Tür des schweren Panzerschrankes stand offen. Ich erinnere mich noch gut daran, wie mein Vater telefonisch alarmiert wurde, als ich eben aufstand, um zur Schule zu gehen.

Ich war damals dreizehn Jahre alt, schlechter Schüler, linkischer Junge mit unreiner Haut und unsicheren Bewegungen, der sich vor allen anderen Jungen fürchtete und vor allen Mädchen schämte und seine Zeit am liebsten allein verbrachte. Mein Vater war ein riesenhafter, massiger Mann mit dem geröteten Gesicht des Weintrinkers und dem brutalen Gehabe des großen Geschäftemachers. Er war 1952 Eigentümer eines der größten Radio- und dann auch Fernsehwerke Deutschlands. Er war Millionär. In der Halle unserer mit Kostbarkeiten überfüllten Villa am Beethovenpark hing ein Rubens, den mein Vater für DM 600 000.– ersteigert hatte, im Salon hingen zwei Chagalls (DM 250 000.–), in der Bibliothek ein

Picasso (DM 300 000.–). Wir besaßen drei Autos, ein Flugzeug und den dazugehörenden Piloten, einen Mann namens Teddy Behnke, der im Krieg Bomber geflogen hatte. Ich mochte Teddy sehr gern, und er mochte mich auch gern, glaube ich.

Mein Vater war gelernter Elektriker. 1937 lernte er meine Mutter kennen. 1938 heirateten die beiden. 1939 kam ich zur Welt. Man sagt, daß alle Kinder ihre Mütter schön finden. Ich habe das nie getan. Ich liebe meine Mutter, sie tut mir unendlich leid, aber ich habe sie nie schön gefunden, niemals. Sie war es auch nicht. Sie war zu hager, zu knochig, ihre Züge schienen mir stets zu verschwommen, die Figur war schlecht. Sie hatte glanzloses, blondes Haar. Sie weinte leicht und oft. Niemals vermochte sie sich elegant zu kleiden – auch nicht, als sie Millionen besaß.

Mein Vater hatte seinen Beruf in der Radioapparate-Fabrik erlernt, die den Eltern meiner Mutter gehörte. Nur dieser Fabrik wegen heiratete er meine Mutter, das ist meine feste Überzeugung. Er hoffte, auf diese Weise eines Tages Chef des kleinen, aber gut gehenden Unternehmens zu werden.

Doch dann machte ihm zunächst der Krieg einen Strich durch die Rechnung. 1940 mußte er einrücken und blieb Soldat bis 1945. 1945 waren die Eltern meiner Mutter tot (umgekommen bei einem Bombenangriff), die kleine Fabrik stand halb zerstört da, und es bedeutete schon einen gewaltige Freude, ein Himmelsgeschenk für uns, daß die Amerikaner meinen Vater sofort aus der Gefangenschaft entließen und wir ihn gesund wiedersahen. Damals war ich sechs Jahre alt. Wir besaßen keinen Groschen. Das einzige, was es noch gab, war die halb zerstörte Fabrik, die nun meiner Mutter gehörte.

Bereits Ende 1946 nahm mein Vater die Arbeit in dieser Ruine wieder auf. Er hatte zwei Menschen, die ihm dabei halfen, zwei Frauen: Meine Mutter und ein gewisses Fräulein Lizzy Stahlmann. Dieses Fräulein Stahlmann war in allem und jedem das Gegenteil meiner Mutter. Sie war schön. Sie war viel jünger. Sie war sogar in der Nachkriegselendszeit immer elegant gekleidet. Sie war jeder Situation gewachsen. Mein Vater brachte sie eines Tages mit und gab dazu eine recht kurze Erklärung ab: ›Fräulein Stahlmann ist eine alte Freundin von mir, die ich durch Zufall wieder getroffen habe. Ich schlage vor, wir sagen uns gleich alle du, denn wir sind doch Arbeitskameraden, nicht wahr? Du, Oliver, wirst Tante Lizzy sagen.‹

›Jawohl, Papa‹, antwortete ich.

Die MANSFELD-WERKE, – diesen pompösen Namen gab mein Vater

der lächerlichen Ruine, die einmal den Eltern meiner Mutter gehört hatte – wurden 1946 im Frankfurter Handelsregister als G. m.b.H. eingetragen. Eigentümer waren zu gleichen Teilen meine Mutter und mein Vater. Das unerläßliche Grundkapital von RM 500 000.– stellte ein Frankfurter Bankier Vater gegen Wechsel zur Verfügung. Dieser Bankier hieß Manfred Lord...

4

Nun saß mein Alter also mit den beiden so unterschiedlichen Frauen in der schmutzigen, elenden Halle der kleinen Fabrik, durch deren Dach Schnee und Regen ihren Weg fanden, und die Frauen wickelten mit der Hand Kondensatorenspulen, während mein Vater die ersten primitiven Radioapparate zusammenbastelte. Die Einzelteile, die er dazu benötigte, Röhren, Sicherungen, Schalter, Gehäuse und dergleichen, erwarb er ungeheuer umständlich auf dem Schwarzen Markt. Manchmal fuhr er ein paar Meter Kupferdrahtes wegen bis nach München oder bis nach Bremen.
Unsere Wohnung war ebenso von Bomben zerstört wie das Haus der Eltern meiner Mutter und die Wohnung von ›Tante Lizzy‹. So ergab es sich ganz von selbst, daß wir alle in der Fabrik lebten. Ich hatte eine Kammer, ›Tante Lizzy‹ schlief in einem kahlen Abstellraum, meine Eltern in einem anderen. Vorläufig hielt man sich noch an die weit verbreitete Sitte, daß der Ehemann mit der Ehefrau in einem Zimmer schläft. Vorläufig, sage ich. Im Elend. In einer halb zerstörten Fabrik. 1946...
1952 beschäftigte mein Vater über 2000 Arbeiter und Angestellte, aus der traurigen Ruine war ein Hochhaus geworden, und die Zentrale in Frankfurt besaß Zweigwerke in München, Stuttgart, Hannover und Hamburg. In jeder dieser Filialen wurden auf Grund eines genau festgelegten Rationalisierungsplanes Einzelteile hergestellt und nach Frankfurt geschickt. Hier erfolgte der Zusammenbau und der Versand in die ganze Welt.
Wir wohnten nun in einer Villa am Beethovenpark. Mein Vater besaß den Rubens, die Chagalls, den Picasso, besaß die ›Cessna‹, den Piolten, besaß Millionen. Eine Kleinigkeit hatte sich verändert. Mein Vater schlief nicht mehr in einem Zimmer mit meiner Mutter. Meine Mutter weinte leicht und viel. Sie tat es vor allem in dieser Zeit. Mein Vater schickte sie zu bedeutenden Ärzten. Diese wiederum schickten meine Mutter in Sanatorien nach Bühlerhöhe, nach Bad Homburg und Bad Wiessee. Die verschiedenen Kuren blieben

ohne Erfolg. Meine Mutter wurde immer stiller und hagerer. Sie sah jetzt aus wie eine alte Frau.
Zu den Gesellschaften, die mein Vater häufig gab, kamen Politiker und Künstler, Wissenschaftler und Schieber. Die meisten verachteten meinen Alten, der sich auf derartigen Parties häufig betrank, das Smokinghemd aufriß und Champagner über die behaarte Brust goß, was ihn – ihn allein – unmäßig erheiterte. Doch alle Menschen schmeichelten ihm, denn viele brauchten und viele fürchteten Walter Mansfeld. In den Augen aller, glaube ich, war mein Vater ein Parvenü, ein brutaler Halsabschneider. Aber seine Werke hatten einen Riesenumsatz, und wer sich ihm widersetzte, den vernichtete er. Sein Lieblingsausspruch bestand aus den beiden einzigen Worten, die ihm aus der lateinischen Sprache bekannt waren: ›Non olet‹ Nein, Geld stank offenbar wirklich nicht!
An den Parties meines Vaters nahm meine Mutter seltener und seltener teil. Meistens bekam sie vorher Migräne und mußte das Bett hüten. In solchen Fällen ›vertrat‹ dann ›Tante Lizzy‹, schön, jung, begehrenswert, mit vollendetem Charme die Hausfrau. Manchmal waren auch beide Frauen anwesend. Sie trugen die teuersten Kleider und den kostbarsten Schmuck. Mit diesem Schmuck hatte es eine eigene Bewandtnis: Am Tage der Party ließ mein Vater die Preziosen aus seinem Banksafe holen, nach der Party nahm er sie wieder an sich, und am nächsten Tag wanderten sie in seinen Tresor zurück. Der Schmuck gehörte den beiden Frauen nicht – mein Vater schmückte sie nur damit.
Glaubte ich.
Glaubten viele.
Erst die polizeilichen Ermittlungen nach dem Tode des Chefprokuristen Jablonski brachten zutage, daß auch ›Tante Lizzy‹ Zugang zum Banksafe meines Vaters und jede Vollmacht besaß...

5

An jenem 1. Dezember 1952 hatte ich besonders lange Unterricht und kehrte erst gegen 14 Uhr heim. Es fiel mir auf, daß mehrere schwarze Wagen vor dem Gartentor parkten und daß dieses offen war. Ich wanderte über den Kiesweg zur Villa. Auch hier stand die Tür offen. In der Halle gingen Männer umher, die ich noch nie gesehen hatte. Unser Diener, Herr Viktor, stand neben der Treppe, die in den ersten Stock hinaufführte, und bewegte kein Augenlid, als er mich erblickte.

Komischerweise bemerkte ich sofort, daß der Rubens nicht mehr an seinem Platz hing. Was mochte da geschehen sein? Die Schultasche in der Hand, blieb ich stehen und sah den fremden Männern zu, die geschäftig hin und her eilten, in die Bibliothek, in den Salon, ins Arbeitszimmer meines Vaters. Es dauerte eine ganze Weile, bis Herr Viktor aus seiner Erstarrung erwachte und zu einem großen, schlanken Mann mit weißen Haaren sagte: ›Das ist er‹.

Daraufhin trat jener Mann an mich heran und fragte freundlich: ›Du bist Oliver Mansfeld?‹

›Jawohl.‹

›Ich heiße Hardenberg. Ich bin Kriminalkommissar.‹

›Kriminalbeamter?‹

›Du mußt keine Angst haben. Ich ...‹

›Ich habe aber Angst!‹ rief ich. ›Was ist hier los? Was ist geschehen?‹

Er schwieg.

›Herr Viktor!‹ rief ich.

Aber auch der Diener schwieg, und schweigsame Männer wanderten weiter durch die Halle, in den Salon, in Vaters Arbeitszimmer.

Der Kommissar Hardenberg lächelte.

›Leg erst einmal deine Schultasche ab.‹

Ich ließ sie auf den Boden fallen, auf den dicken Smyrna-Teppich.

›Und jetzt setzen wir uns vor den Kamin; ich werde dir alles erklären.‹ Mit sanfter Gewalt führte er mich zu dem kalten Kamin, vor dem wir uns beide in riesenhafte, alte und sehr kostbare Ohrensessel setzten.

›Wo ist meine Mutter? Wo ist mein Vater? Wer sind alle diese Männer?‹

›Das will ich dir ja gerade erklären‹, antwortete Hardenberg freundlich. ›Du darfst dich nicht aufregen. Was geschehen ist, ist geschehen. Du mußt jetzt ein tapferer, kluger Junge sein. Und in gewissen Situationen muß man der Wahrheit ins Auge blicken können, so weh ...‹

›Herr Kommissar‹, sagte ich, ›was ist denn bloß geschehen?‹

Er zuckte die Schultern (ein netter Kerl, man konnte sehen, wie peinlich ihm das alles war und wie schwer es ihm fiel, mir, ausgerechnet mir, einem Kind noch, alles erklären zu müssen) und sagte: ›Sie sind weg, mein armer Kleiner.‹

›Wer ist weg?‹

›Dein Vater, deine Mutter und Fräulein Stahlmann. Ich glaube, du nennst sie Tante Lizzy.‹

›Weil ich muß.‹
›Weil du mußt?‹
›Mein Vater sagt, ich bekomme sonst Ohrfeigen. Was heißt, sie sind weg?‹
Hardenberg sog an seiner Zigarre.
›Schau mich nicht so an! Ich kann nichts dafür! Dein Vater hat sein ganzes Bankguthaben abgehoben, seine wertvollen Bilder und den ganzen Schmuck genommen, der Tante Lizzy und deiner Mutter gehörte, und dann sind die drei in sein Flugzeug gestiegen und – ssst!‹ Er machte in seiner Verlegenheit eine entsprechende Handbewegung.
›Wohin?‹
›Nach Luxemburg. Das ist ein Katzensprung von hier. Wir kamen zu spät. Sie sind bereits in Luxemburg gelandet. Ich bin schuld daran. Ich habe einen Fehler gemacht. Ich ließ deinen Vater laufen. Heute früh, nach der ersten Vernehmung.‹
›Das verstehe ich nicht.‹
›Weißt du, daß sein Chefprokurist tot aufgefunden wurde?‹
›Ja. Ich stand gerade auf, um zur Schule zu gehen, als mein Vater deshalb angerufen wurde. Er fuhr sofort ins Werk.‹ Plötzlich bemerkte ich, daß meine Knie gegeneinanderschlugen. ›Um Gottes willen, mein Vater hat doch nicht Herrn Jablonski umgebracht und ist deshalb geflohen?‹
›Herr Jablonski beging Selbstmord. Dein Vater ließ bloß die Pistole und verschiedene Papiere verschwinden und richtete alles so her, daß es wie Mord aussah.‹
›Woher wissen Sie das?‹
›Viele Männer haben viele Stunden lang gearbeitet, um das festzustellen, ich kann es dir nicht so einfach erklären. Es ist so.‹
›Aber ... aber wenn mein Vater Herrn Jablonski nicht umgebracht hat, warum hat er dann die Pistole verschwinden lassen? Warum hat er all sein Geld abgehoben? Warum hat er die Bilder und den Schmuck genommen und ist mit meiner Mutter und mit dieser Hexe abgehauen?‹
›Das werde ich dir vielleicht heute abend erklären können. Oder morgen. Wahrscheinlich wirst du es aber nicht verstehen, mein Kleiner.‹
›Bitte, Herr Kommissar, sagen Sie nicht immer ›mein Kleiner‹ zu mir. Ich bin nicht mehr so klein! Und ich werde es verstehen, verlassen Sie sich darauf, Herr Kommissar.‹
›Ich wollte dich nicht verletzen, Oliver. Du darf ich doch noch sagen?‹

›Natürlich, Herr Kommissar.‹
›Und du sagst Hardenberg zu mir.‹
Ich fühlte Tränen kommen, und ich schluckte hastig, denn ich wollte nicht weinen. ›Und sie haben nichts für mich hinterlassen? Keinen Brief? Keine Nachricht?‹
›Ich fürchte, nein.‹
›Doch‹, sagte da unser Diener.
›Herr Viktor?‹
›Ich bitte um Vergebung, wenn ich dieses Gespräch unterbreche, aber deine Mutter hat eine Nachricht für dich hinterlassen, Oliver.‹ Er holte ein paar Tempo-Taschentücher hervor, und während er das tat, sagte er schnell und leise zu dem Kommissar (aber ich hörte es doch). ›Die gnädige Frau wollte nicht mitfliegen. Es gab eine furchtbare Szene. Frau Mansfeld riegelte sich im Badezimmer ein. Herr Mansfeld schrie und tobte. Zuletzt trat er die Tür ein und zerrte die gnädige Frau heraus. Im letzten Moment gab sie mir das ...‹ Und Herr Viktor überreichte mir die Papiertaschentücher. Ich faltete sie vorsichtig auseinander. Der Kriminalkommissar Hardenberg stand auf, trat neben mich und las, was ich las. Die Worte waren in wirren Buchstaben, wohl mit einem Augenbrauenstift, geschrieben, verwischt und schon verschmiert. Etwas anderes schien meine Mutter im Badezimmer nicht zum Schreiben gefunden zu haben. Ich las, und über meine Schulter las Hardenberg mit.
Erstes Taschentuch:
Mein armes, gutes Kind! Einmal wirst Du begreifen, was heute geschah. Ich habe keine Wahl.
Zweites Taschentuch:
Ich muß mit Deinem Vater gehen, wir können nicht auf Dich warten. Sobald alles klar ist, kommst Du
Drittes Taschentuch:
nach. Ich rufe Dich Dienstag abend an. Du weißt, wie sehr ich Dich liebe. Aber ich muß Dich jetzt für
Viertes Taschentuch:
eine kleine Weile allein lassen. Verzeih mir bitte. Tausend Küsse. Deine unglückliche Mami.
›Das ist alles?‹ fragte ich.
›Das ist alles‹, sagte Viktor.
Und fremde Männer gingen durch das Haus, und der Kommissar Hardenberg wurde ans Telefon gerufen. Als er aufstand, strich er über mein Haar.

Die Kriminalbeamten blieben den ganzen Tag. Hardenberg fuhr fort, kam wieder, fuhr wieder fort. Spät abends erschien er netterweise noch einmal, und als er hörte, daß ich nichts gegessen hätte und nicht schlafen könne, gab er mir zwei Pillen. Die schluckte ich, trank Wasser danach, und Hardenberg sagte: ›Jetzt wirst du prima schlafen! Morgen brauchst du nicht zur Schule zu gehen, ich rufe deinen Lehrer an. Warum lachst du?‹
›Weil wir morgen gerade eine ganz, ganz schwere Arbeit in Mathe haben!‹ Fünf Minuten später war ich eingeschlafen. Ich schlief zwölf Stunden.
Am nächsten Tag waren dieselben Kriminalbeamten im Haus und dazu noch ein paar neue. Sie durchsuchten jede Ecke. Ich war überall und jedermann im Weg, und so ging ich auf mein Zimmer und setzte mich ans Fenster und las immer wieder die Abschiedsbotschaft meiner Mutter auf den vier Papiertaschentüchern. Sie war nun schon sehr verschmiert, nur ein einziger Satz war klar geblieben, dieser:
Du weißt, wie sehr ich Dich liebe.
Gegen 19 Uhr rief meine Mutter dann aus Luxemburg an.
›Mein armer Liebling, kannst du mich gut verstehen?‹
›Ich kann dich gut verstehen, Mami, und Herr Kommissar Hardenberg kann dich auch gut verstehen, er hält sein Ohr direkt an den Hörer.‹
›Deshalb kann ich dir auch jetzt noch nicht alles erklären.‹
›Dann schreibe es mir doch!‹
›Die Post würde geöffnet werden.‹
›Ja, aber...‹
›Es dauert nicht mehr lange, Liebling, es dauert nicht mehr lange, dann bist du bei mir, und ich erkläre dir alles.‹
›Ja, Mami. Wie lange wird es dauern?‹
›Nicht mehr lange, gar nicht mehr lange, mein Herz...‹
Aber da irrte sie sich. Ein Tag um den anderen verging. Ich blieb ohne Nachricht. Neue Männer erschienen im Haus. Herr Viktor sagte mir, es seien Steuerfahnder.
›Sie arbeiten überall, im Werk, in den Filialen von München und Stuttgart, von Hannover und Hamburg.‹
›Wonach fahnden sie?‹
›Das würdest du doch nicht verstehen‹, sagte Herr Viktor. Alle Menschen, die ich in dieser Zeit fragte, was eigentlich geschehen

war, sagten mir, ich würde es doch nicht verstehen. Von meiner Mutter bekam ich schöne Ansichtskarten. Es stand immer darauf, wie sehr sie mich liebe. Sie rief auch ein paarmal an und sagte es mir, aber sie sagte mir nicht, wann ich zu ihr kommen dürfte.
›Du mußt noch ein bißchen Geduld haben, Liebling, nur ein bißchen Geduld, dann ist alles gut ...‹
Gut!
Am 15. Dezember traf wieder eine Postkarte ein. Diesmal war sie von ›Tante Lizzy‹:
Mein lieber kleiner Oliver, Deine arme Mutter hat leider wieder ihre nervösen Zustände und mußte in ein Sanatorium gebracht werden. Hoffentlich geht es ihr bald besser. Und hoffentlich bist Du bald bei uns! Es umarmen und küssen Dich Deine Dich liebenden Tante Lizzy und Papa.
Das Wort Papa hatte mein Vater selber geschrieben. Es war das erste und letzte Wort, das ich von ihm, an mich gerichtet, die ganzen Jahre hindurch gelesen habe.

7

Der Kriminalkommissar Hardenberg verfügte, daß ich bis auf weiteres überhaupt nicht mehr zur Schule zu gehen brauchte.
›Tante Lizzy‹ rief an und fragte, was ich mir zu Weihnachten wünsche.
›Zu Mami kommen dürfen.‹
›Mami ist im Sanatorium, mein Schatz, das weißt du doch.‹
›Dann wünsche ich mir nichts.‹
Dennoch trafen ein paar Tage vor Weihnachten drei Riesenpakete ein, die an mich adressiert waren.
›Muß ich sie annehmen?‹ fragte ich Hardenberg, der jeden Tag kam und nach mir sah.
›Du brauchst nicht.‹
›Ich will sie nicht‹, sagte ich.
So wurden die drei Pakete zurück nach Luxemburg geschickt. Den Heiligen Abend verbrachte ich mit Herrn Viktor und unserem Personal. Mein Vater telefonierte, aber da hängte ich sofort wieder ein, und etwas später rief meine Mutter an. Sie sprach mit sehr schwacher Stimme, die Verbindung war schlecht, und meine Mutter erzählte mir, daß sie das Sanatorium bald verlassen und alles gut werden würde, ich dürfte nur nicht den Mut verlieren.
›Nein, Mami, ich verliere nicht den Mut.‹

›Und du weißt, daß ich dich sehr lieb habe?‹

›Ja, Mami. Ich habe dich auch sehr lieb. Gute Besserung. Und fröhliche Weihnachten!‹

Am 28. Dezember erschien dann in einer Abendzeitung diese Schlagzeile:

RADIO-MILLIONÄR MANSFELD INS AUSLAND GEFLOHEN

BETROG STAAT UM 12,5 MILLIONEN MARK

Unter dieser fetten Balkenüberschrift konnte man in einem langen Artikel – und am nächsten Tag unter ein paar tausend fetten Balkenüberschriften in ein paar tausend langen Artikeln in ein paar tausend anderen in- und ausländischen Zeitungen – lesen, daß mein Vater der größte Steuerbetrüger der deutschen Nachkriegszeit sei. Die Fahnder hatten ihre Arbeit beendet und die Ergebnisse ihrer Untersuchung bekanntgegeben. Ich las einige der Zeitungen, aber ich verstand nicht, was in ihnen stand. Ich hob sie jedoch auf, diese Zeitungen, ich besitze sie heute noch alle, und heute verstehe ich, was sie meldeten. Kurz gesagt dies:

Mit Hilfe von gefälschten Umsatzzahlen, frisierten Bilanzen, angeblich unverkäuflichen, in Wahrheit aber sehr wohl verkauften Radiogeräten, vor allem jedoch durch fingierte Zulieferungen und Transaktionen im Ausland war es meinem Vater gelungen, zwischen der Währungsreform im Jahre 1948 und dem Dezember 1952 die deutschen Finanzämter um 12,5 Millionen Mark zu prellen. Derartige gewaltige Manipulationen hatte er natürlich nicht allein durchführen können, sondern sich dazu der Assistenz seines Chefprokuristen Jablonski versichert. Als im Oktober 1952 klar wurde, daß für den Dezember eine – an sich vollkommen harmlose – Steuerprüfung bevorstand, verlor Jablonski die Nerven und erschoß sich am frühen Nachmittag des 29. November 1952 in seinem Büro. Mein Vater, der sich zufällig noch im Betrieb aufhielt, entdeckte den Selbstmord und tat alles, um ihn als Mord erscheinen zu lassen – und dabei wichtige Unterlagen zu vernichten. Nachdem er bei dem ersten Verhör durch den Kriminalkommissar Hardenberg in den frühen Morgenstunden des 1. Dezember 1952 erkannt hatte, daß dieser nicht an Mord glaubte, sondern Selbstmord annahm, floh er mit seinem gesamten Bargeld, seinen kostbarsten Kunstschätzen, meiner Mutter und ›Tante Lizzy‹ nach Luxemburg, wo er in dem schönen Ort Echternach seit längerer Zeit ein prunkvolles Haus besaß.

Die Zeitungen vom 29. Dezember 1952 meldeten, daß siebenundfünfzig in- und ausländische Journalisten am Tag zuvor mit meinem Vater per Telefon über eine eigene Verstärkeranlage eine

Pressekonferenz abgehalten hätten. Mein Vater saß in seinem Haus in Echternach. Die Journalisten saßen im Büro einer Presse-Agentur in Frankfurt. Sie durften Fragen stellen. Mein Vater konnte sie beantworten, wenn er wollte. Wenn er nicht wollte, mußte er sie nicht beantworten.

Da ich die alten Zeitungen aufgehoben habe, brauche ich nur abzuschreiben, wie dieses Frage-Antwort-Spiel verlief.

FRAGE: Herr Mansfeld, Sie kennen die schweren Beschuldigungen, die gegen Sie erhoben wurden. Was haben Sie zu ihnen zu sagen?

MEIN VATER: Von A bis Z erlogen.

FRAGE: Warum sind Sie dann nach Luxemburg geflüchtet, einem Land, das bekanntlich Menschen wegen Steuervergehen nicht ausliefert?

MEIN VATER: Ich bin nicht geflüchtet. Ich habe hier geschäftlich zu tun.

FRAGE: Wie lange?

MEIN VATER: Auf unbestimmte Zeit.

FRAGE: Ist es wahr, daß die Mansfeld-Werke die deutschen Finanzämter um 12,5 Millionen Mark betrogen haben?

MEIN VATER: Wenn das überhaupt zutrifft, dann habe *ich* damit nicht das geringste zu tun.

FRAGE: Wer sonst?

MEIN VATER: Mein Chefprokurist Jablonski. Deshalb wird er sich ja wohl auch erschossen haben.

FRAGE: Erwarten Sie, daß wir Ihnen glauben, ein Prokurist könnte ohne Wissen seines Firmenchefs derartig abenteuerliche Transaktionen vornehmen?

MEIN VATER: Glauben Sie es, glauben Sie es nicht. Es ist mir egal. Ich wußte nichts davon.

FRAGE: Aber Sie wissen, daß Herr Jablonski eine Frau und zwei Kinder hinterläßt?

MEIN VATER: Ich spreche ihnen mein Beileid aus.

FRAGE: Warum stellen Sie sich nicht den deutschen Behörden, wenn Sie unschuldig sind?

MEIN VATER: Meine Herren, ich habe in jahrelanger, schwerer Arbeit meine Radiowerke aufgebaut, die zu den größten Deutschlands gehören. Ich kehre nicht nach Deutschland zurück, weil ich mir nicht mein Lebenswerk vernichten lassen will! Ich weiß, daß ein Haftbefehl gegen mich und meine Frau ergangen ist, und daß man uns verhaften kann, sobald wir deutschen Boden betreten. Nun, wir werden deutschen Boden so bald nicht wieder betreten. Wir fühlen uns sehr wohl hier in Luxemburg.

FRAGE: Sie sprechen von Ihrem Lebenswerk, Herr Mansfeld. Schwebt es nicht in noch größerer Gefahr, wenn Sie nicht freiwillig nach Deutschland zurückkehren und sich einer Untersuchung stellen?
MEIN VATER: Nein. Wieso?
FRAGE: Wissen Sie nicht, daß die deutschen Behörden in allen Ihren Werken und Ihrer Villa Werte bis zu einer Höhe von 12,5 Millionen Mark pfänden können?
MEIN VATER: Das können sie eben nicht. Ich wiederhole: Das können sie eben nicht!
FRAGE: Was soll das heißen?
MEIN VATER: Mit Ausnahme der erwähnten Villa und ihrem Inventar habe ich keinen Besitz in Deutschland. Die Villa können die Herren haben. Viel Spaß damit!
FRAGE: Und Ihre Werke? Was heißt, Sie haben keinen Besitz in Deutschland?
MEIN VATER: Es dürfte doch wohl der Aufmerksamkeit der verehrten Steuerbehörde nicht entgangen sein, daß ich die Mansfeld-Werke in eine Aktiengesellschaft mit 30 Millionen Grundkapital habe umwandeln lassen.
FRAGE: Wo hat die neue AG ihren Sitz? Im Ausland?
MEIN VATER: Kein Kommentar!
FRAGE: Die Finanzbehörde kann doch Ihre Aktien pfänden?
MEIN VATER: Das kann sie nicht, weil weder ich noch ein Mitglied meiner Familie auch nur eine einzige Aktie besitzen.
FRAGE: Und wer besitzt die Aktien?
MEIN VATER: Neunzehn Prozent besitzt mein langjähriger Freund Manfred Lord, der bekannte Frankfurter Bankier, der mir beim Aufbau meines Werkes half. Diese neunzehn Prozent sind selbstverständlich nicht pfändbar, da Herr Lord die Aktien ordnungsgemäß gekauft hat.
FRAGE: Wer besitzt die restlichen einundachtzig Prozent?
MEIN VATER: Die restlichen einundachtzig Prozent habe ich an ein belgisches Bankenkonsortium verkauft.
FRAGE: An welches?
MEIN VATER: Das geht Sie nichts an.
FRAGE: Haben Sie die einundachtzig Prozent rückkaufbar verkauft?
MEIN VATER: Kein Kommentar.
FRAGE: Wie werden Ihre Werke weiterarbeiten?
MEIN VATER: Wie bisher. Die Behörden wissen genau, daß sie in den Betrieben nicht eine Schraube pfänden dürfen. Als Generaldirektor werde ich das Unternehmen von hier aus weiter leiten.

FRAGE: Wie lange?
MEIN VATER: Vielleicht einige Jahre. Einmal verjähren Steuerdelikte ja auch in der Bundesrepublik.
FRAGE: Sie werden also einmal wieder nach Deutschland zurückkehren und weiterarbeiten, ohne auch nur einen einzigen Pfennig von den 12,5 Millionen zurückzubezahlen?
MEIN VATER: Ich weiß überhaupt nicht, wovon Sie reden. Ich habe nicht einen einzigen Pfennig zurückzubezahlen.
FRAGE: Herr Mansfeld, warum ist Ihr kleiner Sohn Oliver noch in Deutschland?
MEIN VATER: Weil ich es so wünsche. Er wird auch in Deutschland bleiben, in Deutschland sein Abitur machen und dann in meinen Betrieb eintreten. Das kann er schon in sieben Jahren.
FRAGE: Sie meinen, *Sie* können das in sieben Jahren noch nicht, und deshalb soll er bleiben?
MEIN VATER: Das ist eine Bemerkung, die ich zum Anlaß nehme...

8

...dieses Interview abzubrechen. Guten Abend, meine Herren, sagte mein Vater und hängte den Hörer ein. Damit war die Pressekonferenz beendet.«
Nachdem ich Verena das alles erzählt habe, schweigen wir beide lange Zeit, und wir halten uns noch immer an der Hand. Die ihre ist inzwischen warm geworden. Ein Düsenflugzeug fliegt über das Haus. Von fern höre ich Kinder singen: »Laßt die Räuber durchmarschieren durch die goldnen Brücken...«
Fragt Verena: »Und was noch?«
»Ach, nichts Besonderes mehr. Zu Neujahr gingen alle Angestellten, und die Steuer hatte die ganze Villa gepfändet.«
»Aber du mußtest doch irgendwo wohnen!«
»Kommissar Hardenberg kümmerte sich weiter um mich. Zuerst wohnte ich eine Zeitlang im Hotel, sogar einem guten, denn mein Herr Papa, der mit seinen ergaunerten Millionen im trockenen saß, überwies irgendwie Geld. Aber dann kam das Jugendamt.«
»Jugendamt?«
»Klar! Ich war doch ein Kind ohne Eltern. Minderjährig. Die Erziehungsberechtigten geflohen und unerreichbar. Also bekam ich einen Vormund, und der steckte mich in ein Heim.«
»Auch das noch.«
»Ich will wirklich nicht jammern, aber es war eine verflucht miese

Zeit! Kannst du jetzt verstehen, warum ich so herzliche Gefühle für meinen Vater empfinde?«
Sie schweigt und streichelt meine Hand.
»Ich blieb übrigens nur ein Jahr in diesem Heim«, sage ich. »Dann kam ich in mein erstes Internat.«
»Internat – das ist doch furchtbar teuer!«
»Inzwischen hatte sich die Sache eingespielt. Dein Mann überwies jeden Monat Geld auf das Bankkonto meines Vormunds.«
»*Mein Mann?* Aber wieso...«
»Nach außen hin aus selbstlosem Mitgefühl und um einem alten Freund zu helfen. Der alte Freund war mein Vater. Damit mußten sich die Behörden zufriedengeben. Man kann niemandem verbieten, einem anderen Geld zu schenken! In Wahrheit stecken die beiden nach wie vor unter einer Decke, das habe ich dir ja schon gesagt, und dein Mann bekommt alles Geld, das er überweist, immer ordentlich zurück. Ich weiß nicht wie, aber er bekommt es. Meinem Vater wird schon etwas eingefallen sein. Wahnsinnig komisch, wirklich: Dein Mann zahlt heute noch jeden Monat für mich, und wir sitzen hier, und du streichelst meine Hand und ich...«
»Hör auf.« Sie dreht den Kopf zur Seite.
»Was ist?«
»Ich habe meinen Mann nie geliebt«, sagt sie. »Ich war ihm dankbar, weil er Evelyn und mich aus dem Elend zog, ich war ihm dankbar für das schöne Leben, das er mir bot, aber ich habe ihn nie geliebt. Doch geachtet habe ich ihn bis heute. Für mich war Manfred bis heute so etwas wie... wie sein Name! Ein Lord! Ein Herr! Einer, der keine Schweinereien macht.«
»Tut mir leid, daß ich dir eine Illusion zerstört habe.«
»Ach...«
»Zum Trost: Wir haben so einen kleinen Krüppel im Internat, der ist unerhört gerissen. Weißt du, was der sagt: ›Alle Menschen sind Schweine‹.«
»Glaubst du das auch?«
»Mhm.«
»Aber...«
»Aber was?«
»Aber... aber... man kann doch nicht leben, wenn man so denkt!«
Und jetzt sieht sie mich wieder mit ihren schwarzen, wissenden Augen an.
Und mir wird heiß, und ich neige mich vor und küsse ihren

Hals und sage: »Entschuldige. Entschuldige. Ich glaube es nicht.« Plötzlich schlingt sie beide Arme um mich und hält mich fest. Ich spüre die Wärme ihres Körpers durch die Decke, ich atme den Duft ihrer Haut ein, und meine Lippen bleiben auf ihrem Hals. Keiner bewegt sich. So liegen wir lange. Dann stößt sie mich von sich, heftig, mit beiden Fäusten, es tut mir weh.

»Verena!«

»Du weißt nicht, was ich alles getan habe! Mit wie vielen Männern ich ...«

»Ich will es nicht wissen. Glaubst du, ich bin ein Engel?«

»Aber ich habe ein Kind ... und einen Geliebten ...«

»Keinen Geliebten. Nur einen, mit dem du schläfst.«

»Und vor ihm hatte ich einen anderen! Und noch einen! Und noch einen! Ich bin eine Hure! Mein Leben ist verhurt! Ich bin nichts wert! Ich bin nicht einen Groschen wert! Nur aus Berechnung habe ich geheiratet, und vom ersten Moment an ...«

»Jetzt laß mich etwas sagen!«

»Was?«

»Du bist wunderbar«, flüstere ich und küsse ihre Hand. »Für mich bist du wunderbar.«

»Mein kleines Kind verleite ich bereits dazu, mir bei meinen Betrügereien zu helfen. Ich ... ich ... ich ...«

»Du bist wunderbar.«

»Nein.«

»Na schön, dann bist du genauso viel wert wie ich. Ich sagte doch immer, es ist unheimlich, wie sich ähnliche Naturen anziehen, aufspüren, wittern. Ist das nicht wunderbar?«

»Findest du?«

»Ja, Verena, das finde ich.«

»Aber ich will nicht! Ich will nicht!«

»Was?«

»Daß es schon wieder losgeht. Mit dir. Daß ich Enrico betrüge!«

»Du betrügst deinen Mann, da kannst du doch ruhig auch Enrico betrügen!«

Auf einmal fängt sie an zu lachen. Ich denke zuerst, es ist ein hysterischer Ausbruch, aber nein, es ist ein ganz normales Lachen. Sie lacht, bis sie wieder Schmerzen hat und eine Hand auf den Leib legt.

»Au«, sagt sie. »Ich weiß doch, daß ich aufpassen muß. Du hast recht, Oliver, es ist alles sehr komisch. Wahnsinnig komisch! Das ganze Leben.«

»Na siehst du«, sage ich. »Meine Rede.«

9

Jetzt singen die Kinder in der Ferne (da muß irgendwo ein Spielplatz sein): »Ein Männlein steht im Walde, ganz still und stumm ...«

Verena und ich haben einander lange angesehen nach den letzten Sätzen, die wir sprachen, unverwandt, sie mit einem Ausdruck, als sähe sie mich zum erstenmal, und jetzt sprechen wir beide auf einmal und sehen beide anderswohin, sie an die Decke, ich aus dem Fenster. Kennen Sie das? So, als ob wir Angst voreinander hätten. Nein, nicht voreinander: Ein jeder vor sich selber.

»Mein Vater ist ...«

»Und aus diesem ersten Internat bist du ...«

»... es hat von lauter Purpur ein Mäntlein um ...«

»Was wolltest du sagen?«

»Nein, was wolltest *du* sagen?«

»Ich wollte sagen: Mein Vater ist dieser Tante Lizzy hörig. Er ist ein Masochist. Ich fahre doch in den Ferien immer heim, nicht? Ich lebe nicht in der Villa, sondern in einem Hotel. Nur wenn meine Mutter nicht im Sanatorium liegt, wohne ich zu Hause.« Achselzucken: »Zu Hause!«

»Liegt sie oft im Sanatorium?«

»Fast immer. Ich fliege auch immer nur ihretwegen heim. Sonst würde ich in Deutschland bleiben.«

»Natürlich.«

»Natürlich, nicht? Und einmal, als meine Mutter gerade nicht im Sanatorium war, sondern zu Hause, da habe ich, als meine liebe Tante Lizzy einmal weg war, ihr Zimmer durchsucht. Aber wie! Zwei Stunden lang. Dann fand ich sie endlich.«

»Wen?«

»Die Peitschen. Hundepeitschen, Reitgerten, was du willst. In allen Farben. Mindestens ein Dutzend. Sorgfältig versteckt in ihrem Kleiderschrank.«

»Sie schlägt ihn?«

»Meiner Ansicht nach seit zwanzig Jahren!«

»Na!«

»Ich sage dir, es ist eine Jugendliebe! Als ich die Peitschen entdeckt hatte, war mir überhaupt alles klar. Sie ist der einzige Mann unter den dreien! Meine Mutter ist nur noch ein armseliges Gespenst. Und mein Vater? Immer nur: Lizzy! Lizzy! Sie hat sämtliche Vollmachten über seine Konten. Ich sage dir, sie heckt jeden neuen Trick, jede neue geschäftliche Schweinerei mit aus! Ich sage dir, mein Vater ist heute nur noch ein armseliges Würstchen, ein Nichts, ein Niemand unter ihren Händen. Sie ist eine Sadistin.«

»Scheußlich.«

»Wieso? Er will Kloppe. Von ihr kriegt er sie. That's love.«

»Sprich nicht so.«

»Wahrscheinlich hat er auch meiner Mutter den Antrag gemacht. Und die hat es abgelehnt. Oder es schlecht getan. Masochisten zufriedenzustellen, das ist anscheinend gar nicht so einfach. Na, und da tauchte er eben wieder mit der auf, die es ihm so gut besorgte, daß er auf seine Kosten kam, und sie bestimmt auch. Du müßtest sie mal sehen. Die richtige Stiefelfrau.«

»Widerlich.«

»Ich rede die Wahrheit. Die ist immer widerlich.«

»Es kann nichts werden mit uns.«

»Warum nicht?«

»Weil du so bist.«

»Du bist doch genauso.«

»Ja«, sagt sie und lacht wieder, wie ein Kind, »das stimmt.«

»Es wird die größte Liebe von der Welt werden«, sage ich. »Und sie wird nicht enden, bis einer von uns stirbt.«

»Sentimental fool.«

»Ach, Englisch kannst du auch?«

»Ja.«

»Klar. Jeder deutschen Frau ihren Ami-Boy-Friend nach dem Krieg.«

»Bist du verrückt geworden? Wie sprichst du denn mit mir?«

»Ach, verzeihen Sie, werte Dame, Sie hatten nie einen?«

Jetzt muß sie wieder lachen.

»Drei!«

»Nur?« sage ich. »Na so etwas! Wo bin ich stehengeblieben?«

»Beim Masochismus deines Vaters«, antwortet sie und lacht noch immer. »O Gott, o Gott, ist das ein Gespräch!«

»Richtig. Ich sage dir, er ist der typische Masochist! Ich habe ihn beobachtet, genau und lange beobachtet, nachdem ich die Peitschen fand. Ich habe meine Tante Lizzy beobachtet. Wie sie kommandiert. Wie sie ihn ansieht. Wie sie sich von ihm Feuer geben läßt, wenn sie eine Zigarette rauchen will. Dann fummelt sie so lange herum, daß mein Vater sich die Finger verbrennen muß. Und das tut ihnen wohl, so wohl, allen beiden.«

»Oliver, diese Welt ist ekelhaft. Wenn ich nicht Evelyn hätte, würde ich mir das Leben nehmen.«

»Ach, Unsinn! Sehr wenige nehmen sich das Leben. Was glaubst du, wie oft ich schon mit der Idee gespielt habe! Du und ich, wir sind viel zu feige dazu. Außerdem geht es dir doch gut! Du bist eine reiche Frau. Du hast einen Liebhaber. Jetzt hast du auch noch mich. Wenn du willst, kannst du ausprobieren, wer der bessere ...«

»Oliver!«

Ich sage lauter Dinge, die ich nicht sagen will.

»Entschuldige bitte. Ich benehme mich unmöglich. Ich sage lauter Dinge, die ich nicht sagen will.«

»Ich doch auch, ich doch auch! Die ganze Zeit! Vielleicht hast du recht, und es wird eine Liebe. Das wäre entsetzlich!«

»Nein, nein. Denn eines sage ich dir gleich: So etwas wie Enrico werde ich für dich nie sein! Ich werde dich nicht küssen, nicht einmal anrühren, wenn wir uns nicht *wirklich* lieben.«

Wieder dreht sie den Kopf fort und sagt leise: »Das waren die schönsten Worte, die jemals ein Mann zu mir gesagt hat.«

10

Sie sieht mich nicht mehr an, sie hat den Kopf zur Seite gewendet. So bleibt sie liegen. Sie ist noch schöner im Profil. Sie hat ganz kleine Ohren. Die Ohren allein könnten einen wahnsinnig machen ...

»Na ja«, sage ich. »That's the whole story. In dreizehn Jahren hat meine liebe Tante Lizzy sich alles unter den Nagel gerissen. Sie ist heute die Königin. Sie prügelt meinen Alten. Sie bestimmt, was geschieht. Mein Vater ist nur noch eine Marionette. Was für ein Kerl er ist, kannst du daran erkennen, wie er sich gegen seine Angestellten benimmt: Rücksichtslos. Unerbittlich. Die kleinste Kleinigkeit: You are fired! Das ist typisch für solche Kerls. Einer Frau willenlos hörig, aber gegen die Umgebung ein Tyrann. Nur: Der wahre Chef der Mansfeld-Werke heißt heute, ach was heute, heißt seit vielen Jahren bereits Lizzy Stahlmann. Stahlmann, ein feiner Name für die Dame, nicht? Ich bin sicher, daß sie auch bereits heftig bei den Steuerschiebungen mitgerungen hat. Ihretwegen durfte ich nicht nach Luxemburg nachkommen. Verstehst du? Aus meiner Mutter hatte sie schon ein Wrack gemacht. Meinen Vater beherrschte sie schon vollkommen. Nur ich war ihr noch im Wege.«

»Armer Oliver«, sagt sie und sieht mich wieder an.

»Arme Verena«, sage ich. »Arme Evelyn. Arme Mami. Arme Menschen.«
»Es ist schrecklich.«
»Was?«
»Wie ähnlich wir uns wirklich sind.«
»Wieso ist das schrecklich? Ich sage jetzt etwas Lächerliches, etwas Absurdes. Soll ich es sagen?«
»Ja.«
»Du bist alles, was ich habe auf der Welt, und alles, woran ich glaube, und alles, was ich liebe, und alles, wofür ich anständig sein möchte, wenn ich könnte. Ich weiß, wir beide könnten furchtbar glücklich miteinander sein. Wir...«
»Hör auf!«
»Dein Kind wäre mein Kind...«
»Hör auf!«
»Und nie, nie, nie würde der eine den anderen betrügen. Wir würden alles gemeinsam tun, essen, verreisen, Konzerte hören, einschlafen, aufwachen. Morgen wirst du entlassen. Kommst du am Samstag zu unserem Turm, um drei Uhr?«
»Wenn ich kann.«
»Wenn du nicht kannst, dann gib mir in der Nacht zum Samstag ein Zeichen. Um elf. Dreimal kurz. Das heißt, du kannst nicht. Und dreimal lang, das heißt, du kannst.«
»O Gott.«
»Was heißt schon wieder ›o Gott‹?«
»Und ich bin zwölf Jahre älter!« Sie sieht mich lange an. »Oliver... Oliver... weißt du, was seltsam ist?«
»Was?«
»Daß ich trotz allem so glücklich bin.«
»Ich bin es doch auch, ich bin es doch auch!«
»Ja, aber bei mir ist es zum erstenmal im Leben.« Sie öffnet die Lade des Nachtkästchens. »Schau mal«, sagt sie, »wie weit ich schon bin. Wie weit verrückt!«
Ich sehe in die Lade. Eine Taschenlampe liegt darin und ein kleines Heft. Ich lese, was auf dem Titelblatt steht: DAS MORSE-ALPHABET.
»Wir sind beide Wahnsinnige, Oliver!«
»Natürlich.«
»Und wir werden bitter büßen müssen für das, was wir tun.«
»Natürlich.«
»Es gibt keine glücklichen Lieben.«
»Natürlich, natürlich, natürlich«, sage ich und neige mich vor,

um ihren Mund, ihren wunderbaren Mund, zu küssen, da klopft es, und sofort danach kommt Schwester Angelika ins Zimmer, lächelnd, falsch und lüstern.
»Sie müssen nun gehen, mein Herr. Ihre Frau Schwester ist noch sehr schwach.«
»Ja«, sage ich, »das ist richtig, ich muß gehen.« (Auch wegen Herrn Herterich, es ist halb zwölf.) So stehe ich auf und gebe Verena einen brüderlichen Kuß auf die Wange und sage: »Also, bis dann, meine Kleine!«
»Bis dann, mein Kleiner!«
»Warum lächeln Sie, Schwester Angelika?« frage ich.
»Ach«, antwortet sie mit einem Madonnenlächeln, für das ich ihr gern in die Zähne schlagen würde, »es rührt mich immer so, wenn ich sehe, wie Geschwister aneinander hängen.«
Ich gehe zur Tür. Da drehe ich mich noch einmal um.
»Leb wohl«, sagt Verena. »Und danke für die Blumen.«
Dazu macht sie eine fast unmerkliche Handbewegung. Die verdammte Schwester bemerkt es nicht. Aber ich weiß, was für eine Handbewegung das war. Mit dieser Bewegung hat Verena ihre Hand auf meinen Mund gelegt, als wir noch ihr Armband suchten und ich sie nachts in meinem Wagen küssen wollte.
Also lege ich auch meine Hand auf den Mund, ganz kurz nur. Schwester Angelika hat nichts davon mitbekommen. Sie starrt ihre Patientin an wie die Pythonschlange ein Kaninchen. Verena schiebt ihre Nachttischlade zu.
Ist es nicht lächerlich, daß eine Taschenlampe und ein Morse-Alphabet einen Mann halb wahnsinnig vor Glück machen können?
»Tschüß, Schwesterchen«, sage ich. Und gehe aus dem Zimmer wie ein Mann, der fünf doppelte Whisky getrunken hat.

11

Erwachsene!
Wir richten unser Wort an Euch!
Ist Liebe ein Verbrechen?
Verwundert werdet Ihr die Köpfe schütteln.
Aber Ihr verurteilt die Liebe einer Fünfzehnjährigen zu einem Achtzehnjährigen!
Große Aufregung!
Ungeheure Empörung! Mit fünfzehn kann man doch noch nicht lieben!

Ihr habt noch so viel Zeit für die Liebe, ihr dummen Gören, ihr wißt ja noch gar nicht, was das ist, Liebe. Den Hintern verschlagen sollte man euch! Was ist denn, wenn du ein Kind bekommst? So sagt Ihr!

Ihr habt ja so viel Verständnis für uns. Wir müssen ja so dankbar sein, daß wir so liebe Eltern und so liebe Lehrer haben!

Einen Dreck haben wir!

Nichts haben wir!

Niemanden!

Dann finden zwei von uns zueinander.

Und Ihr? Was tut Ihr?

Ihr reißt uns schnellstens auseinander ...

Es ist 12 Uhr 45, ich liege wieder brav in meinem Bett im »Quellenhof«.

Noah hat mir aus dem Speisesaal in zwei Aluminiumgefäßen mein Essen gebracht.

Und dieses seltsame Pamphlet.

Ich habe es prima geschafft mit der Zeit.

Herr Herterich betrachtete mich wehmütig, als ich heimkam, und sagte: »Ihretwegen werde ich noch in Teufels Küche kommen.«

»Das werden Sie nicht«, sagte ich. »Nach dem Essen lege ich mich wieder hin, und abends lasse ich mich brav vom Onkel Doktor untersuchen. Das Fieber wird dann eben weg sein. Magenverstimmung. So was kommt vor. Übrigens habe ich gehört, daß Ali gestern abend wieder frech zu Ihnen war.«

»Ja, das ist ein grauenhaftes Kind ... Er verlangte von mir, ich sollte seine Füße waschen.«

»Lassen Sie nur, Herr Herterich. Den werde ich mir vorknöpfen!«

»Wirklich?«

»But how!« sagte ich.

Da strahlte er, der arme Kerl.

Na was, wenn es nicht anders geht, bekommt der kleine Neger heute die Hucke voll! Die Freundschaft Herrn Herterichs wird mir, wenn alles so geht, wie ich es mir wünsche, bald unersetzbar sein, lebensnotwendig. Ich werde wohl noch oft Fieber am Vormittag haben ...

Und nun steht Noah vor mir und hat mir diese drei eng beschriebenen Seiten gegeben, auf denen steht, was ich eben aufgeschrieben habe, und noch mehr.

»Was soll der Käse?« frage ich.

»Das ist kein Käse, sondern ein erschütterndes Dokument menschlicher Verzweiflung«, sagt er grinsend. »Heute vormittag war allerhand los hier. Du wärst aus dem Staunen nicht herausgekommen. Wie war es übrigens?«

»Danke.«

»Dem Tonfall nach muß es ja ziemlich mies gewesen sein.«

»Halt's Maul!«

»Na, na, na! Es ist doch nicht etwa Liebe?«

»Doch.«

»Dann entschuldige, bitte.« Er grinst wieder und sagt: »Das wird die Luxusnutte aber freuen!«

»Was war heute vormittag?«

»Der Chef hat Gaston und Carla gefeuert! Rausgeschmissen. Sie sind schon weg. Mit dem Zug um 10 Uhr 50. Er nach Paris, sie nach Wien. Das ging ruck-zuck! Der Chef ist komisch. Manchmal verhält er sich monatelang still, und dann ganz plötzlich – whammmmm!«

»Was ist passiert?«

»Fräulein Hildenbrand hat die beiden gestern im Wald erwischt. Ausgerechnet die Hildenbrand. Kann kaum noch kieken. Aber sie hat es sofort dem Chef gemeldet. Und der versteht in solchen Sachen keinen Spaß. Abends gab es noch eine Lehrerkonferenz. Der Chef rief die Eltern von Gaston und Carla an und erklärte ihnen, daß er ihre lieben Kinder mit sofortiger Wirkung rausschmeißen müsse und warum. Den lieben Kindern hat er es erst heute vormittag eröffnet. Der Chef und die Pauker hatten die beiden schon das ganze letzte Jahr lang auf dem Kieker. Erste Verwarnung, zweite Verwarnung. Das im Wald, das hat dem Faß sozusagen nur noch die Krone ausgeschlagen.«

»Wie war das heute vormittag?«

»Es passierte in der Lateinstunde. Der Chef hat dem Frettchen damit übrigens die Tour vermasselt, er weiß es bloß nicht.«

»Wieso?«

»Das Frettchen hatte sich etwas ganz Besonderes ausgedacht, eine psychologische Masche. Und so, wie ich die Brüder in der Klasse kenne, wäre er sogar durchgekommen damit. Jetzt ist natürlich alles im Eimer.«

»Erzähle!«

»Du erinnerst dich noch an den Quatsch mit dem Schnupftabak?«

»Den Gaston gemacht hat?«

»Ja. Heute früh – erste Stunde Latein – kommt das Frettchen rein, geht sofort auf Gaston zu und sagt zu ihm: ›Na, was ist los?‹ – ›Pardon?‹ sagt Gaston. – ›Der Schnupftabak‹, sagt das Frettchen. ›Bekomme ich nun eine Prise, oder bekomme ich keine?‹«

»Donnerwetter!«
»Ja, fanden wir auch. Das hatte er sich wirklich prima ausgedacht! Gaston steht auf, gibt ihm die Dose und stottert ganz überwältigt: ›Voilà, Monsieur!‹ Das Frettchen schnupft. Dann schnupfen alle anderen Jungen in der Klasse. Ein paar klatschen sogar. Aber das ist noch nicht die Pointe! Die Pointe hat ihm der Chef versaut.«
»Was war die Pointe?«
»Als alle Jungens geschnupft haben, sagt das Frettchen: ›So, meine Herren. Und nun den Tacitus, so unangenehm das auch ist. Im übrigen schlage ich vor, daß wir alle zusammen von nun an unsere Prise erst nach dem Unterricht‹« – Noah holt Luft – »›zu uns nehmen‹, wollte er sagen! Aber mitten in diesen first-class-Satz hinein kommt ihm der Chef und erklärt, daß Gaston gefeuert ist und seine Sachen packen und machen soll, daß er den Zug 10 Uhr 50 noch erreicht. So etwas von verkorkster Regie.«
»Hat Gaston sich sehr aufgeregt?«
»Gar nicht. Aber bevor er abhaute, verfaßte er mit Carla noch dieses Pamphlet«, sagt Noah und zeigt auf die drei Seiten. »Jeder hat immer eine Zeile geschrieben, eine er, eine sie. Und dann nagelten sie es ans Schwarze Brett. In der Mittagspause haben es alle gelesen, die Großen und die Kleinen! Ich habe es abgerissen, als ein Lehrer kam. Dich interessieren doch solche Sachen, nicht?«
»Ja.«
»Das dachte ich mir. Lies weiter!«
Und so lese ich das seltsame Dokument weiter, das immer eine Zeile Jungenschrift und eine Zeile Mädchenschrift trägt.
Ihr vernünftigen, gerechten Erwachsenen!
Ihr sagt: Tut das nicht!
Und wir sagen Euch: Was wir tun wollen, das tun wir, da könnt Ihr Euch auf den Kopf stellen. Wir werden uns wiedersehen, wir werden zusammenbleiben, da könnt Ihr Gift drauf nehmen.
»Town without pity!«
Solche Filme dreht Ihr, damit wir 1,50 Mark fürs Billet hergeben und uns den Dreck ansehen.
»We need an understanding heart.«
Solche Lieder schreibt Ihr, damit wir gerührt sind und die Platten kaufen.
Teenager age!
Twen age!
Was noch! Alles bloß Reklame für Eure dreckige Industrie!
»Na«, sage ich, »die haben sich in der Eile aber noch eine Menge von der Seele geschrieben. Du hättest es hängen lassen sollen.«

»Ich hänge es wieder hin, wenn ich zum Essen gehe. Ich wollte es dir nur zeigen. Wenn ein Lehrer das liest, ist es doch weg!«
Ich lese zu Ende:
Alle Eltern sagen: »Eure Sorgen möchten wir haben!«
Schön, Ihr habt andere Sorgen.
Bei Euch ist es das Geld.
Bei uns ist es die Liebe, das Vertrauen.
Glaubt Ihr, man kann Liebe abstellen wie ein Radio?
»Der Satz gefällt mir besonders«, sagt Noah, der mitliest. »Und dabei mußten sie doch den 10 Uhr 50 erwischen.«
Habt Ihr keine Herzen?
Ist Liebe ein Fremdwort für Euch?
Wo kommen wir denn her?
Von Euch!
Durch Liebe! Oder nicht?
Was ist denn los mit Euch?
Warum verbietet Ihr uns, was Ihr selber getan habt?
Warum bestraft Ihr uns dafür, obwohl Ihr uns dauernd erzählt, daß wir früher reif, früher erwachsen sind?
Wir wissen es genau.
Der Chef hat Angst, Carla bekommt ein Kind und sein Internat einen schlechten Ruf!
»Na na«, sage ich.
»Ja«, sagt Noah, »da ist den beiden das Temperament durchgegangen. Natürlich, so eine Schwangerschaft ist nicht das Angenehmste!«
Warum versteht Ihr uns nicht?
Warum helft Ihr uns nicht?
Ihr habt uns in diesem Internat abgegeben wie Koffer in einer Gepäckaufgabe, und wenn wir einander in unserer Einsamkeit helfen, dann ist das ein Verbrechen, ja?
Was nützen Eure schönen Sprüche?
Ihr werdet nie dahinterkommen, daß wir Euch brauchen!
Ist unsere Welt mit der Euren überhaupt noch verbunden?
Leben wir nicht schon in einer ganz anderen?
Wir glauben es!
Die meisten von uns jedenfalls haben sich bereits ihre eigenen Welten aufgebaut, so wie wir zwei.
Warum baut Ihr nicht mit?
Weil Ihr Idioten seid!
»Das geht zu weit«, sage ich.
»Gewiß«, sagt Noah.

Ich lese.
Ihr habt nicht einmal genug Verstand, uns zu verstehen!
Ihr denkt, weil Ihr anders wart, müssen wir es auch sein!
Ja, ja, ja, wir sind anders!
Einmal werden wir erwachsen sein – und anders, anders, anders, bei Gott, anders als Ihr!
Wir werden versuchen, unsere Kinder zu verstehen und sie zu verteidigen. Und unsere Kinder werden glücklicher sein, als wir es sind!
Lebt nicht wohl, denn das könnt Ihr sowieso nicht, das habt Ihr nie gekonnt.
Carla Honigstein und Gaston Latouche.

»So«, sagt Noah, »und jetzt gib mir die Zettel wieder, damit unsere Lehrer auch noch ihre Freude haben.«
Er steckt die Blätter ein.
»Willst du übrigens weiter den Kranken spielen, oder stehst du am Nachmittag auf?«
»Warum?«
»Chichita veranstaltet eine Macumba. Punkt drei.« Noah lacht. »Chichita kommt doch aus Rio, nicht? Na, und in Brasilien, da haben sie so einen Aberglauben. Chichita war mit Carla befreundet. Darum macht sie die Macumba, damit die guten Geister Gaston und ihre Freundin Carla behüten und die bösen Geister den beiden nichts antun können. Damit ihre Liebe bestehen bleibt, trotz der Trennung.«
»Das ist doch Quatsch.«
»Fremde Sitten und Gebräuche. Ich gehe hin. Und hundert andere Kinder gehen bestimmt auch.«
»Ich stehe eine Stunde auf und komme mit.«
»Aber du mußt ein paar Zigaretten bringen oder etwas Tabak, Streichhölzer oder Schnaps.«
»Warum?«
»Das weiß ich nicht. Chichita hat gesagt, sie wird uns alles erklären, wenn wir in der Schlucht sind. Ich bringe so eine kleine Flasche Schnaps.«
»Ich werde Zigaretten mitbringen«, sage ich. »Ist es egal, was für Zigaretten ich mitbringe?«
»Ja. Die Geister rauchen und trinken alles, hat Chichita erklärt.«
»Das freut mich aber.«
»Mach keine Witze. Gaston und Carla sind geflogen.«
»Ich mache keine Witze. Ich möchte wirklich, daß die Geister die

beiden beschützen. Nur deshalb habe ich das gesagt mit den Zigaretten. Sie sollen zufrieden sein, die Geister.«
»Eine Liebe ist eine Liebe ist eine Liebe«, erklärt Noah. »See you later, alligator!«

12

Drei Uhr nachmittag, Sonnenschein, Südwind, Wolkenschlieren am blauen Himmel. Und hundertzwanzig Kinder stehen still und stumm vor einer kleinen Höhle in der kleinen Schlucht und sehen zu, was die zierliche, milchkaffeebraune Chichita macht. Sie stellt offene Schnapsflaschen in die Höhle, sie legt Zigarettenpackungen daneben und Streichhölzer. Damit die Geister die Zigaretten auch anzünden können. Und die Schnapsflaschen müssen offen sein, Geister haben keine Korkenzieher. Im Wald, direkt über Rio de Janeiro, da am Corcovado, hat Chichita erzählt, da gibt es unzählige Höhlen. Und überall findet man Kerzenstummel, Zigarettenpackungen, Schnapsflaschen. Auch weiße Frauen machen Macumbas, damit ihre Lieben beschützt werden, damit ihre Wünsche in Erfüllung gehen. Chichita hat gesagt: »Natürlich leben Schweine in Rio, so alte Stromer, versteht ihr, die machen sich ein Business daraus, die ganzen Höhlen abzuklappern und die Zigaretten zu klauen und den Schnaps zu saufen. Aber die Leute bei uns glauben trotzdem, die Geister hätten sich das Zeug geholt, wenn die Zigaretten fort sind oder die Schnapsflaschen leer.«
»Du hältst die Macumba also für Schwindel?« habe ich gefragt. Hat sie geantwortet: »Hältst du es für Schwindel, wenn der katholische Pfarrer Wein trinkt und sagt, es ist das Blut Christi, und dir Oblaten gibt und sagt, es ist Christi Fleisch?«
Jetzt zündet Chichita die Kerzen an und läßt jedesmal ein bißchen Wachs auf den Boden der Höhle tropfen, darin macht sie die Kerze fest. Es sind mindestens fünfzig Kerzen, die sie anzündet, sie braucht lange dazu. Und es ist ganz still in der kleinen Schlucht, niemand spricht, nur der Wind rauscht über uns in den Bäumen. Große Kinder. Kleine Kinder. Jungen. Mädchen. Weißhäutige. Schwarzhäutige. Gelbhäutige. Braune. Kinder aus aller Welt. Hierhergekommen zu einer Macumba, im Gedenken an Gaston und Carla, die Liebenden, die Rausgeflogenen, in Ehrerbietung vor den Geistern, mit der Absicht, diese wohlgesinnt zu machen durch Geschenke, auf daß die Geister Gaston und Carla glücklich werden lassen. Da stehen sie...

Neben mir steht Geraldine. Ganz dicht. Mir gegenüber steht Hansi, mein »Bruder«. Er läßt uns nicht aus den Augen. Dieser Dreckskerl! Erst vorhin hat mir einer erzählt, Hansi sei schon dreizehn und nicht elf. Habe ich ihn gefragt. Hat er gesagt: »Stimmt, ja, aber ich bin doch ein Krüppel, ein Zwerg, nicht? Sie lachen so schon über mich. Ich bin zweimal durchgefallen. Wenn sie wüßten, daß ich mit dreizehn so klein und mickrig bin ... Junge, es ist die reinste Selbstverteidigung!«
Also dreizehn ist er, der Schatz. – Darum sein gescheites Gerede.
Ich habe mich schon gewundert, daß ein Elfjähriger so klug daherreden mag ...
Geraldine flüstert: »Wann sehe ich dich?«
Ich weiß, daß ich mit Geraldine Schluß machen muß, aber ich weiß noch nicht, wie. Zeit! Zeit brauche ich jetzt. Ich muß nachdenken. Vielleicht muß ich mich sogar mit meinem »Bruder« besprechen. Ich flüstere also: »Heute nicht mehr. Ich habe Fieber. Ich muß wieder ins Bett. Ich bin nur wegen der Macumba aufgestanden. Abends kommt der Arzt.«
»Ist es etwas Schlimmes?«
»Ach wo. Morgen vorbei.«
»Oliver.«
»Ja?«
»Nichts. Nur Oliver. Ich habe deinen Namen so gern. Oliver. Als du heute in der Klasse fehltest, hatte ich Angst ... so grauenhafte Angst, dir sei etwas zugestoßen ...«
»Ach!«
»Nein, wirklich! Ich beruhigte mich erst, als Wolfgang mir sagte, du lägest mit Fieber im Bett.«
Danke, Wolfgang.
»Ich liebe dich. Ich liebe dich. Ich liebe dich.«
Jetzt hat Chichita alle Kerzen angezündet.
Mir fällt etwas ein: »Wir müssen vorsichtig sein. Sonst fliegen wir, genauso wie Carla und Gaston. Der Chef hat seine Zuträger überall. Auch unter den Schülern.«
»Du hast recht.« Jetzt tritt sie etwas zur Seite. »O Gott«, sagt sie, »stell dir vor, wenn *wir* auseinandergerissen würden! Ich ... ich brächte mich um!«
»Unsinn!«
»Kein Unsinn! Ich würde es wirklich ...«
Zum Glück steht die kleine Chichita in diesem Moment auf und beginnt zu reden, englisch. »Psst«, sage ich.
»Ich werde jetzt mit den Geistern sprechen«, erklärt Chichita. »So,

wie es bei uns zu Hause gemacht wird, im Urwald. Ich werde die guten Geister bitten, Gaston und Carla und ihre Liebe zu beschützen und die bösen Geister von ihnen fernzuhalten. Ihr anderen betet für die beiden Hinausgeflogenen, jeder in seiner Sprache, jeder zu seinem Gott. Aber ihr müßt alle die brennenden Kerzen ansehen dabei.«

Danach beträgt sie sich wie der große Zauberer eines Negerkrals. Sie bewegt beschwörend die Arme, ihr Körper windet sich, und sie spricht mit den Geistern, die kleine Chichita, deren Vater einen Staudamm in Chile baut; die kleine Chichita, die ihren Vater drei Jahre lang nicht sehen wird; die kleine Chichita, die auf die Frage Fräulein Hildenbrands, was das Schlimmste auf Erden sei, erwiderte: »Kinder. Das sagt mein Vater immer.«

Da windet und dreht sie sich, hebt die Hände hoch in die Luft und redet portugiesisch mit den Geistern, hier, im Taunus, mitten in Deutschland, dreizehntausend Kilometer entfernt von ihrer Heimat.

Ich sehe die Kinder an, die großen, die kleinen. Manche beten laut, manche stumm. Alle blicken auf die brennenden Kerzen in der Höhle. Auch Noah betet. (Sonderbar – er, der sich so intellektuell gebärdet.) Geraldine betet stumm, sie hat die Hände gefaltet. Raschid, der kleine Prinz, betet persisch. Andere beten englisch. Der »Kommunist« Giuseppe betet italienisch und bekreuzigt sich dauernd dabei. (Nanu!) Ich höre viele Sprachen. Zu vielen verschiedenen Göttern wird da gebetet für Carla und für Gaston und für ihre Liebe. Ali, der kleine Schwarze mit dem Überwertigkeitskomplex, ist übrigens nicht da. Er blieb der Macumba unter Protest fern. »Das sind heidnische, teuflische Verirrungen«, soll er gesagt haben, hat mir Hansi erzählt. »Ihr seid alle Sünder und kommt in die Hölle dafür, wenn ihr mitmacht. Es gibt nur einen Gott, meinen!«

Ach, kleiner Ali...

Nach einer Weile bete ich auch, stumm, natürlich.

Lieber Gott, laß es eine Liebe werden zwischen Verena und mir. Eine *richtige* Liebe. Mach, daß wir zusammenkommen. Und zusammenbleiben. Und daß niemand und nichts uns trennt. Ich bin alt genug. Ich kann arbeiten. Ich kann uns alle drei ernähren, Verena, Evelyn und mich.

»Betest du?« flüstert Geraldine.

»Ja.«

»Was?«

»Daß die beiden glücklich werden.«

»Ich habe gebetet, daß *wir* glücklich werden. Ist das sehr schlimm?« Sie sieht mich flehend an.
»Ach wo«, sage ich, »gar nicht.«
Was mache ich bloß mit Geraldine?
Chichita hebt beide Arme und sagt: »Das ist das Ende der Macumba. Geht alle fort. Jeder allein. Keiner soll mit dem anderen sprechen oder sich umdrehen. Jeder soll nur an Gaston und Carla denken. Sonst wirkt die Macumba nicht.«
Hundertzwanzig Kinder gehen schweigend auseinander, denken an Carla und Gaston. Und in der kleinen Höhle brennen die Kerzen, liegen Zigaretten und Streichhölzer für die Geister, stehen Schnapsflaschen für sie bereit, geöffnet. Weil sie doch keine Korkenzieher haben, die Geister.

13

»Ich bin sehr traurig, Herrschaften! Ich glaube zwar immer noch daran, daß man aus euch vernünftige, gerechte Menschen machen kann, aber dieser Glauben wurde heute wieder einmal mächtig erschüttert! Ich weiß von eurer Macumba. Ich habe im Gebüsch gestanden und mir die ganze Geschichte angesehen. Ihr habt mich enttäuscht, mich und alle Lehrer und alle Erzieher, die sich um euch bemühen ...«
Die tiefe, ruhige Stimme des Chefs klingt aus einem Lautsprecher, der in der Halle unserer Villa angebracht ist. Die Tür meines Zimmers steht offen, so kann ich hören, was der Chef im großen Speisesaal zu den Kindern, die da sitzen, sagt. Und auch alle anderen Kinder, die an diesem Abend schon in ihren Häusern sind, können es hören, denn in allen Villen gibt es solche Lautsprecher. Der Chef kann, wenn er will, über Lautsprecher mit sämtlichen Häusern reden.
Ich liege im Bett. Der Arzt war da, konstatierte, daß ich gesund sei, aber empfahl mir, noch bis zum nächsten Morgen liegenzubleiben. Das halbblinde Fräulein Hildenbrand hat mir mein Abendessen (wieder in zwei Aluminiumbehältern) gebracht, jetzt sitzt sie an meinem Bett und hört Her Master's Voice aus dem Lautsprecher in der Halle.
»... ich habe gelesen, was Carla und Gaston ans Schwarze Brett geheftet haben. Ihr alle habt es gelesen. Ihr wart sicher ganz begeistert davon. Die beiden haben es uns Erwachsenen aber gegeben, wie?«

Fräulein Hildenbrand rutscht auf ihrem Stuhl hin und her.
»Ich möchte euch etwas fragen: Glaubt ihr wirklich, daß Fräulein Hildenbrand und alle Lehrer und alle Erzieher und ich eure Feinde sind? Ja, glaubt ihr das?«
Fräulein Hildenbrand wird immer nervöser.
»Glaubt ihr wirklich, wir könnten uns nichts Schöneres vorstellen, als dreihundert Kinder zu erziehen, und darunter viele schwierige, überall sonst untragbare? Glaubt ihr das?«
»Sie wissen nicht, wie schrecklich das Ganze für mich ist. Oliver«, sagt Fräulein Hildenbrand.
»Wieso für Sie?«
Aber der Chef spricht weiter, und sie winkt nur mit der Hand.
»Meine Erzieher und Lehrer werden krank, sie gehen zugrunde an euch, jawohl an euch! Sie erhalten niemals ein Wort des Dankes. Viele werden von euch gehaßt und gequält. Wofür? Dafür, daß sie Menschen, anständige Menschen aus euch machen wollen? Manchmal widert ihr alle mich an, und ich frage mich: Warum kümmern wir uns eigentlich überhaupt um euch? Ihr findet Carla und Gaston großartig. Und Fräulein Hildenbrand, der alten Petze, der werden wir das Leben sauer machen in den nächsten Wochen!«
Das halbblinde Fräulein schnüffelt und sagt verloren: »Ach ja, das werden sie sicher ...«
Ich habe auf einmal keinen Appetit mehr und stelle den Aluminiumteller weg.
Die Stimme des Chefs klingt aus der Halle: »Dieser Satz, den die beiden über die Teenager und das Twen-age geschrieben haben, das ist der einzige normale! Jawohl, da haben wir Erwachsenen einen Fehler gemacht! Aber nicht so, wie ihr glaubt oder wie die beiden schreiben! Nicht die Interessen der Industrie kamen zuerst, zuerst kamen wir, die Erzieher. Wir Erzieher dachten, ihr wäret reif für mehr Freiheit. Und wir gaben sie euch. Es hat noch nie eine Jugend gegeben, die mehr Freiheit hatte als ihr!«
Gemurmel aus dem Lautsprecher.
»Murmelt, soviel ihr wollt. Es stimmt, was ich sage. Daß die Industrie dann ein Geschäft draus gemacht hat, ist eine andere Sache. Jawohl, wir haben dasselbe getan wie Carla und Gaston – und darum seid ihr heute da! Aber wir haben es *später* getan. Als wir erwachsen waren, nicht mit fünfzehn! Ihr nennt mich den ›Gerechten‹. Das ist ehrenvoll, aber auch eine große Belastung. Ich habe heute nacht nicht geschlafen. Ich dachte darüber nach, ob es richtig war, was ich mit Carla und Gaston tat. Und ich sage euch, es war richtig!«

Wieder Gemurmel aus dem Lautsprecher.
Fräulein Hildenbrand sitzt mit gefalteten Händen da und sieht aus, als wollte sie weinen.
»Eure Eltern bringen euch zu mir. Meine Mitarbeiter und ich tragen die Verantwortung für euch. Wir haben sie auch für Gaston und Carla getragen. Stellt euch doch nicht dämlich! Ihr wißt, wie leicht etwas passieren kann, das niemand je wieder gutzumachen vermag. Es ist eine Lüge, wenn gesagt wird, ich denke nur an mein Internat und seinen Ruf. Ich denke an euch!«
Fräulein Hildenbrand seufzt.
»Ihr glaubt doch nicht im Ernst daran, daß ein Arzt euretwegen seine Existenz aufs Spiel setzt? Und wollt ihr sechzehnjährig mit einem dicken Bauch herumlaufen? Ja? Wer wird dann eure Kinder großziehen? Ihr? Ihr seid doch selber noch Kinder! Wie soll die nächste Generation aussehen? Unsere ist schon schlimm genug!«
»Essen Sie doch noch etwas, Oliver«, sagt Fräulein Hildenbrand.
»Ich kann nicht.«
Die Stimme des Chefs: »Ihr wißt hoffentlich, wie gern ich euch trotz allem habe. Aber ich kann heute nicht mit euch zu Abend essen. Mir ist übel. Mir ist todübel. Ich gehe jetzt heim. Eine Zeitlang werdet ihr mich nicht im Speisesaal sehen. Weil ich nämlich eine Zeitlang *euch* nicht sehen kann.« Pause. »Wenn einer natürlich große Sorgen hat, dann darf er immer zu mir in die Wohnung kommen. Aber ich, ich komme jetzt eine Weile nicht zu euch. Guten Abend.«
Klick, macht der Lautsprecher.
»Ach Gott, ach Gott, ach Gott«, sagt Fräulein Hildenbrand, und nun rinnen wirklich Tränen aus ihren halbblinden Augen.
»Was ist?«
»Jetzt bin ich für die ganze Schule eine Petze.«
»Aber nein!«
»Doch, ich bin eine Petze! Aber ich mußte doch melden, was ich sah!«
»Natürlich, Fräulein Hildenbrand, natürlich.«
»Es war doch unmöglich, zu schweigen!«
»Völlig unmöglich.«
»Manchmal denke ich, ihr seid nur alle so verrückt und lebenshungrig und frühreif, weil der liebe Gott oder die Natur oder die Vorsehung oder was weiß ich wer es so eingerichtet hat. Ich denke: Es kommt der Atomkrieg. Das haben die Kinder im Blut. Sie fühlen, in zehn Jahren sind sie tot. Also wollen sie leben, leben, leben!«

Und dann sagt sie, ohne jeden Übergang: »Oliver, Sie sind so nett zu Hansi ...«
»Woher wissen Sie das?«
»Er selbst hat es mir gesagt ...«
Dieses Biest, dieses verlogene!
»... und ich danke Ihnen so dafür, denn ich habe Sie doch darum gebeten, sich um ihn zu kümmern. Sie sind ein anständiger, gerechter Junge« (was für Worte!), »sagen Sie mir: Hätte ich mich anders benehmen müssen? Hätte ich verschweigen müssen, was ich mit meinen Augen sah?«
»Nein, Fräulein Hildenbrand, das hätten Sie nicht tun dürfen. Sie mußten Ihre Pflicht erfüllen.«
»Aber wenn sie mich jetzt eine Petze nennen ... Ein halbes Jahr, ein ganzes Jahr kann vergehen, bevor wieder ein Kind Vertrauen zu mir hat, bevor ich wieder einem Kind helfen kann ...«
»Nein!«
»Doch!«
»Fräulein Hildenbrand«, sage ich, »ich werde Ihnen helfen.«
»Sie werden ...«
»Ja. Ich werde allen, den Großen und den Kleinen, erklären, daß Sie nicht anders handeln konnten. Und die Kinder werden auf mich hören!«
»Das ... das wollen Sie wirklich tun?«
»Ja, Fräulein Hildenbrand.«
Ich darf gar nicht daran denken, was ich jetzt schon alles auf dem Hals habe! Fräulein Hildenbrand. Geraldine. Hansi. Raschid. Meine liebe Familie.
Ach was! Diese alte Dame hier tut mir leid! Es wird einem doch auch einmal einer leid tun dürfen in diesem Leben, oder? Was ist denn das für eine Welt?
Ich höre Verenas Stimme: Wenn ich nicht meine kleine Tochter hätte ...
Eine feine Welt ist das!
Fräulein Hildenbrand steht auf und hält mir eine Hand hin, und ich schüttele sie automatisch, während sie sagt: »Danke.«
»Wofür?«
»Daß Sie den Kindern alles erklären wollen. Die Kinder ...« Sie schluckt. »Die Kinder ... sie sind doch mein Leben ...«
»Ja, Fräulein Hildenbrand.«
»Sie ... Sie werden ihnen sagen, daß ich nicht anders handeln konnte?«
»Ja, Fräulein Hildenbrand.«

»Ich danke Ihnen. Ich danke Ihnen, Oliver.«
»Ach, hören Sie auf!«
»Geben Sie mir das Geschirr, ich trage es zurück in den Speisesaal. Wenn Sie doch keinen Hunger mehr haben ...«
»Nein, danke, ich habe keinen mehr.«
»Und schlafen Sie gut, Oliver, schlafen Sie gut!«
»Sie auch, Fräulein Hildenbrand.«
Dann geht sie, das Aluminiumgeschirr in der Hand, und natürlich läuft sie auch schon gegen den Türpfosten.
Sie muß sich sehr angeschlagen haben, ihre Stirn wird blutrot, aber sie beherrscht sich übermenschlich. Sie lächelt sogar, als sie sich zu mir umdreht.
»Immer dieses elektrische Licht«, sagt sie. »Da bin ich einfach hilflos. Am Tage sehe ich wie ein Adler.«
»Ja«, sage ich. »Gewiß«, sage ich. »Hoffentlich haben Sie sich nicht weh getan«, sage ich.

14

Ich glaube, ich habe schon einmal erklärt, daß ich ein feiger Hund bin. Ich weiß, daß ich mit Geraldine reden muß. Aber ich tue es nicht, ich habe einfach nicht die Traute. Am Freitagmorgen mußte ich wieder in die Schule. Und saß Geraldine gegenüber, sechs Stunden lang. Es war nicht angenehm. Beim Mittagessen fragte sie, wann wir uns sehen würden.
»Laß mir noch einen Tag Zeit, oder zwei, bitte. Ich fühle mich so elend.«
»Aber natürlich. Selbstverständlich. Werde erst ganz gesund ...!«
Geraldine ... Hansi ...
Verena ... Hansi ...
Hansi ...
Das ist die Gefahr! Wie hatte Hansi gedroht, als er nicht neben mir beim Essen sitzen durfte? Ehe er mit mir diese widerliche »Blutsbrüderschaft« schloß? »Ich werde herausfinden, wo diese Leute wohnen, und es dem Herrn Lord erzählen!« Das wäre die Katastrophe! Hansi *muß* beim Essen neben mir sitzen. Ich *muß* mit dem Chef reden.
Ich besuche also den Chef in seiner Wohnung.
»Herr Doktor, Hansi ist doch mein Bruder. Sie selber haben sich so darüber gefreut ...«
»Ja, und?«

»Und Fräulein Hildenbrand bat, daß ich mich etwas um ihn kümmere. Vergessen Sie doch die Geschichte mit Raschid! Raschid ist viel unabhängiger, viel weniger schwierig. Hansi möchte beim Essen neben mir sitzen. Ich glaube, man sollte es ihm gestatten.«
Er sieht mich ironisch an und sagt: »Du bist ja ungeheuer pädagogisch. Und warst auch bei der Macumba.«
»Wo?«
»Tu nicht so dumm. Ich habe dich gesehen. Findest du es auch gemein von mir, daß ich Gaston und Carla gefeuert habe?«
»Nein«, sage ich. »Ja«, sage ich. »Nein«, sage ich. »Nein, ich finde es nicht gemein. Sie mußten es wohl tun, Herr Doktor.«
»Ich habe es nicht gern getan, Oliver«, sagt der Chef. »Glaubst du wenigstens das?«
»Jawohl, Herr Doktor.«
»Ich habe auch eine Schwäche für große Lieben. Aber das hier ist eine Schule, verstehst du? Das hier ist kein Puff!«
»Ganz klar. Sie konnten nicht anders handeln.«
»Ist das ehrlich gemeint?«
»Ganz ehrlich.«
»Wie denken die anderen darüber?«
»Unterschiedlich.«
»Es sind viele wütend auf mich und auf Fräulein Hildenbrand, nicht wahr?«
»Ja, Herr Doktor.«
Er lacht.
»Warum lachen Sie?«
»Weil ich mir so einen feinen Beruf ausgesucht habe«, sagt er. »Also gut, ich werde Raschid zu Ali setzen, und Hansi zu dir. Aber du weißt, daß du damit wieder Raschid sehr weh tust?«
»Ich kann nicht allen Leuten wohltun, Herr Doktor. Sie und Fräulein Hildenbrand haben gesagt, ich sollte mich um Hansi kümmern. Ich glaube, der hat es auch nötiger. Raschid hält einen bißchen mehr aus.«
Er denkt lange nach. Dann sagt er: »Du bist ein unheimlicher Junge.«
»Wieso?«
»Das will ich dir nicht erklären. Aber ich fürchte, ich werde doch noch viel Sorge mit dir haben.« Und bevor ich antworten kann – was könnte ich übrigens antworten? – sagt er: »Armer Raschid.«
»Einer ist immer arm«, sage ich.
Und dann sitzt also der kleine Krüppel beim Essen neben mir und strahlt mich an und bläht und reckt sich (soweit das bei ihm mög-

lich ist), und Raschid sitzt neben dem hochmütigen, schwarzen Ali, der nicht mit ihm spricht, und sieht mich an, unablässig, traurig, verständnislos. Noch jemand sieht mich an, unablässig: Geraldine, vom Mädchentisch herüber. Und ihr Blick sagt Dinge, die kann ich nicht aufschreiben, denn keiner würde sie drucken. Ich bekomme kaum mein Essen hinunter. Den Nachtisch lasse ich stehen, ich habe Angst, mich zu übergeben.

»Kann ich deinen Pudding haben?« fragt Hansi.

»Gern.«

»Mach nicht so ein Gesicht, Mensch«, sagt der kleine Krüppel. »Ist doch alles bestens! Und wenn du weiter tust, was ich verlange, dann sollst du mal sehen, was ich in ein paar Wochen für eine Kanone aus dir mache! Das ganze Internat wird kopfstehen! Jede wird sich um dich reißen – wenn du willst. Aber du willst ja nicht. Du hast ja deine süße Armband-Mieze.«

»Halt's Maul«, sage ich schwach, während er meinen Pudding löffelt. Denn Geraldine sieht mich an. Und Raschid sieht mich an.

15

Beim Abendessen, am Freitag, drückt mir Geraldine einen Brief in die Hand, als wir den Speisesaal verlassen. Ich stecke den Brief in die Tasche und vergesse ihn vollkommen, denn ich spiele an diesem Abend Schach mit Noah (und verliere, er spielt großartig) und warte die ganze Zeit darauf, daß es 23 Uhr wird, und hoffe nur eines: Daß ich dann drei lange Lichtzeichen sehe und nicht drei kurze, denn drei lange bedeuten, daß Verena am Samstag um drei in unseren Turm kommen kann.

»Mensch, du spielst aber wie eine alte Flasche!« sagt Noah.

»Ich bin nicht ganz okay.«

»Dann spiele ich lieber mit Wolfgang!«

»Ja, tu das.«

Es ist 22 Uhr 45. Ich gehe auf den Balkon hinaus. Der Mond scheint, und in seinem bleichen Licht lese ich, was die Luxusnutte geschrieben hat.

Mein Geliebter!

Das, was jetzt folgt, ist ein Monolog aus dem Film »Hiroshima, mon amour«. Ich habe ihn mir dreimal angesehen, weil er mir so gefallen hat, und die Stelle, die ich jetzt aufschreibe, habe ich im Kino, im Dunkeln, mitgeschrieben. Ich weiß nicht, ob Du den Film kennst. Der Monolog stammt aus einer Szene, in der man

durcheinander Straßen von Hiroshima und von Nevers, dieser kleinen Stadt in Frankreich, sieht. Darüber liegt die Stimme der Riva – der Hauptdarstellerin. Das ist es, was sie sagt und was ich mitschrieb, im Dunkeln, bevor ich Dich kannte, mein Geliebter, aber weil ich wußte, fühlte, ahnte, daß einer wie Du einmal kommen würde, so wie im Film Riva und dieser Mann zueinander kommen.
Das ist die Stelle:
»Ich begegne Dir.
Diese Stadt war nach den Maßen der Liebe gebaut. Du warst nach den Maßen meines eigenen Körpers gebaut. Ich hatte Hunger. Hunger nach Treulosigkeiten, Lügen und nach dem Sterben. Von jeher. Ich wußte es wohl, daß Du eines Tages über mich kommen würdest. Ich wartete auf Dich mit einer Ungeduld ohne Grenzen. Verschlinge mich. Verzerr mich nach Deinem Bild, auf daß kein anderer nach Dir das ganze Warum solchen Begehrens begreife.
Wir werden allein bleiben, mein Liebster. Die Nacht wird nicht enden. Für niemanden mehr wird der Tag anbrechen. Nie mehr, niemals mehr. Endlich.
Du tust mir wohl. Wir werden um den dahingegangenen Tag weinen, bewußt und guten Willens. Anderes werden wir nicht zu tun haben, nichts, als um den dahingegangenen Tag zu weinen.
Zeit wird dahingehen. Nichts als Zeit. Und Zeit wird kommen. Zeit wird kommen, in der wir keinen Namen mehr haben werden für das, was aus uns wird. Ganz allmählich wird der Name dafür aus unserem Gedächtnis verschwinden. Und dann, dann wird er ganz verschwunden sein ...«
Das ist der Monolog aus dem Film, mein Geliebter. Gefällt er Dir? Gefalle ich Dir noch? Nur ein wenig, ein wenig? Werde schnell gesund! Laß uns wieder zusammensein! Ohne Liebe. Ich weiß, Du kannst mich nicht lieben, im Moment. Aber laß uns zusammensein. Ich bettele darum. Ich bettele!

Geraldine.

Hübsch, wenn einem so was im falschen Moment passiert, wie? In einem Moment, wo man gar nichts damit anzufangen weiß. Ich nehme meine Streichhölzer und verbrenne den Brief und lasse die Asche über die Brüstung des Balkons in den Park hinabfallen. Und während ich das noch tue, flammt oben, in einem Fenster der weißen Villa über dem Turm und den Bäumen, eine Taschenlampe auf – lang. Und noch einmal: Lang. Und noch einmal: Lang.
Ich trage meine Taschenlampe diesmal bei mir. Nun blinke ich zurück, dreimal lang – lang, lang, lang.
Noch einmal kommt das gleiche Zeichen aus der Höhe.

Morgen um drei, Verena, morgen um drei, meine Liebe.
In dem alten Turm. In unserem Turm.

16

»Ich . . .«
»Ich . . .«
»Nein! Sag es nicht! Bitte! Ich sage es auch nicht!«
Das ist unsere Begrüßung, oben in der Stube des alten Römerturms, Samstagnachmittag um drei Uhr. Wir haben einander umarmt, wir haben einander geküßt. Ich war diesmal zuerst da, sie kam die Stiegen herauf, trapp, trapp, trapp, auf flachen Absätzen. Sie trägt ein kornblumenfarbenes Kleid und einen beigefarbenen Flanellmantel darüber, denn es ist kalt, und ab und zu regnet es ein wenig.
»Aber ich weiß, was du sagen wolltest!«
»Was?«
»Und ich wollte dasselbe sagen!«
»Sag es nicht!«
»Nein.«
»Es genügt, daß wir wissen, wir wollten es beide sagen, nicht?«
»Ja.«
Sie hat heute wieder Farbe im Gesicht, sie ist wieder geschminkt. Ein bißchen schmal sieht sie noch aus. Aber schon wieder okay. Wenn man durch die Luken der Turmstube blicken würde, könnte man Berge und Dörfer, Städte, Burgen und Kühe im Regen sehen, in diesem dünnen, traurigen Septemberregen. Wenn man aus den Luken blicken würde, sage ich. Diesmal tut sie es nicht, diesmal tu' ich es nicht. Diesmal sind wir schon ein Riesenstück weiter. Weiter, wohin? Zum Guten? Zum Bösen? Zum Glücklichmachenden? Zum Traurigmachenden?
»Wo ist Evelyn?«
»Unten.«
»Im Regen?«
»Sie hat meinen Schirm. Das Wetter macht ihr nichts. Sie spielt mit Assad.«
»Wie geht es dir, mein Herz?«
»Gut. Und dir?«
»Mir geht es nur gut, wenn ich bei dir sein kann«, sage ich.
»Werde nicht sentimental. Ich kann das nicht leiden.«
»Du kannst das nicht leiden? Du bist doch selber so sentimental . . .«

»Na schön. Aber laß es trotzdem.«
»Ich lasse es ja schon«, sage ich. Assad bellt. Evelyn lacht. Ich höre, wie sie durch den Regenwald tollen.
»Die beiden haben eine feine Zeit«, sage ich.
»Ja.«
»Werden wir auch einmal eine haben?«
»Eine feine Zeit?«
Daraufhin entsteht eine Stille, die beschreiben manche Schriftsteller in ihren Büchern so:
».........!«
»Na ja«, sage ich, »man muß nicht auf alles eine Antwort bekommen. Hat dein Mann nichts gemerkt?«
»Was meinst du?«
»Meinen Besuch. Die Blumen...«
»Nichts. Mein Bruder kam natürlich nicht. Obwohl er wußte, daß ich da lag. Meinem Bruder bin ich egal. Wir sehen uns nur, wenn er mich anpumpt. Sonst bin ich für ihn Luft.« Und sie stellt den breiten Kragen ihres Flanellmantels hoch und sieht mich mit ihren riesigen, schwarzen Augen an, und ihre Lippen zittern ein bißchen. »Oliver...«
»Ja?«
»Hast du noch etwas mit diesem Mädchen?«
»Nein.«
»Lüg nicht. Sag lieber ja, das ist weniger schlimm.« Und in der Tiefe bellt wieder der Hund, und das kleine Mädchen lacht wieder.
»Ich lüge nicht. Ich habe etwas mit ihr gehabt. Aber jetzt werde ich ihr sagen, daß alles aus ist.«
»Wann?«
»Morgen. Ich bin so feig.«
»Feigling«, sagt sie, »nimm eines Feiglings Hand.« Und küßt mich noch einmal, zärtlicher, süßer, inniger als das erstemal. Danach flüstert sie: »Ich werde dich nicht mehr küssen, bis du es ihr gesagt hast. Das war das letztemal.«
»Ja, ja, schon gut. Hast du bestimmt keine Schmerzen mehr?«
»Bestimmt nicht. Was gibt es Neues im Internat?«
»Alles in Ordnung. Zwei sind rausgeflogen. Ein Pärchen. Sie wurden erwischt, im Wald. Die Kinder haben eine Macumba gemacht. Ich war dabei.«
»Was habt ihr gemacht?«
»So eine Art Geisterbeschwörung. Daß die beiden glücklich werden. Da ist eine kleine Brasilianerin, die hat alles vorbereitet. Und alle haben gebetet, jeder in seiner Sprache.«

»Du auch?«
»Ja.«
»Was?«
»Daß wir beide glücklich werden.«
Ihr Kopf verschwindet fast in dem aufgestellten Mantelkragen. Sie sagt: »Ich habe auch gebetet.«
»Nachdem ich aus deinem Krankenzimmer ging, nicht wahr?«
»Woher weißt du das?«
»Ich spürte es. Beim Autofahren.«
»Es ist Irrsinn«, sagt sie. »Es wird furchtbar enden.«
»Klar«, sage ich.
»Wenn ich ins Elend komme, was ist dann?«
»Ich ernähre dich und Evelyn.«
»*Du?* Du bist doch noch ein Junge! Du hast nichts! Du kannst nichts! Du ...«
Sie bricht ab, und jetzt tritt sie doch an eine der Luken und sieht in den Regen hinaus und in die Tiefe hinab.
»Mami!« ruft Evelyn. Da winkt sie. Und Assad bellt.
»Du bist nichts wert«, sagt sie.
»Nein«, sage ich.
»Du bist ein Tramp.«
»Ja.«
»Ich bin auch ein Tramp.«
»Na also«, sage ich. »Feigling, nimm eines Feiglings Hand. Das gefällt mir übrigens nicht. Von wem ist das?«
»Ich weiß es nicht.«
»Aber ich weiß etwas, was dir gefallen wird! Und ich weiß auch, von wem es ist.«
»Von wem ist es?« fragt sie mit ihrer rauchigen, heiseren Stimme, aber ganz leise, und sieht in die nasse grüne Samstagnachmittagslandschaft hinaus.
Ich wage nicht, auch nur eine Hand auf ihre Schulter zu legen, so nahe ich auch hinter ihr stehe.
»Von Shakespeare«, antworte ich. »Aus dem ›Sturm‹, Prospero sagt es. Wir lesen gerade Shakespeare, weißt du, in Englisch. Der Englischlehrer ist ein prima Kerl. Jung. Sieht blendend aus. Zieht sich großartig an. Jeden Tag ein anderes Jackett. Und so feine, seidene Halstücher. Noah glaubt, er ist schwul. Die Mädchen sind alle wahnsinnig hinter ihm her! Wenn er ein Schwuler ist, dann ist er ein heimlicher. Er benimmt sich bezaubernd zu den Mädchen, also wirklich! Ich muß unbedingt verhindern, daß du ihm einmal begegnest!«

»Was steht im ›Sturm‹?«
» ›We are made out of such stuff as dreams, and our little life is rounded by a dream.‹ Das habe ich gelesen. Gestern.«
»Was heißt das auf deutsch?«
»Wieso? Du hattest doch deine Boy-Friends!«
»Du bist gemein!«
»Nein, Verena, nein!«
»Dann sag mir, was es heißt auf deutsch«, sagt sie und sieht hinaus in den Regen und hinab zu ihrem Kind, das mit dem Hund spielt zwischen den Blumen. »Ich kann nämlich trotzdem nur schlecht Englisch.«
»Es heißt«, sage ich, »ungefähr: ›Wir sind aus solchem Stoff, wie Träume sind, und unser kleines Sein umschließt ein Schlaf.‹«
»Das ist schön.«
»Ja, nicht wahr?«
»Ich hätte mir noch mehr Amis nehmen sollen. Dann könnte ich heute Englisch. Nach dem dritten Weltkrieg tu' ich es. Wenn ich dann noch lebe.«
»Nach dem dritten Weltkrieg bist du meine Frau«, sage ich. »Wenn wir beide dann noch leben.«
Jetzt dreht sie sich um und sieht mich an, und mir läuft es heiß und kalt über den Rücken. Ich habe mich noch niemals so benommen gefühlt, wenn eine Frau mich ansah.
No, no, this *must* be love ...
»Und unser kleines Sein umschließt ein Schlaf?«
»Ja«, sage ich.
Und der Regen rauscht im herbstlichen Laub.
Es regnet, regnet leise, kehr heim, du Schäferin ...
»Hast du Mut?«
»Was?«
»Ich frage dich, ob du Mut hast?«
»Ich?« antworte ich. »Ich bin der geborene Feigling, das weißt du doch.«
»Laß den Unsinn«, sagt sie, und ihre Augen beginnen zu glühen, und ihr schmales Gesicht wird noch schmäler. »Ich habe es ihm gesagt.«
»Wem?«
»Meinem Mann.«
»Was?«
»Daß ich dich getroffen habe. Mit anderen Jungen. Ganz zufällig. Dein Name fiel. Da dachte ich: Mansfeld? Mansfeld? Und sprach dich an. Und du warst es! Der Sohn seines alten Geschäftsfreundes!«

»Verena!«
»Ja?«
»Du bist verrückt!«
»Natürlich! Darüber reden wir doch dauernd! Ich will dich öfter sehen! Länger! Nicht immer heimlich! Nicht immer in diesem Turm! Hast du schon mal daran gedacht, wie das werden soll, wenn nun der Winter kommt?«
»Sprich weiter.«
»Was soll ich dir sagen? In diesem Leben passiert immer nur das Gegenteil. Mein Mann war entzückt! Er meinte, ich sollte dich im Internat anrufen und fragen, ob du unser Gast sein willst, morgen, zum Abendessen.«
»Morgen schon?«
»Ja. Darum fragte ich, ob du Mut hast.«
»Ich glaube schon.«
»Ich dachte mir, wenn du einmal zu uns kommst, kannst du immer kommen. Auch nach Frankfurt. Wir gehen bald hier fort.«
»Die ganze letzte Nacht habe ich mich davor gefürchtet.«
»Was willst du einmal werden, Oliver?«
Ich antworte nicht, weil ich mich schäme.
»Weißt du es noch nicht?«
»Doch.«
»Dann sag es mir.«
»Es klingt so blöd.«
»Sag es!«
»Schriftsteller.«
»Und deshalb schämst du dich?«
»Es ist so schwer. Wahrscheinlich werde ich nie einer werden. Und überhaupt...«
»Hast du schon etwas geschrieben?«
»Lächerliche Liebesgeschichten, für Mädchen. Sonst nichts.«
»Schreib doch unsere Geschichte auf!«
»*Unsere Geschichte?*«
»Die Geschichte von uns beiden! Wie wir uns kennengelernt haben. Was bisher geschehen ist. Und was ...«
Sie stockt. Deshalb frage ich:
»Wolltest du sagen: Und was noch geschehen wird?«
Sie nickt und sieht in den Regen hinaus.
»Gut«, antworte ich. »Gut. Ich will es versuchen. Ich lasse dich alles lesen. Und wenn es schlecht ist, dann sagst du es mir, ja?«
»Ja. Und wenn mir etwas besonders gefällt, sage ich es dir auch.«
»Bitte.«

»Oliver ...«
»Ja?«
»Enrico wird auch da sein morgen abend. Er ist aus Rom zurückgekommen. Mein Mann hat ihn eingeladen. Hast du so viel Mut?«
»Was heißt da Mut? Wahrscheinlich wird es Enrico unangenehmer sein, mich wiederzusehen, als mir, ihm noch einmal zu begegnen! Aber wie soll das alles weitergehen?«
»Hast du Vertrauen zu mir?«
»Natürlich nicht«, sage ich. »Quatsch«, sage ich. »Natürlich habe ich Vertrauen zu dir, Verena.«
»Dann laß mir noch ein wenig Zeit. Und wenn du heute um elf auf deinen Balkon kommst, wirst du auch etwas sehen.«
»Hast du gelernt?«
»Ja«, sagt sie. »Ich bin jetzt beinahe perfekt. Besitzt du einen Smoking?«
»Einen ganz schicken!«
»Dann zieh ihn morgen abend an. Darfst du überhaupt weg?«
»Ich muß den Chef fragen. Aber ich darf sicher. Ihr seid doch so feine Leute. Bestimmt wäre es sehr wirkungsvoll, wenn dein Mann im Internat anrufen und sagen würde, daß er mich einlädt. Sonst glaubt der Chef am Ende noch, ich gehe nicht zu euch, sondern nach Friedheim in den ›Kakadu‹.«
»Was ist das?«
»So ein Bums, da kann man sich Nutten aufreißen.«
»Woher weißt du das?«
»Einer von den großen Jungen hat es mir erzählt.«
»Möchtest du eine von denen, Oliver?«
»Weißt du, bisher wollte ich gern mit allem schlafen, was zwischen – was weiblich ist.«
»Und jetzt?«
»Jetzt nur noch mit einer.«
»Ist das wahr?«
»Bei meinem Leben. Nein, bei deinem Leben. Nein, bei Evelyns Leben!«
»Wirklich und wahrhaftig?«
»Wirklich und wahrhaftig.«
Sie tritt auf mich zu, und ich habe so eine Art Krampf im ganzen Körper, in allen Gliedern, das Herz tut mir weh, und ich kann keinen Finger rühren. Sie sagt, direkt vor meinem Mund: »Es muß wirklich wahr sein, weißt du ...«
»Ich weiß. Es ist wirklich wahr.«
»Ich bin nämlich verrückt, wenn ich mich mit dir einlasse ...«

»Ich bin auch verrückt.«
». . . aber du gefällst mir so.«
»Du mir auch.«
»Es wird böse enden. Ich bin so viel älter.«
Schon wieder!
»Sag nicht immer wieder denselben Unsinn!«
»Sage ich ihn immer wieder?«
»Dauernd. Es macht mich ganz krank.«
»Aber ich bin doch wirklich zwölf . . .«
»Sei ruhig!«
»Ich bin schon ruhig. Ich bin schon ruhig.«
Und da, gerade als ich sie küssen will, bellt in der Tiefe der Hund, und Evelyn beginnt zu singen: »Alle meine Entchen schwimmen auf dem See, Köpfchen unter Wasser, Schwänzchen in die Höh' . . .«
»Es kommt jemand«, sagt Verena hastig. »Ich muß weg. Morgen um acht, ja?«
»Ja. Und dein Mann soll im Internat anrufen.«
Sie gibt mir einen Kuß, aber nur einen ganz flüchtigen, auf die Wange, dann geht sie schnell zur Treppe, während sie sagt: »Wenn jemand heraufkommt, versteck dich. Sonst warte ein paar Minuten.«
»Ja. Und heute abend um elf?«
»Heute abend um elf.«
Im nächsten Augenblick ist sie verschwunden. Ich trete an eine Luke und sehe, wie sie den Turm verläßt und mit Evelyn und dem Hund davongeht, hinein in den Wald, den Herbstregen, fort von mir, weiter, weiter, ohne sich umzusehen. Schon ist sie zwischen den Bäumen verschwunden. Ein dicker Mann und eine dicke Frau kommen, betrachten lange den Turm und gehen dann weiter. Wahrscheinlich hat die Tafel sie vor einer Besichtigung abgeschreckt.
Ich setze mich auf eine alte Kiste, die in der Turmstube steht, und lege meine Hand ans Gesicht, und meine Hand riecht wieder nach Verenas Parfüm.
Diorissimo.
Ich soll unsere Geschichte aufschreiben, hat sie gesagt.
Ich werde es tun.
Heute noch werde ich anfangen.
Lieber Gott, an den ich mich schändlicherweise immer nur wende, wenn ich etwas brauche, wenn ich etwas will, für mich oder für andere, laß es bitte, bitte, eine gute Geschichte werden!

17

Prinz Raschid Dschemal Ed-Din Runi Bender Schahpur Isfahani betet:

»O ihr Gläubigen, kein Mensch soll andere Menschen bespotten, denn vielleicht sind diese, die Verspotteten, besser als jene, die Spötter. Auch möge keine Frau eine andere, die vielleicht besser als sie ist, verspotten. Verleumdet euch nicht untereinander, und gebet euch nicht gegenseitig Schimpfnamen. Vermeidet sorgfältig den Argwohn, denn mancher Argwohn ist Sünde. Forschet nicht neugierig nach den Fehlern der anderen und sprechet nichts Böses vom anderen in dessen Abwesenheit. Sollte wohl einer von euch verlangen, das Fleisch seines toten Bruders essen zu wollen? Gewiß habt ihr Abscheu davor. Darum fürchtet Allah. Sehet, Er ist versöhnend und allbarmherzig. Oh, ihr Menschen, Allah hat euch von einem Mann und einem Weib erschaffen und euch in Völker und Stämme eingeteilt, damit ihr einander liebevoll erkennen möget. Wahrlich, nur der ist am meisten bei Allah geehrt, der am friedfertigsten ist und der die meiste Liebe beweist. Denn Allah ist Allah und kennt aller Menschen Herzen.«

Da ist es 21 Uhr. Und um 23 Uhr stehe ich im Regen auf dem großen Balkon vor unserem Zimmer im ersten Stock, und aus der Nacht, der Finsternis, dem Regen kommt diese Botschaft in Lichtzeichen zu mir aus der Villa über dem alten Turm: MORGEN... UM... ACHT... ICH FREUE... MICH...

Und ich blinke zurück: AUCH... ICH... FREUE... MICH... MORGEN... UM... ACHT...

Aus der Finsternis und dem strömenden Regen kommen diese Zeichen: SCHLAF... GUT... OLIVER...

Ich antworte:

SCHLAF... GUT... MEIN... HERZ...

Ja, ich werde unsere Geschichte schreiben.

Ich werde die Geschichte dieser Liebe schreiben.

Ich gehe in mein Zimmer zurück.

Noah und Wolfgang sind noch wach, das Licht brennt, sie sehen, wie ich meinen Morgenrock ausziehe.

»Mensch, du bist ja ganz naß«, sagt Wolfgang. »Wo hast du dich herumgetrieben?«

»Laß ihn in Ruhe«, sagt Noah. »Siehst du denn nicht, was mit ihm los ist?«

»Was ist mit ihm los?«

»He is in love.«
Yes – I am in love.
Morgen um acht.
Verena Lord.
Verena.

18

Das erste, was ich sehe, als ich die Villa betrete, ist der Rubens meines Vaters: So ein dickes, blondes, nacktes Weib, das sich die Füße wäscht. Da hängt das Bild, in der getäfelten Halle des Hauses von Herrn Manfred Lord. Schon komisch, wie?
Ich finde es so komisch, daß ich ganz vergesse, dem Diener (in Eskarpins und schwarzer Livree), der mir geöffnet hat, das Papier zu geben, in das die Blumen gewickelt sind, die ich mitgebracht habe. Dieser Diener hat ein glattes, längliches Gesicht mit eiskalten Augen und mit Lippen, die so schmal sind, daß man glauben könnte, er hätte überhaupt keinen Mund. Klein und hager ist er, hochmütig und selbstsicher. Wenn ich da an unseren Herrn Viktor denke! Was für ein feiner Kerl das war. Wo der wohl jetzt arbeitet?
Dieser Diener und das Gärtnerehepaar hier, das sind also die Leute, die Verena hassen, überlege ich, während ich zuerst den Rubens und dann den Diener anstarre. Sie halten Verena für den letzten Dreck. Das hat sie mir gesagt, an dem Abend, als wir uns kennenlernten. An dem Abend, als ich sie heimbrachte. Ich muß mich in acht nehmen vor diesem Diener. Freundlich. Ganz freundlich.
»Pardon, bitte, mein Herr, das Papier ...«
»O ja!« Lächeln, immer lächeln. »Wenn Sie so gut sein wollen.«
Er will so gut sein. Er nimmt das Papier.
»Vielen Dank, mein Herr ...?«
»Leo ist mein Name, Herr Mansfeld.«
»Vielen Dank, Herr Leo.« Man kann richtig sehen, wie ihm das »Herr« wohltut. Ich greife in die Tasche. »Ach ja! Halten Sie mich nicht für einen Parvenü. Ich habe eine schreckliche Angewohnheit, Herr Leo.«
»Pardon, bitte, das kann ich mir gar nicht denken, Herr Mansfeld!«
»Doch, doch. Es ist mir schon ein paarmal passiert, wenn ich eingeladen war.«

»Was, pardon, bitte?«
Scheint sein Tick zu sein, dieses ewige »Pardon, bitte«.
»Daß ich, wenn ich im Schwips fortging, vergaß, etwas für die Menschen zu hinterlassen, die sich den ganzen Abend so viel Mühe mit mir gegeben hatten. Scheußlich, nicht? Ich nehme an, Sie servieren heute abend?«
»Ja, mein Herr.«
»Und wer kocht?«
»Die Frau des Gärtners.«
»Darf ich mir also erlauben, Ihnen beiden das hier im voraus zu überreichen?« Ich gebe ihm dreißig Mark. Zuerst wollte ich ihm nur zwanzig geben. Aber da hätte er teilen müssen. So kann er zehn Mark mehr für sich behalten.
Das mit dem Trinkgeld-vorher-Geben ist übrigens ein Tick von mir. Ich tu' das immer, wenn ich eingeladen bin. Am liebsten schleiche ich gleich in die Küche und drücke der Köchin einen Schein in die Hand. Sie wissen es selber: Auf den meisten Parties geht das Eis aus oder das Sodawasser. Wenn die Köchin dann schon gespickt ist, hat sie immer ein Kübelchen mit Eiswürfeln oder einen Syphon für Sie beiseite geräumt...
Ich sehe mir diesen Pardon-bitte-Diener noch einmal an. Habe ich nun einen Freund gewonnen? Wer vermag das zu sagen? Es kommen so viele reiche Leute zu Herrn Manfred Lord...
»Das kann ich unmöglich annehmen, Herr Mansfeld!«
»Wenn ich Sie darum bitte?«
»Nun, also, ich danke herzlich. Auch im Namen von Frau Klein. Das ist die Frau des Gärtners.« Er verneigt sich und lächelt ein falsches Lächeln, dieser Hund, der Verena bespitzelt und mit dem ich rechnen muß.
Eine Schiebetür aus Mahagoni öffnet sich, der Hausherr erscheint. Der Diener verschwindet.
»Mein lieber Oliver – so darf ich Sie doch nennen –, ich freue mich aufrichtig, Sie in meinem Haus begrüßen zu dürfen!« Mit ausgebreiteten Armen kommt Manfred Lord auf mich zu. Der Mann sieht großartig aus! Ich muß an einen Film-Chirurgen denken, der vor der Herde seiner Assistenten und Schwestern den Korridor zum Operationssaal herabgerauscht kommt. Er ist mindestens einen Kopf größer als ich, dieser Manfred Lord. Sein Smoking muß ein Vermögen gekostet haben. Sein Lächeln ist strahlend. Die blauen Augen blitzen. Das Haar ist weiß, zurückgekämmt und gibt eine hohe Stirn frei. Dieser Mann, denke ich, ist klug und gefährlich. Seine Freundlichkeit macht ihn so gefährlich. Er hat

eine edle schmale Nase und einen weit ausladenden Hinterkopf. Er riecht nach »Knize Ten«-Rasierwasser und Reichtum, Reichtum, Reichtum. Er hat eine klingende, tönende, eine faszinierende Stimme.

»Was bringen Sie da für wundervolle Blumen!«

»Ich wollte Ihrer Frau...«

»Und noch dazu rote Nelken! Ihre Lieblingsblumen! Wie kamen Sie nur darauf?«

»Ich...« Achtgeben! »Ich weiß nicht, Herr Lord. Rote Nelken sind auch meine Lieblingsblumen. Darum wahrscheinlich!«

»Natürlich, darum!« Er lacht herzlich und klopft mir auf die Schulter. Weiß er etwas? Vermutet er etwas? Hat er einen Plan? Welchen? Das scheint die Stärke dieses Herrn zu sein, daß man seinem offenen, ehrlichen Gesicht nie ansehen kann, was er gerade denkt und fühlt.

»Da wird meine Frau sich aber freuen.« Er bemerkt meinen Blick und lacht wieder. »Der Rubens, wie? Euer Rubens!«

»Ja.«

»Ich habe ihn ersteigert, wissen Sie. Bei einer Auktion in Luxemburg. Ihrem Vater gefiel das Bild plötzlich nicht mehr. Darum gab er es weg. Denn Geld hat er doch genug, wie? Hahaha!«

»Hahaha!« Jetzt habe ich mich ein wenig gefaßt. »Wenn Sie schon solche Bilder hier oben im Taunus hängen haben, dann möchte ich einmal Ihre Wohnung in Frankfurt sehen.«

»Werden Sie, mein Junge, werden Sie! Ich bin entzückt, daß Verena Sie ausfindig gemacht hat! Den Sohn meines alten Freundes...«

Junge, Junge, ist der Mann gefährlich.

»Haben Sie denn keine Angst, Herr Lord? Ich meine, daß hier eingebrochen wird, wenn Sie nicht da sind...«

»Jemand ist immer da, lieber Freund. Und die Wach- und Schließgesellschaft. Und Selbstschußanlagen im Park und andere schöne Dinge für jeden, der versuchen sollte, heimlich hier hereinzukommen.«

Plötzlich ist sein strahlendes Lächeln wie weggewischt, und er sieht mich mit seinen blauen Augen an, die stahlhart geworden sind. Ein unheimlicher Mensch, dieser Manfred Lord. Mit dem werde ich noch eine Menge erleben, denke ich.

19

Verena trägt ein schwarzes, schulterfreies Abendkleid, das sehr eng ist und seitlich so etwas wie eine Schärpe hat. Sie trägt kostbaren Schmuck, ein Brillantkollier, ein Brillantarmband, Brillantclips in den Ohren und eine Rose aus Brillanten auf dem Kleid. Sie ist sehr geschminkt. Als Manfred Lord und ich in den getäfelten Salon kommen, steigt für Sekunden tiefe Röte in ihr Gesicht. Dann tritt sie mir entgegen, ein Cocktailglas in der Hand. »Herr Mansfeld! Da sind Sie ja endlich! Darf ich Sie mit Herrn Enrico Sabbadini bekannt machen?«
Nun tritt der italienische Beau vor, der vom Flughafen damals. Auch er trägt einen Smoking, einen dunkelblauen, mit einer Schnürsenkelschleife im Hemd. Er scheint nervös zu sein. Wir verneigen uns voreinander. »Ich freue mich, Herr Mansfeld, Ihre Bekanntschaft zu machen«, sagt er in seinem akzentuierten Deutsch. Die linke Hand öffnet und schließt sich dabei andauernd. In der rechten hält er ein Glas.
»Stell dir vor«, sagt Manfred Lord, »Oliver hat die gleichen Lieblingsblumen wie du, mein Schatz!« Und er lächelt wieder, während ich die roten Nelken überreiche und Verena die Hand küsse. (Diorissimo. Hoffentlich halte ich diesen Abend durch.)
»Sie sind ja verrückt, Herr Mansfeld! So viele Blumen!«
»Ich schenke gern Blumen.«
»Da hörst du es, Verena, er schenkt gern Blumen.« Dieser Manfred Lord! Er drückt auf einen Klingelknopf. Sofort erscheint Herr Leo. »Eine Vase für die Blumen, bitte.«
»Sehr wohl, gnädiger Herr.«
»Was trinken Sie, Oliver?« Der Hausherr geht an eine Bar, die sich in einem alten Schrank befindet. Der Salon ist antik eingerichtet. Dicke Teppiche. Dunkle Möbel. Ein riesenhafter Gobelin. »Cocktail? Whisky?«
»Whisky, bitte.«
Er bereitet ihn. Liebevoll. Sorgfältig. Wie ein Apotheker eine Arznei.
»Mit Eis?«
»Ja, bitte.«
»Wasser oder Soda?«
»Soda.«
»Sagen Sie halt, wenn es genug ist.«
»Halt.«

Ich habe den Whisky schnell getrunken, und schon füllt Lord wieder mein Glas.
Dann stehen wir mit unseren Drinks herum. Manfred Lord überragt alle, und er scheint sich richtig zu freuen über diesen Abend.
»Laßt uns darauf trinken«, sagt er, »daß Verena unseren – nein, ich muß schon sagen *meinen!* – Oliver wiedergefunden hat! Ihr wißt ja beide nicht, wie oft ich an ihn dachte ... Der kleine Oliver! Jetzt ist er ein großer Oliver geworden, ein richtiger Mann. Die Frauen müssen ganz verrückt nach Ihnen sein!«
»Nein. Wieso?«
»Na, Sie sehen doch fabelhaft aus! Findest du nicht, Verena? Finden Sie nicht, Enrico?«
»Er sieht fabelhaft aus«, sagt Enrico.
Verena sagt nichts. Sie sieht mich nur an.
Ich muß jetzt etwas sagen, und zwar schnell!
»Unsinn«, sage ich darum, »erlauben Sie mir, auf die gnädige Frau zu trinken. *Sie* sieht fabelhaft aus. Ich ... ich ...« Und nun blicke ich Verena an und denke: Alles lasse ich mir auch nicht bieten! » ... ich habe noch nie eine schönere Frau gesehen als Sie, gnädige Frau!« Ich hebe mein Glas. Alle trinken. Enrico verschluckt sich dabei und muß husten.
»Was für ein charmanter junger Mann«, sagt Manfred Lord, nachdem er getrunken hat. »Wirklich, Verena, ich kann dir nicht genug dankbar sein, daß du ihn entdeckt hast.«
»Warum stehen wir eigentlich?« fragt Verena.
Wir setzen uns in alte, riesenhafte Sessel, die vor einem Kamin stehen. Ein prasselndes Feuer brennt.
Verena blickt in die Flammen. Enrico (er trägt wieder ein Paar von diesen schicken, überspitzen Schuhen) starrt mich an. Manfred Lord sieht Enrico und mich abwechselnd an, amüsiert und vergnügt. Seiner Frau schenkt er keinen Blick. Händereibend sagt er: »Es gibt doch nichts Gemütlicheres als ein Kaminfeuer, nicht wahr, Oliver? Haben Sie den Weg zu uns leicht gefunden?«
»Ja.« Verflucht, da habe ich einen Fehler gemacht!
»Bravo! Die meisten Menschen, die zum erstenmal kommen, verfahren sich. Cheerio, allerseits!«
Wir heben wieder unsere Gläser.
»Ich kenne mich hier schon ziemlich gut aus, Herr Lord. Meine Schule liegt ganz in der Nähe Ihres Hauses.«
»Natürlich«, sagt er und lächelt breit, »das habe ich vergessen! Sie sind ja jetzt sozusagen unser Nachbar. Ist das nicht wundervoll, Verena? Wenn ich nicht da bin und Oliver Zeit hat, könnt

ihr zusammen spazierengehen oder im ›Ambassador‹ Tee trinken oder auf unserem Platz Tennis spielen!«

»Ich habe nur zwei Stunden am Tag frei, Herr Lord. Ich habe keine Zeit zum Tennisspielen. Und es ist mir verboten, ins ›Ambassador‹ zu gehen.«

Das Glas in der Hand, neigt Manfred Lord sich im Stuhl zurück. »Ist das nicht verrückt, Liebste? Er darf nicht ins ›Ambassador‹, er spielt nicht Tennis, er hat nur zwei Stunden Zeit am Tag! Und Enrico spielt Tennis und darf ins ›Ambassador‹ und hätte Zeit – und muß nun zurück nach Rom! Armer Liebling.«

Manfred Lord, der Mann der Frau, die ich liebe. Vis-à-vis dem Mann, mit dem sie schläft. Manfred Lord, der Verenas Kind...

In diesem Moment kommt die kleine Evelyn herein. Sie sieht winzig aus. Über einem hellblauen Pyjama trägt sie einen Morgenmantel und dazu kleine, hellblaue Seidenpantoffeln.

»Störe ich?« fragt sie höflich-altklug.

»Aber überhaupt nicht, Evelyn«, sagt Manfred Lord.

»Ich bin nicht Evelyn, Papa.«

»Wer bist du denn?«

»Ich bin heute abend Herr Meier.«

Verena erklärt es mir leise: »Das ist ein altes Spiel. Alle paar Tage ist sie nicht Evelyn, sondern Herr Meier, Herr Schmitz oder Herr Klingelbrösel.«

Ich denke: Heute abend ist sie nicht Evelyn, sondern Herr Meier, damit sie sich vor mir besser verstellen kann.

»Was haben Sie denn für einen Beruf, Herr Meier?« fragt Manfred Lord.

»Ich bin Financier«, antwortet Evelyn. (Sie sagt aber »Finantzjer«.)

»Oh, ich verstehe. Und womit kann ich Ihnen dienen, Herr Meier?«

»Ich wollte nur gute Nacht sagen.«

»Das ist sehr freundlich von Ihnen, Herr Meier. Tun Sie es bitte.«

»Jawohl, mein Herr«, antwortet Evelyn.

Ihrer Mutter gibt sie einen langen Kuß, und die beiden umarmen sich innig. Evelyns linke Hand ist zur Faust geschlossen, bemerke ich.

»Gute Nacht, träume schön.«

»Ja, Mami.«

Dann geht das kleine Mädchen zu Manfred Lord. Sie gibt ihm die Hand, aber keinen Kuß, und sagt ernst: »Leben Sie wohl, Herr Lord.«

»Sie auch, Herr Meier. Wir sehen uns ja morgen auf der Börse. Aber wollen Sie mir denn keinen Kuß geben?«
Lord scheint sich außerordentlich zu amüsieren.
»Doch«, flüstert Evelyn.
Ihr Stiefvater bekommt einen Kuß auf die Wange, hingehaucht, flüchtig. Einen Moment hört er auf zu lächeln, dann gibt er Evelyn einen Klaps.
Diese wandert stumm weiter und knickst vor Enrico. Nun kommt sie zu mir. Was sie in der linken Hand hielt, hält sie nun in der rechten.
»Das ist Herr Mansfeld, Evelyn«, sagt Lord.
Evelyn knickst wieder und reicht mir die Hand.
»Gute Nacht, Herr Mansfeld«, sagt sie.
Und dann geht sie, winzig klein, auf ihren hellblauen Seidenpantoffeln zur Tür und verschwindet. In meiner rechten Hand befindet sich nun, was sich eben noch in Evelyns rechter Hand befand: Etwas Heißes, Weiches.
Was?
Diener Leo erscheint mit einer Vase, in der meine roten Nelken stehen. »Wo darf ich sie hinstellen, gnädige Frau, pardon, bitte?«
»Auf den Tisch vor dem Kamin.«
»Wird es da nicht zu warm sein, Liebste?« fragt Lord sanft.
»Die Nelken sind so schön. Und ich möchte sie gern nach dem Essen sehen.«
»Natürlich. Also hierher, Leo.«
»Sehr wohl, gnädiger Herr.«
Enrico Sabbadini sieht mich an, als wollte er mich ermorden. Diener Leo lächelt mir fischig zu, während er die Blumen auf den Tisch mit der Marmorplatte stellt. Diener Leo richtet sich auf. Diener Leo sagt: »Es ist angerichtet, gnädige Frau.«

20

»Wir wollen uns nichts vormachen, lieber Enrico. Die Zeit des ganz großen, des gold-goldenen Wirtschaftswunders ist passé«, sagt Manfred Lord und nimmt noch zwei Hummerscheren von der Silberplatte, die Diener Leo (er serviert mit weißen Handschuhen) ihm hinhält. »Danke schön. Ein Freund von mir – Sie müssen unbedingt noch etwas mehr Mayonnaise nehmen, lieber Oliver, sie ist wirklich exzellent, unsere Gärtnersfrau nimmt es jederzeit mit dem Chefkoch des ›Frankfurter Hofs‹ auf –, ja, also

dieser Freund sagte gestern etwas, das mir sehr gefiel... Interessiert es dich nicht, Liebling?«
»Aber natürlich, Manfred!« Verena sitzt neben mir. Vielarmige Kerzenleuchter brennen, kein elektrisches Licht. Und während sie spricht, tritt Verena unter dem Tisch mit ihrem kleinen Schuh ganz fest auf meinen. »Wie kommst du darauf?«
»Ich hatte den Eindruck, verzeih. Also er sagte, und darum kam ich auf golden: ›Die Zeit, in der wir die goldenen Haare dauernd abschneiden mußten, weil sie so schnell nachwuchsen, ist endgültig vorbei. Jetzt müssen wir darauf achten, daß wir keine Glatze kriegen!«
Enrico lacht, Verena lacht, ich lache. Herr Lord lacht. Die vielen Kerzen in den silbernen Leuchtern flackern. Der Hummer ist ausgezeichnet. Und ich habe Verenas kleinen Schuh zwischen meinen beiden Schuhen und drücke ihn, immer wieder, sehr zärtlich. Herr Leo serviert jetzt mir wieder Hummer und lächelt dabei in einer Weise, daß mir das Kinderlied einfällt, welches ich hörte, als ich Verena im Sanatorium besuchte: »Sagt, wer mag das Männlein sein, das da steht im Wald allein, mit dem purpurroten Män-telein...?«
Sagt, wer mag der Leo sein? Herrn Lords Vertrauter, gewiß. Was verbindet die beiden? Wieviel weiß Leo von ihm? Jetzt ist er bei Enrico angelangt. Der winkt müde ab. Kein Appetit.
Verenas Schuh drückt ununterbrochen auf den meinen. Zuerst denke ich, das sind Morsezeichen, aber es sind keine. Sie drückt nur den Schuh. Der wird fein aussehen, nachher. Beim Aufstehen muß ich ihn schnell am Hosenbein abwischen, sonst sieht es noch jemand. Tut Verena das oft? Sie muß es schon oft getan haben, denn sie hat eine unheimliche Routine darin. So leidenschaftlich sie meinen Fuß drückt – ihr Gesicht ist völlig ausdruckslos. Die solide Hausfrau. Die Gattin des Millionärs. Die Dame. Wenn ich jetzt aufstehen und ihren Kopf an dem langen blauschwarzen Haar zurückziehen und sie auf ihren vollen, großen Mund...
Nicht daran denken. Und sie nicht ansehen. Ich habe Angst davor, sie anzusehen. Ich weiß auch, warum. Ihres Mannes wegen. Weil dieser Manfred Lord eine Persönlichkeit ist, eine echte Persönlichkeit. Das hat mich völlig aus meiner Rolle geworfen. Ich habe gedacht: Das wird einer von diesen eiskalten Haifischen sein, wie sie immer bei meinem Vater zu geheimen Konferenzen erscheinen. Aber nein, dieser Manfred Lord ist ein Gentleman, ein Aristokrat, bei dem liegt das Geld sicher schon seit fünf Generationen in der Familie – und nicht wie in meiner Familie erst seit zehn Jahren.

Ich weiß, auch Verena hat diesen Manfred Lord längst klassifiziert und erkannt. Aber einen Menschen erkennen und klassifizieren heißt eben nicht, daß man ihn liebt...

Nach dem Hummer gibt es Cordon bleu mit pommes frites und gemischtem Salat. Wir trinken Champagner. Jahrgang 1929. Von wegen goldene Haare. Von wegen Glatze! Dann Birne Hélène. Mokka. Französischer Cognac. Da sind wir schon wieder im Salon, vor dem Kamin.

Der einzige, der unaufhörlich plaudert und sich anscheinend wohl fühlt wie ein Karnickel im Klee, ist Manfred Lord. Wir anderen sprechen kaum. Verena und ich haben wenigstens gegessen. Sabbadini hat auch das kaum getan. Er starrt trüb vor sich hin. Nur den Ausführungen seines Geschäftsfreundes Lord lauscht er angestrengt. Und Herr Lord führt eine Menge aus. Über Geld, versteht sich. Er sagt viele kluge Dinge. Manche verstehe ich nicht. Fazit jedenfalls: Das Wunder ist vorüber. Erhard hat es geschaffen, die Industrie und die Regierung und die Gewerkschaften werden es kaputt machen. Jetzt muß jeder sehen, wo er bleibt.

Solche Sachen sagt Herr Lord, im Kamin prasseln die Scheite, die alten Gemälde und der Riesengobelin leuchten matt, und der Cognac (Fine Napoléon 1911, ich hab's auf dem Etikett gelesen), die Silberleuchter, Verenas Schmuck, die Riesenteppiche, die Mahagonipaneele, sie alle könnten es hören, wenn sie hören könnten. Wahrscheinlich hat er recht, Herr Manfred Lord, mit dem, was er sagt. Nur daß, wenn er recht hat, die Leute ohne Fine Napoléon, Silberleuchter, Schmuck, Teppiche und Villen es dann früher zu spüren bekommen werden als er und seinesgleichen.

Der Gedanke beunruhigt mich so, daß ich mich erhebe, um einmal zu verschwinden.

Verena will mir zeigen, wo die Toilette ist, aber da steht schon ihr lächelnder Mann auf (was weiß er, was fühlt er, was ahnt er?) und geleitet mich durch die Halle zur richtigen Tür.

In der Toilette nehme ich das kleine Paket aus der Tasche, das Evelyn mir beim Gutenachtsagen in die Hand gedrückt hat. Ein Stück Papier, um ein Stück Marzipan gewickelt. Ein Stück Marzipan von dem, das ich ihr schenkte!

Auf dem Papier steht in ganz schiefen, ungelenken Buchstaben (Verena hat mir erzählt, daß Evelyn schon schreiben kann) dieses:

LIEBER ONKL MANSFELT!

DU HAST DOCH AUCH GERN MAZIPAN. BITTE TU WAS DU GESAGT HAST. HILF MAMI UND MIR. ES IST SER DRINGEND. BITTE. DEINE EVELYN.

Nachdem ich das Marzipan und das Papier fortgespült habe, gehe ich in den Salon zurück.
Es ist alles wie vorher. Manfred Lord plaudert, die anderen hören zu. Er redet von Geld, aber alle seine Sätze sind zweideutig: Er sagt: »Sie müssen sehr achtgeben. Enrico, sehr acht!«
Er sagt: »Ihr Vater ist mein Freund, Oliver. Die Freunde meiner Freunde sind meine Freunde. Wollen Sie mein Freund sein?«
»Mein Vater ist nicht mein Freund, Herr Lord.«
Darauf lächelt er nachsichtig wie Doktor Frey, unser Geschichtslehrer, wenn ein Schüler eine falsche Antwort gegeben hat, und antwortet: »Wollen wir trotzdem Freunde sein?«
Ich drehe mein großes, bauchiges Schwenkglas mit dem alten Cognac in der Hand und weiß, daß ich antworten muß, und zwar schnell, da sagt er schon: »Jeder Mensch braucht Freunde, Sie werden es noch merken im Leben. Also?«
»Ja«, sage ich. Hätte ich nein sagen sollen?
HILF MAMI UND MIR. ES IST SER DRINGEND...
Manfred Lord füllt die Gläser noch einmal.
»Auf unser aller Freundschaft«, sagt er strahlend.
Ich muß jetzt achtgeben, denn der Cognac macht mich benommen. Ich vertrage nicht viel. Enrico Sabbadini anscheinend auch nicht. Er hat einen roten Kopf, seine Augen schwimmen. Was ist los mit diesem Beauty-Boy? Und was ist los mit Manfred Lord? Will er uns betrunken machen? Offenbar. Will er sehen, wie wir uns dann benehmen, was wir dann tun, was wir dann sagen?
Sein Lächeln. Sein Charme. Seine Überlegenheit...
»Noch ein Glas, Oliver?«
»Nein danke, ich muß noch fahren.«
»Das Stückchen!« Er gießt wieder unsere Gläser voll. Herr Sabbadini ist jetzt blau. »Und Enrico übernachtet bei uns.«
Bewundernswert ist Verena. Sie trinkt und trinkt, und man merkt ihr nichts an. Überhaupt nichts! Das spräche natürlich wieder dafür, daß sie doch Barfrau oder so etwas war. Sie war es aber nicht, niemals im Leben! Jetzt kenne ich sie schon so lange, daß ich das Geheimnis ihres Lebens nicht nur fühle, sondern daß ich weiß: Es gibt dieses Geheimnis! Und wenn sie hundert Männer hatte. Wenn sie sich hundertmal eine Hure nennt. Diese Frau mit ihrem Verarmungskomplex ist ihrem Mann ebenbürtig. Nein, sie ist ihm überlegen! Und ihre Familie muß der seinen überlegen sein, denn...

Was soll das alles? Bin ich betrunken? Habe ich etwa gar laut gedacht? Offenbar nicht. Offenbar haben Manfred Lord soeben sogar ähnliche Gedanken wie mich bewegt, denn er küßt Verena die Hand und sagt: »Seit Monaten hast du nicht so wundervoll ausgesehen wie heute abend, Liebste...«

10 Uhr.

11 Uhr.

11 Uhr 30.

Um mich dreht sich alles ein bißchen. Ich bin das nicht gewöhnt. Enrico wiederholt sich dauernd, ohne es zu merken, wie alle Betrunkenen. Er ist lächerlich. Wann wird er sich versprechen? Ich muß hier weg! Wenn ich noch ein Glas trinke, stehe ich auf und sage, daß ich Verena liebe!

»Einen letzten Schluck, lieber Oliver?«

Jetzt trinken wir wieder Champagner.

»Nein, nein, ich...«

»Unsinn! Leo macht uns allen noch einen starken Kaffee, er ist schon dabei. Also prost – auf unsere wunderschöne Hausfrau!«

Und so trinken wir auf Verena, die wirklich so wunderschön an diesem Abend ist, und sie lächelt, aber wie immer bleiben die schwarzen, riesengroßen Augen ernst dabei.

Ich fühle ihre Hand. Dann habe ich eine kleine weiße Pille in der meinen. Mit dem nächsten Schluck Champagner schlucke ich sie, ohne daß man es merkt. Im gleichen Moment glaube ich, daß hinter meinen Augen eine Atombombe explodiert. Dann wird mir brennend heiß, und ich fühle, wie mir unter dem Smokinghemd der Schweiß über die Brust rinnt. Dann werde ich so schwindlig, daß ich Angst habe, aus dem Sessel zu kippen. Und dann bin ich nüchtern. Beinahe vollkommen nüchtern. Jedenfalls vollkommen klar.

22

Um Mitternacht erscheint Diener Leo.

»Das Gespräch aus Rom, gnädiger Herr.«

Elastisch springt der Einundfünfzigjährige auf. »Mein Makler! Er gibt die heutigen Käufe durch. Kommen Sie mit, Enrico. Schalten Sie um in die Bibliothek, Leo.«

»Sehr wohl, gnädiger Herr.«

Lord küßt Verena wieder die Hand. »Entschuldige uns ein paar Minuten, Liebste. Oliver wird dich unterhalten.« Und zu mir:

»Es tut mir leid, aber wie gesagt, die Geschäfte sind nicht mehr so, wie sie waren. Man muß hinterher sein. Los, Enrico!«
Der folgt ihm, aufrecht und schnell. Der ist auf einmal auch fast nüchtern. Ja, wenn's ums Geld geht!
Eine Tür fällt ins Schloß.
Wir sind allein, Verena und ich. Wir sehen uns an.
»Danke, lieber Gott«, sagt sie.
»Wofür?«
»Dafür, daß er uns allein sein läßt, ein paar Minuten wenigstens!«
Sie sitzt auf der Couch vor dem Kamin, ich in einem Sessel. Nun rückt sie näher, und ich rieche wieder den Maiglöckchengeruch, den Duft ihrer Haut.
»Sie können jeden Moment wiederkommen ...«
»Jetzt reden sie von Aktien. Das dauert immer lange.«
Ihre Augen! Ihre Augen! Niemals noch habe ich solche Augen gesehen. Sie flüstert, ihr Gesicht ganz nahe an meinem, und unsere beiden Gesichter sind erhellt von dem flackernden Kaminfeuer: »Ich habe Schluß gemacht, Oliver ...«
»Schluß gemacht?«
»Mit Enrico.«
»Was?«
Ihre heisere Stimme. Ihre Nähe. Der Maiglöckchenduft. »Hat dir die Pille geholfen?«
»Ja. Danke. Sehr.«
»Er versucht dich betrunken zu machen. Enrico auch. Er ist ein Zyniker. Er hat gemerkt, daß mit Enrico Schluß ist ...«
»Hat er denn etwas davon gewußt?«
»Nein. Aber gespürt. Er spürt alles! Nun ist er neugierig, was weiter geschieht. Du darfst dich nie betrinken in seiner Gegenwart! Ich gebe dir das nächstemal eine Rolle von diesen Pillen. Sie sind großartig.«
»Du ... du hast Enrico gesagt, daß es aus ist?«
»Ja.«
»Aus welchem Grund?«
»Weil ich ihn nicht mehr liebe.«
»Du hast ihn doch auch nie geliebt!«
»Nein, aber er hat es geglaubt. Darum konnte er heute abend nichts essen. Verletzte männliche Eitelkeit – das ist das Schlimmste.«
Sie sitzt so nah, so nah, ich möchte sie nehmen, sie an mich pressen, küssen. Ich wage es nicht.
»Ich will nicht mehr lügen. Ich bin zu alt dazu.«
»Du belügst doch deinen Mann! Dauernd!«

»Von dem lebe ich. Der ernährt Evelyn und mich. Den muß ich belügen.«
Was für eine Konversation! Ich beginne zu lachen. Ist es der Champagner? Ist es Angst?
»Komisch, nicht? Weißt du, warum ich Enrico wirklich gesagt habe, daß es aus ist?«
»Warum?«
»Weil du mir so gefällst.«
Ich schweige.
»Ich bin ein bißchen verrückt, das weißt du. Jetzt... jetzt bin ich verrückt nach dir. Ich will dich haben.«
Ich schweige.
»So spricht nur eine Hure, nicht? Nun, ich bin eine! Willst du mich trotzdem?«
»Ich liebe dich.«
»Hör auf damit! Ich rede nicht von Liebe. Ich rede von dem andern. Das hat mit der verfluchten Liebe so viel zu tun!« Sie schnippt mit den Fingern. »Liebe? *Liebe ist nur ein Wort!* Ich will keine Liebe! Ich will dich! Ich will *das!* Hast du verstanden?«
Ich nicke.
»Ich kann überhaupt nicht lieben. Also wird es nie eine Liebe werden. Kann keine werden. Darf keine werden. Wir müssen sehr vorsichtig sein. Er darf nichts merken. Sonst wirft er Evelyn und mich hinaus. Und wir müssen dorthin zurück, wo wir herkamen. Es ist nicht schön dort...« Ihre Stimme versintert, sie senkt den Kopf. Ich streichle ihre kühlen Hände. »Wir werden sehr aufpassen, ja?«
»Ja.«
»Er darf uns nie etwas nachweisen können. Überlaß alles mir. Er wird uns nie etwas nachweisen können. Ich kenne ihn. Er macht den Eindruck eines Übermenschen, nicht?«
»Ja.«
»Er hat auch seine Schwächen. Ich kenne sie alle. Er ist kein Übermensch, glaub mir. Niemand ist ein Übermensch. Ich habe gelebt wie eine – verzeih! Aber ich kenne die Männer. Mir macht keiner mehr was vor. Darum liebe ich auch keinen Mann mehr. Was nicht heißen soll, daß ich Männer nicht brauche.«
Doch eine Hure? Na und? Na wenn? Was macht mir das?
»Ist das ganz klar?« Sie hat auch ein bißchen viel getrunken, jetzt merkt man es.
Wie lange braucht ein Makler, um die Käufe durchzugeben? Ist Enrico wirklich nicht mehr so betrunken? Und Herr Lord – ist der ganz nüchtern?

»Ob das ganz klar ist?«
»Vollkommen klar.«
Und natürlich wird es eine Liebe werden, natürlich, natürlich!
»Nimm besser selbst auch eine von den Pillen.«
»Ja, du hast recht.« Sie greift in eine kleine Tasche des Kleides, schluckt das Präparat und trinkt ihr Glas auf einen Zug aus. Jetzt glühen ihre Augen.
»Ich sollte mich schämen, nicht?«
»Warum?«
»Zwölf Jahre älter als du. Eine Hure eben.«
»Sag das Wort nicht mehr!«
»Gott, kannst du einen Menschen böse ansehen!«
»Du bist keine Hure!«
»Nein! Wie nennst du das, was ich bin, bitte?«
»Laß das!«
»Gut, lassen wir es. Weißt du, daß ich mir vorkomme wie eine junge Frau, wenn wir zusammen sind?«
»Du bist eine junge Frau!«
»Ja, dreiunddreißig.«
»Und?«
»Da wäre gar kein ›und‹, wenn du nicht einundzwanzig wärest. Es ist Wahnsinn, alles! Aber ich kann nichts mehr daran ändern. Ich will dich haben. Ich denke dauernd nur daran. Weißt du, seit wann das so geht?«
»Seit wann?«
»Seit du in der Klinik sagtest: ›Du bist alles, was ich habe auf der Welt, und alles, woran ich glaube, und alles, was ich liebe‹. Das hat mich verrückt gemacht! Weil es noch nie ein Mann zu mir gesagt hat!« Und näher kommt ihr Gesicht, näher ihr Mund, immer näher. Nun fühle ich schon den Hauch ihres Atems, wenn sie spricht. »Morgen um drei im Turm?«
»Um drei.«
»Küß mich.«
Ihr Kleid ist verrutscht, ich sehe die schönen Beine, den tiefen Ausschnitt des Kleides, ihr katzenhaftes Gesicht, dessen Augen sich nun halb schließen. Ihr großer Mund. Direkt vor meinem. Jetzt ist mir alles gleich. Ich strecke die Arme aus, um sie zu küssen. Da höre ich ein Geräusch.
Wir fahren auseinander. Herr Leo kommt in den Salon, ein Tablett mit Kaffeegeschirr in den Händen. Er lächelt.
»Haben Sie es sich abgewöhnt zu klopfen, bevor Sie eintreten?«
»Ich habe geklopft, gnädige Frau. Gnädige Frau und Herr Mans-

feld müssen es überhört haben«, antwortet Diener Leo und macht sich daran, Kaffeegeschirr auf dem Marmortisch zu verteilen. Dazu sagt er: »Wahrscheinlich prasselte das Feuer im Kamin so laut.« Über seinen gesenkten Kopf hinweg sehen wir einander an, Verena und ich, und ich weiß plötzlich etwas mit absoluter Sicherheit, das ist so kitschig, daß ich mich schäme, es aufzuschreiben. Ich schreibe es trotzdem auf, denn dies soll ein ehrliches Buch werden. Das also weiß ich mit absoluter Sicherheit: Verena wird die einzige wirkliche Liebe meines Lebens sein. Und ich werde die einzige wirkliche Liebe sein in ihrem Leben. Nach dieser Liebe kommt nichts mehr. Für sie nicht. Für mich nicht. Nichts mehr.

23

In dieser Nacht ist es sehr warm.

Als ich um halb zwei Uhr meine Villa betrete, schlafen alle. Unter anderen Umständen würde ich über mich und das, was ich nun tue, selbst lachen. Ich hole Papier und Bleistift aus meinem Zimmer, und aus dem Nachttisch neben dem Bett nehme ich die Taschenlampe. Dann gehe ich auf den Balkon hinaus, knipse die Lampe an und setze mich auf eine Bank. Die Lampe hänge ich an einen Nagel. Ihr Licht trifft den Block, den ich auf den Knien halte.

Was hat Verena heute abend zu mir gesagt? »Liebe ist nur ein Wort.«

Liebe ist nur ein Wort?

Liebe?

Liebe ist alles. Ist alles. Alles.

Und ich, ein romantischer Narr, sitze da und schreibe auf das erste Blatt:

LIEBE IST NUR EIN WORT
Roman

Und auf das zweite Blatt:

ERSTES KAPITEL

Das war ganz einfach.

Aber nun? Wie beginne ich? Mit welchem Ereignis? Auch ganz einfach. Ich beginne, wie es begann. Mit meiner Ankunft auf dem Rhein-Main-Flughafen. Ich schreibe:

Wär's nicht zum Flennen, müßte man ja wohl darüber lachen. Jedesmal, wenn ich nach Deutschland zurückkomme, gibt es dasselbe Theater. Seit sieben Jahren geht das so. Langsam könnten sich die Herren mit dem Gedanken vertraut machen, daß mein verfluchter Vater in ihren Fahndungsbüchern steht als Mann, der sofort zu verhaften ist. Er – nicht ich...
Etwas irritiert mich. Ich blicke auf. Über den schwarzen Baumkronen sehe ich die weiße Villa Manfred Lords. In einem Fenster blitzt eine Taschenlampe, wieder, wieder, lang, lang, kurz, lang, kurz.
Verena! Sie hat den Schein meiner Lampe gesehen.
G.. U.. T.. E.. N.. A.. C.. H.. T.. L.. I.. E.. B.. L.. I.. N.. G.., morst sie.
Und »Gute Nacht, Liebling« morse ich zurück.
Danach bin ich so sentimental, daß ich gerade noch den Satz zu Ende schreiben kann, den ich begonnen habe. Ich lösche meine Lampe aus. Auch in der Villa oben wird es dunkel.
Liebe ist nur ein Wort, hat sie gesagt. Eine Hure ist sie, hat sie gesagt. Ich habe ihr widersprochen. Aber man brauchte ihr nicht unbedingt zu widersprechen. Trotzdem! Muß eine Hure immer eine Hure bleiben? Kann man eine Hure nicht lieben? Kann sie sich nicht verändern? Sie wird nie wieder einen Mann lieben, weil sie die Männer kennt, hat sie gesagt. Kennt sie die Männer? Wird sie wirklich nie mehr lieben? Tut man stets, was man sich vornimmt? Ich glaube, in Wahrheit hat niemand größere Sehnsucht nach Liebe als sie.
Sie, die sich selbst und mir weismachen will, daß Liebe nur ein Wort ist...
Auf Zehenspitzen gehe ich zurück durchs Haus. In einem Zimmer brennt noch Licht. Ich kann es sehen, weil die Tür dieses Zimmers oben ein Glasfenster besitzt. Geräuschlos trete ich vor die Tür. Es ist das Zimmer Herrn Herterichs, unseres Erziehers. In Hemdärmeln sitzt er auf seinem Bett, den Kopf in beide Hände vergraben, reglos. Er macht den Eindruck vollkommener, absoluter Hoffnungslosigkeit.
So sitzen jetzt gewiß Millionen Männer in aller Welt in ihren Zimmern, Männer, die ihr Ziel nicht erreichten, die mehr wollten, als sie konnten, die zugrunde gingen an dem, was man die »Macht der Umstände« nennt.
Sie hatten alle ihr Ziel! Ein schönes, hohes, ehrgeiziges. Sie kämpften lange Jahre, um es zu erreichen, sie ruinierten ihre Gesundheit dabei, sie leugneten Tatsachen. Und dann? Dann kam

der Tag, da resignierten sie, wie der da vor mir, dieser Herterich. Warum gaben sie auf? Eigenes Unvermögen und Erkenntnis dieses Unvermögens. Persönliche Fehler. Familie. Kinder. Zu wenig Geld. Zu viele Verpflichtungen. Zu viel Alkohol. Sie hatten ihre Zeit vergeudet und ihr Leben. Nun sahen sie es ein. Sie besaßen eine Gewißheit: Nichts würde sich mehr ändern bis zum Tod.
Ich glaube, man muß nicht sehr alt werden, um eine solche Gewißheit zu erlangen. Manche zerbricht das Leben schon früh, so wie den, der da vor mir sitzt, den Kopf in die Hände vergraben, verloren, einsam, ohne Chance. Gewiß hat auch Herr Herterich einmal davon geträumt, ein neuer Pestalozzi zu werden, ein Wohltäter der Menschheit. Nun weiß er Bescheid. Er wird es nicht werden. Er wird überhaupt nichts werden. Von einer Penne zur nächsten wird er wandern und sich von tausend Alis quälen lassen, hilflos, unterbezahlt, schlecht gekleidet, gering geachtet, gar nicht geachtet.
Ich schleiche in mein Zimmer zurück, langsam, lautlos. Ob ich wohl auch einmal einsehen muß, daß ich kein Schriftsteller werden kann, nie, nie, nie? Und wenn, wird es dann lange dauern, bis ich es einsehe? Wird es bereits nach diesem ersten Buch sein? Nach dem elften?
Wann?

VIERTES KAPITEL

1

Am Morgen nach dem Abend bei Herrn Manfred Lord habe ich einen dicken Kopf, verquollene Augen und keinen Appetit. Das ist Hansi, der neben mir sitzt, egal. Ich glaube, er bemerkt es gar nicht, daß ich mich übel fühle und nur Kaffee trinke. Er erzählt mir (rasend schnell, damit er auch fertig wird) den letzten Klatsch: »Ali hat Giuseppe zwei Zähne ausgeschlagen. Giuseppe liegt im Bett. Nach dem Religionsunterricht ist's passiert.«
»Wann?«
Hansi lacht glucksend. »Du weißt doch, wie zweihundertprozentig fromm unser Ali ist. Und was für'n Kommunist der Giuseppe. Also, paß auf. Unser Pfarrer, der hat uns von Adam und Eva erzählt. Was tut Giuseppe? Nach der Stunde reißt er das Maul auf und erklärt in seinem verrückten Deutsch-Englisch: ›Ich mag nicht

glauben, daß aus zwei Menschen, egal, welche Hautfarbe sie gehabt haben, so viele Millionen Menschen von verschiedener Hautfarbe und verschiedener Rasse entstanden sein sollen.‹ Aber da ist der kleine Ali ihm schon an den Hals und schlägt ihm zwei Zähne raus. Wir haben dabeigestanden. Eigentlich war es feig, denn Giuseppe ist so unterernährt und Ali so ausgefressen. Kismet! Jetzt liegt Giuseppe im Bett, der Doktor war da ...«
»Ich werde Ali auch mal ein paar in die Zähne geben.«
»Das wirst du nicht! Bist du verrückt? Willst du dich vielleicht mit dem Pfarrer anlegen?«
»Du hast recht, Hansi.«
»Ich habe immer recht.«
»Du bist schlau.«
»Weiß ich selber.«
»Ich brauche deinen Rat.«
»Was ist los?«
»Nicht jetzt. Nachher.«
Etwas später stehen wir vor der Schule, bei der alten Kastanie. Wir haben noch zehn Minuten Zeit. Ich sage: »Ein Bruder muß einem Bruder helfen, nicht?«
»Ich tu' alles für dich! Was hast du? Die Luxusnutte?«
Um uns herum toben dreihundert Kinder, sie lachen und schreien, keiner versteht, was ich sage, was Hansi sagt. Beim Eingang der Schule steht Geraldine. Unbeweglich. Die Hände auf dem Rücken. Sie sieht mich an. Aber ich sehe sie nicht an. Ich spreche zu Hansi, leise, hastig: »Ja, Geraldine.«
»Wirst sie nicht mehr los?«
»Nein.«
»Hab' ich mir gedacht. Mußt du schon warten, bis ein Neuer kommt.«
»Nein, das Ganze ist noch viel komplizierter. Sie ... sie hängt sehr an mir. Ich ... ich möchte ihr nicht weh tun ... aber ich muß sie los sein!«
»Verstehe«, sagt er und scharrt mit einem Schuh. »Frau Lord, was?« Ich gehe nicht darauf ein: »Hansi, du hast mir geholfen, das Armband wiederzufinden. Kannst du mir nicht auch helfen, Geraldine loszuwerden? Überleg es dir. Vielleicht hast du eine Idee.«
»Kann sein, mir fällt was ein. Auf die sanfte Tour.«
»Auf keinen Fall brutal.«
»Kannst dich auf mich verlassen, Oliver.«
Er schüttelt mir die Hand.
»Tschüß, ich muß abhauen.«

»Wieso? Schon?«
»Ich mache grundsätzlich nie Schulaufgaben, verstehst du? Ich schreibe sie morgens immer von unserem Primus ab. Jeder muß sehen, wo er bleibt.«
Und dann hinkt er eilig weg, schief und krumm, der kleine Krüppel, dem seine Mutter jahrelang Arme und Beine zusammenband, damit er hübsch betteln konnte, den sein sadistischer Stiefvater quält, wenn er nur kann, da hinkt er fort, arm, häßlich, und natürlich böse geworden. Ich soll bald erfahren, was dieser Hansi unter einer »sanften Tour« versteht.

2

Acht Uhr.
Eine Glocke bimmelt. Dreihundert Kinder strömen in das Schulgebäude. Wir haben heute in der ersten Stunde das Frettchen. Latein. Bei der Treppe fängt Geraldine mich ab. Nun ist es soweit, ich kann nicht mehr kneifen.
»Was ist mit dir los?« Ihre Lippen sind feucht, ich sehe, wie die Brust sich hebt und senkt. Sie geht neben mir.
»Los? Gar nichts! Warum?«
»Weshalb versteckst du dich? Weshalb können wir uns nicht treffen?«
»Geraldine, ich ...«
»Du hast eine andere!«
»Nein.«
»Doch!«
»Nein!«
»Doch! Und wenn ich herausbekomme, wer es ist, dann mache ich den größten Skandal, den es je gegeben hat! Dich nimmt mir keine weg! Verstehst du? Keine!«
Ihre Stimme ist schrill geworden. Jungen und Mädchen bleiben stehen, hören zu, grinsen und flüstern.
»Geraldine ... Geraldine ... sei doch leise ...«
»Ach was, leise!«
»Jawohl, leise! Ich verlange es von dir!«
Von einem Moment zum anderen fällt sie richtig in sich zusammen, läßt die Schultern hängen, und Tränen treten in ihre Augen.
»Ich ... ich habe es doch nicht so gemeint ...«
»Schon gut.« Mensch, Mensch!
»Wirklich nicht ...« Jetzt flüstert sie folgsam. »Ich kann nicht

mehr schlafen ... nachts liege ich da und denke daran, wie es in der Schlucht war, und in dieser Nacht ... Ich liebe dich, Oliver ... Ich liebe dich doch so ...«

Noch zehn Meter zum Klassenzimmer. Können zehn Meter lang sein!

»Liebst du mich auch?«

»Natürlich.«

Sie preßt meine Hand.

»Wann sehen wir uns?«

»Ich weiß noch nicht.«

»Um drei in der Schlucht?«

Heute ist ein schöner Tag mit mildem Sonnenschein. Über den blauen Himmel ziehen weiße Schlieren, und von den Bäumen fallen bunte Blätter, eines nach dem anderen.

»Nein, heute geht es nicht.«

»Warum nicht?«

»Ich ... ich habe Hausarrest«, lüge ich.

»Morgen?«

»Ja, morgen vielleicht.«

Bis morgen ist Hansi hoffentlich etwas eingefallen!

Sie preßt meine Hand ganz fest mit ihrer heißen, schweißfeuchten zusammen. »Dann denke ich jetzt nur noch an morgen. Dann lebe ich jetzt nur noch für morgen. Dann freue ich mich jetzt nur noch auf morgen. Du dich auch?«

»Ja, ich mich auch.«

Warum hat gerade mir das passieren müssen? Warum?

Fräulein Hildenbrand kommt vorbei. Sie tastet sich ein bißchen an der Wand entlang. Wir grüßen. Sie dankt gütig lächelnd. Ich bin sicher, sie hat uns gar nicht erkannt. Sie weiß gar nicht, wer wir sind. Sie weiß auch nicht, daß sie nur noch vierundzwanzig Stunden hier sein wird. Ich weiß das auch nicht. Niemand weiß das. Doch, einer vielleicht. Hansi.

3

»Ich freue mich jetzt nur noch auf morgen«, hat Geraldine gesagt. Da haben wir das Klassenzimmer erreicht. Sie schaut mich noch einmal an, mit ganz verschwommenen Augen – denselben, die sie in der Schlucht hatte –, dann geht sie auf ihren Platz, und gleich darauf kommt das Frettchen.

An diesem Tage gelingt es diesem Frettchen, unserem armseligen, erbarmungswürdigen Lateinpauker, Herrn Doktor Friedrich Haberle, dem kleinen Mann mit dem Häuschenkomplex und dem nach Schweiß stinkenden alten Anzug, sich bei der ganzen Klasse endgültig und für den Rest des Jahres verhaßt zu machen – sogar bei unserem Primus Friedrich Südhaus.

Und das will was heißen!

Denn dem könnte es doch egal sein, was das Frettchen mit hoher Fistelstimme händereibend verkündet:

»Nun, meine Freunde, gehen wir an unsere schriftliche Arbeit. Ich bitte, die Bücher hervorzunehmen.«

Die ganze Klasse holte den Tacitus hervor, weil natürlich jeder denkt, das Frettchen wird uns ein Stück aus der »Germania« übersetzen lassen.

Da sagt dieser Hund doch: »Nicht nur den Tacitus, wenn ich bitten darf, auch die Gedichte des Horaz!«

Unruhe in der Klasse.

Was soll das heißen?

Wir erfahren es gleich.

»Ich bin nämlich kein Idiot, verstehen Sie!«

Nein, nicht, du Idiot.

»Ich weiß genau, daß hier bei jeder Arbeit gespickt wird.« (Spikken: Man schreibt bei seinem Nachbarn ab, oder man arbeitet mit kleinen Merkzetteln, falls man frühzeitig genug herausbekommen hat, welche Stelle genommen wird. Oder man blättert unter der Bank in einem von den kleinen Heftchen – Sie wissen schon: »Von einem Schulmann«.)

»Nun, bei mir wird nicht gespickt«, sagt das Frettchen und bläht sich gewaltig auf und riecht dadurch noch ein bißchen mehr nach Schweiß. »Ich habe diese Methode von einem österreichischen Kollegen. Ich teile die Klasse in eine A- und eine B-Gruppe. Die eine Gruppe bekommt ein Stück Tacitus, die andere Gruppe ein Stück Horaz.«

Jetzt kann man draußen den leisen, leisen Südwind flüstern hören, so still ist es geworden.

Geraldine sieht aus, als wolle sie sich übergeben. Sie ist doch so schlecht in Latein!

Walter, ihr Exfreund, der hinter ihr sitzt und ihr immer geholfen hat, hätte ihr auch heute geholfen, trotz allem, da bin ich ganz sicher. Aber was will er jetzt tun?

Es gibt viele in der Klasse, die machen Gesichter, als hätte gerade der Blitz eingeschlagen. So etwas war noch nie da!

»Abzählen«, kommandiert das Frettchen.

Was sollen wir machen?
Die erste Reihe murmelt ihr A, B, A, B herunter.
Dann kommt die zweite Reihe daran. Da richtet das Frettchen es so ein, daß hinter einem A-Mann niemals ein anderer A-Mann, sondern immer ein B-Mann sitzt.
Das bedeutet, praktisch und nüchtern: Damit ist Spicken tatsächlich unmöglich gemacht.
Verflucht und zugenäht!
Mir wird ganz heiß. Zuerst, bevor ich Verena kennenlernte, wollte ich auch aus diesem Internat fliegen, um meinen Alten zu ärgern. Aber jetzt – jetzt ist doch alles anders. Ganz anders ...
Ich bin ein B-Mann.
Lieber Gott, bitte mach, daß die B-Gruppe den Tacitus kriegt!
Das Frettchen zieht eine große Schau ab. Es marschiert zweimal hin und her, lächelt und schweigt.
Noah hat den Mut zu sagen: »Herr Doktor, wenn Sie uns nun bitte die Stellen angeben wollen. Die Zeit vergeht.«
Bleibt das Frettchen stehen und kommandiert schneidig wie ein preußischer Gardeoffizier im Kabarett (er muß heute früh Krach mit seiner Frau gehabt haben im Häuschen, im kleinen): »Die A-Gruppe übersetzt Horaz, die B-Gruppe Tacitus!«
(Danke, lieber Gott.)
Dann gibt er die Stellen an.
Von Horaz hätte ich keinen Schimmer gehabt! Auf den anderen Internaten, in denen ich war, hatten wir ihn noch nicht gelesen. Bildungslücke. Peinlich so was.
Bei Tacitus ist es Seite 18, Kapitel 24 bis 27, inklusive. Sind keine langen Kapitel. Immer so zehn, fünfzehn Zeilen. Und wie gesagt, den Tacitus, den kann ich langsam auswendig. Das ist das dritte Jahr, daß ich ihn lese.
Also los! Und ich liebe dich, Verena, ich liebe dich, und heute nachmittag um drei sehe ich dich im Turm.
In unserem Turm ...
»Warum lächeln Sie so, Mansfeld?«
Das geht wirklich ein bißchen weit. Was ist denn in dieses kleine Ungeheuer gefahren, verflucht noch mal?
»Man wird doch noch lächeln dürfen, wenn einem die Arbeit Spaß macht, Herr Doktor.«
(Kauf dir lieber einen neuen Anzug!)
Ich drücke die Mine aus meinem Kugelschreiber und strahle ihn an. Das hält er denn doch nicht aus. Er beginnt wieder, auf und ab und durch die Tischreihen zu marschieren.

Mensch – diesmal wird er glatt zwei Dritteln der Klasse eine 6 geben! – Mir nicht!
Hat schon seine Vorzüge, wenn man eine Klasse dreimal macht. Dann kann einem nur noch wenig passieren. Nun sehen wir mal, was für ein Käse das ist.
Genus spectaculorum unum atque in omne coetu idem. Nudi iuvenes, quibus id ludricum est ...
Mit dem Mist bin ich in einer halben Stunde fertig.
Wenn ich aufblicke, sehe ich draußen die roten, braunen, gelben und goldenen Blätter von den Bäumen rieseln. Der Herbst kommt, der Winter. In dieser Stunde, mitten in der Übersetzung der »Germania«, habe ich zum erstenmal ein Gefühl, das wiederkommen wird – nicht oft, aber es wird wiederkommen. Ich nehme mir vor, mit niemandem darüber zu sprechen, nicht einmal mit Verena. Und wenn ich ihr »unser« Buch gebe, damit sie sagt, ob es gut ist oder schlecht, werde ich die Seite, auf der diese Zeilen stehen, zuvor herausnehmen. Es ist kein unangenehmes Gefühl, kein erschreckendes, panisches. Es ist eigentlich überhaupt kein Gefühl. Es ist eine Gewißheit. In dieser Lateinstunde habe ich zum erstenmal in meinem Leben die seltsame, aber absolute Gewißheit, daß ich bald sterben werde. Verrückt, so etwas, nicht?

4

Wir küssen uns. Endlos.
Wir stehen in der alten Turmstube, durch die Luken fällt Nachmittagssonnenschein, der milde Wind weht Laub herein, und wir küssen uns. Ich habe noch nie ein Mädchen so geküßt, noch nie eine Frau so. Ich schrieb in diesem Buch, so verrückt, so wahnsinnig würde es nie wieder sein wie mit Geraldine. So ist es auch mit diesem Kuß. Aber bei Geraldine war es nichts als Geilheit, Sinnlichkeit, Körperlichkeit. Jetzt, da ich Verena küsse, kommt etwas anderes hinzu, etwas, das so mild ist und lind wie der Südwind, der durch die Luken zieht.
Wir Halbstarken, um nach langer Zeit wieder einmal das Wort zu gebrauchen, zerren doch alles in den Dreck, nicht wahr? Wir können die großen Töne nicht leiden, wir hassen die Phrasen. Ein Halbstarker sagt Ihnen, was in Verenas Kuß hinzukommt: Zärtlichkeit, Melancholie, Sehnsucht – und Liebe.
Und Liebe, ja.
Ich habe aufgeschrieben, was Verena über Liebe sagte an jenem

Abend, da ich im Hause ihres Mannes eingeladen war. Aber Verena ist eine Frau, die nicht mehr weiß, was sie sagt, eine Frau, ratlos und kopflos – wie alle, alle, über die Rudyard Kipling schreibt. Es gibt Verse, die sind so schön, daß ich sie mir für immer merke. Das schrieb er:
God have mercy on such as we,
Doomed from here to eternity!
Verdammt in alle Ewigkeit. Einen Buchtitel und einen Filmtitel haben sie aus der Zeile gemacht. Aber das ist Verena, das bin ich auch, das sind wir wohl alle. Und unter vielen Millionen Verdammter, Verlorener, stehen wir beide da, Verena und ich, hoch über den Bäumen des Taunus, an einem sonnigen Septembernachmittag, und küssen einander auf eine Art, wie ich niemals noch küßte.
Sonderbar: Geraldine sagt, daß sie mich liebt, und liebt mich nicht. Bei ihr ist es nur das eine. Verena sagt, daß es immer nur das eine bei ihr ist, und liebt mich. Sie weiß es bestimmt nicht. Ihr Unterbewußtsein muß es wissen, die Muskeln und Sehnen, Drüsen und Lippen ihres Körpers wissen mehr als sie.
Langsam dringt ihre Zungenspitze durch meine Zähne und streichelt meine Zunge. Ihre beiden Hände halten meinen Kopf, und ich halte ihren Leib umschlungen. Liebe. Natürlich ist es Liebe. Und einmal wird sie es merken. »Liebe ist nur ein Wort?« Nein, nein, nein!
Sie nimmt ihre Lippen von meinen, und ihre riesigen schwarzen Augen sind so nah, so nah.
»Was hast du?«
Ich traf einmal ein Mädchen, auch eine richtige Halbstarke, und als wir beide ernsthaft anfingen, erfanden wir ein Spiel. Jeder, der sagte: »Ich bin glücklich«, mußte fünfzig Pfennig bezahlen. Damit nur ja nicht diese verfluchte Sentimentalität aufkam! Es kostete keinen von uns einen Pfennig, dieses Spiel damals.
»Ich bin glücklich«, sage ich und will Verena wieder küssen, und meine Hände gleiten unter ihren Pullover. Aber sie stößt mich weg.
»Nicht«, sagt sie.
»Was ist?«
»Hören wir auf. Ich bin... ich bin schon halb dabei nach diesem Kuß.«
»Komm...«
»Wo? Hier? In diesem dreckigen Loch?« Ich sehe mich um. Staub. Schmutz. Gerümpel.
Wir müßten uns auf den kotigen Fußboden legen. Keine Decke. Kein Wasser. Keine Seife. Nichts.

»Aber ich möchte zu dir ...«
»Glaubst du, ich nicht?« Sie geht schnell weg von mir und stellt sich mit dem Rücken gegen eine Luke. Drei Meter liegen zwischen uns. »Glaubst du, ich nicht? Aber nicht hier! Ich brauche ein Bett! Ich will, daß du zärtlich bist, daß niemand uns stören kann. Hier kann jeden Moment einer vorbeikommen. Ich will, daß wir Zeit haben. Du mußt in einer Stunde wieder in der Schule sein.«
Mit all dem hat sie recht.
»Also müssen wir warten, bis dein Mann wieder verreist.«
»Er verreist nicht so schnell.«
»Aber dann ...«
»Laß mich nur machen. Ich finde einen Platz für uns. Ich habe noch immer einen Platz gefunden.« Sehen Sie, so ist sie. Nur kein Gefühl. Und wenn eines aufkommt, sofort fest darauf herumtrampeln! Liebe ist nur ein Wort ...
»Außerdem hat das auch seinen Reiz«, sagt sie noch.
»Was?«
»Dieses Sichaufregen, dieses Warten auf die Premiere.«
Das sagt sie auch noch, sehen Sie.

5

Verena trägt eine glänzende schwarze Lederjacke an diesem Tag, einen grellroten Rock, einen grellroten Pullover, grellrote Netzstrümpfe und schwarze, hochhackige Schuhe. Das blauschwarze Haar fällt ihr auf die Schultern, die Augen glühen. Ich weiß, das ist ein Kolportagewort, aber sie glühen wirklich, diese unheimlich großen Augen!
»Oliver ...«
»Ja?«
»Wer hat dich so küssen gelehrt?«
»Ich weiß nicht ...«
»Lüg nicht! War es eine Frau? Ein Mädchen?«
»Wirklich, ich ...«
»Sag es mir!«
»Verena! Bist du eifersüchtig?«
»Lächerlich. Es hätte mich nur interessiert. Sie hat dir allerhand beigebracht.«
»Niemand hat mir irgend etwas beigebracht. Du, du warst es, die küßte, ich habe mich nur küssen lassen.«
»Es interessiert mich schon nicht mehr.«

Sie winkt ab. So ist sie. Und darum liebe ich sie. Nur darum?
»Wann wird es sein, Verena, wann?«
»Kannst du es nicht mehr aushalten?«
»Nein.«
»Sag es.«
»Ich kann es nicht mehr aushalten.«
Ihr Fuß klopft schnell ein paarmal nacheinander auf den Boden. Es muß sie aufregen.
»Du siehst gut aus, Oliver.«
»Unsinn.«
»Wirklich! Laufen dir alle Mädchen nach?«
»Nein.«
»Doch. Und du hast auch schon diese eine.«
»Das ist nicht wahr.« Nein, halt! Ich habe so oft gelogen in meinem Leben. Verena will ich nicht belügen, Verena darf ich nicht belügen, nie. »Ich habe ...«
»Nun ...?«
»Ich habe nur mit ihr geschlafen – das war alles.«
»Für *dich.* Und für *sie?* Liebt sie dich?«
»Ja. Aber ich habe ihr sofort gesagt, daß ich sie nicht liebe.«
»Und du wirst nie wieder zu ihr gehen?«
»Nie wieder.«
»Weiß sie das auch?«
»Ich sage es ihr.«
»Wann?«
»Heute. Spätestens morgen. Das ist so eine Halbverrückte, weißt du? Ich muß vorsichtig sein, damit sie mir nicht überschnappt.«
»Was heißt Halbverrückte?«
Ich erzähle Verena alles, was ich mit Geraldine erlebt habe. Sie hört schweigend zu. Zuletzt sagt sie: »So also ist das Mädchen, das mein Armband stahl.«
»Ja.«
»Du mußt es ihr sagen, Oliver. Du mußt es ihr sagen ... Warum siehst du mich so an?«
»Ich ... natürlich sag' ich es ihr ... Es ist nur so komisch, daß du darauf bestehst.«
»Wieso ist das komisch?«
»Du spielst doch sonst die Eiskalte ...«
»Bin ich auch. Aber solange einer mein Liebhaber ist, soll er keine andere haben.«
»Liebe ist nur ein Wort.« Aber es wird bei ihr mehr werden, ich bin ganz sicher. Das ist doch alles nur Gerede.

»Darf ich zu dir hinüberkommen?« frage ich.
»Wenn du mich wieder anrührst, schnappe *ich* über.«
»Ich rühre dich nicht an. Ich will nur nicht so weit von dir entfernt sein.«
»Komm bis zu dem Balken.«
Der Balken steht einen halben Meter vor ihr. Ich gehe zu ihm.
»Wo ist Evelyn?«
»Ich habe sie zu Hause gelassen. Ich wechsle, verstehst du? Damit es Leo oder den Gärtnersleuten nicht auffällt. Ich habe gesagt, ich gehe nach Friedheim, einkaufen. Er ist übrigens seit der Party zum erstenmal freundlich zu mir, dieser Leo.«
Dieser Leo ... An den Satz soll ich noch denken ...
»Warum machst du die Augen zu, Oliver?«
»Ich heule sonst.«
»Warum?«
»Weil du schön bist.«
Jetzt wirft sie den Kopf zurück mit dieser typischen Bewegung, und die Haare fliegen. »Oliver, ich bringe eine schlechte Nachricht.«
»Schlechte Nachricht?«
»Wir verlassen die Villa und gehen schon morgen zurück nach Frankfurt.«
Ich habe einmal Boxunterricht genommen. Gleich in der ersten Stunde traf mein Sparringspartner meine Leber. Sie trugen mich aus dem Ring. So fühle ich mich jetzt.
»Mein Mann sagte es heute morgen. Ich weiß auch nicht, was los ist.«
»Ob er etwas gemerkt hat?«
»Vielleicht. Vielleicht nicht. Er tut oft solche Dinge, überraschende, unbegreifliche. Damit hält er mich beständig unter einer Art von besonderem Terror, verstehst du? Ich soll nie wissen, was die nächste Stunde bringt, was mein Herr und Gebieter im Sinn hat.«
»Dein Herr und Gebieter ...«
»Ich bin abhängig, ich lebe von ihm. Und Evelyn auch. Könntest *du* uns ernähren?«
»Ich ...« Verflucht, warum bin ich nicht älter? Warum bin ich überhaupt nichts, warum kann ich überhaupt nichts?
»Noch nicht. Erst wenn ich die Schule ...«
»Armer Oliver«, sagt sie. »Sei nicht traurig. Ich bin so geschickt. Ich habe meinen Mann schon so oft betrogen. Von hier nach Frankfurt ist es eine halbe Stunde mit dem Wagen. Wir wohnen in der Miquel-Allee. Nummer 212. Und du hast doch deinen Wagen.«

»Ja ...« Jetzt ist mir wieder zum Heulen.
»Siehst du! Ich finde Cafés für uns, ich finde ein kleines Hotel, eine Pension. Hier verschwindest du einfach. Ihr habt doch so einen komischen Erzieher, sagst du.«
»Ja, schon ...«
»Und dann treffen wir uns.«
»Aber doch immer nur für Stunden, Verena, immer nur für Stunden!«
»Ist das nicht besser als gar nicht?«
»Ich möchte immer bei dir sein, immer, Tag und Nacht.«
»Am Tag gehst du in die Schule, kleiner Oliver ... Aber wir werden trotzdem beieinander sein ... ganze Nächte ... bis zum Morgengrauen ... Wundervolle Nächte ... Mein Mann wird wieder verreisen ...«
Unten gehen Leute vorbei, wir hören sie reden und schweigen, bis die Stimmen verklungen sind. »Zum Kotzen«, sage ich dann.
»Was?«
»Überübermorgen machen wir zu allem noch eine Exkursion! Die dauert auch drei Tage. Da kann ich nicht nach Frankfurt kommen. Sechs Tage werde ich dich jetzt nicht sehen.«
Sie hat aufgehorcht.
»Was ist das für eine Exkursion?«
Ich erzähle es ihr.

6

Das war nämlich so: Heute hatten wir wieder Geschichte bei dem hageren, hinkenden Doktor Frey. Er sagte: »Ich will nicht, daß einer von euch glaubt, ich erzähle Märchen über das Dritte Reich, oder ich übertreibe. Darum machen wir am fünfzehnten eine Fahrt nach Dachau und besichtigen das Konzentrationslager, das sich dort einmal befunden hat. Wir reisen mit dem Bus nach München, übernachten, und am nächsten Tag fahren wir nach Dachau. Das liegt ganz nahe. Die KZ's lagen überhaupt meistens ganz nahe bei Städten und Dörfern. Nur die Leute in den Dörfern und Städten wußten nichts davon. Was ist los, lieber Südhaus?«
Der Primus Friedrich Südhaus, dessen Vater ein alter Nazi ist und jetzt Generalstaatsanwalt, hat halblaut etwas gesagt. Nun steht er auf und sagt laut: »Ich finde, ein ehemaliges Konzentrationslager ist kein Ausflugsziel!«
»Wir machen auch keinen Ausflug, lieber Südhaus.«

»Herr Doktor, darf ich Sie bitten, nicht immer *lieber* Südhaus zu mir zu sagen?« Der Primus hat einen roten Kopf bekommen.
»Entschuldigen Sie. Es war nicht böse gemeint. Ich habe heute nacht im ›Wallenstein‹ gelesen: ›Bei Stralsund verlor er fünfundzwanzigtausend Mann.‹ Dann konnte ich nicht mehr schlafen und mußte dauernd denken: Was soll das heißen! Verlor *er?* Gehörten die Fünfundzwanzigtausend denn *ihm?* Fünfundzwanzigtausend Mann, das sind fünfundzwanzigtausend Leben, fünfundzwanzigtausend Schicksale, Hoffnungen, Befürchtungen, Lieben, Erwartungen. Herr Wallenstein hat nicht fünfundzwanzigtausend Mann verloren – fünfundzwanzigtausend Mann sind gestorben«, sagt Doktor Frey und hinkt durch die Klasse. »Und es blieben ihre Frauen zurück, ihre Kinder, ihre Mütter, ihre Familien, ihre Bräute! Fünfundzwanzigtausend – das ist eine ganze Menge, finde ich. Viele werden wohl nicht gleich tot gewesen sein und Schmerzen gehabt haben, große, noch lange. Und abgesehen von den Toten wird wohl auch noch ein Haufen Krüppel übriggeblieben sein, mit einem Arm, mit einem Bein, mit einem Auge. Das steht nicht in den Geschichtsbüchern oder bei Schiller. Das steht überhaupt nirgends. Es steht auch nirgends, wie das Konzentrationslager Dachau aussah, und wie es aussieht – heute. Ihr müßt euch daran gewöhnen, daß ich eine eigene Methode habe, Geschichte zu unterrichten. Wer nicht mitfahren will, wird nicht gezwungen. Er soll nur die Hand heben.«
Ich drehe mich um. Noah hebt die Hand. Sonst niemand. Nicht einmal Südhaus.
Der setzt sich und »schiebt Platze«, wie Hansi sagt: Er ist brennend rot im Gesicht. Vor Wut. Klar, mit einem alten Nazi als Vater wäre ich jetzt auch brennend rot vor Wut im Gesicht. Eigentlich muß dieser Südhaus einem leid tun. Der Mensch ist das Produkt seiner Erziehung.
»Sie wollen nicht mitkommen, Goldmund?«
»Nein, ich bitte hierbleiben zu dürfen.«
Doktor Frey sieht Noah, dessen Eltern in Auschwitz vergast wurden, lange an. Noah erwidert den Blick ruhig.
»Ich verstehe Sie, Goldmund«, sagt Doktor Frey endlich.
»Ich wußte, daß Sie mich verstehen würden, Herr Doktor«, antwortet Noah.
Doktor Frey wendet sich an die anderen. »Das wäre also erledigt. Goldmund bleibt hier. Wir fahren am fünfzehnten um neun Uhr früh.«
Und da fängt doch wahrhaftig Wolfgang zu klatschen an. Wolfgang, der Sohn des Kriegsverbrechers.

»Was ist denn mit Ihnen los, Hartung?«
»Ich finde Sie großartig, Herr Doktor!«
»Ich verbitte mir jede Sympathiekundgebung«, antwortet der darauf...

7

All das erzähle ich Verena nun in unserem Turm.
Plötzlich beginnt sie zu lächeln.
»Am fünfzehnten?« fragt sie.
»Ja.«
»Und am sechzehnten seid ihr in München?«
»Ja. Und am siebzehnten fahren wir zurück. Was ist denn los?«
»Vorhin hatte ich eine schlechte Nachricht für dich. Jetzt habe ich eine gute. Ich bin am sechzehnten auch in München. Allein!«
»Was?«
»Ein Jugendfreund von mir heiratet. Manfred – mein Mann, meine ich – kann ihn nicht leiden. Dieser Freund hat mich gebeten, einer seiner Trauzeugen zu sein. Die Trauung findet um neun Uhr statt. Wenn Dachau so nahe bei München liegt, seid ihr doch spätestens am Nachmittag zurück.«
»Spätestens.«
»Dann kommst du zu mir... in mein Hotel... Wir haben den Nachmittag... den Abend... und die Nacht, die ganze Nacht!«
Ich schlucke krampfhaft. Das tue ich immer, wenn ich sehr aufgeregt bin.
»In vier Tagen, Oliver! In München! In einer Stadt, in der uns keiner kennt! In einer Stadt, in der wir keine Angst haben müssen! Keine Eile! Zeit! Zeit! Zeit!«
»Ja«, sage ich erstickt.
Und nun ist sie mit drei Schritten bei mir, umarmt mich, sieht mir wieder in die Augen und flüstert: »Ich freue mich so...«
»Ich mich auch.«
Dann küssen wir uns noch einmal. So wie das erstemal. So wie wir uns wohl immer küssen werden. Weil es eben Liebe ist.
Und während wir uns küssen und alles um mich zu kreisen beginnt, das Dachgebälk, die Luken, das Gerümpel, alles, alles, muß ich doch denken: Verena und das Konzentrationslager Dachau. Das Konzentrationslager Dachau und Verena.
Eine feine Kombination, finden Sie, wie? Geschmacklos, finden Sie? Grausig ist das, finden Sie?

Ich will Ihnen sagen, was es ist!
Liebe im Jahre des Herrn eintausendneunhundertundsechzig.

8

In den nächsten vierundzwanzig Stunden begehe ich drei schwere Fehler. Keiner von ihnen wird wieder gutzumachen sein. Jeder wird seine Folgen haben, seine schlimmen Folgen. Ich benehme mich wie ein Idiot, ich, der immer denkt, so clever zu sein.
Der Reihe nach:
Verena verläßt wieder den Turm zuerst. Ich warte ein paar Minuten, dann folge ich ihr. Als ich aus dem alten Gemäuer trete und vielleicht hundert Schritte gegangen bin, kommt mir Herr Leo, der Diener, entgegen: Klein und hager, hochmütig und selbstsicher. Er führt Assad, den Boxerhund, spazieren. Diesmal trägt Herr Leo einen alten grauen Anzug und ein Hemd mit sehr abgeschabter Krawatte.
»Oh, schönen guten Tag, Herr Mansfeld!« Er verneigt sich übertrieben.
»Guten Tag.«
»Sie haben wohl den Aussichtsturm besichtigt?«
»Ja.«
»Ein altes Ding.« Heute sieht Herr Leo gramvoll aus. Sein glattes, längliches Gesicht scheint noch länger und glatter geworden zu sein, die Lippen sind nur noch zwei dünne Striche. »Es heißt, die alten Römer haben den Turm gebaut.«
»Ja, das haben wir auch in der Schule gelernt.«
Er seufzt.
»Warum seufzen Sie, Herr Leo?« (Ob er Verena gesehen hat?)
»Wie Sie das so sagen, Herr Mansfeld. Ruhig, Assad, ruhig! Wie Sie das so sagen: In der Schule gelernt. Sie haben es in einem teuren Privatinternat gelernt, Herr Mansfeld. Ich, pardon, bitte, wenn ich davon spreche, konnte nur die Volksschule besuchen. Meine Eltern waren arm. Und dabei dürstete ich so nach Wissen!« (Dürstete, sagt er, tatsächlich! Menschen sagen die komischsten Wörter.)
»Glauben Sie mir, ich bin ein unglücklicher Mensch, Herr Mansfeld. Selbst jetzt noch – und ich bin achtundvierzig – wollte ich mich weiterentwickeln, vielleicht einen kleinen Landgasthof aufmachen, ein Restaurant. Es ist nicht angenehm, Diener zu sein, nein, nein, glauben Sie mir!«
Was will dieser schleimige Kerl?

»Sicherlich nicht, Herr Leo. Ich fürchte, ich muß jetzt...«
Aber da hält er mich am Ärmel fest. Seine Augen versuchen kummervoll zu blicken. Der Versuch mißlingt. Sie bleiben, wie sie sind, diese grauen Fischaugen: Eiskalt, tückisch. Ich schrieb bereits, daß es Momente gibt, in denen ich genau weiß, was sich ereignen wird, was der andere noch sagen wird und tun. Jetzt habe ich so einen Moment.
Dieser Herr Leo ist lebensgefährlich.
Mich friert plötzlich.
»Ich besaß auch schon das Geld«, jammert Herr Leo, während er mir in den Weg tritt, »Pfennig um Pfennig zusammengespart. Dann schlug das Schicksal zu! Die ganz bösen Dinge geschehen immer nur den armen Leuten, pardon, bitte. Wo Reichtum ist, geht Reichtum hin – so sagt man doch, nicht wahr?«
»Was ist passiert?«
»Ich bin einem Betrüger aufgesessen. Der Mann zeigte mir so einen kleinen Landgasthof. Entzückend gelegen. Wunderbar eingerichtet. Die Küche ein Traum. Der Speisesaal...«
»Jajaja, und?«
»Pardon, bitte. Ich war begeistert. Ich wollte sofort kaufen. Er nahm mein Geld. Drei Tage später erfuhr ich die entsetzliche Wahrheit.«
»Was für eine Wahrheit?«
»Der Mann war gar nicht der Besitzer! Er war nur ein Makler. Der Besitzer hatte ihm jede Vollmacht zu verkaufen gegeben und eine größere Reise angetreten. Das Personal war unterrichtet. So konnte der Lump mich leicht durch das Haus führen und tun, als gehörte es ihm. Ist das nicht furchtbar?«
Er nimmt ein Taschentuch hervor, bläst hinein und betrachtet gramvoll das Ergebnis.
»Sie müssen den Mann verklagen.«
»Wie kann ich das, pardon, bitte? Er ist natürlich gleich verschwunden. Das Büro in Frankfurt, das Briefpapier – alles Schwindel! Der schöne Wagen – geliehen.« Er tritt einen Schritt näher, und ich rieche seinen üblen Atem. »Sie haben doch auch so einen schönen Wagen, Herr Mansfeld, nicht wahr? Ich sah ihn unten in Friedheim, in der Garage.«
»Was hat das damit zu tun?«
»Ich fürchte, Sie werden einem armen Mann helfen müssen.«
»Ich verstehe nicht...«
»Doch, doch, Sie verstehen schon! Sie werden mir fünftausend Mark geben. Damit ich wenigstens wieder einen kleinen Notgroschen

habe. Natürlich reichen fünftausend Mark niemals hin, aber mit Hypotheken und Bankdarlehen ...«

»Was haben Sie da gesagt?«

»Sie müssen mir fünftausend Mark geben, Herr Mansfeld. Pardon, bitte, es fällt mir nicht leicht, aber es geht nicht anders. Nein, anders geht es nicht.«

»Erstens habe ich keine fünftausend Mark ...«

»Sie können einen Kredit auf Ihren schönen Wagen aufnehmen.«

»... und zweitens würde ich Ihnen zwar gern helfen, aber ich finde es doch sehr eigenartig, daß Sie sich mit einer solchen Bitte ausgerechnet an mich wenden, einen völlig Fremden.«

Und ich weiß, ich weiß alles, was kommen wird ...

»Ich bin vielleicht ein Fremder für Sie, Herr Mansfeld, aber Sie sind kein Fremder für mich, pardon, bitte?«

»Was soll das heißen?«

»Als Sie bei dem gnädigen Herrn eingeladen waren und ich den Kaffee brachte, fand ich die Tür zum Salon nur angelehnt. Ich konnte einfach nicht umhin, zu hören, was Sie mit der gnädigen Frau besprachen.«

»Ich habe überhaupt nichts ...«

»Herr Mansfeld, pardon, bitte, Sie müssen ruhiger werden. Sehen Sie mich an. Mich hat das Leben härter angepackt als Sie. Mein Vater war kein Millionär. Beachten Sie, wie ruhig ich bin. Ich konnte leider auch nicht vermeiden zu sehen, wie die gnädige Frau und Sie sich eben küssen wollten ...«

»Das ist eine Lüge!«

»Ich bin gewöhnt, daß man mich beschimpft, Herr Mansfeld. Sicherlich lüge ich auch, wenn ich behaupte, daß ich vorhin die gnädige Frau vor Ihnen aus dem alten Turm kommen sah. Sicherlich lüge ich auch, wenn ich die gnädige Frau als die Geliebte von Herrn Sabbadini bezeichne ...«

»Sind Sie wahnsinnig geworden?«

»Ich nicht, Herr Mansfeld, pardon, bitte, ich nicht! Die gnädige Frau – und ich sage das mit dem größten Respekt und in tiefster Besorgnis –, die gnädige Frau mag wohl an Depressionen und Gefühlsverirrungen leiden, denn es ist mir, Gott sei's geklagt, in peinlich genauen Einzelheiten verschiedenes bekannt, was sie in den letzten Jahren getan hat.«

»Was hat sie getan?«

»Den gnädigen Herrn betrogen, pardon, bitte. Und mit mehreren ...«

»Wenn Sie weiterreden, schlage ich ...«

»Einen kleinen, schwachen, armen Mann? Das wollen Sie wirklich tun, Herr Mansfeld, der Sie groß und reich und jung sind? Nun, ich bin es ja nicht anders gewöhnt. Schlagen Sie. Schlagen Sie zu! Ich werde mich nicht wehren.«
So kann das nicht weitergehen. Ich habe gewußt, ich habe genau gewußt, daß es so kommen würde. Aber es kann so nicht weitergehen.
»Schweigen Sie! Kein Wort von allem, was Sie sagen, stimmt!«
»Es gibt Beweise, Herr Mansfeld, pardon, bitte, es gibt Telefonanrufe!«
»Was heißt Telefonanrufe?«
»Ich habe ein Tonbandgerät. Außerdem existieren auch Briefe. Leider.«
Dieser Hund.
»Sie sind meine letzte Hoffnung, Herr Mansfeld. Beleihen Sie den Wagen. Sie erhalten gewiß ein hohes Taschengeld. So können Sie den Betrag in Raten zurückzahlen.«
»Fünftausend Mark? Das ist doch Irrsinn!«
»Es ist auch Irrsinn, was in den Briefen steht, Irrsinn, was man hört, wenn die Tonbänder laufen.«
Die Briefe. Das Telefon. Verflucht, warum hat Verena nicht aufgepaßt?
»Ich bin sicher, der gnädige Herr würde sich sofort scheiden lassen, wenn er von all dem wüßte. Und nun auch von Ihnen...«
»Ich...«
Aber jetzt läßt er sich nicht mehr unterbrechen, dieser Saukerl, der mich so sehr an meinen »Bruder« Hansi erinnert, jetzt hat er schon längst Oberwasser. Und er fühlt es: »... auch von Ihnen, sage ich, wollen Sie mich gütigst ausreden lassen, pardon, bitte. Die gnädige Frau kam doch, wie man hört, aus... hrm... schlechten Verhältnissen...« Ich trete einen Schritt vor. Er tritt einen Schritt zurück, aber er spricht weiter: »... und ich meine, sie hat große Furcht davor, jemals in diese Verhältnisse zurückkehren zu müssen. Ich weiß, Sie empfinden Sympathie für die gnädige Frau. Was sind fünftausend Mark, sofern es sich darum handelt...«
Seine Stimme geht weg, wie wenn man bei einem Radio am Tonreglerknopf dreht. Ich starre ihn an und denke: Er weiß natürlich nichts Bestimmtes, er hat keine Beweise, er blufft. Und dann wieder seine Stimme: »... das Ende meines Lebens als Bediensteter verbringen und Tag für Tag...«
»Hören Sie auf! Sie haben nicht einen einzigen Brief! Das ist doch alles Schwindel!«

Daraufhin nimmt er drei Briefe in Umschlägen, die alle an Postfachadressen in Frankfurt adressiert sind, aus der Tasche und reicht sie mir schweigend. Ich lese einen. Der eine genügt mir.
»Wie viele Briefe?«
»Acht.«
»Und wie viele Tonbänder?«
»Auch acht.«
»Wer sagt mir, daß Sie nicht lügen? Sie sind doch ein Erpresser.«
»Natürlich. Indessen, pardon, bitte – wer sagt mir, daß Sie mich nicht wegen Erpressung anzeigen? Vielleicht ist Ihre Sympathie für die gnädige Frau doch nicht so groß.«
Jetzt begehe ich Fehler Nummer eins. Ich denke: Unter allen Umständen muß ich die Briefe und die Bänder bekommen. Und unter keinen Umständen darf ich Verena von der Geschichte erzählen. Denn wenn ich ihr davon erzähle, wird sie die Beziehung zu mir abbrechen, das ist klar. Es geht nicht darum, daß ich sie nicht aufregen will. Das ist Unsinn, wenn man es mit einem Erpresser zu tun hat. Aber sie wird mich nie wiedersehen wollen! Sie wird – eine Zeitlang wenigstens, vielleicht immer – ihrem Mann treu sein. Nein, ich darf Verena nichts von dieser Geschichte erzählen.
Gleich darauf begehe ich Fehler Nummer zwei: »Wenn ich Ihnen das Geld besorge, muß ich selbstverständlich alle Briefe und Bänder erhalten.«
»Selbstverständlich.«
»Ja, selbstverständlich! Und dann werden Sie kommen und sagen, es gibt nicht acht, sondern fünfzehn Briefe und fünfzehn Tonbänder und ...«
»Ich schwöre Ihnen ...«
»Hören Sie auf! Sonst schlage ich Sie doch noch!«
»Ich bin es gewöhnt. Ich bin es gewöhnt, so behandelt zu werden.«
»Sie werden mir eine Bestätigung für das Geld geben.« Was das für eine idiotische Forderung ist, sollte ich erst später merken.
»Aber gewiß doch, Herr Mansfeld, aber gern!«
Hat es einen Sinn, so einem Kerl zu sagen, daß er ein dreckiges Schwein ist? Nicht den geringsten. Was wäre die Folge? Null.
Schon ein einziger Brief reicht ...
Und ich halte noch zwei weitere mit anderen Handschriften auf den Umschlägen in der Hand. Und er hat noch fünf.
Angeblich hat er nur noch fünf ...
»Wann könnte ich wohl mit dem Geld rechnen, Herr Mansfeld? Pardon, bitte, aber die Sache eilt ein wenig.«

»Ich muß erst nach Frankfurt. Ich muß erst ein Finanzierungsunternehmen suchen.«
»Das müssen Sie nicht.« Er zieht einen Zettel hervor. »Ich habe mir erlaubt, schon eines auszuwählen. Kopper & Co. Der beste Laden am Platz. Kulanteste Bedingungen. Nimmt die geringsten Zinsen. Ich dachte, pardon, bitte, wenn Sie beispielsweise morgen in der Freizeit nach Frankfurt fahren, Ihren Kraftfahrzeugbrief abgeben und die Wechsel unterschreiben, dann würden Sie übermorgen schon den Scheck erhalten.« Jetzt spricht er immer schneller. »Nicht, daß ich etwa diesen Scheck will! Diesen Scheck könnten Sie sperren lassen, bevor ich dazu komme, ihn einzulösen. Ich möchte doch sehr um Bargeld bitten.« Wie ein Idiot, wie ein Idiot laufe ich in seine dreckige Falle. »Ich würde dann übermorgen nachmittag um drei Uhr hier auf Sie warten.«
»Wieso? Herr Lord zieht doch schon morgen nach Frankfurt.«
»Er hat dort seine eigene Dienerschaft. Das Gärtnerehepaar und ich, wir bleiben den Winter über hier. Ach, wenn Sie wüßten, wie einsam das manchmal ist, wie ...«
»Schluß.«
»Pardon, bitte. Übermorgen um drei?«
Verena. Sie darf nichts erfahren. Sonst verliere ich sie. Sonst verliere ich sie. Fehler Nummer eins. Dieser Hund, ich muß ihn bezahlen, damit er mir die Briefe und die Bänder gibt. Ich muß ihn bezahlen. Ich muß ihn bezahlen. Fehler Nummer zwei.
»Ja.«
»Darf ich mir, pardon, bitte, erlauben zu sagen, daß es mir außerordentlich leid tun würde, Sie übermorgen um drei hier nicht anzutreffen, lieber Herr Mansfeld? Komm, Assad, komm! Such das Stöckchen, such! Ja, wo ist es denn, das schöne Stöckchen?«

9

Prinz Raschid Dschemal Ed-Din Runi Bender Schahpur Isfahani betet: »Oh, ihr Gläubigen, folget doch nicht den Fußstapfen des Satans, denn der, der seinen Spuren folgt, befiehlt nur schändliche Verbrechen und das, was verboten ist und anderen schadet ...«
Es ist 20 Uhr 30.
Ich bin jetzt vorsichtshalber immer dabei, wenn Raschid betet. Ali und Hansi liegen schon in ihren Betten, sanft und brav wie kleine Engel. Hansi hat den ganzen Abend nicht mit mir gesprochen, beim Essen nicht, vorher nicht, nachher nicht.

»Ist dir was eingefallen?« fragte ich ihn im Speisesaal.
Er schüttelte den Kopf. Später war er plötzlich verschwunden. Jetzt liegt er da und starrt die Decke an.
Bevor ich hierher kam, war ich nebenan bei Giuseppe, den Ali zusammengeschlagen hat. Er schläft da mit zwei anderen kleinen Jungen, einem Griechen und einem Bayern. Ich brachte Giuseppe Pralinen. Er strahlte mich an, der kleine, verhungerte Kerl, und in seinem schrecklichen Englisch sagte er: »Danka dir, Oliver...« Und als ich schon wieder bei der Tür war: »Oliver?«
»Ja?«
»Und ich haba doch rechta! Religiona ista Opium für Volka!«
Der, der ihn so zusammengeschlagen hat, der schwarze Ali, dieser unerbittliche Fromme (»Es gibt nur einen Gott, *meinen*«), der hat die Hände auf der Bettdecke gefaltet. Er betet auch, natürlich absichtlich gleichzeitig mit Raschid.
Ich habe mir überlegt, ob ich es ihm verbieten kann. Ich kann es nicht. So beten also beide, Ali übrigens ziemlich leise.
»Vater unser, der Du bist in dem Himmel...«
»Waltete nicht Allahs Gnade über euch und Seine Barmherzigkeit, so würde Er nie einen van euch rein sprechen von seinen Sünden...«
Von seinen Sünden.
Ich habe auch noch den zweiten der drei Briefe gelesen. Zum dritten hatte ich nicht mehr den Mut. Ich habe alle drei Briefe im Wald verbrannt und die Asche zertreten.
»... unser tägliches Brot gib uns heute und vergib uns unsere Schuld...«
Unsere Schuld.
Was ist Verena für eine Frau? Ich frage mich das nicht, weil sie ihren Mann betrügt. Ich frage mich das, weil sie solche Briefe nicht sofort vernichtet. Leo muß sie gestohlen haben. Gibt es so etwas? Ist Verena wirklich ein bißchen verrückt? Ich bin es ja schließlich auch. Aber acht Briefe...
Na ja, in mehreren Jahren. Es kann passieren. Aber es dürfte nicht passieren. Sie muß doch aufpassen! Jetzt passe ich auf sie auf. Sie darf nicht unglücklich werden.
»... doch Allah spricht rein, wen Er will, denn Allah hört und weiß alles. Die Reichen unter euch mögen nicht schwören, den Verwandten, Armen und für die Religion Ausgewanderten nichts mehr geben zu wollen. Sie sollen vielmehr verzeihen und...«
Nein! Nein! Nein! Ich darf Verena nichts erzählen! Sie ist ohnedies schon halb in Panik. Sie würde sofort Schluß machen mit mir. Schluß, bevor es überhaupt begonnen hat. Ich muß diesem Lump

die fünftausend Mark beschaffen, und ich muß die Briefe und Bänder verbrennen und hoffen, daß er nicht noch mehr hat. Er dürfte eigentlich nicht noch mehr haben. So verrückt kann Verena nicht gewesen sein! Sonderbar, daß ich überhaupt nicht eifersüchtig bin auf diese anderen Männer!
»... wie auch wir vergeben unseren Schuldigern. Und führe uns nicht in Versuchung, sondern erlöse uns von dem Übel. Amen.«
Mein Taschengeld wird niemals reichen für die Raten. Ich werde meiner Mutter schreiben müssen.
Raschid betet: »... gnädig erweisen. Wünscht ihr denn nicht, daß Allah euch verzeiht? So ihr böse seid, wird euer eigener Körper, werden eure eigenen Sinne am Tage des Gerichts gegen euch zeugen und ...«
In diesem Moment schlägt draußen in der Halle ein elektrischer Gong an. Das ist immer das Zeichen dafür, daß der Chef von seinem Büro aus über die Lautsprecheranlage, die alle Villen mit der Schule verbindet, etwas sagen will.
Raschid hört zu beten auf. Ali fährt im Bett hoch.
Nur Hansi bleibt ruhig liegen. Gelangweilt meint er: »Mach die Tür auf, Oliver. Wir müssen nicht runter gehen, wir hören auch so, was der Alte will.«
Ich öffne die Tür. Viele Türen werden geöffnet. Kleine Jungen in bunten Pyjamas rennen neugierig in die Halle. Hansi hat recht. Die Stimme des Chefs kommt so laut zu uns, daß wir ruhig im Zimmer bleiben können.
»Ich bitte alle Lehrer, Erzieherinnen und Erzieher, sofort zu mir zu kommen. Ich habe etwas mit Ihnen zu besprechen. Wenn einer von euch Kleinen oder von euch Großen nun glaubt, die Abwesenheit der Erzieher benützen zu können, um Unfug zu treiben oder etwa abzuhauen, dann fliegt er morgen.« Die Stimme Doktor Florians klingt heiser und mühsam beherrscht. »Im übrigen wünsche ich, daß ihr morgen ohne Ausnahme pünktlich um 7 Uhr 15 im Speisesaal zum Frühstück erscheint. Ich habe auch euch etwas zu sagen. Gute Nacht.«
Klick. Die Anlage ist ausgeschaltet.
»In die Betten! Marsch, zurück in die Betten, ich muß fort!« höre ich Herrn Herterich verzagt rufen.
»Was ist da passiert?« frage ich.
»Ich kann warten bis morgen früh«, sagt Hansi und dreht sich zur Wand.
In meinem Zimmer angekommen, wiederhole ich die Frage.
»Was soll sein?« meint Noah, der »Olympia« von Robert Neu-

mann liest. »Wahrscheinlich wird der Chef uns eröffnen, daß er das Schulgeld erhöhen muß.«
»Ja«, sagt Wolfgang, der ein Kreuzworträtsel löst, »oder daß ihm die Bundeswehr jetzt das letzte Küchenpersonal wegengagiert hat und wir unser Geschirr von nun an selber spülen müssen.«
»Breakfast is always the time for news such as this«, sagt Noah.
Aber sie irren sich beide.
Am nächsten Morgen, er ist nebelig und kalt, erscheinen tatsächlich alle Schüler pünktlich um 7 Uhr 15 im Speisesaal. Ein paar Minuten später kommt der Chef. Sein Gesicht ist gelb, und er hat dunkle Ringe unter den Augen. Er hat sicher nicht geschlafen. Heute erscheint er mir noch größer und hagerer, heute geht er noch ein bißchen mehr vorgeneigt. Er spricht sehr leise.
»Guten Morgen«, sagt Doktor Florian.
Dreihundert Kinder erwidern seinen Gruß.
»Ich habe vor ein paar Tagen gesagt, daß ich eine Weile lieber nicht mit euch gemeinsam essen möchte. Ich werde es auch heute nicht tun. Wenn ich gesagt habe, was ich euch sagen muß, gehe ich wieder, und ihr frühstückt allein ...«
Ich blicke mich um. Hansi, der neben mir sitzt, macht ein richtiges Idiotengesicht, völlig ausdruckslos. Die Lehrer und Erzieher sehen bedrückt aus. Ich blicke zu Geraldines Tisch hinüber und fühle einen Stich in der Brust.
Ihr Platz ist leer! Gleich darauf erhalte ich die Erklärung dafür.
»Geraldine Reber ist gestern abend schwer verunglückt. Auf dem schmalen Weg, der oben an der Schlucht entlangführt, die zwischen dem Haus der großen Mädchen und der Schule liegt. Ihr alle wißt, daß ich strengstens verboten habe, diesen Weg zu benützen, eben weil er so schmal und gefährlich ist – und wenn er zehnmal kürzer ist!«
Hansi rührt in seinem Kaffee.
»Geraldine hat den verbotenen Weg gestern abend doch benützt. Sie ist in die Schlucht gestürzt. Beide Arme sind gebrochen, sie hat eine schwere Gehirnerschütterung, und die Ärzte befürchten, daß auch die Wirbelsäule gebrochen ist.«
Die Wirbelsäule gebrochen!
Das Brötchen fällt mir aus der Hand.
»Hast du das gehört?«
»Ich bin ja nicht taub«, sagt Hansi.
»Geraldine ist in ein Frankfurter Krankenhaus gekommen. Ich habe mit ihrer Mutter telefoniert. Sie ist schon unterwegs. Keiner von euch darf Geraldine bis auf weiteres besuchen. Ihr Zustand

ist sehr ernst. Ich erkläre euch zum letztenmal, daß es verboten ist, den Weg an der Schlucht zu benützen. Wen ich dabei erwische, erhält eine Verwarnung. Ihr wißt: Wer drei Verwarnungen erhalten hat, muß die Schule verlassen. Das wäre alles.« Der Chef fährt sich mit einem Taschentuch über die Stirn, dann hebt er, unendlich müde, den Kopf. »Ach ja, noch etwas. Fräulein Hildenbrand hat gekündigt. Ihr habt sie alle gekannt, vielen hat sie sehr geholfen. Sie sagt mir, ein persönlicher Abschied von euch würde ihr zu schwer fallen, darum bat sie mich, euch alle herzlichst zu grüßen. Sie wird immer an euch denken.«

Der Chef macht eine kurze Pause, dann fährt er fort: »Sie wird euch nie vergessen. Sie hat unser Internat bereits verlassen und wohnt jetzt unten in Friedheim.«

Irgend jemand, den ich nicht sehen kann, fragt laut: »Aber warum hat sie gekündigt, Herr Doktor?«

Die Lehrer und die Erzieher senken die Köpfe, und ich höre sofort, daß der Chef nicht die Wahrheit sagt, denn seine Stimme klingt jetzt ganz anders: »Fräulein Hildenbrand war schon recht alt und nicht mehr gesund. Ihr wißt, daß die Augen ihr sehr zu schaffen machten. Der Arzt ... der Arzt hat ihr Ruhe verordnet. Sie ist ... sie ist nicht leicht fortgegangen von uns.« Pause. »Ich weiß nicht, was ihr für sie empfunden habt. Ich kann nicht in euch hineinsehen. Ich empfand und empfinde die größte Dankbarkeit für Fräulein Hildenbrand. Und ich jedenfalls werde sie auch nie vergessen ...« Er fährt sich wieder mit dem Tuch über die Stirn.

Noah erhebt sich.

»Was ist, Noah?«

»Ich stehe auf im Gedenken an Fräulein Hildenbrand.«

Daraufhin erheben sich auch alle anderen Kinder. Nur Hansi rührt weiter in seinem Kaffee.

Ich gebe ihm einen Stoß.

»Ach, Mensch, das Geschisse!« sagt Hansi. Aber er steht auf. Nach ein paar Sekunden setzt Noah sich wieder. Alle anderen setzen sich auch.

»Lebt wohl«, sagt der Chef. Er geht schnell fort. Auf dem Weg zur Tür muß er an meinem Tisch vorbei. Zuerst scheint er mich nicht zu sehen, dann hält er abrupt an.

»Ach, Oliver ...«

»Herr Doktor?«

»Bist du mit deinem Frühstück fertig?«

Ich habe mit meinem Frühstück noch nicht einmal begonnen, aber ich könnte keinen Bissen, keinen Schluck hinunterwürgen.

»Jawohl, Herr Doktor.«
»Dann komm mit, ich möchte dir etwas sagen.«
Wir gehen in sein Arbeitszimmer.
»Setz dich. Ich habe im Speisesaal nicht die Wahrheit gesagt. Nicht die ganze Wahrheit. Fräulein Hildenbrand hat nicht um ihre Entlassung ersucht. Ich habe sie entlassen. Ich habe sie entlassen müssen.«
Mir ist schwindlig. Mir ist übel. Geraldine verunglückt. Wirbelsäule gebrochen. Geraldine verunglückt. Geraldine...
»Hörst du überhaupt zu?«
»Ja, Herr Doktor.« Ich muß mich zusammenreißen.
»Du weißt, daß sie fast blind war?«
»Ja.«
»Und daß sie Ödeme in den Füßen und immer Schmerzen hatte, wenn sie ging?«
»Nein, das wußte ich nicht.«
Auf seinem Schreibtisch steht eine Karaffe mit Wasser. Er gießt ein Glas voll, entnimmt einer Packung zwei Pillen, schluckt sie und trinkt.
»Kopfschmerzen«, sagt er. »Ich habe irrsinnige Kopfschmerzen. Was ich dir jetzt erzähle, mußt du für dich behalten. Du darfst mit niemandem darüber sprechen. Ehrenwort?«
»Ehrenwort.«
»Ich erzähle es dir nur, weil Fräulein Hildenbrand mich vor ihrem Weggang darum ersuchte. Sie hatte dich besonders gern.«
»Ausgerechnet mich?«
»Ja.«
»Warum?«
»Weil du dich um den armen kleinen Hansi kümmerst. Sie hat dich doch gebeten, es zu tun, als du hier ankamst, nicht?«
Ich nicke.
»Sie würde sich so freuen, wenn du sie ab und zu einmal besuchtest. Du weißt, wo sie in Friedheim wohnt?«
»Ja.«
»Wirst du sie besuchen?«
»Ja.«
»Danke. Also, um es kurz zu machen: Auch Fräulein Hildenbrand ging immer den verbotenen Weg oben an der Schlucht entlang. Ihrer Füße wegen. Der Weg bedeutet nämlich auch eine große Abkürzung nach Friedheim hinunter, nicht nur zur Mädchenvilla.«
Aber auch zur Mädchenvilla! So konnte Geraldine mich damals schnell einholen, als ich Verenas Armband aus ihrem Zimmer geholt hatte.

»Gestern nach dem Abendessen wollte Fräulein Hildenbrand mit Geraldine noch ein paar Tests machen und reden – in Friedheim, in ihrem Zimmer, in einer neutralen Atmosphäre ...«
»Warum?«
»Geraldine war in letzter Zeit besonders labil und unansprechbar. Ihre Leistungen wurden immer schlechter. Darum wollte Fräulein Hildenbrand mit ihr einmal reden. Es hat vielen Kindern geholfen, wenn Fräulein Hildenbrand mit ihnen redete. Sie ging also mit Geraldine den verbotenen Weg hinunter, als erste. Plötzlich hörte sie einen Schrei. Sie drehte sich um und sah voll Schrecken, daß Geraldine ausgeglitten war und ...«
»In die Schlucht gestürzt?«
»Nein, noch nicht! Sie hing frei in der Luft an der Steilwand und klammerte sich an eine Wurzel. Sie schrie um Hilfe. Fräulein Hildenbrand eilte herbei und versuchte, sie emporzuziehen, indem sie Geraldines Hände packte ...«
»Und?«
»Die alte Dame sah ja kaum mehr etwas. Es war Nacht. Sie hatte nicht Geraldines Hände ergriffen, sondern die Wurzel; die Wurzel war weiß. Mit einem Ruck riß sie die Wurzel aus der Erde – und Geraldine stürzte in die Schlucht.«
Nachdem er das gesagt hat, steht der Chef auf, geht zum Fenster und blickt in den Herbstnebel hinaus. »Fräulein Hildenbrand kam eiligst in die Schule zurück. Ich telefonierte mit dem Arzt und rief einen Krankenwagen. Wir liefen alle in die Schlucht. Erst nachdem Geraldine fort war, erzählte mir Fräulein Hildenbrand die ganze Geschichte.«
»Und da haben Sie sie entlassen.«
»Ja. Sie wollte noch bis heute bleiben und sich von euch allen verabschieden, aber das ...« Stocken. »... das habe ich ihr nicht gestatten können. Ich brachte sie noch in der Nacht in meinem Wagen nach Friedheim.«
»Warum?«
»Sie erlitt einen Nervenzusammenbruch. Weinkrämpfe. Sie hätte heute früh niemals vor euch erscheinen können. Das sagt auch der Arzt. Er hat ihr Beruhigungsmittel gegeben. Jetzt schläft sie. Die nächsten Tage muß sie im Bett verbringen.« Plötzlich ist seine Stimme ganz klar und hart. »Ich bin schuld.«
»Was?«
»Wenn Geraldines Rückgrat nicht wieder richtig zusammenwächst, wenn sie – Gott möge es verhüten –, wenn sie ...« Er kann es nicht sagen.

»Wenn sie stirbt?«

»... dann bin ich schuld, nicht Fräulein Hildenbrand!«

»Das ist aber doch Unsinn, Herr Doktor!«

»Das ist kein Unsinn! Ich wußte seit Jahren, daß sie kaum mehr sehen konnte. Ich wußte seit Jahren, daß sie eine Gefahr für alle darstellte – und für sich selber. Ich hätte sie schon vor Jahren entlassen müssen. Ich habe es nie getan.«

»Weil sie Ihnen leid tat. Weil Sie wußten, wie sehr sie Kinder liebte.«

»Egal, warum! Ich habe es nicht getan! Wenn... wenn Geraldine nicht wieder ganz gesund wird, dann trifft mich die Schuld daran, allein mich!«

»Hören Sie, Herr Doktor...«

»Du sollst nichts mehr sagen. Du weißt jetzt alles. Ich will allein sein. Leb wohl.«

Ich stehe auf und gehe. Er starrt in den Nebel hinaus, und von der Seite sehe ich, wie sein Gesicht zuckt.

In der Halle und auf der großen Stiege stehen viele Kinder herum und sprechen über Geraldine. Es ist sieben Minuten vor acht. Ich gehe, meine Bücher unter dem Arm, zum Ausgang, denn ich brauche jetzt frische Luft. Da zupft mich jemand am Jackenärmel. Es ist der kleine Hansi. Er flüstert, während er mich beiseite zieht:

»Na, wie habe ich das gemacht?«

»Was?«

»Na das.«

»*Du* hast...«

»Pssst! Bist du verrückt? Nicht so laut! Du hast doch gesagt, du mußt die Luxusnutte los sein, und ich soll dir dabei helfen – oder?«

»Ja.«

»Na also! Und ich *habe* dir geholfen! Auf die sanfte Tour, wie du es wolltest.«

Jetzt weiß ich, was Hansi unter einer »sanften Tour« versteht.

10

»Die Alte ging immer über die Abkürzung nach Hause, obwohl es verboten ist«, flüstert Hansi. Wir haben uns auf einer Toilette eingeriegelt. Hansi strahlt. Er ist außer sich vor Freude und Glück. Und ich glaube, daß ich mich bald übergeben werde.

Ich öffne das kleine Fenster.

»Mach das Fenster zu, sonst hört uns jemand draußen.«
Ich schließe das Fenster wieder.
»Hast du 'ne Kippe?«
Ich gebe ihm eine Zigarette.
Er zündet sie an und macht einen tiefen Lungenzug.
»Gestern vormittag habe ich gehört, wie die Alte...«
»Sag nicht immer Alte!«
»Ach Mensch, die Scheißtrommel!«
Die Scheißtrommel: Das ist die kleine Dame, die sich eineinhalb Jahre bemüht hat, aus Hansi einen normalen, gutartigen Menschen zu machen. Das ist der unglückliche Mensch, der gestern abend seine Stellung verlor. Die Scheißtrommel: Das ist das alte, beinahe blinde Fräulein Hildenbrand.
»Was hast du gehört?«
»Wie die Alte zu der Luxusnutte sagte: ›Heute abend nach dem Essen kommst du noch eine Stunde zu mir. Du bist so unruhig, erzählen die anderen Mädchen und die Lehrer. Du schreist im Schlaf. Du träumst im Unterricht.‹« Er grinst. »Das kommt, weil du sie so gut...«
»Halt's Maul!«
Er bläst wieder Rauch aus.
Mir wird immer schlechter.
»Was heißt, halt's Maul? Wie sprichst du denn mit mir? Hast du gesagt, du willst sie los sein, oder nicht?« Ich antworte nicht. Ich habe es gesagt. Ich bin nicht feiner als er. »Na also!« Jetzt ist er zufrieden und grinst wieder sein scheußliches Grinsen. »Den ganzen Tag habe ich mir den Kopf zerbrochen. Dann hatte ich es.«
»Was?«
»Laß mich doch reden, Mensch! Meinen Plan! Und eine Spule Kupferdraht. Geklaut beim Gärtner.«
»Wozu?«
»Wozu, fragt er! Wozu! Und du bist einundzwanzig? Damit sie in die Schlucht fällt, deine Süße.«
»Du hast einen Mord geplant?«
»Quatsch, Mord! Ich habe gehofft, sie bricht sich ein paar Knochen und muß ins Krankenhaus. Damit du deine Ruhe hast!«
Wieder ein tiefer Lungenzug.
»Natürlich, daß sie sich gleich das Rückgrat bricht, das wagte ich gar nicht zu hoffen!«
»Hansi!«
»Was denn, was denn? So etwas dauert Monate, Oliver! Monate bist du sie jetzt los! Und wenn sie wiederkommt, wer weiß, ist

sie vielleicht doch etwas verkehrt zusammengewachsen, und sie kann überhaupt nicht mehr riskieren, so an dich ranzugehen. An keinen! Dann ist Schluß! Schau mich an! Ich habe auch ein kaputtes Rückgrat. Ich werde niemals eine Hübsche kriegen. Ist das vielleicht keine Lösung? Kannst du nicht wenigstens danke sagen?«

11

»Du hast...« Ich werde mich doch übergeben müssen. »Du hast den Kupferdraht...«

»An dem Baum angebunden, der aus der Schlucht wächst, und über den Boden gelegt, ins Gebüsch. Im Gebüsch habe ich gewartet, bis sie kamen. Die Alte lasse ich noch drübergehen. Bei der Luxusnutte hebe ich den Draht hoch. Sie stolpert, rutscht aus, fällt und erwischt gerade noch eine Wurzel. Ich hätte mich ja ins Knie beißen können vor Wut, daß sie nicht gleich runter sauste! Aber zum Glück fummelt die Hildenbrand an der Wurzel rum, und deine Süße verschwindet. Ich lasse den Draht sinken und warte, bis die Alte wegrennt, um Hilfe zu holen. Dann binde ich den Draht vom Baum los und haue ab. Die Rolle Kupferdraht liegt wieder in der Gärtnerei. Vielleicht stirbt Geraldine. Aber auch wenn sie nicht stirbt – auf alle Fälle bist du sie jetzt los bis Weihnachten. Mindestens. Und wie gesagt, kann sein, sie sieht nachher so aus wie ich. Was ist los? Dir graust's wohl, wie?«

»Ja.«

»Habe ich mir's doch gedacht. Erst große Töne und dann volle Hosen. Ich will dir gleich noch etwas sagen.«

»Was?«

»Ich habe das Ganze hauptsächlich wegen mir getan.«

»Deinetwegen?«

»Ja. Ich bin nämlich immer noch nicht so sicher, daß du nicht plötzlich abhaust und dir den Raschid zum Bruder nimmst oder irgendeinen anderen von den Scheißern. Je mehr ich von dir weiß, um so sicherer kann ich sein. Ich weiß schon von Madame Lord. Jetzt wissen wir beide von dieser Geschichte. Wenn du willst, geh zum Chef und erzähl ihm alles. Dann fange ich sofort an, Herrn Lord zu suchen, und erzähle *ihm* alles.«

»Und wenn... Geraldine tot gewesen wäre?«

»Dann wäre sie eben tot gewesen. Hättest du aber sehr geflennt, nicht?«

»Du bist... du bist ein Teufel...«

»Das haben schon viele Leute gesagt, das ist keine Neuigkeit für mich. Habe ich dich prompt bedient oder nicht? Bin ich dein Bruder oder nicht? Ein Bruder muß für einen Bruder alles tun.«
»Nicht morden.«
»Morden auch.«
»Nein.«
»Na, los, los, los, dann geh doch hin zum Chef und zeig mich an! Mir fällt nicht nur so was wie mit dem Kupferdraht ein! Ich möchte mal wissen, was Herr Lord sagt, wenn ich ihn besuche oder ihm ein Briefchen schreibe!«
Hansi. Herr Leo. Es wird immer mehr. Es wird immer schlimmer. Ich will nicht Unrecht tun, und tue dauernd Unrecht. – Für Verena. Kann eine Liebe glücklich werden, kann überhaupt Liebe entstehen, wo so viel Unrecht ist?
»Und Fräulein Hildenbrand, die tut dir gar nicht leid?«
»Warum läuft sie über den verbotenen Weg?«
»Sie hat ihren Beruf geliebt.«
»Höchste Zeit, daß sie in Pension ging. Nun mach dir nicht auch noch um die alte Schachtel Sorgen!«
Ich fühle, wie sich mein Magen hebt.
»Wer ist dir mehr wert – die Luxusnutte oder Frau Lord?«
Ich antworte nicht. Mir ist übel.
»Also Frau Lord. Also wirst du nie zum Chef gehen und ein Wort sagen.«
Ich antworte wieder nicht. Aber ich weiß, daß er recht hat. Ich werde nie zum Chef gehen und ein Wort sagen. Ich bin zu feig dazu. Ich würde Verena gefährden. Aber nicht nur das. Ich würde auch aus dem Internat fliegen, wenn ich erzähle, was zwischen Geraldine und mir geschehen ist – denn das müßte ich auch erzählen, wenn ich schon erzähle. Ich bin zu feig, zu schlecht, zu lau. Ich bin keinen Groschen besser als Hansi. Ich werde den Mund halten.
Und ich werde Herrn Leo bezahlen.
God have mercy on such as we, doomed from here to eternity.
»Du sagst nichts. Das ist auch eine Antwort. Okay, Oliver.«
Wieder schweige ich.
Und das, sehen Sie, ist Fehler Nummer drei. Der ärgste, der folgenschwerste von allen.
»Wenn wir Glück haben, muß sie ein ganzes Jahr liegen! Ich habe von Fällen gehört, wo das Rückgrat überhaupt nicht mehr zusammengewachsen ist! Ich bin Spezialist für Rückgratgeschichten. Muß ich doch sein. Ich...«

»Hansi ...«
»Ja?«
»Bitte, geh raus. Schnell!«
»Warum?«
»Ich muß kotzen.«

12

Ich bin nach Frankfurt gefahren und habe meinen Wagen beliehen. Ich soll die fünftausend Mark in Monatsraten von 321 Mark zurückbezahlen. Ich habe Herrn Leo im Wald getroffen und ihm das Bargeld gegeben. Er hat mir eine Quittung gegeben:

Ich erkläre hiermit, von Herrn Oliver Mansfeld am 14. September 1960 DM 5 000.– (fünftausend Deutsche Mark) erhalten zu haben.
Leo Galler

Ich wollte eine ausführliche Erklärung, aber die hat er verweigert. Er sagte, dann würde er lieber auf das Geld verzichten und die Briefe und Tonbänder behalten. Ich habe nachgegeben. Es war auch lächerlich von mir, zu erwarten, er würde mir bestätigen, daß er mich erpreßt. Immerhin halte ich schon die Erklärung, die ich nun besitze, für einen gewissen Schutz. Ich werde mich wundern!
Nach Erhalt des Geldes hat Herr Leo mir fünf weitere Briefe und acht Magnetofonbänder überreicht. Wir sind zusammen in die leere Villa Manfred Lords gegangen und haben uns die Bänder auf seinem Gerät angehört, denn ich wollte sicher sein, daß er mir nicht irgendwelche Bänder verkauft. Es waren die echten. Ich habe die fünf Briefe und die acht Bänder im Wald verbrannt.
Vielleicht hat Herr Leo die Briefe fotokopiert und die Echtheit der Fotostate von einem Notar beglaubigen lassen. Vielleicht hat er die Bänder überspielt. Vielleicht gibt es überhaupt noch mehr Bänder, noch mehr Briefe. Ich weiß es nicht. Ich habe für den Augenblick getan, was ich konnte. Etwas Klügeres ist mir nicht eingefallen. Wären Sie auf eine bessere Idee gekommen? Es gibt Situationen, da kann man nur hoffen. Ich hoffe.
Bis auf weiteres, sagt der Chef, haben die Ärzte verboten, daß jemand Geraldine im Krankenhaus besucht. Sie schwebt, heißt es, in Lebensgefahr. Hansi ist sehr zufrieden. Ich habe Geraldine Blumen geschickt. War das schon wieder ein Fehler?
Sicherlich.

13

Dachau ist heute für die ganze Welt ein Begriff. Es war das KZ Nummer eins. Hier hat der Völkermord begonnen. Mit dem Autobus können Sie das Lager von München aus in dreißig Minuten erreichen. Aber weder die Bewohner von München noch die Bewohner von Dachau haben gewußt, was in dem Lager vorging. Es hat überhaupt niemand gewußt.

Die Baracken stehen noch. Es wohnen Menschen darin, freie Menschen. Beim Eingang des Lagers leuchtet eine gelbe Telefonzelle. Damit die Menschen, die heute, 1960, in diesem Lager leben, auch telefonieren können. Das konnten die Menschen, die bis 1945 in diesem Lager lebten, nicht. Daran erkennt man den Fortschritt der Menschheit.

Zwischen Baracken sind Leinen gespannt. Frauen mit Kopftüchern gehen herum, Kinder spielen. Eine Kapelle steht da. Die Wege sind mit schwarzer Schlacke bedeckt.

Unser Autobus ist vor dem Lagereingang stehengeblieben. Am Tor hat ein älterer Mann gewartet. Er führt uns. Zur Begrüßung hat er gesagt: »Ich bin Schreiner. Ich war hier selber Häftling. Ich führe die Besucher. Es kommen viele Besucher hierher, vor allem Ausländer.«

»Und Deutsche?«

»Auch.«

»Wie ist das Zahlenverhältnis?«

»Auf etwa dreißig Ausländer kommt ein Deutscher«, hat der ehemalige Häftling geantwortet. Er hinkt übrigens, genau wie unser Doktor Frey. Die ganze Klasse geht schweigend hinter den beiden Männern her.

Nur Noah fehlt. Er hat gebeten, im Internat bleiben zu dürfen. Ohne ihn macht Wolfgang einen völlig verlorenen Eindruck.

Friedrich Südhaus sieht aus, als würde er jeden Moment explodieren. Er murmelt vor sich hin. Ich kann nicht verstehen, was er sagt.

Es ist ein schöner Tag. Blauer Himmel. Klare Sicht. Völlig windstill. Wir gehen auf das Krematorium zu. Baracken. Hier haben Tausende und aber Tausende gelitten. Hier sind Tausende und aber Tausende geschunden, gequält, gefoltert worden. Hier sind Tausende und aber Tausende ermordet worden. Das Krematorium. Hier sind Tausende und aber Tausende verbrannt worden. Eine halbe Stunde von München entfernt. Das Grauen packt mich.

Wir hören Krähen schreien. Ich bemerke plötzlich, daß ich vor einer Baracke stehe, über deren Eingang ein Schild hängt:

GASTSTÄTTE

»Hier gibt's eine Gaststätte?« sage ich.

»Hier gibt es zwei Gaststätten«, erwidert der Schreiner. »Die Leute, die in den Baracken wohnen, trinken da abends ihr Bier. Eine Zeitlang stand auf dem Schild sogar: ›GASTSTÄTTE ZUM KREMATORIUM.‹«

»Das ist nicht wahr«, sagt Wolfgang, und ich sehe, daß er Tränen in den Augen hat. »Das ist nicht wahr!«

»Aber ja doch«, sagt der Schreiner ruhig. »Der Wirt mußte die letzten beiden Worte dann nur wieder übermalen, denn es kamen ein paar Männer aus Bamberg herüber und protestierten. Er hat sich gewiß nichts Böses dabei gedacht, der frühere Wirt, er wollte nur mehr Bier verkaufen. Übrigens war das der Desinfektionsbau.«

»Was war der Desinfektionsbau?«

»Na, die Gaststätte!«

»Kommt weiter«, sagt Dr. Frey und hinkt uns mit dem hinkenden Schreiner voran.

Kinder spielen mit Bällen, Kreiseln und Reifen. Manche haben kleine Fahrräder. Aus den Dächern der Baracken ragen Fernsehantennen. Aber weil das Lager so riesengroß ist, bedeutet all dies sozusagen nichts. Ich empfinde eine einzige grauenvolle Öde. Und in einer halben Stunde kann man in München sein ...

»Jetzt zeige ich Ihnen das Museum«, sagt der hinkende Schreiner. »Es ist im Krematorium untergebracht.«

Im Krematorium stehen Tische, darauf liegen Ansichtskarten und Broschüren. Dann gibt es ein paar Vitrinen, mit grausigen Erinnerungen an diese Hölle. In einer Ecke steht ein Holzgestell.

»Das war einmal einer von den sogenannten Böcken«, erklärt der Schreiner. »Darauf wurden die Häftlinge festgeschnallt und ausgepeitscht.«

Wolfgang weint nun so sehr, daß er schluchzt. Walter versucht ihn zu beruhigen: »Hör auf, Wolfgang ... Hör doch auf ...! Alle sehen her!«

»Sollen sie doch ... sollen sie ...«

»Aber wozu denn? Ist doch alles schon so lange her!«

Schon so lange her!

Der Schreiner sagt: »Hier ist eines von unseren Besucherbüchern«, und er zeigt auf ein Pult. Ich will das Buch, das aufgeschlagen daraufliegt, hochheben, aber das geht nicht.

»Wir haben es festgeschraubt«, erklärt der Schreiner, »weil uns nämlich eines gestohlen wurde. Warten Sie, ich bringe noch ein paar andere.« Er geht und kommt gleich darauf mit einem halben Dutzend grauer Bücher zurück.
»Wie viele Besucher haben Sie?« fragt Dr. Frey.
»Ungefähr eine halbe Million im Jahr, aber, wie gesagt, viel mehr Ausländer als Deutsche.«
Wir sehen in die Bücher. Soweit ich erkennen kann, haben Amerikaner, Spanier, Holländer, Chinesen, Japaner, Israelis, Araber, Perser, Belgier, Türken und Griechen etwas in die Bücher geschrieben – vor allem jedoch Engländer und Franzosen, und natürlich auch Deutsche.
Wolfgang steht beim Fenster. Er wendet uns allen den Rücken, aber am Zucken seiner Schultern kann man sehen, daß er weint. Er will nicht, daß man es sieht. Man sieht es trotzdem.
Vor dem Fenster, an dem er steht, breitet sich in der klaren Luft dieses Herbsttages die ganze Alpenwelt aus, vom Allgäu bis nach Berchtesgaden.
Ich glaube nicht, daß Wolfgang es bemerkt.
Plötzlich muß ich an den Chef denken. Der stand auch so am Fenster seines Arbeitszimmers und wandte mir den Rücken, als er sagte: »Wenn Geraldine nicht wieder ganz gesund wird, dann bin ich schuld daran, ich allein!«
Das ist natürlich Unsinn.
Genau solcher Unsinn, wie wenn Wolfgang jetzt denkt, daß er schuldig oder mitschuldig ist an dem, was hier geschah, bloß weil er diesen elenden Vater hatte.
Kann man ihm widersprechen?
Ich denke, es wäre sinnlos. Als ich versuchte, dem Chef zu widersprechen, schickte er mich fort.
Der Chef und Wolfgang: Unschuldig fühlen sich beide schuldig an der Schuld anderer.
Wenn jetzt doch Noah da wäre! Der wüßte bestimmt etwas Kluges zu sagen, etwa Tröstliches. Mir fällt nichts Tröstliches ein, nichts Kluges. Ich nehme mein Notizbuch und schreibe ein paar Eintragungen ab. Hier sind sie. Die Namen und die Adressen, die darunterstanden, habe ich weggelassen, weil ich die Leute, die das schrieben, nicht kenne und nicht weiß, ob es ihnen recht wäre, erwähnt zu werden. Aber die Eintragungen sind wahr, Wort für Wort:
Daß Menschen so was tun können. Ich finde das zuviel!

Honte aux millions d'allemands qui ont laissé ces crimes s'accomplir sans protest.

Du armes, leidgeprüftes Vaterland! Wir lieben dich nur um so mehr!

Jamais plus?

Ich bin dafür, daß diese Anlagen endlich weggeräumt werden.

Es ist eine Schande, daß an einer solchen Stelle Platz ist für Restaurants!

Das gibt's nun einmal und kommt bald wieder!

Es ist schlimm, was hier passiert ist, doch man sollte es nicht immer wieder aufwärmen. Einmal muß man über die Vergangenheit hinwegkommen. Außerdem sollte man daneben eine Gedenkstätte der russischen Gefangenenlager einrichten.

Machen Sie bitte nicht uns junge Generation dafür verantwortlich. Es ist genug, wenn schon unsere Väter dafür darben mußten.

Ein deutsch Mensch hat mir gestern in einem Gasthaus von Dachau gesagt: »Es ist nichts in Konzentrationslager zu sehen. Man hat viel Geschichte auf daz gesagt, aber es ist nicht wahr.« Heute, ob ich sehe ihn, ich töte ihn.

Where, oh where were the thinking Germans?

Darunter hat jemand anderer geschrieben:

What did you expect them to do about it?

Trauriger noch als das Museum zu sehen, ist dieses Buch zu lesen – das Museum ist Vergangenheit, das Buch ist Aktualität.

»Wenn ich Sie nun bitten dürfte, mir in den Verbrennungsraum zu folgen«, sagt der Schreiner.
Wir folgen ihm alle stumm. Keiner spricht mehr. Eine schon kraftlose Sonne glänzt im blauen Himmel. Dann treten wir in einen großen Raum und stehen vor den Öfen. Es sind sehr viele, und vor allen liegen Kränze...

»... mit Schleifen, große und kleine Kränze, viele schon verstaubt. Die Türen der Öfen waren geöffnet, und auch an den geöffneten Türen hingen vertrocknete Kränze, sogar ein goldener war dabei«, erzähle ich Verena. Es ist siebzehn Uhr, und es wird schon dämmrig. Verena ist in einem Hotel am Karlsplatz abgestiegen und hat ein Appartement genommen, Schlafzimmer, Salon, Bad. So kann sie Besuch empfangen, ohne Aufsehen zu erregen, und es hat keinen schlechten Eindruck gemacht, als ich mich beim Portier anmelden ließ.

Verena trägt eine Kombination: Sehr enge Hosen und ein sehr lose überhängendes Oberteil. Der Stoff ist golddurchwirkt. Wir sitzen auf einer breiten Couch vor dem großen Fenster und haben Tee getrunken. Ich bin seit einer halben Stunde da. Ich habe Verena alles erzählt, was ich in Dachau sah und hörte. Sie hat kein Wort gesprochen. Als ich ankam, küßten wir uns, aber sie muß sofort gemerkt haben, daß etwas mit mir nicht stimmte, denn mitten im Kuß löste sie sich von mir, nahm mich an der Hand und führte mich zu der großen Couch. Ich glaube, ich habe sehr schnell gesprochen und sehr aufgeregt.

Verena sieht mich nicht an. Sie blickt aus dem fünften Stock des Hotels hinunter in die Tiefe und auf das Verkehrsgewühl des Stachus. Es wird immer dunkler. Die ersten Lichter flammen auf. Ich sehe große Neonreklamen:

OSRAM – HELL WIE DER LICHTE TAG

REX – DIE GUTEN EIERNUDELN

KAUFHOF

ELIZABETH TAYLOR IN BUTTERFIELD 8

Ich sehe Tausende von Menschen, die sich in die Straßenbahnen drängen, Hunderte von Autos, die vor den vielen automatischen Ampeln warten oder losfahren, in einer unendlichen Folge, nach allen Richtungen. Jetzt ist Büroschluß. Jetzt kehren sie heim...

Jetzt kehren sie heim, die Armen und die Reichen, aus Leihhäusern und Banken, aus Werkstätten und Geschäften, aus Ämtern und Fabriken.

So viele Menschen habe ich noch nie gesehen, und auch noch nie so viele Autos auf einem so riesigen Platz.

Man kann schwindlig werden, wenn man in die Tiefe blickt.

KAUF BEI LINDBERG

DRESDNER BANK

UFA

VICTORIA VERSICHERUNG

So viele Menschen. So viele Menschen. Wie viele von den Älteren unter ihnen haben wohl...

Nein, nein, nein, nicht daran denken! Ja, ja, ja, immer daran denken! Ich will nie vergessen, was ich heute erlebt habe, ich werde es nie vergessen können.

Bertolt Brecht hat geschrieben: »Mögen andere von ihrer Schande sprechen, ich spreche von der meinen.«

Noch immer sieht Verena reglos aus dem Fenster. Und der Tee steht vor uns, das Appartement ist air-conditioned, alles ist neu, alles ist solide, alles ist schön, und ich rieche Diorissimo, den Maiglöckchenduft.

»Nur eine halbe Stunde von hier«, sage ich.

Sie nickt und schweigt und sieht weiter hinab auf das Ameisengewimmel des Karlsplatzes. Plötzlich blickt sie mich an. In der Dämmerung leuchten die riesigen schwarzen Augen wie Sterne, im Widerschein der Lichter draußen. Mit ihrer kehligen, rauhen Stimme spricht sie: »Du mußt es nicht sagen, Oliver.«

»Was?«

»Was du sagen wolltest.«

Ich bekomme auf einmal zu wenig Luft. Ich stehe auf und versuche tief durchzuatmen. Es gelingt mir nicht. Ich stammle: »Es tut mir so leid. Ich habe mich so gefreut darauf.«

»Ich auch.«

»Aber ich habe nicht gedacht, daß es so ist. So furchtbar.«

»Es war mein Fehler.«

»Nein.«

»Ja. Es war doch mein Vorschlag.«

Jetzt kann ich durchatmen. Ich setze mich wieder neben sie und streichle ihre Knie, streichle den golddurchwirkten Stoff.

»Verena, wenn du dabeigewesen wärest...«

»Ich mußte nicht dabeisein. Ich verstehe dich auch so. Ich verstehe dich so gut, Liebling.«

»Ich kann nicht, Verena... Ich kann nicht... Ich habe Angst, ich fange jeden Moment an zu weinen wie ein Junge, der im Lager weinte. Ich habe Angst, ich fange an zu weinen, wenn ich dich im Arm halte... und ruiniere alles... und mache alles kaputt...«

»Ich verstehe dich. Ich verstehe dich.«

»Wie schrecklich. Jetzt sind wir allein. In einer anderen Stadt. Niemand kennt uns. Wir haben Zeit. Wir wollen es beide. Und da passiert so etwas.«

»Sprich nicht. Es ist gut. Alles ist gut. Wie schön, daß du neben mir sitzt und wir Zeit haben und in einer anderen Stadt sind und keiner uns kennt.«
»Vielleicht, wenn ich etwas trinke ...«
»Nein«, sagt sie, »du sollst nichts trinken. Du darfst nichts trinken. Du darfst nichts vergessen von dem, was du mir erzählt hast.«
»Ich werde es aufschreiben, alles. Auch das jetzt.«
»Ja, auch das jetzt.«
»Verena, ich liebe dich.«
»Das sollst du nicht sagen.«
»Verena, ich liebe dich.«
»Mein Mann war auch in der Partei. Er hatte nichts mit Dachau zu tun. Aber er war in der Partei.«
»Was glaubst du, wie viele von denen da unten in der Partei waren, Verena? Was glaubst du, wer da sitzt, in diesem Auto, in dieser Straßenbahn, in jedem Omnibus?«
»Deine Generation kann nichts dafür. Aber ich, ich habe gewußt, daß Herr Manfred Lord in der Partei war, als ich ihn heiratete. Evelyns Vater war nicht in der Partei. Ich habe Herrn Lord aus Berechnung geheiratet, aus kalter Berechnung.«
»Weil du nichts zu essen hattest.«
»Ist das eine Entschuldigung?«
»Ja. Nein. Ich weiß nicht. Für eine Frau schon.«
»Oliver?«
»Ja?«
»War dein Vater auch in der Partei?«
»Selbstverständlich! Was glaubst du, warum mir so elend ist?«
Dann halten wir uns an den Händen und schweigen, und draußen wird es ganz dunkel, und ein dumpfes Brausen dringt aus der Tiefe zu uns empor. Am Nachmittag hat sich der Himmel bedeckt. Jetzt beginnt es zu regnen, leise, ganz leise. Glitzernde Tropfen rinnen über das Fenster. Es sieht aus, als würde das Fenster weinen.
Über wen?

15

Mindestens eine Stunde lang sitzen wir so nebeneinander, und einer hält des anderen Hand, und keiner spricht, und wir sehen hinaus zu den Lichtern und hinab zu den Menschen.
Heiser und tief klingt ihre Stimme, als sie zuletzt sagt: »Du ...

du kennst unsere Abmachung, und du kennst das Leben, das ich geführt habe. Du weißt, was für eine Frau ich bin. Du weißt, daß es zwischen uns nie Liebe werden darf. Aber wenn ich ein anderes Leben gelebt hätte, wenn alles anders gewesen wäre, dann . . . dann hätte ich mich heute in dich verliebt, Oliver.«

Ich schweige.

Nach einer langen Weile sagt sie: »Wollen wir ein Taxi nehmen und ein bißchen herumfahren?«

»Ja. Kennst du München?«

»Nein.«

»Ich auch nicht.«

Sie zieht einen Regenmantel an und bindet ein Kopftuch um. Wir verlassen das Appartement und fahren mit dem Lift in die Halle hinunter. Der Rezeptionschef, der erste Portier, der zweite Portier, alle lächeln. Sie denken sich ihren Teil. Es ist uns gleich, was sie denken.

Der Portier vor dem Eingang pfeift ein Taxi herbei. Ich helfe Verena beim Einsteigen und sage zu dem Chauffeur: »Fahren Sie eine Stunde durch München.«

»Is scho recht.«

Auch im Taxi halten wir einander gleich wieder an der Hand, und von Zeit zu Zeit sehen wir uns an, aber wir sprechen nicht. Wir fahren eine breite Straße mit vielen Kaufhäusern und Lichtern hinab. Es regnet jetzt stärker. Wir erreichen einen großen Platz. Der Chauffeur erkundigt sich, ob wir von hier wären.

»Nein.«

Danach betätigt er sich als Fremdenführer.

»Des is as Rathaus. Mit dem berühmten Glockenspiel, was alleweil um elfe spielt. Sehn's die Figuren?«

»Ja«, sage ich.

Aber ich sehe nur Verena.

Regen. Viele Tropfen rinnen über die Scheiben.

Die Wischer schlagen hastig. Immer neue Straßen mit Lichtern, Autos und Menschen. Eine Ruine.

»Des is as Nationaltheater, des bauens grad wieder auf.«

Etwas später: »Des is die Feldherrnhalle. Da hat der Hitler . . .«

»Ja«, sage ich, »wir wissen.«

»Von da bis zum Siegestor is genau ein Kilometer. Des hat der König Ludwig so ang'schafft, daß des so sein soll.«

Der Chauffeur lacht vor sich hin.

»In der Schul', wie ich klein war, da hat mich der Herr Lehrer g'fragt: ›Alois, was ist ein Kilometer?‹ Da hab' i drauf g'sagt:

›Ein Kilometer, des is d'Entfernung zwischen der Feldherrnhalle und dem Siegestor.‹«

Ein Tor, angestrahlt. Es sieht aus wie ein Triumphbogen.

»Des is as Siegestor.«

Siegestor. Weil wir immer so viel gesiegt haben.

Eine breite Straße.

»Schwabing«, erklärt uns der Chauffeur.

»Hast du eine Zigarette?« fragt Verena.

Ich nehme eine aus dem Päckchen, zünde sie an und gebe sie ihr, biete unserem Chauffeur eine an (»I bin so frei!«), und dann nehme ich selbst eine. Wir holpern durch enge, kleine Gassen, in denen es viele Künstlerlokale gibt. Dann bleiben die Häuser zurück, und wir fahren durch einen nun schon nachtdunklen, riesenhaften Park, dessen alte Bäume im Licht der Scheinwerfer glänzend vor Nässe auftauchen und vorüberhuschen.

»Des is der Englische Garten«, sagt der Chauffeur.

Schattenhaft sehe ich einen See, in dessen Wasser sich einsame Lichter spiegeln. Und immer noch halten wir einander an der Hand und sehen uns an, von Zeit zu Zeit. Aber unsere Körper berühren sich nicht, nur unsere Hände.

Wir fahren einen gewaltigen Bogen und kommen auf eine breite Straße hinter dem Park zurück. Diese Straße führt zu einer hohen Säule, auf der steht eine Gestalt mit Flügeln und erhobener Hand.

»Des is der Friedensengel.«

Der Friedensengel. Und eine halbe Stunde von hier...

In diesem Augenblick sagt Verena leise: »Und eine halbe Stunde von hier...«

Noah hat einen Haufen Kriminalromane. Ausgerechnet in einem Krimi, dem »Zinker« von Edgar Wallace, las ich vor ein paar Nächten den Satz, an den ich nun denken muß: »Für jeden Mann lebt irgendwo in der Welt eine Frau, die er nur zu treffen braucht, um sie sofort zu verstehen und um sofort von ihr verstanden zu werden.«

Wir fahren schließlich durch ein neues Stadtviertel. Wir sehen moderne Hochhäuser, Gartenanlagen, Reihengaragen. Es regnet immer stärker.

»Des is d'Parkstadt Bogenhausen. Grad alles fertig worden.«

Wir kehren um und fahren aus der Peripherie ins Zentrum zurück.

Verena drückt meine Hand ganz fest.

Der Chauffeur macht auf das Prinzregentenbad aufmerksam und, etwas später, auf das Haus der Kunst.

Viel Verkehr, viele Ampeln, viele Menschen. Ein schwarzer Obelisk. »Den hat der Napoleon machen lassen, aus eingeschmolzenen deutschen Kanonen, nach'm Krieg, den wo wir verloren haben, mei, ich weiß fei nimmer, welcher des war.«

Hauptbahnhof.

»Sehn's, wie's an dem noch immer baun? I weiß ja net, wo die Herrschaften herkommen, aber es is doch a Schand! Fünfzehn Jahr' nach'm Krieg sind's immer no net fertig! Des halberte Dach ham's scho g'habt, da sind's draufkommen, es is a Konstruktionsfehler drinnen, und sie ham alles wieder abg'rissn. Korruption, sag' ich Ihnen, sonst nix. Da verdient sich a andere Firma auch noch ihre Millionen dran. Und auf die Fahrgäst' regnet's tüchtig runter, wenn's zum Zug gehn. Fünfzehn Jahr nach'm Krieg!«

Ob es wohl auch tüchtig auf die Menschen heruntergeregnet hat, draußen in Dachau, eine halbe Stunde von hier, zwölf Jahre lang, wenn sie hinausgejagt wurden aus diesen elenden Baracken zu diesen fürchterlichen Appellen – auf diese Eingesperrten, Geschundenen, Gefolterten, Sterbenden? Wenn es geregnet hat?

»Jetzt fahr' ich Sie noch rauf zum Harras, nacha wär' die Stund ungefähr rum.«

»Hast du Hunger?«

»Nein«, sage ich.

»Ich auch nicht.« Sie schiebt mir etwas in die Hand, ein Glasröhrchen. »Das sind Schlaftabletten. Nimm zwei, wenn du zu Bett gehst, ich werde es auch tun. Damit wir schlafen können.«

Kein Wort darüber, ob wir den Abend zusammen verbringen sollten, kein Wort von ihr, kein Wort von mir. Ich stecke das Röhrchen ein. Ich bin sehr dankbar dafür.

»Wie bleiben wir in Verbindung?«

»Ich schreibe dir, du schreibst mir. Hauptpostlagernd.«

»Nein!«

»Warum sagst du das so heftig?«

»Weil ... ich ... Ich schreibe nie Briefe! Man kann nie wissen, was mit Briefen passiert. Jemand findet sie. Jemand erpreßt dich. Jemand erpreßt mich.«

»Ja«, sagt sie verloren, »das ist wahr. Ich bin so nachlässig. Weißt du, daß ich schon ein paarmal Briefe verloren habe? Die meisten verbrenne ich sofort, aber ein paar habe ich aufgehoben und verloren. Hoffentlich findet sie niemand.«

»Hoffentlich.«

»Ich werde dich anrufen.«

»Aber nicht von zu Hause.«

»Warum nicht? Auf Emma kann ich mich absolut ...«

»Wer ist Emma?«
»Unsere Köchin. Sie hält zu mir.«
»Das genügt nicht. Du mußt von einem Postamt aus telefonieren. Mach einen Spaziergang. Zwischen zwei und dreiviertel vier. Wann immer du kannst. Ich werde jeden Tag zwischen zwei und dreiviertel vier in der Garage in Friedheim auf deinen Anruf warten.«
»Und wenn ich einmal nicht fort kann?«
»Dann warte ich umsonst. Wir dürfen nicht einmal riskieren, daß du im Internat anrufst. Es könnte immer jemand mithören.«
»Warum bist du so vorsichtig, Oliver? Warum bist du so mißtrauisch? Ist etwas passiert?«
»Ja.«
Sie fährt von ihrem Sitz hoch.
»Was?«
»Nicht mit uns... Mit einer anderen Frau... mit einer anderen Frau passierte mir einmal etwas... weil wir unvorsichtig waren und telefonierten und einander Briefe schrieben.«
»So, jetzt wär'n wir am Harras, die Herrschaften.«
»Bitte?«
»Des is der Harras.«
»Aha!«
»Soll ich die Herrschaften zurückfahr'n zum Hotel?«
»Ja, bitte«, sagt Verena. Und zu mir: »Sei nicht traurig. Bitte, sei nicht traurig.«
»Nein.«
»Es dauert nur ein paar Tage. Ich schwöre! Es dauert nicht einmal eine Woche. Dann habe ich eine Bar gefunden oder ein Café, in dem wir uns treffen können. Dann...« – sie legt ihre Lippen an mein Ohr – »... dann habe ich ein Hotel gefunden.«
»Ja.«
Wieder drückt sie meine Hand ganz fest.
»Nicht einmal Blumen schicken kann ich dir«, sage ich.
»Das macht nichts, Oliver... Ich brauche keine Blumen... Dich ... dich brauche ich... du wirst sehen, es wird schön werden, so schön wie noch nie... für dich und für mich...«
»Ja.«
Dann halten wir vor dem Hotel.
Ein Portier mit einem großen Schirm eilt aus der Halle, damit Verena nicht naß wird. Er hört jedes Wort. Wir können uns nicht mehr küssen. Wir können nicht mehr richtig reden.
»Komm gut heim.«
»Ja.«

»Übermorgen nachmittag rufe ich an.«
»Ja.«
»Schlaf gut.«
»Du auch.«
Ihre Hand küsse ich doch.
Sie lächelt mich an und geht unter dem schützenden Schirm des Portiers schnell ins Hotel. Sie dreht sich nicht mehr um. Ich warte, bis sie verschwunden ist, dann setze ich mich wieder in das Taxi, das gewartet hat, und nenne die Adresse des kleinen Hotels, in dem ich mit meiner Klasse wohne. Es regnet jetzt in Strömen.

16

Natürlich ruft sie nicht jeden Nachmittag an. Sie kann nicht. Es würde auffallen. Ihr Mann gibt eine Essen. Sie muß ihn in der Stadt treffen. Klar, ich habe es mir nicht anders vorgestellt.
Aber jeden Nachmittag zwischen zwei und dreiviertel vier warte ich in der Garage von Friedheim. Die Garage gehört einer alten Frau namens Liebetreu und hat einen verwilderten Garten. Ein Tisch und eine Bank stehen im hohen Gras. Wenn das Wetter schön ist, sitze ich auf einer Bank, und während ich warte, schreibe ich an diesem Roman – an meinem Roman. Ich habe Frau Liebetreu gesagt, daß ich auf Anrufe warte. Ich habe ihr Geld gegeben. Frau Liebetreu besitzt einen alten Bernhardiner. Tiere haben einen unheimlichen Instinkt. Manchmal beginnt der Hund leise zu winseln. Dann weiß ich: Spätestens in fünf Minuten klingelt im Büro der Garage das Telefon, und Verena ist am Apparat. Sie entschuldigt sich immer, daß sie nicht täglich anrufen kann. Sie erzählt, was sie erlebt hat. Sie war im Theater. Sie hat Streit mit ihrem Mann. Sie hat Sehnsucht nach mir.
»Und ich, und ich, mein Herz!«
»Hab Geduld. Nur noch ein wenig, ein wenig Geduld. Mein Mann ist im Moment wie wahnsinnig. Er läßt mich nicht aus den Augen. Ob er etwas gemerkt hat? Aber ich finde etwas für uns. Vielleicht morgen schon, vielleicht übermorgen.«
»Vielleicht in einem Jahr.«
»Sprich nicht so. Ich will es doch mindestens ebenso wie du! Glaubst du mir das denn nicht?«
»Doch. Verzeih.«
»Denkst du an mich?«
»Immer.«

»Ich auch. Ich muß immerzu an dich denken. Und an diese Taxifahrt. Hab Geduld. Schreib unsere Geschichte auf. Tust du das?«
»Ja.«
»Ich küsse dich, Liebling.«
»Ich liebe dich.«
So geht das Tag um Tag. Ich habe Geduld, ich warte, ich schreibe. Manchmal regnet es. Dann schreibe ich im Büro. Durch ein großes Fenster sehe ich zwei Mechaniker an Autos arbeiten, einen alten und einen jungen. Der Bernhardiner liegt immer zu meinen Füßen. Manchmal winselt er. Dann bin ich glücklich und starre das Telefon an, das Telefon an, das Telefon an, und dann klingelt es, und ich höre wieder Verenas Stimme, wenigstens ihre Stimme.
Kommt ein Sonntag, ein sogenannter »Besuchssonntag«. Von der Autobahn herauf zieht die Reihe der pompösen Wagen, die ich sah, als ich ankam. Die lieben Eltern besuchen ihre lieben Kinder. Sie bringen Geschenke und Freßpakete mit und gehen mit den lieben Kindern ins »A« essen, denn mit den lieben Eltern darf man ins »A«. Zu mir kommt niemand. Zu vielen anderen Kindern kommt auch niemand. Entweder die Eltern wohnen zu weit weg, oder sie wollen nicht kommen, oder sie können nicht.
»Ich bin froh, wenn ich meine Alte nicht sehe«, sagt Hansi. Ob das wahr ist? Er verkriecht sich den ganzen Tag in seinem Bett.
Nur ein Erwachsenenpaar ist mit der Bahn gekommen und hat die halbe Stunde Wegzeit von der Station zum Internat zu Fuß zurückgelegt: Es sind Walters Eltern. Das ist der Junge, mit dem Geraldine vor mir ging. Walters Eltern gehen mit ihrem Sohn nicht ins »A«. Sie haben belegte Brote mitgebracht. Schon am frühen Nachmittag verabschieden sie sich wieder. Sie sehen bedrückt aus. Walter kommt zu mir, der ich so herumsitze und mir diesen ganzen verlogenen Zirkus ansehe, und sagt: »Ich glaube, unsere Ehe ist im Eimer.«
»Wieso?«
»Kein Geld. Vater ist völlig pleite. Kleiner Buchprüfer, verstehst du? Er sagt, er hält die Armut und die Hoffnungslosigkeit hier nicht mehr aus. Er will emigrieren. Nach Kanada. Hat schon alle Papiere.«
»Na, prima, Mensch!«
»Prima? Scheiße!«
»Wieso?«
»Mutter will unbedingt in Deutschland bleiben.«
»Und du?«
»Sie sagen, ich soll selber wählen. Feine Wahl, wie? Auf alle Fälle

gehe ich zu Weihnachten ab. Vater kann das Schulgeld nicht mehr bezahlen.«

»Würdest du kein Stipendium bekommen?«

»Dazu bin ich nicht gut genug.«

Er schleicht irgendwohin und verkriecht sich, wie ein krankes Tier oder ein angeschossenes. Viele Kinder verkriechen sich an solchen Besuchstagen im Wald, wenn ihre Eltern nicht kommen. Jetzt tut Walter es auch. Komisch, die Ehe seiner Eltern geht zugrunde an zu wenig Geld, die meiner Eltern ging zugrunde an zu viel. Am Geld kann's also nicht liegen.

So gegen sechs, sieben Uhr haben die Erwachsenen es dann plötzlich furchtbar eilig. Umarmungen. Ermahnungen. Küsse. Tränen. Und die Kolonne der Mercedes und Kapitäns und BMW's setzt sich wieder in Bewegung, talwärts diesmal. Der »Besuchssonntag« ist vorüber. Die Eltern haben ihre Pflicht getan. Die Kinder bleiben zurück. Sie stürzen sich auf die Pakete, überfressen sich, und manche brechen schon in der Nacht alles aus, manche erst am nächsten Morgen. In allen Klassen bleiben Plätze leer. Es ist so wie immer. Es ist immer dasselbe.

17

Ich kann mich übrigens nicht beklagen. Ich bekomme Post – von meiner Mutter. Mein Vater schreibt mir nie, und meine liebe Tante Lizzy auch nicht. Die Briefe meiner Mutter enthalten das Geld, um das ich sie bat, weil ich doch die Wechsel für das Auto bezahlen muß. Ihre Schrift ist ganz dünn und zittrig, man sieht, daß sie im Liegen schrieb, und alle Briefe sind ganz kurz und gleichen einander sehr.

Mein lieber Oliver,
wie Du weißt, liege ich schon wieder seit Wochen im Sanatorium, aber es geht mir bereits viel besser! Ich sehne so sehr Weihnachten herbei, dann werde ich Dich wiedersehen. Vielleicht darf ich zu den Feiertagen sogar nach Hause. Wenn bloß nicht diese ewigen Depressionen und Kreislaufstörungen wären! Und die Schlaflosigkeit. Aber das wird auch vorübergehen. Einmal wirst Du mit der Schule fertig und richtig erwachsen sein, dann will ich Dir vieles erklären, was Du heute noch nicht verstehst.
Es umarmt und küßt Dich tausendmal
Deine Dich liebende *Mami*

Mir mußt du nichts erklären, Mami. Ich verstehe schon lange alles. Meinen Glückwunsch, Tante Lizzy! Nur weiter so. Noch ein paar Sanatorien, und ihr könnt für Mutter den Paragraphen 51 beantragen. Dann bist du endgültig die Alleinherrscherin, Tantchen! Fein machst du das, wirklich, meine Hochachtung.
Apropos Post: Geraldine, heißt es, darf immer noch niemand besuchen. Der arme Walter hat es versucht. Er wurde abgewiesen. Es geht Geraldine besser, aber noch lange nicht gut. Bei dem Rückgratbruch haben sich Komplikationen ergeben.
Also setze ich mich hin und quäle mir ein paar Zeilen an Geraldine ab, armselige, nichtssagende Zeilen, während ich im Büro von Frau Liebetreus Garage sitze und darauf warte, daß das Telefon läutet.
Es läutet nicht an diesem Tag.
Die Zeit vergeht.
Nun ist es schon Oktober. Viel Regen fällt, die Bäume sind schwarz und kahl, ein kalter Wind weht. In unserer Klasse ist eine Jazz-Band entstanden, der auch Noah und Wolfgang angehören. Die Kapelle veranstaltet häufig abends im Keller der Villa eine Jam-Session. Es ist immer ein großer Erfolg.
Eine andere Abendattraktion hat Dr. Frey gestartet: Wer will, kann die Serie »Das Dritte Reich« im Deutschen Fernsehen betrachten. Jungen und Mädchen, von der sechsten Klasse aufwärts.
Der große Apparat steht im Speisesaal.
Sehr viele Schüler kommen zu jeder Sendung. Auch Erzieher und Lehrer sind anwesend.
Die Dokumentation schildert die Ereignisse zwischen 1933 und 1945 nicht chronologisch, sondern nach Gebieten aufgeteilt.
Die sogenannte Machtergreifung.
Die Vernichtung der Intelligenz.
Die Bücherverbrennungen.
Die Vorbereitungen zum Krieg.
Der Polenfeldzug.
Der Rußlandfeldzug.
Die Konzentrationslager.
Die Invasion. Und so weiter.
Oft kommt es vor, daß Schüler die Erwachsenen von der Seite ansehen, wenn beispielsweise auf dem Parteitag in Nürnberg, in der Krolloper, wo der Reichstag sich versammelte, oder im Olympiastadion Hunderttausende den rechten Arm hoben und ihr »Heil!« brüllen, wenn der »Führer«, der dürre Goebbels oder der fette Göring, Schaum vor dem Mund, mit sich überschlagenden Stimmen ihre Ungeheuerlichkeiten herauskreischen.

Wenn Goebbels fragt:
»Wollt ihr den totalen Krieg?«
Und das frenetische Toben der Menge einsetzt:
»Ja! Ja! Ja!«
Ja. Ja. Ja.
Das waren unsere Väter.
Das waren unsere Mütter.
Das war das deutsche Volk.
Nicht das ganze, das wäre dumm, so etwas zu behaupten. Aber ein großer Teil davon.
Wollt ihr den totalen Krieg?
Ja! Ja! Ja!
Nicht verächtlich, sondern verwundert, verständnislos, fassungslos sehen die Kinder die Erwachsenen bei solchen Stellen an.
Ich sitze oft mit dem Rücken zum Fernsehapparat und blicke in die Gesichter.
Es ist, als wollten die Kinder fragen: Wie war es bloß möglich, daß ihr auf solche Schreihälse, solche Fettwänste, solche Verbrecher hereingefallen seid? Wie konnte euch das passieren?
Sie sagen kein Wort.
Sie fragen mit den Augen.
Und die Erwachsenen senken die Köpfe.
Friedrich Südhaus besucht diese Abende nie. Er schreibt lange Briefe, höre ich von seinen Stubenkameraden.
Keiner weiß, an wen.
Bald sollen wir es erfahren.
Herr Herterich, der Erzieher, wird immer blasser und dünner. Niemand nimmt ihn mehr ernst. Man kann aber auch nicht sagen, daß er stört. Er macht einfach alles mit. »Ich glaube, den haben wir erzogen«, sagt Ali.
Der kleine schwarze Ali hat übrigens in seiner religiösen Unerbittlichkeit einen ziemlichen Skandal entfesselt.
Es gibt zwei Kirchen in Friedheim, eine evangelische und eine katholische.
Am Sonntag besuchen viele Kinder die Kirchen. Pärchen gehen immer zusammen in dieselbe Kirche, gleich, ob sie dieselbe Konfession haben oder nicht.
Ich schreibe besser: Pärchen gingen.
Denn damit ist es jetzt vorbei.
Ali hat die Sache herausbekommen und sich ungeheuerlich empört, als er drei evangelische Mädchen und drei evangelische Jungen in *seiner* katholischen Kirche erblickte.

Er rannte sofort zu seinem Hochwürdigen Herrn.
Der telefonierte mit dem evangelischen Kollegen. Worauf dieser feststellte, daß sich in der evangelischen Kirche auch ein paar Katholiken und Katholikinnen aufhielten.
Die beiden geistlichen Herren besuchten flugs den Chef und beschwerten sich.
Von nun an gehen Aufseher und Erzieher mit in die beiden Kirchen.
Was ist die Folge?
Pärchen unterschiedlicher Konfession bleiben dem Gottesdienst überhaupt fern.
Sie verschwinden im Wald.
Beten werden sie da vermutlich nicht...
Noah hat zu Raschid gesagt: »Die Sorgen der Herren möcht' ich haben. Laß uns froh sein, kleiner Prinz, daß es hier nicht auch noch Moscheen und Synagogen gibt!«
»Meine Moschee hätte ich schon ganz gern in Friedheim«, hat Raschid geantwortet. »Es war so schön zu Hause, wenn die Muezzins abends zum Gebet riefen.«
Schüler der dritten, fünften, siebenten und achten Klasse haben einen Chor gebildet. Er übt in der Turnhalle und spezialisiert sich auf Negro-Spirituals. Es sind wirklich großartige Sänger darunter, sie arbeiten schwer, und wenn sie fit sind, wollen sie Konzerte geben – in anderen Städten, im Wettkampf mit anderen Chören. Einer von denen, die am schönsten singen, ist der arme kleine Giuseppe. Manchmal höre ich zu, wie die »Minstrels« – so nennen sie sich – proben. Sie haben viele Lieder. Unser Musiklehrer, Herr Friedrichs, hat Texte und Noten besorgt. Das Lied, das mir am meisten gefällt, heißt »Stand still, Jordan!«
Stand still, Jordan! Stand still, Jordan! But I cannot stand still...
But I *have* to stay still.
Denn immer noch ist alles, was ich von Verena habe, ihre Stimme, und auch die nicht jeden Tag, obwohl ich jeden Tag auf diese Stimme, diesen Anruf warte wie ein Verdurstender.
»Geduld... nur noch ein bißchen Geduld... Er paßt furchtbar auf mich auf... Ich kann nicht einmal mehr zusammen mit dem Kind fortgehen... Jetzt ist er gerade für eine Stunde in die Stadt gefahren... Ich muß Schluß machen, sei nicht böse, Liebling. Hoffentlich bis morgen.«
Hoffentlich bis morgen.
Ob sie einen anderen hat?
Nein, dann würde sie überhaupt nicht mehr anrufen.
Oder doch?

Schreib unsere Geschichte auf und hab Geduld, sagte sie. Es ist erst zwei Wochen her, aber ich glaube, es sind zwei Jahre. Was soll ich tun? Ich schreibe unsere Geschichte auf. Immer weiter schreibe ich, mit der Hand. Wenn ich den Text verbessert habe, tippe ich ihn ab. Es ist bereits ein dickes Bündel Seiten, Gott sei Dank schon zu dick, um mich noch mutlos werden und aufhören zu lassen.

Zuerst wollte ich nämlich immer wieder aufhören, weil ich dachte, es sei alles Käse. Vielleicht ist es trotzdem Käse...

Schließlich muß ich noch eine Geschichte erzählen, über die das ganze Internat lächelt (nicht lacht).

Ich schrieb doch, wir hätten einen Englischlehrer, bei dem wir den »Sturm« von Shakespeare lesen. Mit verteilten Rollen.

Und ich schrieb auch, wie hinreißend dieser Mann ist. Jung. Immer schick angezogen. Stets liebenswürdig und dabei doch voll Autorität.

Wir alle lieben ihn. Und er liebt uns – die Jungen ein bißchen mehr als die Mädchen. Aber da muß man schon sehr genau aufpassen, um zu bemerken, daß er linksrum lebt, denn er ist ein ungeheuer vorsichtiger Schwuler, der sich nie etwas im Internat zuschulden kommen lassen würde. Dazu ist er viel zu ehrgeizig!

Na ja, und was so Hansi (der alles weiß) berichtet: Eines Morgens, als der Englischlehrer – er heißt Mr. Aldridge – in die vierte Klasse kommt, steht eine Vase mit wunderschönen Blumen auf seinem Tisch.

Wer hat sie hingestellt?

Niemand meldet sich.

Mr. Aldridge lächelt und verneigt sich nach allen Seiten und bedankt sich dann, wenn sich also keiner meldet, bei allen.

Und alle sind wieder einmal begeistert von seiner Liebenswürdigkeit.

In diese vierte Klasse geht auch die zierliche, milchkaffeebraune Chichita, die damals die Macumba für Gaston und Carla gemacht hat. Fünfzehn Jahre ist Chichita alt.

Nach der Stunde, als sich das Klassenzimmer leert, bleibt Chichita zurück.

Hansi – dieser kleine Teufel, ist überall – horcht an der Tür, und was er hört, erzählt er später natürlich nicht nur mir, sondern auch allen anderen...

Mr. Aldridge packt seine Bücher zusammen und sagt verwundert: »Was machst denn du noch hier, Chichita? Jetzt ist doch Pause?«

»Ich muß Ihnen etwas sagen, Mister Aldridge...«

(Die ganze Konversation findet natürlich in Englisch statt, aber so viel Englisch kann Hansi schon, um alles zu verstehen, und weil er auch noch durch das Schlüsselloch sieht, vermag er später zu behaupten, Chichita hätte Platze geschoben, »aber wie, kann ich euch nur sagen, feuerrot von einem Ohr bis zum anderen!«)
»Nun, Chichita?«
»Die Blumen ...«
»Was ist mit den Blumen?«
»Die sind von mir, Mister Aldridge!«
(»Eine Über-Platze, sage ich euch!«)
»Von dir? Ja, aber warum schenkst du mir denn Blumen?«
»Weil ... ich kann es nicht sagen!«
»Ich möchte es aber wissen!«
»Dann müssen Sie sich umdrehen, Mister Aldridge, bitte.«
Also dreht der Englischlehrer der kleinen Brasilianerin den Rükken, und sie sagt ganz leise: »Weil ... weil ... weil ich Sie liebe!« Und dann rennt sie so schnell sie kann zur Tür (Hansi vermag gerade noch rechtzeitig ein paar Schritte zurückzutreten) und den Gang hinunter und ins Freie hinaus. (Erzählt mein »Bruder«!)
Als diese Geschichte beim Mittagessen herum ist, steht es natürlich arg um Chichita.
Sie ist ganz verzweifelt.
Wer hat gelauscht?
Wer hat alles verraten?
Sie sitzt da, ißt keinen Bissen und starrt vor sich hin.
Nun muß ich ja sagen, manche von diesen Schwulen haben wirklich einen ungeheuren Charme, so help me God!
Wissen Sie, was passiert?
Die Lehrer essen doch mit uns im selben Saal, zur selben Zeit. Plötzlich steht Mr. Aldridge auf, geht zu Chichita, hebt ihr tränenverheertes Gesicht empor und sagt mit einer Verneigung: »Du warst so brav und fleißig in den letzten Wochen, daß ich dich etwas fragen möchte.«
»Sie ... wollen ... mich ... etwas ... fragen ... Mister Aldridge?«
»Würdest du mir die Freude machen, heute abend um sieben mit mir im ›A‹ zu essen?«
(Das hat er natürlich vorher mit dem Chef besprochen, denn ich sehe schnell zu dem hinüber, und der grinst.)
Mr. Aldridge hat so laut geredet, daß alle im Saal es hören mußten. Es wird ganz still.
Die kleine Chichita steht auf, wischt ihre Tränen fort und macht einen Knicks.

»Sehr gern, Mister Aldridge«, sagt sie, »wenn ich Ihnen nicht lästig falle...«
»Lästig? Es wird mir eine Freude und eine Ehre sein, Chichita! Ich werde mir erlauben, dich um halb sieben in deiner Villa abzuholen.«
So bekommt Chichita an diesem Abend von einer Freundin ein besonders schönes Kleid und von älteren Mädchen Lippenstift und Parfüm, und dann betritt sie am Arm von Mr. Aldridge das »A«, und sie essen zusammen.
Um halb zehn liegt Chichita im Bett und ist das glücklichste Mädchen im Internat!
Natürlich kann sie die ganze Nacht nicht schlafen.
Aber nun hat das Gekicher und Gewisper ein Ende, nun hat Mr. Aldridge gutgemacht, was Hansi anstellte. Mehr will Chichita nicht.
Sie himmelt Mr. Aldridge im Unterricht noch mehr an, und er streicht ihr von Zeit zu Zeit über das Haar. Sie hat nun lauter Einser in Englisch, so gut lernt sie.
Glückliche Chichita!
Sie ist fünfzehn und mit einem Abendessen zufrieden.
Aber ich bin einundzwanzig.
Und jeder neue Tag wird dunkler für mich, und nach jedem Gespräch fühle ich mich elender.
Bis der 11. Oktober kommt.
Dieser 11. Oktober ist ein Dienstag, und es regnet in Strömen. Ich sitze im Büro von Frau Liebetreus Garage und schreibe, als Verena anruft. Ihre Stimme klingt atemlos: »Jetzt ist es soweit! Am vierzehnten habe ich Geburtstag! Und heute früh sagte mein Mann, daß er unbedingt am dreizehnten nach Stockholm fliegen muß und erst am fünfzehnten zurückkommt! Liebling, süßer Liebling, ich lade dich zu meiner Geburtstagsfeier ein!«
»Aber da werden doch auch noch andere Leute sein!«
»Die gehen spätestens um zwölf. Lauter ältere Leute habe ich ausgesucht. Du gehst mit ihnen, und dann kommst du wieder, und wir haben die ganze Nacht für uns!«
»Das Personal...«
»Schläft im obersten Stockwerk. Mein Schlafzimmer liegt im Erdgeschoß. Wir müssen nur leise sein. Ist das nicht wunderbar? Warum sagst du nichts?«
»Weil es so wunderbar ist. Es ist so wunderbar, daß ich nichts sagen kann.«

»Love is just a word. It does not mean a thing...«
Aufreizend babyhaft ist die Stimme der Sängerin, ein Klavier begleitet sie, ein Schlagzeug. Die kleine Platte dreht sich auf dem Teller des Zehnplattenspielers. Wir tanzen zu Verenas Lieblingslied. Noch drei andere Paare drehen sich langsam. Es ist eine so einfache Melodie, daß auch ältere Leute danach tanzen können.
»...it's a fancy way of saying: two people want to swing...«
Verena trägt keinen Schmuck, nur einen schönen Ring. Das Haar hat sie heute abend hochgesteckt. Ihr Kleid ist so eng wie eine zweite Haut und aus einem Stoff, der aussieht wie reines Silber. Man erkennt jede Kurve, jede Form ihres Körpers darunter. Wir sind alle ein bißchen beschwipst. Verena meint, es würde nicht auffallen, wie wir beide tanzen. Wir haben die Arme umeinandergelegt. Ihr Körper preßt sich an meinen. Wenn zwei auf einer der Parties, die der Chef manchmal im Internat gestattet, so tanzten, würden sie sofort nach Hause geschickt! Ich fühle, wie aufgeregt Verena ist. Ich bin genauso aufgeregt wie sie, und sie fühlt es auch. Und sie tut alles, um mich noch aufgeregter zu machen.
»...love is just a word, and when the fun begins, a word we use to cover mountain-high with sins...«
Halb zwölf.
»Woran denkst du?« flüstert Verena.
»Daran.«
»Ich auch. Sie gehen gleich. Spätestens in einer halben Stunde sind sie fort.« Sie preßt sich noch enger an mich. Wir bewegen uns nun kaum noch von der Stelle. Ihre Augen sind so groß wie noch nie. Sie ist so schön wie noch nie. Sie ist so geschminkt wie noch nie.
»...love ist just a word, that's dropped all over town...«
Wir bewegen uns überhaupt nicht mehr von der Stelle. Wir wiegen uns nur noch im Rhythmus dieses traurigen Liedes.
»...an active little word – and most improper now...«
And most improper now?
»Gefällt dir das Lied?«
»Nein.«
»Schade. Mir schon. Es ist meine Philosophie: Liebe ist nur ein Wort.«
»*Noch.*«
»Bitte?«
»Es wird nicht mehr lange deine Philosophie sein.«

»Ach, Liebling!«
»... love is just a word. But let me make it clear...«
»Halt mich fester. Noch fester. Ganz fest, Oliver.«
»Wir werden beobachtet, von diesem Doktor Fielding.«
»Der! Der ist bloß eifersüchtig.«
»Wieso?«
»Er macht mir seit Jahren den Hof. Immer Freund meines Mannes. Du siehst ja, was für einen Drachen von Frau er hat. Wenn er schon selber nicht darf und kann, dann beobachtet er mich wenigstens auf Schritt und Tritt. Das geht auf jeder Party so, egal, mit wem ich tanze, egal, mit wem ich rede.«
»Eben.«
»Egal. Ich sag' dir, egal. Mir ist heute alles egal!«
»Nicht so laut. Er hört es.«
»Soll er. Ich habe Geburtstag.« Jetzt flüstert sie doch. »Und in einer Stunde...«
»... though I know, we know, it's really insincere...«
Dieser Doktor Fielding geht mir schon den ganzen Abend auf die Nerven. Er läßt mich nicht aus den Augen. Ob Manfred Lord ihm dazu den Auftrag gegeben hat? Nein, wahrscheinlich hat Verena recht. Er ist eifersüchtig. Und er kann und darf und traut sich nicht. Auch jetzt sieht er, während er mit irgendeiner schmuckklirrenden Dame tanzt, unentwegt zu mir herüber. Aber jetzt bin ich so aufgeregt, daß es mir auch egal ist, genau wie Verena.
»... love is just a word – a word – a word we love to hear...«
Klavier. Schlagzeug. Eine wehmütige Trompete. Das Lied, dessen Text Verenas Lebensphilosophie enthält, ist zu Ende.
Wir setzen uns, Doktor Fielding macht einen Cocktail. Er hebt und senkt den Shaker. Seine Frau sieht auf die Uhr. Zum drittenmal bereits. Jemand sagt, nach diesem letzten Drink auf das Geburtstagskind wolle man aber aufbrechen. Allgemeine Zustimmung. Die Herren müssen morgen zeitig in ihre Büros.
»Brötchen verdienen, gnädige Frau«, sagt Doktor Fielding, aber er sieht nicht Verena dabei an, sondern mich. Hat einen feinen Instinkt, der alte Sack. Wir prosten Verena zu. Die beiden Serviermädchen und der Diener sind schon schlafen gegangen; ebenso die Köchin.
Auch Evelyn liegt bereits seit Stunden im Bett. Sie hat mich noch begrüßt, als ich kam, beiseite gezogen und geflüstert: »Hast du damals meinen Zettel gelesen?«
»Ja.«
»Und?«

»Alles wird gut werden, Evylein.«
»Wann?«
»Weißt du, so etwas ist sehr schwer. So etwas dauert. Du mußt Geduld haben!«
Geduld!
Das hat Verena zu mir auch gesagt.
Alle Menschen müssen offenbar Geduld haben...
»Ich hab' ja Geduld!« hat Evelyn geflüstert und ihre heiße, kleine Hand in meine gelegt, »noch viel Geduld. Aber sieh zu, daß es nicht zu lange dauert, ja? Bitte, nicht mehr zu lange!«
»Ist es denn so schlimm?«
»Es ist so traurig«, hat sie geantwortet. »Mami lacht überhaupt nicht mehr. Früher hat sie so viel gelacht. Und ihr Mann mag mich nicht...«
Verena hat vierzehn Gäste eingeladen, mich inklusive. Die Gäste haben kleine Geschenke mitgebracht. Zigarettenaschenpfannen, antik. (Denn die Villa ist antik eingerichtet, so wie die unsere am Beethovenpark es einst war.) Aschenbecher aus Zinn. Etwas Nützliches für die Küche. Eine sehr große, sehr dicke, kunstvoll verzierte Kerze für einen riesigen Holzleuchter, der in der Diele steht. Und so weiter. Ich habe Verena einundfünfzig rote Nelken geschenkt. (Kommentar von Herrn Doktor Fielding: »Sie müssen ja viel Geld haben, junger Mann!«)
Von Manfred Lord hat Verena einen neuen Ring erhalten – gestern bereits –, der hat sicher seine zwei Karat. Und einen ganz zart hellbeigefarbenen Turmalinnerz hat er ihr auch geschenkt. Den Ring trägt Verena, er funkelt und blitzt im Licht. Den Nerzmantel hat sie fortgehängt. Die kostbaren Geschenke Manfred Lords haben mich erschreckt. Dieser Mann liebt seine Frau. Jetzt sitzt er in Stockholm mit Geschäftsleuten zusammen. Vor einer Stunde hat er angerufen und noch einmal gratuliert. Er ließ sogar mich an den Apparat bitten: »Ich freue mich so, daß Sie auch da sind, Oliver. Kümmern Sie sich ein bißchen um Verena! Tanzen Sie mit ihr. Das sind doch lauter ältere Leute. Sie sind der einzige junge Mensch! Und Verena hat solche Sehnsucht nach Jugend. Sehen Sie, lieber Freund, ich bin doch auch zu alt für sie...«
»Zynismus«, hat Verena, die mit dem Ohr am Hörer dem Gespräch folgte, gesagt, nachdem ich auflegte. »Das ist seine Art von Zynismus.«
»Aber der Nerz... Der Ring... Er muß dich lieben...«
»Sicher liebt er mich. Auf seine Weise. Aber ich liebe ihn nicht. Ich habe dir ja gesagt, ich bin eine...«

»Sei ruhig.«
Das war der Abend. Cocktails. Ein wunderbares Essen. Kaffee. Cognac. Whisky. Champagner. Verena ist eine gute Hausfrau, aufmerksam und sicher. Früh schickt sie die Mädchen schlafen. Sie macht alles selber. Ein paarmal muß sie in die Küche. Einmal gehe ich ihr nach. Da küssen wir uns, bis einer den anderen wegstößt.
»Ich kann das nicht mehr lange aushalten.«
»Bald, Liebling, bald. Es ist schon zehn. Geh zu den anderen zurück. Sonst fällt es auf.«
Also bin ich zurückgegangen. Es ist ein sehr schönes Haus. Hier atmet alles Seriosität, Stabilität, Überlieferung, Haltung und Würde. Wenn ich durch dieses Haus gehe, wird mir erst bewußt, in was für einem Parvenü-Haus wir einmal gewohnt haben, was für ein Emporkömmling mein Vater ist.
Denke ich. Ich werde noch darauf kommen, daß nicht nur Menschen, sondern auch Häuser dich täuschen können.

19

Während sich alle unterhalten und ihren »For the road«-Cocktail trinken (und Doktor Fielding mich so anstarrt, daß ich höre, wie seine Frau gereizt zu ihm sagt: »Starr sie nicht dauernd an! Du machst dich ja lächerlich! Außerdem ist es beleidigend für mich!«), fragt mich Verena in aller Seelenruhe und gar nicht sehr leise: »Was ist mit diesem Mädchen?«
Ich weiß im Moment wirklich nicht, was sie meint: »Welchem Mädchen?«
»Dem Schmuck-Mädchen. Hast du es ihr gesagt?«
»Ich konnte nicht.«
»Was heißt das?«
Ich berichte, was Geraldine passiert ist. Sonderbarerweise glaubt Verena es sofort.
»Aber wenn man sie besuchen darf, wirst du hingehen und es ihr sagen?«
»Ich schwöre.«
Ich werde es wirklich tun. Ich hätte es gleich tun sollen. Ohne diesen verfluchten Hansi um Hilfe zu bitten. Von Hansi erzähle ich Verena übrigens nichts, auch nicht von Fräulein Hildenbrands traurigem Abgang.
»Wie zwei Turteltäubchen«, stichelt Doktor Fielding. Er kann nicht anders, es ist stärker als er.

Junge, muß der geil auf Verena sein. Kein Kunststück. Bei seiner Tonnenfrau...
»Was meinen Sie, lieber Doktor?« Verena lächelt.
»Wie gut Sie beide sich unterhalten! Schon den ganzen Abend beobachte ich es. Sie müssen sich glänzend verstehen!«
»Unsere Familien sind eng miteinander befreundet, liebster Doktor. Besonders mein Mann und Olivers Vater.« So leicht kann man Verena nicht an den Wagen fahren!
Frau Fielding hat jetzt die Nase voll: »Los, Jürgen, nun ist aber Schluß! Du mußt zeitig raus.« Und an uns alle gewendet, laut (das ist ihre Rache): »Morgen früh jammert er mir wieder vor, wie elend ihm ist. Er hat's mit der Leber. Er dürfte überhaupt nichts trinken!«
Die anderen Damen haben alle ungefähr denselben Zuschnitt, und die Herren gleichen eigentlich alle Doktor Fielding. Jeder würde wohl seine Alte gern los sein und eine schicke Junge heiraten, eine Schlanke, Süße, die nicht böse ist und dauernd meckert. Aber Pustekuchen! Wir haben Gleichberechtigung! Da muß so ein Geldsack schon ganz schön mit seinem Zaster rüberkommen, wenn er sich von ihr scheiden lassen will. Wer will das schon? Dann noch lieber zu Hause die Hölle, auf der Bank die Millionen, und irgendwo in der City ein geheimes Appartement mit einer schnuckeligen Freundin. Die Freundin hat natürlich ein paar von diesen alten Knaben an der Hand und einen Stundenplan. Alle versuchen, es der großen Rosemarie nachzumachen. Ich übertreibe?
Dann gehen Sie doch mal nach Frankfurt oder in irgendeine andere große deutsche Stadt. Sie werden Augen machen...
Das wäre auch eine Seite des Wirtschaftswunders. Erhard hat sie nur nicht gewollt. Aber wer kümmert sich schon darum!
Ein Streit zwischen Herrn und Frau Fielding gibt – es ist fünf Minuten vor zwölf – den Anstoß zum allgemeinen Aufbruch. Während die Gäste in der Diele geräuschvoll ihre Mäntel anziehen (und gar manches Nerzlein ist darunter), während sie möglichst auffallend Geld fürs Personal auf einen Messingteller legen, flüstert Verena mir zu: »Alle Türen werden offenstehen. Schließ sie leise wieder.«
Ich nicke und lächle Doktor Fielding an.
Große Verabschiedung. Umarmungen. Vereinzelt weibliche Küsse auf weibliche Wangen. Hoffentlich wacht Evelyn nicht auf. Oder einer von den Angestellten. Endlich sind wir draußen. Das Haus liegt in einem kleinen Park. Als wir über einen Kiesweg zur Straße gehen, löscht Verena ostentativ bereits ein paar Lichter im Erdgeschoß aus.

Die alten schmiedeeisernen Laternen längs der Auffahrt brennen noch. Unsere Wagen parken auf der Straße. Lauter Mercedes. Noblesse oblige. Und mein Jaguar. Neuerliche Verabschiedung. Diesmal hastiger. Die Herrschaften wollen heim. Nur dem Doktor Fielding läßt es keine Ruhe: »Sie haben noch einen weiten Weg, junger Mann.«

»Nicht so arg, alter Mann«, will ich sagen, aber ich sage natürlich: »Ach, nur vierzig Minuten, Herr Doktor.«

»Wie fahren Sie denn?«

Da schalte ich nicht schnell genug und erwidere: »So wie ich herkam. Die Miquel-Allee bis zur Rheingau-Allee hinunter und dann über die Wiesbadener Straße zur Autobahn.«

Sofort bekomme ich mein Fett.

»Das ist ja wunderbar! Da können Sie uns ja als Lotse dienen. Fahren Sie vor uns her! Wir wohnen in der Wiesbadener Straße. Nummer 144.«

Verdammt.

Kann man nichts machen. Muß ich eben einen Riesenumweg fahren. Eigentlich wollte ich ja nur um den Block und den Wagen irgendwo abstellen.

Ich fahre los. Fielding immer hinter mir her. In der Wiesbadener Straße beginne ich, von 100 an, die Häusernummern zu beobachten. 120. 130. 136. Jetzt müßte er bremsen. 140. Er folgt mir weiter. Ach, so ist das!

Er will sehen, ob ich auch wirklich in mein Internat fahre.

Zum Glück kenne ich mich in Frankfurt so aus wie in meiner Hosentasche. Und zum Glück habe ich einen Sportwagen. Also los! Jetzt wirst du was erleben, Junge.

Beim Biegwald reiße ich das Steuer nach rechts, ohne den Winker herausgestreckt zu haben, und trete auf den Stempel. Rauf zum Strandbad. Beim Strandbad wieder rechts. Und noch einmal rechts, in die Rödelheimer Landstraße hinein. Hier gibt es einen verlassenen Parkplatz, auf dem halte ich mit kreischenden Pneus und schalte die Lichter aus. Ich warte drei Minuten. Fünf Minuten.

Nicht ein einziger Wagen kommt vorbei. Herrn Doktor Fielding scheine ich abgeschüttelt zu haben. Trotzdem. Lieber noch eine Minute. Vielleicht sucht er mich. Während ich warte, fällt mir Herr Herterich ein. Ich habe ihm, seit wir beide im Internat sind, so oft geholfen, daß ich heute abend ganz offen mit ihm sprach: »Ich fahre fort und komme erst morgen früh zurück.« Er ist schon so zermürbt und zerbrochen, daß er nur murmelte: »Aber seien Sie wenigstens rechtzeitig zum Schulbeginn da.«

»Natürlich.«
Seine Freundlichkeit erklärt sich daraus, daß ich dem kleinen schwarzen Ali zwei Minuten vor diesem Gespräch ein paar Ohrfeigen gab, weil er den Anzug des Erziehers (wie viele besitzt der arme Hund wohl überhaupt?) mit Tinte überschüttet hatte. Während ich Herrn Herterich meine Absicht erklärte, rieb dieser mit Zitrone, K2R und einem Tuch, das er immer wieder in heißes Wasser tauchte, an seinem Jackett und seiner Hose herum.
»Ich glaube, ich kündige. Ich halte das nicht aus.«
»Unsinn. Sie werden sich ganz bestimmt noch durchsetzen.«
»Ja«, sagte er hoffnungslos, an der befleckten alten Jacke putzend, »natürlich. Selbstverständlich. Ganz bestimmt.«
So war das.
Jetzt habe ich sechs Minuten gewartet. Kein Wagen ist vorbeigekommen. Ich fahre los. In der Bockenheimer Landstraße gibt es eine Garage, die hat Tag und Nacht offen, daran erinnere ich mich noch. Es ist überhaupt ein Glück, daß ich noch so gut in Frankfurt Bescheid weiß. Ich gebe dem Tankwart ein gutes Trinkgeld, und er verspricht, den Wagen in die Garage zu fahren. Ich sage, daß ich ihn morgen früh sehr zeitig abholen werde. Der Mann hat bis acht Uhr Dienst. Also werde ich ihn noch sehen. Das ist gut. Noch besser ist, daß der Wagen von der Straße verschwindet.
Zu Verenas Haus sind es von hier zu Fuß keine fünf Minuten mehr. Am Palmengarten vorbei gehe ich nordwärts. Niemand zu sehen, nicht ein einziger Mensch. Und dabei ist es erst eine Viertelstunde nach Mitternacht. Zeppelin-Allee. Frauenlobstraße. Dann sehe ich die Villa, gelb gestrichen, grün die Fensterläden. Alle Läden sind geschlossen, aber hinter zwei von ihnen brennt noch Licht. Es leuchtet durch die Ritzen.
Ein Zimmer im Erdgeschoß. Verenas Schlafzimmer liegt sonderbarerweise (und Gott sei Dank) zu ebener Erde. Gott sei Dank. So brauche ich mir nicht den Kopf zu zerbrechen, wie ich morgens rauskomme, ohne daß jemand etwas merkt.
Das Parktor. Angelehnt. Ich öffne es vorsichtig, damit es nicht quietscht, und drücke es hinter mir zu. Ein Schloß schnappt ein. Gut so. Auf dem Kies hört man meine Schritte. Das geht nicht. Ich ziehe die Schuhe aus und laufe über den Rasen. Meine Strümpfe werden naß. Die Auffahrt. Die Haustür. Angelehnt. Ich schließe sie. Wieder klickt ein Riegel. In der Halle ist es dunkel, aber eine Tür steht offen, und aus ihr fällt Licht. Ich gehe durch ein Ankleidezimmer mit großen Spiegeln und Schränken, welche die ganzen Wände bedecken. Eine zweite Tür steht offen. Ich mache noch drei

Schritte, dann stehe ich in Verenas Schlafzimmer. Ein breites Bett, aufgeschlagen. Zwei brennende Nachttischlämpchen mit rosa Schirmen. Alles in diesem Zimmer ist rosa: Die Tapeten, die Bezüge der Sessel, der Schminktisch mit dem großen, dreiteiligen Spiegel, der Teppich.
Verena steht vor mir. Sie ist jetzt völlig ungeschminkt. Sie trägt ein blaues Baby-Doll-Hemdchen und eine kleine Hose. Sonst nichts. Das Haar fällt ihr wild über die Schultern. Ich stehe da und kann sie nur anstarren, anstarren.
»Alles gut gegangen?«
Wir flüstern beide.
»Dieser Fielding fuhr mir nach. Aber ich habe ihn abgehängt.«
»Zieh dich aus. Dort is das Badezimmer.« Sie weist auf eine zweite Tür, die offensteht. In dem blaugekachelten Badezimmer dahinter brennt auch Licht.
Ich beginne mich auszuziehen.
»Und wenn einer von den Angestellten aufwacht?«
»Es wacht keiner auf.«
»Und Evelyn ...«
»Wenn die einmal schläft, ist sie durch nichts mehr zu wecken.«
»Und wenn ...«
»Wir sperren die Tür ab. Beeil dich.« Plötzlich geht ihr Atem hastig. Sie sieht mir zu, wie ich mich ausziehe und meinen Smoking über einen Sessel hänge. Als ich ohne Hemd dastehe, umarmt sie mich und küßt schnell, viele Male, meine Brust. Dann streift sie ihr Hemd über den Kopf, und ich sehe die schönen großen Brüste. Sie preßt sich an mich. Ich rieche ihr Haar, ihr Parfüm, die Seife, mit der sie sich eben wusch. Ich spüre ihre Brüste.
»Mach schnell ...«
»Ja.«
»Mach ganz schnell. Ich warte auf dich.« Sie geht zum Bett und wirft sich darauf. Als ich aus dem Badezimmer zurückkomme, liegt sie vollkommen nackt da, mit ausgebreiteten Armen. Sie lächelt. Ich schrieb einmal, ich hätte nie eine schönere Frau gesehen. Aber damals sah ich nur ihr Gesicht. Jetzt schreibe ich es wieder: Ich habe nie eine schönere Frau gesehen. Ich werde nie eine schönere sehen. Ihre Haut ist noch braun von der Sonne des vergangenen Sommers, ihre Beine sind lang und wohlgeformt, die Schenkel voll. Über der Scham erhebt sich ein ganz kleiner Bauch.
Ich bin nicht Casanova, ich habe nicht mit tausend Frauen geschlafen. Aber die schönen, mit denen ich schlief, hatten alle einen ganz kleinen Bauch. Alle wirklich schönen Frauen haben ihn wohl.

Ich lese, was ich eben geschrieben habe, und finde es lächerlich. Ich werde es ausstreichen.
Nein, ich lasse es stehen.
Vielleicht liest es sich lächerlich. Aber es ist wahr.
Genauso, wie alle wirklich schönen Frauen diesen kleinen Punkt haben, braun oder schwarz, irgendwo im Gesicht. Viele, die keinen haben, schminken sich so einen Punkt. Verena trägt keine Schminke mehr. Der schwarze Punkt auf dem linken Backenknochen ist echt ...
»Komm«, flüstert sie.
Ich bin jetzt so nackt wie sie.
Ich trete an den Bettrand, setze mich darauf und streichle sie, ihre Schenkel, ihre Brüste und ihre Arme.
»Du mußt sehr zärtlich sein zu mir, Liebling«, flüstert sie. »Kannst du zärtlich zu einer Frau sein?«
»Ja.«
»Wirklich zärtlich?«
»Wirklich zärtlich.«
»Komm, Liebling, sei zärtlich zu mir ... Ich habe mich so danach gesehnt ... Wir haben beide so lange darauf gewartet ...«
Ich lege mein Gesicht auf ihre Schenkel. Ich glaube, daß ich noch nie so behutsam war, noch nie so zärtlich. Ich war auch noch nie so verliebt. So sehr. Auf eine solche Weise. Noch nie.
Es ist still im Hause, völlig still. Irgendwo bellt ein Hund. Und in dem Augenblick, da ihre Schenkel sich öffnen und ihre Hände nach meinen Haaren greifen, habe ich wieder dieses Gefühl, das ich schon einmal hatte: Dieses lächerliche Gefühl, bald sterben zu müssen.
Es ist rasch vorbei.
Und dann ist nur noch Verena da, nur noch Verena, nur noch Verena.

20

Ich werde meine Eltern vergessen. Ich werde Geraldine vergessen. Ich werde alles vergessen. Eines niemals: Diese Nacht. Ich habe erzählt, was ich mit Geraldine erlebte. Mit Verena erlebe ich in dieser Nacht zum erstenmal etwas anderes, etwas ganz anderes: Daß ein Mann und eine Frau vollkommen eins sein können, eine Seele, ein Gedanke, ein Mensch.
Mit Verena erlebe ich in dieser Nacht, daß alles, was dem einen

wohl tut, dem anderen wohl tut, daß Hände und Beine und Lippen sich gemeinsam bewegen, als verständigten sie sich miteinander, nicht wir.

Was ich mit Geraldine erlebte, war wie ein wüster Alptraum. Was ich in dieser Nacht mit Verena erlebte, ist sanft und schwingend, steigert und steigert sich, ebbt nicht ab, hört nicht auf, wird stärker und stärker mit jedem Mal. Wir waren beide auf der Party beschwipst. Jetzt sind wir ganz nüchtern. Und ganz nüchtern, ganz zärtlich tun wir einander wohl, sie mir, ich ihr.

Die Stunden vergehen. Zwei Uhr. Drei Uhr. Manchmal knie ich vor ihr und küsse ihren Körper, oder wir sehen uns an, und aus ihren schwarzen Augen sind heute nacht Trauer, Resignation und Ekel verschwunden: Ich sehe nur Hoffnung in ihnen, Glauben und Zuversicht. Ja, manchmal sitze ich auf dem Teppich und blicke sie nur an. Oder wir halten uns an der Hand. Oder sie streichelt mein Haar.

Einmal, nachdem sie mich lange angesehen hat, dreht sie jäh den Kopf zur Seite.

»Was hast du?«

»Warum bin ich so alt?«

»Du bist nicht alt... Du bist jung... Du bist wunderbar...«

»Ich bin zwölf Jahre älter als du.«

»Du bist nicht einen Tag älter als ich!«

Sie wendet mir den Kopf zu. Sie lächelt mühsam.

»Komm«, sagt sie leise, »komm wieder, Oliver. Es ist so schön. Ich liebe deinen Körper so; dein Haar; deinen Mund; und deine Hände. Ich liebe alles an dir.«

»Ich liebe *dich.*«

Wir versinken ineinander. Sie stöhnt manchmal, aber ganz leise, damit niemand erwacht. Ich denke, daß das die schönste Nacht meines Lebens ist.

In diesem Moment sagt sie: »Das ist die schönste Nacht meines Lebens.«

»Wirklich?«

»Ich schwöre es. Bei Evelyn.«

»Auch für mich, Verena, auch für mich.«

»Wenn man alles ungeschehen machen könnte... von vorn beginnen... ein zweites Leben...«

»Ein zweites Leben?«

»Ich wäre so gern noch einmal jung... Ich sehne mich so danach... So jung wie du...«

»Du bist es... Du wirst es bleiben... Du wirst nie alt werden...«

»Ach, Liebling... laß uns glücklich sein... wer weiß, wie viele solche Nächte wir noch haben werden...«
Diesmal ergreift es uns wie eine riesenhafte, ungeheuere Welle, die dem Strand entgegenrollt, majestätisch und langsam, die sich emporhebt zuletzt, hoch, hoch empor, und die dann sanft im Sand verläuft. So sanft... so sanft...
Verena hat den Mund geöffnet, und ich habe große Angst, sie könnte schreien.
Sie bleibt ganz still.
Im Augenblick des Höhepunktes beißt sie mich in die Schulter.
Es blutet ein wenig, und man kann den Eindruck ihrer Zähne sehen.
»Verzeih... ich bin verrückt... Ich habe es ja gesagt... Tut es sehr weh?«
»Gar nicht.«
»Ich hole ein Pflaster.«
»Es blutet schon nicht mehr.«
»Oliver...«
»Ja?«
»Ich... ich mußte eben... eben an etwas denken, etwas... etwas Schreckliches...«
Jetzt ist sie so müde, daß ihr die Augen zufallen.
Sie spricht noch halb aus dem Schlaf.
Es ist 4 Uhr 30.
»Woran?«
»Was... was soll geschehen, wenn ich mich... wenn ich mich... doch in dich verliebe?«
Sie seufzt. Sie holt tief Atem, dehnt sich.
Dann spricht sie wieder zusammenhanglose Worte. Satzfetzen. Ich kann nicht alles verstehen.
»Portoferraio...«
»Was ist das?«
»Das Meer... mit dir... die Wellen...«
»Verena!«
»Die Segel... die Sonne geht unter... blutrote Segel...«
»Wovon sprichst du?«
»Elba... Er hat ein Haus da... Einmal... allein... Nur wir beide... grüne Wellen...«
Ich streichle sie.
Sie seufzt.
»Oliver...«
»Ja?«
»Wie heißt... wie heißt die Stelle...?«

»Welche Stelle?«
»Aus... aus dem ›Sturm‹...«
Ich weiß nicht, ob das kommt, weil ich nun so erschöpft und müde bin, aber ich habe das Gefühl zu fliegen, zu fliegen, weit, weit, sehr hoch.
Ich erinnere mich noch daran, daß ich die Augen schließe und antworte: »Wir sind aus solchem Stoff, wie Träume sind... und... und unser kleines Sein umschließt ein Schlaf...«
Wir liegen einander zugewandt. Ich ziehe die Decke über uns. Sie preßt eine Hand an meinen Rücken, ich eine an den ihren. So schlafen wir ein, Wange an Wange, Brust an Brust, Schenkel an Schenkel, so eng umarmt, wie zwei Menschen nur schlafen können.
»Verrückt...«, murmelt sie im Schlaf. »Völlig... völlig verrückt...« Und etwas später: »Ein neues... ein neues Leben... ein ganz neues... ein zweites... gibt es das?«

21

Ich besitze eine Eigenschaft, um die mich schon viele Leute beneidet haben. Wenn ich weiß, ich muß zu einer bestimmten Zeit aufwachen, dann erwache ich auf die Minute genau – und wenn ich noch so müde bin.
Ich schlafe nackt, nur meine Armbanduhr behielt ich um. Ich habe mir schon während der Party überlegt, daß die Dienerschaft um sechs, spätestens um halb sieben Uhr zu arbeiten beginnt. Also muß ich vor sechs aus dem Haus.
Tatsächlich ist es, obwohl ich in Verenas Armen einschlief wie ein Toter, als ich erwache, eine Minute nach halb sechs.
Draußen dämmert es. Ich sehe das noch kraftlose Licht eines neuen Tages, das durch die Spalten der Fensterläden dringt.
Verena atmet ruhig und tief. Ich überlege, ob ich sie wecken muß, um aus dem Haus zu kommen, dann fällt mir wieder ein, daß ihr Schlafzimmer zu ebener Erde liegt.
Vorsichtig löse ich mich aus ihren Armen.
Sie seufzt tief im Schlaf, und ich höre sie sagen: »Noch einmal jung...«
Dann dreht sie sich auf die andere Seite, zieht die Beine an den Leib wie ein kleines Kind und legt einen Arm über das Gesicht.
Ich gehe auf Zehenspitzen ins Badezimmer und wasche mich mit kaltem Wasser. Ich ziehe mich an, so schnell es geht. Die Senkel

meiner Smokingschuhe knote ich zusammen und hänge sie mir um den Hals.

Einen Moment bleibe ich noch vor Verenas Bett stehen. Ich möchte sie gern küssen, ganz zart, aber der Arm bedeckt ihr Gesicht, und ich will sie nicht wecken.

Vorsichtig gehe ich zum Fenster. Behutsam öffne ich einen der grünen Läden.

Jetzt ist es schon fast ganz hell draußen. Ein paar Vögel zwitschern in dem kahlen Geäst der Bäume. Vom Fensterbrett lasse ich mich auf den herbstlichen, gelblichen Rasen hinabfallen.

Ich warte.

Nichts rührt sich.

Links ist das Parkgitter am nächsten. Geduckt renne ich über das Gras. Das Gitter besitzt oben eine Querleiste. An ihr ziehe ich mich hoch und mache mich naß dabei, denn die Eisenstäbe sind feucht von Tau. Sie tragen scharfe Spitzen. An einer ritze ich mir die rechte Hand.

Eine Sekunde schwanke ich gefährlich und habe Angst, zu stürzen. Nun lasse ich mich auf der Straßenseite zu Boden gleiten. Hundert Meter laufe ich auf Strümpfen, dann bleibe ich stehen. Schuhe anziehen.

Wenn nur kein Polizist vorbeikommt!

Es kommt keiner vorbei.

Ich gehe die Allee hinunter zu der Garage.

Der Nachtdienst-Tankwart sieht bleich und übernächtigt aus. Als ich in den Rückspiegel meines Wagens blicke, stelle ich fest, daß ich genauso aussehe.

Ich habe viel Zeit, darum fahre ich langsam, auch auf der Autobahn.

Wie schnell fuhr ich hier – an dem Tag, da ich Verena kennenlernte!

Ein paar Wochen nur sind seither vergangen – und mein ganzes Leben hat sich verändert.

Durch Verena.

Ich wollte aus Doktor Florians Internat fliegen, um meinen Vater zu ärgern. Jetzt will ich das nicht mehr.

Ich wollte ein schlechter, fauler, frecher Schüler sein, wie bisher. Jetzt will ich das nicht mehr.

Jetzt will ich nächstes Jahr mein Abitur machen und danach in das Werk meines Vaters eintreten. Dann verdiene ich Geld. Ich will Abendkurse nehmen. Mein Vater wird dafür sorgen, daß ich ein etwas höheres Gehalt als üblich bekomme.

Wenn er es nicht tut, drohe ich, zur Konkurrenz zu gehen. Das wäre ein Fressen für die! Der Mansfeld-Sohn verläßt den Vater. Bei der Konkurrenz bekomme ich bestimmt mehr.
Dann kann Verena sich scheiden lassen.
Schmuck, Kleider, Pelze hat sie.
Eine Wohnung werden wir finden.
Evelyn geht erst im nächsten Herbst in die Volksschule. Das kostet nichts. Und wenn ich dann...
Jetzt war ich beinahe im Graben. Ich muß auf die Straße sehen, ich muß achtgeben. Ich darf nicht träumen.
Träumen! Allmächtiger, ich bin müde! Und jetzt in die Schule! Ich fahre mit zurückgeschlagenem Verdeck, damit ich munterer werde. Der kalte Morgenwind zerrt an meinen Haaren.
Verena.
Sie schläft. Ob sie auch träumt? Von uns?
Die Bahn steigt steil an. Sie ist fast leer. Nur ab und zu sehe ich einen Laster. Der Wald hat sich verändert. Fort sind die goldenen und roten, die braunen und gelben Blätter. Schwarz und von Nässe glänzend strecken die Bäume ihre Äste aus.
Bald kommt der Winter.
Wird Verena heute anrufen?
Jetzt *müssen* wir ein Hotel finden. Jetzt *müssen* wir eine kleine Bar finden. Jetzt ist alles anders.
Völlig anders.
Jetzt kann ich nicht mehr ohne sie sein.
Kann sie wohl noch ohne mich sein?
Ich glaube nicht.
Alles ist anders. Nach einer einzigen Nacht.
AUSFAHRT OBER-ROSBACH / PFAFFENWIESBACH / FRIEDHEIM
Ich verlasse die Autobahn und fahre durch die kleine Biedermeierstadt, vorbei an den weiß-braunen Fachwerkhäusern, der Kirche mit dem stämmigen Turm und der barocken Haube.
Bäckerjungen tragen Semmeln aus. Handwerker gehen zur Arbeit. Da ist wieder der Laden für »REISEUTENSILIEN«. Der Sattel und das Reitzeug liegen noch im Schaufenster. Diesmal sehe ich alles sehr klar in der reinen, kalten Luft dieses Oktobermorgens.
Der Marktplatz.
Die »Hintergasse«.
»GROSSHANDLUNG IN FRISEURARTIKELN«.
»SPEZIALITÄTENBÄCKEREI A. WEYERSHOFENS SEL. ERBEN«.
Da ist das alles wieder, was ich damals sah, mit ihr, an jenem Sonntagnachmittag. Und wirklich, hier geht auch wieder eine fromme

Schwester mit steifer Haube über die Straße, ein Gebetbuch in den weißen Händen, welche braune Flecken zeigen, wie man sie oft auf der Haut alter Leute sieht.
Ich habe immer noch Zeit.
Also fahre ich, benommen und sentimental, den schlechten Weg zu Verenas Sommervilla empor.
Hier schläft alles, oder die Häuser und Schlößchen sind schon von ihren Bewohnern verlassen. Ich sehe herabgezogene Jalousien, verriegelte Fensterläden.
Auch die Villa Manfred Lords liegt da ohne Leben. Ob Herr Leo gut schläft?
Ich finde einen Platz, an dem ich umkehren kann, und fahre zurück. Steine, Schlaglöcher. 20 km. Da ist wieder diese Tafel am Straßenrand, die ich damals schon sah:

MENSCHENFR. GESELLSCHAFT
(DER ENGEL DES HERRN)
ERHOLUNGSHEIM

Da ist der Pfad, der zu dem weißgestrichenen, alten Gutshof hinabführt. Da ist die grüne Pumpe. Ein paar Hühner gackern. Aber auch hier sehe ich noch keinen Menschen, auch hier hat der Tag noch nicht begonnen.
Menschenfreundliche Gesellschaft. Der Engel des Herrn. Erholungsheim. Ein Haus. Worte.
Worte wie Elba, wie Portoferraio.
Ich kenne Elba nicht. Ich kenne diese Menschenfreundliche Gesellschaft nicht.
Ich werde sie kennenlernen.
Verena wird dabeisein.
Vieles wird noch geschehen.
Hier, auf Elba und anderswo.
Wir werden es gemeinsam erleben. Immer gemeinsam.
Das Gute.
Das Böse.
Alles.

22

Als ich in Friedheim ankomme, ist es sieben. Der junge Mechaniker öffnet gerade die Garage, so kann ich meinen Wagen hineinfahren. Ich gähne, recke mich, breite die Arme aus. Mein Smoking-

hemd ist zerdrückt, die Schleife sitzt schief. Ich nehme sie ab und öffne den Kragen. Dem Mechaniker gebe ich Trinkgeld. Als ich auf die Straße hinaustrete, um zum »Quellenhof« hinaufzugehen und mich umzuziehen, laufe ich direkt in den Chef hinein.
Er starrt mich lange an, bevor ihm einfällt, wer ich bin.
»Oliver«, murmelt er dann, völlig tonlos. Und dann sagt er, ohne jede Anklage oder Aufregung, immer mit der gleichen, traurigen Stimme und mit Augen, die weit, weit fort sehen: »Du hast die Nacht nicht im Internat verbracht.«
»Nein, Herr Doktor.«
»Wo warst du?«
»In Frankfurt. Herr Herterich weiß nichts davon. Ich bin vom Balkon geklettert...« Jetzt rede ich schnell, während ich an seiner Seite den Weg zum Wald hinaufgehe. »Er hat wirklich keine Ahnung, Herr Doktor.«
»Fräulein Hildenbrand ist tot.«
»Was?«
»Vor zwei Stunden. Ich komme gerade von ihr.« Er sieht immer noch in diese weite, weite Ferne. »Sie hatte heute nacht einen Anfall. Der Wirt rief den Doktor. Der konstatierte Herzinfarkt und gab ihr eine Spritze. Dann telefonierte er unten im Lokal nach einem Krankenwagen.«
»Krankenwagen...«, sage ich sinnlos. Wir gehen jetzt über Laub, über so viel Laub.
»Der Doktor telefonierte auch mit mir. Als ich kam, war sie schon tot. Den Krankenwagen konnten wir wieder fortschicken. Mit einem Bleistift hat sie in ihren letzten Minuten, während sie allein lag, etwas an die Zimmerwand gekritzelt, in lauter großen und schiefen Buchstaben.«
»Was?«
Er sagt es mir.
Er ist so in Gedanken, er kommt überhaupt nicht mehr darauf zu sprechen, daß ich nachts fort war. Zum erstenmal sieht der Chef an diesem Morgen aus wie ein alter Mann...
»Sie war ein Waisenkind. Darum hatte sie euch alle so gern.«
So viel Laub. So viel totes Laub.
»Ich hatte dich gebeten, sie zu besuchen.«
Ich schweige.
»Du hast es nie getan, nicht wahr?«
»Nein, Herr Doktor.«
»Natürlich nicht.«
»Es war so viel... Ich hatte immer...«

»Ja«, sagt er verloren. »Ja, natürlich. Zu viel zu tun. Ich verstehe schon. Das Begräbnis ist übermorgen um drei. Hier in Friedheim. Wirst du wenigstens Zeit haben, zum Begräbnis zu kommen?«
»Bestimmt, Herr Doktor. Und ich bin sicher, alle anderen Kinder werden auch da sein.« Aber da irre ich mich. Außer mir kommen vielleicht noch zwanzig Kinder. Zwanzig von dreihundert. So viele Jahre war Fräulein Hildenbrand da. Und so vielen Kindern hat sie geholfen, oder versucht zu helfen. Die Lehrer und die Erzieher sind alle gekommen. Und das ist natürlich ein Grund für die meisten Kinder, nicht zu kommen. Denn während des Begräbnisses sind sie in den Villen allein. Fräulein Hildenbrand hat keine Verwandten mehr gehabt. Wir stehen um das Grab und hören der Rede zu, die der Pfarrer hält, und dann wirft jeder eine Schaufel Erde in die Grube. Noah und Wolfgang sind gekommen, auch Raschid, der kleine persische Prinz. Hansi kam nicht.

23

Er kam nicht, obwohl Fräulein Hildenbrand ein Testament hinterlassen hat, in dem es heißt: »Den Szeno-Baukasten vermache ich meinem lieben Hansi Lehner, weil ich weiß, wie gern er immer damit spielt.«
Den Baukasten hat Hansi inzwischen erhalten – vor zwei Tagen bereits. Er spielt nicht damit. Er hat nur die »Mutter« und das »Klo« aus der Schachtel genommen und die Mutter mit dem Kopf ins Klo gesteckt. Nun steckt sie darin, seit zwei Tagen. Das Klo steht neben Hansis Bett, auf dem Nachttisch.
»Wie lange muß sie denn noch da bleiben?« hat Raschid gefragt.
»Für immer«, hat Hansi geantwortet. »Solange ich lebe!«
Aber zum Begräbnis ist er nicht gekommen.
Und ich?
Daß ich sie besuchen möchte, hat Fräulein Hildenbrand den Chef gebeten. Ich wußte es. Ich besuchte sie nie. Ich hatte keine Zeit...
Ich verlasse den Friedhof mit Noah und Wolfgang. In der Schule wurde gesammelt. Ein großer, schöner Kranz mit Herbstblumen und Goldbuchstaben auf der schwarzen Schleife liegt nun am Rand des frischen Grabes, wo er bald verwelken und verfaulen wird.
WIR WERDEN DICH NIE VERGESSEN...
Der Chef geht vor uns, ganz allein, die Hände in die Taschen seines Regenmantels vergraben, den Hut ins Gesicht geschoben.
»Oliver...«

»Hm?«
»Der Chef hat dir erzählt, was Fräulein Hildenbrand an die Zimmerwand neben ihrem Bett kritzelte?«
»Ja. Sie hat geschrieben: ›Laßt mich sterben. Ohne meine Kinder kann ich doch nicht leben!‹ Die letzten Worte waren kaum noch zu entziffern, sagt der Chef.«
Ich schweige eine Weile. Dann sage ich: »Und ›Ohne‹ hat sie ohne h geschrieben. Es muß ganz knapp vor ihrem Tod gewesen sein.«
»Ja«, sagt Wolfgang, »das glaube ich auch. Sie war doch immer so pedantisch, wenn es um Rechtschreibung ging.«
Wir gehen eine Weile schweigend über das bunte Laub, bis Wolfgang sagt: »So ein guter Mensch. Und so ein Ende. Zum Weinen.«
»Man müßte über alle Menschen weinen«, erklärt Noah, »aber das kann man nicht. Deshalb muß man sich genau überlegen, über wen man weinen soll.«
»Und Fräulein Hildenbrand?« frage ich.
»Über die sollte man weinen«, antwortet Noah, »aber wer wird das schon tun?«

24

Am Morgen des Tages, an dessen Nachmittag Fräulein Hildenbrand begraben wurde, betrat unsere neue Französisch-Lehrerin die Klasse. Vorher hatten wir einen Lehrer, aber der heiratete im Sommer und wollte nach Darmstadt ziehen. Er blieb dem Chef zuliebe so lange, bis der Ersatz eintraf.
Der Ersatz heißt Mademoiselle Ginette Duval.
Sie hätte schon zu Beginn des Schuljahres den anderen Lehrer ablösen sollen, aber sie konnte nicht zum vereinbarten Termin kommen: Der Verkauf der Wohnung, die Regelung privater Dinge und die Besorgung aller nötigen Papiere nahmen sie länger als geplant in Anspruch. Erzählt sie. Ich glaube es nicht. Ich werde gleich sagen, warum ich es nicht glaube.
Mademoiselle Duval kommt aus Nîmes. Sie ist etwa fünfunddreißig Jahre alt, und sie wäre richtig hübsch, wenn sie nicht immer so ernst wäre.
Ernst ist der falsche Ausdruck. Mademoiselle Duval wirkt tragisch. Sie ist sehr einfach, aber mit Chic angezogen. Sie hat ein ebenmäßiges, blasses Gesicht, schöne braune Augen, schönes braunes Haar, und sie trägt ein Paar schiefgetretene Schuhe, denen man

immer noch ansieht, daß sie einmal sehr teuer waren. Sie muß arm sein.
Mademoiselle Duval lächelt niemals. Sie ist korrekt, aber niemals freundlich. Sie ist eine ausgezeichnete Lehrerin, aber niemals herzlich.
Mademoiselle hat Autorität. Die Jungen sind äußerst höflich zu ihr. Sie bemerkt diese Höflichkeit aber offenbar gar nicht. Mademoiselle unterrichtet uns, als wären wir Puppen, keine Menschen. Es ist, als hätte sie sich vorgenommen, sofort nach ihrem Eintreffen eine unsichtbare Mauer zwischen sich und allen anderen zu errichten.
Nachdem die ersten dreißig Minuten der ersten Unterrichtsstunde vorbei waren, sagt Noah leise zu mir: »Ich glaube, daß Mademoiselle Duval sehr unglücklich ist.«
»Worüber?«
»Das weiß ich nicht. Ich werde sie fragen.«
Er hat sie tatsächlich gefragt, nach dem Mittagessen. Abends, als wir dann in unserem Zimmer in den Betten liegen, berichtet er Wolfgang und mir, was dabei herauskam.
»Zuerst meinte sie, ich sollte nicht frech sein. Sie wollte weglaufen. Da hatte ich plötzlich ein Gefühl, und das war richtig. Ich sagte etwas. Sie blieb stehen. Und dann erzählte sie mir alles.«
»Was hat sie dir erzählt?« fragt Wolfgang.
»Moment«, sage ich. »Was hast du *ihr* erzählt?«
»Daß ich Jude bin und daß meine ganzen Leute umgekommen sind. Das tue ich sonst nie! But I had this feeling.«
»What kind of feeling?«
»Daß mit ihr etwas Ähnliches los ist. Es ist auch etwas Ähnliches.«
»Was?«
»Sie ist sechsunddreißig Jahre alt. 1942 war sie achtzehn. In Nîmes erschoß die Resistance fünf deutsche Landser. Daraufhin ließen die Deutschen hundert französische Geiseln erschießen. Unter den Geiseln befanden sich der Vater von Mademoiselle Duval und ihr Bruder. Sie hat ihren Bruder sehr geliebt. Die Mutter nahm sich ein paar Jahre später das Leben.«
Wolfgang flucht leise.
»Mademoiselle Duval hat sich damals geschworen, niemals deutschen Boden zu betreten, niemals mehr mit einem Deutschen zu sprechen, niemals mehr einem Deutschen die Hand zu geben. Sie hat das lange durchgehalten. Jetzt ist sie am Ende.«
»Warum?«
»Sie kann in Frankreich als Französisch-Lehrerin keine Arbeit fin-

den. Für die Fabrik ist sie zu schwächlich. Sie verträgt keine Hitze, keine zu große Kälte. Wenn sie Doktor Florians Angebot nicht akzeptiert hätte, wäre sie verhungert. Ich glaube, sie hat nur noch das eine hübsche Kleid, in dem wir sie heute sahen. Vielleicht noch ein zweites hübsches. Aber habt ihr die Schuhe gesehen?«

»Ja«, sagt Wolfgang. »Die Schuhe sind schrecklich.«

»Natürlich erschien sie hier nicht Wochen zu spät wegen der Behörden oder ihrer Wohnung. Sie schreckte immer wieder vor dem Gedanken zurück, nach Deutschland gehen zu müssen. Das hat sie mir nicht gesagt, das stelle ich mir vor.«

»Ich mir auch«, sage ich. »Aber zuletzt hatte sie wahrscheinlich nichts mehr zu essen und mußte kommen.«

»So wird es gewesen sein«, meint Noah. »Sie ist nun völlig einsam. Aus eigener Schuld. Sie lehnte es ab, in dem Hause zu wohnen, wo viele von den anderen Lehrern leben. Sie hat Fräulein Hildenbrands Zimmer unten in Friedheim genommen. Sie redet nicht mit den anderen Lehrern, auch nicht beim Essen. Sie sagt, das Essen wäre das Ärgste. So viele Menschen.«

»So viele Deutsche«, sagt Wolfgang.

»Ja, natürlich. Sie hat Platzangst.«

»Das wird sich legen«, sage ich.

»Ich weiß nicht«, sagt Wolfgang.

»Es kommt auf uns an, und auf das, was sie erlebt«, sagt Noah.

»Wenn sie einmal hört, was diese Sau, der Südhaus, von sich gibt, bricht sie zusammen«, meint Wolfgang.

»Südhaus ist eine Gefahr, das stimmt«, sagt Noah. »Aber es gibt nicht nur Südhäuser auf unserer Penne. Und es hat auch nicht nur Südhäuser in Deutschland gegeben!«

»Hast du ihr das gesagt?«

»Ich habe ihr erzählt, daß ich zum Beispiel nur noch lebe, weil ein paar Leute mich versteckt haben, die keine Südhäuser waren. Aber Deutsche.«

»Und?«

»Sie hat gelächelt, mit Tränen in den Augen, und die Schultern gezuckt.«

»Siehst du. Und so wird es immer bleiben.«

»Vielleicht, Wolfgang. Vielleicht auch nicht. Man soll nie ›immer‹ sagen. Man soll nie ›niemals‹ sagen. Sie wollte nicht nach Deutschland kommen. Trotzdem ist sie da. Sie hat uns drei. Sie hat Doktor Frey. Es gibt noch ein paar andere hier, die ihr gefallen werden. Alles hängt davon ab, daß wir sie erkennen lassen: Dieses Land ist anders geworden.«

»Ist dieses Land anders geworden?« fragt Wolfgang sehr laut.
»Ja!«
»Das glaubst du?«
Da antwortet Noah sehr leise: »Ich *muß* es glauben. Wenn ich es nicht glauben würde, gäbe es für mich – und für alle, die es nicht glauben – nur einen anständigen Weg: Sofort zu emigrieren.«
»Na und?«
»Ich kann nicht emigrieren. Ich nicht. Meine Leute in London wollen, daß ich hier das Abitur mache. Meine Leute bezahlen.«
»Und nach dem Abitur?«
»Gehe ich sofort nach Israel.«
»Also ist das Land doch nicht anders geworden«, sage ich.
»Wir müssen es glauben«, antwortet Noah. »Oder es uns einreden. Ein ganz so großer Selbstbetrug ist es nicht! Denkt an die Leute, die mich versteckt und dabei ihr Leben riskiert haben. Denkt an Carl von Ossietzky, von dem Doktor Frey uns erzählt hat. Denkt an Doktor Frey. Denk an dich, Wolfgang! Es gibt viele solche Leute!«
»Aber sie haben nichts zu sagen!« meint Wolfgang.
»Der Tag wird kommen, da werden sie etwas zu sagen haben.«
»Das glaubst du doch selber nicht.«
»Nein«, antwortet Noah. »Aber ich würde es so gern glauben.«

FÜNFTES KAPITEL

1

»Liebling –«
»Verena!«
»Ich bin so froh, deine Stimme zu hören... Als ich heute aufwachte, und du warst fort, hatte ich plötzlich entsetzliche Angst...«
»Wovor?«
»Daß du tot sein könntest. Ich... ich... war halb irrsinnig vor Angst, du hättest einen Unfall auf der Autobahn gehabt, du wärest tot, gestorben, oben irgendwo in Friedheim...«
Es ist jemand gestorben irgendwo in Friedheim in jenen Stunden, aber ich erzähle Verena nichts von Fräulein Hildenbrands Ende. Ich sitze im Büro der Garage, und meine Hand ist so feucht vor Aufregung, daß mir fast der Hörer entgleitet.

Fünf Minuten nach vierzehn Uhr. Die Sonne scheint. Vor ein paar Stunden ist Fräulein Hildenbrand gestorben. Vor ein paar Stunden habe ich Verena verlassen.
In meiner Erzählung übersprang ich eben drei Tage. Ich übersprang sie nicht eigentlich: Ich habe von Fräulein Hildenbrands Begräbnis berichtet. Ich habe nicht berichtet, was ich in diesen Tagen mit Verena erlebte. Absichtlich nicht. Ich wollte zuerst alles andere abschließen, aus dem Weg räumen, um Platz zu haben für Verena und mich. Deshalb beginne ich auch ein neues Kapitel.
Das ist gefühllos und grausam. Eine gütige alte Dame stirbt. Und ich schreibe: Um Platz zu haben für Verena und mich. Es ist schlimm, aber ich schäme mich nicht einmal dafür, daß Fräulein Hildenbrands Tod mir im selben Augenblick gleichgültig ist, in dem ich an Verena denke, in dem ich ihre Stimme höre. Gleichgültig? Vergessen! Völlig vergessen!
»Es war so schön, Oliver ...«
»Verena ...«
»Wann sehen wir uns wieder?«
»Wann du willst.«
»Übermorgen habe ich keine Zeit. Am Montag muß ich mit Evelyn zum Zahnarzt.«
Wenn sie übermorgen Zeit gehabt hätte, wäre ich nicht zum Begräbnis von Fräulein Hildenbrand gegangen.
»Aber Dienstag nachmittag, Oliver ...«
»Ja. Ja. Ja.«
»Um drei?«
»Früher!«
»Schon um zwei!«
»Ich esse dann nicht, ich kaufe mir ein Sandwich. Wo soll ich sein?«
»Es ist phantastisch, Oliver, absolut phantastisch ... Ich habe eine Freundin. Sie fliegt morgen mit ihrem Mann für drei Monate nach Amerika. Heute vormittag rief sie mich an. Sie haben ein kleines Weekendhaus, ein sehr kleines, aus Holz ... Meine Freundin bat mich, ein bißchen darauf achtzugeben ..., wenn der Winter kommt, und so ... Sie bringt mir noch die Schlüssel ...«
»Wo, wo steht das Häuschen?«
»Das ist das Allerphantastischste! In Griesheim! Am Rand des Niederwaldes ...«
»Niederwaldes? Der liegt doch direkt an der Autobahn!«
»Ja, Liebling, ja! Du mußt nicht einmal nach Frankfurt hineinfahren! Da draußen ist es jetzt ganz einsam, sagt meine Freundin.

Die Besitzer der anderen Häuschen kommen nicht einmal mehr über das Wochenende!«
»Im Niederwald bin ich in zwanzig Minuten!«
»Eben! Die Straße heißt Brunnenpfad. Brunnenpfad 21. Kein Mensch kennt uns da. Ich war noch nie dort. Es soll ein bißchen primitiv sein ...«
»Gibt es ein Bett?«
»Ja!«
»Dann ist es nicht primitiv.«
»Liebling ... Sie haben elektrisches Licht, und einen Boiler für heißes Wasser, und einen großen elektrischen Ofen, wenn es kalt wird! Ist das nicht ein Wunder?«
»Ich glaube nicht an Wunder.«
»Warum ... warum hilft der liebe Gott uns dann so?«
»Ich habe es dir schon gesagt. Weil es Liebe ist.«
»Nein! Hör auf! Ich will nicht! Es ist keine Liebe! Es gibt keine Liebe! Nicht mehr für eine Frau wie mich! Warum sagst du nichts?«
»Ich werde nie mehr etwas sagen. Ich werde auf den Tag warten, an dem du es sagst.«
»Oliver, denke an unser Abkommen!«
»Ich denke daran. Darum sage ich es nie mehr.«
»Und stell dir vor, sogar ein Radio und einen Plattenspieler gibt es in dem Häuschen!«
»Fein. Da können wir ›Love is just a word‹ spielen. Bring die Platte mit.«
»Sprich nicht so.«
»Im Ernst, bring sie mit. Es ist eine hübsche Platte.«
»Quäl mich nicht. Bitte.«
»Ich will dich nicht quälen. Ich liebe dich. Also Dienstag um zwei?«
»Halb drei. Da hat mein Mann eine Konferenz, die dauert sicher bis fünf.«
Sicher bis fünf. Dann werde ich wohl im Nachmittagsunterricht fehlen. Was haben wir? Latein zuerst. Das Frettchen. Ach, das Frettchen! Für die letzte Schriftliche bekam ich eine Eins. Das Frettchen kann mich am Sonntag besuchen.
»Oliver ...«
»Ja?«
»Ich denke nur noch an Dienstag.«
»Ich auch.«
Und übermorgen wird Fräulein Hildenbrand begraben. Aber da

hat Verena ohnedies keine Zeit. Sie muß mit Evelyn zum Zahnarzt.

2

Wer dieses Buch bis hierher gelesen hat, wird sich vielleicht daran erinnern, daß ich schrieb, mein »Bruder« Hansi und Herr Leo, der Diener, würden mich außerordentlich aneinander erinnern.
Wer dieses Buch bis hierher gelesen hat, wird vielleicht denken, daß es eben doch kein Roman, sondern bestenfalls ein Tagebuch ist. In einem Roman dürfen keine Doubletten vorkommen. In diesem Buch kommt eine vor. Hansi und Herr Leo üben dieselbe Funktion aus: Sie erpressen mich. Der eine ist die Miniaturausgabe des anderen.
Dagegen kann ich nichts machen. Sie tun es beide. Da ich natürlich langsamer schreibe als lebe, darum also bereits weit mehr erlebt als aufgeschrieben habe, kann ich behaupten: Die Doublette ist gar keine Doublette, sondern – wenn es so etwas gibt – sogar eine Triplette! Es werden mich in der nahen Zukunft nämlich nicht nur zwei, sondern drei Menschen erpressen. So etwas, glaube ich, kommt immer noch eher in Romanen als im Leben vor. Und gerade deshalb will es mir scheinen, als hätte ich eben doch einen Roman erlebt...

3

Das Weekendhäuschen am Brunnenpfad steht in einem verwilderten Garten mit schwarzen Blumenstrünken, faulendem Gras und kahlen Bäumen. Es wirkt recht verfallen. Die Häuschen rechts und links, weit ab, sind verlassen. Die ganze Gegend ist verlassen. Am Ende des Pfades beginnt der schwarze Niederwald.
Dem Gartentor von Nummer 21 fehlt das Schloß. Der Zaun besteht aus schiefen, dünnen Staketen. Ich gehe über welkes, gelbes Gras, vorbei an Pfützen, an geknickten Sonnenblumen, einer verbogenen Gießkanne. Hoch in den Wolken krächzen Krähen, und eine schmutzige, struppige Katze saust davon, als ich an einem Geräteschuppen vorbeikomme. Es ist fünf Minuten vor halb drei. Zum Eingang des Häuschens – man muß schon Hütte sagen – führen drei Holzstufen empor. Das Geländer wackelt.
Verena wird noch nicht da sein, denke ich, und überlege, ob ich

im Geräteschuppen auf sie warten soll, damit mich niemand sieht. Mechanisch drücke ich dabei die Klinke der braungestrichenen Tür nieder. Die Tür geht auf. Ich sehe einen niederen Kacheltisch, auf dem drei Kerzen brennen. Sie stehen in Untertassen. Ich trete näher. Ein paar billige Drucke (van Gogh, Gauguin, Goya) an den Holzwänden, ein brüchiger Schaukelstuhl, drei Hocker, eine Truhe, darauf stehen Flaschen, und hinter dem Kacheltisch steht eine breite Couch. Alles in diesem Raum riecht ein wenig nach Moder. Aber das Bettzeug ist frisch bezogen und breit aufgeschlagen. Am Kopfende der Couch gibt es ein Brett. Ich sehe Zigaretten, einen Aschenbecher und eine Vase mit frischen Astern.
Ein Geräusch.
Ich fahre herum.
Verena steht vor mir.
Sie trägt schwarze Hosen, flache Schuhe und einen roten Pullover. Sie muß aus dem zweiten Raum getreten sein, den das Häuschen besitzt. Ich erblicke eine winzige Küche mit einer gekachelten Brauseecke.
»Verena!«
»Psst!« Sie kommt schnell auf mich zu, umarmt und küßt mich. Da ist der Modergeruch verschwunden, das zerfallende Häuschen zerfällt nicht mehr, es ist ein Palast, ein Königsschloß.
Verena kniet nieder und stellt einen großen elektrischen Ofen an. Sein Ventilator beginnt leise zu summen.
»Gleich wird es warm sein«, sagt sie, sieht zum Bett und erhebt sich. Ich glaube, zum erstenmal im Leben werde ich rot.
»Gerade fertig geworden mit Aufräumen«, sagt sie. »Meine Freundin ist furchtbar schlampig... Wo steht dein Wagen?«
»Weit fort von hier. Am Neufeld, in der Oeserstraße. Wie bist du hergekommen?«
»Mit einem Taxi. Das letzte Stück ging auch ich zu Fuß. Ich war schon gestern hier. Da habe ich mit dem Saubermachen angefangen. Heute brauchte ich nur noch die Küche in Ordnung zu bringen.«
Jetzt haben sich meine Augen an das weiche, warme Licht der drei Kerzen gewöhnt, und ich sehe auch noch einen Plattenspieler, ein Radio und viele Bücher, die auf dem Boden gestapelt sind. Ein billiger Teppich bedeckt die Dielen.
»Wie ist es?« fragt Verena.
»Wundervoll.«
»Es ist scheußlich. Aber es ist alles, was wir haben.«
»Ich finde es großartig.«

»Eine Baracke! Das Letzte! Aber das Bett ist sauber. Und ganz neu.« Verena lacht.
»Hast du es ausprobiert?«
»Sofort.« Sie lehnt sich an mich, und ich streichle ihr Haar.
»Ich habe die Fensterläden geschlossen. Wir müssen vorsichtig sein. Niemand darf merken, daß jemand zu Hause ist.«
»Zu Hause . . . !«
»Das ist unser Zuhause, Liebster.« Sie nimmt meine Hand und drückt sie an ihre Brust.
Seit ich eingetreten bin, höre ich ein leises, beständiges Ticken. Sie bemerkt, daß ich es bemerke.
»Holzwürmer.«
»Was?«
»Das sind Holzwürmer.«
»Ach so, hoffentlich fällt uns die Bude nicht über dem Kopf zusammen.«
»Das hängt ganz von uns ab«, sagt sie und lacht wieder. »Weißt du, wir haben eigentlich furchtbar viel Glück! Nicht allein wegen des Häuschens. Mein Mann muß so viel arbeiten wie lange nicht! Irgendeine Hochhausgeschichte, die er finanziert, in Hannover. Er wird wochenlang erst abends heimkommen.«
»Ob er dir auch bestimmt keine Falle stellt?«
»Diesmal nicht. Er arbeitet mit Doktor Fielding zusammen, du erinnerst dich, mit diesem alten Kerl . . .«
». . . der so gern mit dir schlafen möchte.«
»Ja. Fielding sagte es mir. Sie müssen beide dauernd nach Hannover. Dort wird das Haus gebaut.«
»Wir haben noch mehr Glück! Ich vergaß, dir zu erzählen, daß jeden Donnerstagnachmittag schulfrei ist.«
»Und Samstagnachmittag«, sagt sie.
»Und den ganzen Sonntag«, sage ich. »Nein, du darfst Evelyn nicht immer allein lassen!«
»Wir werden uns nicht jeden Tag hier treffen können.« Plötzlich ist sie nervös. »Wie spät?«
»Viertel vor drei.«
»Wir haben keine Zeit.«
»Doch.«
»Du mußt in deine Schule!«
»Mach dir bloß keine Sorgen! Doppelstunde Latein. Bei einem Idioten. Wir haben alle Zeit von der Welt.«
»Nein«, sagt sie, »das haben wir nicht, und du weißt es.«
»Ja, Verena.«

»Ich habe ein Geschenk für dich. Schau in die Küche. Es liegt auf dem Tisch.«

Also gehe ich in den winzigen Nebenraum, während ich höre, wie sie das Radio andreht. Auf dem Küchentisch liegt ein Hammer, daneben, in fünf Stücke geschlagen, eine kleine Schallplatte. Ich setze die Stücke zusammen und lese, was auf dem Etikett steht:

LOVE IS JUST A WORD
FROM THE ORIGINAL SOUNDTRACK OF
»AIMEZ-VOUS BRAHMS?«
LIEBE IST NUR EIN WORT ...

Sie hat ihre Lieblingsplatte zerschlagen. Die Platte, deren Text ihre Lebensphilosophie ist. Oder war?

Nebenan ist das Radio warm geworden. Ich höre traurige und doch ermutigende Musik. Langsam gehe ich in die Stube zurück. Verena steht neben dem Radio.

»Ist es ein schönes Geschenk?«

»Das schönste! Aber ...«

»Aber?«

»Nun hast du kein Lieblingslied mehr.«

»Wir haben beide keines. Wir werden ein neues finden.«

»Ich brauche keines. Ich brauche nur dich.«

»Sag das noch einmal. Bitte.«

»Ich brauche nur dich.«

»So skrupellos, wie ich bin, so verrückt?«

»So skrupellos, wie du bist, so verrückt.«

»In dieser Hütte? Immer nur für Stunden? Obwohl du weißt, daß ich dann immer wieder zu ihm muß? Obwohl du weißt, daß es keine Hoffnung für uns gibt?«

»Hättest du die Platte zerschlagen, wenn du nicht selber glauben würdest, daß es Hoffnung gibt?«

»This has been the ›Warsaw Concerto‹. Ladies and Gentlemen, you will now hear ›Holiday in Paris‹, played by the Philadelphia Philharmonic Orchestra under the direction of Eugene Ormandy ...«

4

Wir liegen nebeneinander auf der breiten Couch. Rot glühen die Heizdrähte des elektrischen Ofens. Leise ertönt Musik. Die Kerzen brennen herab. Verenas Kopf ruht auf meinem Arm, ihr Haar fällt über meine Brust. Wir rauchen beide. Eine Zigarette.

Heute sind wir zum erstenmal hier. Wir werden oft wiederkommen. Wir werden die alte Hütte »unser Haus« nennen, obwohl es fremden Menschen gehört. Obwohl die Holzwürmer in den Wänden ticken und sie zerstören.

»Unser Haus.«

Wir sind so glücklich in »unserem Haus«! Zum erstenmal im Leben haben wir beide ein Heim, ein Zuhause, Verena und ich. Ich hatte nie ein Heim, nie ein Zuhause. Das sagte ich Verena einmal. Sie antwortet: »Ich auch nicht, Oliver. Bei meinen Eltern nicht, und nicht in allen meinen Wohnungen, und nicht in allen unseren Villen.«

Nirgends.

Wir haben beide noch zu keiner Zeit ein Heim besessen. Jetzt besitzen wir eines. Nach Moder riecht es, der Winter kommt, bald wird es schneien, keiner weiß, was geschehen kann, morgen vielleicht schon. Wir haben uns verkrochen und versteckt, die Fensterläden geschlossen, wir machen nur ganz leise Musik und flüstern miteinander, damit uns niemand hört. So glücklich sind wir in dieser armseligen Hütte...

Verena preßt sich enger an mich, und ich ziehe die Decke über unsere nackten Schultern.

»Warum hast du die Platte zerbrochen?«

Sie antwortet nicht.

»Verena.«

»Gib mir den Aschenbecher, bitte.«

»Verena.«

»Du willst hören, daß ich sie zerbrochen habe, weil ich dich liebe.«

»Nein. Ja. Natürlich! Wenn du das sagtest... Nein, sag es nicht! Es wäre nicht wahr.«

»Woher weißt du das?«

»Sonst hättest du's gesagt! Es kann noch gar nicht wahr sein. Warum hast du die Platte zerbrochen?«

»Um dir eine Freude zu machen. Nein.«

»Was nein?«

»Das war auch nicht der Grund! Ich zerbrach sie schon gestern, als ich hier aufräumte. Ich spielte sie, während ich sauber machte, wieder und wieder. Dann nahm ich den Hammer.«

»Warum?«

Sie bläst den Rauch durch die Nase aus.

»Warum, Verena?«

So leise, daß ich es kaum verstehe, sagt sie: »Ich will... ich möchte so gern...«

»Was?«
»Mein Leben ändern.«
Jetzt nehme ich ihr die Zigarette aus den Fingern, und keiner spricht. Es beginnt zu regnen. Ich höre, wie die Tropfen auf das Dach aus Wellblech fallen.
»Oliver...«
»Ja?«
»Du hast mich einmal gefragt, woher ich komme...«
»Ja. Da wurdest du wütend. Das ginge mich nichts an, sagtest du.«
»Willst du es hören, jetzt?«
»Ja. Du hast die Platte zerbrochen. Nun ist es Zeit.«
Der Regen.
Die leise Musik.
Das Summen des elektrischen Ofens.
Unser Zuhause.
Verena erzählt...

5

Im Jahre 1828 gründete ein Mann namens Joseph Immerwahr Willfried in der Stadt Gleiwitz die »Oberschlesische Holzverwertungsgesellschaft«. Der Urgroßvater Verena Willfrieds war ein starrköpfiger, bärenstarker Mensch, der mit seinen Leuten in die Wälder des Riesengebirges zog und mit Säge und Hacke umzugehen wußte. 1878 starb er, kerngesund, an den Folgen eines Unfalls: Ein mehrere hundert Jahre alter Baum erschlug ihn.
Joseph Immerwahrs Sohn Walter Friedrich Willfried, Verenas Großvater, setzte das Werk fort. Der damals Dreißigjährige war – im Gegensatz zu seinem freundlichen und liberalen Vorfahren – so etwas wie das Vorbild für die Unternehmerfigur des Barchentfabrikanten Dreißiger aus Gerhart Hauptmanns »Die Weber«. Unermüdlich und unerschöpflich in seinen Kräften, beutete er die Arbeiter aus wie keiner im Land. Er beschäftigte Frauen, alte Männer und Kinder in den Wäldern. Als seine Leute einmal revoltierten, entließ er zwei Drittel der Belegschaft und holte sich noch ärmere und darum noch willigere Polen und Tschechen. Sein Arbeitsvolk brachte er in Notquartieren unter. Am liebsten wählte er Analphabeten und war stets darum besorgt, daß auch die Kinder, wo irgend es ging, des Lesens und Schreibens unkundig blieben. Selbst die Tschechen und Polen ließen sich nicht alles gefallen.

Jedoch zu einer zweiten Revolte kam es nicht mehr. Mit bewundernswertem Instinkt erkannte Walter Friedrich Willfried in der Masse seines Lumpenvolkes jene, die zum Aufruhr hetzten. Bevor sie noch gefährlich werden konnten, hatte er sie längst wegen Landfriedensbruches angezeigt, ausweisen oder einsperren lassen. Die Frauen und Kinder bettelten, heißt es, dann häufig darum, daß der gnädige Herr Gnade vor Recht walten lassen und den Inhaftierten oder Ausgewiesenen allergnädigst wieder aufnehmen möge. Ich vergaß zu sagen, daß Verenas Großvater stets mit einem schweren Stock in den Wald ging, um zu sehen, wie »die Polacken« arbeiteten. Es ist unnötig zu sagen, daß er den Stock nicht trug, nur um etwas in der Hand zu haben...

Haltung und Gesinnung dieser Art brachten natürlich Früchte: Unter Walter Friedrich Willfried wurde die »Oberschlesische Holzverwertungsgesellschaft« die größte des Landes. Er verband sie mit dem österreichischen »Wald- und Forstnutzungsverband Steiermark« und exportierte Millionenwerte. Walter Friedrich war der eigentliche Begründer des Reichtums der Familie Willfried. Jähzornig und aufbrausend, neigte er dazu, stark zu rauchen und zu trinken. 1925 starb er an Leberzirrhose.

Sein Sohn Carl-Heinz, damals vierundzwanzig Jahre alt, übernahm nun in der dritten Generation die Leitung des Riesenunternehmens. Seine Frau Edith schenkte ihm zwei Kinder, ein Mädchen, Verena, geboren 1927, und einen Knaben, Otto, geboren 1930.

Der Vater, der sich brennend einen gesunden, robusten Knaben als Erben gewünscht hatte, machte keinen Versuch, seine Erbitterung zu verbergen, als Verena zur Welt kam. Er hatte niemals eine auch nur halbwegs herzliche Beziehung zu ihr, nicht einen einzigen Tag, nicht eine einzige Stunde lang. Diese Lieblosigkeit, in der das kleine Mädchen aufwuchs, verschlimmerte sich noch, als Otto geboren wurde. Denn es zeigte sich bald, daß der Knabe ein kränkelndes, rachitisches und dummes Kind war, später auch ein miserabler Schüler. Ein Lehrer drückte es so aus: »Er ist einer der schlechtesten Schüler, weil er eben so blöde ist, blöde, sage ich, beileibe nicht faul!« Seine ohnmächtige Enttäuschung über einen derart mißratenen Sohn übertrug der Vater nicht auf den Sohn, sondern auf die erstgeborene Tochter. Verena wuchs in einer riesigen, mit Prunk überladenen Villa auf – so wie ich aufwuchs in einer riesigen, mit Prunk überladenen Villa, in der gleichen Weise, ebenso allein, ebenso unglücklich. Eines unterschied uns: In Verenas Fall beherrschte die Mutter den schwächlichen Vater (schwächlich und kränkelnd wie sein Sohn, obwohl er dies

niemals wahrhaben wollte). Die Mutter war es, die das Unternehmen in Wirklichkeit leitete. Und dieses Unternehmen wuchs und wuchs. Die Familie lebte in jedem nur denkbaren Luxus.
Die Willfrieds galten – neben den Kohlebaronen – als eine der reichsten Familien Schlesiens. Jedes der Kinder besaß ein eigenes Mädchen und eine »Mademoiselle«. Man fuhr den teuersten Mercedes, im Winter machte man Ausfahrten in handgeschnitzten Schlitten. Ihre Kleider ließ Verenas Mutter nur in Paris und Wien fertigen, desgleichen Pelze und Schmuck. Sie unternahmen viele Reisen. Den Frühling verbrachte die Familie an der Riviera.
Aber in all diesem Luxus blieb Verena ein scheues, stilles Kind, das niemand beachtete, während sich Hauslehrer, Pädagogen und Ärzte hingebungsvoll, aber vergebens bemühten, aus dem schwächlichen Otto einen echten, rechten Mann zu machen.
Niemand liebte Verena, nicht einmal ihre Mutter, denn deren Ehe wurde schlechter und schlechter mit den Jahren. Der Vater gab ihr – bewußt oder unbewußt – die Schuld dafür, daß sie ihm nur eine Tochter und einen solch mißratenen Erbfolger geschenkt hatte, ihm, der zeit seines Lebens von einem einzigen übermächtigen Gefühl beherrscht wurde: Angst! Carl-Heinz fürchtete alles und jedermann, Menschen, Tiere, jeden neuen Tag. Er schreckte vor jeder Unterschrift zurück und vor jeder Vorstandssitzung, zu der er gehen mußte. Überhäufig war er krank. Durch seine Frau ließ er sich bei allen wichtigen Entscheidungen beraten und bei allen Besprechungen, zu denen es Härte brauchte, vertreten. Er erkannte niemals, daß sein Sohn Otto ihm vollkommen glich.

6

Inzwischen war das Werk der Willfrieds zu solcher Größe angewachsen, daß es getrost auch die gelegentlichen Fehlentscheidungen seines Chefs ertragen konnte, um so mehr, als diese meistens durch das energische Eingreifen seiner überraschend schnell alternden Frau gutgemacht wurden.
»Als man mich im Kinderwagen umherfuhr, zogen die Leute vor mir den Hut«, erinnert sich Verena. Die Leute zogen den Hut auch vor dem blassen Otto. Eltern und Kinder aßen getrennt. Doch auch den Kindern servierten perfekte Diener. Verena und Otto besuchten nicht die allgemeine Schule, sie erhielten Privatunterricht. Während Verena gut vorankam, war Otto faul, stupide und dabei heimtückisch. Er verstand es, stets seinen Lehrern die Schuld

für die eigene Unfähigkeit zu geben, so daß diese immer wieder wechselten.
Mit dem Dritten Reich kam die größte Zeit für die »Oberschlesische Holzverwertungsgesellschaft«. Hitler bereitete einen Weltkrieg vor. Er brauchte Kohle, Stahl und Holz. Die Werke wiesen ihren höchsten Belegschaftsstand und ihre höchsten Umsätze aus. So mächtig war Carl-Heinz Willfried, daß man davon absah, ihn, wie andere Wirtschaftsführer, zu zwingen, in die Partei einzutreten. Man ließ den Sonderling gewähren, denn, so sagte der Gauleiter, »was hätten wir schon an dem? Das ist doch eine trübe Flasche!«
Man ginge fehl in der Annahme, daß Carl-Heinz aus Überzeugung nicht Parteigenosse wurde, daß er das hassenswerte neue Regime haßte. Er haßte niemanden, denn er fürchtete ja jeden, auch das Regime, besonders das Regime. Als Hitler 1939 Polen überfiel, erlosch in Verenas Vater jede Lebenskraft. »Das wird nicht gutgehen«, pflegte er zu sagen, wenn das Oberkommando der Wehrmacht über dröhnende Lautsprecher immer neue Siegesmeldungen verbreitete, »ihr werdet sehen, daß das nicht gutgehen wird.« Derartige Bedenken gab er flüsternd von sich, in der Bibliothek, nachdem er zuvor festgestellt hatte, daß ihn niemand belauschte.
Auch wenn Verena anwesend war, sprach er stets nur zu seiner Frau und zu seinem Sohn, so als wäre die Tochter nicht vorhanden. Mit den Jahren hatte er sich das vollendet angewöhnt.
Immer reicher wurde die Familie, immer einsamer wurde Verena, immer verbrauchter ihre Mutter, immer mehr von Angst geschüttelt ihr Vater.
Zu Tausenden preßte man Fremdarbeiter in die Fabriken, Polen, Tschechen, Jugoslawen, Franzosen, Kriegsgefangene.
Als die Siegesmeldungen des OKW spärlicher wurden, als gar Amerika in den Krieg eintrat und man von »Frontbegradigungen« und »geordneten Rückzügen« zu sprechen begann, wurde es immer schlimmer mit Carl-Heinz Willfried.
Die Mutter begann abends die Sendungen der British Broadcasting Corporation abzuhören. »Man muß doch informiert sein«, sagte sie. Wenn seine Frau derlei Verbotenes tat, verließ Carl-Heinz stets sein schloßartiges Haus und irrte planlos umher in den nächtlichen Straßen.
»Ich will damit nichts zu tun haben«, flüsterte er immer wieder. »Das ist Landesverrat! Wenn man erwischt wird, kommt man ins KZ!«
Hin und wieder gab es Fliegeralarm. Bomben fielen zwar nicht auf

die Fabrikanlagen, aber schon die Alarme versetzten Verenas Vater in absolute Panik. Bereits bei der ersten Vorwarnung saß er zitternd und bleich im sichersten Keller des Werks. Wenn die Sirenen heulten, hielt er sich die Ohren zu. Wenn einmal die Flak schoß, begann er laut zu weinen und ebenso laut zu beten – im Angesicht der Angestellten, der Familie, der Zwangsarbeiter. Er versäumte niemals – als einziger –, eine Gasmaske bei sich zu tragen.

Im Sommer 1944 landeten die Alliierten in der Normandie. Zur gleichen Zeit setzte eine sowjetische Großoffensive ein. Die Ostfront war nicht mehr zu halten. Die geschlagene deutsche Wehrmacht zog sich zurück, dort noch Widerstand leistend, an anderen Stellen schon in ungeordneter, regelloser Flucht.

Von Monat zu Monat wurde es schlimmer.

Verena erinnert sich noch genau:

»Eine Stadt nach der anderen wurde von der Roten Armee genommen. Die Russen drängten in riesigen Zangenbewegungen nach Norden und Süden. Lange konnte es nicht mehr dauern, dann waren sie auch bei uns. Am 22. Januar 1945, abends, tat mein Vater, was er nie getan hatte. Er hörte mit meiner Mutter BBC. Wir Kinder wurden zuvor ins Bett gebracht. Am nächsten Morgen war Vater mit Chauffeur und Wagen verschwunden ...«

Seine Frau, seine beiden Kinder, seine ganze Habe hatte er in wahnwitziger, kopfloser Furcht vor den anrollenden Panzern der Roten Armee abgeschrieben. Nicht einmal Geld hatte er mitgenommen. Er floh praktisch mittellos, mit einem kleinen Koffer, in einen schweren Pelz gehüllt.

Gegen Mittag des Tages, an dem Verenas Vater seine Familie im Stich gelassen hatte, erreichte die Spitze eines ersten, schier endlosen Trecks von halb verhungerten, halb erfrorenen Flüchtlingen, die sich zu Fuß dahinschleppten oder auf überlasteten Pferdewagen lagen, die Stadt.

»Sie kommen!« war ihr Schrei.

Und: »Brot!«

Verena sah, wie viele Menschen des Trecks vor Erschöpfung von den Wagen fielen.

Verena sah die ersten Toten ihres Lebens auf den Straßen liegen.

Abends wurde gemeldet, daß sowjetische Panzer bis auf dreißig Kilometer an die Stadt herangekommen seien.

Die Einwohner hörten es teils mit Schrecken, teils mit Erleichterung. Der Gauleiter hörte es nicht mehr. Er hatte sich bereits vor Tagen einer »Geheimen Reichssache« wegen nach Österreich begeben müssen ...

Verenas Mutter sagte: »Egal, was geschieht – wir bleiben! Wer flieht, ist verloren. Seht euch die armen Teufel auf den Straßen an! Wir haben nichts Böses getan. Wir bleiben, wo wir hingehören.«
In das letzte Wort hinein peitschte ein Schuß, und eine Fensterscheibe barst klirrend. Die Kugel bohrte sich einen Viertelmeter neben dem Kopf von Verenas Mutter in die Zimmerwand.
»Hinlegen!« schrie die Mutter.
Weitere Schüsse folgten.
Die Tür flog auf.
Ein alter Werkmeister und ein paar Arbeiter stürmten herein. Sie trugen Gewehre. Von den Fenstern aus erwiderten sie das Feuer, das daraufhin verstummte.
»Das waren Zwangsarbeiter«, sagte der Werkmeister, schwer atmend. »Sie sind aus ihren Lagern ausgebrochen und haben die Wachmannschaften erschlagen. Sie müssen weg, Frau Willfried ...«
»Nein!«
»Sie schlagen auch Sie tot! Sie schlagen uns alle tot!«
»Ich gehe nicht weg«, schrie Verenas Mutter. »Ich bin hier geboren! Ich war kein Nazi! Ich habe keine Angst vor den Russen!«
In diesem Moment setzte das Gewehrfeuer wieder ein, und eine brennende Fackel flog durch die zersplitterte Fensterscheibe. Die Fackel setzte den Teppich und die Vorhänge in Brand. Erstickender Qualm erfüllte den Raum. Der alte Werkmeister schleppte die Mutter, deren Arme plötzlich willenlos herabhingen, während sie sinnlose Worte vor sich hinlallte, davon.
Zwei Stunden später, in tiefer Dunkelheit, hockte Verena neben ihrem Bruder auf einem Planwagen, der ein paar Koffer trug. Auf dem Kutschbock saßen der alte Werkmeister und die Mutter. Sie fuhren gen Westen, unter dem dumpfen Grollen schwerer Geschütze, ein Wagen unter Tausenden Wagen eines endlosen Trecks. Wenn Verena sich umwandte, konnte sie das Hauptgebäude der »Oberschlesischen Holzverwertungsgesellschaft« brennen sehen. Verena wandte sich oft um, und ihre Mutter sagte: »Vergiß nie, was du jetzt siehst, mein Kind.«
»Nein, Mutti.«
»Die Leute, die das Haus in Brand gesetzt haben, sind nicht böse. Wir waren böse. Wir haben sie aus ihrer Heimat verschleppt und jahrelang ausgebeutet.«
»Ja, Mutti.«
»Jetzt rächen sie sich dafür. Wir haben diesen Krieg begonnen

und ihre Länder überfallen. Nicht umgekehrt! Darum fahren wir jetzt durch die Nacht, darum frieren wir jetzt, darum haben wir Angst. Man darf kein anderes Volk überfallen. Man darf keinen Krieg beginnen. Vergiß das nie!«
»Nein, Mutti.«
»Du auch nicht, Otto.« Der Junge gab keine Antwort. Er schlief.
»Und die russischen Soldaten, die nun kommen, die kommen nicht freiwillig. Sie sind nicht freien Herzens aus der Mongolei und aus Sibirien und dem Kaukasus bis nach Schlesien marschiert. Sie sind gekommen, weil wir auch ihr Land überfallen haben. Man muß sich wehren, wenn man überfallen wird.«
»Halt's Maul, dreckige Kommunistensau!« schrie eine alte Frau, die neben dem Wagen daherhinkte, wobei sie sich mit einer Hand an ihm festhielt.
»Ja«, sagte der Werkmeister, »es ist besser, Sie reden nicht so, Frau Willfried. Sie wissen, wie die Leute sind.«
Der Werkmeister war ein alter Sozialdemokrat, der Verenas Mutter noch als junge, schöne Frau gekannt hatte, zu jener Zeit, da sie Carl-Heinz Willfried heiratete.
Carl-Heinz Willfried befand sich in den Nachtstunden dieses 23. Januar 1945 bereits in der Gegend von Halle. Am nächsten Tag wandte er sich südwärts, nach Bayern. Verena hat später erfahren, daß ihr Vater sich falsche Papiere besorgt hatte; sie wiesen Carl-Heinz Willfried als Arzt aus, der kostbare Medikamente für die »Alpenfestung« verlagern sollte. Augsburg erreichte er in den Abendstunden des 25. Januar, verweilte nur kurz, um neues Benzin zu beschaffen, und fuhr am späten Abend weiter in Richtung München.

7

Verenas Mutter starb in einer Scheune am Stadtrand von Coburg. Bereits am Morgen nach Ihrem Aufbruch hatte die Mutter gefiebert. Sie schwieg darüber und versuchte den Schüttelfrost, der sie immer wieder packte, zu verbergen. Sobald es hell wurde, kamen Tiefflieger. Sie schossen den Treck zusammen. Menschen und Tiere starben, viele schrien zuvor noch stundenlang. Aber da war niemand, ihnen zu helfen.
Der Schnee war rot von Blut. Die am Leben Gebliebenen schleppten sich zu Fuß weiter. Erwachsene trugen Kinder. Und immer wieder Tiefflieger. Die Gejagten warfen sich in den Straßengraben,

in Dreck, in Blutlachen, in Eis. Der alte Werkmeister riß Verena und Otto zu sich und legte sich schützend über sie. Verenas Mutter lag daneben. Sie keuchte und bekam kaum Luft. Nun merkten alle, daß sie krank war.

»Wir müssen weiter. In den nächsten Ort. Dort wird es einen Arzt geben. Dort wird es Medizin geben. Sie müssen in ein Bett, Frau Willfried«, sagte der Werkmeister, als der Angriff vorüber war und die noch Unverletzten weitertaumelten.

Im nächsten Ort gab es keinen Arzt und kein freies Bett. Die Bewohner verschlossen Türen und Fenster vor den Flüchtlingen. Ein paar warfen Brot auf die Straße. Verena gelang es, einen Laib aufzufangen. Eine Frau schlug ihr ins Gesicht. Sie ließ das Brot fallen. Die Frau hatte Verena mit der Faust geschlagen. Sie hielt die blutende Nase und schloß die brennenden Augen. Als sie diese wieder öffnete, sah sie die Frau mit dem Brot davonrennen.

Auch im nächsten Ort gab es keinen Arzt und keinen Platz. Die Mutter delirierte nun bereits. Sie erkannte niemanden mehr. Der Werkmeister gab einem Bauern eine goldene Uhr und fünftausend Reichsmark – alles, was er besaß. Dafür erhielt er einen elenden kleinen Wagen und ein ebenso elendes Pferd. Aber sie konnten nur nachts fahren, denn tagsüber waren ständig die Flieger am Himmel. Verenas Mutter lag tagelang in Fieberphantasien.

Endlich kamen sie in die Nähe von Coburg. Eine Scheune bot Unterschlupf. Hier sollten die Kinder bei der fiebernden Mutter bleiben. Der Werkmeister ging auf die Suche nach Brot, nach Kartoffeln, nach einem Arzt.

Auch Verena wollte versuchen, etwas Essen zu erbetteln. Sie ließ Otto bei der Mutter zurück. Auf einem Bauernhof, wo ihr ein rotgesichtiger schwerer Mann von gewaltiger Körperkraft öffnete, bat sie um Brot.

»Komm in die Küche.«

Der Mann warf die Tür zu und riß ihr Mantel und Bluse auf.

»Er schlug mich, bis ich mich nicht mehr wehren konnte. Dann tat er mit mir, was er wollte«, berichtet Verena. »Und dann warf er mich hinaus und schrie: ›Hier gibt's kein Brot! Verschwinde!‹ Das war der erste Mann meines Lebens. Noch keine achtzehn Jahre alt bin ich damals gewesen. Als ich in die Scheune zurückkam, war meine Mutter tot.«

8

Erst als Verena weinend neben ihrer toten Mutter saß, kam der Werkmeister zurück. Er brachte Mohrrüben, Brot und Kartoffeln. Er hatte auch einen Arzt gefunden, der versprach, zu kommen.
Der Arzt kam drei Stunden zu spät.
Die letzten Worte von Verenas Mutter waren diese gewesen: »Wir hätten bleiben sollen.«
Sie begruben Edith Maria Magdalena Willfried, geborene Elkens. Sie hatten kein Werkzeug, um eine Grube zu schaufeln. Sie häuften mit bloßen Händen Schnee über die Tote. Es gab genug Schnee in diesem Februar 1945, genug für viele Tote.
Für Deutsche, Russen, Amerikaner, Engländer, Polen, Belgier, Franzosen, Holländer, Jugoslawen, Italiener und Menschen aus vielen anderen Ländern.
Der Werkmeister brachte Verena und ihren Bruder auf dem kleinen Wagen bis nach Frankfurt am Main. Er war ein schlauer, alter Mann, benützte nur Waldpfade und Nebenstraßen und niemals die hoffnungslos verstopften Hauptstraßen, und er stahl Essen für die Kinder und sich.
»Aber immer ließ er uns zuerst essen«, erzählt Verena. »Er aß, was übrigblieb. Es war nie viel.«
In Frankfurt gab es ein großes Lager vor der Stadt. Hier lebten sie bis zum Frühjahr 1946.

9

Verena war jetzt achtzehn Jahre alt, ein schönes Mädchen in Lumpen, mit bläulichschwarzem Haar, brennenden schwarzen Augen und einem tragischen Gesicht. Einer der amerikanischen Posten, die das Lager bewachten, verliebte sich in sie. »Er hieß Jack Collins und kam aus Oklahoma«, erzählt Verena. Jack war der zweite Mann in ihrem Leben. Er versprach nicht nur Brot, er brachte es auch, wundervolles weißes Brot, aus feinstem Mehl gebacken.
Jack Collins brachte auch »K-Rations« mit, jene in Kartons verpackte Armeeverpflegung, zu welcher neben den Grundnahrungsmitteln auch Schokolade, Kaugummi und stets zwei Präservative gehörten. Die ersten Schutzmittel, die Verena in ihrem Leben sah, verwendete Jack, um seinen Hosen oberhalb der hochgeschnürten Schuhe einen schicken Halt zu geben.

Er schnitt dazu den Präservativen die Kuppe ab, rollte sie zusammen und streifte sie wie Strumpfbänder über den Hosenstoff. Später erfuhr Verena, daß dies zwar in der ganzen Armee Sitte, jedoch nicht der eigentliche Bestimmungszweck der kleinen, in Stanniol gepreßten Objekte war.
Jack erwies sich als unerfahrener, aber rührender Liebhaber. Er verstieß gegen viele Vorschriften, wurde Verenas wegen endlich degradiert und sagte daraufhin nur: »I don't care a shit about my stripes! All I care about in this goddammed world is you, honey!«
Jack Collins, einst Corporal, jetzt nur noch Private First Class, sorgte für Verena, Otto und den alten Werkmeister. All dies tat er in der Zeit der sogenannten »Non-Fraternization«, also verbotenermaßen. Der Winter ging vorbei. Jack besorgte Verena schließlich sogar eine Stellung als Verkäuferin in dem gewaltigen amerikanischen »PX«, dem »Post Exchange«, einer Art Superwarenhaus, in dem man – wenn man Amerikaner war – alles kaufen konnte, vom Spitzennachthemd über Chanel Nr. 5 bis zu zartesten Nylonstrümpfen, von tiefgekühltem Fleisch und Gemüse bis zu Zigaretten, Schweizer Uhren, Schottischem Whisky und französischen Kleidern.
Es war schwer, Verena im »PX« unterzubringen, denn seltsamerweise hatte sie Schwierigkeiten, ordentlich Amerikanisch zu lernen, und sprach es zur unendlichen Erheiterung aller »G.I.s« schlecht und mit vielen falsch akzentuierten Ausdrücken; noch schwieriger war es deshalb, weil sie vielen Amerikanerinnen, die hier einkauften, zu hübsch war.
Jack schaffte es doch.
Jack schaffte es auch, daß Verena, Otto und der treue Werkmeister das Lager verlassen und eine Wohnung in einem südlichen Stadtteil Frankfurts beziehen konnten.
Jack sorgte für ein Fahrrad, mit dem Verena allmorgendlich zur Arbeit fuhr, Jack sorgte für Kohlen, für Möbel, Jack sorgte für alles.
Im April 1946 starb der alte Werkmeister. Im Herzen der Stadt, beim Überqueren der Kaiserstraße, fiel er tot um. Gehirnschlag.
1949 war es bereits möglich, daß amerikanische Soldaten deutsche Mädchen heiraten durften – freilich erst nach höchst gewissenhafter Prüfung der »Fräuleins«. Jack Collins verfaßte sofort ein entsprechendes Gesuch. Denn er liebte Verena aufrichtig.
Sie liebte ihn nicht, aber sie wollte fort aus Deutschland. Fort, fort, fort!
Jacks Gesuch durchlief viele Stellen zwischen Frankfurt und Wa-

shington, und trotz aller Nachfragen kam Jack nicht weiter. Er war ein einfacher, ehrlicher Junge, nicht sonderlich intelligent, aber ungeheuer gutmütig.
In Briefen an seine Eltern hatte er »about his little Sweetheart« berichtet. Sein Vater war Farmer. Jack zeigte ihn Verena auf Fotos, er zeigte ihr die Mutter, drei kleine Geschwister, den Hof, den Wald hinter den Feldern, und er sang zur Gitarre »Oh, what a beautiful morning!«
Er sang sehr schön.
Ende 1949 erfuhren sie, daß sie gute Aussichten hätten, »to get their papers okayed by the middle of 1950«. Im Sommer 1950 wurde die Einheit, der Jack Collins angehörte, von einem Tag zum anderen verlegt. Riesige Transporter brachten die Soldaten nach Korea. Dort war ein neuer Krieg ausgebrochen.
Am 29. Juni 1950 flog Jack mit einer »Globemaster«-Maschine von der »Rhein-Main-Air-Base« ab. Auf der Gangway drehte er sich, seinen »duffle-bag« auf der Schulter, noch einmal um und rief Verena zu: »Don't cry, baby! I'll be back in no time at all!«
Hierin allerdings irrte sich Jack Collins. Er fiel am 13. November in Kämpfen mit sogenannten rotchinesischen Freiwilligen am »Heartbreak Ridge«. Die Nachricht von seinem Tod erreichte Verena erst Mitte Dezember. Das War Department hatte nur die Eltern verständigt. Diese informierten Verena. Sie schrieben, they were so sorry for her.

10

Es folgte nun eine Zeit, in der man Verena fast allnächtlich in den verschiedenen amerikanischen Clubs von Frankfurt sehen konnte. Sie flirtete. Sie tanzte. »In dieser Zeit habe ich mir das Trinken angewöhnt«, sagt Verena. Oft war sie so betrunken, daß man sie heimbringen mußte. Sie nahm sich wahllos Freunde und warf sie hinaus, wenn sie genug von ihnen hatte. Das geschah meistens sehr schnell.
Wie man weiß, reizt Männer diese Art, als Nebensache behandelt zu werden, besonders. Verena war bald ein Begriff für die gesamte Frankfurter Garnison. Hohe Offiziere bemühten sich um sie. Sie ließ sich beschenken, ausführen, küssen und ging mit den Männern ins Bett – nicht zu häufig.
»Man soll es nie zu häufig tun«, erklärte sie damals einer Freundin. »Du mußt dich rar machen. Sonst bekommen sie dich über.«

Mir erzählte sie an jenem Nachmittag, als sie die Geschichte ihres Lebens verriet: »Jack war tot. Ich hatte ihn nie richtig geliebt, aber er war gut zu mir gewesen, und ich hatte mir eingeredet, daß ich ihn lieben lernen würde. Damit war es vorbei. Jetzt redete ich mir ein, daß alle Lieben, die bestehende und diejenigen, die noch beginnen würde, schlecht ausgehen müßten. Damals nahm ich mir vor, nie mehr zu lieben. Nie mehr!«

Das nahm sie sich vor, damals.

Was sie sich vorgenommen hatte, hielt sie – beinahe drei Jahre lang. Sie war inzwischen einiges gewöhnt und hatte einiges erlebt. Sie rauchte und trank zuviel, aber es machte ihr nichts. Im übrigen war sie – besonders amerikanischen Frauen gegenüber – sehr vorsichtig. Sie durfte nicht Anlaß zu Eifersucht oder Klagen geben. Mit verheirateten Männern ließ sie sich grundsätzlich nicht ein. Im Dienst war sie von unerschütterlicher Höflichkeit, aber ebensolcher Unnahbarkeit gegen die hübschesten Lieutenants, die charmantesten Colonels. Sie nahm nie im »PX« Geschenke an. Sie wußte, warum. Jede deutsche Angestellte des Warenhauses wurde jeden Abend von einer »WAC«, einer Angehörigen des »Women Auxiliary Corps«, des »Weiblichen Hilfsdienstes«, bis auf die nackte Haut daraufhin untersucht, ob sie auch nichts aus jenem Paradies gestohlen hatte.

»You are fired!«

Das war der Satz, den Verena hundertmal hörte, wenn eine »WAC« bei einem Mädchen ein Paar Nylonstrümpfe oder eine Tafel Schokolade entdeckte.

Verena wollte nicht »gefeuert« werden. Sie stahl auch niemals. Sie versah ihre Arbeit und ernährte sich und ihren Bruder, so gut es ging. Es ging übrigens recht gut, denn sie erhielt von Männern viele Geschenke – außerhalb der Dienstzeit. Trotzdem versuchte Otto Willfried sich in Schwarzhandelsgeschäften – lange Zeit mit Erfolg. Was er tat und wie er es tat, womit er handelte und mit wem, brauche ich nicht aufzuschreiben. Jeder, der damals zwanzig Jahre oder älter war, weiß alles darüber. Jene, die damals noch nicht zwanzig Jahre alt waren, brauchen es nicht zu wissen.

Ich möchte niemanden langweilen oder auf die schiefe Bahn bringen mit meinem Buch.

Der dümmliche, schwächliche Otto verdiente in den Jahre 1950 bis 1953 ein Vielfaches seiner von acht Uhr früh bis siebzehn Uhr abends arbeitenden Schwester. Er mietete eine große Wohnung in der Bockenhausener Landstraße. Seine »wilden« Parties waren berühmt. Er hatte viele Freundinnen und viel Geld.

Am 12. April 1953 wurde er vom CID, der amerikanischen Kriminalpolizei, verhaftet. Eine Agentengruppe, unter Führung eines gewissen Robert Stevens, hatte die Bande, die Otto leitete, seit langem beobachtet.
Nun schlug sie zu.
Allen Mitgliedern der Schwarzhändlerbande wurde der Prozeß gemacht.
Der Hauptbelastungszeuge in diesem Prozeß war Mr. Robert Stevens.

11

Mr. Stevens, der Hauptbelastungszeuge gegen die Bande, sprach so fließend Deutsch, daß man meinen konnte, er sei ein deutscher Emigrant. Er sprach indessen ebenso fließend Französisch, Italienisch und Spanisch. Er war in allem und jedem das Gegenteil des gutmütigen und beschränkten Jack Collins. Er sah blendend aus. Er war gepflegt und weltgewandt, und er verstand es, mit Frauen umzugehen. Und er brachte es fertig, daß Verena ihre Ansichten über Liebe und Männer noch einmal änderte.
Mr. Stevens wurde »her boy-friend«. In dieser Funktion verstand er es ebenfalls weit besser, eine Frau glücklich zu machen, als der ungeschickte, tölpelhafte und rührende Jack, der am »Heartbreak Ridge« in Korea gefallen war.
Auch Mr. Stevens sprach von Heirat.
Er kaufte ihr Kleider, Schmuck, sie durfte seinen Chevrolet fahren.
Das Größte, was er tat, war, daß er gewisse Akten, die Verenas Bruder schwer belasteten, vor der Verhandlung verschwinden ließ, so daß zwar zwölf Mitglieder der Bande zu den Höchststrafen verurteilt, Otto Willfried jedoch freigelassen wurde.
Mr. Stevens war ein ehrlicher Mann. Er sagte: »Ich bin in den Staaten verheiratet. Ich habe die Scheidung bereits eingereicht. Es wird natürlich eine Weile dauern.«
Es dauerte natürlich eine Weile.
Es dauerte beinahe zwei Jahre. Verena war nicht unglücklich in dieser Zeit, denn Mr. Stevens führte sie aus, verwöhnte sie, und sie war eine der elegantesten und beneidetsten Frauen der Stadt. Mr. Stevens sagte oft, daß er sie liebte, und er bewies es ebenso häufig. Jedenfalls entdeckte Verena das, was sie für Liebe hielt, überhaupt erst bei ihm.
Im zweiten Jahr ihrer Bekanntschaft stellte Verena fest, daß sie

schwanger war. Mr. Stevens schwärmte leidenschaftlich von Kindern (»I want kids from you, sweetheart, lots and lots of kids!«). Da er um diese Zeit erklärte, die Scheidung sei nun so weit vorangetrieben, daß ein Urteil in den nächsten Wochen einfach ergehen müsse, verschwieg sie ihren Zustand und nahm sich vor, ihn damit nach der Scheidung zu überraschen.
Ein Monat verging. Drei Monate vergingen. Vier. Die Scheidung war immer noch nicht ausgesprochen.
Da sagte Verena Mr. Stevens, daß sie ein Kind erwartete. Sie tröstete den Erschrockenen dabei und meinte: »Wegmachen kann man es nicht mehr – aber auch wenn es noch zehn Jahre dauert, bis du geschieden bist, ich werde dich immer lieben und immer glücklich über unser Kind sein. Du nicht auch?«
»Ich? Und wie, Liebling«, sagte Mr. Stevens. »Und wie!«
Am nächsten Tag hatte er Frankfurt verlassen.
Verena dachte, er wäre auf eine dringende Reise geschickt worden. Als er nach einer Woche nicht zurück war, ging sie zu seiner Dienststelle. Dort erfuhr sie von einem anderen fließend deutsch sprechenden Herrn, daß Mr. Stevens versetzt sei und kaum nach Frankfurt zurückkehren werde.
»Darf ich seine Adresse haben?«
»Ich bedaure. Seine Mission ist top secret.«
»Aber ich bekomme ein Kind von ihm!«
»Das bedauere ich noch mehr, Miß Willfried.«
»Darf ich nicht einen Brief für ihn hierlassen, und Sie befördern ihn? Ich will ja nur, daß er den Brief bekommt, ich will nicht wissen, wo er sich aufhält.«
»Natürlich können Sie das.«
Miß Willfried ließ in den nächsten zwei Monaten mehr als zwanzig Briefe bei dem freundlichen Herrn zurück. Auf keines dieser Schreiben erhielt sie eine Antwort, obwohl der freundliche Herr (der seinen Namen niemals nannte und nur Harry gerufen wurde) ihr versicherte, jeden einzelnen Brief aufgegeben zu haben.
»Aber er muß doch antworten! Er weiß doch, in welcher Lage ich bin! Warum zucken Sie mit den Schultern?«
»Miß Willfried, ich habe Mister Stevens nur äußerst flüchtig gekannt. Wir kennen einander hier alle nur äußerst flüchtig. Wir werden dauernd ausgetauscht. Das ist verständlich bei einem Beruf wie unserem, nicht wahr?«
»Verständlich, ja ...«
»Wir sollen und wir dürfen keine Kontakte mit der deutschen Bevölkerung aufnehmen. Mister Stevens handelte ... hrm ... gegen

die Bestimmungen (»regulations«, sagte er). Ich fürchte – ohne daß ich etwas dagegen unternehmen werde, das verspreche ich Ihnen –, daß er sich auch im Prozeß gegen Ihren Bruder nicht ganz korrekt betragen hat!«

»Und seine Adresse in Amerika? Die Adresse seiner Frau? Wenn ich ihr schreiben würde ... Sie standen doch vor der Scheidung ...«

»In der Tat?«

»Was soll das heißen?«

»Nichts, nichts. Ich bitte Sie! Regen Sie sich nicht auf! In Ihrem Zustand! So leid es mir tut, ich darf Ihnen auch nicht die Adresse dieser Frau geben.«

»Warum nicht?«

»Weil Sie dann doch seinen wahren Namen kennenlernen würden.«

»Aber ich kenne seinen wahren Namen! Er heißt Robert Stevens!«

»Miß Willfried, seien Sie bitte nicht naiv! Ein CID-Mann kann niemals unter seinem richtigen Namen arbeiten, sonst würde er nicht lange leben. Das müssen Sie doch verstehen.«

Das verstand Verena natürlich.

Sie dankte dem freundlichen Herrn und sagte, sie würde nicht mehr wiederkommen und ihn belästigen.

Auf dem Weg zur Tür begegnete sie einem sehr hübschen, blondhaarigen Mädchen. Sie hörte noch, wie dieses Mädchen sagte: »Jetzt sind es sieben Monate! Erzählen Sie mir um Gottes willen nicht, daß er noch immer nicht geantwortet hat!«

Man kann verstehen, meint Verena, daß all dies dem netten Herrn mit Namen Harry außerordentlich peinlich war.

12

Die Geburt ihres Kindes gestaltete sich schwierig. Verena besaß zunächst noch genug Geld, um erster Klasse zu liegen, denn sie hatte Schmuck und verschiedene Geschenke Mr. Stevens' verkauft. Sie besaß noch einiges. Als die Zeit gekommen war, stellten die Ärzte fest, daß ein Kaiserschnitt unumgänglich sei. Nach der Operation bekam Verena eine Sepsis. Sie schwebte tagelang zwischen Tod und Leben.

Die Ärzte erklärten ihr zuletzt, daß es nur noch ein Mittel gebe, sie zu retten: Penicillin.

Und zwar mußte es amerikanisches Penicillin sein, denn deutsches war nur in kleinsten Mengen zu haben und zudem noch nicht erprobt. Das amerikanische Präparat wurde schwarz gehandelt und

war sehr teuer. Verena rief einen Kürschner an ihr Krankenbett und verkaufte ihre Pelze.
Der Händler bat sich Bedenkzeit aus. Er kam zweimal wieder. Er war ein kluger Mann und sagte sich, daß eine Frau mit vierzig Grad Fieber nicht lange zu feilschen vermag.
In der Tat verkaufte Verena die Pelze weit unter Preis.
Das amerikanische Penicillin rettete ihr Leben. Allerdings mußte sie nun in einen Krankensaal dritter Klasse übersiedeln, denn sie besaß kein Geld mehr. Im Nebenbett, erzählte Verena, lag ein einfaches Mädchen vom Lande, das, als die Wehen einsetzten und damit große Schmerzen, immer wieder sagte: »Du lieber, guter Gott im Himmel, so viel Leid für so ein bissel Freud'!«
Als Verena endlich entlassen wurde, warnten die Ärzte sie: Mit größter Wahrscheinlichkeit würde eine weitere Entbindung den Tod bedeuten. Ihrem Kind, einem kleinen Mädchen, gab sie den Namen Evelyn...
Es dauerte lange, bis Verena wieder zu Kräften kam. Es dauerte nicht lange, bis sie kein Geld mehr besaß. Evelyn brachte sie tagsüber in einen Kinderhort, um arbeiten gehen zu können – zunächst als Sekretärin einer Versicherungsgesellschaft. Abends nahm sie Kurse in Stenographie und Schreibmaschinenschreiben. In dieser Zeit – Mitte 1956 – gelang es Carl-Heinz Willfried, ihrem Vater, über den Suchdienst des Roten Kreuzes festzustellen, wo Verena und Otto waren. Er selber war in Passau gelandet, hatte bereits einen großen Teil seines sogenannten »Lastenausgleichs« für den verlorenen Besitz im Osten, der nun jenseits der Oder-Neiße-Linie lag, erhalten und ein florierendes, wenn auch nicht sehr großes Holzgeschäft eröffnet. Er lud die Kinder ein, zu ihm zu kommen. Vom Tode seiner Frau hatte er mittlerweile erfahren. Er schrieb, er sei sehr erschüttert gewesen.
Verena weigerte sich, ihren Vater wiederzusehen. Otto fuhr allein nach Passau und richtete diese Weigerung aus. Carl-Heinz Willfried war, wie er sagte, tief gekränkt über die Haltung seiner Tochter, für die er, wie er sagte, so viel getan hatte.
»Verena meint, du bist schuld daran, daß Mutti starb«, sagte der blasse, schwächliche Sohn.
»Unsinn!« erboste sich der blasse, schwächliche Vater.
»Ich versuche seit Jahren, ihr die Sache auszureden. Umsonst. Es ist ihre fixe Idee.«
»Was?«
»Daß du uns im Stich gelassen hast. Daß wir im Auto alle durchgekommen wären. Du bist getürmt.«

»Ich bin nicht getürmt! Ich verbitte mir diesen Ausdruck!«
»Er ist von Verena, nicht von mir!«
»Ich hatte allerschnellstens wichtigste Werkzeuge im Sicherheit zu bringen. Ich mußte einfach fort, Otto! Verstehst du das denn nicht?«
»Natürlich verstehe ich es«, antwortete Otto ruhig.
Und ebenso ruhig fuhr er fort: »Ich habe Mutter damals, als es noch Zeit war, immer wieder gebeten: ›Laß uns gehen! Laß uns gehen!‹ Aber sie wollte ja nicht!«
»Bitte, da sagst du es selbst! Sie wollte nicht!«
»Sie wollte nicht, bis zuletzt. Der alte Werkmeister Ziegler mußte sie mit Gewalt wegschleppen. Weißt du, was ihre letzten Worte waren?«
»Was?«
Otto wiederholte sie.
»Das sieht ihr ähnlich«, sagte der Vater und nickte bedächtig. »Ja, tatsächlich, Otto, das sieht ihr ähnlich. Eine gute Frau, die beste, die man sich denken kann. Aber starrköpfig und unvorsichtig. Schau mich an. Was wäre wohl aus mir geworden, wenn ich so unvorsichtig gewesen wäre?«
Der Vater nahm Otto in die Firma auf. Der junge Mann blieb in Passau. Verena hielt ihren Schwur: Sie besuchte ihren Vater nie, sie schrieb ihm nie, sie verzieh ihm nie.
»Er lebt heute noch«, erzählt sie. »Er ist ein alter Mann, aber sehr rüstig. Sein Geschäft geht ausgezeichnet.«
»Und du hast ihn wirklich niemals wiedergesehen?«
»Niemals.«

13

16 Uhr 45.
Seit einer Dreiviertelstunde ackert sich das Frettchen, nehme ich an, durch den Tacitus. Ich liege neben Verena auf dem breiten Bett. Die Kerzen sind herabgebrannt, erloschen. Nur das rote Licht des Heizofens erhellt den Raum. Es regnet noch immer. Verena richtet sich auf und drückt ihre Zigarette aus.
»Das war mein Leben«, sagt sie. »Jetzt kennst du es, wie ich das deine.«
Sie sitzt vor mir, die Beine an den Leib gezogen, nackt. Es ist warm im Zimmer. Ich streichle Verenas Beine, ihre Schenkel.
Ich sage: »Einmal fragte ich dich, ob du den Vater Evelyns geliebt hast. Du antwortetest, ja.«

»Ich habe ihn auch geliebt. Leider.«
»Liebst du ihn noch?«
»Längst nicht mehr. Wenn ich die Augen schließe, kann ich nicht einmal mehr sein Bild vor mir sehen.«
»Warst du lange Sekretärin?«
»Ich hatte viele Stellen, weißt du. Meistens mußte ich bald wieder fort.«
»Weshalb?«
»Kolleginnen intrigierten gegen mich.«
»Du warst ihnen zu hübsch.«
»Vielleicht. Sie behaupteten stets sofort, ich hätte es mit dem Chef. Es war sehr schwer für mich in dieser Zeit. Ich hatte doch nichts Richtiges gelernt! Ich habe es in einer Steuerkanzlei versucht, in einem Versandhaus, als Empfangsdame in einem Einrichtungsgeschäft – alles nichts. Es wurde immer schwieriger. Meine Kleider waren alt und unmodern. Neue konnte ich nicht kaufen. Ich mußte mit Evelyn die Wohnung verlassen, weil ich die Miete nicht mehr bezahlen konnte. Ich nahm eine kleinere. Aus der mußte ich auch bald fort. Zuletzt hatte ich nur noch eine ganz scheußliche, kleine, direkt an der Bahn. Ein Loch.«
»Und dein Vater?«
»Der schickte mir von Zeit zu Zeit Geld. Ich will keine Heldin aus mir machen, glaub mir, Oliver! Aber ich schickte das Geld wieder zurück. Ich konnte nicht vergessen, wie Mutter gestorben ist. Ich kann es heute noch nicht vergessen!« Sie legt sich wieder neben mich, und wir halten einander an der Hand und schweigen lange.
Dann sagt sie: »Auf die Straße bin ich nie gegangen. Ich lernte Männer kennen, natürlich. Ich ließ mich ausführen. Als die Männer merkten, in welchen Umständen ich lebte, machten sie sich schnell wieder davon.«
»Auch als sie merkten, daß du ein Baby hattest.«
»Natürlich. Und dann ... weißt du ... Nein, ich glaube, ich kann es nicht sagen.«
»Sag es.«
»Nicht daß ich es nicht sagen will, ich glaube, ich kann es nicht richtig ausdrücken. Die Männer ...«
»Was ist mit ihnen?«
»Sie merken es so schnell, wenn du Theater machst und ihnen Liebe vorspielst oder Leidenschaft ...«
»Ihr auch! Ihr habt es da sogar noch besser. Ihr könnt das alles noch viel schneller feststellen!«
Mir fällt etwas ein.

»Und dein Mann?«
»Das habe ich dir doch schon erzählt. Dem begegnete ich an dem Abend, an dem ich Evelyn und mich umbringen wollte. Als ich absolut am Ende war. Evelyn lief in seinen Wagen und ...«
»Das meine ich nicht.«
»Was denn?«
»Du liebst doch deinen Mann nicht.«
»Nein.«
»Und er merkt nichts? Ausgerechnet er merkt nichts?«
»Natürlich merkt er es. Er hat es mir auch schon gesagt.«
»Und?«
»Er meint, es macht ihm nichts. Er liebt mich, das genügt ihm. Er wird mich nie freigeben, sagt er.« Ihre Stimme wird lauter. »Was wirklich in ihm vorgeht, weiß ich nicht. Ich weiß nicht, ob er mir morgen nicht doch Enrico oder dich oder einen anderen Mann vorhält und mich hinauswirft. Aber sag mir eines, Oliver, sag mir eines: Kannst du jetzt begreifen, daß ich nie mehr in diesem dreckigen Loch da an der Bahn wohnen will, und nichts zu essen haben, und mit ekelhaften Spießern Sekt trinken und mich von ihnen an die Brust greifen lassen? Verstehst du jetzt, daß ich nie mehr arm sein will, nie mehr, nie mehr, nie mehr?«
»Ich verstehe es.«
»Du bist großartig.«
»Ich bin gar nicht großartig. Aber du hast die Schallplatte zerschlagen.«
»Das tut mir jetzt schon wieder leid.«
»Sag das nicht!«
»Wenn es so ist? Wir zwei wollen uns doch immer die Wahrheit sagen, nicht?«
»Ich hebe die Scherben auf.«
»Dummer Junge.«
»Eines Tages zeige ich sie dir!«
»Fang nicht wieder an, bitte! Das andere war so schön ... So, wie es noch mit keinem war ...«
»Auch nicht mit Mister Stevens?«
»Warum fragst du das?«
»Weil er der Vater Evelyns ist. Ich bin eifersüchtig auf ihn.«
»Das mußt du nicht sein. Ich sage dir doch, ich weiß nicht einmal mehr, wie er aussah. Und ... und ich weiß auch nicht mehr, wie es mit ihm war.«
»Aber ...«
Sie legt ihre Hand auf meine Hand. »Es ist spät. Wir müssen

gehen. Ach, wir haben so wenig Zeit, Liebling, so wenig Zeit.«
Wir küssen uns.
So little time.

14

Es ist ganz dunkel, als wir das kleine, windschiefe Haus verlassen. Sorgfältig sperrt Verena ab. Über die Wiese gehen wir zu meinem Wagen. Während ich zur Autobahn hinauffahre, fällt mir noch etwas ein: »Du hast mir aber doch einmal erzählt, daß dein Mann deinem Bruder eine Stelle in der Wechselstube des Frankfurter Hauptbahnhofs verschafft hat?«
»Das stimmt. Vor einem Jahr nahm Otto Geld aus der Geschäftskasse der Fabrik in Passau. Vater warf ihn hinaus. Otto kam zu mir und bettelte mich an. Das hat er immer schon getan. Mein Mann half ihm. Mein Mann hilft vielen Menschen.«
»Ist doch ein schöner Zug von ihm!«
»Er tut's nicht für die Menschen.«
»Sondern?«
»Meinetwegen.«
»Damit du einmal anfängst, ihn zu lieben?«
»Ja.«
»Und wirst du einmal anfangen?«
Sie schüttelt den Kopf. Die Scheibenwischer schlagen, und der Regen schlägt gegen die Fenster und auf das Verdeck. Bei der Tankstelle an der Autobahn steige ich aus und bitte, ein Funktaxi zu rufen. Dann gehe ich zu Verena zurück.
»Übermorgen ist Donnerstag. Da habe ich den ganzen Nachmittag frei. Sehen wir uns um halb drei?«
»Ja, Oliver, ja!« Sie nickt.
Und dann blicken wir in die Dunkelheit und den Regen hinaus und verfolgen die Autos, die tropfensprühend, mit singenden Reifen, auf der nassen Bahn vorüberjagen.
Das Funktaxi kommt.
»Laß es nicht direkt vor eurem Haus halten, Verena.«
»Nein.«
»Ich liebe dich.«
»Gute Nacht.«
»Ich liebe dich.«
»Kommt gut heim.«
»Ich liebe dich.«

»Bleib sitzen. Ich gehe allein hinüber. Ich will nicht, daß der Chauffeur dich sieht.«
Sie geht allein.
Das Taxi fährt los. Seine roten Schlußlichter verschwinden in der nächsten Biegung. Ich lasse meinen Wagen bis zur Autobahneinfahrt zurückrollen und mache mich auf den Heimweg ins Internat.
Der »Quellenhof« ist noch leer, als ich ankomme. Alle Kinder sind noch beim Essen.
Auf dem Weg zu meinem Zimmer begegne ich Herrn Herterich.
»Gott sei Dank, daß Sie rechtzeitig kommen. Herr Doktor Haberle hat um vier angerufen.«
»Und?«
»Ich ... ich habe gesagt, Sie hätten Durchfall und lägen im Bett.«
»Okay. Wenn ich vielleicht auch etwas für Sie tun kann?«
»Nein, danke ...« Er klopft auf Holz und lächelt verzagt. »Im Moment komme ich Gott sei Dank mit den Kleinen halbwegs zurecht.«
»Sehen Sie! Ich habe es Ihnen prophezeit!«
»Aber was geschieht, wenn der Herr Direktor oder ein Lehrer merkt, daß Sie so oft verschwinden?«
»Es wird keiner merken.«
»Und wenn doch?«
»Dann fliege ich.«
»Dast ist Ihnen so egal?«
»Gar nicht! Darum werden wir es geschickt anfangen, Herr Herterich. Überlassen Sie alles mir. Ich helfe Ihnen, Sie helfen mir. Ich verspreche, daß ich hauptsächlich nur noch Donnerstag und Samstag abhauen werde. Da darf ich ja.«
Er nickt erleichtert und sagt leise: »Ich will nicht unverschämt sein, aber sie ist sicher wunderschön.«
»Ja.«
»Meine Frau war auch wunderschön, Herr Mansfeld. So schön, daß einem Tränen in die Augen traten, wenn man sie ansah.«
»Was ist mit ihr geschehen?«
»Sie betrog mich und ließ sich scheiden. Ich konnte ihr nie etwas bieten. Schönen Frauen muß man etwas bieten, nicht wahr?«
»Vielleicht«, sage ich und denke an Manfred Lord.
In meinem Zimmer setze ich mich auf das Bett und denke an mich. Was kann *ich* Verena bieten?
Nichts. Überhaupt nichts.
Etwas sticht mir in die Rippen.
Ich greife in die Tasche und hole die fünf Schallplattenscherben heraus. Auf dem Nachttisch lege ich sie zusammen.

LOVE IS JUST A WORD
FROM THE ORIGINAL SOUNDTRACK OF
»AIMEZ-VOUS BRAHMS?«

Ich sitze da und starre die zerbrochene Platte an. »Liebe ist nur ein Wort.« Der Regen klopft an die Fenster. Nur meine Nachttischlampe brennt. Dann höre ich Lärm. Die ersten Kinder kommen vom Essen. Schnell nehme ich ein altes Kuvert und stecke die Plattenstücke hinein. Das Kuvert verberge ich in der Nachttischschublade. Dann lege ich mich auf das Bett, verschränke die Arme unter dem Kopf und starre die Decke an.

Sie sagt, sie kann sich nicht einmal mehr an sein Gesicht erinnern. Aber er ist der Vater ihres Kindes! Und sie sagte auch einmal, sie hätte nur zwei Menschen im Leben geliebt: Evelyn und Evelyns Vater. Sie sagte...

15

In diesem November gibt es wüste Stürme und viel Regen. Jeden Donnerstagnachmittag und jeden Samstagnachmittag treffe ich Verena in »unserem« Haus.

Jedesmal sieht es schiefer und trübseliger aus. Die Wiese ist ein einziger Morast geworden, einen Teil des Zaunes hat der Sturm zerstört, das Treppengeländer beim Aufgang zur Haustür hat ebenfalls das Zeitliche gesegnet. Und die Holzwürmer ticken eifrig in den Wänden. Aber der elektrische Ofen hält den Raum warm, in dem wir uns lieben. Jeder bringt jedesmal ein kleines Geschenk mit. Eine Pfeife. Parfüm. Ein Feuerzeug. Einen Lippenstift. Ein Buch. Ich darf keine großen Geschenke machen, damit sie bei Verena zu Hause nicht auffallen, und damit ich sie bezahlen kann. Seit ich die Wechsel auf dem Hals habe, muß ich sparen. Manchmal komme ich früher, manchmal Verena. Meistens Verena. Wer zuerst kommt, lüftet, stellt den Ofen an und bereitet das Bett. Wir kochen auch Tee. Alkohol trinken wir nie. Verena sagt, sie will immer vollkommen nüchtern sein, wenn wir zusammen sind. Ich will das auch. Es wird noch eine Zeit kommen, da werden wir beide nur einen Wunsch haben: Uns zu betrinken. (Aber erst später – ich kann ja nicht so schnell schreiben, wie ich lebe.)

Manfred Lord ist noch immer mit seinem Hochhaus in Hannover beschäftigt. Dazu hat er die Finanzierung von zweihundert Einfamilienhäusern am Rand von Bremen übernommen. Anscheinend gibt es Dich doch, lieber Gott.

Jedesmal erzählen wir einander noch etwas aus unserem Leben, nachdem wir uns geliebt haben. Dann lieben wir uns wieder.
Es wird immer kälter und immer früher dunkel. Nebel fallen. Alle Bäume sind nun ganz kahl. Bald kommt der Dezember.
Der Nebel, der Regen, das Trommeln seiner Tropfen auf dem Hüttendach, das Rauschen des Heizkörperventilators, unsere Umarmungen, unsere Gespräche – all das habe ich noch nie erlebt, noch nie gekannt. Verena sagt, sie auch nicht. Bevor ich sie traf, ging ich stets davon aus, daß alle Menschen lügen. Verena glaube ich das Unwahrscheinlichste! Es gibt nichts, was sie erzählen könnte, und ich würde denken: Nun lügt sie. Ich habe ihr das gesagt. Sie hat erwidert: »Es ist doch ausgemacht, daß keiner von uns den anderen belügt.«
Ich habe ihr noch einmal verboten, mir zu schreiben. Wenn wir einander nicht sehen, weil Verena keine Zeit hat oder ich nicht fort kann, dann telefonieren wir miteinander – wie früher. Ich sitze im Büro von Frau Liebetreus Garage und warte auf Verenas Anruf, während ich »unsere Geschichte« niederschreibe.
»Es muß eine sehr große Liebe sein«, meint Frau Liebetreu.
Ich sage nichts.
Vielleicht hat sie auch ein Tonbandgerät? Vielleicht kennt sie Herrn Leo? Nein! Nein! Ich tue ihr unrecht. Eine Liebe ist etwas, nach dem alle Menschen sich sehnen, die Ärmsten, die Klügsten, die Dümmsten, die Reichsten, die Mächtigsten, die Erbärmlichsten, die Jüngsten, die Ältesten, auch Frau Liebetreu ...
Geraldine geht es besser, wie man hört, aber noch lange nicht gut. Sie liegt, vom Hals bis zum Bauch, in einem Gipsverband. Man darf sie noch immer nicht besuchen. Ich habe ihr Blumen und einen nichtssagenden Brief geschickt und darauf diese Antwort erhalten:

Mein Liebster!
Ich kann nur ganz kurz schreiben – wegen des Verbandes. Danke für die Blumen! Ich werde sie aufheben, auch wenn sie vertrocknet sind, mein ganzes Leben. Bis Weihnachten, sagt der Arzt, darf ich in eine Wohnung übersiedeln, die meine Mutter hier gemietet hat. Zu den Feiertagen kommt Vater aus Cape Canaveral. Vielleicht versöhnen sich meine Eltern. Ich wage gar nicht, daran zu denken. Eine Versöhnung – und Du! Gleich nach Weihnachten mußt Du mich besuchen. Bete, daß mein Rückgrat ordentlich zusammenwächst und ich nicht so scheußlich verkrüppelt herumlaufen muß wie der arme Hansi. Die Ärzte, denen ich erzählte, daß ich eine

große Liebe habe, sagten, das würde mich wieder ganz gesund machen. Wäre das nicht wunderbar? Es umarmt und küßt Dich zärtlich vieltausendmal

Deine Geraldine.

Den Brief habe ich sofort verbrannt. Aber was wird nach Weihnachten werden? Ach, es ist erst Anfang Dezember!
Ich habe eine Angewohnheit entwickelt, alle Entscheidungen hinauszuschieben, und wenn ich bei Verena bin, vergesse ich überhaupt, daß es Entscheidungen gibt.

16

Die Kerzen brennen. Wir liegen nebeneinander. Verena sagt abrupt: »Ich kann Nietzsche nicht leiden. Du?«
»Zum Kotzen!«
»Ja, aber gestern habe ich ein Gedicht von ihm gefunden, das paßt auf uns.«
»Sag es.«
Sie sagt, nackt und warm in meinen Armen: »Die Krähen schrein und ziehen schwirren Flugs zur Stadt: Bald wird es schnein, – wohl dem, der jetzt noch – Heimat hat.«
»Das hätte ich ihm gar nicht zugetraut!«
»Ich auch nicht.«
Ganz leise ertönt Musik aus dem Radio. AFN bringt die »Rhapsody in Blue«. Wir stellen immer nur AFN ein. Deutsche Sender haben keinen Sinn. Und Radio Luxemburg können wir tagsüber mit diesem Apparat nicht empfangen.
»Wir haben eine, nicht, Verena? Wir haben eine Heimat!«
»Ja, mein Herz!«
Das Dach des Häuschens ist undicht geworden. Seit einiger Zeit müssen wir, wenn es regnet, Schüsseln auf den billigen Teppich stellen, denn es tropft von der Decke.
»Ich meine nicht die Hütte hier.«
»Ich weiß, was du meinst.«
»Du bist meine Heimat. Du bist mein Zuhause.«
»Und du bist das alles für mich«, sagt sie.
Dann tun wir es wieder, und der Regen fällt in großen Tropfen in die Schüsseln auf dem Teppich, der Winterwind heult um die Baracke, während AFN die »Rhapsody« spielt...

17

»Setz dich, Oliver«, sagt der Chef. Das ist am 6. Dezember, abends in seinem Arbeitszimmer mit den vielen Büchern, dem Globus, den Kinderbasteleien und den Kinderzeichnungen an den Wänden. Der Chef raucht Pfeife. Mir bietet er Zigaretten und Zigarren an.
»Nein, danke.«
»Trinkst du eine Flasche Wein mit mir?«
»Gern.«
Er holt einen alten Château Neuf du Pape hervor, fein vorgewärmt, und gießt zwei Gläser voll, setzt sich, trinkt, sieht mich an, wie immer auch im Sitzen wegen seiner Übergröße vorgeneigt, schlank, ruhig – na, wie James Stewart eben. Auch so schlaksig. Ich hatte zuerst Angst, als er mich kommen ließ. Ich dachte, es könnte mit Verena zusammenhängen, aber ich habe mich geirrt. Es geht um etwas ganz anderes.
»Annehmbar, der Wein, nicht?« fragt der Chef.
»Ja, Herr Doktor.«
Er saugt an seiner Pfeife.
»Oliver, als du zu mir kamst, habe ich dir vorgeschlagen, daß wir uns manchmal unterhalten, erinnerst du dich?«
»Ja, Herr Doktor.«
»Es tut mir leid, daß unsere erste Unterhaltung nicht deine, sondern meine Probleme berührt.«
»Mir fällt ein Stein vom Herzen.«
»Wieso?«
»Na, immer noch lieber eine Diskussion über *Ihre* Probleme!«
»Ach so!« Er lächelt. Dann wird er ernst. »Ich will mich mit dir unterhalten, weil du der Älteste im ganzen Internat bist und weil ich sonst einfach niemanden habe.«
»Ihre Lehrer?«
»Die darf ich damit nicht belasten. Ich will es auch nicht!«
»Schießen Sie los, Herr Doktor!«
»Was hältst du von Südhaus?«
»Friedrich? Das ist eine doofe Nuß. Opfer seiner Erziehung. An sich kein schlechter Kerl! Aber mit so einem dreckigen Nazi als Vater kann er natürlich nur glauben ...«
»Ja eben«, sagt der Chef.
»Eben was?«
»Willst du bestimmt keine Zigarette?«
»Nein.«

»Oder eine Zigarre? Es sind ganz leichte!« Er sieht verfallen aus, der Chef. Ob er krank ist?
»Auch nicht, danke, nein. Was ist mit Friedrich?«
Der Chef zeichnet mit seinem Finger unsichtbare Figuren auf die Schreibtischplatte. »Er hat mich angezeigt«, sagt er.
»Bei wem?«
»Bei seinem Vater. Du weißt, der ist Generalstaatsanwalt.«
»Gerade an so eine Stelle gehört er hin.«
»Von Rechts wegen gehörte er in ein Gefängnis. Aber wo gibt es Recht? Herr Doktor Südhaus ist nun einmal ein hohes Tier. Mit besten Beziehungen zu allen Behörden. Du bist einundzwanzig. Ich muß dir nicht sagen, wie es bei uns zugeht.«
»Nein, Herr Doktor, das müssen Sie nicht. Was wirft man Ihnen vor?«
»Daß ich Herrn Doktor Frey angestellt habe.«
»Unseren Geschichtslehrer?«
»Ja.«
»Aber den lieben doch alle!«
»Offenbar nicht alle. Friedrich Südhaus jedenfalls liebt ihn nicht.«
»Ach so, das meinen Sie! Den Besuch im KZ Dachau!«
»Es ist nicht nur der Besuch in Dachau. Es ist die ganze Art, in der Doktor Frey Geschichte unterrichtet. Die Fernsehsendungen. Die Bücher, die ihr bei ihm zu lesen bekommt. Alles das zusammen brachte Südhaus auf die Palme. Du sagtest vorhin ganz richtig, er sei das Produkt seiner Erziehung. Nun, als solches hat er seinem Vater geschrieben.«
»Was?«
»Viele Briefe. Wie in meiner Schule, von einem meiner Lehrer, ›Geschichte‹ unterrichtet, wie das deutsche Volk in den Dreck gezerrt wird, die deutsche Ehre, das deutsche Ansehen, wie euch kommunistische und zersetzerische Ideen eingeimpft werden.«
»Diese Sau! Ich glaube, ich nehme doch eine kleine Zigarre, wenn Sie gestatten, Herr Doktor.« Während ich ihre Spitze abschneide und sie in Brand setze, frage ich: »Und weiter?«
»Und weiter?« Der Chef lächelt traurig und streichelt ein Bastpferdchen, das auf seinem Schreibtisch steht und das irgendein Kind ihm einmal geschenkt hat. »Herr Generalstaatsanwalt Doktor Olaf Südhaus ist ein mächtiger Mann. Er hat sich bei seinen Freunden in den verschiedensten Ämtern beschwert.«
»Ich verstehe das nicht! Doktor Frey sagt doch die Wahrheit! Was für Briefe könnte der alte Nazi schreiben? Worüber könnte er sich beschweren?«

»Darüber, daß Doktor Frey die Wahrheit sagt«, antwortet der Chef, während er seine Pfeife ausklopft und neu füllt. »Die Wahrheit, Oliver, muß man mit List verbreiten, wenn man überhaupt durchkommen will. Doktor Frey hat sie nicht mit List verbreitet, sondern mit Mut.«
»Es ist schon ziemlich traurig«, sage ich, »daß auch Sie es bereits mutig nennen, wenn einer uns die Wahrheit über das Dritte Reich und sein Verbrecherpack erzählt!«
»Ich versichere dir, alles, was Doktor Frey sagt, ist meine Meinung und hat meine Zustimmung. Ich bewundere und verehre Doktor Frey.«
»Na und? Dann schmeißen Sie doch den Südhaus raus! Sie haben ja auch schon andere gefeuert!«
»Das war leichter«, sagt der Chef und pafft mit seiner Pfeife. »Da ging es nur um Knutschen im Wald und du weißt schon was.«
»Und hier?«
»Hier geht es um Politik.«
»Ist das schlimmer?«
»Politik ist das Schlimmste, was es gibt«, sagt der Chef. »Schau mal: Dieser Generalstaatsanwalt – du hast völlig recht, Friedrich kann nichts dafür, er wurde so erzogen –, dieser Herr rannte von einem Ministerium zum anderen und schrie, bei mir würden die Schüler von einem DDR-Agenten verhetzt. Und ich sei selber einer. Weißt du, wo du dich nach Ansicht von Friedrichs Vater befindest, Oliver?«
»Wo?«
»In einer Schule, in der lauter kleine Kommunisten erzogen werden!«
»Daß ich nicht lache!«
»Es ist nicht zum Lachen. In diesem Zusammenhang hat Friedrichs Vater auch immer wieder angeführt, daß ich dem kleinen Giuseppe ein Stipendium gegeben habe. Und dessen Vater ist nun mal ein Kommunist. Was soll ich machen?«
»Ist Südhaus denn mit diesem Nonsens bei den Ministerien durchgekommen?«
»Teils, teils. Es haben natürlich nicht alle bravo geschrien, als er verlangte, daß ich Doktor Frey entlasse, aber es hat auch keiner klipp und klar gesagt: ›Das kommt ja überhaupt nicht in Frage, daß der Mann entlassen wird, sonst mache ich Skandal, oder rufe den ›Spiegel‹ an, oder sonst etwas!‹ « Der Chef hustet, als hätte er Rauch verschluckt. »Gut, der Wein, nicht?«
Plötzlich tut er mir leid. Den »Gerechten« nennen wir ihn. Ge-

recht ist er. Ein gerechter, ein anständiger Kerl. Genau wie Doktor Frey. Ich denke: Was können die Gerechten, die Anständigen tun? Was tut man ihnen?

Ich antworte: »Ja, Herr Doktor.«

»Verträgst du noch ein Glas? Du kannst Herrn Herterich sagen, daß wir zwei uns besoffen haben.«

»Ich besaufe mich bestimmt nicht.«

»Aber ich!« sagt der Chef und zerrt an seinem Kragen. »Heute abend besaufe ich mich. Und morgen werdet ihr mich nicht beim Frühstück sehen. Weil mir dann nämlich schlecht sein wird. Mir ist dauernd schlecht. Ich möchte dauernd kotzen.«

»Es ist auch zum Kotzen!«

»Prost, Oliver! Als der Herr Generalstaatsanwalt sah, daß er bei den Ministerien nicht so richtig vorankam, schrieb er an etwa fünfzig Eltern. Wir haben zirka zwei Drittel Ausländer und ein Drittel Deutsche hier.«

»Ich weiß.«

»Der Herr Generalstaatsanwalt schrieb natürlich nur an die deutschen Eltern.«

»Was?«

»Daß unser Geschichtslehrer ein ehrvergessener Lump ist. Daß er ihre Kinder verhetzt. Und daß er im Interesse dieser Kinder vorschlüge, alle Eltern sollten sich zusammentun und die sofortige Entlassung dieses Hetzers Frey verlangen.«

»Und?« Der Chef weist auf einen Packen Briefe.

»Etwa zwanzig Prozent haben mir geschrieben, daß sie auf seiten des Doktor Frey stehen. Etwa fünfzehn Prozent haben nicht geantwortet, sie sind also im Grunde der Meinung des Herrn Generalstaatsanwalts.«

Ich addiere schnell und frage: »Und die anderen fünfundsechzig Prozent?«

»Der Herr Generalstaatsanwalt hat sich seine Leute gut ausgesucht. Fünfundsechzig Prozent verlangen kategorisch die sofortige Entlassung Doktor Freys.«

Danach ist es lange still in dem großen Arbeitszimmer. Der Chef raucht seine Pfeife. Ich trinke meinen Rotwein, der mir auf einmal nicht mehr schmeckt.

»Fünfundsechzig Prozent?« frage ich endlich.

»Erstaunt dich das? Mich nicht. Ich habe mit achtzig bis neunzig Prozent gerechnet. Du mußt auch die andere Seite sehen. Die Eltern wollen nicht, daß ihre Kinder in den Ferien heimkommen und erzählen: Wir haben Dachau gesehen, wir haben das Dritte

Reich gesehen! Die Eltern wünschen ihren Frieden. Sie wollen nicht, daß ihre Kinder fragen, wie so etwas möglich war. Diese Eltern schon gar nicht!«
»Weiß Doktor Frey von der Sache?«
»Niemand weiß noch etwas. Du bist der erste, dem ich es erzähle.«
»Warum?«
»Weil ich, bevor ich etwas unternehme, die Reaktion der Kinder kennen will. Die Erwachsenen sind mir egal«, sagt der Mann, der nie eigene Kinder haben wird. »Mich interessiert nur eure Meinung! Ich weiß, wie ihr zusammenhaltet. Ich weiß, daß ich mich auf dich verlassen kann, Oliver. Ich sage dir absichtlich noch nicht alles ...«
»Was heißt das?«
»Was noch passieren kann, wenn ich Doktor Frey nicht entlasse.«
»Ja, kann man Sie denn zwingen, einen Lehrer zu entlassen, der die Wahrheit sagt?«
»Man kann, Oliver, man kann. Aber darum geht es im Moment noch gar nicht. Im Moment möchte ich nur, daß du, als Ältester, auf deine Tour herausbekommst, was die Kinder von der Sache halten. Wenn sie alle der Meinung ihrer Väter sind, sehe ich keine Hoffnung.«
»Sie sind nicht der Meinung ihrer Väter, Herr Doktor! Noah und Wolfgang ...«
»Die zählen nicht.«
»Na schön, aber auch alle anderen – oder die meisten anderen – teilen nicht die Ansichten ihrer Väter, sofern das alte Nazis sind. Wir benehmen uns schlecht, das stimmt. Wir sind Halbstarke, okay. Wir machen Ihnen und Ihren Lehrern viel Kummer ...«
»Bei Gott!«
» ... aber wir sind keine Nazis!«
»Das eben möchte ich gern genau wissen«, sagt der Chef. »Wenn ich es nämlich genau weiß, dann werde ich mich wehren. Obwohl es verflucht schwer sein wird!«
»Warum wird es verflucht schwer sein?«
»Das erzähle ich dir ein anderes Mal. Ich habe eine Menge Sorgen im Augenblick.«
»Okay, Chef«, sage ich. »In zwei Tagen haben Sie meinen Bericht.«
»Ist es klar, daß es unter euch Kindern bleibt, was wir besprochen haben?«
»Vollkommen klar. Wir halten dicht.«

Der Chef steht auf, nimmt die Pfeife aus dem Mund und gibt mir die Hand. »Danke, Oliver.«
»Ich ... nein ... wir danken Ihnen.«
»Wofür?«
»Für Doktor Frey.«
»Hoffentlich«, sagt er leise und dreht den Kopf weg, »dankt ihr mir auch noch in zwei Monaten für ihn.«
»Glauben Sie mir nicht?«
»Dir schon, Oliver. Aber sonst kann ich niemandem mehr glauben. Dieses Volk ist offenbar unbelehrbar. Die Mächtigen von gestern sind die Mächtigen von heute.«
»Das wollen wir erst einmal sehen«, sage ich.

18

Seit Anfang Dezember ist es so kalt, daß man die Gitter zwischen den beiden großen Tennisplätzen entfernt und die roten Sandflächen methodisch mit Wasser berieselt hat, das des Nachts gefror. Sehr viele Kinder laufen nun zwischen zwei und vier auf den Tennisplätzen Schlittschuh. Am 7. Dezember veranstalte ich darum hier eine Versammlung.
Um drei Uhr.
Nachts habe ich mir überlegt, was ich tun soll. Ich bin schlampig und faul. Wenn es sein muß, kann ich aber auch ordentlich und exakt sein. Nicht gern. Es muß aber sein, diesmal.
Ich habe also aus kleinkarierten Mathematikheften dreihundertzwanzig Zettel geschnitten, und zwar aus den rotkarierten (seltenen) und so, daß keiner dabeiwar. Damit bei der Wahl kein Betrug vorkommen kann.
Dreihundertzwanzig Zettel genügen, wir sind alles in allem, wie mir der Chef sagte, im Augenblick dreihundertsechzehn Schüler. Am Morgen ging ich auf den Dachboden des »Quellenhofs« und holte zwei große Persilkartons. In die Deckel riß ich mit einem Messer lange Schlitze. Das sind die Wahlurnen. Beim Frühstück bat ich Hansi, allen Kindern in den unteren vier Klassen zu sagen, daß ich ihnen um drei Uhr auf dem Eislaufplatz eine wichtige Mitteilung zu machen hätte. In den oberen Klassen verkündete ich das selber. Ich sagte keinem, worum es sich handele, sonst wären viele womöglich gar nicht gekommen. So sind alle neugierig und tatsächlich um drei Uhr auf dem Eislaufplatz. Sie tragen Keilhosen, bunte Norwegerpullover und kurze Faltenröckchen über

Wollstrümpfen, dazu rote, gelbe und blaue Schals. Das ist ein fröhlicher Anblick vor den schwarzen Bäumen des Winterwaldes. (Denken Sie mal an Breughel.)

Ich muß ziemlich laut reden, damit mich alle verstehen.

»Zuerst bitte ich, euch für einen Augenblick in drei Reihen hintereinanderzustellen und abzuzählen, damit wir wissen, wie viele da sind.«

Es gibt ein großes Gepurzel und Gleiten und Rutschen, dann stehen sie da und zählen. Die erste Zählung ergibt dreihundertundzwei. Die zweite dreihundertundfünf. Die dritte wieder dreihundertundfünf. Dreihundertundfünf stimmt, denn Geraldine hat der Chef, als er von dreihundertsechzehn Schülern sprach, ausdrücklich fortgelassen, und elf Kinder sind krank. Bei ihnen war ich schon vor dem Frühstück (auch in der Mädchenvilla, mit Erlaubnis des Chefs) und habe ihnen erklärt, was los ist, und sie gebeten, darüber zu schweigen. Ich habe jedem kranken Kind einen dieser karierten Zettel gegeben und es wählen lassen, geheim, während ich ihm den Rücken kehrte. Die elf Zettel liegen bereits in den beiden Persilkartons, die nun auf dem Eis stehen.

»Gestatten Herr Unteroffizier, daß wir diese militärische Formation wieder auflösen?« ruft Thomas.

Thomas, das ist der Sohn des NATO-Generals. Thomas haßt seinen Vater.

»Kommt näher, so nahe ihr könnt, damit ich nicht brüllen muß. Folgendes ist passiert...«

Ich erzähle ihnen, was passiert ist. Lange habe ich mir überlegt, ob ich sagen soll: »Einer von euch hat den Doktor Frey bei seinem Vater als Antifaschisten angezeigt, und einen Haufen Eltern verlangt nun, daß dieser Doktor Frey, der euch alle unterrichtet, entlassen wird«, oder ob ich sagen soll: »Friedrich Südhaus hat den Doktor Frey bei seinem Vater angezeigt«, und so weiter.

Friedrich Südhaus hat persönliche Freunde, Friedrich Südhaus hat persönliche Feinde. Es wäre keine objektive Wahl, wenn ich seinen Namen nennen würde. Ich sage also: »Einer von euch hat Doktor Frey bei seinem Vater angezeigt.«

Dann erzähle ich ihnen alles. Die ganz Großen hören genauso aufmerksam zu wie die ganz Kleinen.

Als ich fertig bin, geschieht etwas Unerwartetes: Friedrich Südhaus dreht sich plötzlich um und will davonrennen. Damit konnte ich nicht rechnen, daß er sich selbst verraten würde, der Idiot! Schlechte Nerven. The goddammed fool kommt übrigens nicht weit. Wolfgang stellt ihm ein Bein, der Primus knallt aufs Eis.

Da ist schon Wolfgang und reißt ihn an der Pelzjacke hoch. Er knurrt: »Habe ich mir doch gleich gedacht, daß du das nur gewesen sein kannst, Süßer!«
Mit einem Sprung ist Thomas bei Südhaus, der zittert und aussieht, als wollte er losplärren. Thomas hält dem Primus eine Faust unter die Nase und sagt: »Hier bleibst du, Arsch mit Ohren!«
»Was hast du gesagt!«
»Arsch mit Ohren! Erst petzen, dann türmen! Heil Hitler!«
»Ich habe nicht gepetzt! Das war ein anderer!«
»Klar«, sagt Thomas, »darum scheißt du dir jetzt ja auch in die Hosen, wie? Komm her, Wolfgang!« Der Sohn des gehängten Kriegsverbrechers tritt an die andere Seite Friedrichs.
Der zittert jetzt. Er ist ganz gelb im Gesicht.
»Nazisau«, sagt Wolfgang.
»Ruhe!« schreie ich und habe große Angst, daß meine Autorität im Eimer ist und gleich eine Massenholzerei beginnen wird. »So geht das nicht! Das ist völlig egal, wer es gewesen ist, und ...«
»Quatsch, völlig egal! Südhaus war es!«
»Hilfe!« schreit der. »Herr Doktor Florian! Hilfe!«
Wolfgang holt aus und knallt dem Südhaus eine, daß vielen Zuschauern der Unterkiefer herabfällt.
Südhaus fliegt Thomas in die Arme.
Der ruft: »Im Namen der NATO!« Und haut Südhaus die Faust in den Bauch. Der Primus knickt zusammen. Wolfgang packt ihn und will gerade wieder zuschlagen, da steht auf einmal der blasse, magere Noah vor ihm und sagt leise: »Laß los!«
»Was?«
»Ihr sollt ihn nicht schlagen!«
Tatsächlich gehorchen Thomas und Wolfgang.
Leise spricht Noah weiter: »Oliver ist noch nicht fertig. Aber eines habe ich schon kapiert. Hier ist etwas ganz Böses geschehen. Das kann mit Dresche allein nicht mehr gutgemacht werden. Stimmt's, Oliver?«
»Ja«, sage ich. Und zu Südhaus: »Wenn du nicht ausgerissen wärest, blöder Hund, wüßte es kein Mensch. Ich habe deinen Namen absichtlich nicht genannt.«
Südhaus sieht mich an. Er schluckt dauernd, um nicht zu heulen. Dann heult er doch los: »Ich war es nicht! Ich war es nicht.«
»Feig auch noch«, sagt Thomas.
»Ich war es nicht! Ich ...«
»Kusch«, sagt Wolfgang. Und zu mir: »Darf ich ihm wenigstens einen Tritt geben?«

»Nein!«
»Keinen einzigen, kleinen, ganz kleinen?«
»Laß Oliver endlich weiterreden«, sagt Noah.
Darauf ist Wolfgang ruhig. Er tut immer, was Noah sagt. The body. And the brain.
»Jeder von euch bekommt jetzt einen Zettel von mir.«
»Wozu?« fragt Hansi, mein »Bruder«.
»Das ist eine Wahl. Und zwar eine geheime. Ihr könnt zu den Bänken gehen oder hinter die Bäume, wenn ihr schreibt.«
»Was schreibt?«
»Ob ihr wollt, daß Doktor Frey bei uns bleibt, oder ob ihr wollt, daß er geht. Wer will, daß er bleibt, schreibt ›Ja‹ auf seinen Zettel, wer will, daß er nicht bleibt, schreibt ›Nein‹. Wer keine Meinung hat, schreibt gar nichts. Die Zettel faltet ihr zusammen und werft sie in einen von den beiden Pappkartons. Dreihundert Zettel gehen nicht in einen, darum habe ich zwei mitgebracht.«
Eine Stimme: »Was soll die Wahl? Was haben *wir* schon zu sagen?«
»Dreihundert Kinder haben eine Menge zu sagen!« ruft die kaffeebraune, zierliche Chichita.
»Nicht in Persien«, sagt der kleine Prinz.
»Aber bei uns«, sagt Wolfgang.
»Na wenn schon«, meint Noah.
»Du sei auch ruhig!«
»Aber ich bitte dich«, sagt Noah, »bei uns haben doch nicht einmal die Erwachsenen etwas zu sagen!«
Südhaus schreit auf.
»Was war das?« frage ich.
»Thomas hat mich getreten!«
»Du wirst noch viel mehr abkriegen, wenn wir dich allein erwischen, Saukerl!« sagt Thomas. »Ich wette, dein lieber Vater hat auch meinem lieben Vater einen Brief geschrieben Die Herren dürften sich einig sein. Also fang schon an, Oliver!«
Ich öffne die Kartons und verteile die Zettel an die Kinder, die vorbeidrängen. Ich sage dazu: »Ein paar von euch lachen. Hier gibt es wenig zu lachen. Hier geht es um die Zukunft eines Menschen. Wenn einer von euch also Sternchen auf den Zettel malt oder ihn wegwirft, dann muß er daran denken, daß er ein Stückchen von der Zukunft des Doktor Frey wegwirft.«
Darauf hört das Lachen auf.
Die Kinder verstreuen sich über den ganzen Platz. Viele stehen in Gruppen herum und diskutieren, und jeder schreibt sein »Ja«

oder »Nein« ganz geheimnisvoll auf den Zettel, so daß keiner es sehen kann. Dann kommen sie zu mir zurück, der ich auf meinen Zettel »Ja« geschrieben habe.
Thomas ruft laut: »Ich habe dafür gestimmt, daß Doktor Frey bleibt!«
»Es hat dich niemand gefragt, wie du gestimmt hast«, sage ich und stecke seinen zusammengefalteten Zettel in einen der Kartons. Während ich meinen nachschiebe, füge ich hinzu: »Glaub ja nicht, daß mit dieser Wahl alles erledigt ist. Oder damit, daß ihr Friedrich ein paar Zähne ausschlagt. Das ist erst der Anfang!«
»Anfang von was?«
»Von einer langen und schweren Geschichte wahrscheinlich«, sagt Noah, während er seinen Zettel abgibt. »Ich habe den Doktor immer gewarnt.« Noah geht langsam fort.
Nach und nach füllen sich die beiden Kartons. Dann hat das letzte Kind seinen Zettel abgegeben. Gott sei Dank ist es ganz windstill. Ich kann also den Inhalt der Kartons auf den Boden entleeren.
»Wer hilft mir beim Auszählen?« frage ich.
Hansi drängt sich vor.
»Ach bitte, Oliver«, sagt der kleine Prinz, »dürfte ich dir auch helfen? Das ist alles so neu und aufregend für mich. Ich war noch nie bei einer Wahl.«
»Natürlich, Raschid«, sage ich und übersehe bewußt den wütenden Blick, den Hansi mir gibt.
Hansi, mein »Bruder«.
Er wird sich bald auf ganz andere Art als nur durch Blicke bemerkbar machen. Und die Folgen werden dann nicht mehr zu übersehen sein...

19

Die Auszählung dauert zwanzig Minuten.
Alle Kinder beobachten genau, was wir tun. »Ja«-Stimmen kommen in den linken Karton, »Nein«-Stimmen in den rechten. Ungültige Stimmen legen wir unter den einen Karton, Stimmenthaltungen unter den zweiten.
Ich öffne einen Zettel, darauf hat ein (kleines) Kind geschrieben: ALLES KACKE! Auf einem anderen Zettel finde ich ein schweinisches Symbol, ein dritter ist leer. Das wäre also eine Stimmenthaltung. Die anderen beiden Zettel sind ungültig.
Nach zwanzig Minuten sind wir mit dem Sortieren fertig. Zur

Sicherheit zählen wir noch einmal. Viele zählen mit, manche laut. (Alle in ihren Sprachen.) Dann kann ich das Resultat aufschreiben. Ich sehe meinen Block an und sage: »Die Wahl hat folgendes Resultat erbracht – und dabei sind schon die Stimmen der elf Kranken berücksichtigt: Ungültige Stimmen: Elf. Stimmenthaltungen: Zweiunddreißig. Ja-Stimmen: Zweihundertsechsundfünfzig.«
An dieser Stelle beginnen viele wie verrückt zu klatschen und Hurra zu schreien. »Ruhe!« Es wird wieder still: »Nein-Stimmen: Siebzehn.«
Pfiffe, Pfuirufe und Kraftausdrücke. Ein paar Jungen wollen sich wieder auf Südhaus stürzen, der kreidebleich ist.
»Ihr sollt ruhig sein! Ich stelle fest: Unsere Wahl zeigt eine überwältigende Mehrheit, die dafür ist, daß Doktor Frey bleibt.«
Wieder Beifall. Noah klatscht nicht. Er lächelt sein trauriges jüdisches Lächeln, und in seinen Augen sehe ich sechstausend Jahre Weisheit und Ohnmacht.
»Zweiter Punkt der Tagesordnung«, sage ich. »Der Chef hat mich mit dieser Sache beauftragt – glaubt nicht, daß ich mich dazu gedrängt habe –, weil ich der Älteste von euch allen bin. Beileibe nicht der Klügste!« Ironisches Klatschen. »Ich sehe, ihr seid meiner Meinung. Aber so klug bin ich, um euch zu sagen: Wenn ihr jetzt den Südhaus verdrescht, dann zerschlagt ihr nur noch mehr Porzellan. Dann war die ganze Wahl umsonst, und ihr beweist den Erwachsenen nur, daß ihr auch Nazimethoden anwendet.«
»Wieso? Er hat sie doch zuerst angewendet!« ruft Thomas.
»Willst du so sein wie er?«
Thomas spuckt auf den Boden.
»Na also«, sage ich.
»Ja, Mensch, aber etwas muß doch mit der Toppsau geschehen«, meint Wolfgang, der Südhaus immer noch am Arm festhält. »Wir können ihn doch für das, was er getan hat, nicht auch noch mit Schokolade begießen!«
Tritt die kleine Chichita vor und sagt mit ihrem hohen Stimmchen: »Wer schreit und schlägt, hat immer unrecht. Ich stimme dafür, daß Südhaus so lange ins ›Zuchthaus‹ kommt, bis diese Sache geklärt ist.«
»Bravo!« ruft einer. Dann klatschen sie wieder. Ich sehe, daß Noah der kleinen Brasilianerin zulächelt. Sie strahlt.
»Wer dafür ist, daß Südhaus ins ›Zuchthaus‹ kommt, soll die Hand heben!«
Ein Wald von Armen hebt sich.

»Helft mir zählen«, sage ich zu Hansi und Raschid.
Wir zählen wieder zweimal.
Zweihundertvierundfünfzig Kinder sind dafür, daß Südhaus ins »Zuchthaus« kommt.
»Zuchthaus«: Das ist ärger als die ärgsten Prügel. »Zuchthaus«, das bedeutet: Von diesem Moment an wird kein Kind mehr mit Friedrich Südhaus sprechen, keines wird ihn beachten, ihn abschreiben lassen, ihm antworten, wenn Südhaus spricht. »Zuchthaus«, das bedeutet: Von heute an werden alle Kinder im Speisesaal aufstehen und sich an einen anderen Tisch setzen, wenn Südhaus an den ihren tritt. Von heute an wird Südhaus allein schlafen, denn für besondere Fälle hat der Chef das erlaubt und vorgesehen, was er »Schülerselbstverwaltung« nennt. Es gibt ein paar Kammern mit einzelnen Betten. »Zuchthaus«: Von heute an wird Friedrich Südhaus mitten unter dreihundert Kindern so einsam sein wie der Mann im Mond.
»Geh«, sagt Wolfgang zu ihm und läßt seinen Arm los.
Der Primus geht. Er wirft den Kopf dabei zurück und sagt noch: »Ihr werdet schon noch alle sehen, was ihr davon habt, Schweine!«
Aber es klingt nicht sehr überzeugend. Dreihundertundvier Kinder sehen ihm nach, bis er verschwunden ist.
»Punkt drei der Tagesordnung«, sage ich. »Der wichtigste. Natürlich ist mit unserer Wahl und damit, daß wir Südhaus ins ›Zuchthaus‹ getan haben, noch nicht alles erreicht.«
»Gar nichts ist erreicht«, sagt Noah.
»Eine Menge«, sage ich, »aber nicht genug.«
»Was können wir noch tun?«
»Wir müssen unseren Eltern zeigen, daß wir entschlossen sind, für Doktor Frey zu ...«
»Sag bloß noch, zu kämpfen«, murmelt Noah. »Dann brauche ich einen von den Kartons für den guten Vanillepudding vom Mittag.«
»Zu kämpfen, jawohl!« ruft Thomas. Er ist jetzt wütend und attackiert Noah. »Du hast es gut! Du kannst leicht klug sein und lächeln und sagen, es hat doch alles keinen Sinn! Deine Leute haben sie vergast! Aber mein Vater lebt! Im letzten Krieg hat er Hunderttausende in den Tod getrieben. Im nächsten wird er es wieder tun! Ich will nicht so werden wie er! Ich will kämpfen, jawohl! Und du sollst nicht lächeln darüber.«
»Thomas«, sagt Noah traurig, »du bist ein netter Kerl. Verzeih, daß ich gelächelt habe.«

Fragt der kleine Raschid, dessen Lippen schon ganz blau vor Kälte sind: »Wie macht man so etwas? Wie kämpft man für den Doktor Frey?«
Daraufhin erwidert der kleine Giuseppe, der genauso friert und immer noch dieses grausige Englisch-Deutsch-Italienisch-Kauderwelsch spricht: »Per favore, da bin icha also Spezialista. In Napoli, ja, mein Pappa...«
»Der im Gefängnis sitzt«, sagt Ali schnell und gemein.
Wolfgang langt ihn sich und sagt ebenso schnell: »Schnauze, Kleiner. Sonst mache ich Kompott aus dir!« Ali verstummt. »Sprich weiter, Giuseppe«, sagt Wolfgang freundlich zu dem kleinen Italiener. »Was war mit deinem Pappa?«
»Ista docha bloß my Stief-Pappa! Haba ich doch schon gesagta, no?«
»Das spielt keine Rolle«, sagt Noah. »Wir wissen alle, daß dein Pappa nicht wegen eines gemeinen Verbrechens eingesperrt wurde, sondern weil er an einem wilden Streik teilgenommen hat. Und das ist keine Schande.«
Giuseppe fährt sich mit der Hand über die Augen. »Grazie, Noah. Ja, wegen Streika! Das ich wollen sagen.«
»Was?«
»Wir müssen machen a Streika. Alle, die geschrieben haben ›Ja‹, machen Streika.«
Thomas fängt an zu lachen.
Er hat es schon begriffen.
Wolfgang noch nicht. »Was für einen Streik, Giuseppe?«
»Wir gehen nicht in Schula, ja? Wir gehen solang nicht in Schula, bis Chef sagen: ›Doktor Frey bleibt!‹ «
»Der Chef will Doktor Frey ja gar nicht rausschmeißen«, sagt Noah. »Eltern verlangen es. Wir machen dem Chef nur Schwierigkeiten mit solchem Streik und erreichen gar nichts.«
»Alles wir erreichen, yes«, ruft Giuseppe.
»Was hat denn dein Vater erreicht?« fragt Noah. »Eingesperrt haben sie ihn!«
»Ja, aber erst später – nach der Geschichte mit Neubau, Ihr wißt nicht? Damals, nacha diesem Streika, alle Arbeiter haben bekommen sexa Prozenta mehr – wie heißt deutsch?«
»Lohn«, sagt Thomas.
»Ja, Lohn. Müssen nur alle halten zusammen, yes?«
Fragt der kleine Prinz mit seinem zarten Stimmchen: »Und wenn man auch uns alle einsperrt, wie seinen Vater?«
»Nie im Lebena!«

»Leider!« sagt Thomas.
»Wieso leider?« fragt der Prinz.
»Das wäre doch das Allerschönste. Die größte Propaganda! Zweihundertsechsundfünfzig Kinder eingesperrt, weil sie einen Antinazi als Lehrer behalten wollen. Stellt euch das vor! Die Schlagzeilen! Die internationale Presse! In Deutschland sind die Kinder die einzigen Demokraten! Es wäre zu schön!« Er seufzt. Dann lacht er. »Aber es wird auch so gehen! Ich kenne zwei englische Korrespondenten in Bonn. Denen schreibe ich noch heute.«
Sagt ein ganz kleiner Junge, den ich noch nie gesehen habe: »Das leuchtet mir ja alles ein mit dem Streik, und es gefällt mir auch. Aber ich habe so strenge Eltern. Die hauen mir den Hintern blau und grün, wenn der Chef vielleicht alle rausschmeißt, die streiken!«
Fragt Wolfgang: »Warum soll er uns rausschmeißen? Dankbar wird er uns sein! Giuseppe, du bist ein großer Mann!« Der kleine Italiener lächelt selig. »Nach dem, was Oliver da sagt, steht der Chef doch auf der Seite von Doktor Frey. Er wird von ein paar Nazi-Vätern erpreßt. Er muß selig sein über unseren Streik! Und noch seliger, eine Möglichkeit zu haben, Kerle wie Südhaus rauszuschmeißen – nicht uns!«
»Südhaus geht von selber, das garantiere ich euch«, sagt Thomas. »Ich schreibe jetzt gleich den beiden Journalisten, was hier los ist. Ich möchte es übermorgen lesen! In der ›Times‹, im ›Daily Mirror‹! Mensch, das ist vielleicht eine Sache!«
»Langsam«, sagt Noah, »langsam. Du kannst ihnen sofort schreiben. Expreß, meinetwegen, daß sie herkommen sollen. Aber sie dürfen noch keinen Artikel verfassen.«
»Warum nicht?«
»Weil wir vielleicht keinen Artikel brauchen werden. Dein Pappa hat doch auch sechs Prozent mehr bekommen, ohne daß Artikel erschienen sind, Giuseppe, nicht?«
»Si.«
»Und warum?«
»Unternehmer, er hata sich geschämt. War ihm peinlicha, yes?«
»Es wird wahrscheinlich auch verschiedenen Herren Vätern peinlich sein«, sagt Noah. Seltsam, wie er sich plötzlich verändert hat. Hektische rote Flecken zeigen sich auf seinen Wangen. Er, der immer Beherrschte, immer Überlegene, ist auf einmal gar nicht beherrscht, genauso aufgeregt wie Wolfgang!
Ich muß denken: Im Dritten Reich ließen die Juden sich widerstandslos abführen, obwohl sie wußten, daß es ins Gas ging. Kei-

ner erschoß so einen Mörder. Keiner wehrte sich – nur die Juden im Warschauer Ghetto. Heute sind die Israelis Muskelriesen, und ihre Mädchen lernen schießen. Kommt also ein Punkt, wo auch ein Wurm, der armseligste, sich nicht mehr treten läßt, wo auch der schwächste Hund beißt? Noah spricht atemlos. »Die Artikel sind unsere stärkste Waffe.«
Waffe, sagt Noah!
»Mit ihnen müssen wir bis zum Schluß warten, wenn gar nichts anderes mehr hilft.«
»Du bist ja auf einmal so optimistisch«, sage ich.
»Darf ich das nicht auch einmal sein?« fragt Noah hitzig. Gleich darauf ist er wieder der alte. »Im übrigen bin ich nicht optimistisch, sondern realistisch. Wenn man schon so etwas macht, dann muß man es richtig machen.«
Er steht neben mir, und so höre ich, wie die niedliche Chichita ihm zuflüstert: »Das war gescheit von dir, das mit dem Artikel.«
»Reine Frage der Logik.«
»Nein, du *bist* gescheit«, flüstert die kleine Brasilianerin. »Du und Mister Aldridge, ihr seid die Gescheitesten hier. Ich glaube, du bist sogar der Allergescheiteste!« Sie drückt seine Hand und läuft fort.
Noah räuspert sich verlegen und sieht sich um. Ich tue, als hätte ich nichts gehört. Da lächelt Noah, und diesmal ist es ein fröhliches Lächeln...
Am nächsten Morgen, dem 8. Dezember, fehlen zweihunderteinundsechzig Kinder beim Unterricht. Das bedeutet, daß fünf von den »Unentschiedenen« nun auch mitmachen. Als die Lehrer um acht Uhr früh in die Klassen kommen, trauen sie ihren Augen nicht! Bei den Kleinen sitzen wenigstens noch ein paar hinter ihren Tischen. Bei den Großen fehlen beinahe alle.
In meiner Klasse steht der Friedrich Südhaus auf, als das Frettchen hereinkommt. Der Primus ist nicht in der Verfassung, eine Erklärung für das einmalige Ereignis zu geben. Das Frettchen stürzt zum Chef. Bei dem haben sich schon die anderen Lehrer versammelt. Ich stehe neben Doktor Florian, denn ich mußte ihm mitteilen, was wir vorhaben. Er sagte kein einziges Wort. Einmal drehte er sich um. Ich glaube, er mußte lächeln und wollte nicht, daß ich es sah...
»Herr Direktor, in meiner Klasse...« beginnt das Frettchen atemlos und des Schweißes voll.
Der Chef weist nur auf ein Stück Packpapier, das an die Außenseite der Tür zu seinem Arbeitszimmer geklebt war. Darauf steht:

AUS GEGEBENEM ANLASS TRETEN WIR SO LANGE IN SCHULSTREIK, BIS WIR VERBINDLICHE ERKLÄRUNGEN DARÜBER ERHALTEN HABEN, DASS HERR DR. FREY AN DER SCHULE BLEIBT, KEINERLEI DRUCK ODER ZWANG AUSGESETZT WIRD UND SO WEITER UNTERRICHTEN KANN WIE BISHER.

Den Text hat Noah aufgesetzt. Das Plakat hat er mit mir zusammen gegen zwei Uhr morgens an die Tür geklebt. Wir mußten ein Fenster eindrücken, denn die Haustür war versperrt. Das Geld für ein neues Fenster habe ich dem Chef heute morgen gleich mitgebracht. Er wies es zurück und sagte: »Ich bezahle das selber. Ihr hättet ruhig noch ein paar Scheiben mehr einschlagen können.«

»Eine genügte, Herr Doktor!«

»Es war nur symbolisch gemeint. Ich danke dir, Oliver.«

»Danken Sie mir nicht zu früh, wer weiß, was noch kommt?«

»Das ist mir egal!«

»Egal? Vorgestern sagten Sie noch, Sie hätten jeden Mut verloren!«

»Aber durch euch habe ich ihn wiedergewonnen«, erwidert der Chef, und jetzt weist er stumm und achselzuckend auf die Unterschrift des Plakates:

DIESEN STREIK RUFEN 261 VON 316 SCHÜLERN DES INTERNATS PROFESSOR FLORIAN AUS.

FRIEDHEIM IM TAUNUS, 8. DEZEMBER 1960

20

Natürlich muß der Chef nach außen hin nun alles tun, um den Anschein zu vermeiden, er stünde auf unserer Seite. Darum hält er an diesem Morgen um halb neun eine Ansprache über die Lautsprecheranlage. Er fordert alle Kinder auf, augenblicklich in der Schule zu erscheinen. Die Kinder, die ihn hören, grinsen nur. Der Chef sagt, wenn wir nicht in einer Stunde in den Klassen sind, wird man uns mit Gewalt holen.

»Gibta es nura eines«, erläutert Giuseppe. »Sitzstreik.«

Eine Stunde später, als die Erzieher und Lehrer in das Haus der kleinen Jungen kommen, hocken diese alle auf dem Fußboden. Sie machen sich »lätschig«, lassen sich hochheben und tragen. Nach ein paar Metern schon geht den Erwachsenen die Puste aus. Bis zur Schule hinauf sind es zu Fuß zwanzig Minuten! Und die Lehrer und Erzieher sind auch nicht so ganz mit Feuereifer bei der

Sache. Sie versuchen es nur bei den Kleinen, die Großen lassen sie überhaupt in Ruhe. Wer könnte zum Beispiel so einen Riesenkerl wie Wolfgang tragen?
Aus den Villen der großen und kleinen Mädchen hören wir, daß es dort noch hübscher zugeht. Die jungen Damen verwahren sich dagegen, daß Männer sie anfassen. Die schöne Santayana soll dem Chef gedroht haben, sie würde die Polizei alarmieren, wenn sie von Mitgliedern des Lehrkörpers unanständig berührt würde.
Apropos Polizei: Die alarmierte inzwischen in seinem Übereifer Herr Doktor Haberle. Zum Glück gibt es in Friedheim nur einen Gendarmerieposten. Fünf Mann Besatzung. Einer hat immer frei. Einer muß immer im Revier bleiben. Also kommen drei ältere Herren und versuchen, zweihunderteinundsechzig Kinder zu transportieren. Nach einer Stunde geben sie den Versuch fluchend und schwitzend auf.
Zum Mittag verkündet der Chef, daß wir kein Essen erhalten werden, solange wir streiken.
»Also ganza genauso wie in Napoli«, sagte Giuseppe. Viele Kinder haben noch Freßpakete. Wir legen unser Taschengeld zusammen, und ein paar rennen in den Ort hinunter und kaufen ein, Brot, Obst, Milch und Konserven, gleich für mehrere Tage. Elektrische Kochplatten und Tauchsieder gibt es in jeder Villa.
Wir bringen auch Herrn Herterich einen Teller voll Essen, aber der lehnt ab und sagt schwach: »Ich ermahne euch zum letztenmal...« Keiner hört zu.
Gegen Abend erscheinen die englischen Journalisten aus Bonn, die Thomas angerufen hat. Sie steigen im »A« ab, dann lassen sie sich die ganze Sache von uns erzählen und machen Blitzlichtaufnahmen. Es sind nette Kerle. Sie haben uns ein paar Stangen Zigaretten mitgebracht.
Hansi sitzt auf seinem Bett und pafft eine Kippe nach der anderen.
»So ein Streik ist eine feine Sache«, sagt er. »Sollte man öfter machen!«
»Ja«, sagt Giuseppe, »aber nicht die Kinder, die Erwachsenen!«

21

Schon am ersten Streiktag hat der Chef mit Südhausens Vater und dessen Frau telefoniert. Über den Inhalt des Gespräches ist uns nur so viel bekannt, daß die Gruppe um den Generalstaatsanwalt weiter auf einer Entlassung Doktor Freys besteht. Dieser wurde

bis zur Klärung des Falles beurlaubt und ist nach Frankfurt gefahren, wo er in einem kleinen Hotel wohnt.
Am zweiten Streiktag kam ein Beamter der Oberschulbehörde aus Frankfurt (die Engländer haben auch ihn fotografiert) und erklärte uns, daß die Schule geschlossen und wir alle vor ein Jugendgericht gestellt würden, wenn der Streik weiterginge. Niemand sprach mit diesem Beamten ein Wort.
Am Nachmittag erklärte der Chef über Lautsprecher, die Anordnung der Oberschulbehörde sei durch einen Erlaß des Kultusministeriums widerrufen worden. Er forderte uns wiederum auf, zum Unterricht zu erscheinen.
»Nura jetza nicht Nerva verlieren!« sagt Giuseppe.
Am dritten Streiktag (ich telefoniere täglich mit Verena, aber ich kann nicht nach Frankfurt fahren, weil man nicht weiß, was hier in der nächsten Viertelstunde geschieht) erscheint ein Mercedes 300 mit Chauffeur, der Friedrich Südhaus abholt. Er muß von der Ankunft des Wagens gewußt haben, denn alle seine Sachen sind gepackt, und er verschwindet sofort.
Am gleichen Tag erhält Thomas von seinem Vater ein Telegramm, in dem dieser ihn auffordert, sich unverzüglich von den Streikenden zu distanzieren. Daraufhin geht Thomas auf das Postamt in Friedheim und telegrafiert an die Adresse seines Vaters im NATO-Hauptquartier:
denke nicht daran streik abzubrechen + jeder versuch mich hier wegzuholen würde nur dazu führen dass ich flüchte und die polizei nach mir fahnden muss + viel spass + thomas
Auf dieses Telegramm kommt keine Antwort mehr.
Weil aber auch von Südhausens Vater und Genossen keine Antwort mehr kommt, meint Noah: »Sag deinen beiden Journalisten, jetzt können sie anfangen, Thomas!«
Daraufhin bringen am fünften Tag drei große Londoner Zeitungen auf der ersten Seite Bilder und Berichte von den Vorgängen in unserem Internat. Einen Tag später kann man diese Berichte in deutschen Zeitungen lesen – wenn auch nicht gerade auf der ersten Seite.
Nun kommen viele Reporter. Die Gendarmen, die Lehrer und Erzieher versuchen sie abzufangen, aber wir laufen den Reportern durch den Wald entgegen und sagen ihnen alles, was sie wissen wollen. Daraufhin erscheinen am sechsten Tag viele neue Berichte.
An diesem Abend meldet sich über die Lautsprecheranlage wieder der Chef: »Ich muß euch eine Mitteilung machen. Friedrich Südhaus und dreizehn weitere Schüler haben unser Internat verlassen.

Alle Eltern, die verlangt haben, daß Doktor Frey entlassen wird, sind damit einverstanden, daß er bleibt und so weiter unterrichtet wie bisher. Morgen um acht Uhr erwarte ich alle ausnahmslos zum Unterricht. Euer Streik ist zu Ende.« Daraufhin bricht im Haus der kleinen Jungen ein ungeheures Begeisterungsgebrüll aus. In ihren bunten Morgenmänteln und Pyjamas tanzen und springen die Knaben herum, boxen und tanzen miteinander.
Und wieder die Stimme des Chefs. Er räuspert sich lange, bis seine Stimme klar ist, und ich merke, daß er sich fürchterlich anstrengt, ganz ernst zu reden: »Ich mißbillige das Verhalten aller, die gestreikt haben, natürlich auf das schärfste. Es wird eine Disziplinaruntersuchung geben. Im übrigen wünsche ich euch eine gute Nacht.«
»Gute Nacht!« brüllen die Kinder im Chor.
Am nächsten Morgen haben wir in der ersten Stunde Geschichte. Der magere Doktor Frey hinkt herein.
»Setzt euch.«
Alle setzen sich.
»Wir kommen heute zu den Ereignissen, bei denen wir... hrm... unterbrochen wurden«, sagt Doktor Frey, dabei durch die Klasse humpelnd wie immer. »Wir kommen zu der sogenannten ›Machtergreifung‹ Hitlers und zu der Rolle, die die deutsche Schwerindustrie dabei gespielt hat...« Seine Stimme ist immer unsicherer geworden. Jetzt kann er nicht weiter. Er dreht uns allen den Rücken. Eine lange Pause entsteht. Dann sagt Doktor Frey leise: »Ich danke euch.«

22

Der Bankier Manfred Lord lacht so lange, bis er sich verschluckt und husten muß. Dann hört er auf zu lachen, greift nach seinem Glas und trinkt. Anschließend streicht er sich durch das schöne weiße Haar. »Das ist ja eine tolle Geschichte«, sagt er. »Was, Liebling?«
»Ja, Manfred«, antwortet Verena.
»Man kann euch gar nicht genug danken! Jetzt sieht das Ausland doch endlich, daß es anders geworden ist bei uns hier im Westen, daß eine neue Generation heranwächst, immun gegen jede Diktatur. Das soll sich mal eine Schule drüben im Osten erlauben«, sagt Manfred Lord, der so gut aussieht und auch in der Partei war – wenn er gewiß auch nichts Besonderes angestellt hat. Etwa

zwölf Millionen Pg's haben nichts Besonderes angestellt. Wie die ganze grausige Geschichte darum eigentlich passieren konnte, vermag einem heute keiner von ihnen mehr so recht zu sagen.
Oder ja, doch!
Die SS war an allem schuld.
Es ist der Abend des 14. Dezember.
Herr Lord hatte die Freundlichkeit, mich wieder einmal einzuladen. Drei Stunden nachdem ich gestern mit seiner Frau in »unserem« Haus am Brunnenpfad zusammen war, rief er im Internat an.
»Wir machen es uns richtig gemütlich. Kein Chichi, kein Smoking! Sie können kommen, wie Sie wollen.«
»Sehr freundlich, Herr Lord.«
»Wird wohl das letztemal vor Weihnachten sein, nicht?«
»Ja. Am zwanzigsten beginnen die Ferien.«
»Na also! Um acht?«
»Um acht. Ich danke Ihnen.«
Und da sitzen wir nun vor den nachtdunklen Scheiben des wohltemperierten Wintergartens von Herrn Lords kostbarer Villa an der Miquel-Allee in Frankfurt. Tropische Gewächse in riesigen Töpfen stehen herum, ranken sich an der Decke entlang, von der Körbe mit wunderbaren Orchideen herabhängen, Cattleyen, Cypripedien, Rispen. Es ist wirklich sehr gemütlich in diesem Wintergarten, den einzurichten sicher ein Vermögen gekostet hat, denn als ich kam, zeigte mir Manfred Lord voller Stolz Pflanzen, die so selten sind, daß man sie überhaupt nur ein dutzendmal auf der Welt findet. Er liebt und sammelt Pflanzen.
Und alte kostbare Bücher. Er hat eine phantastische Bibliothek. Muß auch ein Vermögen wert sein...
Verena und er trinken Ginger-Ale mit Whisky, ich trinke nur Tuborg-Bier aus einem Silberbecher. Ich werde mich bei Herrn Lord nicht noch einmal besaufen.
Wir alle tragen Pullover, Verena den roten, weil ich ihr einmal, als wir uns in »unserem« Häuschen trafen, sagte, daß ich den roten Pullover liebe.
»Ihr seid schon großartige Burschen«, meint Manfred Lord und greift wieder nach den Flaschen. »Und großartige Mädchen. Ich finde das prima, also wirklich.«
Sooft er uns den Rücken wendet, sehen Verena und ich einander an. Wir waren in der letzten Zeit oft zusammen. So sehr zusammen, wie es zwei Menschen nur sein können. Wenn wir einander ansehen, ist es, als ob wir einander umarmen würden. Vorhin ging

Lord einmal hinaus, da steckte Verena mir ein paar Fotos von sich zu. Die Bilder trage ich jetzt in meiner Hosentasche.
»Und dieser kleine Giuseppe! Der ist vielleicht eine Nummer!«
»Ja«, sage ich und sehe Verena an, die ihre Lippen zu einem Kuß formt, bevor ihr Mann sich wieder umdreht. »Das ist ein feiner Kerl. Nur, wissen Sie, Herr Lord, ganz so glücklich ist die Geschichte doch nicht abgelaufen.«
»Was soll das heißen?«
»Es steht nichts in den Zeitungen davon. Es wird nie etwas davon drinstehen. Aber die Sache hat ein Nachspiel, und das macht unserem Direktor zu schaffen. Er sprach gestern abend mit mir darüber. Wie die Dinge liegen, ist er praktisch pleite und kann seinen Laden zu den Ferien schließen, wenn kein Wunder geschieht.«
»Das verstehe ich nicht.«
»Einer von den Vätern, die unbedingt dafür waren, daß dieser Doktor Frey gefeuert würde, und der seinen Sohn dann aus dem Internat nahm, ist ein gewisser Herr Christiania.«
»Christiania?« Lord runzelt die Stirn. »Doch nicht etwa Horst Christiania, von Christiania & Wolf in Hamburg?«
»Ja, der.«
»Aber Horst ist doch...« Lord bricht ab. Ich bin sicher, er wollte sagen: ... ein guter Freund von mir. Doch er ist vorsichtig. »Was war mit Horst?«
»Herr Christiania...« – es ist eigentlich ungeheuerlich, wie ruhig ich mich mit dem Mann unterhalte, dessen Frau mit mir schläft, dessen Frau ich liebe; es ist unwahrscheinlich, wie schnell man sich an so etwas gewöhnt – »... Herr Christiania hat finanziert. Damals wurde das Internat erst richtig ausgebaut. Die Villen waren bis dahin nur gemietet. Vor drei Jahren kaufte sie der Direktor. Dazu brauchte er Geld, viel Geld.«
»Klar.«
»Er sagte mir gestern abend, er hätte sich ein bißchen übernommen. Nicht katastrophal! Mit über dreihundert Schülern könnte er das Darlehen bestimmt abstottern. Aber im letzten Jahr ist er mit drei Wechseln in Rückstand geraten. Er hat Herrn Christiania jedesmal gebeten, sie zu stunden oder an den letzten Wechsel, der, glaube ich, 1964 fällig wird, anzuhängen. Das hat der auch jedesmal anstandslos getan, denn immerhin war ja sein Sohn in diesem Internat und...«
Lord winkt ab. Er pfeift ein bißchen. Dann sagt er: »Sie brauchen mir nichts weiter zu erzählen, Oliver. Ich habe schon kapiert. Jetzt verlangt Christiania natürlich alle fälligen Wechsel auf einmal, wie?«

»Ja, Herr Lord.«
Lord lacht. »Nicht sehr fein, aber ich meine: Alter Nazi. Sohn nicht mehr da. Man muß auch die Standpunkte anderer Leute verstehen. Mehr: Man muß versuchen, sich in andere Leute hineinzudenken. Sage ich doch immer, nicht wahr, Liebling?« Und er klopft seiner Frau aufs Knie. Ob er auch versucht, sich in sie und mich hineinzudenken? »Ihr Bier wird warm. Nein, nein, keinen Widerspruch, geben Sie her!« Er gießt den Rest aus meinem Becher und nimmt eine neue Flasche aus einem silbernen Eiskübel. »So! Das schmeckt doch anders, wie? Was machen denn die drei Wechsel? Zusammen, meine ich? Was soll euer Pauker sofort blechen?«
»Hunderttausend.«
»Hm.«
»Ja, und den ganzen Rest will Christiania jetzt auch haben. Er versucht den Vertrag aufzukündigen.«
»Kann er denn das?«
»Er sagt, er kann es.«
»Hm.«
Manfred Lord trinkt einen Schluck, dann erhebt er sich zu seiner ganzen imponierenden Größe und geht in dem Wintergarten umher, auf und ab zwischen Palmen, Kakteen und seltenen Rankenpflanzen. »Hm«, sagt er und zieht eine dunkelviolett-weißgefleckte Cattleya zu sich herab. »Schön, nicht?« Er wandert weiter und betrachtet eine andere Orchidee. Er wendet mir den Rücken zu, aber der Instinkt sagt mir, daß ich Verena jetzt nicht ansehen oder ihr Zeichen machen darf, weil er sich sofort umdrehen...
Da! Also er stellt Fallen.
Warum soll gerade Herr Lord keine Fallen stellen? Jeder stellt Fallen. Keiner muß hineinlaufen. Ich bin nicht hineingelaufen.
»Sagen Sie Ihrem – wie heißt der Pauker?«
»Professor Florian.«
»Sagen Sie Professor Florian, daß er die Hunderttausend sofort von mir haben kann und daß ich Christiania anrufen werde wegen des Vertrages. Wenn mit dem nichts zu machen ist – wir alten Kerle sind doch alle schon ein bißchen verkalkt –«, sagt er und lächelt charmant, ach, so charmant, »dann übernehme ich den ganzen Vertrag. Ihr Professor braucht sich keine Sorgen zu machen.«
Würde ich nicht sitzen, es hätte mir wahrscheinlich die Füße fortgezogen.
Ich sehe Lord an. Er lächelt. Ich sehe Verena an. Sie lächelt auch.
»Aber warum wollen Sie das denn tun?«

»Was, lieber Oliver?«
»Dieses ... dieses Risiko übernehmen?«
»Es ist kein Risiko. Die Schule geht gut. Ich habe keine Angst um mein Geld. Im Gegenteil! Christiania wird ganz hübsche Zinsen auf die Wechsel geklopft haben. Ich verdiene sogar noch daran. Also was?«
»Mein Mann liebt es, anderen zu helfen«, sagt Verena. Und da fällt mir ein, daß sie das schon einmal sagte. Herr Lord, der Wohltäter. Der großzügige Herr Lord. Der edelmütige Herr Lord. Warum er das tut? Verena weiß es, und ich weiß es auch: Um seiner Frau zu imponieren. Um ihr zu zeigen, was er für ein Kerl ist. Damit sie ihn lieben lernt. Denn daß sie das nicht tut, hat er natürlich lange bemerkt. *Er*, er liebt sie. Auch ein armer Hund, denke ich, während ich mich für den Chef freue, und mir Heine einfällt:
Sie war liebenswürdig, und er liebte sie.
Er war aber nicht liebenswürdig, und sie liebte ihn nicht.
Haben wir gerade in Deutsch gelesen. (Jüdische Schriftsteller zu lesen, ist wieder erlaubt.) Komisch. Dabei ist dieser Manfred Lord liebenswürdig, und trotzdem liebt Verena ihn nicht. Und trotzdem, Gott sei Dank! Ich sage (denn ich muß etwas sagen, und zwar noch vor dem neuen Jahr): »Sie retten seine Existenz, Herr Lord!«
»Ach was!«
»Im Ernst, er wird überglücklich sein!«
»Er soll morgen nachmittag in mein Büro kommen, um vier!«
Morgen nachmittag um vier werde ich also Verena treffen ...
»Jawohl, Herr Lord. Und ich danke Ihnen – im Namen des Chefs, ich meine, im Namen Professor Florians.«
»Jetzt ist aber Schluß damit«, sagt der Hausherr, pflückt einen »Frauenschuh«, geht damit zu seiner Frau und nimmt eine Nadel aus ihrem Haar, mit der er die Orchidee an ihrem roten Pullover befestigt, auf der rechten Brust. »Die schönste, die blüht«, sagt Manfred Lord und küßt ihre Hand.
Wie wohl den Mäusen zumute ist, wenn die Katze ...
Ich habe doch schlechtere Nerven, als ich dachte. Ich kann das nicht mitansehen, dieses Handküssen, die Brust halten, das Haar streicheln. Ich sage: »Halb zwölf. Ich fürchte, ich muß machen, daß ich ins Bett komme, sonst gibt's Ärger.«
»Ach, bleiben Sie doch noch, Oliver! Es ist doch heute so gemütlich. Einmal leger! Und ganz unter uns ...«
Und ganz unter uns.
»Nein, wirklich. Es ist Glatteis draußen. Und ziemlich viel Nebel. Ich werde nur sehr langsam fahren können.«

»Ja, also, wenn Sie wirklich müssen...« Er kommt zu mir und gießt wieder den Silberbecher voll. »Letzten Schluck vor der großen Reise!«
»Danke, Herr Lord.«
»Kleine Zigarre?«
»Nein, danke vielmals.«
»Aber ich werde mir noch eine... Wo habe ich bloß mein Feuerzeug?«
»Erlauben Sie...« Ich greife in die Tasche. Als ich die Schachtel Zündhölzer herausziehe, fallen beinahe Verenas Fotografien mit. Ich sehe, wie sie sich auf die Lippe beißt. Ich gebe Herrn Manfred Lord Feuer. Er klopft mir auf die Schulter.
»Danke. Also dann ein gesegnetes Fest, und einen guten Rutsch ins neue Jahr, mein Lieber! Wir werden Sie beide sehr vermissen, nicht wahr, Verena?« (Ohne sie anzusehen.)
»Sehr.« (Ohne mich anzusehen.)
»Ach, noch etwas! Wollen Sie mir einen Gefallen tun?«
»Natürlich.«
»Es handelt sich um Ihren Vater.«
»Meinen Vater?«
»Ja. Er ist doch so ein Büchernarr wie ich, nicht wahr?« Das stimmt. Mein Alter kauft alles. Je teurer, je lieber. Woraus man ersehen mag, daß er Bücher nicht erwirbt, um sie zu lesen. In seinem Haus in Echternach wimmelt es nur so von Erstausgaben, Folianten, alten Bibeln. »Seit einem halben Jahr habe ich für ihn ein Buch gesucht, das er sich wünscht. Er fragte nie danach, aber ich weiß, er wollte mich nur nicht belästigen. Jetzt habe ich das Ding endlich aufgetrieben. Es ist meine Weihnachtsüberraschung. Wollen Sie das Buch für ihn mitnehmen?«
»Gerne, Herr Lord.«
Ich schwöre Ihnen, damals hatte ich nicht den leisesten Verdacht! Warum sollte ich nicht ein Buch mitnehmen? Nein, nein, sie haben es schon verflucht schlau angefangen, mein Alter, das Schwein, und der ehrenwerte, der so sehr ehrenwerte Manfred Lord...!

23

Der so ehrenwerte Manfred Lord klingelt.
Gleich darauf klopft es, und, diesmal nur in einem schwarzen Anzug, aber hochmütig, hager, lächelnd, mit eiskalten Fischaugen

wie immer, kommt Herr Leo herein. Herr Leo, der Diener aus der Villa oben im Taunus. Herr Leo, der fünftausend Mark von mir kassiert hat. Herr Leo, der Liebesbriefe stahl, die andere Männer an Verena schrieben, der Telefonanrufe abhörte und auf Band nahm. Herr Leo, der Erpresser.
»Sie haben geläutet, gnädiger Herr? Oh, guten Abend, Herr Mansfeld.«
»Guten Abend, Herr Leo.«
Manfred Lord spricht sonor, ruhig: »Wollen Sie so freundlich sein, in mein Schlafzimmer zu gehen? Auf dem Nachttischchen liegt ein dünnes Buch. Bringen Sie es mir.«
»Sehr wohl, gnädiger Herr.«
Manfred Lord lächelt breit: »Es wundert Sie, daß er hier ist und nicht in Friedheim, wie?«
»Ja. Nein. Das heißt . . .«
»Ich ließ ihn herunterkommen. Genauer gesagt: Er bat darum. Es ist ihm zu einsam da oben. Ehrlich, das kann ich verstehen! Der Gärtner hat wenigstens noch seine Frau. Leo ist ganz allein. Und dann haben wir im Winter doch viele Gäste. Da kann er sich nützlich machen. In Friedheim hackt er Holz und schaufelt Schnee, sonst nichts.« (Das alles völlig ohne Betonung, ohne Anspielung, ohne Blicke.). »Meine Frau ist auch froh, daß er da ist. Nicht wahr, Liebste?«
»Ja«, sagt sie und sieht mir lächelnd direkt ins Gesicht dabei, damit ich erkennen mag, wie man sich nicht ins Bockshorn jagen läßt, »er ist natürlich eine große Hilfe. Ein so perfekter Diener.«
Klopfen.
Tür auf.
Mit einer Verbeugung kommt der Schuft herein.
»Ist dies das richtige, gnädiger Herr?«
»Das ist es, danke sehr. Sie können schlafen gehen, Leo.«
»Sehr wohl, gnädiger Herr. Eine angenehme Nachtruhe wünsche ich den Herrschaften.«
Lord tritt zu mir. Das Buch, das er in der Hand hält, sieht alt aus, sein Einband fleckig. Sicher hat es lange in einem Keller gelegen.
»Das ist der ›Dybuk‹«, sagt Manfred Lord. »Eine berühmte dramatische Legende aus der Welt des Ostjudentums.« Er blättert das vergilbte Titelblatt auf. »Allerdings lautet der Titel hier nicht ›Der Dybuk‹ – das ist ein böser Geist, der in einen Menschen fahren kann –, sondern ›Zwischen zwei Welten‹.«
»Aber das sind ja deutsche Buchstaben, keine hebräischen!«
»Es ist eine Übersetzung ins Deutsche. Sehen Sie: Verlag Benjamin

Harz. Die Erstausgabe, von Kennern geschätzt und gesucht. Der Autor des Stückes heißt An-Ski. Der ›Dybuk‹ ist eines der am meisten gespielten Stücke auf jüdischen Bühnen. Also, wenn Sie es mitnehmen wollen...«

»Selbstverständlich.«

Dann ist der Abend vorüber.

Manfred Lord hängt sich in Verena ein, als ich in der Halle meinen Dufflecoat anziehe. Ich hoffe noch immer, einen Moment mit Verena allein zu sein, aber Lord wirft auch einen Mantel über. Zu seiner Frau sagt er: »Es ist wirklich furchtbar nebelig und glatt draußen. Du gehst auf keinen Fall mehr ins Freie, Liebling! Ich begleite Oliver zum Wagen.«

»Gute Nacht, gnädige Frau.« Handkuß. Ihre Finger krampfen sich dabei um meine. »Ich danke für den schönen Abend.«

Das ist alles. Mehr fällt mir nicht ein.

Er läßt mich zuerst durch die Haustüre treten. Sein breiter Rücken verdeckt Verena, ich sehe sie nicht mehr. Die Laternen aus Schmiedeeisen brennen entlang dem Kiesweg, der zum Parktor führt.

»Ah«, freut sich Manfred Lord, »Leo hat schon gestreut, was sagen Sie! Wirklich eine Perle! Auf diesen Mann kann ich mich hundertprozentig verlassen. Immer! Seit acht Jahren bei mir! Würde für mich durchs Feuer gehen!«

Wie weit sind wir schon? Was weiß Herr Lord? Was ahnt er? Hat Leo...

Wir stehen vor dem Jaguar.

Wir schütteln einander die Hände.

»Und viele Grüße zu Haüse, Oliver! Alles Gute!«

Ich fahre los. Er steht da, eine Hand in der Tasche, und winkt. Ich winke zurück. Was soll ich sonst tun?

Der Nebel liegt sehr dicht über Frankfurt in dieser Nacht, und die Autobahn ist sehr vereist. Ich kann nicht schneller als Dreißig fahren, und auch dann gleitet der Wagen manchmal.

Auf einem unheimlich leeren, umheimlich stillen Parkplatz halte ich an und hole die Fotografien hervor, die Verena mir schenkte. Es sind sieben Stück, verschieden groß, manche neu, andere alt. Eines zeigt sie als ganz junges Mädchen auf einem Faschingsball, ein anderes in Netzstrümpfen, einer kleinen schwarzen Hose, einer Frackjacke und einem Zylinder. Sie hält einen Spazierstock in der Hand und eine endlose Zigarettenspitze im Mund und spielt offensichtlich »Marlene«. Auf einem Foto ist sie völlig nackt. Das Foto muß vor kurzer Zeit aufgenommen sein, denn auf dem Bild

trägt sie die Frisur, die sie jetzt trägt, und moderne Schuhe. Wer das Foto wohl aufgenommen hat?
Wer immer dieses Bild aufgenommen hat – ich hasse ihn! Niemand soll wissen, niemand soll sehen, wie schön Verena ist! Ich zerreiße alle Fotos. Dann zünde ich Stück um Stück an und warte, bis es zu Asche geworden ist. Die Asche zertrete ich. Endlich fahre ich weiter. Immer dichter wird der Nebel. Einmal rennt mir beinahe ein Hirsch in den Wagen. Ich hätte die Fotos gern behalten, besonders das, auf dem Verena nackt war. Aber ich darf es nicht riskieren. Schade. Sicherlich dachte sie, was für eine große Freude sie mir machen würde. Nein, ich mußte die Bilder verbrennen!
Leo...

24

5. Dezember 1960, 17 Uhr.
Ein Donnerstag. Ich habe so viel Zeit, wie ich will. Aber nicht Verena. Sie muß heim. Für sechzehn Uhr hat ihr Mann den Chef zu sich bestellt, um ihm das Geld für die Wechsel zu geben. (»Ich danke Ihnen, Oliver. Sie sind ein feiner Kerl. Und dieser Herr Lord muß auch ein feiner Kerl sein! Sie wissen nicht, was das für mich bedeutet, daß mir jetzt einer hilft!« – »Ja, sehen Sie, Herr Doktor, es gibt doch noch anständige Leute in diesem Land...«) Nein, Verena muß heim.
Wir haben vier Stunden in »unserem« Haus verbracht. Jetzt zieht Verena sich an. Ich sehe so gern dabei zu, sie hat wunderbare Bewegungen.
Alles, alles, alles ist schön an ihr.
Ich bin schon angezogen, sitze auf dem Bett und rauche. Die Kerzen sind wieder heruntergebrannt. Draußen, vor den geschlossenen Fensterläden, schneit es. AFN bringt Christmas-Music, ununterbrochen.
»Warum ist Leo da?«
»Um mich zu bespitzeln, natürlich.«
»Hast du keine Angst?«
»Seit wir zusammen sind, nein.« Sie befestigt die Strümpfe, steigt in den Rock. »Komisch, vorher hatte ich immer Angst.«
»Es ist besser, auch jetzt noch Angst zu haben.«
»Warum sagst du das?« Sie zieht den Reißverschluß des Rockes zu und greift nach dem roten Pullover. »Ist etwas passiert?«
»Nein. Aber wenn du doch selber sagst, daß er dich bespitzelt...«

»Ich bin furchtbar vorsichtig. Ich wechsle die Taxis. Ich gehe auf verschiedene Postämter. Ich bin schlauer als er...« Sie lächelt. »Chéri, dieser rote Pullover wird nicht ewig halten, wenn ich ihn immer tragen soll.«
»Wir kaufen einen neuen.«
»Haben dir meine Fotos gefallen?«
Ich nicke.
»Was ist?«
»Wer hat das Bild gemacht, auf dem du nackt bist?«
»Warum?«
»Weil ich es wissen will!«
»Gefällt es dir nicht? Ich selber. Mit einem Auslöser.«
»Verena...«
»Mach mir doch bitte den Pullover zu! Ich habe gelogen. Enrico hat es gemacht. Wirst du es jetzt wegwerfen?«
Ich schließe den Pullover.
»Ich will auch nicht lügen. Ich habe es verbrannt.«
»Aus Eifersucht?«
»Aus Vorsicht. Ich habe alle Bilder verbrannt. Gestern nacht noch. Ich habe sie mir alle genau angesehen. Und wenn ich die Augen schließe, sehe ich jedes einzelne vor mir. Besonders das eine. Das, auf dem du nackt bist. Aber wir müssen vorsichtig sein, beide! Leo ist da. Denk daran!«
»Ich denke daran.«
»Verena...« Ich stehe jetzt vor ihr, sie sieht mich an. »Wir müssen wirklich vorsichtig sein... Wenn etwas passiert... wenn wir einander verlieren... dann... dann kann ich nicht mehr leben.« Ich gehe zum Radio und drehe es ab. »Entschuldige, ich bin kitschig.«
»Du bist nicht kitschig, Liebling. Du hast recht. Es ist nur traurig. Die Bilder sollten mein Weihnachtsgeschenk sein.«
»Ich habe es erhalten«, sage ich und hole einen Leitzordner aus meiner Aktentasche. »Jetzt erhältst du deines.«
»Was ist das?«
»Unser Roman. So weit ich gekommen bin.«
»Oh!« Sie läuft zu mir – noch auf Strümpfen – und nimmt mir den Ordner aus der Hand. »So viel hast du schon geschrieben?«
»Ich habe viel mehr geschrieben. Aber das ist alles, was ich verbessern und abtippen konnte. Es wird ein sehr großes Buch.«
»Es ist auch eine sehr große... Affäre, nicht?«
»Wolltest du Liebe sagen?«
»Nein!«
»Wirklich nicht?«

»Nein! Nein! Nein!« Sie streicht mir über die Wange. Dann blättert sie in dem Manuskript. »186 Seiten...« Sie schlägt den Ordner vorne auf und liest das erste Blatt: »Liebe ist nur ein Wort.«
»Blättere um.«
Sie tut es und liest die Widmung: »Für V. – in Liebe.« Sie küßt meine Wange. »Ach Oliver, bin ich aufgeregt!«
»Die Widmung müssen wir natürlich herausreißen, wenn das Buch jemals gedruckt werden sollte«, sage ich. »Außer, du und Evelyn sind dann schon bei mir.«
Sie lächelt, und um mir nicht weh zu tun, nickt sie.
»Aber du mußt das Manuskript heimlich lesen. Und du mußt es gut verstecken. Hier.«
»Ich habe ein noch viel besseres Versteck. Einen Banksafe!«
»Du hast einen Banksafe?«
»Schon seit Jahren. Es ist nichts drin. Mein Mann weiß nichts davon. Ich werde das Buch in den Safe legen. Ich bin so neugierig, Oliver!«
»Vielleicht ist es ganz schlecht.«
»Bestimmt nicht!«
»Sei nicht böse, wenn manchmal etwas dasteht, was dir nicht gefällt.«
»Ich verspreche es dir.« Sie streichelt das Bett. »Leb wohl, Bett«, sagt sie. Dann geht sie durch den Raum. »Leb wohl, Radio, lebt wohl, Kerzen. Leb wohl, Tisch, Stuhl, Lampe, lebt alle wohl! Ihr werdet uns beide jetzt lange nicht wiedersehen!«
»Am achten Januar bin ich wieder da.«
»Da werden wir noch nicht da sein. Mein Mann fährt mit uns nach Sankt Moritz. Er hat es sich in den Kopf gesetzt. Was soll ich machen? Wir kommen erst am fünfzehnten wieder, zum Wochenende.«
»Wie kann ich dich erreichen?«
»Überhaupt nicht. Ich muß dich anrufen.«
»Ich wohne nicht zu Hause. Ich gehe ins Hotel. Meine Mutter liegt wieder im Sanatorium.«
»In welchem Hotel wohnst du?«
Ich sage es ihr. Ich nenne die Telefonnummer. Sie schreibt sich alles auf.
»Laß den Zettel nicht herumliegen.«
»Nein. Mein Mann schläft in den Feiertagen meistens nachmittags.«
»Dann machen wir es wie bisher. Ich warte immer zwischen zwei und dreiviertel vier Uhr auf deinen Anruf.«

»Ja, Oliver. Natürlich kann es sein, daß es einmal nicht klappt... zum Beispiel am Heiligen Abend oder zu Silvester.«
»Klar. Aber du darfst das Manuskript nicht mitnehmen!«
»Mitnehmen? Morgen nachmittag, wenn du abfliegst, komme ich her und lese es. Alles! Auf einmal!«
Dann schalten wir den elektrischen Ofen aus und löschen die Kerzen. Verena sperrt die Haustür ab und legt das Vorhängeschloß an. Es schneit sehr heftig. Wir gehen zu meinem Wagen. Die Straßen sind leer. Also kann ich sie küssen.
»Leb wohl, kleiner Oliver.«
»Ich werde immer an dich denken.«
»Und ich möchte dir so viele Küsse geben, wie Schneeflocken fallen.«
»Fallt schneller, liebe Flocken, fallt doch schneller, bitte!«

25

Am 20. Dezember, nach dem (Vorweihnachts-)Mittagsmahl, gehe ich nach Friedheim hinunter, um meinen Wagen aus der Garage zu holen. Das heißt, ich laufe, denn ich habe zu viel gegessen, weil es zu gut geschmeckt hat. Jetzt muß ich ein bißchen verdauen.
Das ist, glaube ich, in allen Internaten der Welt so: Vor Weihnachten, Ostern, Pfingsten und den großen Ferien wird das Essen immer prima! Damit die lieben Kinder daheim auch die richtige Antwort geben, wenn sie nach der Verpflegung gefragt werden. Oder habe ich unrecht? Geschieht es aus Nächstenliebe und in Ehrfurcht vor den hohen Festen der Christenheit?
Neben der Garage gibt es einen Schuhladen. »Pariser Modelle« steht auf einem Plakat. Ich habe mir einmal die Schuhe angesehen, und tatsächlich, sie sind sehr chic. In Frankfurt bekommen Sie kaum bessere. Wer hier so etwas kauft?
Ich lasse den Wagen aus der Garage rollen und sehe, wer hier zum Beispiel etwas kauft: Der hinkende Doktor Frey. Er tritt eben durch die Ladentür, zwei Pakete unter dem Arm. Als er mich sieht, passiert etwas, das ich nie für möglich gehalten hätte: Der Doktor schiebt Platze! Er wird dunkelrot im Gesicht, dreht sich schnell um und drängt eine Frau in den Laden zurück, die ihm folgen wollte und die gewiß mit ihm zusammen eingekauft hat. Ich kann die Frau nicht erkennen.
Na ja, denke ich, und trete auf den Stempel. Warum soll Doktor Frey – in kleiner Abwandlung des bekannten Schlagertextes – kein Verhältnis haben? Bravo! Ich gönne es ihm!

Im »Quellenhof« zieh ich wieder einmal lauter Sachen an, die man schnell ausziehen kann (der Zoll, der Zoll!) und packe meine Reisetasche. Ich nehme nur etwas Wäsche mit (Anzüge hängen in Echternach), ein paar Bücher, Waschzeug und den »Dybuk«, den Herr Lord meinem Vater schickt. Noah kennt das Stück und hat mir von den Chassidim erzählt, den frommen Juden Osteuropas. Ich will mir den »Dybuk« auf dem Heimflug einmal ansehen. Scheint eine interessante Sache zu sein.
Drei Uhr.
Ich muß fort. Spätestens um vier will Teddy Behnke starten, hat er mir geschrieben. (Angst vor Nebel.) Also sage ich Noah und Wolfgang, die beide im Internat bleiben, Lebewohl, gehe hinunter und sage Raschid und Hansi auf Wiedersehen. Der schwarze Ali wurde gestern abgeholt, in einem Rolls Royce. Raschid ist traurig, als ich mich verabschiede, aber er nimmt sich zusammen. In ein, zwei Jahren wird er auch zu Hause sein, meint er. Aber als er sich über persische Politik verbreiten will, sagt Hansi, der seltsam friedfertig ist: »Vergiß doch die Politik, Mensch! Wir machen uns hier ein paar schnieke Tage. Ich glaube, der glücklichste Junge weit und breit bin ich!«
»Weshalb?«
»Weil ich nicht nach Hause muß! Mein Stiefvater hat versucht, mich zu holen, aber der Chef hat ihn rausgeschmissen! O du fröhliche, o du selige«, sagt der kleine Krüppel und klopft dem kleinen Prinzen auf die Schulter. »Ich habe eine Überraschung für dich, Raschid. Es bleiben auch ein paar Mädchen da. Wenn es dunkel ist, gehen wir rüber zu ihrer Villa. Da zeige ich dir etwas. Frage mich nicht was, du wirst es sehen. Es ist meine Weihnachtsüberraschung. Falls ein paar Vorhänge offenbleiben ...«
»Du bist ein großes Schwein«, sage ich.
»Und dabei noch so jung«, sagt Hansi. »Tschüß, Alter! Fliege langsam.«
Als ich meine Tasche zum Wagen trage, sehe ich Giuseppe. Er steht neben dem Jaguar und strahlt.
»Ciao, Oliver!«
»Du bist ja so vergnügt, Giuseppe!«
Er zeigt mir einen Brief, der ist ganz schmutzig und zerdrückt, so oft hat Giuseppe ihn gelesen.
»Von meine Mamma, yes? Schreiben, Ministerpräsident Fanfani, er geben große Weihnachtsamnes ... amenis ... amnesi ...«
»Amnestie.«
»Ja. Mamma schreiben, Pappa haben Chance, daß er wird entlas-

sen. Dann er kommen als Arbeiter nach Deutschland. Weil in Napoli keine Arbeit, verstehen? Hier viel Arbeit. Pappa verdienen viel Geld. Kann kommen, mich besuchen. Schöne Weihnachten, nicht, Oliver?«
»Ja, Giuseppe. Ich hoffe sehr, daß dein Vater freigelassen wird.«
»Bestimmt!«
Wir schütteln uns die Hand.
Ich fahre los, den steilen Weg nach Friedheim hinunter. Dabei überhole ich zwei Erwachsene, die langsam, in ein Gespräch vertieft, durch den Schnee wandern. Ich erkenne sie gleich: Doktor Frey und Mademoiselle Duval, unsere neue Französisch-Lehrerin, die so unglücklich in Deutschland ist. Ich fahre an ihnen vorbei, aber ich grüße sie nicht, und ich störe sie nicht. Ich könnte sie wohl auch gar nicht stören. Sie sind ganz in ihr Gespräch vertieft. Erst, als ich auf der Hauptstraße bin, fällt mir auf, was ich gesehen habe: Mademoiselle trägt nicht mehr ihre alten, armseligen Schuhe, sondern neue, schwarze Pelzstiefelchen.

26

Flughafen Frankfurt. Paßabfertigung. Neue Beamte. Neue Gesichter. Das alte Theater. Fahndungsbuch. Bedeutungsvolle Blicke. Das ganze dämliche Getue.
Normale Passagiere werden höchstens bei der Ankunft in Deutschland vom Zoll untersucht, aber nicht beim Abflug. Ich bin kein normaler Passagier. Ich werde gefilzt, wenn ich komme und wenn ich gehe.
Danke, Papa, danke!
»Ihren Paß, bitte.«
Aber bitte.
»Sie heißen?«
Lächeln. Lächeln. Nicht ungeduldig werden. Wenn man es fünfzigmal erlebt hat, wird man es wohl auch noch das einundfünfzigste Mal ertragen!
»Oliver Mansfeld. Aber ich bin der Sohn, nicht der Vater.«
Hat alles keinen Sinn. Der eine Beamte blättert im Fahndungsbuch, der andere verstellt mir den Weg.
Hinter den Sperren, draußen auf dem verschneiten Rollfeld, sehe ich unsere »Bonanza«, auf deren Seiten mein Alter in so dezenten roten Buchstaben, von denen jeder höchstens einen halben Meter hoch ist, MANSFELD hinschmieren ließ. Vor der Maschine steht

der gute alte Teddy Behnke. Er trägt eine Lederjacke, Cordsamthosen und eine Pilotenmütze. Sieht prima aus.
Es ist sehr viel los, jetzt vor Weihnachten, hinter mir steht eine Schlange Menschen, darum geht heute alles ein bißchen schneller. Aber zum Zoll muß ich trotzdem! Na was denn? Dabei treffe ich einen Bekannten wieder: Den kleinen dicken Bayern, der mich filzte, als ich September ankam. Jetzt filzt er mich wieder. Ich weiß sogar noch, wie er heißt: Koppenhofer.
Er freut sich mächtig darüber, daß ich mir seinen Namen gemerkt habe. So einfach kann man Menschen glücklich machen...
Ich stehe in derselben Zollkabine, in der ich damals im September stand, als ich durch das kleine Fenster zum erstenmal im Leben Verena erblickte, die gerade Enrico Sabbadini küßte. Inzwischen ist Enrico abserviert. Inzwischen küsse *ich* Verena. Kinder, die Zeit vergeht...
Während Herr Koppenhofer mein Waschzeug und meine Hemden besichtigt, muß ich an Geraldine denken. Ich habe sie heute vormittag in der Klinik angerufen und ihr alles Gute gewünscht. Sie konnte kaum sprechen, so aufgeregt war sie. Ich konnte kaum sprechen, weil ich nicht wußte, was ich sagen sollte.
Es geht ihr besser. Noch vor den Feiertagen kommt sie in eine Wohnung, die ihre Mutter gemietet hat. Dort muß sie weiter liegen. Auch der Gipsverband kann noch nicht abgenommen werden. Aber ich darf sie besuchen.
»Ich freue mich schon so sehr darauf! Du dich auch?«
»Ja, Geraldine.«
»Ich soll noch nicht viel sprechen. Aber ich will dich ja auch nur sehen.«
»Ja, Geraldine.«
»Ich liebe dich. Ich liebe dich. Sag jetzt nichts, damit du nicht lügen mußt. Aber du kommst mich besuchen?«
»Ja, Geraldine.«
»Gleich nach Neujahr?«
»Ja, Geraldine.«
»Die Wohnung, die meine Mutter gemietet hat, liegt in der Kelsterradstraße. Nummer 37. Schreib es dir auf.«
»Ja, Geraldine.«
»Die Wohnung gehört einer Frau Böttner. Ruf vorher an! Hast du dir alles aufgeschrieben?« Sie sagt auch noch die Telefonnummer.
»Ja, Geraldine.«
Und so weiter, in dieser Art. Ich hätte auch ein Tonband laufen

lassen können, anstatt selbst zu reden. Blumen habe ich geschickt. Aber ob Geraldine nun schon viel sprechen soll oder nicht – nach Neujahr muß ich zu ihr. Und ihr sagen, daß Schluß ist. Es tut mir leid, wirklich. Doch ich muß es sagen, muß, muß, muß.
Ich kann Verena nicht länger...
Was ist?
Herr Koppenhofer hat gesprochen.
Er entschuldigt sich wieder, bevor er mich bittet, mich auszuziehen, und erklärt, daß er nur seine Pflicht tut, und ich erkläre ihm, daß ich das völlig verstehe. Alles wie gehabt...

27

Die »Bonanza« rollt auf die Piste hinaus. Teddy hat ein Kehlkopfmikrofon um und erhält vom Tower eine Anweisung. Er läßt die Motoren auf Vollgas laufen und exerziert gewissenhaft wie immer alle Sicherheitsvorkehrungen vor dem Start.
Als ich vom Zoll kam, hinkte er mir strahlend entgegen.
»Ich freue mich so, Sie wiederzusehen, Herr Oliver!«
Was für ein sauberes, anständiges Gesicht er hat. Er schleppt die Tasche, die Herr Koppenhofer so gründlich untersucht hat, zur Maschine.
Jetzt sind wir soweit.
»Okay, tower. This is Two-one-one-one-zero. Repeat: All clear. I'm taking off«, höre ich Teddy in das Mikrofon sagen. Ich sitze hinter ihm. Er drückt die beiden Gashebel ganz durch. Die Maschine läuft an, schneller, schneller, hebt ab, steigt, und Teddy zieht sie sofort hoch in die Wolken. Sie hängen sehr niedrig.
Eine Weile verständigt sich Teddy noch mit dem Tower, dann fliegt er bis zur nächsten Funkstelle dem Kompaß nach, und ich ziehe den schwarzen Vorhang zwischen ihm und mir zu, damit er nicht geblendet wird, als ich nun Licht in der Kabine mache, denn in den Wolken ist es dunkel. Unruhiger Flug. Die Maschine sackt immer wieder durch, oder sie schwimmt. Wir sprechen durch den Vorhang.
»Tut mir leid«, sagt Teddy, »ich darf nicht höher. Zuviel Verkehr über uns.«
»Mir macht es nichts.«
»In der Bar ist Cognac und Whisky.«
»Ja, ich nehme mir etwas«, sage ich, stehe auf und öffne den Schrank aus Mahagoniholz, der sich in der Kabine befindet. Hier

stehen Flaschen und Gläser, in Ringen festgehalten. Es gibt sogar ein kleines Faß voll Eiswürfel. So ein feiner Mann ist mein Vater, der meine Mutter ins Irrenhaus bringen will, der unter der Fuchtel meiner lieben Tante Lizzy steht, der die Bundesrepublik um 12,5 Millionen Mark betrogen hat. Ich mache mir einen Drink, setze mich wieder hinter Teddy und warte, bis er mit der nächsten Funkstation gesprochen hat. Dann nehme ich selber ein Kehlkopfmikrofon.

»Teddy...«

»Ja?«

Ich frage ihn nicht, ob er auch etwas trinken will, er trinkt nie, wenn er fliegt. Ich frage: »Was ist in Luxemburg los?«

Seine Stimme kommt aus meinem Kopfhörer: »Ich... ich möchte lieber nicht darüber sprechen, Herr Oliver.«

»Tante Lizzy, die Königin, was?«

»Wirklich...«

»Und meine Mutter wieder im Sanatorium. Seit sechs Wochen! Wie lange wird sie diesmal bleiben?«

»Die Ärzte sind besorgt, Herr Oliver. Die gnädige Frau wird immer stiller, immer schwermütiger. Sie spricht so wenig...«

Bravo, Tante Lizzy! Meine Glückwünsche, Tante Lizzy! Ich gratuliere, liebes Tantchen!

Prost.

Auf daß du verrecken mögest, langsam, langsam.

Ich trinke mein Glas aus, mache mir einen neuen Drink und sehe aus dem Fenster neben dem Sitz, aber die Wolken sind ganz dunkel, durch die wir fliegen. Von Zeit zu Zeit spricht Teddy mit Bodenstationen.

Meine Mutter...

Ich will jetzt nicht an sie denken, denn mir ist auf einmal sehr elend. Ich muß etwas tun. Besaufen kann und will ich mich nicht. Mit Teddy reden? Der muß die Maschine auf Kurs halten und braucht seinen Frieden.

Lesen!

Ich will mir einmal dieses Buch ansehen, das Herr Lord mir für meinen Alten mitgegeben hat. So hole ich den »Dybuk« aus der Reisetasche und schlage die vergilbten Seiten auf.

ERSTER AKT

Vor dem Aufgehen des Vorhangs hört man von weitem bei vollständiger Dunkelheit einen leisen, mystischen Gesang:

Warum denn, warum denn
Stürzet die Seele

Von höchster Höhe
Hinab in den tiefsten Grund?
Im Sinken liegt Steigen,
Gestürzte Seelen ringen sich wieder empor ...
Der Vorhang geht langsam in die Höhe.
Wir sehen ein Bethaus aus Holz, mit sehr alten, durch die Zeit geschwärzten Wänden. Ein Balken wird durch zwei Pfähle gestützt. In der Mitte dieses Balkens, über der Empore, ist ein alter Hängeleuchter aus Messing angebracht. Das Thorapult ist mit einem dunklen Tuch bedeckt ...

Ich lese weiter, blättere um. Die »Bonanza« fliegt durch die schneeschwangeren Wolken und fällt, immer wieder fällt sie. Ich trinke meinen Whisky und blättere um und höre Teddys Stimme: »Redhair seven ... Redhair seven ... this is Two-one-one-one-zero ...«

Ich lese:

CHANAN *(leise, aber bestimmt): Man darf gegen die Sünde nicht kämpfen, wohl aber soll man sie mildern. Wie der Goldschmied das Gold in starkem Feuer läutert, wie der Bauer schlechte Körner entfernt, so soll die Sünde geläutert werden von dem Unreinen, damit in ihr nur noch das Heilige bleibt.*

»Okay, Redhair seven, okay ... following your instructions ...«

HENNOCH *(verwundert): Heiligkeit in der Sünde – wie reimt sich das?*

CHANAN: *Alles von Gott Geschaffene enthält einen Funken Heiligkeit.*

HENNOCH: *Die Sünde wurde nicht von Gott, sondern von der bösen Macht geschaffen!*

CHANAN: *Und wer hat die böse Macht geschaffen? Auch Gott! Die böse Macht ist ...*

Umblättern.

... die andere Seite Gottes, und da sie dies ist, muß sie Heiligkeit enthalten.

Moment mal!

Ich stelle mein Glas in eine Klemme neben dem Fenster.

Ich fahre mit den Fingern ganz vorsichtig über das Papier. Mir ist nämlich beim Umblättern etwas aufgefallen. Es würde keinem Menschen auffallen, der das Buch nur so ausschüttelt, wie Herr Koppenhofer es getan hat. Aber wenn man über die Seite streicht ... Wenn man über die Seite streicht, dann fühlt man zwei ganz kleine, beinahe unmerkliche Unebenheiten. Jetzt entdecke ich sogar drei. Es sind Nadelstiche. Jemand hat in ein »e« gestochen, in ein »o« und in ein »t«.

Ich blättere weiter.
Jetzt lese ich nicht mehr, jetzt taste ich nur noch die Seiten ab. Auf mancher Seite finde ich nichts, auf manchen finde ich etwas. Ein durchstochenes »z«. Ein durchstochenes »b«. Zwei durchstochene »l«.
Ich nehme Bleistift und Papier und notiere die Buchstaben der Reihe nach. Nicht alle, dazu gibt es zu viele Nadelstiche. Nur ein paar. E.O.T.Z.B.L.L.A.K.X.W.U.V.W.H.B.H.H.H. ...
RABBI ASRIEL: *Was will man denn von mir? Ich bin alt und schwach. Mein Körper benötigt der Ruhe. Meine Seele dürstet nach Abgeschiedenheit, aber zu mir kommen die Qualen und das Weh der ganzen Welt. Jede Bitte, die mir überreicht wird, verursacht mir Nadelstiche im Körper ...*
Nadelstiche!
Im »a« von »was«. Im »h« von »schwach«. Im »r« von »Körper«. Im »h« von »Weh«. Im »r« von »Körper.«
Immer neue Nadelstiche.
Ganz feine, kaum fühlbare, doch fühlbare. A.H.R.H.R. ...
Ich blättere das ganze Buch durch. Immer neue Nadelstiche.
Mein Vater und der so ehrenwerte Manfred Lord. Dicke Freunde sind sie. Haben sich etwas Hübsches ausgedacht mit dem »Dybuk«. Etwas sehr Hübsches für ihre üblen Schiebergeschäfte.
K.L.I.T.R.E.E.R.W.P. ...

SECHSTES KAPITEL

1

Zwei Katzen. Drei Kaninchen. Eine Dohle.
Sie fressen friedlich in dem kleinen Häuschen. Eine elektrische Lampe an der Decke gibt Licht. Draußen kommt jetzt auch noch ein Reh aus dem Gebüsch. Vor dem Häuschen im Park steht eine Futterkrippe. Auch das Reh beginnt zu fressen. Meine Mutter kauert auf dem Boden der kleinen Hütte und spricht mit den Tieren, und ich sehe zu. Es ist fünf Uhr abends. Im Park liegt viel Schnee. Nur ein paar Wege sind ausgeschaufelt.
»Das ist mir die liebste Klinik von allen«, sagt meine Mutter. Die Dohle frißt ihr aus der Hand. »In den anderen gab es immer nur ein Tier oder zwei, aber hier gibt es so viele, besonders im Sommer! Ich möchte gar nicht mehr weg! Die Tiere kennen mich

schon alle so gut. Ich war doch schon zweimal hier.« Die Dohle ist satt und setzt sich meiner Mutter auf die Schulter. Der Vogel ruft hell: »Kjak!«

»Ja, mein Kleiner, ja. Hat es geschmeckt?«

So geht das nun schon seit Tagen, solange ich da bin: Punkt fünf füttert meine Mutter ihre Tiere. Die Ärzte haben es gestattet. Mutter muß nicht im Bett liegen. Bewegung und frische Luft tun ihr gut, sagen die Ärzte.

Mutter weigert sich, Besuch zu empfangen. Ich bin die einzige Ausnahme.

Eine Katze miaut und bekommt noch etwas Milch.

»Hast du auch die Erdnüsse nicht vergessen?« fragt meine Mutter.

Nein, habe ich nicht. Sie bat mich gestern darum. »Das soll dein Weihnachtsgeschenk für mich sein, ja? Viele, viele Erdnüsse! Die Vögel fressen sie so gern, und auch die Eichhörnchen. Was glaubst du, wie viele Eichhörnchen und Vögel hier sind – ganz seltene, bunte!«

Ich habe ein Kilo Nüsse gekauft.

Man könnte glauben, meine Mutter sei um zwanzig Jahre gealtert, seit ich sie vor vier Monaten zum letztenmal sah. Sie sieht aus wie ein Gespenst. Unmöglich kann sie mehr als fünfundvierzig Kilo wiegen. Die Hände sind nur noch Haut und Knochen, das Gesicht ist durchsichtig weiß, von blauen Äderchen durchzogen. Die Augen sind sehr groß und gerötet. Ab und zu dreht sie den Kopf, als säße der Hals in einer Schlinge, und sie wollte sich befreien. Das ist ein neuer Tick von ihr. Mutter geht sehr unsicher, oft stolpert sie. Die Schwestern erzählen, daß sie kaum ißt. Sie verlangt nur dauernd Kaffee. Meist liegt sie angezogen auf dem Bett und starrt zur Decke.

»Nicht ansprechbar«, sagen die Ärzte. Mutter sei keine unangenehme Patientin, erklären die Schwestern. Sie macht wenig Mühe und hilft beim Aufräumen ihres Zimmers. Sie hat jeden Zeitbegriff verloren, verwechselt Stunden, Tage, Jahreszeiten, und es hat auch eine ganze Weile gedauert, bis sie mich erkannte. Aber obwohl Mama jeden Zeitbegriff verloren hat, weiß sie doch stets genau, wann es siebzehn Uhr ist. Niemals kommt sie eine Minute zu spät zu dem Häuschen im Park! Die Tiere warten schon immer auf sie. Darüber freut sich Mutter.

Ich mache das jetzt sechs Tage mit, und langsam kann ich nicht mehr. Ich habe mit dem Professor gesprochen. Sie wissen ja, wie das verläuft, wenn ein Angehöriger die Wahrheit über einen Pa-

tienten erfahren will. (Meine Mutter ist eine wohlhabende Patientin, das kommt noch dazu.)
»Ja, lieber Herr Mansfeld, Ihrer verehrten Frau Mama geht es natürlich besser... unvergleichlich besser... Mein Gott, wenn ich daran denke, in welcher Verfassung sie zu uns kam...«
»Ja, ja, ja. *Wie* gut geht es ihr?«
»Sie sind ungeduldig, Herr Mansfeld!«
»Es ist meine Mutter, Herr Professor.«
»Bei derartigen Krankheiten darf man aber nicht ungeduldig sein. So etwas kann Jahre dauern, ja, Jahre, sage ich. Sie sehen, ich bin ganz offen zu Ihnen.«
»Das heißt, daß meine Mutter noch jahrelang hier bleiben kann?«
Er nickt und lächelt gütig.
»Sie sagen doch, es ginge ihr viel besser!«
»Besser. Aber noch lange nicht gut! Und dann, lieber Herr Mansfeld, ich bitte Sie, denken Sie an die Rückfälle... Jedesmal, wenn sie entlassen wurde und heimkehrte, trat bald darauf der Rückfall ein. Ihre Familienverhältnisse...«
»Die kenne ich selber«, sage ich grob.
»Herr Mansfeld, diesen Ton habe ich nicht verdient. Wir tun alles Menschenmögliche, um Ihrer Frau Mutter zu helfen. Ich will Ihnen nicht verhehlen, daß dauernde Rückfälle natürlich gefährlich sind.«
»Was heißt das?«
»Es könnte, ich sage ausdrücklich, es *könnte* – wenn wir achtgeben, ist die Gefahr beinahe gleich Null –, aber es könnte doch, wir müssen jede Möglichkeit einkalkulieren...«
»Bitte!«
Er sieht mich an, wie ein berühmter Arzt eben einen frechen Halbstarken ansieht, und sagt dann tiefgekühlt: »Es könnte eine Verschlechterung eintreten, die uns vor eine sehr peinliche Aufgabe stellen würde. Sehen Sie, Ihre Frau Mutter fühlt sich wohl bei uns, sie hat ihre Freiheit, die Tiere. Dem normalen Leben ist sie noch nicht wieder gewachsen – das hat sie bewiesen. Aber sie ist ungefährlich, absolut ungefährlich.«
»Sie reden von meiner Mutter!«
»Gewiß, Herr Mansfeld. Indessen: Ein Rückschlag zuviel – und sie könnte in einen Zustand geraten, für den wir nicht mehr zuständig sind.«
»Nicht mehr zuständig?«
»Sie scheinen die Schwere der Krankheit zu unterschätzen. Im Falle des angedeuteten völligen Zusammenbruches könnte ich es

nicht mehr verantworten, die gnädige Frau bei mir zu behalten. Ich müßte sie...«

»An eine geschlossene Anstalt abgeben?«

»So ist es, Herr Mansfeld. Sehen Sie mich nicht so an. Ich sagte schon, diese Möglichkeit ist äußerst unwahrscheinlich! Und man kann sie, glaube ich, ganz eliminieren, wenn man sich entschließt, der gnädigen Frau jede Aufregung durch die Außenwelt zu ersparen und sie bei uns zu lassen.«

»Für immer?«

»Für immer.«

»Sie meinen: Bis sie stirbt?«

»Ich meine... Herr Mansfeld, ich kann mit Ihnen nicht reden! Sie sind so aggressiv! Was haben Sie bloß? Sehen Sie doch, wie glücklich Ihre Frau Mutter allein mit ihren Tieren ist.«

»Vor allem mit der Dohle.«

»Es tut mir leid, meine Zeit ist bemessen. Im übrigen teilt Ihr Herr Vater vernünftigerweise völlig meine Ansicht. Guten Tag.«

Er ließ mich einfach stehen.

Drüben in der Klinik beginnen sie zu singen: »Es ist ein Ros' entsprungen, aus einer Wurzel zart...«

Das kenne ich. Jetzt stehen die Türen zu allen Zimmern offen, die Schwestern ziehen von Stockwerk zu Stockwerk, legen den Kranken Tannenzweige auf den Tisch und zünden Kerzen an.

»... wie uns die Alten sungen...«

Mutter steht auf. Jedem Tier sagt sie einzeln gute Nacht. Sie lächelt freundlich wie ein kleines Kind: »Wenn du mit der Schule fertig bist, Oliver, dann nehmen wir alle Tiere, gehen nach Frankfurt zurück in unsere Villa am Beethovenpark und haben ein schönes Leben! Ich bin doch eine reiche Frau! Eine Millionärin! Stell dir das doch nur einmal vor, Oliver! Sobald du aus dem Internat kommst, haben wir überhaupt alles! Die Fabriken! Die Millionen! Und diese Lizzy wird eingesperrt.«

Die Fabriken? Die Millionen? Arme, arme Mama. Ein privates Bankkonto besitzt sie in Luxemburg. Wieviel liegt darauf? Ich weiß es nicht. Von Zeit zu Zeit schickt sie mir Geld – zum Beispiel für die Wechsel. Aber die Fabriken? Die Millionen? Da hat meine geliebte Tante Lizzy ihre sauberen Pfoten drauf – sie, die meinen Herrn Papa beherrscht. Diese beiden wissen schon, was sie tun. Arme, arme Mama: Ich habe dem Professor unrecht getan!

»Mama, wirklich...«

»Was denn? So steht es im Gesetz! Ich habe mich darüber lange mit Herrn Doktor Walling unterhalten.«

»Wer ist das?«
Meine Mutter kichert.
»Weißt du, als ich herkam, gefiel mir mein Zimmer nicht. Es hatte keinen Balkon, und die Vögel ...«
»Ich verstehe.«
»Aber das Nebenzimmer, das hatte einen Balkon. Es war auch sonst viel schöner und größer. In diesem Zimmer lag Herr Doktor Walling. Rechtsanwalt. Großartiger Mensch! Stell dir vor: Als ich kam, starb er gerade.«
»Er starb?«
»Gewiß doch, Kindchen. In einer Klinik sterben viele Menschen. In jedem normalen Haus sterben sie. Warum nicht auch hier? Wo hätten sie ein besseres Recht? Die guten Schwestern, die mir erzählten, daß er im Sterben liege, sagten: ›Gleich, wenn er tot ist, bekommen Sie sein Zimmer!‹ « Mutter kichert wieder. »Also habe ich mich natürlich jeden Morgen erkundigt, ob es schon so weit sei. Ich kannte den Mann ja nicht! Ich wollte nur das Zimmer, nicht wahr?«
»Und?«
»Und natürlich hat man jeden Morgen versucht, mich zu erfreuen! ›Es geht ihm schlechter, Frau Mansfeld. Er hat hohes Fieber, Frau Mansfeld. Er hat nach dem Priester verlangt!‹ Und so weiter. Als er ...« – meine Mutter lacht – »... als er das viertemal nach dem Priester verlangt hatte, um die Letzte Ölung zu empfangen, kam mir das doch etwas seltsam vor.«
»Das kann man verstehen.«
Sie streichelt das Reh, das noch an der Krippe steht. Dann lege ich einen Arm um ihre Schulter und führe sie, damit sie vor Schwäche nicht hinfällt, und fühle mit Grauen durch den Mantel einen zum Skelett abgemagerten Körper. »Am nächsten Tag ist das Zimmer noch immer nicht frei. Ich mache Krach! Sagt die gute Schwester: ›Doktor Walling ist gestorben, heute in der Nacht, wir müssen nur noch alles sauber machen.‹ « Meine Mutter gleitet aus, ich kann sie gerade noch halten. »Was soll ich dir sagen? Drei Stunden später höre ich den Toten husten!«
»Den Toten?«
»Den angeblich Toten! Durch die Wand! Er hat immer gehustet, weißt du? Na, da habe ich vielleicht Krach geschlagen! Aber wie! Das ist doch auch eine Gemeinheit, nicht? Ich frage: ›Wie kann der Doktor husten, wenn er tot ist? Glauben Sie, ich bin eine Verrückte, der man alles erzählen kann?‹ – Dem Herrn Professor war das Ganze wahnsinnig peinlich ...«

Wir gehen auf die Klinik zu, in deren Fenstern viele Lichter brennen.

»Sag, Oliver, warum singen denn alle?«

»Heute ist Weihnachten, Mama.«

»Ist es nicht ein bißchen spät für Weihnachten heuer?«

»Nein, Mama.«

»Aber sonst hatten wir immer schon Krokusse und Veilchen...«

»Du wolltest mir doch die Geschichte von Doktor Walling zu Ende erzählen.«

»Ach ja! Also stell dir vor: Einen Tag später – ich trinke gerade Tee – klopft es, und ein fremder Herr kommt in mein Zimmer.«

»Doktor Walling.«

»Ja, er war es wirklich. Ein reizender Mensch! Ihr müßt euch kennenlernen! ›Gnädige Frau‹, so fing er gleich an, ›ich habe von der Unannehmlichkeit gehört, die ich Ihnen seit Tagen bereite. Kein Widerspruch! Da ich einfach nicht vorhersagen kann, wann und ob ich in der nächsten Zukunft sterben werde, bestehe ich darauf, daß wir noch heute unsere Zimmer tauschen‹.«

»Und du hast angenommen?«

»Natürlich! Hättest du nicht?« Meine Mutter kann schlecht Treppen steigen. Irgend etwas mit ihren Beinen ist nicht in Ordnung. Jetzt kommt eine Treppe im Park. Ich hebe Mutter auf, um sie zu tragen. Sie ist leicht wie ein kleines Mädchen, und wie ein kleines Mädchen kichert sie.

Nun beginnen auch die Kirchenglocken zu läuten.

»Ja, und denke doch, Doktor Walling wurde wieder gesund! Ganz gesund! Wir alten Leute... ich meine, wir älteren... haben noch ganz unglaubliche Lebenskräfte. Doktor Walling und ich zum Beispiel. Schau doch mich an: Sehe ich einen Tag älter aus als vierzig?«

»Nein, Mama!«

»Er ist ganz allein auf der Welt, weißt du? Der klügste Mann, den du dir denken kannst! Du mußt ihn kennenlernen, denn...« Sie stockt.

»Denn?«

»Du darfst mich aber nicht auslachen!«

»Bestimmt nicht.«

Wir haben das Haus erreicht.

Sie flüstert: »Ich lasse mich scheiden und heirate Doktor Walling! Nur wenn er dir gefällt, natürlich. Er wird dir gefallen! Besitzt ein sehr großes Vermögen. Wir werden ganz reiche Leute sein... Wo sind die anderen Erdnüsse?«

»Hier.«
Sie reißt das Päckchen aus meiner Hand und betrachtet es gierig. Einen Augenblick lang sieht sie wie eine böse Hexe aus. Dann lächelt sie wieder engelsgleich. »Gute Nacht, Oliver. Kommst du morgen wieder?« In der erleuchteten Halle sehe ich durch ein Fenster den Professor.
»Bis morgen. Gute Nacht, Mama«, sage ich lahm und höre die Glocken und das Singen.
»Ich muß nämlich unbedingt heute noch mit Doktor Walling sprechen, Liebling, weißt du. Über eine Kapitalanlage. Er wartet auf mich.« Sie gibt mir einen flüchtigen Kuß, wirft mir einen zweiten mit ihrer Gespensterhand zu und trippelt davon. Ich sehe, wie der Professor sie in der Halle begrüßt. Dann tritt er ins Freie.
»Ah, Herr Mansfeld.« Er läßt seinen weißen Bart durch rosige Finger gleiten, er ist gut gelaunt, gar nicht mehr gereizt. »Nun, sieht die Frau Mama nicht großartig aus? Haben Sie wenigstens jetzt das Gefühl, daß sie sich bei uns wohl fühlt?«
Ich stehe benommen im Schnee und antworte: »Gewiß, gewiß. Und bevor man einen neuen Rückfall riskiert ...«
»Richtig!«
»Außerdem hat sie doch auch diesen Herrn Doktor Walling hier.«
»Wen?«
»Den Anwalt! Sie geht gerade zu ihm. Sie schätzt ihn offenbar sehr.«
»Mein armer, junger Freund ... Nun sehen Sie erst klar, wie recht ich habe.«
»Ich verstehe kein Wort.«
»Doktor Walling starb einen Tag nachdem Ihre Frau Mama zu uns kam. Sie bekam sein Zimmer. Aber sie hat ihn natürlich niemals gesehen.«

2

»Monsieur Mansfeld?«
»Oui.«
»Un moment, s'il vous plaît ...«
Dann höre ich Verenas Stimme: »Liebling! Ich kann dich ganz kurz noch einmal anrufen, ist das nicht schön?«
Ich liege auf meinem Hotelbett. In der Verbindung knattert und knistert es, andere Stimmen reden dazwischen. Es ist acht Uhr abends.

»Sehr schön. Aber wieso ...«
»Wir sind eingeladen. Mein Mann ist vorausgefahren, um ein Ehepaar abzuholen, Engländer. Sie wohnen weit weg und kennen sich nicht aus. Was machst du?«
»Ich sitze im Hotel.«
»Was? Ich verstehe nicht.«
»Ich sitze im Hotel.«
»Kein Wort kann ich verstehen! Hallo... hallo...! Oliver... Kannst du mich wenigstens hören?«
»Ganz deutlich.«
»Was? Was sagst du? Ach, ich habe mich so gefreut...«
»Es tut mir leid, Verena. Leg auf. Es hat keinen Sinn.«
»Vielleicht kannst du wenigstens hören, was ich sage...«
»Ja.«
»Ich verstehe nicht! Fräulein, Fräulein, was ist das für ein Skandal?«
Kein Fräulein meldet sich.
»Ich muß auf gut Glück reden. Wenn du deine Mutter besucht hast, geh ein wenig aus, ja? Aber betrink dich nicht! Und sei brav. Schau keine anderen Frauen an. Ich bin nämlich auch eifersüchtig.«
»Ja, Verena.«
»Zum Wahnsinnigwerden mit dieser Verbindung! Ich glaube, wir machen Schluß.«
»Das glaube ich auch.«
»Was sagst du? Ach, ich könnte weinen...«
»Weine nicht.«
»Zum Glück ist Weihnachten im Ausland ein fröhliches Fest. Nur in Deutschland hockt man so feierlich herum. Hier gibt es Jazz und Konfetti und Ballons und schon jetzt eine Menge Betrunkene. Ich werde die ganze Zeit an dich denken! Hörst du mich? Hörst du mich? Hallo ... hallo ... hallo ...!«
Ich lege den Hörer auf.
Zum Glück ist Weihnachten im Ausland ein fröhliches Fest.

3

Ich besitze zwei Smokings.
Der bessere hängt in meinem Schrank im »Quellenhof«. Der ältere gehört zu den Kleidern, die ich immer in Luxemburg lasse, im Hotel. Da hebt man alles für mich auf. Ich ziehe den Smoking an

und gehe in die Bar. Hier gibt es auch schon Betrunkene und Luftballons und Papierschlangen und vergnügte Leute. Ich trinke Cognac. Mir ist nicht wohl.
Der Cognac bekommt mir. Nach drei Gläsern fühle ich mich besser. Echternach ist keine große Stadt. Ich weiß, daß Lizzy und mein Vater am Heiligen Abend immer ausgehen. Ich muß nicht lange suchen. Sie sitzen bei »Ricardo«. Dieses Restaurant hat einen großen Vorteil für jemanden, der andere beobachten will: Es besteht aus lauter kleinen Logen, die mit rotem Samt bezogen sind. Sehr viele Gäste. Also muß ich dem Geschäftsführer ein sehr großes Trinkgeld geben, bevor ich einen Tisch bekomme, von dem aus ich die beiden sehen kann. Sie können mich nicht sehen.
Ein Ober kommt. Ich bestelle »Souper des Hauses«.
»Ihr Herr Vater sitzt dort drüben«, sagt der Kellner. »Wünschen Sie, Monsieur, daß ich ...«
»Nein, ich wünsche nicht, daß mein Vater von meiner Anwesenheit erfährt.« Der Ober bekommt auch sein Trinkgeld.
»In Ordnung, Monsieur.«
Meinen Vater habe ich in seinem schönen Haus besucht, gleich als ich ankam, am Abend des zwanzigsten. Ich gab ihm das Buch seines Freundes Lord. (» ›Der Dybuk‹! Ah, damit hat er mir aber eine ganz große Freude gemacht! Da muß ich ihm unbedingt auch ein Buch schenken! Nimmst du es mit, wenn du zurückfliegst?«) Ich blieb eine halbe Stunde. Schneller kam ich nicht weg, obwohl er – wie immer – beleidigt war, als ich erklärte, im »Eden« wohnen zu wollen.
»Du liebst mich eben nicht. Du hast mich nie geliebt. Du hast überhaupt keine Beziehung zu mir.«
Da er das jedesmal sagt, gab ich gar keine Antwort.
Dann kam Tante Lizzy. Sie umarmte mich und küßte mich auf den Mund – nicht wie eine Tante. Offenbar kann sie nicht anders küssen.
»Der kleine Oliver! Was sage ich? Der große Oliver! Du siehst blendend aus, blendend! Mach nur so wilde Augen, ich weiß, du haßt mich!« Ich antworte wieder nicht, denn das sagt sie auch jedesmal. »Du haßt mich wie die Pest! Aber das macht mir nichts! Warum macht es mir nichts? Weil ich dich liebhabe, sehr, sehr lieb ...«
Apropos blendend: Tantchen sah blendend aus! Schlank und doch mit Formen. Gepflegt. Sexy. Herausfordernd. Früher war ihr Haar schwarz. Momentan ist es silbergrau gefärbt. Es war auch schon rot und braun. Ich hasse sie. Aber ehrlich: Schlafen gehen mit

dieser Frau muß noch für jeden Mann ein Vergnügen sein. Sie verändert sich überhaupt nicht. Wie alt kann sie sein? Vierzig? Meine Mutter ist fünfundfünfzig. Und sieht aus wie achtzig. Tantchen könnte man für fünfunddreißig halten. Leicht ...
Während ich nun bei »Ricardo« das »Souper des Hauses« hinunterwürge, sehe ich Lizzy noch einmal genau an. Großartig geschmückt. In einem Kleid, das sicher ein Vermögen gekostet hat. Vorn hochgeschlossen, hinten offen bis zum – na ja. Schmuck an den Armen, an den Fingern, in den Ohren, um den Hals, im Haar, Schmuck überall. Die Blicke vieler Männer bekommen etwas Hungriges, wenn sie meine »Tante« ansehen. Wie sie lacht! Wie sie mit den Händen redet und dabei den Schmuck klirren läßt! Wie ihre schönen Augen leuchten! Und wie sie die Kellner herumjagt ...
Auch um Väterchen muß ich mir offenbar keine Sorgen machen. Er ist gleichfalls unverändert: Riesenhaft, dick, rotgesichtig, laut. Strahlender Laune. Trinkt ein bißchen viel. Anscheinend ständig. Ich sehe bläuliche Ringe unter seinen Augen.
Ringe ...
Sie werden es nicht glauben, Vater trägt Ringe an den langen, behaarten Fingern. Brillanten. Zwei an jeder Hand. Lizzy redet ununterbrochen auf ihn ein. Sie sind beide bei gutem Appetit. Vater trinkt eine Menge. Er ißt ungeschickt. (Hat er schon immer getan.) Ein Stück Fleisch fällt von seinem Teller.
Lizzy macht ihm Vorwürfe. Laut. Mit schriller Stimme. Ich kann hören, was sie sagt. Alle können es hören. »Bauer«, sagt Tantchen zu meinem Vater. »Nicht einmal essen kannst du! Schämen muß man sich mit dir! Nimm die Serviette! Binde sie um!« Und als er es nicht selber tut, tut sie es. Vor allen Leuten. Ich fühle richtig, wie wohl ihm das tut. Er küßt ihr die Hand. So viele Wege gibt es, Menschen glücklich zu machen!

4

Nach dem Essen fahren sie in ein Strip-tease-Lokal. Nicht in Echternach. Kenner wissen, wo das »Pigalle« liegt. Ich folge in einem Taxi.
Jetzt ist es beinahe Mitternacht, und beinahe alle Menschen sind betrunken. Das »Pigalle« ist voll zum Bersten. Mein Alter hat natürlich den besten Tisch an der Tanzfläche reservieren lassen. Hier brauche ich keine Angst zu haben, daß er mich entdeckt. An der Bar trinke ich wieder Cognac. Er schmeckt wie faules Wasser.

Vater trinkt Champagner. Immer wieder führt er seine Jugendgespielin zum Tanz, unermüdlich, wie ein Achtzehnjähriger. Boogie. Rumba. Cha-Cha-Cha. Jedem würde der Atem dabei ausgehen. Nicht meinem Vater!
Die Männer starren wieder Lizzy an. In ihrem hautengen, schwarzen Seidenkleid wirkt sie obszön. Mein Alter wird langsam krebsrot im Gesicht. Schweiß rinnt ihm von der Stirn, aber er macht eisern weiter. Lizzy tanzt um ihn herum, klatscht in die Hände und ruft »Olé!«
Neben mir sagt eine dicke Frau zu ihrem dicken Begleiter: »Schau dir den alten Kerl an! Was der noch kann! Und du?«
»Ich habe Asthma.«
»Eine ordinäre Nutte hat er da. Aber hübsch. Muß ich zugeben!«
»Irgend so ein reicher Geldsack wahrscheinlich.«
Die Herrschaften sind also nicht von hier. Wären sie von hier, dann wüßten sie, wer der alte Kerl und die ordinäre Nutte sind. In Echternach und Umgebung weiß das jeder.
Ob meine Mutter sich noch immer mit Herrn Doktor Walling über Finanzfragen unterhält?
Das Paar, dem die Bewunderung aller gilt, kehrt an seinen Tisch zurück. Lizzy schimpft. Es gibt wieder Krach, gespielten Krach natürlich. Aber lauten! Es müssen doch alle hören, sonst hat Papa nichts davon. Oh, mein Papa ...
»Noch einen Doppelten, bitte.«
»Sofort, Monsieur.«
Herren kommen und fordern Tantchen auf. Sie tanzt mit jedem, und sie tanzt, als sei sie die Geliebte eines jeden dieser Herren. So war sie schon immer. Mein Vater sitzt mit glasigen Augen am Tisch, trinkt Champagner und prostet ihr zu. Einmal gehen die anderen Paare von der Tanzfläche, und Lizzy bleibt mit einem jungen Mann allein. Sie legen einen tollen Rumba aufs Parkett, also wirklich, man muß gerecht bleiben.
Alles klatscht, besonders mein Vater. Als Lizzy an seinen Tisch zurückkommt, küßt er ihr immer wieder die Hände. Sie bringt den jungen Mann gleich mit. Der setzt sich zu ihnen und säuft Vaters Champagner und tut, als wäre mein Alter überhaupt nicht vorhanden. Papa wird plötzlich blaß und steht schnell auf. Die beiden anderen kümmert das nicht. An mir vorbei wankt mein Alter zur Toilette. Er sieht mich nicht.
Am Tisch küßt der junge Mann routiniert Lizzys innere Handflächen und danach ihren Hals. Er schreibt etwas auf ein Stück Papier. Telefonnummer und Adresse natürlich. Sie steckt den Zet-

tel zu sich. Dann gehen sie wieder tanzen. Als Vater zurückkommt, ist der Tisch leer. Ob Mutter schläft? Ob sie im Traum mit Herrn Doktor Walling darüber spricht, wie die Hochzeit sein soll, wenn mein Alter erst einmal tot und Tante Lizzy im Gefängnis ist?
»Cha-cha-cha!« rufen die Musiker fröhlich.

5

Gegen ein Uhr morgens beginnt die Show. Schwarze, braune und weiße Mädchen ziehen sich aus. Lassen sich ausziehen. Ziehen sich gegenseitig aus. Eine Schwarzhaarige wird von einer Blonden entkleidet. Die Blonde trägt einen kurzen, schwarzen Regenmantel. Sie ist ungeheuer zärtlich zu der Schwarzen. Küsse. Umarmungen.
Als die Schwarze ganz nackt ist, wirft die Blonde ihren Regenmantel ab und ist auch ganz nackt. Sie nehmen die Stellung ein, in der Frauen sich lieben. Das Licht geht aus.
Diese Vorstellung hat alle Männer am meisten aufgeregt. Auch alle Frauen. Eine nicht: Tante Lizzy. Sie kommt erst bei der nächsten Attraktion auf ihre Rechnung. Das ist eine Haremsszene, aber eine paradoxe. Drei beinahe nackte, prima gebaute junge Kerle werden von einem nackten Mädchen herumgejagt. Das Mädchen hat eine lange Peitsche und knallt damit dauernd – haarscharf an den muskulösen Körpern der Jungen vorbei. Lizzy trinkt ein Glas nach dem anderen. Sie wird unruhig. Ihre Lippen bewegen sich. Die Nasenflügel zucken nervös. Lizzy sagt meinem Alten etwas. Der winkt dem Ober. Er hat es plötzlich furchtbar eilig. Die beiden warten nur das Ende der Nummer ab, dann gehen sie. Man hat bereits die Garderobe geholt.
Lizzy ist jetzt wohl auch betrunken. Beide gehen ganz dicht an mir vorbei. Ich neige mich vor und sage: »Ein fröhliches Fest!«
Aber sie hören mich nicht. Sie sehen mich nicht. Mein Alter wirft mit Scheinen um sich. Die Kellner dienern.
Eine Sängerin ist vor ein Mikrofon getreten. Nach den ersten Takten der Kapelle weiß ich, was nun kommt, und rufe: »Zahlen!«
»Sofort, Monsieur.«
Die Barfrau hat zuviel zu tun. Ich lege Geld auf die Theke und gehe. Trotzdem komme ich nicht schnell genug fort und höre noch die ersten Worte des Liedes. »Love is just a word . . .«
Auf der Straße sehe ich den Mercedes meines Vaters abfahren. Tante Lizzy chauffiert. Er sitzt neben ihr. Besser gesagt, er liegt,

an ihre Schulter gelehnt. Tante Lizzy fährt schnell. Ich habe nur noch einen Wunsch: Vergessen. Schlafen. Mit einem Taxi fahre ich ins Hotel.
Im Hotel nehme ich vier Schlaftabletten. Als ich erwache, ist es zwölf Uhr mittag am 25. Dezember.
Ich bleibe bis zum 8. Januar. Meine Mutter besuche ich täglich, meinen Vater nie. Er läßt auch von sich nichts hören. Mit Mutter füttere ich täglich die Dohle, die Katzen, das Reh und die Kaninchen. Manchmal gehe ich dann noch mit ihr hinauf in das schöne Zimmer. (Wenn Herr Doktor Walling zu tun hat.) Oder ich besuche sie am Vormittag, und wir sehen zu, wie die verschiedensten Vögel die Erdnüsse fressen. Auch Eichhörnchen sehe ich. Sie springen von den Ästen eines nahen Baumes herüber.
Mit Verena telefoniere ich selten. Sie kann offenbar nicht anrufen, ich warte viele Tage umsonst, und wenn sie anruft, ist die Verbindung meistens so schlecht, daß man kaum etwas versteht. Zu Silvester nehme ich schon am frühen Abend Schlaftabletten.
Am 8. Januar 1961, nach dem Mittagessen, gehe ich in die Villa meines Vaters, um mich zu verabschieden. Er gibt mir ein altes Buch. Eine frühe Ausgabe des »Principe« von Niccolo Machiavelli.
»Für meinen Freund Lord. Und die herzlichsten Grüße!«
»Jawohl, Papa.«
In der Halle steht Lizzy.
»Laß es dir gut gehen.«
»Du dir auch.«
»Du haßt mich wirklich, nicht?«
»Von ganzem Herzen.«
»Dann will ich dir endlich die Wahrheit sagen. Ich dich auch, Oliver. Ich dich auch.«
»Na also«, sage ich, »warum nicht gleich?«
Teddy Behnke sitzt schon am Steuer des Mercedes, um mich zum Flughafen zu fahren. Ich bitte ihn, vor der Klinik zu halten. Meine Mutter beobachtet von ihrem Zimmer aus die Vögel auf dem Balkon. Sie nimmt gar nicht zur Kenntnis, daß ich mich verabschiede.
»Schau doch, das süße Rotkehlchen! Bringst du mir morgen wieder Erdnüsse?«
»Ich werde Teddy bitten, daß er sie dir bringt, Mama.«
»Wieso Teddy?«
»Ich fliege zurück nach Deutschland.«
»Ach so, natürlich. Aber du mußt Teddy nicht bemühen. Ich werde Doktor Walling bitten...«

Dieser 8. Januar 1961 ist ein schöner Tag: Klar, kalt, frostklirrend. Wir fliegen im Sonnenschein über verschneites Land. Ich nehme den Machiavelli hervor, blättere ihn Seite um Seite durch und taste Seite um Seite ab. Ich notiere alle Buchstaben, die mit einer Nadel durchstochen wurden.
A.S.H.G.F.D.V.B.N.M.C.X.E.E.I.U.O.
Es sind viele Buchstaben. Ich werde auf dem Flug nicht fertig damit. Das macht nichts. Herr Lord kommt erst in sechs Tagen aus Sankt Moritz zurück. Diesmal will ich die ganze Botschaft haben!
Als wir landen, bitte ich Teddy, meiner Mutter regelmäßig Erdnüsse in die Klinik zu bringen, und gebe ihm Geld.
»Wird bestens erledigt, Herr Oliver. War es sehr schrecklich für Sie?«
»Schrecklich?« frage ich. »Ich hatte eine feine Zeit.«
Teddy Behnke sieht mich stumm an.
»Was ist los, Teddy?«
»Ach«, sagt er, »ist es nicht eine Scheißwelt?«
»Aber wieso? Es ist die beste aller Welten, lesen Sie Leibniz!«
»Sie tun mir leid.«
»Quatsch. So long, Teddylein.«
»Alles Gute, Herr Oliver.«
Dann hinkt er wieder zum Büro der AIR WEATHER CONTROL, und ich gehe wieder zum Paß und zum Zoll und lasse mich filzen wie immer. Diesmal untersucht mich nicht Herr Koppenhofer, sondern ein anderer Beamter, und ich stehe in einer Kabine, in der ich noch nie gestanden habe.
Fünf Uhr.
Jetzt füttert Mutter ihre Tiere.
Was tut Verena?
Erst in sechs Tagen kommt sie zurück.
Erst in sechs Tagen ...
»Ich möchte eine Flasche Cognac«, sage ich zu der Verkäuferin des Delikatessenladens in der Flughafenhalle.

6

Es schneit an diesem Nachmittag in Frankfurt heftig, in großen Flocken. Meine Mutter wird spätestens in einem Jahr in einer Irrenanstalt sein, wenn das so weitergeht, und das geht so weiter. Mein Vater und mein Tantchen sind dann die Sieger. Lief alles schneller, als ich dachte.

Mir ist elend.
Als ich losfahre, tue ich etwas, das ich noch nie getan habe: Ich halte mit der linken Hand das Steuer und öffne mit der rechten Hand die Cognacflasche. Dann hebe ich sie an die Lippen und trinke im Fahren. Das Glas des Flaschenhalses schlägt gegen meine Zähne, und Cognac rinnt mir über das Kinn. Ich lege die Flasche unter den Sitz. Mir wird immer elender. Darum biege ich bei der Autobahnausfahrt ab und fahre hinunter in den verschneiten Niederwald, die Oeserstraße entlang, zum Brunnenpfad. Ich habe nicht den Schlüssel zu »unserem« Haus. Ich will es nur ansehen. Vielleicht trinke ich noch etwas, während ich es ansehe. So ein sentimentaler Idiot bin ich an diesem Tag!
Das Fenster an meiner Seite steht offen. Stärker und stärker dringt ein seltsamer Geruch zu mir. Ich kann nicht sagen, was für ein Geruch, aber er ist ekelhaft, erschreckend.
Erschreckend?
Ich weiß nicht, warum ich plötzlich klamme Finger habe, als ich in den Brunnenpfad einbiege. Dann sehe ich, was geschehen ist. »Unser« Haus steht nicht mehr. Der Zaun steht nicht mehr. Der Geräteschuppen steht nicht mehr. Im Schnee liegen verkohlte Trümmer, Glasscherben, Bleche. Ich sehe den ausgeglühten elektrischen Ofen, Teile der breiten Couch, die Dusche aus der Küche – verbogen, schwarz, gebrochen. »Unser« Haus ist abgebrannt. Die verkohlten Holzstücke sind es, die so stinken.
Ich halte und steige aus.
Niemand ist zu sehen. Nur Krähen schreien.
Ich gehe langsam in das nun offene Grundstück hinein. Etwas zerbricht unter meinen Schuhen. Es ist der Rest des Radios. Ich stehe im Schnee und starre den schwarzen Holzhaufen an, der einmal ein Haus war, und Flocken fallen auf mich und den Brandschutt, so viele Flocken.
»Traurig, traurig, nicht wahr, Herr Mansfeld?«
Ich fahre herum.
Herr Leo, der Diener, steht hinter mir und schüttelt mitfühlend den schmalen Schädel. Er trägt einen dicken Wintermantel, einen Schal und einen steifen, schwarzen Hut.

7

»Wo kommen denn Sie her?«
»Oben bei der Tankstelle an der Autobahn ist eine Raststätte. Da

habe ich Kaffee getrunken und mir erlaubt, auf Sie zu warten, pardon, bitte.«
»Woher wußten Sie, daß ich heute zurückkommen würde?«
»Nun, morgen beginnt doch die Schule, nicht wahr?«
»Und wenn ich vorbeigefahren wäre?«
»Ich habe Ihren Namen auf eine von diesen großen schwarzen Tafeln schreiben lassen, die zwischen den Bahnen stehen. Ich ließ vermerken, daß Sie in die Raststätte kommen sollten.«
»Weshalb? Und wieso wußten Sie, wohin ich fahren würde?«
Darauf lächelte er nur.
»So ein hübsches, kleines Häuschen... Welcher Jammer... Es ist während der Feiertage geschehen. Die Zeitungen schreiben, Einbrecher hätten alle Konserven aufgegessen und allen Schnaps getrunken, den sie fanden. Dann haben sie – durch Unfall, aus Absicht, wer weiß es? – das Haus in Brand gesteckt. Schrecklich, nicht wahr?«
»Schrecklich für wen?«
»Für Sie, lieber Herr Mansfeld. Und für die gnädige Frau, pardon, bitte.«
»Wenn Sie noch ein einziges Wort...«
Aber er läßt sich nicht unterbrechen: »Die Freundin der gnädigen Frau, der das Häuschen gehörte und die sich zur Zeit in Amerika befindet, ist reich. Für sie ist es nicht schrecklich. Aber die gnädige Frau und Sie – wo werden Sie sich jetzt bloß treffen?«
Ich schlage mit der rechten Faust zu. Herr Leo fliegt in den Schnee. Seine Nase blutet. Er hält ein Taschentuch vor sein Gesicht, während er sich erhebt, und sagt undeutlich: »Das kostet Sie zweitausend Mark mehr, pardon, bitte.«
»Was?«
»Daß Sie mich schlugen. Ursprünglich wollte ich nur drei verlangen. Jetzt verlange ich fünf. Fünftausend. Wie das erstemal.«
»Wofür, Sie Schweinekerl?«
Er zieht fünf Fotografien aus der Tasche und reicht sie mir. Eine zeigt mich, wie ich das Häuschen betrete. Eine zeigt Verena, die mich in der Haustür umarmt. Zwei zeigen uns beide, wie wir das Häuschen verlassen. Auf dem fünften Bild kann man sehen, wie wir uns im Garten küssen.
»Ich habe eine sehr gute Kamera, Herr Mansfeld. Beachten Sie die Bildqualität, die Schärfe! Ich stand hinter dem Geräteschuppen.« Fotos. Fotos...
Ich zerreiße Herrn Leos Fotos in kleine Fetzen und werfe sie in den eingestürzten Brunnenschacht. Herr Leo sieht mir dabei zu und lächelt sanft.

»Was für ein Kind Sie sind, pardon, bitte, Herr Mansfeld. Haben Sie noch nichts davon gehört, daß es auch Negative gibt? Von ihnen kann ich so viel neue Bilder herstellen, wie ich will.« Er fröstelt und reibt sich die Hände. »Wir wollen zum Ende kommen. Ich brauche das Geld morgen.«

»Ich habe es nicht.«

»Sie können den Wagen noch einmal beleihen. Ein neuer Jaguar kostet fünfundzwanzigtausend Mark. Der Ihre ist beinahe noch neu. Sie fahren morgen zu Kopper & Co und erledigen die Formalitäten. Ich erwarte Sie um achtzehn Uhr mit dem Bargeld oben im Rasthaus.«

»Ich habe eine Bestätigung, daß ich Ihnen schon einmal fünftausend Mark gegeben habe.«

»Wenn Sie es wünschen, bringe ich morgen eine zweite Bestätigung mit. Sie können beide Herrn Lord zeigen. Ich kann Herrn Lord auch gleich die Negative der Aufnahmen zeigen, wenn Sie das wünschen. Dann sparen Sie fünftausend Mark. Wenn Sie es nicht wünschen, bringe ich die Negative morgen mit. Einen angenehmen Abend. Mir wird es hier zu kalt, pardon, bitte.«

Er zieht den steifen Hut und geht davon, vorsichtig, langsam, damit er nicht ausgleitet. Er trägt Galoschen. Ich sehe ihm nach, bis er verschwunden ist. Der Schnee fällt auf mich und zergeht auf meinem Haar. Ich setze mich in den Wagen und trinke wieder aus der Flasche. Das nasse, verbrannte Holz stinkt. Ob Leo das Haus angezündet hat?

Meine Mutter besitzt ein kleines Bankkonto. Sie wird mir noch einmal helfen. Hoffentlich kann sie es ...

Hat Herr Leo von den Negativen mehr Abzüge herstellen lassen? Vielleicht. Sicherlich. Er wird auch noch Briefe und Tonbänder haben. Er wird mich erpressen, solange es geht. Und dann? Und was wird er dann tun?

8

»Wenn ich dir erzähle, was passiert ist, machst du dir glatt in die Hosen«, sagt Hansi. Ich bin im »Quellenhof« angekommen. Das übliche Gebrüll und Gerenne von kleinen Jungen. Alle kommen sie zurück. Vor dem Haus parken Autos. Die guten Eltern zeigen uns, wie gut sie sind. Sie machen den armen Herrn Herterich halb verrückt mit Klagen, Bitten, Sorgen, Nöten. Hat Fritz nun endlich auch ein besseres Bett bekommen? Warum ist das Essen wieder so schlecht? Widersprechen Sie nicht, Karlheinz hat sich beschwert! Wann werden die neuen Badezimmer fertig?

Und so weiter, wie jedesmal.

»Warum soll ich mir in die Hosen machen?« frage ich.

Aus dem Trubel der Kinder und Eltern zieht Hansi sich mit mir auf ein Klosett zurück und riegelt zu.

»Gib mir 'ne Kippe.«

Er bekommt sie.

»Du hast doch Sinn für Humor, nicht? Das, was ich dir zu erzählen habe, ist die ganze Packung wert!«

Ich schenke sie ihm.

»Also: Giuseppe ist doch geblieben, so wie ich, nicht?«

»Ja.«

»Und er hat recht gehabt! Dieser Fan... dieser Dingsda...«

»Fanfani.«

»Ja, der hat also seinen Vater wirklich rausgelassen aus dem Knast. Weißt du, was dann passierte?«

»Was?«

Hansi zieht die Spülung, denn jemand hat an der Tür geklinkt.

»Die Italiener sind doch so verrückt mit ihren Bambinis.«

»Und?«

»Na, bei der Entlassung bekam Giuseppes Vater etwas Geld. Alle Verwandten konnten damit natürlich niemals hierher fahren, Weihnachten feiern. Aber Giuseppes Vater – er ist Installateur – bekam sofort einen Job bei irgend so einer Ölheizungsfirma in Frankfurt. Zweijahresvertrag! Ich habe gesehen, wie er ankam – am dritten war das. Hatte selber nur lauter alte Drecksachen an. Aber für Giuseppe brachte er einen neuen Mantel mit und warme Schuhe und einen Pullover. Und ein ganz großes Freßpaket! Giuseppe war selig.«

»Das kann ich mir vorstellen!«

»Nein, das kannst du dir nicht vorstellen! Er hat getanzt vor Glück! Der Vater auch! Wie zwei Verrückte haben sie sich benommen! Raschid fing an zu heulen, dieses Flennbaby. Dann ging der Vater mit Giuseppe essen, in irgendeine Kneipe. Abends kommt Giuseppe heim und sagt...« Hansi beginnt zu lachen, bis er sich verschluckt.

»Was ist so komisch?«

»Was Giuseppe mir und Raschid sagte!«

»Was?«

»Daß alle Kommunisten Verbrecher sind!«

»Aber sein Vater ist doch selber einer!«

»So warte doch! Sein Vater *war* einer, und ...«
»Wieso *war?*«
»Giuseppes Vater *war* Kommunist. Aber er *ist* keiner mehr! Er hat im Gefängnis andere Leute getroffen und über alles nachgedacht. Er hat auch mit dem Gefängnisgeistlichen gesprochen. Und der, der hat Giuseppes Vater bekehrt! Kaum raus aus dem Knast, läßt er sich katholisch taufen. Und Giuseppe nimmt jetzt Kommunionsunterricht.«
»Wo ist denn Giuseppe jetzt?«
»Er ist beim Eislaufen«, sagt Hansi.
»Aber er hat doch gar keine Schlittschuhe!«
»Ali hat ihm ein Paar geschenkt.«
»Ali?«
»Na, der hatte doch zwei. Außerdem ist er jetzt Giuseppes Bruder. Klar, nicht? Die beiden hocken dauernd zusammen. Ali ist völlig von den Socken mit Giuseppe! Er schenkt ihm Schokolade, Wäsche, Seife. Sogar eine Keilhose! Und beten tun sie nur noch zusammen. Na, war das nicht die Kippen wert?« fragt Hansi.

9

Ich war bei der Firma Kopper & Co.
Ich habe ein weiteres Darlehen in Höhe von fünftausend Mark aufgenommen. Die Höhe der monatlichen Wechselraten beträgt jetzt sechshundertdreißig Mark. Das ist für mich ein irrsinniger Betrag, den ich nur bezahlen kann, wenn meine Mutter mir noch mehr als bisher hilft. Ich weiß nun, daß es sinnlos ist, ihr zu erklären, wozu ich das Geld benötige. Es wäre schon seinerzeit sinnlos gewesen. Ich weiß, daß sie mir sofort helfen wird. Ich weiß nur nicht, ob noch genügend Geld auf ihrem Konto liegt. Vier Raten zu dreihunderteinundzwanzig Mark habe ich schon bezahlt. Für die zehntausend, die sie mir gegeben haben, verlangen Kopper & Co. rund dreizehntausend zurück, denn sie müssen an der Sache ja etwas verdienen. Ich kann einen schweren goldenen Füllfederhalter, eine erstklassige goldene Armbanduhr und einen sehr teuren Feldstecher verkaufen. That's all. Von meinem Vater habe ich seit Jahren kein Geld mehr bekommen. Alles, was ich brauche, bezahlt Herr Lord. (Und verrechnet's dann mit meinem Alten.)
Die Firma Kopper & Co. hat mich eine Erklärung unterschreiben lassen, derzufolge der Wagen in ihren Besitz übergeht, wenn ich mit zwei Wechselraten jeweils länger als vier Wochen in Verzug

gerate. Die Firma Kopper & Co. wird dann den Wagen verkaufen und Verkaufssumme gegen Schuld mit mir abrechnen.
In der Raststätte am Frankfurter Kreuz habe ich die fünftausend Mark Herrn Leo Galler übergeben. Er hat sich erbötig gemacht, mir darüber sofort eine zweite Empfangsbestätigung auszuschreiben, damit ich beide gegebenenfalls Herrn Manfred Lord zeigen und damit beweisen könnte, daß Herr Leo Galler mich erpreßt. Ich habe auf den Boden gespuckt und bin fortgegangen. Es ist mir endlich (endlich!) klargeworden, was die erste Bestätigung wert ist, die ich für einen gewissen Schutz hielt. Wenn ich sie Manfred Lord jemals zeigen wollte, dann hätte ich Herrn Leo Galler niemals einen Pfennig geben müssen. Denn Herr Galler würde dann natürlich erzählen, wofür er das Geld bekam und – so er es besitzt – weiteres Beweismaterial für Verenas Untreue vorlegen. Das hat Herr Leo Galler natürlich schon gewußt, als er die erste Bestätigung ausschrieb. Nur ich habe es nicht gewußt.

10

Donnerstag, 12. Januar 1961. Ich habe den ganzen Nachmittag Zeit, aber ich fahre nicht nach Frankfurt, um Verena zu treffen, denn die kommt erst am vierzehnten. Ich fahre nach Frankfurt, in die Kelsterradstraße, welche südlich des Mains liegt, um mit Geraldine zu reden. Ich habe mich telefonisch angemeldet.
»Frau Reber ist nicht da. Hier spricht Frau Böttner.« (Böttner, so heißt die Wohnungsinhaberin. Das hat mir Geraldine damals gesagt.) »Worum handelt es sich?«
»Das hätte ich gern Frau Reber selbst erklärt. Oder ihrer Tochter.«
»Ihre Tochter liegt im Bett. Sie kann nicht an den Apparat kommen. Und Frau Reber ist nicht da, das habe ich Ihnen doch bereits mitgeteilt, junger Mann!« (Scharfe, harte Stimme.) »Wollen Sie mir vielleicht gütigst sagen, ob ich etwas ausrichten kann?«
Ich bitte, Geraldine gütigst auszurichten, daß ich sie am Donnerstag gegen fünfzehn Uhr besuchen würde.
»Sie soll keine Besuche empfangen.«
»Ich komme nur kurz.«
»Bitte sehr.«
Eingehängt.
So hat das Ganze gleich einmal begonnen, und so geht es weiter.

Dieser 12. Januar ist ein dunkler, stürmischer Tag. Die Menschen gehen vorgeneigt, Wasserschnee schlägt in ihre mürrischen Gesichter, alle Autofahrer sind nervös. Ein Moped stößt beinahe mit mir zusammen, als ich die Friedensbrücke überquere.
Das Haus, in dem Geraldine nun lebt, ist alt. Die Wohnung liegt im dritten Stock. Ich läute. Eine kleine Dame öffnet und mustert mich mißtrauisch.
»Verzeihen Sie die Störung, Geraldine sagte mir, ihre Mutter hätte diese Wohnung für eine Weile gemietet. Ich danke Ihnen sehr, daß Sie sich in der Abwesenheit von Geraldines Mutter um sie kümmern, denn ...«
»Was heißt, sie hat die Wohnung gemietet? Ein Zimmer hat sie gemietet! Kommen Sie weiter. Es ist dunkel hier, die Lampe funktioniert nicht.«
»Mutter hat eine Wohnung für mich gemietet ...«
Und dann ist es nur ein Zimmer, und die Mutter überhaupt nicht da. Typisch für Geraldine. Sie hat immer gelogen, immer übertrieben ...
Frau Böttner öffnet eine der Türen.
»Besuch, Fräulein!« Sie läßt mich eintreten. »Soll ich den Tee jetzt bringen?«
»Ja, bitte.« Das ist Geraldines Stimme. Einen Moment später sehe ich sie. Ihr Bett steht beim Fenster. Sie hat sich geschminkt wie eh und je (dreimal zuviel), und sie trägt ein schwarzes Spitzennachthemd. (Wo ist der Gipsverband?) Sie sitzt im Bett, die Kissen sind hochgestellt. Vor dem Bett steht ein Tisch, festlich gedeckt für zwei Personen. Blumen. Bunte Servietten. Billiges Porzellan. Eine Platte mit Sandkuchen. Zigaretten ...
Die Tür schließt sich hinter mir.
Geraldine lächelt. Ihr Gesicht ist sehr blaß, die Wangen sind eingefallen, aber sie sieht besser aus, als ich dachte.
»Hallo«, sage ich.
Sie lächelt noch, aber es rinnen Tränen über ihre Wangen. Durch das Fenster sehe ich eine Kirche, einen Friedhof, einen riesigen grauen Steinkasten in einem kahlen Park (das muß die Nervenklinik sein), und dahinter den schmutzigen, grauen Main.
»Oliver«, sagt Geraldine. Und noch einmal, geflüstert: »Oliver ...« Sie streckt die Arme aus.
Ihr Mund öffnet sich. Ich beuge mich vor und küsse sie schnell. Das heißt: Ich will sie schnell küssen, aber sie klammert sich fest, ihre Lippen saugen sich an meine, und es wird ein langer Kuß. Sie hat die Augen geschlossen. Ihr Atem geht schnell. Ich halte die

Augen offen und sehe die Nervenklinik, die Kirche und den grauen Main. Das ist der schlimmste Kuß meines Lebens.
Endlich vorbei.
Geraldine strahlt. »Oliver! Ich bin ja so froh! Über alles! Ich werde irrsinnig schnell gesund, die Ärzte sagen, es wäre ein Wunder! Das Rückgrat ist wieder ganz gerade zusammengewachsen. Ich trage auch keinen Gipsverband mehr. Schau!« Im nächsten Moment hat sie das schwarze Nachthemd von den Schultern gestreift. Die Brüste zittern. In Geraldines Augen tritt wieder der irre Blick, den ich kenne. »Streichle sie ... Küß sie ...«
»Diese Böttner kann jeden Moment kommen ...«
»Nur einmal ... schnell ... Bitte, bitte ... Du weißt nicht, wie ich darauf gewartet habe ...«
Ich küsse die Brüste. Sie stöhnt. In diesem Moment ertönen draußen Schritte. Ich kann mich eben noch in einen Sessel fallen lassen. Geraldine zieht die Bettdecke hoch. Frau Böttner kommt herein, bringt den Tee, stellt die Kanne hin, ohne ein Wort zu sagen, blickt mich böse an und geht.
»Was hat sie?«
»Sie? Du!«
»Was?«
»Lippenstift am Mund!« Ich fahre mit dem Handrücken über mein Gesicht. Der Handrücken wird rot. Geraldine lacht.
»Setz dich zu mir.«
»Hör mal, ich darf mir keinen Skandal ...«
»Nur zu mir setzen. Meine Hand halten. Sonst nichts. Ich bin ein armes Luder. Ich könnte gar nicht! Alles tut noch weh ... Komm schon!«
Ich setze mich aufs Bett. Ich gieße den Tee in beide Tassen. Ich halte ihre Hand. Sie sieht mich unentwegt an. Sooft ich kann, sehe ich an ihr vorbei. Das wässerige Schneetreiben draußen wird dichter. Ich will ihr die Tasse reichen.
»Laß! Das kann ich schon selbst. Schau!« Sie zeigt, daß sie die Tasse selbst zu halten vermag. »Ich kann auch schon stehen und gehen und mich vorbeugen. Nur laufen kann ich noch nicht.«
»Wie schön, Geraldine!«
Ich halte ihren Blick nicht aus, lächle und sehe mich im Zimmer um, in dem geschmacklose Möbel und Nippesfiguren stehen, und in dem ein Bild an der Wand hängt, das eine Alpenlandschaft zeigt. Mit Hirsch.
»Hübsch hast du es hier.«
»Mach keine Witze!«

»Nein, wirklich...«
»Scheußlich habe ich es hier! Rede doch nicht so! Dieses Zimmer! Diese Alte! Und die Aussicht... Findest du das hübsch?«
Einen Schluck Tee. Aber hilft ein Schluck Tee weiter? Ich muß mit Geraldine reden. Jetzt. Sofort. Gleich.
Nein, nicht sofort.
Noch ein paar Minuten.
So ein feiger Hund bin ich. So ein elender, feiger Hund.

11

Und jetzt streichelt sie auch schon wieder meine Hand, und die Bettdecke gleitet herab. Wenn sie nur nicht ihr Nachthemd... Es gleitet auch schon wieder...
»Du denkst an die Alte, ja?«
»Ja.«
Geraldine zieht das Nachthemd hoch.
»Sie... sie kann doch jeden Moment wiederkommen.«
»Du bist süß!«
»Wieso?«
»Weil du so an mich denkst.«
Auf und ab streicht ihre Hand die meine, auf und ab.
»Geraldine... sagtest du nicht am Telefon, deine Mutter hätte eine Wohnung gemietet?«
»Meine Mutter!« Selten habe ich so viel Bitterkeit in einem Gesicht gesehen.
»Was ist passiert? Wo ist sie überhaupt?«
»In Berlin. Bei ihrem Mann. Schon seit Neujahr.«
»Aber alle denken doch, sie würde mit dir leben.«
»Ja, das hat sie mir versprochen! Aber da war ich noch im Krankenhaus. Dann brachte sie mich hierher. Wohnung? Von wegen! ›Kein Geld, liebes Kind! Wir müssen sparen!‹« Geraldine zuckt die Schultern. »Du weißt, ihr zweiter Mann kann mich nicht leiden. Er meinte, ein Zimmer sei gut genug. Sie schlief da auf der Couch, solange sie hier war. Bis er sie zurückrief. ›Du bist jetzt lange genug weg! Entweder dein Balg oder ich!‹ Das Telefon steht in der Diele. Ich habe alles mithören können, wie sie sich stritten. Aber nach Berlin flog sie dann doch!« Geraldine ahmt ihre Mutter nach: »Jetzt geht es dir schon fast wieder ganz gut, meine Kleine. Jetzt kann ich dich unbesorgt bei der lieben Frau Böttner lassen.« Wieder mit normaler Stimme: »Dann noch eine halbe Stunde Ge-

jammer. Daß sie an ihre Ehe denken müßte, daß ich ja schließlich Vater zugesprochen wurde bei der Scheidung, daß sie jetzt besonders vorsichtig sein müßte, um den Kerl in Berlin nicht zu verärgern, weil er so eifersüchtig ist und sonst auch noch fremd geht aus Wut, und endlich, weil mein Vater sich doch so benommen hat.«

»Wie hat der sich benommen?« Gott sei Dank, ich muß noch immer nicht sprechen. Hund. Feiger Hund!

»Ich sagte dir doch, er würde zu Weihnachten aus Cape Canaveral herüberkommen?«

»Ja. Und?«

»Vom ersten Augenblick an gab es auch da Streit. Sie haben sich dauernd angeschrien. Vater wollte, daß Mutter sich scheiden läßt. Er könnte in Deutschland arbeiten. In irgend so einem Institut. Mutter sagte, sie würde sich nie mehr scheiden lassen. Vater hat sie daraufhin geohrfeigt. Und das am Heiligen Abend!« Geraldine lacht. »Nach der Bescherung. Sie hatten beide einen sitzen. Da drüben in der Ecke stand der Weihnachtsbaum. Mutter brüllte so laut, daß die Alte die Funkstreife rufen wollte. Es waren die schönsten Weihnachten meines Lebens. Wie waren übrigens deine?«

»Ähnlich. Und nach den Ohrfeigen?«

»Ging die große Debatte los. Zwei Stunden. Du bist schuld. Nein, du. Du hast das getan. Du hast das getan. Was war mit dieser Laborantin in Nowosibirsk? Und du, hast du dich mit diesem Kommissar eingelassen, oder nicht? Und so weiter. Mich hatten sie völlig vergessen.«

»Und?«

»Nichts und. Vater flog schon am zweiten Weihnachtsfeiertag zurück in die Staaten. ›Leb wohl, mein armes Kind.‹ In den Großen Ferien darf ich ihn wieder besuchen, denk doch! Er wird mich dann furchtbar verwöhnen, hat er gesagt.«

»Wenn er die Erziehungsgewalt hat, hätte er doch eine Wohnung mieten und sich um dich kümmern können.«

»Ja, nicht wahr? Aber er meinte, meine Mutter würde mich ja doch im Stich lassen, und dann wäre ich allein und brauchte eine Schwester. Hier wäre immer noch Frau Böttner. So viel Geld hätte er auch nicht.«

»Lügt er?«

»Alle lügen. Walters Eltern auch.«

»Wieso?«

»Walter hat mich besucht. Zwei Tage nach dem Krach. Du weißt, was mit ihm los ist?«

»Ja. Sein Vater will nach Kanada. Und Walter mußte aus dem Internat, weil kein Geld mehr fürs Schulgeld da war.«
»Kein Geld fürs Schulgeld! Ich sage dir, sie lügen alle! Alle Eltern lügen! Walter ist draufgekommen, was da wirklich los ist. Klar hat sein Vater keine Millionen! Aber er hat die Nase voll von seiner Alten! Irgendeine Jüngere, Hübschere ist ihm über den Weg gelaufen. Hat er sich verknallt. Wußte genau, daß seine Frau niemals Deutschland verlassen würde, weil ihre Eltern hier leben – irgendwo im Süden. Also sagte Walters Vater sich: Prima, prima! Ich gehe nach Kanada mit dieser Jungen, und meine Alte bin ich los!«
»Und Walter?«
»Dem haben sie die freie Wahl gelassen. Freie Wahl! Der Vater wußte ganz genau, daß Walter seine Mutter liebt. War eine todsichere Sache. Hat ja auch wunderbar geklappt. Papa ist schon in Kanada. Die Hübsche auch. Und Walter zog mit der Mutter zu deren Eltern. Da geht er jetzt in die Schule. In Augsburg, glaube ich. Oder in Ulm. So macht man das ... Doch herrlich, nicht?«
»Armer Walter!«
»Und du? Und ich? Und Hansi?« Tatsächlich, Hansi sagt sie auch! »Ich will nun bei Gott keine Tränen über uns vergießen – aber das sage ich dir: Wenn ich mal groß bin, räche ich mich!«
»An wem? Vielleicht an deinen Kindern?«
»Kindern? Glaubst du denn, ich will Kinder haben, nach allem, was ich mitgemacht habe? Prügel in Rußland? Prügel in Deutschland? Luxusnutte? Und jetzt das hier? Ich sage dir, das Kind, das ich mir nicht wegmachen lasse, gibt es nicht!« Sie schmiegt sich an mich und flüstert: »Außer wir bleiben zusammen, und du willst eines. Willst du eines?«
»Nein.«
»Ich ... ich muß dir noch etwas sagen.«
»Was?«
»Er tat mir so leid, der Walter, daß ich ... daß ich ihn noch einmal geküßt habe. Richtig. Bist du böse?«
»Nein.«
»Es war nur Mitleid, ich schwöre es!«
»Natürlich.«
»Ich will nie wieder einen anderen küssen, solange wir zusammen sind! Ich gehöre ja dir, nur dir allein. Ich muß bloß noch ein wenig warten.«
Die Hand aus Eis. Den Rücken hinunter.
»Ein wenig?«

»Die Ärzte sagen, sie hätten so etwas noch nicht erlebt von schneller Heilung. Ich müßte eine Roßnatur haben, meinte einer. Und ein anderer, so ein Alter, Netter, sagte: ›Sie ist verliebt!‹ Er meinte, ich würde darum so schnell gesund.«
»Ich verstehe. Wann ... wann glaubst du denn, daß du wieder aufstehen darfst?«
»In drei Wochen. In vier, allerhöchstens! Und dann, Oliver! Und dann ...«
Und dann.

12

Ich weiß nicht, ob es so etwas wie Vergeltung gibt für das, was man Böses getan hat. Ob man für alles zahlen muß. Von wegen »Böses getan«: Was habe ich angerichtet? Eine ganze Menge. Na schön. Aber nun mal die Gegenbilanz: Mein Vater. Meine Mutter. Tante Lizzy. Herr Leo. Das abgebrannte Häuschen. Und jetzt noch Geraldine. Ich finde, die Waage hängt doch etwas schief. Wie?
Auf der anderen Seite ist es ganz gut, wenn man so etwas im richtigen Moment empfindet. Man hat dann weniger Skrupel. Ich hatte eine Menge, als ich kam. Jetzt ...
»Geraldine?«
Sie lächelt.
Es hat keinen Sinn.
Einer wird immer den anderen verwunden, so ist anscheinend das Leben. Anders geht es nicht. Anscheinend. Schön. Machen wir es kurz. Hat schon einmal einer mit mir Mitleid gehabt?
»Ich muß dir etwas sagen. Ich weiß, daß das nicht der glücklichste Augenblick ist, aber ich habe schon viel zu lange gewartet. Was damals in der Schlucht passierte, hast *du* gewollt. Ich sagte dir sofort, daß ich dich nicht liebe. Ich ...«
In dieser Hinsicht haben Frauen eine ganz, ganz kurze Leitung. Sie sitzt aufrecht im Bett, Teetasse auf den Knien, und sagt: »Du liebst die andere.«
»Ja. Und darum muß es aus mit uns sein. Ich meine, ganz aus. Wenn du in das Internat zurückkommst, darf nichts mehr zwischen uns passieren. Nichts!«
Geraldine sagt ganz ruhig: »Warum muß es aus sein? Ich weiß doch, daß du mich nicht liebst. Also nehme ich der anderen doch überhaupt nichts weg! Was will ich denn von dir? Das, was ich brauche! Tut ihr *das* weh?«

»Du willst nicht nur das. Du willst alles. Es tut mir wirklich leid, daß ich so ein Gespräch mit dir gerade jetzt führen muß, aber...«
(Unheimlich, wie ruhig sie ist.)
Sie lächelt. »Weil ich noch nicht ganz auf dem Damm bin? Hast du Angst, daß ich mir vielleicht das Leben nehme, aus dem Fenster springe, in der Klapsmühle lande? Keine Bange, mein Lieber! Ich habe Rußland und Deutschland *und* meine Eltern überstanden! Ich weine nicht einmal, siehst du? Ich schreie nicht. Ich falle vor dir nicht in die Knie.«
»Wirklich, Geraldine...«
»Warte, ich bin noch nicht fertig. Das Wichtigste kommt noch. Also schön, du hast deine Liebe. Pech für mich. Besonderes Pech für mich, weil du bei mir... Aber das tut nichts zur Sache. Du willst mich nicht mehr glücklich machen.«
»Ich kann nicht, Geraldine!«
»Schon gut. Schon gut. Du kannst mich nicht mehr glücklich machen. Ich dich auch nicht.«
»Was heißt das?«
»Das heißt, daß ich alles tun werde, um dich unglücklich zu machen, sobald ich wieder im Internat bin.«
»Was soll das heißen?«
»Ich werde diese andere finden. Wie mache ich dich am meisten unglücklich? Indem ich deine Liebste unglücklich mache. Wenn es eine Frau ist und etwa verheiratet, werde ich ihre Ehe zerstören, indem ich ihrem Mann alles verrate. Wenn sie nicht verheiratet ist, werde ich ihren Ruf zerstören. Wenn es ein Mädchen ist, mache ich es so fertig, daß es die Gegend verlassen muß. Und du auch, liebster Oliver. Unglück, viel Unglück werde ich dir bringen.«
»Geraldine, sei doch vernünftig! Ich habe dir von Anfang an gesagt, daß ich dich nicht liebe!«
»Aber du hast mit mir geschlafen.« Die Vergeltungstheorie. »Du weißt, was du mit mir gemacht hast. Und jetzt sagst du mir, daß du mich nie mehr anrühren wirst? Das findest du in Ordnung? Das findest du anständig?«
»Ich sage ja nicht, daß es anständig ist. Aber mit dir offen zu reden, erschien mir doch das Anständigste.«
Sie trinkt ganz langsam ihre Tasse leer und stellt sie fort.
»Ja, Oliver, das war auch das Anständigste. Jetzt bin ich informiert. Jetzt kann ich mir drei Wochen überlegen, wie ich sie am schnellsten finde, deine große Liebe.«
»Du wirst sie nie finden!«
Geraldine lacht.

»In einem Monat habe ich sie! Und ich werde eine feine Rache nehmen, keine plumpe. Es wird ihr weh tun, was ich anfange, sehr weh. Wenn sie dich liebt, wird sie daran zugrunde gehen.«

»Sie liebt mich nicht.«

»Ach nein? Dann ist es ja genauso wie bei uns!«

»Ja«, lüge ich.

»Du lügst. Ich weiß genug. Du kannst jetzt gehen.«

»Geraldine ...«

»Hast du nicht verstanden? Soll ich Frau Böttner rufen und sie bitten, dich hinauszubegleiten?«

»Ich gehe ja schon. Aber ...«

»Ich will nichts mehr hören.« Sie sagt einen Satz auf russisch. Dann aber gibt sie mir die Hand und lächelt. »Grüß alle von mir. Besonders Hansi.«

Moment. Moment.

»Wieso besonders Hansi?«

»Er hat doch auch so eine Rückgratgeschichte gehabt wie ich, nicht wahr? Ich muß mich besonders um ihn kümmern, wenn ich wiederkomme.«

Was weiß sie? Was ahnt sie? Was spürt sie? Was hat dieser kleine Teufel ihr schon gesagt, geschrieben? Weiß sie überhaupt etwas?

»Geraldine, ich bitte dich, tu nichts!«

»Ich höre dich nicht mehr.«

»Wenn du doch sagst, daß du mich liebst, wie kannst du dann die Frau ruinieren, die ...«

Eine Sekunde zu spät kommt es mir zu Bewußtsein. »Also eine *Frau.* Kein Mädchen. Da sind wir ja schon einen großen Schritt weiter.«

Ich muß nicht ganz normal sein an diesem Nachmittag.

Mit ausgestreckten Armen und gespreizten Fingern gehe ich auf sie zu.

»Frau Böttner!« schreit sie wild und weicht in ihrem Bett zurück. »Frau Böttner!« Jetzt liegen meine Finger um ihren Hals. »Frau Bött ...«

Tür auf.

Die alte Dame.

Ich drehe mich um, nachdem ich sofort die Hände sinken ließ.

»Würden Sie den Herrn hinausführen, liebe Frau Böttner? Im Korridor ist es so dunkel.«

»Wenn Ihnen etwas nicht paßt, können Sie ja ausziehen.«

»Bald sind Sie mich los, liebe Frau Böttner. Komm gut nach Hause, Oliver. Grüße auch deine Freundin von mir. Wir werden uns ja bald kennenlernen.«

13

Auf der Straße muß ich einen Moment stehenbleiben, aber nicht, weil ich mir so leid tue, sondern weil Geraldine mir so leid tut. Wer vergilt was an ihr? Was hat sie getan? Die meisten Hunde haben es besser als die meisten Menschen.
Jetzt schneit es richtig. Unter dem Sitz meines Wagens liegt die Cognacflasche. Ich trinke einen Schluck. Noch einen. Beim zweiten glaube ich brechen zu müssen. Das ist die Angst. Beim zweiten Schluck habe ich an Verena gedacht. Übermorgen kommt sie zurück. Nun sind Leo *und* Geraldine gegen uns. Und wenn der kleine Hansi nur ein einziges Mal auf mich wütend wird und nur ein einziges Wort zu Geraldine sagt ... Ein einziges Wort: Lord.
Noch ein Schluck.
Was kann ich tun? Ich habe kein Geld. Ich bin verschuldet. Mutter kommt bald ins Irrenhaus. Mit Vater darf ich nicht rechnen. Mein Abitur mache ich erst in einem Jahr. Ich kann Verena und Evelyn nicht ernähren. Wenn Geraldine die Wahrheit entdeckt, stößt der so sehr ehrenwerte Herr Lord Verena in das Elend zurück, aus dem sie kam.
Wem kann ich mich anvertrauen, wen um Rat bitten? Keinen Menschen. Ich habe zwei Zettel. Darauf stehen die Buchstaben, die mein Vater und Herr Lord in zwei Büchern durchstochen haben. Wenn ich nun (es wird immer schlimmer!), um wiederum Verena zu schützen, ihren Mann mit diesen Zetteln erpresse? Meinen Vater kann ich nicht erpressen. Und Herrn Lord? Wo ist denn das Buch, wird er mich fragen. Gehen Sie doch zur Polizei und erzählen Sie diese verrückte Geschichte, lieber Freund.
Wo ist denn das Buch?
Moment.
Es sind ja zwei Bücher!
Der »Dybuk« liegt in der Bibliothek meines Vaters in Echternach, wenn er noch da liegt und nicht längst verbrannt wurde. Aber den Machiavelli habe ich noch! Der liegt in meiner Reisetasche. Und Herr Lord kommt erst in zwei Tagen heim. Noah hat eine sehr gute Kamera. Damit kann ich die Seiten fotografieren. Bestimmt auch so, daß man die Löcher gut sieht. Dann wäre es möglich, Herrn Lord notfalls zart darauf hinzuweisen, daß ich die Seiten besitze.
Das ist die Methode Leos.
Ich bin also nicht besser als er. Denn wer weiß, vielleicht liebt

auch Herr Leo eine Frau, die er beschützen muß? Und vielleicht sehnt er sich wirklich nach einem kleinen Restaurant. Aber wo kommt man hin, wenn man für jede Gemeinheit eine Entschuldigung findet, wenn man alles verzeiht? Kann man, darf man alles verzeihen? Ist Liebe nicht wirklich doch nur ein Wort? Andererseits: Ist Politik eine edle Sache? Das Militär? Das Geschäft? Das Geschäft, das mein Vater betreibt? Das von Tante Lissy?

Halt! So darf man nicht anfangen. Sonst wird man verrückt.

Es muß einen Pegel der absoluten Moral geben. Was darüber geht, ist gut, was darunter sinkt, ist schlecht.

Ich bin jetzt auf der Autobahn, Schneeflocken fliegen mir entgegen, und immer wieder muß ich an Geraldines irre Augen denken, mit denen sie mir nachsah, als ich sie verließ. Dieselben Augen hatte sie damals, an diesem warmen Tag in dieser kleinen Schlucht. Kann Haß auch Wollust sein?

Wir haben neulich in Englisch bei dem Dichter John Dryden folgenden Satz gelesen:

Der Ring wird enger. Mit dem Spürsinn der Hunde
nahen Jäger und Tod, von Stunde zu Stunde ...

Autobahnausfahrt Ober-Rosbach. Eine Frau steht im Schneetreiben. Sie winkt. Sicherlich will sie mitgenommen werden. Warum nicht? Vielleicht ist das die letzte anständige Handlung, die ich in nächster Zeit begehen werde.

14

»Ach, entschuldigen Sie, mein Herr, fahren Sie vielleicht nach Friedheim?«

»Ja.«

»Würden Sie die große Freundlichkeit haben, mich mitzunehmen?«

Sie muß schon lange hier stehen, sie zittert vor Kälte. Vielleicht fünfzig Jahre alt. Schlank. Mit einem Gesicht, in dem nur Frieden, lauter Frieden und sonst gar nichts steht. Sie trägt einen schwarzen Lodenmantel und einen schwarzen Filzhut. An ihrer rechten Hand, die sie auf die Wagentür gelegt hat, fehlen zwei Finger.

»Steigen Sie ein.«

»Ich danke Ihnen tausendmal. Wissen Sie, ich habe nämlich in Frankfurt den Zug versäumt. Und ich muß ins Heim. Meine Kinder warten auf mich ...«

Ich angle die Flasche hervor.
»Trinken Sie einen Schluck.«
»Ich trinke eigentlich grundsätzlich ...«
»Bei diesem Wetter?«
»Also, gut.« Sie setzt die Flasche an die Lippen und nimmt einen Schluck. »Oh, das brennt!«
»Übrigens, ich heiße Oliver Mansfeld.«
»Ich bin Schwester Claudia.«
Der Schnee hüllt uns ein wie Watte. Wie? Schwester Claudia?
Kennen Sie das auch, dieses Gefühl: Das habe ich doch schon einmal erlebt?
Ist es der Schnee? Ist es der Cognac?
Ich sage mechanisch: »Schwester Claudia, das Kaninchen läuft uns davon!«
Sie muß mich für einen Irren halten.
»Bitte?«
»Schwester Claudia aus dem Erholungsheim der ›Menschenfreundlichen Gesellschaft‹?«
»Ja«, sagt sie, »ich bin Schwester Claudia vom ›Engel des Herrn‹. Aber wieso wissen Sie das?«
»Im Herbst fuhr ich das erstemal an Ihrem Heim vorüber ... Ist es nicht komisch, woran ein Mensch sich erinnert? Damals spielten Kinder bei einer grünen Pumpe, und ich hörte sie rufen: ›Schwester Claudia, das Kaninchen läuft uns davon!‹ Und deshalb weiß ich, wohin ich Sie bringen kann.«
»Herr Mansfeld, Sie setzen mich an der Kreuzung ab, wo der schlechte Weg beginnt.«
»Ich bringe Sie heim! Sie sagen doch, Sie haben es eilig. Ich habe Zeit.«
»Aber das Heim liegt abseits Ihres Weges! Das kann ich nicht annehmen.«
»Sie können.«
Jetzt fahren wir durch die kleine Biedermeierstadt. Marktplatz. Rathaus. Fachwerkhäuser. Auf allen Dächern liegt Schnee. Und da sind wieder die »REISEUTENSILIEN«, da sind die »GROSSHANDLUNG IN FRISEURARTIKELN«, die »SPEZIALITÄTENBÄCKEREI A. WEYERSHOFENS SEL. ERBEN«. Da ist das alles wieder, das ich nun schon so oft sah, wenn ich nach Frankfurt zu Verena fuhr, wenn ich von ihr zurückkehrte.
»Sagen Sie mir, Schwester Claudia, was ist diese ›Menschenfreundliche Gesellschaft‹? Wer ist der ›Engel des Herrn‹?«
Ihre Stimme klingt ruhig und zuversichtlich wie die eines Arztes:

»Unsere Gesellschaft wurde in der Schweiz gegründet. Schon vor fünfundzwanzig Jahren. Wir glauben daran, daß die Zeit einer großen Wende gekommen ist. Wir glauben an die Lehre des Erlösers – aber überkonfessionell, nicht so wie die großen Kirchen.«
Verschneite Landstraße. Eiszapfen von Telegrafendrähten. Schwester Claudia redet sich in Eifer: »Wir wollen wahre Christen sein, sanftmütig und freundlich untereinander; wir wollen nicht damit beginnen, die Welt zu verbessern, sondern uns selbst. Wenn die Christenheit wahrhaft christlich wäre, würde es weder Streit noch Krieg, weder Kommunismus noch Kapitalismus geben, weder Aufruhr noch Ungerechtigkeit. Es würde keine Not mehr herrschen, weil die Güter unserer Erde gerecht nach den Bedürfnissen aller verteilt werden könnten. Alle Menschen erwarten Glückseligkeit vom Leben. Die kann aber nur entstehen durch mutige Betrachtung des göttlichen Gesetzes im Weltall. Und dieses Gesetz heißt Nächstenliebe, verstehen Sie, Herr Mansfeld! Nächstenliebe! Das Evangelium erwähnt das immer wieder.«
»Es kümmert sich aber keiner darum.«
»Eben. Nur wir, eine kleine Herde. Es sind hauptsächlich arme Leute. Wir tun für sie, was wir können ... und ich meine damit nicht, daß wir sie nur mit schönen Worten trösten. Wir haben zum Glück auch reiche Gönner in Amerika und England, in Italien und Frankreich. So bekommen wir Geld. Sie sehen: Menschen helfen einander.«
»Sehr wenig.«
»Noch sehr wenig«, sagt sie und sieht wie eine Prophetin aus dabei. »Bald werden es sehr viele sein! Schauen Sie doch: Vor zehn Jahren hatten wir noch kein Heim, in dem sich kranke Kinder erholen konnten. Jetzt haben wir dreizehn Heime in verschiedenen Ländern. Wir haben unsere Zeitung, den ›Anzeiger des Reiches der Gerechtigkeit‹. Wir können den Armen helfen. Wenigen Armen. Zu wenigen. Aber der Tag wird kommen ...«
Sie sieht mich an. »Sind Sie krank?«
»Nein. Warum?«
»Haben Sie Sorgen?«
»Ja.«
»Große, nicht wahr? Kann ich Ihnen helfen?«
»Ich glaube nicht.«
Der Wagen holpert über Schlaglöcher und Querrinnen, vorbei an den verschneiten Gärten, den Schlößchen, den Villen.
»Vielleicht doch? Wollen Sie mich nicht besuchen? Ich zeige Ihnen das Heim, und Sie erzählen mir, was Sie bedrückt.«

Eine Betschwester. Eine Fanatikerin. Ein Verein. Alles, was ich nicht leiden mag. Und trotzdem antworte ich: »Ja, Schwester Claudia, ich komme gern.«
Wir sind da. Sie steigt aus und schüttelt mir die Hand. Dann geht sie hinunter zu dem alten Gutshof, vor dem die grüne Pumpe steht, die eine große weiße Schneehaube trägt, ebenso wie die Tafel, neben der ich gehalten habe:

MENSCHENFR. GESELLSCHAFT
(DER ENGEL DES HERRN)
ERHOLUNGSHEIM

Da geht sie, ihrer Sendung sicher und bewußt: Schwester Claudia. Ich greife unter dem Sitz nach der Cognacflasche und ziehe den Korken heraus. Schwester Claudia dreht sich noch einmal um und winkt. Ich winke zurück. Aus dem Heim kommen viele kleine Kinder gestürzt, die Schwester Claudia umarmen und an sich drücken, Jungen und Mädchen, lachend und schreiend.
Ich stoße den Korken wieder in den Flaschenhals und schiebe die Flasche unter den Sitz zurück, ohne getrunken zu haben.

15

»Was sagst du?«
»Abgebrannt. Vollkommen abgebrannt.«
»Aber... aber... wie war das möglich?« Verenas Stimme klingt erstickt. Am Morgen des 15. Januar ist sie aus Sankt Moritz zurückgekommen. Jetzt schlägt die Kirchturmuhr von Friedheim drei, und wir telefonieren.
»Angeblich Einbrecher. Brandstiftung. Wir dürfen uns dort nicht mehr sehen lassen.«
»Warum nicht?«
Ich habe mir vorgenommen, ihr auch weiterhin nichts von Leo zu sagen.
»Da warten jetzt überall Kriminalbeamte. Wir können uns dort auf keinen Fall blicken lassen!«
»Nur... nur noch einmal alles ansehen... Wir haben doch jetzt keinen Platz mehr, keinen Platz auf der Welt...«
»Doch. Ich habe etwas gefunden.«
»Was?«
»Ein kleines Hotel.« Ich nenne die Adresse. »Höre zu weinen auf, Liebling. Wir können uns da draußen nicht mehr treffen. Das siehst du doch ein?«

»J-ja ... Aber ... wir waren so glücklich dort, Oliver.«
»Wir werden es wieder sein.«
»Wo?«
»Wann sehe ich dich?«
»Heute abend.«
»Was?«
»Zum Essen. Mein Mann lädt dich ein. Mir ist es ein bißchen unheimlich, wie eilig er es hat, dich wiederzusehen.«
Mir nicht.
»Il Principe«! Herr Lord braucht das Buch meines Vaters.
»Um halb acht, ja?«
»Ja.«
»O Gott, unser Häuschen ...«
»Jetzt haben wir das Hotel.«
»Aber es ist nicht unser Haus. Es wird nie wie unser Haus sein.«
»Es ist besser als gar nichts«, sage ich.

16

Diesmal ist es wieder ein »feiner« Abend, in Smoking, Abendkleid und mit Herrn Leo, der in weißen Handschuhen serviert. Er vermeidet es, mich anzusehen. Manfred Lord ist bester Laune: Braungebrannt, ausgeruht, optimistisch. Den Machiavelli habe ich ihm gleich gegeben, als ich ankam. Er war erfreut.
»Wie aufmerksam von Ihrem Vater!«
Ja, nicht wahr, Herr Lord? Und wenn Sie allein sein werden, Herr Lord, dann werden Sie die durchstochenen Buchstaben suchen und entziffern. Ich kann sie nicht entziffern, ich kenne den Code nicht. Aber die durchstochenen Buchseiten habe ich fotografiert, Herr Lord. Nur: Ob das etwas helfen wird ... gegen einen Mann wie Sie, Herr Lord? Ich bin sehr deprimiert an diesem Abend. Ich werde es immer mehr.
Evelyn ist in Sankt Moritz an einem Bronchialkatarrh erkrankt und muß im Bett liegen. Ich habe ihr wieder Marzipan mitgebracht, und Manfred Lord fordert mich leutselig auf, doch in den ersten Stock hinauf und in das Kinderzimmer zu gehen, um mein Geschenk persönlich zu überreichen. Er bereitet inzwischen Drinks. Verena begleitet mich.
Das kleine Mädchen sieht mich mit fiebrigen Augen zornig an, als ich hereinkomme, wirft sich in ihrem Bett herum, preßt einen Teddybären an die Brust und starrt die Wand an.

»Guten Abend, Evelyn.«
Keine Antwort.
»Es tut mir so leid, daß du krank bist. Ich habe auch Marzipan mitgebracht.«
»Will kein Marzipan!«
»Evelyn!« sagt Verena.
»Ich will kein Marzipan von dir! Nimm's wieder mit! Iß es doch selber! Ich will überhaupt nichts mehr von dir! Ich will dich nicht einmal mehr sehen! Darum sehe ich auch die Wand an!«
»Warum?«
Das kleine Mädchen flüstert: »Du hast gesagt, du wirst Mami und mir helfen, und du hast nichts getan!«
»Ich habe dir doch erklärt, daß alles sehr schwierig ist und lange dauern wird.«
»Wie lange denn noch? Mami hat es ja selbst gesagt... Geh weg, Onkel Mansfeld! Geh! Und komm nicht wieder.«
Was soll ich tun? Ich versuche, über Evelyns Haar zu streichen, aber sie schlägt nach mir. Verena bewegt den Kopf. Wir verlassen das Zimmer. Auf dem Korridor flüstere ich: »Hast du ihr etwas gesagt?«
»Ja. Leider. An dem Abend, an dem die Telefonverbindung so schlecht war. Erinnerst du dich? Ich fühlte mich so unglücklich...«
»Hast du auch genug von mir? Bin ich ein Versager? Wollen wir aufhören?«
Im nächsten Moment hat sie die Arme um mich geschlungen und küßt mich wild. Ich versuche mit Gewalt, mich frei zu machen.
»Nicht...! Du bist wahnsinnig...! Dein Mann...«
»Wann treffen wir uns in diesem Hotel?«
»Morgen um drei.«
»Ich komme.«
»Sei nicht böse, daß ich Evelyn und dich so enttäusche.«
»Mich enttäuschst du nicht.«
»Doch. Ich bin zu jung, ich weiß, aber ich werde etwas tun! Ich weiß noch nicht, was! Aber ich tue etwas! Ich schaffe es! Bleib bei mir, Verena, bitte, bleib bei mir, bitte...«
»Ich bleibe bei dir.«
»Du bist noch nie bei einem Mann geblieben.«
»Aber bei dir, Liebling, bei dir... Morgen um drei...«
Der Korridor, der zur Treppe ins Erdgeschoß führt, ist dämmrig. Jetzt wird er plötzlich ganz hell. Wir fahren auseinander und sehen in die Halle hinunter. Dort steht Manfred Lord, einen silbernen Shaker in der Hand, und sagt charmant: »Wenn ich bitten darf? Die Drinks sind bereitet.«

»Wir kommen«, sagt Verena. Sie geht die breite Holztreppe hinab.
»Ich hörte Stimmen«, sagt Herr Lord. »Es war so dunkel im Stiegenhaus. Da machte ich Licht... Was haben Sie denn, Oliver? Sie sind ja so blaß. Nicht wahr, Verena?«
Der Diener geht durch die Halle, ein Tablett in der Hand.
»Finden Sie nicht auch, Leo?«
»Pardon, bitte, gnädiger Herr?«
»Daß Herr Mansfeld ganz blaß aussieht.«
»Ja, ziemlich bläßlich, will mir scheinen.«
Du Sauhund!
»Also dann nichts wie zurück vor den Kamin und einen ordentlichen Schluck. Das ist ja ein furchtbares Wetter. Hoffentlich bekommen Sie jetzt nicht auch einen Katarrh, mein Lieber«, sagt der sehr ehrenwerte Manfred Lord und geht voraus in den Salon.

17

Das Hotel liegt am Ostpark.
Ein sauberes, nettes Haus. Der Portier ist höflich. Man braucht nicht einmal den Namen anzugeben. Das Zimmer liegt im zweiten Stock. Es hat verblichene rote Seidentapeten, einen roten Teppich, rote Lampenschirme aus Plüsch und ein breites, altes Bett, neben dem ein Spiegel steht. Der Spiegel ist sehr groß. Man kann ihn vom Bett aus mittels einer Schnur schwenken und so alles sehen, was man sehen will. Über dem Bett hängt ein Öldruck. »Der Elfenreigen«. Es ist alles reichlich altmodisch. Trotzdem: Ich glaube, es ist eine der nettesten Absteigen der Stadt. Ich habe mir wirklich Mühe gegeben und viele Stundenhotels besichtigt, bevor ich das hier wählte. Und doch geht alles schief.
Ich war vor Verena da. Sie kam mit einem Taxi, das weiter die Straße hinunter stehen blieb. Sie trägt einen ganz einfachen Stoffmantel, keinen Schmuck, ein Tuch um den Kopf und ihre dunkle Brille.
Der Portier lächelt ein bißchen viel, als er uns begrüßt, aber er hat auch schon das erstemal ein bißchen viel gelächelt, als ich allein hier war und ihm zwanzig Mark gab. Wahrscheinlich lächelt er immer ein bißchen zuviel, es gehört zu seinem Beruf. Er gibt mir den Zimmerschlüssel. Wir müssen die Treppe hinaufsteigen, ein Lift existiert nicht. Als wir an dem Portier vorbei sind, ruft er – ein bißchen laut, zugegeben –: »Wenn die Herrschaften noch mehr Handtücher brauchen, bitte nur zu läuten! Das Mädchen bringt alles!«

Die Handtücher geben den Ausschlag. Ich sehe, wie Verena zusammenzuckt. Und schon hier auf der Treppe weiß ich, daß alles verfahren ist. Verenas Nasenflügel zucken nervös, sie stolpert, sie spricht kein Wort, bis wir im Zimmer sind. Dann sagt sie: »Scheußlich.« Sie sieht nicht einmal die roten Nelken, den Champagner. Sie geht zum Fenster und blickt hinaus. Mietskasernen, ein kleines Stück des Ostparks mit dem zugefrorenen See, auf dem Kinder Schlittschuh laufen, billige Geschäfte...

»Furchtbar«, sagt sie.

Vorstadt eben.

Ich mache Licht, schließe die Vorhänge und öffne die Champagnerflasche. Die ganze Zeit bleibt Verena mit dem Gesicht zur Wand vor einem Zentralheizungskörper stehen. Ich bringe ihr ein Glas und sage: »Zieh doch wenigstens den Mantel aus.«

Sie trägt wieder den roten Pullover. Darüber freue ich mich.

»Warum freust du dich?«

»Weil du den roten Pullover trägst.«

Der Champagner ist schlecht. Sie sagt es nicht, ich sage es.

»Ach, das ist doch so egal«, antwortet sie. »Danke für die Nelken.«

Sie geht ins Badezimmer, sieht alles an und schüttelt den Kopf. Dann kommt sie zurück, gießt sich noch ein Glas ein und trinkt es in einem Zug leer, und danach in einem Zug noch ein drittes.

»Los«, sagt sie. »Schnell, komm.«

Sie streift den Pullover über den Kopf. Sie öffnet den Rock. Sie zieht die Strümpfe aus. Ich bin schon nackt und krieche in das breite Bett. Die Decke ist klamm. Nebenan höre ich einen Mann husten und sprechen. Dann lacht das Mädchen, lange und schrill. Es folgen eine Menge Geräusche.

Halb nackt sitzt Verena da. Jetzt sieht sie auch noch den Riesenspiegel. Sie zieht an der Schnur. Er bewegt sich. »Wie raffiniert«, sagt Verena.

»Schau nicht hin. Wir machen das Licht aus. Das nächstemal bringe ich ein Radio mit, damit wir nichts anderes hören als Musik.«

Sie zieht sich ganz aus, legt sich neben mich, wir küssen uns. Als ich sie zu streicheln beginne, wird sie plötzlich ganz starr.

Ich weiß: Es ist aus.

»Sei nicht böse, mein Herz.«

»Nein, nein, natürlich nicht«, sage ich. Durch die Ritzen im Vorhang fällt noch ein bißchen Tageslicht, irgendwo rauscht Wasser, dann hustet der Mann nebenan wieder, dann lacht das Mädchen wieder.

»Es hätte keinen Sinn... Wir wollen uns doch nie belügen. Hier... hier müßte ich Theater spielen. Weißt du...«
»Du mußt nichts erklären.«
»Ich will aber... Ich muß... Erinnerst du dich noch, wie wütend du in der ersten Zeit immer wurdest, wenn ich sagte, ich sei eine Hure?«
»Ja.«
»Ich... ich sagte es immer nur so. Nicht ganz im Ernst. Ich kokettierte damit. Ich hatte trotz allem immer noch eine sehr gute Meinung von mir. Das mit der Hure sagte ich, damit man mir widersprach, damit meine gute Meinung von anderen bestätigt würde.«
Jemand geht auf dem Gang vorbei.
»Heute fühle ich mich zum erstenmal wirklich wie eine Hure. Das ist die Wahrheit. Ich habe mich noch nie so gefühlt! Noch nie! Nicht einmal mit den ausgefressenen Spießern in meiner miesesten Zeit. Und dabei würde ich es so gern tun. Aber es geht nicht. Verstehst du mich?«
»Ja.«
»Oliver...«
»Komm. Komm weg von hier. Schnell.«
Ich mache Licht. Wir ziehen uns hastig an.
(Der Mann spricht. Das Mädchen lacht. Wasser rauscht.)
»Hier treffen wir uns nie wieder. Es war mein Fehler.«
»Nein, meiner«, sagt sie.
»Nur weg«, sage ich und öffne die Tür. Die roten Nelken bleiben zurück, die sauberen Handtücher, der schlechte Champagner. Die Treppe laufen wir hinunter, als würden wir verfolgt. Ich gebe dem Portier den Schlüssel wieder.
»Sie gehen schon? Aber Sie haben das Zimmer das letztemal doch im voraus für drei Stunden bezahlt! Gefällt es Ihnen nicht? Ist etwas...«
Da sind wir schon auf der Straße.
Wir gehen weit. Keiner sieht den anderen an. Plötzlich bleibt Verena stehen, nimmt die Brille ab und steckt sie ein. Sie sieht mich mit ihren riesenhaften schwarzen Augen an, als hätte sie mich noch nie gesehen.
»Verena, was hast du? Komm doch weiter!«
Mit ihrer rauchigen, heiseren Stimme sagt sie: »Jetzt weiß ich es.«
»Was?«
»Warum es vorhin nicht ging.«
»Warum?«
Fremde Menschen. Schreiende Kinder. Lebensmittel hinter einer

beschlagenen Auslagenscheibe. Hupende Autos. Und Schnee, Schnee, Schnee!
»Warum nicht?«
»Weil ich mich in dich verliebt habe. Ich liebe dich, Oliver. Du hast es erreicht. Es ist soweit.«

18

Am Sandweg finden wir ein altmodisches Café. Ein glatzköpfiger kleiner Kellner in einem fleckigen Frack schlurft herbei. Die Fensterscheiben des Lokals sind halb blind, das elektrische Licht ist schwach, auf den Tischplatten aus falschem Marmor gibt es viele Ringe von Tassen und Untertassen und Gläsern. Zwei Rentner spielen Schach in einer Ecke, ein dritter Mann sieht zu.
»Habe Sie Cognac?« frage ich den Kellner.
»Ja.«
»Anständigen? Französischen?«
»Da muß ich erst nachsehen, mein Herr...« Er schlurft davon. Eine bernsteinfarbene Katze mit ganz dickem Fell kommt heran und reibt sich schnurrend an meinem Bein. Verena hält meine Hand fest. Wir blicken uns immer noch an.
Es ist ganz still.
»Ich liebe dich, Oliver.«
»Und ich dich. Nur dich. Immer nur dich.«
»Ich bin so froh, daß wir in diesem furchtbaren Zimmer waren. Sonst wäre es mir nicht klar geworden. Nicht so schnell. Nicht so stark.«
»Verena...«
»Hier sieht es auch zum Grausen aus, nicht wahr? Aber hier fühle ich mich wohl!«
»Ich auch.«
Die Katze springt mir auf den Schoß, und ich streichle sie mit der einen Hand, mit der anderen streichle ich die Hand Verenas.
Der Kellner kommt zurückgeschlurft, auf Plattfüßen, in breiten, ausgetretenen Schuhen. Er zeigt uns eine Flasche, von der er zuvor mit einem grauen Tuch den Staub gewischt hat. »Aus dem Keller. Echter Courvoisier. Liegt schon eine Ewigkeit da unten.«
»Verkaufen Sie mir die Flasche.«
»Aber Sie können doch nicht alles auf einmal...«
»Nicht auf einmal. Wir kommen wieder.« Der Kellner wird verlegen: »Da muß ich aber erst die Chefin fragen, was das kostet. Es wird nicht billig sein. Jedenfalls viel teurer als im Geschäft.«

»Es ist egal, was es kostet.«
Darauf verbeugt er sich tief.
Dann holt er zwei Gläser. Ich rufe ihm nach: »Bringen Sie ein drittes!«
Er öffnet die Flasche, ich gieße drei Gläser voll.
»Stoßen Sie mit uns an. Wir haben etwas zu feiern.«
»Sie sind zu gütig.«
Wir trinken alle, der alte Kellner nur einen ganz kleinen Schluck.
»Wenn Sie gestatten, nehme ich mein Glas mit. So etwas bekommt man nicht alle Tage. Ich möchte es langsam trinken.«
»Natürlich, Herr ...«
»Franz. Ich bin der Franz.« Er hebt sein Glas und nippt wieder daran. Vorher sagt er noch: »Auf Ihr Wohl. Auf das, was Sie zu feiern haben.«
»Danke, Herr Franz.« Die Schachspieler streiten. Der Kiebitz gibt Ratschläge. Der Schnee fällt.
»Jetzt haben wir wieder ein neues Zuhause«, sagt Verena. Sie trinkt einen großen Schluck. »Verrückt«, sagt sie. »Weißt du was? Ich habe auf einmal auch keine Angst mehr.«
»Keine Angst wovor?«
»Vor meinem Mann. Vor der Zukunft. Davor, daß ich so viele Jahre älter bin als du.«
»Alles wird gut werden.«
»Wie wird alles gut werden? Wie kann alles gut werden? Sag es mir! Ich muß es wissen, jetzt, wo ich weiß, daß ich dich liebe.«
»Ich kann es dir sagen. Endlich. Ich kenne in Echternach einen Anwalt. Der hat mir gesagt, daß die ...« – ich nenne den Namen der größten Konkurrenzwerke meines Vaters – »mich sofort nach dem Abitur anstellen würden. Mit Wollust! Schon damit die Branche etwas zu lachen hat! Schon damit mein Alter zerspringt! Die Leute wollen sich den Spaß sogar etwas kosten lassen. Für den Anfang hätten wir drei genug ...«
»Ist das wirklich wahr?«
»Ehrenwort!«
»Ich glaube dir. Auch wenn es nicht wahr wäre, würde ich bei dir bleiben. Aber ich weiß, wie das ist mit der Armut. Die größte Liebe geht dabei kaputt.«
»Hab keine Angst. Gleich nach dem Abitur ist es soweit. Weißt du, daß ich zum erstenmal in meinem Leben ordentlich lerne? Ich will mein Abitur machen! Ich will durchkommen!«
»Ich habe einen guten Schüler aus dir gemacht.«
»Du hast einen Mann aus mir gemacht.«

»Und du machst eine Säuferin aus mir.«
»Ich habe früher auch nicht so getrunken. Erst seit...«
»Ja«, sagt Verena, »ich auch erst seit...«
»Seit wann?«
»Seit ich Sehnsucht habe.«
»Wie lange hast du schon Sehnsucht?«
»In Sankt Moritz fing es an.«
Ich bin jetzt furchtbar aufgeregt. In diesem düsteren alten Café sehe ich plötzlich unsere ganze gemeinsame Zukunft vor mir, unser gemeinsames glückliches Leben.
»Ein Jahr noch, Verena! Ein bißchen mehr als ein Jahr! Dann kann ich arbeiten! Wir nehmen eine kleine Wohnung. Du hast alles, was du brauchst, Pelze, Schmuck...«
»Und dich.«
»Und Evelyn. Und mein Auto. Wir werden die glücklichsten Menschen von ganz Frankfurt sein.«
»Von ganz Deutschland!«
»Von der ganzen Welt!«
»Nein.«
»Was, nein?«
»So etwas dürfen wir nicht sagen, sonst geht alles schief. Es geht immer schief, wenn man solche Sachen sagt.«
»Darf man solche Sachen wenigstens denken?«
»Kann man jemandem verbieten zu denken?«
»Verena...«
»Liebster?«
»Nichts.«
»Ich weiß, was du sagen wolltest. Sag es nicht.«
»Nein.«
»Denk es.«
»Ja.«
»Ich denke es auch. Ich denke das gleiche.«
»Wir trinken noch ein Glas, dann fahre ich dich nach Hause. Es ist spät.«
»Und du wirst nicht ungeduldig werden?«
»Nie! Aber du...«
»Ich auch nicht!«
»Bald kommt der Frühling. Mein Mann wird wieder verreisen. Du wirst zu mir kommen können, so wie damals, in unserer ersten Nacht...«
Wir trinken.
Die Schachspieler streiten noch immer.

Schnee fällt, dichter und dichter.
Warum habe ich plötzlich wieder dieses Gefühl, daß ich bald sterben werde?
Warum?
Ich bin doch glücklich!
»Was ist, mein Herz?«
»Nichts.«
»Doch. Dein Gesicht war auf einmal anders... ganz anders...«
»Ich dachte an etwas.«
»Woran?«
»Wie schön es sein wird«, antworte ich.
(Warum sollte ich sterben?)
»Du trinkst zuviel«, sagt Verena.
»Nur noch einen Schluck.«
Sie lächelt.

19

In der Schule gibt es ein neues Pärchen. Keiner wäre auf die Kombination gekommen: Noah und Chichita. Noah wurde deshalb zum Chef gerufen, höre ich. Der Chef sagte: »Goldmund, du weißt, wie gern ich dich habe, aber du bist wohl nicht mehr ganz bei Trost.«
»Inwiefern, Herr Doktor, bitte?«
»Chichita ist erst fünfzehn.«
»Nächstes Jahr wird sie sechzehn.«
»Das eine sage ich dir, wenn ich euch einmal erwische, nur ein einziges Mal – da fliegt ihr beide, am gleichen Tag, verstanden?«
»Erstens, Herr Doktor, würden Sie uns nie erwischen, selbst wenn wir es täten, zweitens enttäuscht es mich sehr, daß Sie von mir so eine elende Meinung haben. Ich will mit Chichita nicht schlafen! Jedenfalls habe ich keine solche Eile damit.«
»Was willst du denn?« fragte der Chef.
»Ich bin ziemlich allein. Chichita ist es auch. Ich habe mir immer gewünscht, mit einem Menschen zu leben, den ich ganz früh kennengelernt und so geformt habe, wie ich ihn mir erträume.«
»Aha. Dein Geschöpf.«
»Ja.«
»Pygmalion, wie?«
»Pygmalion, ja. Darum unterhalte ich mich mit Chichita über Jaspers und Sartre, Oppenheimer, den ›Verrat im zwanzigsten Jahrhundert‹, die Kollektivschuld, Brecht, und so weiter.«

»Davon versteht sie doch noch kein Wort, Noah!«
»Das sagen Sie nicht, Herr Doktor! Ich habe ihr Camus gegeben. Und Malraux. Und Koestler. Sie haben recht, vieles versteht sie nicht, auch wenn sie behauptet, alles zu verstehen. Aber eine Menge bleibt doch hängen, eine Menge versteht sie – unbewußt, unterbewußt. Es wird ihr nie bewußt werden, aber sie wird einmal so handeln, wie zum Beispiel Camus gedacht hat. Ist das schlecht?«
»Glaubst du das wirklich?«
»Mein voller Ernst. Ich hab' mal einen Satz gelesen, der gefiel mir außerordentlich. Er hieß ungefähr: Später habe ich ja viele Verdummungsprozesse durchgemacht – aber mit fünfzehn war ich ein geistreicher, kluger und reifer Mensch! Man wird nicht klüger, wenn man älter wird ... Verzeihen Sie, Herr Doktor, das sollte natürlich keine persönliche Anspielung sein!«
»Mit mir kannst du ruhig deine blöden Witze machen, das weißt du ja. Wie seid ihr beide zusammengekommen? Chichita hat doch Mister Aldridge so verehrt.«
»Ich wollte diese harmonische Beziehung auch nicht stören. Aber eines Tages sagt Chichita zu mir: ›Mister Aldridge ist nur aus Höflichkeit nett zu mir.‹ – ›Unsinn‹, sage ich. – ›Kein Unsinn‹, sagt sie. ›Er ist überhaupt zu allen Mädchen nur aus Höflichkeit nett. Die Jungen hat er viel lieber.‹«
»Du hast ihr doch hoffentlich widersprochen?«
»Und wie!«
»Mister Aldridge ist meine beste Kraft. Er hat sich nie etwas zuschulden kommen lassen. Sein Privatleben geht uns nichts an.«
»Habe ich mich beschwert? Aber die Mädchen machen sich eben ihre Gedanken. Chichita besitzt Instinkt. Daß irgend etwas nicht stimmt, hat sie bemerkt. Darum fragte sie mich: ›Willst du mit mir gehen?‹ – Allerhand, wenn ein Mädchen das fragt, nicht? Im allgemeinen müssen wir doch fragen!«
»Und du hast ja gesagt.«
»Mir gefiel sie, wie gesagt, schon lange. Ich habe – ohne Ihre Erlaubnis einzuholen, entschuldigen Sie – ein paar Szeno-Tests und so mit ihr gemacht, und ich kann nur sagen: Prima!«
»Gerade, was du gesucht hast, wie?«
»Genau das.«
»Ton in deiner Hand.«
»Ja, Herr Doktor.«
»Sage mir: Wenn du die kleine Chichita also zu deinem Geschöpf gemacht, nach deinem Willen erzogen hast – was wirst du dann tun?«

»Wir gehen nach Israel.«
»Und heiratet?«
»Habe ich das gesagt?«
»Du kannst sie doch nicht so mitnehmen!«
»Warum nicht? Wir wollen zusammen leben. Ich habe das Gefühl, daß es gut gehen wird. Nur heiraten wollen wir nicht unbedingt.«
»Warum nicht?«
»Erstens...«
»Sag nicht immer erstens, zweitens. Doziere nicht. Weißt du, Noah, ich habe auch etwas gelesen: Wer allzu klug ist, ist schon wieder dumm.«
»Ich werde mich zusammenreißen. Also erstens – pardon, Herr Doktor –, also Chichita und ich, wir wollen nie Kinder haben, in dem Punkt sind wir uns völlig einig. Sehen Sie sich doch an, was mit Kindern heute passiert! Hier lebe ich mit mehr als dreihundert Kindern. Hier habe ich jahrelang einen repräsentativen Durchschnitt beobachten können. Und ich darf Ihnen versichern: Das reicht mir!«
»Noah«, hat der Chef gesagt, »mir gefallen deine Ansichten zum Teil. Zum Teil gefallen sie mir nicht. Aber ob mir nun etwas gefällt oder nicht – wie gesagt, wenn du dein Wort brichst, fliegt ihr!«
»Keine Bange«, hat Noah geantwortet. »Ich will einen Menschen, Herr Doktor, einen Menschen! Und da kommt doch das Schlafen erst als letzter Posten auf der Liste...«
Merkwürdig: Früher, wenn ich in ein Mädchen verknallt war, dachte ich immer, wir müßten einfach dauernd in die Betten! Jetzt treffe ich Verena wieder und wieder in dem kleinen, alten Café. Wir küssen uns. Wir streicheln uns. Aber *das* – nein. Seit zwei Wochen! Wir erzählen einander aus unseren Leben. Wir haben so viel zu erzählen. Ich glaube, wir würden nicht fertig, wenn jeder hundert Jahre lang erzählte! Noah ist ein kluger Junge...

20

Was sich da zwischen Doktor Frey und Mademoiselle Duval angesponnen hat, ist nun offenbar überall im Internat bekanntgeworden.
Alle reden über die beiden, am meisten natürlich die großen Mädchen. Doktor Frey und Mademoiselle Duval gehen jeden Nachmittag zusammen spazieren. Abends fahren sie oft nach Frankfurt ins

Theater oder ins Kino. Mademoiselle Duval hat zwei neue Kleider, und sie besucht einmal in der Woche den Friseur in Friedheim. Sie lacht jetzt auch schon manchmal, und Hansi sagt, die beiden seien heimlich verlobt.
Er muß es wissen.
Er weiß alles.

21

Donnerstag, 9. Februar.
Wieder treffe ich Verena in »unserem« Café am Sandweg. Herr Franz mit dem fleckigen Frack bringt die Cognac-Flasche und trinkt ein Glas auf unser Wohl. Mira, die bernsteinfarbene Katze, streicht durch das dämmrige Lokal, und in ihrer Ecke streiten die Schachspieler, und der Kiebitz gibt Ratschläge. Es sind die gleichen Schachspieler, es ist der gleiche Kiebitz.
Verena verändert sich in diesen Tagen. Das ist nicht Einbildung eines Verliebten, es ist wirklich so! Sie wird stiller, ruhiger, weniger nervös. Auch ihr Gesicht verändert sich. Ich habe immer das Gefühl, daß es strahlt, dieses Gesicht, von innen nach außen, durch die Haut. Und aus Verenas Augen weicht ein kleines Stück von ihrer großen Traurigkeit.
Sie bringt gute Nachrichten: Nächste Woche muß ihr Mann verreisen, dann kann ich wieder einmal eine Nacht zu ihr kommen. Darauf freuen wir uns wie Kinder, wie zwei Liebende, die sich noch nie umarmt haben.
Ich bringe auch gute Nachrichten: Seit einiger Zeit bin ich der beste Schüler der Klasse. Im Grund ist das kein Kunststück, mit einundzwanzig in der Achten – aber meine Lehrer sind dennoch völlig verblüfft. Sie können es kaum fassen, daß ich mich nicht mehr herumflegele, nicht mehr störe und freche Antworten gebe, daß ich eine gute Arbeit nach der anderen schreibe.
»Jetzt ist Ihnen endlich der Knopf aufgegangen«, hat Herr Doktor Haberle gesagt. (Der sich übrigens einen neuen Anzug leistete und nicht mehr so nach Schweiß stinkt. Muß eine Weihnachtsausgabe gewesen sein.)
»Da steckt natürlich eine Frau dahinter«, hat Noah gesagt. Es ist zum Kotzen, daß er immer sofort alles kapiert. Zum Kotzen deshalb, weil er es Chichita sagte, und die sagte es allen anderen Mädchen, und jetzt bin ich also ein Wundertier, und jeder will wissen, wer dieses weibliche Wesen ist...

Verena schmiedet Pläne. Verena ist realistisch. Kein Wunder: Sie kennt den Hunger. Sie rechnet dauernd. Ob wir mit meinem Gehalt auch wirklich leben können. Sie rechnet wie ein kleines Kind – laut. Sie glaubt, wir werden hinkommen.

Wir haben uns angewöhnt, ein bißchen viel zu trinken. Wir wollen die Sache in Grenzen halten und ermahnen uns gegenseitig und oft – aber wenn wir zusammenkommen, trinken wir doch immer wieder: Weil wir so sentimental sind, weil die Zeit so kurz ist, weil der Cognac so viel Frieden und Wärme, Zuversicht und Ruhe gibt. Herr Franz hat ein paar Flaschen Courvoisier gekauft.

»Das ist ein sehr milder Winter«, sagt Verena. »Ich glaube, ich kann schon Mitte oder Ende März mit Evelyn wieder zu dir in den Taunus übersiedeln. Und dann habe ich mir noch etwas überlegt. Mein Mann besitzt ein Haus auf Elba.«

»Ja.«

»Woher weißt du das?«

»Damals, in jener ersten Nacht, hast du davon gesprochen, halb im Schlaf schon.«

»Wovon?«

»Von blutroten Segeln, wenn die Sonne untergeht, von einer Stadt, die heißt Portoferraio oder so ähnlich, und von grünen Wellen, in denen du mich umarmen wolltest.«

»Das habe ich alles gesagt?«

»Ja.«

»Ich muß sehr betrunken gewesen sein.«

»Gar nicht, nur sehr müde. Ich auch. Aber ich erinnere mich!«

»Portoferraio, weißt du, ist die Hauptstadt von Elba. Du warst nie dort?«

»Nein.«

»Wir fahren jedes Jahr hinunter! Unsern Chauffeur schicken wir mit dem Wagen voraus bis nach Florenz und nehmen Schlafwagen. Dann fahren wir mit dem Auto. Pisa. Livorno. Piombino.«

»Ich war noch nie in Italien.«

»Piombino liegt am Meer. Dort kann man seinen Wagen aufs Schiff nehmen. In neunzig Minuten ist man in Portoferraio. Das könntest du doch auch machen.«

Wenn ich im Sommer noch einen Wagen habe, denke ich. Dann zucke ich zusammen: »Du meinst, ich soll nach Elba kommen?«

»Ja! Evelyn hat ein italienisches Fräulein, sie ist den ganzen Tag am Meer. Mein Mann muß immer wieder nach Mailand, Genua oder Rom. Ich bin sehr oft allein. Es wäre das Paradies ...«

»Liegt euer Haus in Portoferraio?«

»Zehn Kilometer entfernt. In einer der schönsten Buchten. Sie heißt La Biodola. Schau!« Verena zeigt mir Farbfotos. Ich sehe einen tiefblauen Himmel und ein tiefblaues Meer, Sandstrand, Palmen, Pinien und Olivenbäume. Ich sehe ein Haus, fast völlig aus Glas gebaut, auf einem Felsen, über der Brandung. Eine Treppe führt zum Strand hinab.
»Das ist es«, sagt Verena. »Wenn mein Mann verreist ist, kommst du zu mir. Er hat so viel zu tun. Selbst in diesem Haus gibt es einen Fernschreiber. Und auf unserer Jacht eine Funkanlage.«
»Ihr habt eine Jacht?«
»Eine kleine.« Sie zeigt mir ein Bild. Es ist ein ganz modernes Schiff, am Bug steht VERENA. »Ein Motorboot ist auch da. Ich kann um die ganze Insel fahren, überallhin, zu dir.«
»Und er?«
»Ich sage dir doch, er arbeitet dauernd. Oder er ist völlig erschöpft und liegt den ganzen Tag in diesem Pinienwald hier. Dann schuftet er wieder wie ein Verrückter, mit seiner Sekretärin, mit seinem Fernschreiber. Das Geld! Das Geld! Das kennst du ja von deinem Vater.«
»Ja.«
»Könntest du nach Elba kommen? Oder mußt du in den Ferien heim?«
»Ich komme. Ich komme. Aber wo soll ich wohnen?«
»In Portoferraio, im Hotel Darsena. In Marciana Marina. In Porto Azzurro. Wo du willst. Mit dem Motorboot kann ich dich überall besuchen. Und wenn er fort ist, besuchst du mich.«
»Und der Chauffeur? Die Sekretärin? Das Kindermädchen?«
»Die wohnen alle woanders. In Portoferraio, in einem kleinen Dorf bei La Biodola, sogar in Capolivero.«
Sie erzählt mir so viel von Elba, daß ich das Gefühl habe, jahrelang dort gewohnt zu haben. »Kannst du Italienisch?«
»Nein.«
»Das macht nichts! Ich bringe es dir bei. Wenn du nur kommen kannst. Ich suche ein Zimmer für dich. So müssen wir uns monatelang nicht trennen. Nach den Ferien geht Evelyn in die Volksschule. Dann machst du dein Abitur. Und dann sind wir für immer zusammen, für immer.«
Sie hebt ihr Glas. »Komm – trinken wir darauf, daß es schön wird auf Elba. Und danach.«
Wir trinken.
»Jetzt haben wir ein Ziel«, sagt Verena, »jetzt wissen wir, daß nicht alles sinnlos und hoffnungslos ist. Jetzt wissen wir, daß wir

bald schon zusammen leben werden – ohne Angst. Wir werden uns nicht mehr verstecken müssen. Und Evelyn wird glücklich sein.«

Ich gieße noch einmal ein.

»Daß alle unsere Wünsche in Erfüllung gehen!«

Ich trinke auf alle Wünsche, die Verenas Wünsche sind. Und noch auf einen Wunsch, den ich selbst habe: Daß mir kein Unglück mit Geraldine widerfährt.

Verena weiß nicht, was inzwischen geschehen ist. Auch nicht, daß Geraldine an diesem 9. Februar ins Internat zurückkommt.

Ich habe ihn mir nicht umsonst gemerkt, diesen Tag...

22

Alles beginnt vollkommen harmlos.

Geraldine kommt in einem Taxi. Sie ist kein Krüppel geworden. Sie steigt aus dem Taxi in einer Weise, daß man glaubt, der Stock, den sie trägt, wäre reines Chichi, und sie brauchte ihn gar nicht. Sie winkt und ruft: »Hallo!«

Aber es ist eine ganz andere Geraldine, die da gekommen ist. Keine »Luxusnutte« mehr. Ohne Tinnef-Schmuck. Ohne Stöckelschuhe. Auch das Toupieren hat sie aufgegeben. Ihr löwenfarbenes Haar fällt glatt und schön mit einer weichen Welle in den Nacken. Die Wimpern sind nicht geklunkert, es gibt keine blaue Schatten mehr unter den Augen.

Bei der alten Kastanie schüttelt Geraldine viele Hände und nimmt Glückwünsche entgegen. Den kleinen Hansi küßt sie. Nach ihm komme ich an die Reihe.

»Ich freue mich so, dich wiederzusehen!«

»Ich auch, Geraldine.«

Händeschütteln.

Aber nicht, daß sie etwa (wie früher stets) mit einem Finger in meinem Handinneren herumrührte dabei, nicht, daß sie mir etwa einen von diesen You-know-what-I-mean-Blicken gäbe, nein, ein Rehlein, ein reines Rehlein begrüßt mich. Auf alles wäre ich gefaßt gewesen. Darauf nicht.

Ich fühle mich erfüllt von grenzenloser Erleichterung. Es ist alles nicht so schlimm. Es ist alles nicht so arg. Geraldine ist ein gutes Mädchen. Ein anständiger Kerl.

Der Chef umarmt den anständigen Kerl auch und sagt, wie froh er sei, sie wieder dazuhaben, und wie froh, daß sie nicht mehr die-

sen ganzen Klimbim trüge und sich nicht mehr so furchtbar schminke und toupiere wie früher. Was antwortet Geraldine?
»In den langen Wochen meiner Krankheit habe ich über vieles nachgedacht. Es ist mir bewußt geworden, was ich alles falsch gemacht habe. Jetzt will ich möglichst viel richtig machen. Ich hoffe, es gelingt mir.«
Dem Chef treten beinahe Tränen in die Augen.
Und die Kinder starren Geraldine an wie ein Märchenwesen!
Das war einmal die Schickse, die allen Mädchen ihren Jungen wegnahm? Nein, nein, nein! Wie sie da steht, vor der verschneiten Kastanie, auf den Stock gestützt, muß man diesem Mädchen helfen, sie beschützen, ihr das Leben leicht machen. Man muß nett zu ihr sein. Vergessen, was früher war. Man muß sie wie ein ganz anderes Mädchen behandeln. Daß alle das denken, sehe ich in allen Gesichtern, sogar in denen der Lehrer. Das Frettchen kann überhaupt nicht die Augen von Geraldine lassen. Komisch, so sah er noch nie aus. Geil. Schrecklich geil!
Das Frettchen streicht über Geraldines nun völlig glattes Haar, lächelt (schwitzt sicherlich) und sagt: »Fräulein Reber, ich glaube, die Krankheit hat einen ganz anderen Menschen aus Ihnen gemacht.«
»Hoffentlich, Herr Doktor«, antwortet Geraldine.
Wolfgang überreicht einen großen Strauß gelber Rosen.
»Im Namen von uns allen«, sagt er. »Wir haben zusammengelegt. Und Hansi hat sie unten in Friedheim besorgt. Er hatte auch die Idee.«
Hansi!
Blumen, vom Mörder besorgt. Jedenfalls von einem, der damals einen Mord riskierte an der Schlucht.
Hansi!
Er lächelt strahlend in die Runde. »Du hast doch auch beinahe so etwas gekriegt wie ich«, sagt der Lump, der Fräulein Hildenbrand auf dem Gewissen hat, mit einem sanften Lächeln. Vor den Kindern, vor den Lehrern schmiegt er sich an Geraldine. »Darum habe ich die ganze Zeit an dich denken müssen. Ich habe so gewünscht, daß wenigstens du wieder gerade laufen kannst!« Da bekommt er noch einen Kuß!
Alle sind gerührt.
Nur Noah, der neben mir steht, sagt leise: »There is something wrong here.«
»Was ist hier nicht in Ordnung?«
Er zuckt die Schultern.

Im Moment bewegen wir uns sozusagen auf einer ersten Ebene. Ihr ganzes Ausmaß lerne ich am nächsten Nachmittag kennen. Da treffe ich Geraldine. Darf man Menschen dafür böse sein, daß sie sich rächen, wenn man sie enttäuscht, verrät, verläßt? Ich fürchte, nein. Ich glaube, ja.
Aber ich glaube doch nur, was ich glauben will.
Also an diesem Nachmittag, zehn Minuten bevor wieder der Unterricht beginnt, sagt Geraldine unter verschneiten Bäumen in einem Grimms-Märchen-Winterwald...

23

»... Du bist ein dummer Junge!«
»Wieso?«
»Wenn du dich hättest sehen können, als ich ankam... Wachsbleich vor Angst!«
»Ich habe keine Angst.«
»Ein Blinder konnte es sehen! Aber du mußt keine haben, Oliver...«
Schwarze Keilhosen, Skischuhe und einen Lumberjack trägt sie. Keine Schminke. Keinen Schmuck.
Und ihre Augen sind so unschuldig. Von den Bäumen fällt ab und zu Schnee. Klatsch. Wir sind allein im Wald. Geraldines Stimme ist leise und sanft.
»Als du mich besuchtest, habe ich die Nerven verloren. Und eine Menge Dummheiten gesagt. Ich war gemein, richtig gemein... Ich sagte, daß ich diese Frau, die du liebst, bloßstellen wollte... und unmöglich machen... sie und dich...« Wieder fällt Schnee.
»... ich war eifersüchtig. Das mußt du doch verstehen.«
»Natürlich.«
»Jetzt machst du schon wieder so ein Gesicht! Ich sage dir doch, du mußt keine Angst haben! Schon als du damals aus dem Zimmer gingst, tat mir jedes Wort leid, das ich gesagt hatte. Ich hätte mich selbst anspucken können. Natürlich werde ich dir nicht nachspionieren. Natürlich werde ich nie versuchen, herauszubekommen, wer die Frau ist. Das wäre doch das Dreckigste, das Allerletzte, nicht? Warum sagst du nichts dazu?«
»Was soll ich sagen?«
»Du glaubst mir also nicht.«
»Nein.«
Fängt sie auch noch an zu weinen, schluchzt: »Geschieht mir recht... geschieht mir völlig recht... ich habe mich auch benom-

men wie eine Erpresserin... Oliver... bitte, Oliver, glaub mir...«
Ich lasse sie einfach stehen und gehe weg.
Am Abend im »Quellenhof« spreche ich mit Hansi.
»Du, hör mal, Geraldine ist doch wieder da...«
»Neuigkeit! Kann ich vielleicht etwas dafür, daß sie so schnell gesund wurde?«
»Das meine ich nicht. Sie ist eifersüchtig.«
»Was du nicht sagst!«
»Laß diesen Ton. Bist du mein Bruder? Verstehen wir uns nicht gut?« (Muß ich diese Kröte fragen.)
»Ich kann nicht klagen.«
»Also! Wenn sie in ihrer Eifersucht versucht, dich anszuhorchen, nach dieser Frau und so...«
»Mensch, wofür hältst du mich? Einen Verräter? Eher lasse ich mir doch die Zunge abschneiden, als ausgerechnet der Luxusnutte ein Wort zu verraten! Außerdem bist du bei der schon lange abgemeldet.«
»Was?«
»Na, ihr habt doch seit Weihnachten diesen Neuen in der Klasse, nicht?«
»Jens Larsen, ja.«
Das ist ein Norweger, achtzehn Jahre alt, blond, blauäugig, größer als ich, sieht sehr gut aus.
»Ihr Schwarm. In spätestens drei Tagen hat sie...« Hansi sagt, so ordinär es geht, was Geraldine in spätestens drei Tagen mit Jens getan haben wird. »Drei Tage, sage ich dir – nicht eine Minute länger. Wollen wir wetten? Packung Kippen?«
»Du meinst, daß Geraldine und Jens...«
»Meine! Meine! Bist du auf die Rübe gefallen, Junge? Ich habe dir doch gesagt: Warte, bis ein Neuer kommt, dann bist du raus, aber zack!«
So ist es: Geraldine verschwindet in den nächsten Tagen wirklich stundenlang mit Jens. Der blonde Norweger sieht aus, als hätte ihm einer das Paradies gezeigt. Etwas, was diesen himmlischen Gefilden jedenfalls nahekommt, hat ihm offenbar tatsächlich einer gezeigt. Eine. Und wenn das nun gut geht und dauert...
Es scheint gut zu gehen.
Es scheint zu dauern.
Hansi berichtet, was er gesehen hat, das Ferkel! Was er gehört hat. In welchem Haus. Durch welches Fenster. Wie oft. Zu welchen Zeiten. Es klingt äußerst überzeugend.
»Nicht einmal zweiundsiebzig Stunden hat's diesmal gebraucht! Also

komm schon rüber mit den Kippen, Oliver. Ich habe gewonnen.«
Tage vergehen. Jens wird immer verliebter.
»Schreibt Gedichte«, sagt Hansi, der alles weiß. »Bringt sie mit, wenn sie sich treffen. Gibt sie ihr, bevor sie's tun.« Und Hansi schaut durch ein Fenster... Und versichert mir: »Das dauert jetzt wieder...«
Es dauert wirklich. Tage. Wochen. Nichts geschieht. Hansi ist lieb. Geraldine ist freundlich. Jens ist selig.
Angst ist keine Angst mehr, wenn man sie zu lange hat. Man verliert sie. Man wird wieder sicher und arglos. Man lacht schließlich sogar darüber, daß man sie einmal gehabt hat, die Angst.
Jetzt schmilzt schon der Schnee. Bald werden Verena und Evelyn nach Friedheim kommen. Zeit verstreicht. Ich habe mich umsonst gefürchtet. Geraldine ist wirklich mannstoll. Was für ein Glück, daß Jens kam!
Das ist, wie gesagt, die erste Ebene, auf der sich diese Geschichte bewegt.

24

Anfang Februar wird es schon sehr warm, wenn die Sonne scheint. Es gibt viele Vögel im Wald, ich habe Schneeglöckchen und Krokusse gefunden, und jeden Tag, wenn ich in den »Quellenhof« gehe, sehe ich Eichhörnchen. Mir wird dann jedesmal übel, wenn ich an die Eichhörnchen meiner Mutter denken muß. Sie ist übrigens immer noch in derselben Klinik. Sie schickt mir Geld, ohne zu fragen, wofür. Ich kann meine Wechsel bezahlen.
Jens Larsen schreibt Gedichte für Geraldine. Ich treffe Verena in dem kleinen Café, dreimal bleibe ich die ganze Nacht in ihrem Haus an der Miquel-Allee, weil Manfred Lord verreist, und wir können uns lieben. Ich bin schon wieder so sicher, daß ich keine Angst von Verenas Ankunft in Friedheim habe, denn noch einmal sprach Geraldine mit mir...
»Du bist mir nicht böse?«
»Böse, wieso?«
»Wegen Lars. Ich habe doch so ein Theater mit dir gemacht, nicht? Aber weißt du, nun ist etwas passiert...«
»Was?«
»Es klappt auch bei ihm. Wie bei dir.«
»Seit es bei mir geklappt hat, wird es wahrscheinlich bei allen klappen. Bei ihm klappt es wahrscheinlich sogar bereits besser.«

»Das habe ich nicht gesagt!«
»Aber es ist so!«
»Nein. Ja! Ich will nicht lügen. Ja, wirklich!« Dann bekomme ich einen hingehauchten Kuß von ihr. »Du warst der erste«, flüstert sie. »Dir muß ich danken... immer wieder... Wie konnte ich damals nur solche Worte sagen?«
Ich schwöre Ihnen, *Sie* wären auch darauf hereingefallen!
Nun kommen wir zu der zweiten Ebene.

25

Auf dieser zweiten Ebene ist die Hauptperson zunächst Raschid Dschemal Ed-Din Runi Bender Schahpur Isfahani. Der kleine Prinz mit den langen seidigen Wimpern und den traurigen schwarzen Augen ist völlig vereinsamt, seit Ali in Giuseppe einen Glaubensgenossen gefunden hat. Er verzehrt sich in Sehnsucht nach seiner Mutter und nach seiner Heimat.
Zu alledem wird Raschid seit Wochen von einer riesenhaften Erregung gefangengehalten: In Persien gibt es eine schwelende Regierungskrise. Die Universitäten wurden wieder einmal geschlossen, ein paar Tausend Menschen mehr sitzen in den überfüllten Gefängnissen.
Und eines Morgens ist Raschid verschwunden. Er wird überall gesucht. Er ist nirgends zu finden. Der Chef erstattet eine Vermißtenanzeige beim Landgendarmerieposten Friedheim. Bald fahndet die Polizei in ganz Deutschland nach Raschid. Sein Bild erscheint in Zeitungen und auf Fernsehschirmen. Man befürchtet, er könnte einem Verbrechen zum Opfer gefallen sein.
Fünf Tage bleibt Raschid verschwunden.
Dann, am 25. Februar, einem Samstag, hält ein Wagen der Frankfurter Polizei vor dem Schulgebäude, und zwei Kriminalbeamte helfen dem kleinen Prinzen beim Aussteigen. Er ist totenbleich, schmutzig und verwahrlost, und er bewegt sich, als sei er betrunken.
Fünf Minuten später werde ich zum Chef gerufen. In Doktor Florians Zimmer sitzt Raschid. Über seine Stirn läuft eine rote Schramme. Als er mich sieht, beginnt er zu weinen. Er sitzt ganz aufrecht, die Tränen rinnen über seine Wangen, er würgt und schluchzt. Mir wird ganz elend. Der Chef macht ein Zeichen: Erst einmal ausweinen lassen.
Als Raschid sich etwas beruhigt hat, beginnt der Chef. »Oliver, ich ließ dich auf Raschids Wunsch rufen. Er hat großes Vertrauen

zu dir... Du hast ihm mit seinem Gebetsteppich geholfen, als er hier ankam – na, und überhaupt. Ich glaube, daß Raschid jetzt einen Menschen braucht, zu dem er Vertrauen haben kann.«
Ich setze mich neben den Kleinen und lege einen Arm um ihn.
»Nun erzähl schon, was geschehen ist! Wir haben uns alle große Sorgen um dich gemacht! Wohin wolltest du denn bloß?«
»Nach Teheran natürlich«, sagt der Prinz. »Zu meiner Mama.«
»Ohne alles? Ich meine, ohne einen Groschen Geld?«
»Ich hatte über fünfzig Mark Taschengeld gespart. Herr Herterich gibt uns doch jeden Freitag zwei Mark, nicht? Und dann nahm ich auch meinen Gebetsteppich mit.«
»Aber Raschid, Junge, mit einem Gebetsteppich und fünfzig Mark kommst du doch nie nach Teheran!«
»Natürlich wußte ich, daß das Geld nicht reichen würde«, fährt Raschid fort. »Aber mein Onkel in Kairo ist sehr reich, und ich dachte, wenn ich nur bis Kairo käme, wäre alles gut.«
»Bis Kairo wärest du doch auch nie gekommen!«
»Aber ich war ja in Kairo.«
»Du warst in Kairo? Aber wie bist du nach Kairo gekommen?«
»Über München, Zürich und Rom.«
»Ich verstehe kein Wort.«
Der kleine Prinz lächelt jetzt sogar ein wenig: »Du hast mir doch vor Weihnachten dieses Buch über den Jungen geschenkt, der als Blinder Passagier um die ganze Welt fliegt, nicht?«
Das habe ich. Wahrhaftig...
»Raschid!«
»Ja, genauso. Bis Frankfurt reichte mein Geld leicht. Ich fuhr mit der Bahn. In Frankfurt kaufte ich Brot und ein paar Konserven, dann kletterte ich nachts in den Laderaum einer Maschine und versteckte mich. Es war eine Maschine München–Zürich–Rom–Kairo.«
»Und es hat dich keiner entdeckt?«
»In Frankfurt nicht. Da ging alles glatt. Ich mußte nur über zwei Stacheldrahtzäune. Die Laderaumluken waren geöffnet, zum Entlüften, verstehst du? Die Maschine stand in einem Hangar. Da schlief ich die erste Nacht. Zwischen lauter Flaschen mit Whisky.«
»Und weiter?«
»Am nächsten Morgen flogen wir ab. Es wurden noch ein paar Kisten zugeladen. Ich gab furchtbar acht, damit die Arbeiter mich nicht sahen. Es war schrecklich kalt. Ich hatte Schnupfen. Dauernd fürchtete ich, niesen zu müssen.« Raschid niest. »Dan wäre doch

alles aus gewesen. Aber ich habe nicht niesen müssen! Nicht ein einziges Mal...«

Seit Raschid spricht, hat der Chef ein Tonbandgerät eingeschaltet, das hinter seinem Schreibtisch steht. Das Mikrofon auf der Tischplatte wird von einer Blumenvase verdeckt. Ich kann das Gerät und seine kreisenden Teller sehen, Raschid nicht.

»Über München und Zürich kamen wir nach Rom. Die Nacht, in der wir nach Kairo weiterflogen, das war die schlimmste Nacht meines Lebens. Ein furchtbarer Sturm! Die ganze Maschine wurde hin und her geworfen. Ich hielt mich an einem Strick fest und sprach dauernd Suren und dachte dauernd an meine Mama.«

»Raschid! Das war doch reiner Wahnsinn! Was hast du dir denn vorgestellt?«

»Ich sage doch, mein Onkel in Kairo ist reich. Ich dachte, er gibt mir Geld für einen richtigen Weiterflug, und ich komme nicht eine Stunde zu spät.«

»Zu spät?«

»Zur Befreiung meines Landes. Während ich mich festhielt, mußte ich immer daran denken, wie glücklich meine Mama sein würde, mich wiederzusehen! Kannst du das nicht begreifen?«

»Doch.«

»Und war es also Wahnsinn?«

»Nein. Verzeih. Und was geschah in Kairo?«

»Auf dem Flughafen ging alles glatt. Ich kam aus dem Flugzeug heraus wie nichts. Wieder über einen Stacheldrahtzaun. Und dann so schnell wie möglich zur Wohnung meines Onkels.«

»Und?«

»Er war verreist. Er ist in diese ganzen politischen Geschichten verwickelt, weißt du. So ging ich in die Falle. Diese elende Mahda! Wenn ich die noch einmal sehe...«

Lautlos kreisen die Teller des Tonbandgerätes. Der Chef raucht Pfeife. Über uns singen die Kleinen in ihrer Klasse: »Wer hat dich, du schöner Wald, aufgebaut so hoch da droben...«

»Mahda?«

»Seine Haushälterin. Sie sagte, ich sollte ins Haus kommen.«

»Du erzählst doch, dein Onkel wäre nicht dagewesen?«

»Das wußte ich noch nicht! Zwei ägyptische Polizisten waren da. Sehr höflich. Die deutsche Polizei hatte telegrafiert, daß ich mich vermutlich an meinen Onkel wenden würde. Und so haben sie mich mitgenommen.«

Er hält beide Hände (mit kleinen schmutzigen Nägeln) vor das Gesicht, damit wir nicht sehen, daß er weint.

Wir sehen es aber trotzdem, denn die Tränen rinnen unter den Händen hervor.
Der Chef sagt zu mir: »Eine Lufthansa-Maschine flog Raschid zurück. In Frankfurt erwartete ihn deutsche Polizei.«
Der Chef nimmt die Pfeife aus dem Mund.
»Raschid hat eine Bitte geäußert. Ich glaube, man sollte sie erfullen.«
»Was für eine Bitte?«
»Er hat dich gern, Oliver, lieber als jeden anderen. Er fragt, ob er eine Weile in deinem Zimmer schlafen dürfe. Mit dir und Noah und Wolfgang. Wir könnten ein viertes Bett hineinstellen. Mir ist es recht. Wolfgang und Noah sicherlich auch.«
»Weißt du, ich träume so schrecklich«, sagt Raschid, und hebt sein tränenverheertes Gesichtchen. »Aber ich möchte natürlich nur in deinem Zimmer schlafen, wenn ich dir damit bestimmt nicht zur Last falle.«
»Überhaupt nicht!«
»Dann darf ich also wirklich...« Im nächsten Moment ist er aufgesprungen, hängt an meinem Hals und drückt und preßt mich an sich. »Es ist auch nicht für lange... Nur ein paar Tage, bis die Träume aufhören...«
»Ja, ja«, sage ich. »Klar«, sage ich. »Ist doch selbstverständlich, Kleiner.«
»Ich danke dir, Oliver«, sagt der Chef und schaltet das Tonbandgerät aus. »Und nun marsch in die Badewanne, Raschid! Und du, Oliver, geh in deine Klasse zurück.« Das tue ich. Erst auf dem Gang fällt mir mein »Bruder« Hansi ein.
Damit wären wir bei der dritten Ebene.

26

»Es macht dir doch nichts, Hansi?«
»Aber ich bitte dich, was sollte es mir machen?«
»Du verstehst doch, daß ich Raschids Bitte erfüllen mußte?«
»Ich würde vor dir ausspucken, wenn du es nicht getan hättest.«
»Obwohl du mein Bruder bist und nicht in meinem Zimmer schlafen darfst?«
»Gerade weil ich dein Bruder bin! Ich habe immer schon gewußt, du bist ein feiner Kerl!«
Dieses Gespräch fand auf dem Eislaufplatz statt, am Nachmittag. Ich mußte sofort mit Hansi sprechen, denn es war mir natürlich

klar, daß ich ihn keinesfalls verärgern durfte. Er weiß zu viel. Er darf auf keinen Fall mein Feind werden.
Vor dem Abendessen tragen Noah und ich Raschids Bett in unser Zimmer. Viele Kinder bringen Schokoladentafeln, Bonbons und Spielzeug für den kleinen Prinzen. Hansi schenkt ihm seine Mundharmonika. Hansi! Raschid ist ganz verlegen über all diese Beweise von Freundschaft und Sympathie. Dann breitet er seinen Gebetsteppich (der gerade bis Kairo und zurück geflogen ist) gegen Osten, und Noah, Wolfgang und ich hören zu, wie er seine Abendsure spricht.
Währenddessen kommt Hansi herein, so leise, daß ich ihn zunächst gar nicht bemerke. Als der kleine Prinz seinen Gebetsteppich zusammengerollt hat, kriecht er ins Bett, umarmt mich, als ich ihm gute Nacht sage, und flüstert mir ins Ohr: »Heute werde ich keinen schlimmen Traum mehr haben!«
Da höre ich Hansis Stimme: »Giuseppe und Ali schicken mich, Raschid. Wir wünschen dir eine gute Nacht.«
»Danke«, sagt der kleine Prinz. »Ihr seid alle so nett zu mir.«
»Aber am meisten Oliver«, meint Hansi, schüttelt meine Hand und lächelt. »Tschüß«, sagt er. Und hinkt hinaus, krumm, klein, mager und schief.
Das war am Abend des 25. Februar.

27

Am Abend des 4. März, dem nächsten Samstag, bin ich wieder einmal bei Manfred Lord zum Essen eingeladen. Am 6. März werden wir die Halbjahreszeugnisse bekommen, dann fliege ich für drei Tage, die wir Ferien haben, nach Echternach, zu meiner Mutter.
Manfred Lord ist an diesem Abend so liebenswürdig wie noch nie. Herr Leo, der serviert, ist so höflich wie noch nie. Verena ist so schön wie noch nie. Nach dem Essen – ich bin der einzige Gast – gehen wir wieder vor den Kamin, rauchen und trinken Cognac.
Assad, der große Boxer, kommt herein und wedelt mit dem Schwanzstummel, als er mich erblickt. Gerade, daß er nicht vor Freude zu bellen beginnt.
»Wie der Hund sich an Sie gewöhnt hat«, sagt Manfred Lord. »Erstaunlich, nicht wahr, Verena?«
»Wie? Was? Ja, erstaunlich.«
»Du bist so abwesend, Liebste. Sie müssen wissen, Oliver, Assad

ist sonst furchtbar mißtrauisch gegen Fremde. Aber Sie haben eben seine Sympathie. Und... Sie sind ja auch kein Fremder mehr, nicht wahr?«
»Ich hoffe nicht, Herr Lord.«
Zum Glück legt der Hund sich endlich zwischen uns und schläft ein. Ab und zu seufzt er im Schlaf. Vielleicht träumt er von einer Katze. Wir plaudern munter. Dann geschieht, was ich erwartet habe. Herrn Lord fällt etwas ein: »Ach, Oliver, gut, daß ich mich noch daran erinnere...« (»Erinnere« ist herrlich! Du hast doch den ganzen Abend an nichts anderes gedacht, mein ehrenwerter Lord!) »Das letztemal, als Sie nach Luxemburg flogen, waren Sie so liebenswürdig, Ihrem Vater ein Geschenk von mir mitzubringen. Würden Sie das wohl noch einmal tun?«
»Selbstverständlich, Herr Lord.«
Diesmal muß das Buch nicht erst geholt werden, es liegt schon auf dem Tisch: Ein sehr früher englischer Druck von Shakespeares »König Richard III.« Während Lord den alten Band durchblättert und mir dessen Kostbarkeit erläutert, drückt unter dem Tisch Verenas Schuh auf meinen. Wir haben in den letzten Tagen immer miteinander telefoniert, aber gesehen haben wir uns kaum. Ihr Mann war nur einmal verreist...
Manfred Lord ist in außerordentlich guter Stimmung heute abend, beinahe übermütig. Er neckt mich. Was mit mir los sei, will er wissen.
Wieso bitte?
Ob ich mich nicht für Mädchen interessiere? Noch nie habe ich etwas über ein Mädchen aus dem Internat erzählt! Und da sind doch so viele hübsche...
»Gibt Besseres. Und dann habe ich auch sehr viel zu lernen und...«
»Na, na, na!«
»Ich verstehe nicht!«
Herr Lord lacht. »So ein Schlingel, Verena! Tut harmlos wie ein Lamm, und in Wahrheit... Keine Angst, ich verrate Sie nicht.«
»Ich weiß nicht, was Sie verraten könnten, Herr Lord. Wirklich, die Mädchen bei uns sind gar nicht so hübsch!«
»Da muß ich aber einen völlig anderen Geschmack haben als Sie!«
Fester drückt Verenas Schuh auf meinen. Achtung, heißt das.
»Denk doch, Liebling, was einem alles passieren kann.« Manfred Lord schneidet umständlich das Ende einer Zigarre an und setzt sie in Brand. Er lächelt Verena strahlend an. »Darf ich dir noch einen Cognac geben?«

»Nein, danke.«
»Vielleicht Ihnen, Oliver?«
»Danke, nein.«
»Aber ich werde mir selber noch einen genehmigen...«
»Was ist passiert, Manfred?«
Wieder lacht der sehr ehrenwerte Herr Lord, während er sein Glas halb voll gießt und zwischen den Händen wärmt.
»Sagen Sie, Oliver, kennen Sie eine gewisse Geraldine Reber?«
»Geraldine Reber? Ja... sie geht in meine Klasse.«
»Und die finden Sie auch nicht hübsch?«
»Hübsch? Nein. Oder ja. Aber doch nicht so, daß ... Aber woher kennen *Sie* Geraldine, Herr Lord?«
Eine Wolke Rauch bläst Manfred Lord aus.
»Stellen Sie sich vor, sie hat mich besucht. Heute vormittag. In meinem Büro.«
»Sie fehlte im Unterricht. Es hieß, sie sei krank.«
»Eine kleine Lügnerin, wie? Aber was für eine hübsche kleine Lügnerin.«
»Wieso Lügnerin? Was... was wollte sie bei Ihnen?«
»Also, ich muß ja sagen, so etwas ist mir noch nie passiert. Stell dir das vor, Liebling: Junges Mädchen, achtzehn Jahre vielleicht, stimmt's, Oliver?«
»Ja, achtzehn.«
»Meldet sich im Sekretariat an. Ich bin nicht zu sprechen. Sie muß mich aber sprechen! Es sei dringend. Die Sekretärin will sie höflich hinausführen, da reißt sie sich los, rennt durch die beiden Vorzimmer und – wups! – steht vor meinem Schreibtisch! ›Herr Lord?‹ – ›Ja, allerdings.‹ – ›Ich habe Ihnen etwas zu sagen. Mein Name ist Geraldine Reber. In meine Klasse im Institut Doktor Florian bei Friedheim geht ein gewisser Oliver Mansfeld. Er ist der Geliebte Ihrer Frau.‹« Manfred Lord lacht so laut, daß Assad aufwacht und bellt. Lord streichelt ihn. »Still, sei doch still. Herrchen lacht nur, alles ist in Ordnung.« Assad beruhigt sich wieder.
»Wie findet ihr das?« fragt Herr Lord.
»Eine Verrückte?« meint Verena. Ihr Schuh ist auf einmal nicht mehr da.
»Ist sie verrückt, Oliver?«
»Ich... nein, ich glaube nicht.«
»War der Rehrücken zu fett?«
»Wieso, bitte?«
»Ich dachte, Ihnen sei nicht gut.«
»Mir ist ganz gut, Herr Lord!«

»Trinken Sie auf alle Fälle noch einen Cognac. Und du auch, Liebling.« Er wartet unsere Reaktionen diesmal nicht ab, sondern gießt die Gläser voll. Ich kann sehen, daß Verenas rechte Hand zittert. Sie hält sie mit der linken Hand fest, damit man es nicht merkt. Mir rinnt Schweiß über den Rücken. Cognac. Gott sei Dank.

»Sie ist bestimmt verrückt, die Kleine«, sagt der Hausherr, ein loses Deckblatt seiner Zigarre umsichtig mit ein wenig Speichel befestigend, »nein, verrückt nicht, aber eifersüchtig. Und zwar Ihretwegen, Oliver.«

Jetzt habe ich mich erholt. Hier gibt es nur noch eines: Flucht nach vorn!

»Es stimmt, Herr Lord. Sie ist eifersüchtig.« Da fühle ich wieder Verenas Schuh. Er drückt auf meinen: Gut! Mach so weiter!

»Ich ging eine kurze Zeit mit Geraldine, dann gab ich es auf.«

»Warum?«

Ich zucke die Schultern.

»Sie hatten genug von ihr, nicht wahr? Ja, so sind wir Männer«, meint der Hausherr. »Bestien, gefühllose Bestien, die auf euren zartesten Gefühlen herumtrampeln, Liebling.«

Ich nehme einen Schluck Cognac.

»Das Mädchen hängt noch an Ihnen?« fragt Verena, und ich spüre ihren Schuh.

»Was heißt noch?« meint Herr Lord, bevor ich antworten kann. »Oliver ist ihre große Liebe!«

»O Gott, nein,« sage ich. (Schluck Cognac.)

»Sie hat es mir erzählt, Oliver, ich muß doch sehr bitten! Sie erzählte mir eine ganze Menge – über euch beide.«

Herr Lord streichelt Assad.

»Rache«, sage ich. »Gemeine Rache. Die kann etwas erleben!«

»Was hat sie dir über uns erzählt, Manfred?« erkundigt sich Verena.

Lord muß wieder lachen.

»Entschuldigt, aber es ist zu komisch... diese Teenager haben wirklich den Unterleib im Kopf... Sie berichtete mir beispielsweise, was für eine große Liebe dich und Oliver verbindet.«

»Ich werde mich beim Chef beschweren!«

»Tun Sie das nicht, Oliver. Die Kleine ist gefährlich!«

»Aber ich kann mir so etwas doch nicht gefallen lassen! Woher wußte sie überhaupt von Ihnen und Ihrer Frau, Herr Lord?«

»Sie sagen doch selbst: Rache. Ja, mein Hundchen, ja. Eine Frau, die sich rächen will, kommt auf die tollsten Ideen.« Tiefer Zug

an der Zigarre. »Was so ein kleines, hübsches Mädchen sich alles ausdenkt...«
»Was hat sie sich ausgedacht?« fragt Verena.
»Ich konnte mir nicht alles merken, Liebling. Es war zu viel. Warte einmal... Ja, nun, zum Beispiel sollt ihr im vergangenen Herbst immer in diesen alten Aussichtsturm bei Friedheim gegangen sein. Weißt du, welchen Turm ich meine, Schatz?«
Jetzt bin ich wieder dran: »Das ist eine Unverschämtheit! Ich werde dafür sorgen, daß sie von der Schule fliegt!« Der Schuh. Der Schuh.
»In der Stadt sollt ihr euch auch häufig getroffen haben. Regen Sie sich doch nicht so auf, Oliver! Das kommt, wenn man einem Mädchen den Laufpaß gibt. Das haben Sie nun davon!«
»Herr Lord, ich hoffe, es ist nicht notwendig, daß ich mich vor Ihnen rechtfertige...«
»Rechtfertige? Liebster Freund, was ist das wieder für ein Unsinn? Bemerken Sie noch nicht, wie gern Verena und ich Sie haben? Glauben Sie, ich höre auf so eine kleine eifersüchtige Gans, die mir erzählt, Sie liebten meine Frau?« Er muß ununterbrochen lachen heute abend, der sehr ehrenwerte Manfred Lord. »Dabei: Wie schlau dieses Fräulein Geraldine es anfing! Unter allen Leuten, die in Friedheim Villen haben, suchte sie sich uns aus. Weil meine Frau so schön ist. Weil man in Friedheim weiß, wie sehr ich sie liebe. Weil es doch theoretisch – theoretisch sage ich – möglich wäre, daß...«
»Was?«
»Daß Sie sich in meine Frau verliebten, Oliver. Setzen Sie sich, wir spielen hier kein Melodram! Warum sollten Sie sich nicht in Verena verlieben können? Wollen Sie sie beleidigen?«
»Was... was haben Sie Geraldine geantwortet, Herr Lord?«
»Geantwortet? Wofür halten Sie mich? Ich ließ sie hinauswerfen und ersuchte sie energisch, mich nicht mehr zu belästigen. Ich meine: Alles hat Grenzen, nicht wahr? Dieses kleine Biest! Zwei Leute waren nötig, um sie fortzuzerren. Sie schrie, sie würde mir Beweise bringen. Beweise! Ist das nicht einfach wahnsinnig komisch? Verena, Liebling, bitte bemühe dich nicht! Ich werde nach Leo klingeln, er soll den Cognac aufwischen, er kann es besser als du. Wenn man es nicht gut macht, gibt das so häßliche Flecke auf dem Parkett. Ach, da sind sie ja, Leo! Sehen Sie bloß, was passiert ist! Meine Frau hat ihr Glas fallen lassen...«

SIEBTES KAPITEL

1

»Meine Tochter ist ein Genie«, sagt Mrs. Durham. »Mit zwölf Jahren errang sie den ersten Preis in einer Schüler-Theateraufführung. Dann ging sie zur Bühne. Mit vierzehn, ich bitte Sie, Mister Mansfeld, mit vierzehn!«
Mrs. Elizabeth Durham ist vierundsechzig Jahre alt, sie hat es mir selber gesagt. Sie frisiert, schminkt und kleidet sich wie eine Vierzigjährige. Rote Lippen, gefärbtes schwarzes Haar. Ein überbuntes Buschhemd, hautenge Caprihosen, Sandalen. Mrs. Durham ließ sich bereits dreimal liften. Das hat sie mir auch selber gesagt. Es wird bald Zeit fürs viertemal.
Der Doktor in London wird Mrs. Durham erst im Herbst wieder wie neu machen, weil Mrs. Durham vorher noch zur Erholung nach Elba fährt, den ganzen Weg im Wagen! Jedes Jahr fährt Mrs. Durham nach Elba. Dies ist ihre zwölfte Reise.
Mrs. Durham ist eine einsame Frau. Wie alle einsamen Menschen spricht sie sehr viel, wenn man sie läßt. Sie spricht, seit sie am Stadtrand von Florenz ihren hübschen Ford anhielt, weil ich winkte und sie bat, mich mitzunehmen. Es ist sehr heiß. Zum Glück hat der Ford ein Dach, das man öffnen kann. Ich sehe harte, graue Erde, Pinien, Esel, kleine Häuser, verfallene Gebäude und viele Arbeiter, die mit Preßlufthämmern und Kränen an der Autobahn arbeiten. Der Himmel ist so blau wie auf den Fotografien, die Verena mir zeigte, und ich bin in Italien, zum erstenmal in meinem Leben!
Donnerstag, 15. Juni 1961.
Zwischen dem letzten Kapitel und diesem klafft eine Lücke von mehreren Monaten. Ich werde sie gleich schließen. Einen Moment noch, bitte.
Mrs. Durham ist eine gute Fahrerin. Ich habe großes Glück gehabt: Ich brauchte nur eine halbe Stunde an der Autobahn zu stehen und zu winken – da hielt sie schon. Und sie fährt – kann ein Mensch überhaupt so viel Glück haben? – tatsächlich direkt nach Elba. In drei, vier Stunden wären wir in Piombino, hat sie gesagt. Und neunzig Minuten später auf der Insel, die sie so liebt und wo Verena wartet. Es ist sehr eigenartig, nicht hinter dem Lenkrad, sondern neben dem Fahrer zu sitzen, wenn man selber lange ein Auto hatte. Ich sitze neben Mrs. Durham. Ich habe kein

Auto mehr. Mein Jaguar steht bei Kopper & Co. in Frankfurt. In der Auslage. Es hat sich noch kein Käufer gefunden. Ich werde gleich erklären, warum ich keinen Wagen mehr besitze.
»Mit vierzehn Jahren war Ihre Tochter bereits auf der Bühne? Das ist ja phantastisch!«
»Nicht wahr? Wir waren so stolz auf sie! Übrigens: Ihr Englisch ist auch phantastisch, Mister Mansfeld! Ich freue mich ehrlich, Sie getroffen zu haben! Es ist so langweilig, allein zu reisen. Ich habe gerne einen Gefährten, mit dem ich sprechen kann. Wo war ich doch stehengeblieben?«
»Bei Ihrer Tochter, Mrs. Durham. Sie ist heute sicherlich eine große Schauspielerin. Kenne ich vielleicht ihren Namen, ihren Künstlernamen?«
»Nein. Und zwar, weil sie keine Schauspielerin mehr ist.«
Ein Tunnel. Viele schnittige Fiats, die uns dauernd hupend überholen. Wälder, hoch oben an den ausgeglühten Hängen der sanften Hügel.
»Wissen Sie, Virginia war eine richtige Schönheit. Da gab es natürlich ein Rudel reicher junger Männer ... beste Gesellschaft, Millionäre darunter ... die wollten sie alle heiraten.«
So viele Reklameschilder am Rand der Straße.
RISTORANTE STELLA MARINA – SPECIALITA GASTRONOMICHE E MARINARE!
»Sie hat also geheiratet?«
»Nein, Mister Mansfeld. Die Männer waren alle nicht das richtige für Virginia.«
NUOVISSIMO! ELEGANTE! CONFORTEVOLE! »IL MASSIMO HOTEL«! SARA IL VOSTRO PREFERITO!
»Heute arbeitet meine Tochter als Direktorin in unseren Werken. Ich sage Ihnen, sie ist ein Genie. Passen Sie auf, jetzt müssen wir gleich von der Autobahn abbiegen. Die nächste Stadt ist Pisa. Aber zuerst essen wir im ›California‹!«

2

Kennen Sie dieses Gefühl?
Sie fahren. Jemand neben Ihnen redet, redet, redet – stundenlang. Er will gar keine Antworten hören. Er ist selig, wenn Sie ihm nur zuhören. Mrs. Durham muß eine sehr einsame Frau sein ...
Und dann ist es heiß. Sie haben zu viel gegessen, weil Sie die italienische Küche noch nie erlebt haben. Nicht solche Hors d'oeuvres.

Und solche Spaghetti. Und solche Saltimbocca. Und solchen Käse. Und solchen Rotwein!

Ich gebe es zu: Ich bin betrunken, als wir weiterfahren. Mrs. Durham ist nicht betrunken. Sie erzählt und erzählt. Ich sage ab und zu ja, ab und zu nein.

Sie ist glücklich: Jemand, der ihr zuhört!

Ich bin glücklich: Jeder Kilometer ein Kilometer näher zu Verena.

Pinien.

Eine ganze Allee von Pinien, durch die wir jetzt fahren. Die Hitze. Das Essen, Wenn ich nicht so schläfrig wäre, würde ich verstehen, was Mrs. Durham erzählt. So aber ...

So aber erinnere ich mich an so vieles, so vieles. An alles, was geschah seit jenem Abend des 4. März, da Manfred Lord, an seiner Havanna ziehend, lächelnd sagte: »Stellen Sie sich vor, dieses Fräulein Geraldine Reber behauptete doch tatsächlich, Sie wären der Geliebte meiner Frau. Natürlich ließ ich die kleine Bestie hinauswerfen.«

»Vollkommen richtig«, sagt Verena. (Herr Leo hat den Cognac aufgewischt, den sie verschüttete.) »Vielleicht war es auch eine Erpresserin. Du wärest sie nie mehr losgeworden.«

»Das glaube ich nicht.«

»Was?«

»Daß es eine Erpresserin war, Liebste. Sonst hätte sie sich doch an dich oder an Oliver gewandt. Mich kann man doch nicht erpressen! Ist das logisch, Oliver?«

Man könnte dich schon erpressen, wenn man dir die Buchseiten mit den Nadelstichen unter die Nase hielte, Superman, denke ich, aber ich antworte natürlich: »Vollkommen logisch, Herr Lord.«

»Siehst du, Verena, Oliver ist meiner Ansicht. Mein Gott, vielleicht habt ihr euch wirklich einmal zufällig irgendwo getroffen. Zufällig, sage ich. Vielleicht hat dieses Mädchen euch gesehen. Oder jemand anderer. Fräulein Reber liebt Oliver, das steht fest, nicht wahr? Und darum, weil Oliver davon überzeugt ist, daß das Ganze ein Racheakt war, bitte ich euch: Vermeidet es, euch zu treffen, wenn Verena jetzt wieder in die Villa im Taunus hinaufzieht. Wir wollen immer zu dritt gesehen werden! Wir werden uns keine Blöße und dem kleinen Fräulein keine Chance geben.«

»Was für eine Chance?«

»Gott, Liebling, du weißt nicht, wie böse die Menschen sind, wie schnell ein so niederträchtiges Gerücht die ganze Stadt durcheilt! Meine Geschäftsfreunde, unsere Bekannten ... Entschuldigen Sie, daß ich das sage, Oliver, aber ich habe einen guten Namen zu verlieren. Ich wäre doch der Mann, über den man lächeln würde. Und ich bin zu jung für so etwas.« Damit drückt er seine Zigarre in einen Aschenbecher und zerquetscht sie. »Ich wünsche nicht, daß man über mich lächelt, Oliver. Ich habe die Bitte, daß Sie die Sache mit diesem eifersüchtigen Mädchen in Ordnung bringen. Also Schluß damit! Trinken wir noch etwas ...«

3

»Mister Mansfeld!«
Ich fahre empor. Wo bin ich? Was ist das für ein Wagen? Wer fährt? Mein Schädel schmerzt. Welche Zeit? Welcher Tag?
Mrs. Elizabeth Durham lächelt freundlich.
Verfluchter Rotwein!
»Sie sind eingeschlafen?«
»Entschuldigen Sie. Es muß die Wärme sein. Und der Chianti ...«
»Sehen Sie doch!« Mrs. Durham weist mit einer schmalen Hand nach vorn. Sie ist von der Straße abgebogen. Und ich sehe das Ligurische Meer. Es ist ganz still und sieht aus wie blaues Glas. Weit draußen fahren ein paar Dampfer. An einem schmalen Badestrand liegen viele Menschen, hübsche Mädchen in winzigen Bikinis darunter. Andere schwimmen. Bunte Sonnensegel, bunte Wassertreter, bunte Bälle, Badeanzüge und Hüte. Alles sehr bunt.
Wir fahren weiter. Ein Restaurant liegt neben dem anderen, alle am Wasser. Es gibt auch kleine Hotels. Ununterbrochen lese ich dasselbe Wort: BAR. BAR. BAR.
Jetzt kommen Appartementhäuser. Bungalows, moderne Villen. Wir fahren jetzt schon durch Livorno. BAR. BAR. Ein Nachtlokal mit Strip-tease ...
In so ein Strip-tease-Lokal fuhr damals mein Vater mit Tantchen von Echternach aus.
Ich bin das nächstemal zwei Tage nach der Einladung bei Manfred Lord nach Echternach geflogen ...
Hansi und Geraldine sehe ich natürlich noch im Internat. Es ist mir völlig klar, daß Hansi Geraldine informiert hatte. Auch aus Rache. Rache für Raschid. Rache, Rache. Jeder rächt sich. Aber wer gibt es zu? Würde Hansi das tun? Würde Geraldine zugeben, bei Manfred Lord gewesen und hinausgeworfen worden zu sein? Niemals im Leben. Wozu also ein Gespräch beginnen? Ich beginne keines.
Geraldine und Hansi sind so liebenswürdig zu mir und Raschid

wie noch nie. Geraldine bittet mich um Verzeihung dafür, daß sie mit Jens so glücklich ist.
»Was für ein Unsinn! Ich habe doch dich verlassen!«
»Trotzdem. Männer sind komisch.«
»Ich nicht, Geraldine. Ich freue mich, daß du dich so gut mit Jens verstehst. Ich wünsche dir Glück.«
»Danke, Oliver. Glück – das wünsche ich dir auch, seit ich dich kenne!«
Eine gute Schauspielerin. Etwas ist ihr schiefgegangen. Das heißt aber nicht, daß sie aufgibt. Ist ihr überhaupt etwas schiefgegangen? Hat Herr Lord sie hinausgeworfen? War sie bei ihm? War er bei ihr? Haben sie sich zusammengesetzt und einen Plan gemacht, einen Plan auf lange Sicht? Vielleicht. Kann sein. Eines steht fest, so oder so: Geraldine und Hansi haben ihre Rache noch nicht gehabt. Sie warten noch darauf.
Werden sie lange warten müssen?
Und dann Echternach.
Teddy Behnke, der mich mit dem Flugzeug in Frankfurt abholte, hatte Tränen in den Augen.
»Es ist besser, Sie erfahren es von mir und gleich, Herr Oliver...«
»Ist etwas passiert?«
»Ja.«
»Etwas Schlimmes?«
»Sie müssen tapfer sein, Herr Oliver.«
»Scheiße! Was ist passiert?«
»Ihre Frau Mutter... Sie ist... sie ist nicht mehr in dieser Klinik...«
»Sondern?«
»Vor einer Woche besuchte Ihr Herr Vater sie... Sie hatten eine große Auseinandersetzung. Ihr Vater schrie, haben mir die Schwestern später erzählt, Ihre Frau Mutter schrie auch, ununterbrochen, es soll schrecklich gewesen sein...«
»Worum ging es?«
»Um einen gewissen Doktor Walling. Die Schwestern wollten mir nicht sagen, wer das ist. Kennen Sie ihn?«
»Ja. Er war Patient in der Klinik. Starb, als meine Mutter eintraf. Sie glaubt aber, er sei noch am Leben. Der letzte Halt für sie.«
»Jetzt verstehe ich. Die Schwestern sagten, Ihre Frau Mutter hätte Ihrem Herrn Vater mit diesem Doktor Walling gedroht, der jetzt ihre Interessen vertreten würde. Sie soll von Scheidung gesprochen haben und davon, daß sie alles Geld will. Die arme Dame...«
Nach dem Skandal mit meinem Vater (so erfahre ich von Teddy)

hat der berühmte Professor erklärt, er könne die ärztliche Verantwortung für Mutter nicht mehr übernehmen.
Als ich nach Echternach komme, gibt man mir die Adresse einer Irrenanstalt außerhalb der Stadt. Idyllisch gelegen. Wunderschöne Gegend. Gitter vor allen Fenstern...
Ein Arzt des Irrenhauses bittet mich, auf einen Besuch meiner Mutter zu verzichten. Ich bestehe auf dem Besuch.
»Aber sie befindet sich zur Zeit unter dem Einfluß von sehr starken Beruhigungsmitteln. Ich fürchte, daß sie Sie nicht erkennt! Sie erkennt niemanden.«
»Ich will zu meiner Mutter! Ich will sie sehen!«
Ich sehe sie.
Ihr Gesicht ist noch kleiner geworden. Die Pupillen wirken wie Stecknadelköpfe. Sie erkennt mich nicht.
»Was wollen Sie? Schickt Sie mein Mann? Sie sind sein Anwalt, was? Scheren Sie sich fort, oder ich rufe Doktor Walling!«
»Mutter...«
»Verschwinden Sie!«
»Mutter...«
»Hören Sie nicht?« Die Stimme überschlägt sich. Sie reißt an einer Klingelschnur. Zwei Wärter in weißen Kitteln erscheinen. »Werfen Sie diesen Schuft hinaus! Er hat Gift in der Tasche!«
»Kommen Sie«, sagt einer der Wärter leise zu mir. »Sie sehen doch, es hat keinen Sinn.«
Ich gehe. Auf dem Gang begegne ich dem Arzt.
»Verzeihen Sie, Doktor. Ich hätte auf Sie hören sollen.«
Er zuckt die Schultern.
»Vielleicht ist es besser, Sie haben sich selbst überzeugt.«
»Besteht Hoffnung...«
»Hoffnung ist alles, was besteht, Herr Mansfeld.«
»Hat meine Mutter, was sie braucht?«
»Ein Herr Behnke gibt regelmäßig Erdnüsse für sie ab. Sie füttert die Vögel damit. Da ist sie immer ganz glücklich. Sie bekommt alles, sie muß es uns nur sagen.«
»Ihnen?«
»Ja. Wir sagen es Ihrem Herrn Vater. Er schickt die Sachen dann.«
»Aber meine Mutter hat doch ein eigenes Bankkonto!«
»Nicht mehr.«
»Was heißt das?«
»Ein Mensch im geistigen Zustand Ihrer Mutter ist... entschuldigen Sie... geschäftsunfähig. Ihr Herr Vater ließ das Konto sper-

ren. Er hat beantragt, daß von Amts wegen ein Pfleger für Ihre Frau Mutter eingesetzt wird. Herr Mansfeld, Ihre Frau Mutter ist bei uns in den besten Händen. Wir tun für sie, was wir können. Natürlich – Wunder vermag kein Mensch zu vollbringen. Sie verstehen, ich meine ...«

»Ich verstehe, was Sie meinen, Herr Doktor. Guten Tag.«

4

Staub. Staub.

Links die Weinberge. Rechts das Meer. In einer Stunde sind wir da, meint Mrs. Durham. Auf dem Wasser liegen reglos ein paar Boote.

ALBERGHI. PENSIONI. LOCANDE. CAMERE PRIVATE. RISTORANTI. TRATTORIE. BAR. BAR. COCA COLA.

So heiß. So fremd das alles. Bald bin ich da. Verena hat gesagt, sie wolle versuchen, in diesen Tagen abends immer noch schnell nach Portoferraio zu fahren und auf die Ankunft des Sechs-Uhr-Schiffes zu warten. Deshalb bat ich Mrs. Durham, sich zu beeilen.

Verena.

Wie lange habe ich sie nicht mehr gesehen, nicht mehr geküßt. Wie lange ...

»Der schwarze Jaguar vor uns macht mich ganz nervös! Seit einer halben Stunde fahren wir hinter ihm her. Gehört ihm die Straße allein? Jetzt überhole ich ihn aber! Er soll gefälligst nach rechts gehen!« Sie hupt. Der Jaguar schwenkt nach rechts. Mrs. Durham überholt den Wagen, der eine holländische Nummer trägt und ganz verstaubt ist. Hübscher Jaguar. Größeres Modell als jenes, das ich einmal hatte. Ich habe meinen kleinen weißen Jaguar schon ziemlich lange nicht mehr ...

5

Wenn Sie tagträumen, wenn Sie sich erinnern, dann folgen die Ereignisse einander doch nicht chronologisch, zeitlich und räumlich ordentlich aufgefädelt wie Perlen an einer Schnur.

Sie erleben dies in der Gegenwart – und es fällt Ihnen jenes aus der Vergangenheit ein. Sie sehen einen Gegenstand – und Sie erinnern sich an einen ähnlichen.

Wir überholen den holländischen Jaguar, und ich muß an meinen

Jaguar denken, der bei Kopper & Co. in der Auslage steht. Es hat sich noch kein Käufer gefunden. Hoffentlich findet sich einer. Dann bekomme ich nämlich Geld. Sieben Wechsel habe ich immerhin bezahlt. Danach kam Mutter ins Irrenhaus, und ihr Konto wurde gesperrt. Ich versuchte, meine Uhr, die goldene Füllfeder und den Feldstecher zu verkaufen. Aber man bot mir lächerlich wenig dafür – es hätte nicht einmal für zwei Raten gereicht. Um den Wagen nicht zu verlieren, tat ich etwas, für das ich mich noch lange schämen werde: Ich bat meinen Vater um Geld. Ich rief ihn an und verlangte es.

Er besitzt offenbar immer noch mehr Charakter als ich.

»Von mir bekommst du nichts. Du hast genug. Es wird für dich gesorgt. Oder willst du mir erklären, wofür du das Geld brauchst?«

»Nein.«

»Sehr schön. Leb wohl.«

Dann vergehen zweimal vier Wochen, die ich laut Vertrag Zeit habe, Wechsel einzulösen, und dann kommt ein Herr von Kopper & Co. nach Friedheim und holt meinen Jaguar aus der Garage von Frau Liebetreu. Verena belüge ich.

»Der Wagen gehörte nie mir, weißt du. Mein Vater lieh ihn mir. Ich bekam Streit mit ihm – wegen Mutter. Da verlangte er den Jaguar zurück.«

»Aber wie wirst du dann nach Italien kommen?«

»Es gibt Eisenbahnen!«

»Und auf der Insel?«

»Autobusse, nehme ich an.«

»Du hattest deinen Wagen so gern!«

»Es soll mir nie etwas Schlimmeres passieren. Außerdem war es nicht mein Wagen, ich sagte es doch gerade.«

Im Mai ist das, als ich Verena belüge, aber ich belog sie auch schon vorher, obwohl wir uns doch versprochen hatten, einander immer die Wahrheit zu sagen. Ich habe Verena nicht gern belogen. Nur aus Angst, sie zu verlieren. Ich hatte furchtbare Angst davor – an jenem Abend des 4. März, als Manfred Lord uns erzählte, daß er den Besuch Geraldines erhalten hätte. Ich konnte kaum ins Internat zurückfahren, solche Angst hatte ich...

Am nächsten Tag sitze ich in Frau Liebetreus Garage und warte auf Verenas Anruf. Sie hat noch nie sonntags angerufen, aber an diesem Sonntag ruft sie an. Sie muß genauso große Angst haben wie ich, ihre Stimme zittert.

»Was soll jetzt geschehen? Was soll jetzt geschehen?«

»Gar nichts«, antworte ich. Die ganze Nacht lang konnte ich nicht schlafen. Da habe ich mir überlegt, was ich antworten muß.
»Aber wenn er nun alles weiß...«
»Du siehst doch, er glaubt es nicht.«
»Er verstellt sich! Er wartet ab. Er legt Fallen. Du kennst ihn nicht! Wenn dieses Mädchen wiederkommt...«
»Sie kommt nicht wieder.«
»Aber wenn sie wirklich Beweise hat? Wenn mein Mann sie schon besitzt?«
»Auch dann wird er nichts tun. Er kann nichts tun. Ich habe auch Beweise!«
»Was hast du?«
»Du mußt keine Angst haben, Verena. Dein Mann ist klug, er war zu klug...«
»Das verstehe ich nicht...«
»Wo bist du, Verena?«
»Auf einem Postamt.«
Ich denke, ich kann es riskieren. Die Gefahr, daß jemand mithört, ist gleich Null. Friedheim hat eine Durchwählnummer.
»Dein Mann gibt mir doch immer Bücher mit für meinen Vater, nicht? Und mein Vater gibt mir immer Bücher mit für deinen Mann.«
»Ja, ja, ja, was ist mit diesen Büchern los?«
Ich sage ihr, was mit diesen Büchern los ist.
»Ich habe viele Seiten fotografiert. Ich habe Beweise. Ich kann deinen Mann sogar erpressen, wenn es sein muß.«
Erpressen.
Jetzt bin ich auch schon so weit wie Herr Leo, wie Hansi, wie Geraldine.
»Er gab mir gestern wieder ein Buch mit. Mein Vater wird mir auch wieder ein Buch mitgeben. Ich werde wieder die Seiten fotografieren. Je länger das dauert, um so mehr haben wir deinen Mann in der Hand. Beruhige dich, das ist das Allerwichtigste. Dein Mann darf nicht merken, daß du nervös bist. Ein paar Monate noch, dann sind wir auf Elba. Noch ein paar Monate, dann sind wir zusammen. Die Firma, die mich engagieren will, ist bereit, mir schon zum Jahresende einen langfristigen Vorschuß zu geben.«
Glatte Lüge. Nichts dergleichen wurde jemals versprochen.
»Ach... Oliver, dann könnte ich ja schon zum Jahresende weggehen!«
»Natürlich. Du nimmst mit Evelyn eine Wohnung. Bis die Scheidung ausgesprochen ist, habe ich mein Abitur und arbeite bereits.«

Lügen. Lügen.
Was wird zu Weihnachten sein, zum Jahresende?
Eine Wohnung? Wovon?
Eine Scheidung? Dann muß Verena alles zugeben. Aber bis Dezember ist es noch weit. Jetzt haben wir März. Wer weiß, was noch alles geschieht? Lügen. Lügen. Ich muß weiterlügen.
»Nur in den nächsten drei Monaten müssen wir vorsichtig sein. Wir dürfen uns nicht mehr im Turm treffen.«
»Nein.«
»Da ist ein Junge im Internat, ein kleiner Krüppel, der spioniert mir nach.«
»Ich dachte, Geraldine!«
»Nein. Ja. Nein.«
Jetzt sage ich die Wahrheit, beinahe die ganze: Daß ich bei Geraldine war und daß sie geschworen hat, sich zu rächen, weil ich sie verließ; daß ich den kleinen Krüppel, der unbedingt mein Freund sein will, dadurch tödlich verletzt habe, daß ich Raschid in meinem Zimmer schlafen lasse; daß der kleine Krüppel und Geraldine sich daraufhin ohne Zweifel verständigt haben.
»Ich verstehe...«
Ja, verstehst du wirklich? Verstehst du alles? Ich nicht. Natürlich hat Hansi Geraldine erzählt, was er weiß. Aber was weiß er schon? Er kann mich nicht in Frankfurt verfolgt haben. Das kann nur ein Mensch getan haben, und ich weiß, wie er heißt: Leo.
»Verena...«
»Ja?«
»Du mußt jetzt sehr achtgeben. Du mußt jedem Menschen mißtrauen, allen deinen Freunden, allen Angestellten, besonders Leo.«
»Warum besonders ihm?«
»Ich glaube, er bespitzelt dich im Auftrag deines Mannes. Der kleine Krüppel kann nicht alles wissen. Geraldine kann nicht alles wissen.«
»Leo auch nicht. Wir waren doch so vorsichtig!«
Leider nicht vorsichtig genug. Sonst hätte ich meinen Wagen noch. Ob Leo auch von Manfred Lord Geld für seine Informationen verlangt?
»Nimm dich in acht vor Leo, mir zuliebe, bitte!«
»Natürlich. Ich tue, was du sagst... Oliver, wann sehen wir uns wieder?«
»Morgen fliege ich fort. Freitag bin ich wieder da. Wenn du kannst, ruf mich dann an. Ich warte. Wann wollt ihr hier heraufkommen?«

»Am fünfzehnten März.«
»Dann wird alles viel leichter sein.«
»Leichter!«
»Mein Herz, wir dürfen jetzt nicht die Nerven verlieren. Vor dem fünfzehnten bin ich bestimmt bei euch eingeladen. Mein Vater gibt mir sicher wieder ein Buch für deinen Mann mit. Du wirst sehen, wie höflich und freundlich er zu mir sein wird...«
Er war es.
Am Freitag, dem 10. März, komme ich aus Echternach zurück. Schon am nächsten Abend bin ich wieder bei Herrn Lord eingeladen. Mein Vater hat mir diesmal eine alte Bibel mitgegeben. Er übergab sie mir im Hotel. Ich hatte ihn angerufen: »Hier ist ein Buch von Herrn Lord. Du mußt es dir aber abholen.«
»Warum?«
»Weil ich dein Haus nicht mehr betrete. Frage nicht noch einmal, warum. Ich komme gerade aus dem Irrenhaus.«
Eine Viertelstunde später schon war mein Pappi im Hotel. Er nahm das Buch von Manfred Lord und gab mir die Bibel. Er blieb drei Minuten. Ich sah auf die Uhr.
Um die Seiten, auf denen Buchstaben durchstochen waren, zu fotografieren, brauchte ich nach meiner Rückkehr ins Internat eine halbe Nacht. Ich wurde knapp fertig. Am Samstagabend fuhr ich nach Frankfurt, in die Miquel-Allee. Da hatte ich meinen Jaguar noch. Vor dem Kamin meint Herr Manfred Lord wieder, daß die gemütlichsten Abende doch die im kleinsten Kreise seien. Nicht? Ja wirklich! Er bewundert die Bibel. Dann läßt uns Manfred Lord für ein paar Augenblicke allein.
»Wann?« flüstert Verena sofort. »Wo? Schnell!«
»Ruf mich morgen an.«
Sie holt ein zusammengefaltetes, kleines Kuvert aus dem Ausschnitt ihres Kleides.
»Was ist das?«
»Du wirst sehen.«
In dem Kuvert lagen viele kleine, zarte und kurze Haare. Sie waren gekräuselt...

6

»Das ist Cecina. Ein hinreißender Ort! Sie sind müde, Mister Mansfeld? Soll ich anhalten? Wir erreichen unser Schiff, keine Angst! Vielleicht wollen Sie sich die Beine vertreten.«

Wo bin ich? Wer ist die Frau neben mir? Was ist das für ein Wagen?
»Sie sehen blaß aus. Ist Ihnen nicht gut?«
»Ich ... mir ist ein bißchen schwindlig.«
»Dann halte ich! Ich kenne diese Gegend wie meine Handtasche. Gleich rechts führt eine kleine Gasse zu einem großen Platz hinunter, direkt am Wasser.«
Da ist der Platz. Riesengroß. Völlig verlassen. Die Sonne brennt auf ihn und auf die verblichenen Fassaden der häßlichen, verwahrlosten Häuser, aus deren Fenster Wäsche hängt. Ich gehe ein bißchen auf und ab. Auf einmal habe ich so furchtbare Angst wie noch nie in meinem Leben. Ich glaube, daß ich sterben muß. Jetzt. Hier. Sofort. Auf diesem leeren Riesenplatz von Cecina.
Ich stolpere. Ich muß zurück zum Wagen. Ich will nicht sterben. Nicht hier. Nicht hier am Wasser, in dieser furchtbaren, sonnedurchglühten Öde! Mrs. Durham hält mir einen Flakon entgegen. Ich trinke ihn halb leer.
»Scotch«, sagt Mrs. Durham. »Habe ich immer dabei. Na, wie geht es?«
»Everything is allright again. Thank you. Thanks a million!«
»Es geht nichts über Scotch, sage ich immer.«

7

Wie weit ist es noch bis Piombino?
Wie weit ist es noch bis Portoferraio?
Wie weit, wie weit ist noch der Weg zu Verena?
»Jetzt kommen wir nach Sassetta und dann nach San Vincenzo. Da steht ein Wegweiser: Piombino! Alle Ausländer fallen darauf herein und biegen rechts ab, weil sie nicht ahnen, daß die Straße dann überhaupt nur noch aus Schlaglöchern besteht! Wir fahren weiter bis Venturina, und dann sind wir – auf einer erstklassigen Straße – in zehn Minuten in Piombino! Trotz des Umwegs!«
»Ja, Mrs. Durham.«
»Dieser Wegweiser in San Vincenzo gehört entfernt, wenn man die Straße schon nicht ausbessert! Seit Jahren geht das so! Eine richtige Irreführung! Man gerät mit seinem Wagen ja geradezu in eine Falle!«
Irreführung. Falle. Ich darf mich in keine Falle locken lassen. Ich muß normal bleiben. Gesund. Vernünftig. Ich muß jetzt für drei denken. Bald ist alles gut. Wenn ich mich nicht irreführen lasse.

Wieder beginnen meine Gedanken zu wandern, während Mrs. Durham sich über ein Eselsgespann ärgert, das sie nicht überholen kann.
Ich darf in keine Falle laufen. Ich muß uns drei vor jeder Falle hüten: Verena, Evelyn, mich selber.
Eine Falle: Am Sonntag nach der Party bei Manfred Lord habe ich Geraldine und Hansi getroffen. Ich wollte allein sein und ging am Morgen in den Wald. Da waren sie plötzlich...
Hand in Hand gehen sie: Geraldine aufrecht und schön, Hansi schief, verkrüppelt und häßlich. Beide sind feierlich angezogen. Beide begrüßen mich freundlich.
»Wir wollen zur Kirche gehen«, sagt Geraldine.
»Mit Ali und Giuseppe«, sagt Hansi. »Wir hätten ja auch Raschid gern mitgenommen – aber bei seinem Glauben...«
»Du Schwein«, sage ich.
Er lächelt, und seine Lippen verschwinden wieder.
»Ich verstehe gar nicht, was du meinst.«
»Du verstehst es genau.«
»Kein Wort!« Er drückt Geraldines Arm an sich, und auch Geraldine lächelt freundlich. »Übrigens, was ich noch sagen wollte, Oliver: Du kannst dich meinetwegen mit Raschid befreunden, so sehr du willst. Du kannst auch sein Bruder werden!«
»Ich will nicht.«
»Das ist deine Sache. Dann hast du eben keinen.«
»Was heißt das?«
»Das heißt, daß *ich* nicht mehr dein Bruder bin. Ich habe jetzt eine Schwester!«
»Geraldine?«
»Ja«, sagt diese lächelnd, »stell dir das vor.«
»Mußt nicht traurig sein«, sagt der Krüppel, »aber nach ihrem Unfall sind wir einander so nahegekommen. Sie hätte doch um ein Haar dasselbe kaputte Rückgrat wie ich!«
Das sagt er, der Lump, und lächelt dabei wie ein kleiner Engel, und auch Geraldine lächelt. Sie stehen da, Arm in Arm. Ob sie ihm ihre Brüste und das andere zeigen mußte, bevor er über mich auspackte? Ob er es aus Wut und ohne Gegenleistung getan hat?
»Sei ihm nicht böse, wenn er nicht mehr dein Bruder sein will«, sagt Geraldine. »Du hast doch alle Hände voll mit Raschid zu tun.«
Hansi läßt mich nicht aus den Augen.
Er weiß, was ich denke. Kann ich, darf ich Geraldine sagen, daß Hansi schuld an ihrem Unfall war? Was wären die Folgen? Unabsehbar! Warum habe ich es damals nicht gleich gemeldet? Wie

würde Hansi sich verteidigen? (»Er hat mir gesagt, er muß die Luxusnutte los sein!«) Und das tote Fräulein Hildenbrand? Und Verena. Verena, Verena...
»Komm, Geraldine, wir müssen uns beeilen«, sagt Hansi. Und zu mir: »Vielleicht gehst du in den ›Quellenhof‹ und tröstest den armen Raschid ein wenig.«
»Was heißt trösten?«
»Er liegt auf seinem Bett und heult.«

8

Das war der 12. März 1961. Ich ging in den »Quellenhof«, saß eine Stunde lang an Raschids Bett und redete ihm gut zu, bis er aufhörte zu weinen. Er hätte geweint, weil er so vollkommen allein war...
Jetzt ist schon alles gleich. In einer Welt, in der ein potentieller Mörder wie Hansi der Bruder von Geraldine wird (hier spielt sich also im Mikrokosmos ab, was sich in der Welt der Erwachsenen, der Völker, im Makrokosmos abspielt), in so einer Welt darf man doch wohl sagen: »Hansi ist nicht mehr mein Bruder. Raschid, willst du es sein?«
Dann habe ich seine Ärmchen um den Hals, dann preßt er seinen Körper an meinen, und in der Aufregung redet er deutsch, persisch und englisch durcheinander.
Ich gebe ihm Schokolade, Zeitungen und Bücher, bevor ich ihn verlasse, aber er sieht es gar nicht. Er liegt auf dem Bett, starrt zur Decke und sagt immer wieder: »Ich habe einen Bruder... ich habe einen Bruder.«

9

»...Stahlwerke, verstehen Sie, Mister Mansfeld? Zwei Stahlwerke. Seit Generationen in der Familie meines seligen Mannes...«
Wer ist diese Frau? Was redet sie da?
»Die Werke liegen bei Warrington.«
»Wo ist das, Mrs. Durham?«
»Etwa zwölf Meilen von Liverpool entfernt.«
»Aha.« Sie redet. Redet. Ich träume...
An jenem Sonntag, da Raschid mein Bruder wird, weiß ich nicht mehr aus und ein. Ich setze mich in meinen Wagen und fahre zum Erholungsheim der »Menschenfr. Gesellschaft« (»Der Engel des

Herrn«), zu Schwester Claudia. Warum? Ich könnte es heute noch nicht sagen.

Es ist viel los in dem Erholungsheim. An der grünen Pumpe vorbei gehe ich in den alten Gutshof hinein. Im Flur hängen altmodische Stiche, die freundliche Engel zeigen, unter denen fromme Sprüche stehen. Viele Kinder laufen umher, aber ich sehe auch viele Erwachsene. Das überrascht mich. Ich dachte nämlich, hier würden sich nur Kinder erholen. Schwester Claudia, der zwei Finger an der rechten Hand fehlen, freut sich sehr, mich wiederzusehen.

»Sonntag haben wir immer unsere Veranstaltung!«

»Was für eine Veranstaltung?«

»Bruder Martin spricht. Dann gibt es eine Diskussion. Wenn Sie zuhören wollen ... Danach können wir uns über Ihre Sorgen unterhalten.«

»Meine Sorgen?«

»Sie müssen sehr groß sein. Niemand kommt zu uns, der nicht sehr große Sorgen hat. Ich wußte, daß Sie kommen würden, Herr Mansfeld.«

10

Ich sehe Italien, ich denke an Deutschland. Ich erlebe Gegenwart, ich denke an die Vergangenheit. Ich höre Mrs. Durham, die mir etwas von ihren Stahlwerken erzählt – und ich denke an alles, was sich ereignete in den letzten Monaten, was mir und Verena geschah, und anderen. Ich sehe Bilder, und ich höre Stimmen, durcheinander, nacheinander, in wirrer Folge.

CASTAGNETO CARDUZZI.

Ich erinnere mich, wie der Bruder Martin das nahe bevorstehende Weltende im Feuerbrand der Atombomben heraufbeschwor, wie er die Offenbarung St. Johannis zitierte, wie er seinen Zuhörern, den Mitgliedern dieser so sonderbaren »Menschenfr. Gesellschaft«, tröstend versicherte, ihnen werde nichts geschehen. Sie trügen das Siegel Gottes an ihren Stirnen.

STABILIMENTO ENOLOGICO – FABBRICA LIQUORI!

Das Meer, golden jetzt schon im Schein der untergehenden Sonne.

»Der nächste Ort ist San Vincenzo! Wir erreichen leicht das Schiff, wir können sogar noch einen kleinen Drink am Hafen nehmen, er ist so romantisch ...«

Julinachmittag. Blühende Sträucher, riesige rote Blüten überall, Hitze, azurblauer Himmel.

Und ich denke an jenen Märzsonntag im Taunus, da gerade der Schnee schmolz, da ich nach dem Vortrag des Bruder Martin mit Schwester Claudia durch den kahlen Park des Erholungsheimes ging...

»Sie sagten damals, als ich Sie auf der Autobahn mitnahm, ich dürfte immer kommen, Schwester Claudia.«

»Ja.«

»Darf ich... darf ich wiederkommen? Auch wenn ich nicht Mitglied Ihrer Gemeinschaft werde?«

»Sie dürfen immer kommen. Jeder darf kommen. Das Wetter wird schön. Wollen Sie im Park sitzen? Soll jemand mit Ihnen reden? Haben Sie Fragen?«

»Ja, viele. Aber die kann niemand beantworten. Niemand hier. Hier sind alle zu gut für meine Fragen.«

»Sie blicken dauernd auf meine Hand. Ich hatte einen Autounfall. Zwei Finger mußten amputiert werden.«

»Das glaube ich nicht.«

»Was glauben Sie denn?«

»Daß die Nazis... daß Sie im Dritten Reich...«

»Nein.«

»Doch! Stimmt es nicht?«

»Ja, es stimmt, Herr Mansfeld. Bei einem Gestapo-Verhör. In der Prinz-Albrecht-Straße in Berlin. Ich war drei Jahre eingesperrt. Aber sprechen Sie bitte nicht davon. Zu niemandem.«

»Zu niemandem.«

»Ich hatte sehr viel Glück, ich verlor nur zwei Finger. Denken Sie daran, was andere verloren haben.«

»Schwester Claudia...«

»Ja?«

»Ich habe noch eine zweite Bitte: Darf ich einen anderen Menschen mitbringen?«

»Natürlich.«

»Eine Frau?«

»Ja. Sie sind uns beide willkommen, Herr Mansfeld. Besuchen Sie uns bald. Besuchen Sie uns oft! Und haben Sie keine Angst. Hier wird Sie niemand zu bekehren versuchen. Hier werden Sie Frieden haben. Das ist es doch, was Sie suchen, nicht wahr?«

»Was, Schwester Claudia?«

»Frieden.«

11

CINZANO. CINZANO. CINZANO.
Kurven. Große Lastwagen. Kakteen.
Frieden.
Ja, den suchen wir. Verena und ich. Als sie nach Friedheim heraufkommt mit ihrem Mann, mit Evelyn, mit Herrn Leo, als sie ihr Leben in der schönen Villa wieder beginnt, führe ich sie zum »Engel des Herrn«. Schwester Claudia zeigt uns eine Bank, weit, weit hinten im Park. Da sitzen wir stundenlang, Verena und ich. Blumen beginnen zu blühen, später duftet der Flieder, weißer und violetter, es wird so schnell Frühling in diesem Jahr.
Frieden.
Im Park des Erholungsheims haben wir ihn. Niemand sucht uns hier. Kein Hansi. Keine Geraldine. Kein Leo. Wir sind stets sehr vorsichtig, wir kommen allein und auf Umwegen...
»Jetzt fahren wir durch San Vincenzo!« Mrs. Durham zeigt mir triumphierend den üblen Wegweiser. Ich sehe ihn, und ich sehe ihn nicht. Ich sehe die Häuser von San Vincenzo, und ich sehe Verena und mich auf der Parkbank, Hand in Hand. Viele Male sitzen wir da, im März, im April, im Mai. Wir reden wenig. Manchmal, wenn wir uns verabschieden, macht Schwester Claudia das Zeichen des Kreuzes auf unsere Stirnen.
»Es ist Liebe, nicht wahr?« sagt sie einmal.
»Ja«, antwortet Verena.
Wenn wir den »Engel des Herrn« verlassen, gehen wir sofort auseinander, jeder einen anderen Weg. In dieser Zeit schreibe ich viel. Mein Buch ist dick geworden. Verena, die alles liest, was ich schreibe, sagt, sie weiß nicht, ob es gut ist oder schlecht. Sie weiß auch nicht, wie unsere Liebe ist. Sie glaubt, beide sind gut, das Buch und die Liebe. Aber sie weiß es nicht. Ich auch nicht.
Jeden Abend verabschieden wir uns voneinander auf die alte Art: Mit unseren Taschenlampen, sie in ihrem Schlafzimmer, ich auf dem Balkon.
GUTE... NACHT... LIEBLING.
GUTE... NACHT... LIEBLING... HAB... SCHÖNE... TRÄUME.
DU... AUCH... ICH... LIEBE... DICH.
MORGEN... UM... DREI... BEIM... ENGEL.
Mrs. Durham tritt auf die Bremse.
Sie ist aufgeregt.
»Halten Sie einen Knopf. Wünschen Sie sich etwas.«

Ich schrecke auf.
»Warum? Was ist los?«
Ein Brautpaar geht über die Straße, Bauerntochter, Bauernsohn, sie in Weiß, er in Schwarz. Dahinter eine Prozession von Angehörigen. Kinder, ganz alte Leute. Die Braut hält Feldblumen im Arm. Die Glocke einer kleinen Kirche bimmelt. In ihrem Eingang steht der Pfarrer. Er trägt einen weißen Rock, unter dem ein schwarzer hervorsieht, und schwere Bauernschuhe.
Jetzt höre ich auch eine Orgel, dünn und alt, jemand spielt sehr falsch darauf. Aber es ist feierlich, sehr feierlich, alles ...
Es war auch in Friedheim feierlich, als Doktor Frey und Mademoiselle Duval heirateten. Auf dem Standesamt allerdings, nicht in der Kirche. Eine Menge Kinder kamen, um zuzusehen. Es war feierlich in dem Zimmer des Rathauses, als der Bürgermeister selber die beiden traute, und ein alter Mann, dünn und zittrig, sehr falsch auf einem alten Harmonium spielte. Nachdem die Zeremonie vorüber war, drehte Mademoiselle sich um und rief den Kindern zu:
»Verzeiht mir! Bitte, verzeiht mir, ihr alle!«
»Was sollen wir ihr verzeihen?« fragte mich Raschid.
»Ich weiß nicht«, antwortete ich. Aber ich weiß es wohl. Wenn sich doch alle Rassen mischen würden und alle Religionen und alle Völker! Die Kinder und die Kinder ihrer Kinder – wie glücklich wären sie alle, dereinst ...
Immer wieder treffen Verena und ich einander im Park des »Engel des Herrn«. Wir berichten, was es zu berichten gibt. Jeder zählt jeden Tag. Elba! Elba! Immer muß der Mensch hoffen, sich etwas wünschen, sich nach etwas sehnen.

12

Küsse und Sprechen und An-der-Hand-Halten genügen nicht. Verena sagt, des Nachts glaube sie manchmal zu verbrennen. Ich auch. Ich liege dann im Bett und höre, wie Raschid (er schläft immer noch in unserem Zimmer) im Schlaf weint – und ich, der ich so selten gebetet habe, bete: »Laß die Zeit vergehen, Gott. Laß sie schneller vergehen. Laß uns auf Elba sein ...«
Nein, Lichtzeichen und Küsse genügen nicht mehr. Ich dachte immer, ich könnte mich wunderbar beherrschen. Aber ich merke, daß es mit meiner Beherrschung zu Ende geht, wenn Herr Manfred Lord mich einlädt und so höflich ist und so charmant. Wenn Herr Leo serviert. Wenn die kleine Evelyn mich voll Abscheu mustert

und mit Verachtung straft. Und wenn Verena an mir vorbeisieht und ich an ihr. – Gott, laß es Juni werden. Laß mich nach Elba kommen. Laß mich allein sein mit Verena. Bitte, Gott.
Die Zeit vergeht schnell. Schon ist es Mai. Jetzt nehmen mir Kopper & Co. meinen Jaguar weg, und ich muß Verena wieder belügen. Aber schon Mai! In einem Monat ist Schulschluß! Und dann...
Wir sind beide so aufgeregt bei der Vorstellung, Verena und ich, daß wir unvorsichtig werden und es in den nächsten Tagen ein paarmal im Wald tun. Auf grünem Moos, unter alten Bäumen, die frische Blätter tragen. Beim erstenmal sagt sie nachher: »Ich komme mir vor, als hättest du mich entjungfert.«
Sie meint, weil es so lange her ist, daß wir uns umarmt haben. Ich muß an Geraldine denken, aber das sage ich nicht. Wir gehen immer sofort auseinander, nachdem es geschah. Es ist nicht schön, für mich nicht und auch für Verena nicht, obwohl sie es beteuert. Nein, schön wird es erst auf Elba sein.
Geraldine...
James Hilton, ein junger Amerikaner, ist im April zu uns gekommen. Geraldine hat Larsen stehenlassen und sich James genommen. Im Mai kam ein Grieche. Da ließ sie den Amerikaner stehen und nahm sich den Griechen. Sie ist wieder, was sie immer war: Die Luxusnutte! Mich grüßt sie freundlich, aber sie spricht nicht mit mir. Sie geht ostentativ mit Hansi spazieren. So wie man einen kleinen Hund spazierenführt.
Geraldine ist die schlechteste Schülerin der Klasse. Alle Lehrer bedenken, wie lange sie krank war, und sind nachsichtig gegen sie. Aber in Latein ist sie so schlecht, daß das Frettchen sagt: »Bei aller Rücksichtnahme, ich kann es einfach nicht mit meinem Gewissen verantworten, Sie durchzulassen, Reber, wenn Sie sich nicht schnellstens zusammenreißen und bessern.« Diese Bemerkung soll Herrn Doktor Haberle alles kosten, was er sich erschuftet hat in seinem durchschwitzten Leben. Knapp vor Schulschluß gibt es einen großen Frettchen-Skandal. Die letzte, die entscheidende schriftliche Arbeit wird geschrieben. Unmittelbar im Anschluß an die Doppelstunde ist Geraldine so frech, daß das Frettchen schreit: »Reber, Sie kommen heute um sechs zurück und sitzen nach! Ich lasse mir das nicht bieten!«
Am gleichen Abend spielen Raschid und die neue Pädagogin, die der Chef als Nachfolgerin von Fräulein Hildenbrand engagiert hat, in der Bibliothek mit dem Szeno-Test-Kasten. Die neue Pädagogin ist jung und hübsch. Sie heißt Palmer. Die großen Jungen machen ihr den Hof...

Was wirklich an diesem Abend geschehen ist, wird wohl niemals jemand herausfinden. Ich weiß nur, was Raschid erzählt. Fräulein Palmer ließ ihn allein, um schnell noch in die Villa der großen Mädchen zu gehen, wo sie etwas zu erledigen hatte. Es war etwa 19 Uhr 30. Raschid berichtet: »Plötzlich hörte ich ein Mädchen schreien...«
Er erschrickt furchtbar. Er hat Angst. Das Mädchen schreit weiter: »Hilfe, Hilfe!«
Raschid läuft in das Treppenhaus.
»Hilfe! Lassen Sie mich los! Loslassen...!«
Raschid rennt die Treppe in den ersten Stock empor. Eine Klassentür fliegt auf – unsere. Ein Mädchen stürzt heraus. Geraldine. Ihr Kleid ist zerrissen von oben bis unten, die Strümpfe hängen herab. Und sie kreischt: »Hilf mir! Hol jemanden! Er will mich vergewaltigen!«
Raschid sagt, er hätte gar nicht gewußt, was das Wort bedeutet, aber er hätte sofort auch um Hilfe geschrien. Sie sind beide zur Treppe gerannt. Raschid sah einen Schatten aus dem Klassenzimmer gleiten und den Gang in der anderen Richtung hinabeilen. Er konnte nicht erkennen, wer es war. Es dämmerte schon...
Als auf das gemeinsame Geschrei hin der Chef und zwei Lehrer auftauchen, erleidet Geraldine einen hysterischen Weinkrampf. Sie wiederholt immer wieder: »Er hat mich vergewaltigen wollen...«
Wer?
Das sagt sie nicht.
Nein, das sagt sie nicht.

13

Inzwischen bekommen wir die Lateinarbeit zurück, die entscheidende. Noah hat eine 1. Ich habe eine 1. Wolfgang hat eine 4. Und Geraldine?
Eine 3! Das heißt, daß sie in Latein nicht durchfallen wird.
Herr Doktor Haberle bricht diese Stunde vorzeitig ab. Er sagt, er müsse mit dem Chef sprechen. Vorgeneigt geht er davon, die Schultern zucken. Es sieht aus, als ob er weinte. Ich bin Herrn Doktor Haberle, genannt »Das Frettchen«, nie wieder begegnet.
Ein anderer Lehrer vertritt ihn. Sie wissen, wie so etwas in einem großen Betrieb verläuft. Nichts bleibt geheim, wenigstens nicht lange. Die Sekretärinnen erzählen es den Putzfrauen, die Putz-

frauen den Erziehern, die Erzieher ihren Freunden unter den Schülern. Mir hat es Herr Herterich erzählt, der arme Hund, den wir so verarschten, daß er nur noch ein Schatten seiner selbst ist. Der Apotheker in Friedheim hat schon gemeint, daß er zu viel Schlaftabletten kauft. Er nimmt mindestens fünf pro Nacht und ist in ärztlicher Behandlung. Dabei tut ihm jetzt niemand mehr etwas, nicht einmal Ali. Es nimmt ihn einfach keiner zur Kenntnis. Das muß das Schlimmste sein: Wenn einen keiner mehr zur Kenntnis nimmt.

Herr Herterich erzählt mir: »Dokter Haberle wurde fristlos entlassen.«

»Warum?«

»Aber Sie dürfen es nicht weitersagen.«

»Nein. Warum?«

»Er hat Geraldine Reber vergewaltigt.«

»Unsinn.«

»Er hat es selbst zugegeben.«

»Ich glaube es nicht. Er hat sie nie vergewaltigt, nie im Leben! Dazu ist er viel zu feig.«

»Er hat es Herrn Professor Florian geschworen.«

»Was?«

»Daß er seit einem Jahr verrückt nach Geraldine war! Und an diesem Nachmittag... er ließ sie nachsitzen wegen Frechheit...«

»Ich weiß.«

»... da konnte er sich nicht mehr beherrschen.«

»Lächerlich.«

»Wenn er aber doch geschworen hat.«

»Ach was! Und Geraldine?«

»Die schwieg zunächst eisern. Erst als sie von dem Schwur hörte, sagte sie, es sei so gewesen.«

»Sie sagt, das Frettchen hätte sie vergewaltigt?«

»Ja.« Herr Herterich wischt sich den Schweiß von der bleichen Stirn. »Ist das nicht furchtbar? Da lebt so ein Mann jahrzehntelang glücklich mit seiner Frau, hat Kinder, spart und spart auf ein Haus. Und dann so etwas! Ich möchte nicht Lehrer bei den großen Mädchen sein! Sie vielleicht? Es ist eine Versuchung, eine teuflische Versuchung... Teuflisch!«

»Was wird mit ihm geschehen?«

»Er kommt vor Gericht. Man wird ihn nie mehr unterrichten lassen. Seine Karriere ist ruiniert. Seine Ehe auch. Die Frau verlangt die Scheidung.«

»Nein!«

»Sie verkauft das Haus und geht mit den Kindern zu ihren Eltern. Mein Gott, der arme Doktor!«

Aber Geraldine wird in Latein durchkommen.

14

Schulschluß.

In unserer Klasse ist niemand durchgefallen. Geraldines Gesicht bleibt völlig ausdruckslos, als der Chef ihr das Zeugnis überreicht. Wo ist das Frettchen? Wann wird das Häuschen verkauft? Wie lange war Herr Doktor Haberle verheiratet?

Ja, aber er hat doch geschworen...

Der Chef wünscht uns allen glückliche Ferien.

»Erholt euch. Kommt gesund wieder. Alle, die hier bleiben müssen, werden auch eine feine Zeit haben. Wir gehen schwimmen, machen Wanderungen, und ihr könnt euch wünschen, was ihr essen wollt...«

Ein prima Kerl, der Chef. Er hat auch niemanden, zu dem er gehen kann. In der Halle des Schulhauses höre ich wieder die Gespräche, die ich seit Wochen höre, im »Quellenhof«, im Schwimmbad neben dem »A«, überall.

»Was machst du in den Ferien?«

Viele sind stolz und aufgeregt und sagen die Wahrheit.

»Meine Eltern holen mich ab. Wir fahren nach Spanien.«

Oder nach Ägypten. Nach England. In die Schweiz. An die Riviera. In den Schwarzwald.

Und viele sind stolz und traurig und lügen.

»Mein Vater macht mit mir eine Reise nach Indien«, sagt Santayana. Wir wissen alle, daß sie im Internat bleiben und ihren Vater nicht einmal sehen wird.

»Ich werde mich verloben«, sagt Clarissa. (Clarissa ist siebzehn. Sie wird auch im Internat bleiben. Ihre Eltern sind tot. Sie hat einen Vormund. Ist ganz allein.)

»Meine Eltern heiraten wieder. Ich darf mit auf die Hochzeitsreise.« (Elfie, zwölf Jahre. Der Vater heiratet tatsächlich in diesem Sommer wieder. Aber nicht Elfies Mutter. Elfie bleibt im Internat. Ihre Mutter kann sie nicht leiden.)

So lügen viele, und alle wissen, daß sie lügen. Aber sie sagen es nicht. Kinder sind manchmal auch barmherziger als Erwachsene...

Hansi: »Ich habe mit dem Chef gesprochen. Ich bleibe hier. Wenn mein Alter kommt, schmeißt ihn der Chef raus!«

Geraldine: »Ich fliege nach Cape Canaveral, zu meinem Vater. Ich weiß noch nicht, ob ich wiederkomme.« Blickt mich an. »Aber ich glaube schon.«
Ali: »Ich habe Giuseppe eingeladen. Wir fliegen nach Afrika.«
Thomas: »Ich muß nach Paris. Scheiße.«
Raschid: »Dieses Jahr bleibe ich noch hier. Mein Onkel kommt mich besuchen. Aber nächstes Jahr, wenn in Persien ...«
Wolfgang: »Zu meinen Verwandten nach Erlangen. Werde froh sein, wenn die acht Wochen um sind. Sind nette Leutchen. Aber doof!«
Die Sensation präsentiert Noah. »Ich fliege mit Chichita nach Israel. Ihr Vater und der Chef sind einverstanden. Ich habe noch Verwandte in Israel. Wir wollen uns das Land einmal betrachten.« Chichita steht neben ihm und strahlt, als Noah das sagt.

15

Noch einmal bin ich bei Manfred Lord eingeladen. Klar! Ich fliege doch nach Luxemburg, um meine Mutter zu besuchen, nicht wahr? Herr Lord hat auch wieder ein hübsches altes Buch für meinen Vater. Es tut ihm leid, daß wir uns nun zwei Monate nicht sehen werden.
Verena sitzt zwischen uns bei diesem Gespräch. Sie sieht mich nicht an.
»Ich muß mich noch bei Ihnen bedanken, Oliver.«
»Wofür?«
»Daß Sie sich so fair benommen und meine Frau nie getroffen haben, wenn ich nicht dabei war.«
»Das ist doch selbstverständlich.«
»Jedenfalls danke ich Ihnen. Dieses Mädchen hat sich nie wieder gemeldet. Es liegt uns doch allen daran, kein Geschwätz aufkommen zu lassen, nicht wahr, Liebste?«
»Natürlich, Manfred.«
»Wie schade, daß Sie zu Ihrer Mutter müssen. Ich hätte Sie sonst nach Elba eingeladen! Wir haben da ein kleines Haus. Ich muß so oft verreisen. Da hätten Sie meiner Frau Gesellschaft leisten können. Auf Elba gibt es nicht Leute wie hier, die lügen und verleumden.«
»Ich wäre gern gekommen, Herr Lord. Aber ich muß wirklich zu meiner Mutter.«
»Sie sind ein guter Sohn. Ich habe Sie richtig lieb gewonnen, Oliver. Du ihn nicht auch, Verena?«

»Ja, er ist ein wirklich netter Kerl.«
»Was gibt es, Leo?«
»Ich bringe noch Eiswürfelchen für den Whisky, gnädiger Herr. Pardon, bitte.«
»Danke. Leo, sie kannten doch den Jaguar, den Herr Mansfeld hatte, nicht wahr?«
»Den weißen, kleinen, jawohl. Ist etwas geschehen? Gab es einen Unfall?«
»Nein. Sein Vater hat Herrn Mansfeld den Wagen weggenommen. Ich finde das nicht recht von Ihrem Vater, Oliver!«
Was ist hier los? Was geht das Leo an? Warum erzählt Herr Lord es ihm?
»Wenn ich mir eine Meinung erlauben darf, pardon, bitte: Auch ich empfinde es als ungerechte Härte.«
Du Schwein!
»Ich werde Ihrem Vater schreiben, Oliver. Sie nehmen den Brief mit.«
Ist es denkbar, ist es möglich, daß er und Leo gemeinsam ...? Nein, das ist unvorstellbar! Ist es unvorstellbar?
Jedenfalls schreibt Herr Lord tatsächlich noch an diesem Abend meinem Vater, er solle doch den Jaguar zurückgeben. Wenn er ihn anrufen würde, wüßte er sogleich, daß mein Alter mir den Wagen nie weggenommen hat. Rief er schon an? Weiß er es schon? Ach nein, die beiden telefonieren ja nie. Oder doch?
Ich nehme den Brief. Auf dem Heimweg zerreiße ich ihn in kleine Stücke und verstreue diese im Wald.
Am nächsten Vormittag treffe ich Verena im Park des »Engel des Herrn«. Ich gebe ihr das ganze Manuskript, das nun existiert, die Aufnahmen aller Seiten, die ich in den alten Büchern fotografiert habe, und die Negative dazu. Sie wird sofort in ihrem Wagen nach Frankfurt fahren und alles in den Banksafe legen. In zwei Tagen reist sie mit Mann und Evelyn nach Elba.
»Und wann kommst du?«
»Am dreizehnten, vierzehnten, spätestens am fünfzehnten.«
»Ich werde ein Zimmer für dich suchen. Komm schnell.«
»So schnell ich kann.«
»Wenn es geht, nimm in Piombino das Sechs-Uhr-Schiff. Dann bist du um halb acht in Portoferraio. Ich will versuchen, dich an den drei Tagen zu erwarten. Wenn ich nicht da bin, geh in das Schiffahrtsbüro. Da wird ein Brief für dich liegen.«
Sie gibt mir Geld.
»Bist du verrückt?«

»Es ist nicht viel. Mehr konnte ich mir so schnell nicht verschaffen. Aber auf Elba habe ich mehr.«
»Ich nehme doch kein Geld von dir!«
»Wie willst du zu mir kommen? Von Luxemburg den ganzen Weg zu Fuß?«
»Ich...«
»Nimm es schon.«
»Danke.«
»Sie ist so schnell vergangen, die schlimme Zeit des Wartens, nicht? Nun kommt die schöne Zeit. Dann noch mal eine kurze schlimme. Und dann ist alles gut.«
»Und dann ist alles gut.«
Wir verabschieden uns von Bruder Martin und Schwester Claudia. Ich sage ihr, daß wir uns jetzt eine Weile nicht sehen werden.
»Ich will an Sie denken und für Sie beten.«
»Ja, bitte«, sagt Verena.
»Sie sind beide nicht fromm?«
»Nein.«
»Aber Sie lieben einander, nicht wahr?«
»Ja, Schwester Claudia, wir lieben einander.«
»Dann werde ich beten.«

16

Piombino!
Wir sind angekommen. Die Stadt ist verwinkelt und klein, die Vororte sind häßlich und groß. Ich sehe Martinsöfen, Kohlenrutschen und Schornsteine, aus denen träger, schwarzer Rauch steigt.
»Stahl- und Eisenindustrie«, sagt Mrs. Durham. »Drüben in Portoferraio übrigens auch.« Sie muß im Schritt fahren, denn hier gehen alle Menschen auf der Straße. Und wie viele Menschen! Die Stadt quillt über! Ein Ameisenhaufen.
BAR. BAR. BAR.
Natürlich: Tische und Stühle auf der Straße. Männer trinken Espresso oder Rotwein mit Wasser. Hitzige Debatten. Jeder redet auch mit den Händen. Sehr viele Kinos. Die Plakate sind sechsmal so groß wie in Deutschland! Bonbonbunt. Busen. Busen. Busen. Helden. Helden. Helden. Bettler. Viele Bettler. Sie kommen an den Wagen und strecken die Hände aus. Auch zerlumpte Kinder betteln. Mrs. Durham gibt reichlich.
Wir haben den Hafen erreicht. Nicht den großen, schmutzigen In-

dustriehafen, sondern den kleineren, in dem die Schiffe anlegen, die nach Elba fahren.
Hier, direkt am Wasser, ist es kühler vor den vielen niedrigen Kontoren der Reedereien und Fremdenbüros. Lastwagen stehen herum. In der Mitte des Platzes – natürlich – eine BAR. Ein kleines, schikkes Häuschen, mit einem ersten Stock, Terrassen, einer Musikbox und verchromten Sesseln und kleinen Tischen im Freien.
»Wenn ich hier ankomme, pflege ich immer ein Schlückchen zu mir zu nehmen«, sagt Mrs. Durham. »Mehrere Schlückchen. Denn jetzt muß ich nicht mehr fahren. Ich habe ein Haus auf der Insel. In Bagno, in der Bucht von Procchio. Der Verwalter holt mich immer in Portoferraio ab.« Mit seltsamem Stolz erklärt sie: »Noch nie kam ich auf Elba an, ohne betrunken zu sein. Ich schlage vor, wir bleiben beim Whisky. Ist Ihnen das recht?«
»Gewiß, Mrs. Durham.« (Hoffentlich trinkt sie nicht zuviel. Mein Geld ...)
»Zwei doppelte schottische Whisky, bitte!«
»Due grandi Johnnie, si, signora.«
»Whisky heißt hier immer Johnnie, Mister Mansfeld. Egal, welche Marke.«
Nach den ersten beiden grandi Johnnies bestellt Mrs. Durham zwei weitere. Sie will gleich bezahlen. Ich protestiere. Sie protestiert. Wir werfen ein Fünfhundert-Lire-Stück auf. Sie verliert. Na also. Sie verliert auch bei der dritten Runde. Man merkt ihr nicht an, daß sie drei Doppelte getrunken hat.
Ich sehe auf das Meer hinaus, das golden glänzt und über dem jetzt im Westen, hinter leuchtenden Wolken, eine rote Sonne versinkt. Ganz still ist das Meer, Möwen kreisen über dem Wasser. Mrs. Durham hat ihren Wagen am Ende der kurzen breiten Mole geparkt. Während wir trinken, kommen immer neue Autos und halten hinter dem Ford der alten Dame. Dann erscheint das Schiff. Es ist größer als ich dachte, weiß, und hat hohe Aufbauten. Es läuft in den Hafen ein, dreht dann und fährt mit dem Heck gegen die Mole. Die hintere Wand öffnet sich und sinkt langsam herab. Man kann in den Bauch des Schiffes sehen. Viele Autos stehen darin. Eines nach dem anderen fährt heraus. Matrosen regeln den Verkehr.
»Kommen Sie«, sagt Mrs. Durham und leert ihr Glas. »Es wird Zeit.« Völlig sicher geht sie zur Mole. Wir setzen uns in den Fond. Ein dicker Matrose in blauen Hosen und einem weißen Leibchen dirigiert uns in dem erleuchteten Inneren des Dampfers an einen Platz weit vorn. Wir steigen aus. Ein Auto nach dem anderen fährt in das Schiff, dessen Boden leise vibriert.

Wir gehen an Deck. Es ist genau sechs Uhr, als der Dampfer sich von der Mole löst, einen großen Bogen durch das Hafenbecken beschreibt und auf das offene Meer hinausgleitet.
»How about another little Johnnie?« fragt Mrs. Durham.

17

Die Bar ist groß. Sie hat ein Mahagonipaneel und eine wunderschöne lange Theke. Drei Mixer arbeiten. Einer erkennt Mrs. Durham.
»Oh, Mrs. Durham! Glad to see you again. Two Johnnies, yes?«
»Si, Roberto. Grazie.«
Roberto bringt ein Tablett mit Gläsern zu unserer Bank an Deck.
»Von jetzt an wie immer, Mrs. Durham?«
»Wie immer.«
Der Mixer lacht, zeigt blendend weiße Zähne. Ein hübscher Kerl.
»Was bedeutet, wie immer?« frage ich.
»Daß er uns jede Viertelstunde zwei neue Johnnies bringt.«
»Aber das ist unmöglich!«
»Wieso? Die ganze Fahrt dauert höchstens eineinhalb Stunden! Vertragen Sie keinen Whisky?«
»So habe ich es nicht gemeint.«
Sie sieht mich an, dann legt sie eine Hand auf meine und sagt: »Ich verstehe. Sie haben wenig Geld. Und Sie sind zu stolz, um sich von mir einladen zu lassen.«
»Nicht zu stolz, aber ...«
»Hören Sie, junger Mann: Ich habe mehr Geld, als ich in meinem Leben ausgeben kann. Was geschieht damit, wenn ich sterbe?«
»Ihre Tochter ...«
Mrs. Durham trinkt einen großen Schluck und wendet das Gesicht dem Fahrtwind zu, der nun nach Tang und Meerwasser riecht und uns umstreicht.
»Ich habe Sie heute mittag angelogen, Mister Mansfeld. Virginia arbeitet nicht als Direktorin in unseren Werken. Sie hat einen armen Komponisten geheiratet und lebt seit zehn Jahren in Kanada. Sie verfluchte mich, bevor sie ging. Sie will mich nie wiedersehen. Sie wird nie einen Penny von mir nehmen.«
»Aber warum?«
»Ich bin schuld! Ja, sie stand mit vierzehn Jahren auf der Bühne! Aber ich habe verhindert, daß sie Schauspielerin wurde. Ich zwang sie, in unseren Werken zu arbeiten. Ich ... ich wollte jemanden,

der alles weiterführte, wenn... Sie verstehen? Ich suchte einen Mann für sie, der etwas von der Industrie verstand. Da kam sie mir mit diesem Komponisten. Ich habe mich geweigert, ihm auch nur die Hand zu geben. Es soll ihnen nicht gut gehen, drüben in Kanada, schreiben mir Freunde.«

»Freunde?«

»Ja, Freunde, Mister Mansfeld. Virginia schreibt nie. Sie haßt mich. Oh! O ja, sie haßt mich! Vielleicht fahre ich darum so viel in der Welt herum!«

»Mrs. Durham...«

»Wirklich gut, der Whisky, nicht?«

18

Als ich nach Echternach kam, um meine Mutter zu besuchen, wurde ich nicht vorgelassen. »Es ist unmöglich, daß Sie sie jetzt sehen, Herr Mansfeld«, sagte der Arzt, mit dem ich das letztemal gesprochen hatte. »Ihre Frau Mutter befindet sich leider gerade in einem... hrm... schlechten Zustand. Ihr Besuch würde sie zu sehr erregen. Ich muß ihn verbieten.«

Also habe ich meine Mutter nicht gesehen.

Vater und Tante Lizzy habe ich gesehen. Sie kamen ins Hotel. Ich überreichte das Buch, das Manfred Lord mir mitgab. Man wird sich vorstellen können, daß die Unterhaltung ebenso kühl wie kurz war. Daß ich keinen Wagen mehr besaß, sagte ich nicht.

Ich habe dann in Echternach doch noch meine Uhr, die goldene Füllfeder und den Feldstecher verkauft und bin losgefahren, zweiter Klasse. Es war verflucht weit bis nach Florenz. Ich saß in einem vollen Abteil, nachts konnte ich nicht schlafen. In Florenz war ich groggy. Ich stieg aus, nicht weil Verena mir erzählte, daß sie immer so reise – ich stieg aus, weil ich die Fahrt nicht mehr aushielt. Ein Taxi brachte mich bis zum Beginn der Autostrada del sole. Ich hatte Glück. Bald hielt ein Ford und...

»Die Viertelstunde ist um, Mrs. Durham!«

Ich schrecke auf. Der hübsche Kellner steht mit zwei neuen Johnnies vor uns.

»Danke, Roberto. Und einen für Sie.«

»Grazie, Signora, grazie!«

Jetzt ist der Himmel farblos, ich sehe die ersten Sterne. Das Wasser wird schwarz. Der Schaum am Heck ist weiß. Es ist still geworden.

»Wissen Sie schon, wo Sie wohnen werden?«
»Nein.«
»Hier. Ich gebe Ihnen meine Karte. Es steht die Adresse und die Telefonnummer darauf. Sie sind immer willkommen. Spielen Sie Tennis?«
»Ja.«
»Bridge?«
»Ja.«
»Wunderbar! Ich kenne einen alten englischen Major mit seiner Frau, die besitzen auch ein Häuschen in Bagno, ganz in der Nähe. Reizende Leute. Wir können zusammen spielen. Ich habe einen Tennisplatz und einen Privatstrand. Aber Sie werden natürlich nie anrufen, ich weiß...« Mrs. Durham ist beschwipst und sagt es auch. »Stört es Sie?«
»Mich? Ich bin doch selber beschwipst!«
Aber so wie heute war ich noch nie betrunken. So beschwingt. So vergnügt. Mrs. Durham geht es genauso. Wir lachen dauernd und erzählen einander die komischsten Geschichten. (Wahrscheinlich sind sie gar nicht komisch.) Die anderen Passagiere betrachten uns argwöhnisch.
»Sie halten Sie für meinen Gigolo«, sagt Mrs. Durham.
Verena. Verena! Ob du am Hafen sein wirst?
»Ich wäre froh, wenn ich einen so hübschen Gigolo hätte. Er könnte alles von mir haben.«
Sie schweigt eine Weile. Trinkt. Und dann auf einmal sagt sie: »Sehen Sie die Lichter da vorn? Portoferraio!«

19

Wir sind da.
Ich sehe wenig von Portoferraio bei meiner Ankunft. Lichter, blaue, grüne, weiße, rote. Straße am Kai. Hotels mit Neonschriften. BAR. BAR. BAR.
Unser Schiff dreht sich wieder im Kreis. Natürlich, das Heck muß zuerst anlegen, damit die Autos aus dem Rumpf fahren können. Jetzt sehe ich schon Menschen auf dem angestrahlten Kai, sehe viele Menschen, aber nicht Verena.
»Mein Verwalter steht da unten!« Die alte Dame winkt. »Ich bin ein bißchen sehr betrunken... Glauben Sie, daß Sie meinen Wagen auf den Kai fahren können? Ich wäre Ihnen außerordentlich verbunden.«

»Selbstverständlich, Mrs. Durham. Und vielen, vielen Dank für alles.«
»Ach, Unsinn. Sie rufen sowieso nicht an.«
»Doch.«
»Nie! Hier sind die Schlüssel.«
Ich bin betrunken, und ich kenne Mrs. Durhams Wagen nicht. Der Ford schießt über die Bohlen hinaus auf den Kai und knallt gegen eine Ufermauer. Ich steige aus. Die Stoßstange ist verbogen. Während ich sie betrachte, höre ich Mrs. Durham neben mir lachen.
»Das haben Sie fein gemacht!«
»Verzeihen Sie.«
»Ach was!«
Ein Mann in weißem Hemd und weißen Hosen kommt heran. Er begrüßt Mrs. Durham mit Handkuß. Während er meinen Koffer aus dem Wagen holt und ihn auf das Katzenkopfpflaster des Kais stellt, lacht die alte Dame unentwegt weiter. Der Verwalter mustert mich feindselig. Mrs. Durham steigt in den Wagen, der Verwalter setzt sich hinter das Steuer. Mrs. Durham kurbelt mühsam ihr Fenster herab.
»Virginia ...« Sie kann jetzt kaum noch sprechen. »Meine ... meine Tochter ... wissen Sie, Mister Mansfeld, meine Virginia ... sie ist ... also wirklich ... ich glaube, ich habe ihr Unrecht ...«
Der Verwalter fährt los. Ich sehe, wie Mrs. Durham in ihre Lehne zurückfällt. Aus dem Schiffsleib rollen immer neue Autos. Ich setze mich auf meinen Koffer vor die Kaimauer.
»Mein Herz!«
Verena!
Sie trägt enge gelbe Hosen, Sandalen an den nackten Füßen und ein bunt bemaltes Hemd.
Sie küßt mich.
»Liebling«, sage ich. »Liebling, Liebling.«
»Du bist betrunken.«
»Ja, Liebling.«
»Laß uns fahren. Nach Hause.«
»Wieso ... wieso nach Hause?«
»Mein Mann ist in Rom. Drei Tage.«
»Aber die Angestellten ...«
»Ich habe sie alle fortgeschickt. Wir sind allein.«
»Und Evelyn?«
»Ist auf Korsika. Mit dem Kindermädchen. Sie kommen erst übermorgen abend wieder.«
»Wir ... sind allein bis ... bis übermorgen abend?«

»Ja, Oliver! Komm! Der Wagen steht da drüben.«
»Verena! Ich muß dir noch etwas sagen.«
»Ich weiß.«
»Was weißt du?«
»Was du mir noch sagen mußt.«
»Was?«
»Daß du mich liebst.«
»Ja. Aber woher weißt du das?«
»Instinkt. Was hast du getrunken?«
»Whisky.«
»Ich liebe dich auch, mein Herz. Wir fahren nach Hause. Ich habe für dich gekocht. Wir können noch im Meer baden. Es ist ganz warm. Und dann ...«
»Hoffentlich werde ich wieder nüchtern.«
»Hoffentlich nicht zu sehr. Du bist so süß, wenn du etwas getrunken hast... Komm. Komm schnell. Komm ganz schnell weg von hier.«

ACHTES KAPITEL

1

Nackt, vollkommen nackt kommt sie über den weißen Sandstrand auf mich zugelaufen: Die Arme ausgebreitet, lachend. Ihre Brüste heben und senken sich, das Haar glitzert im Schein des südlichen Mondes. Und da ist die Bucht, da sind die Pinien und Olivenbäume, die verlassenen Strohhütten, da ist das Meer. Da ist der Himmel mit seinen Sternen, da ist der Mistral, warm und sanft, da ist die Brandung, leise und zärtlich.
Da ist das alles, was ich einmal sah vor langer Zeit, in meinen Gedanken, vor meinem inneren Auge genauso sah. Da ist es wieder, dieses Ich-habe-es-schon-einmal-erlebt-Gefühl.
Auch ich bin nackt. Der Sand ist naß, aber warm. Wir begegnen einander. Wir umarmen einander. Und da ist niemand, kein einziger Mensch, der uns sieht, wir sind vollkommen allein in der Bucht von La Biodola.
Ich küsse Verenas Gesicht, den Hals, die Brüste. Ihre Haut schmeckt salzig. Wir kommen beide aus dem Wasser. Es ist neun Uhr vorbei. Eine Welle unterspült unsere Füße. Wir fallen ins Meer. Aber wir fallen sanft und langsam, wie in Zeitlupe, auf warmen, nassen

Sand. Ich liege über Verena. Wir halten einander noch immer umklammert. Die rücklaufende Welle überspült uns. Dann kommt die nächste. Die dritte. Wir lassen das Meerwasser über unsere Körper und unsere Gesichter strömen und fühlen, wie mit einem ganz feinen Prickeln der Sandboden unter uns nachgibt, wie das Wasser ihn fortwäscht, wie wir tiefer sinken, tiefer.
Wir versinken ineinander, während immer neue Wellen über uns ausrollen. Wir tun es schweigend und ohne daß unsere Lippen einander ein einziges Mal verlassen. Nur der Mond, die Sterne und die schwarzen Bäume auf den Berghängen rings um die Bucht sind Zeugen.
Ich bin noch immer nicht nüchtern. Verena hat in der Zwischenzeit etwas getrunken, um auch solcherart eins mit mir zu werden, und nun sind und bleiben wir eins bis zuletzt, indessen, in gleichmäßigem, zärtlichem Rhythmus, unermüdlich und unerschöpflich, Woge auf Woge über uns fließt. Der Wind, das Meer, der Sand und die Sterne.
All das habe ich schon einmal gesehen, schon einmal geträumt.

2

Die Bucht ist groß, der Strand ist lang. An allen Seiten steigen steile Berghänge empor. Die Straße nach La Biodola ist gut. Dort, wo sie zur Bucht abfällt, hat sie unzählige Haarnadelkurven. Ich war sehr froh, daß Verena am Steuer saß. Ich hätte uns bestimmt in einen Abgrund gefahren.
Knapp bevor sie die See erreicht, hört die Straße auf, und ein zweispuriger Pfad aus Steinen, über welche Autoräder rollen können, führt zur Garage von Herrn Manfred Lords Haus. Man fährt über den Strand, vorbei an Schilf, Dornkraut und bizarren Ästen, die das Meer angespült hat. Die Garage liegt nur einen Meter über dem Wasser, unter dem Haus aus Glas, das auf dem Felsen steht, der kühn ins Meer hinausragt. Die Garage ist in diesen Felsen gehauen. Um den Eingang des Hauses zu erreichen, muß man siebundsiebzig Stufen emporsteigen. Die Treppe ist unten mit einem richtigen Gitter verschlossen, das sich elektrisch öffnen und schließen läßt. Praktisch kann kein Mensch in dieses Haus einbrechen, der Fels ist an allen Seiten glatt, die Wände fallen senkrecht zum Wasser ab, und von der Inselseite trennt das Plateau eine tiefe Schlucht.
Hinter dem Gitter liegt Assad, als wir ankommen. Er bellt nicht ein einziges Mal, er springt immer wieder an mir hoch, wirft mich

fast um und beleckt meine Hände und mein Gesicht. Wir fahren den Wagen in die Garage, und bei dieser Gelegenheit sehe ich Verenas Motorboot, das dort, vertäut, im sanften Wellengang schaukelt. Es ist ein braunes, kleines Boot.

Wir steigen die siebenundsiebzig Stufen empor und betreten das Haus, das über dem Wasser hängt. Es ist ein geräumiges Haus, viel größer, als man von außen vermuten würde. Während Verena das Essen bereitet, wasche ich mich und sehe mich um, immer von Assad begleitet. Badezimmer. Zwei Schlafzimmer. Arbeitszimmer mit Fernschreiber und drei Telefonen. Kinderzimmer. Gästezimmer. Zimmer für das Kindermädchen. Der große Wohnraum. Alles supermodern: Formen, Farben, Möbel, Bilder. Und ein Kamin. Er steht vor der großen Fensterwand, und durch seine Rückseite aus Marienglas kann man das Meer sehen, das nun schwarz ist, und Sterne und Schiffe mit roten und grünen Positionslichtern.

Warum empfinde ich ihn eigentlich als geschmacklos, diesen Marienglas-Kamin? Es ist doch so romantisch, durch Feuer Wasser zu sehen. Ich weiß, warum er mir nicht gefällt: Weil er Herrn Lord gehört, gehört wie alles hier, weil ich ihn nicht besitze, weil er nicht mit meinem Geld gebaut wurde. Weil ich kein Geld habe, und Herr Lord so viel.

Vor dem Kamin liegt ein dicker weißer Schafwollteppich. Assad setzt sich auf ihn und sieht auch in die Flammen. Das Feuer hat etwas Hypnotisierendes. Wieder zieht draußen, weit, weit draußen ein Schiff vorbei, leise, lautlos, langsam.

Das ist ein unheimliches Haus, ein unwirkliches, eines, das wohl schon in das 21. Jahrhundert gehört! Alle Vorhänge sind geöffnet. Durch die Seitenwände aus Glas sieht man entweder ins Nachtschwarze, oder man erblickt Lichter, verloren, einsam, klein und weit, weit weg. Das Essen ist fertig.

Verena serviert es in einer großen Nische, die noch zur Küche gehört, aber von ihr durch eine Bambuswand abgetrennt ist, an der sich blühende Pflanzen emporranken. Die Küche ist so modern wie die ganze Wohnung. Elektrischer Herd. Eisschrank. Elektrische Spülmaschine. Müllschlucker. Eine Tür.

»Dahinter ist ein Aufzug«, sagt Verena. »Mit ihm kann man in den Keller hinunterfahren, zu den Weinen und Schnäpsen. Der Keller liegt noch unter der Garage, unter dem Meeresspiegel! Es hat sehr viel Geld gekostet, ihn so anzulegen.« Sie sieht mich an. »Armer Liebling, ich weiß, woran du denkst.«

»Woran?«

»Wie viel Geld er hat – und wie wenig du.«

»Ja.«
»Aber dich liebe ich. Und ihn liebe ich nicht.«
»So seien ihm das Haus und der Aufzug und die Millionen gegönnt!«
»Hast du unter dem Bademantel etwas an?«
»Nein.«
»Ich habe unter dem Pullover auch nichts an.«
Unter dem Pullover! Erst jetzt bemerke ich, daß sie sich umgezogen hat. Sie trägt ganz kleine, durchsichtige Höschen, sie geht barfuß, sie trägt einen roten Pullover.
»Ist das noch ...«
»Nein. Den alten hast du ruiniert. Dieser ist neu. Ich habe zur Sicherheit zwei weitere gekauft. Unsere Liebe hat doch gerade angefangen, nicht?« Ich umarme sie, aber sie macht sich frei. »Erst essen«, sagt sie. »Und ich muß auch ein paar Whisky trinken, damit ich auf die gleiche Höhe mit dir komme.«
»Verena ... kann uns hier wirklich niemand sehen?«
»Niemand.« Sie führt mich zu dem Tisch in der Nische, und ich sehe, daß vor meinem Platz eine Vase mit roten Rosen steht.
»Du bist verrückt!«
»Ich liebe dich doch auch. Setz dich und iß!«
»Ich habe dir keine Blumen mitgebracht ...«
»Du hast mir genug Blumen geschenkt. Jetzt bin ich an der Reihe. Mach den Bademantel auf. Mach ihn schnell wieder zu! Schnell! Sonst habe ich mein ganzes schönes Essen umsonst gekocht! Jetzt wirst du sehen, was ich alles kann. Du willst doch eine Frau haben, die gut kocht, nicht wahr?«
»Ich will nur dich. Ob du kochen kannst oder nicht, ist mir egal.«
»Sag das nicht! Eine Frau muß kochen können, damit ihr der Mann nicht davonläuft.«
»Ich laufe dir nie davon!«
»Trotzdem. Besser, ich koche gut.«
»Verena?«
»Ja?«
Sie steht am Herd.
»Zieh den Pullover aus und das Höschen.«
»Nur, wenn du deinen Bademantel ausziehst.«
»Okay.«
Dann sitzen wir da, und Verena serviert »Riso Fegatini e Piselli in Brodo«. Es schmeckt wunderbar.
»Hast du das schon einmal mit einem anderen Mann gemacht?«
»Was?«

»Für ihn gekocht und dann mit ihm ganz nackt gegessen?«
»Nein. Alle Dinge, die ich mit dir tue, habe ich noch nie mit einem Mann getan.«
»Ich auch noch nie mit einer Frau. Mach doch die Vorhänge zu.«
»Warum? Hier kann uns niemand sehen! Die Küchenfenster gehen zur Schlucht.«
»Wollen wir ... wollen wir nicht später essen?«
»Nein, das andere werden wir später tun! Du mußt nüchterner werden, und ich betrunkener.«
»Ich liebe dich.«
»Du mußt viel essen, damit du nüchtern wirst und ich etwas von dir habe. Warum hast du nur so viel getrunken?«
»Aus Aufregung. Weil ich wußte, ich komme zu dir.«
»Dann verzeihe ich dir.« Sie trinkt wieder. Sie wirft das Essen auf den Boden, und Assad leckt es auf. Nackt sitzen wir uns gegenüber. Wir essen, aber wir sehen uns dauernd dabei an, und beiden fällt immer wieder etwas von der Gabel.
»Verena ...«
»Ja, ich weiß.«
»Was weißt du?«
»Was du sagen willst. Sag es nicht. Ich auch, mein Herz, ich auch. Aber später. Später. Ich werde immer so hungrig dabei.« Sie geht nackt zum Herd, um den nächsten Gang zu holen. Ich folge ihr und streichle sie.
»Gefalle ich dir?«
»Du bist die schönste Frau der Welt.«
»Und in zehn Jahren?«
»Du wirst immer die schönste Frau der Welt sein! Für mich.«
»Jetzt kommen die ›Pagari del Golfo‹. Rühr mich nicht an. Ich lasse sonst alles fallen.«
»Du hast wieder Diorissimo genommen.«
»Laß mich los. Du sollst mich loslassen! Oliver! Da! Jetzt haben wir die Bescherung! Alles auf der Erde!«
»Ich esse auch von der Erde. Ich liebe dich. Ich liebe dich.«

3

Dann sperren wir Assad ein. Verena trinkt noch etwas. Dann ziehen wir die Vorhänge zu. Verena hat jetzt auch einen Schwips. Sie dreht das Radio an. Sentimentale Musik, traurige Musik. Radio Roma. Wir legen uns vor den Kamin, auf den weißen Schaf-

wollteppich. Wir tun einander wohl. Whisky, Soda und Eiskübel stehen auf der Erde neben uns. Wir trinken. Die Flammen in dem durchsichtigen Kamin züngeln und lodern.
Radio Roma spielt anscheinend nur für Verliebte. Geigen. Sentimentale Stimmen.
Sull'eco del concerto...
Ovunque sei, se ascolterai...
accanto a te mi troverai...
Dieses Konzert...
wenn du es hörst...
dann bist du bei mir...
»Wir wollen uns nie verlieren, Oliver.«
»Nein.«
»Wir wollen uns immer lieben.«
»Ja.«
Dann weint sie ein bißchen, und meine Brust wird naß von ihren Tränen.
»Was ist?«
»Ach nichts...«
»Nein, sag es!«
»Das ist ein neues Lied. *Il nostro concerto.*«
»Unser Konzert.«
»Ja. Und sie spielen es heute. Sie spielen es jetzt...«
»Du hast die Schallplatte zerbrochen. *Love is just a word.* Jetzt haben wir wieder ein Lied.«
»Ja, unser Lied. Unser Konzert.«
»Weinst du deshalb?«
»Nein, nicht deshalb. Küß mich. Aber frag nicht...«
Die Flammen im Kamin züngeln hoch. Fern tutet ein Dampfer. Der Strand liegt verlassen im grünen Mondlicht.
»Ich frage trotzdem. Warum weinst du? Sag nicht, vor Glück!«
»Aus Angst vor dem Glück... Ich hatte einen Traum... letzte Nacht... Es war schrecklich... Ich liebte dich in meinem Traum... Wir saßen hier, vor diesem Kamin, wir waren allein, wir... Alles war so wie jetzt... Auch dieses Lied hörte ich! Sie spielen es doch so oft! Ich hörte es in meinem Traum!« Sie klammert sich an mich, ihre Nägel bohren sich in meinen Rücken.
»Verena!«
»Dann... dann war das Lied aus, und der Ansager meldete sich... aber es war nicht der Ansager... Es war... es war... der liebe Gott...«
»Was hat Er gesagt?«

»... dove sarai mi troverai vicino a te...«

Geigen. Viele Geigen.

»Er hat gesagt: ›Hier ist Radio Roma. Signora Lord... Signora Lord... der Mann, neben dem Sie jetzt liegen, der Mann, mit dem Sie jetzt glücklich sind...‹ Nein. Ich kann nicht.«

»Sag es!«

»›Sie sind verflucht‹, hat Gott gesagt. ›Sie sind verflucht. Sie haben ein verfluchtes Leben geführt. Sie wollen den Reichtum. Sie haben einen ungeliebten Mann geheiratet. Sie haben ihn von Anbeginn betrogen‹.«

Geigen. Nur Geigen. Das Lied geht zu Ende.

»›Sie werden nicht glücklich werden. Eine Weile, ja. Aber dann wird es vorbei sein. Sie laden eine große Schuld auf sich, Verena Lord. Sie wollen zweierlei. Sie spielen eines gegen das andere aus. Sie zerstören einen jungen Menschen. Sie sind schlecht...‹«

»Hör auf!«

»›... Eines Tages werden Sie vor Mir stehen, und Ich werde richten über Sie...‹«

Aus die Musik.

Eine Männerstimme »Qui Radio Roma...«

Verena schreit auf. Sie preßt die Hände an die Schläfen und starrt den weißen Apparat an.

»Verena!«

»Das war sie! Genauso klang die Stimme Gottes!«

»... abbiamo trasmesso ›Il nostro concerto‹ con Enzo Ceragidi e la sua orchestra e il vocal Comet...«

»Es wird nicht gut gehen! Es kann nicht gut gehen!«

Neue Musik setzt ein. Eine Frau singt.

»Verena, bitte... bitte, hör auf... Wir sind doch so glücklich!«

»Gerade weil wir so glücklich sind... Das hat die Stimme auch gesagt... Man kann nicht zweimal leben... Man kann seine Vergangenheit nicht abstreifen wie ein Kleid... und meine Vergangenheit war schmutzig... zu schmutzig...«

»Das ist nicht wahr!«

»Es ist wahr! Und auch meine Gegenwart ist schmutzig! Wenn man mich eines Tages auf die Probe stellen würde, sagte die Stimme...«

Das Telefon läutet.

Verena bricht ab. Wir starren beide den Apparat an, der auf einem niederen Tisch steht.

Das Telefon läutet.

»Du mußt abheben!«

»Wer kann das sein?«

Zum drittenmal läutet es. Ich stehe auf und drehe das Radio leise.

»Los! Heb ab!«

Sie geht unsicher ein paar Schritte, nimmt den weißen Hörer ans Ohr und läßt sich dabei wieder auf den weißen Teppich fallen.

Ihre Stimme klingt bebend, heiser: »Pronto ...« Pause. »Si signorina, si ...«

Sie hält das Mikrophon zu und flüstert: »Mein Mann ...«

»Was?«

»Aus Rom ...«

Ich gehe über den Teppich zu ihr und setze mich dicht neben sie.

»Du mußt dich zusammennehmen, hörst du?«

»Si, signorina ... grazie ... hallo! Hallo, Manfred?«

Jetzt ist sie ruhig, unheimlich ruhig. Vor allem so unheimlich ruhig, weil sie eben noch so unheimlich hysterisch war. Ich küsse ihren Hals und bin so nah bei ihr, daß auch ich Manfred Lords Stimme hören kann, die souveräne Stimme dieses souveränen Herrn.

»Liebling, habe ich dich aufgeweckt?«

»Nein, wieso?«

Ich küsse Verenas Schultern.

»Was machst du?«

»Ich ... ich lese ...«

»Ich komme gerade in mein Hotel. Ich hatte den ganzen Abend solche Sehnsucht nach dir! Du auch?«

»Bitte?«

»Die Verbindung ist nicht gut, wie?«

»Nein. Was hast du gesagt?«

Ich küsse Verenas Brust.

»Ich hatte den ganzen Abend solche Sehnsucht nach dir! Da dachte ich, sobald ich ins Hotel komme, rufe ich an. Die Konferenz dauerte so lang.«

Ich küsse Verenas Arme.

»War es ... war es sehr anstrengend, Manfred?«

»Spielt da ein Radio bei dir? Ich kann es hören. Hier in meinem Zimmer spielt auch eines. Ich habe gerade ›Il nostro concerto‹ gehört. Du auch?«

»Ja ...«

Ich küsse Verenas Hände, jeden Finger, jede Fingerspitze. Sie streichelt mich.

»Ein schönes Lied, nicht wahr?«

»Ja, Manfred.«

»Wie geht es Evelyn?«

»Sie wollte unbedingt nach Korsika. Da habe ich sie mit dem Mädchen hingeschickt.«
»Warum bist du nicht mitgefahren?«
»Ach, ich hatte keine Lust, weißt du ...«
Ich küsse Verenas Leib.
»... ich will mich lieber ausruhen. Ich bin so müde. Den ganzen Tag liege ich am Strand. Wann kommst du zurück?«
»Leider erst in sechs Tagen, Liebling.«
»Erst in sechs Tagen?« Jetzt küßt Verena meine Hand, meine Finger.
»Es tut mir so leid. Aber die Verhandlungen ziehen sich hin. Ich komme, so schnell ich kann. Morgen um diese Zeit rufe ich wieder an. Ist es dir recht?«
Ich küsse ihre Schenkel.
»Ich ... ich freue mich darauf.«
»Schlaf schön. Leb wohl.«
»Du auch. Leb wohl. Leb wohl.«
Sie legt den Hörer nieder und sieht mich mit ihren riesigen dunklen Augen an. Keiner spricht. Das Feuer im Kamin prasselt. Verena springt plötzlich auf und läuft aus dem Zimmer. Ich bleibe sitzen und trinke den Whisky. Verena kommt nicht zurück. Radio Roma spielt zärtliche Musik. Ich setze mich mit dem Glas vor den Kamin, zünde eine Zigarette an und starre in die Flammen. Dann ist mein Glas leer. Diesmal mache ich zwei Drinks. Jetzt spielen sie: »Arrivederci, Roma ...«
Arme schlingen sich von hinten um mich. Verena ist zurückgekommen. Sie hat sich gewaschen, sie hat wieder Diorissimo genommen. Ich rieche den Maiglöckchenduft. Ihre Brüste pressen sich an meinen Rücken. Sie küßt meinen Nacken.
»Vergiß, was ich vorhin sagte.«
»Ich habe es schon vergessen.«
»Es war alles Unsinn... jeder hat einmal solche Träume... wir lieben uns doch...«
»Ja.«
»Alles wird gut werden, nicht wahr?«
»Alles wird gut werden.«
»Tu das noch einmal. Bitte, tu das noch einmal. Weiter oben. Ja, da. Zart, ganz zart.«
»Ich tue, was du willst... solange du willst...«
»Du bist süß... ich liebe dich... ich liebe dich wirklich... glaubst du es mir?«
»Ja.«

»Der Whisky! Du hast mir einen Whisky gemacht!«
»Wirf ihn nicht um.«
»Nein. Mach so weiter... mach so weiter...«
Der Kamin. Die Flammen. Das Wasser dahinter. Jetzt gleitet wieder ein Licht vorbei, das Licht eines Schiffes in der Nacht, in der Ferne, weit, weit draußen auf dem glitzernden Meer.

4

Als ich erwache, ist das Feuer niedergebrannt. Meine Armbanduhr zeigt zehn Minuten nach vier. Verena hält mich im Schlaf umarmt. Bevor wir einschliefen, haben wir die Lichter gelöscht, die Vorhänge geöffnet und auch ein Fenster. Im Osten wird der Himmel schon hell. Ich sehe, wie er von Minute zu Minute die Farbe wechselt. Ich sehe das Meer, das zunächst noch schwarz ist, dann grau, dann grün.
Dann geht die Sonne auf. Das Meer blendet mit einemmal. Verena atmet gleichmäßig und ruhig. Höher steigt die Sonne, immer höher, die Berghänge ringsum fangen ihr Licht auf, viele rote Blüten öffnen sich in den Büschen am Rand der Wälder, über den ockerfarbenen, braunen und gelben Hängen, die ausgeglüht sind und tot. Ich liege neben Verena und denke daran, wie es sein wird, wenn wir für immer zusammenleben. Vielleicht haben wir auch einmal ein Haus. Vielleicht verdiene ich einmal viel Geld.
Um sieben Uhr löse ich mich langsam und vorsichtig aus Verenas Umarmung und gehe in die Küche. Es dauert eine Weile, bis ich mich zurechtgefunden habe. Dann bereite ich das Frühstück. Als das Kaffeewasser kocht, höre ich ein Geräusch, es klingt wie ein Schluchzen.
Ich drehe mich um.
Verena steht in der Tür. Die Augen sind noch gerötet vom Schlaf. Sie ist nackt, hält sich an dem Türpfosten und stammelt: »Oliver...«
»Liebling, was ist?«
»Du warst nicht da, als ich aufwachte... Ich... ich bin so furchtbar erschrocken... ich glaubte, du wärest fortgegangen...«
»Das hast du geglaubt?«
»Ja... umarme mich... halte mich fest... bleib bei mir...«
»Ich bin doch bei dir! Ich lasse dich nie allein!«
»Nie?«
»Niemals!«

»Komm in mein Schlafzimmer.«
Das Kaffeewasser ist verkocht, der Kessel gesprungen. Wir haben es gehört, aber wir haben uns nicht darum gekümmert. Wir haben erst um neun Uhr gefrühstückt. Wir waren sehr hungrig.

5

Man kann wirklich Korsika erkennen: Einen schwarzen Landstrich am Horizont. Verenas Motorboot ist sehr bequem. Wir sind weit draußen auf dem Meer, so weit, daß wir unsere Bucht nicht mehr sehen. Wir haben Wein und kaltes Huhn und Brote mitgenommen. Alle Weinflaschen hängen im Wasser. Die Sonne brennt, aber es weht ein ständiger, stetiger Wind. Das Wasser ist ganz klar, man kann in die Tiefe sehen, und dort gibt es viele Fische und große Quallen, die in den wunderbarsten Farben leuchten: Golden, rot, grün, blau, gelb und silbern.
Wir sind so weit von allen Menschen entfernt, daß wir unsere Badeanzüge ausziehen und nackt ins Meer springen. Wir schwimmen um das Boot herum, umarmen uns, und dabei gehen wir unter. Verena schluckt eine Menge Wasser, ich auch. Wir klettern wieder ins Boot und umklammern uns. Versinken ineinander. Das Boot wiegt sich leise.
Wir ziehen eine Flasche aus dem Wasser. Wir sitzen nackt in dem kleinen Boot und essen das Huhn mit den Händen und trinken den Wein aus den Flaschen. Und niemand kann uns sehen.
Das Boot treibt dahin. Wir liegen nebeneinander auf einer Luftmatratze. Wir rauchen zusammen eine Zigarette.
»Glaubst du, daß du mich immer lieben wirst?«
»Immer Verena.«
»Ich habe ein Zimmer in Casaccia für dich gemietet, Liebling. Ein winziges Nest, ein kleines Stück südlich von Portoferraio. Du mußt direkt am Wasser wohnen, damit ich dich immer mit dem Boot holen kann. Das Zimmer ist ganz billig. Ich... ich dachte, ich könnte dir hier unten mehr Geld geben, aber mein Mann ist so komisch in letzter Zeit. Ich muß sogar für den Haushalt Abrechnungen vorlegen. Ich habe ein bißchen Geld – aber nicht viel.«
»Ich habe selber genug.«
»Ich glaube, Casaccia wird dir gefallen. Und dort ist es sicherer als in Portoferraio. Dort könnte er dich sehen. Er ist öfter in der Stadt. Es wäre zu gefährlich.«
»Ja, Verena. Du hast recht. Und wenn du einmal nicht kommen

kannst, dann schreibe ich unsere Geschichte weiter. Ich habe viel Papier mitgebracht und zwei Schachteln Bleistifte.«
Sie küßt mich.
»Mach noch eine Flasche auf, Oliver.«
»Aber dann sind wir beschwipst.«
»Na und? Der ganze Tag gehört uns. Bis zum Abend bleiben wir auf dem Boot.«
»Herrlich!«
»Also mach die Flasche auf.«
Wir trinken, und ich fühle, wie ich wieder betrunken werde. Ich muß betrunken sein, sonst würde ich nicht sagen: »Wenn du mich je verläßt, werde ich sterben.«
»Unsinn.«
»Nein, es ist wahr.«
»Gib mir die Flasche. Danke. Und sag so etwas nicht.«
»Wirst du mich einmal verlassen?«
»Nie.«
»Doch!«
»Oliver!«
»Ich meine es nicht böse. Ich habe nur solche Angst davor.«
»Können die Wurzeln den Baum verlassen?«
Leise wiegt das Boot, ganz leise. Die Erzdampfer in der Ferne. Kondensstreifen von Flugzeugen am Himmel. Der Wein. Die Sonne.

6

Wir sind die Nordküste entlang gefahren, durch die Bucht von Procchio, an Bagno vorüber, wo Mrs. Durham wohnt. Wir haben uns angezogen, als wir uns der Küste näherten. Wir haben dunkelgrüne Wälder gesehen und supermoderne weiße Villen in blühenden Gärten, auf steilen Abhängen. Nun sitzen wir auf einer Terrasse, die zu einer kleinen Bar gehört. Die Bar liegt in Marciana Marina, an der einzigen Straße, die es hier zu geben scheint.
Wir trinken Chianti und sehen den Fischern zu, die ihre Boote bereit zur nächtlichen Ausfahrt machen. Sie reinigen die Laternen, sie legen die Netze zurecht, sie lachen und albern miteinander. Sie sind so arm und so fröhlich. In Deutschland sind viele Menschen so reich. Aber wann lachen sie und sind sie fröhlich?
Die Sonne sinkt.
Auf dem Trottoir vor der Bar steht eine riesige amerikanische

Musikbox. Und vor der Musikbox lungern fünf Mädchen und ein Junge herum. Sie sind alle sehr klein und blaß und starren die Musikbox an. Ein Mädchen kann schon lesen, aber sie haben alle kein Geld. Soviel verstehe ich, daß jene, die lesen kann, den anderen alle Titel vorliest, die auf der Schlagerliste stehen und die man spielen könnte, wenn man Geld hätte.
So arm bin ich auch noch nicht!
Mit Hilfe des Wirtes und vielem Gestammle in lateinischen, französischen und englischen und deutschen Brocken bringe ich heraus, daß man ein Hundert-Lire-Stück in den Automaten werfen muß, damit man drei Lieder hören kann. Ich gebe dem Mädchen, das schon lesen kann, hundert Lire. Die Reaktion kommt unerwartet, aber vollkommen logisch. Ein ungeheurer Streit bricht los! Welche drei Lieder sollen gespielt werden? Gewaltiges Geschrei... Aber da kommt Verena über die Straße. Großes Palaver in Italienisch. Verena gibt den Kindern noch einmal hundert Lire. Jetzt kann jeder einmal sein Lieblingslied hören.
Wir gehen mit unseren Gläsern zurück zu dem kleinen Tisch auf der Terrasse am Wasser. In dem Augenblick, in dem wir uns setzen, ertönt das erste Lied, so laut, daß es der ganze Ort hören muß, irrsinnig laut: »Sull'eco del concerto...«
»Unser Konzert«, sagt Verena.
Keiner spricht. Wir sehen uns an, so lange, bis das Lied zu Ende ist. Die Fischerboote stoßen ab. Sie haben die Segel hochgezogen, und die Segel leuchten blutrot im Licht der untergehenden, blutroten Sonne. Ich habe noch nie so einen Tag erlebt.
»Ich habe noch nie so einen Tag erlebt«, sagt Verena in diesem Moment.
Schweigen. Verenas Augen sind in die Ferne gerichtet.
»Woran denkst du?« frage ich.
»Ich habe gedacht, wenn ich jetzt sterben müßte, in diesem Moment, in dieser Sekunde, ich wäre so glücklich gestorben wie noch keine Frau vor mir.«
Und blutrot sind die Segel der Boote, die auf das Meer hinausgleiten, lautlos.

7

Es kann natürlich auch das reine schlechte Gewissen sein, das ich habe, aber seit meiner Ankunft auf Elba bedrückt mich das Gefühl, daß Verena und mich jemand beobachtet, beschattet, verfolgt auf Schritt und Tritt. Niemals kann ich sagen: Der da ist es! Sie, was wollen Sie von uns? Hauen Sie ab, oder Sie bekommen ein paar in die Zähne! Nein, nein, so ist es nicht.

Hunderte von Menschen begegnen mir jeden Tag. Er ist darunter. Wo? Wer? Wie sieht er aus? Ich glaube, daß es ein Mann ist. Aber vielleicht ist es auch eine Frau? Oder ein Mann *und* eine Frau? Wie gesagt, es kann alles Einbildung sein. Schlechtes Gewissen. Darum sage ich Verena nichts davon. Aber ich habe das Gefühl, das Gefühl...

Casaccia ist ein winziges Nest.

Die Familie Mortula nimmt mich wie ein Mitglied der Sippe auf. Ich esse mit ihr, ich trinke mit ihr, Großvater Remo, eine prächtige Type, an die achtzig Jahre alt, erzählt Geschichten; er hat lange in Deutschland gearbeitet. Er hat eine ständige Redensart: »Dio ci aiuterà – Gott wird helfen.« Die Familie Mortula ist geradezu riesig. Es gibt Kusinen und Onkels und Tanten und Vettern und Vettern von Vettern. Sie wohnen alle in einem weißgekalkten, zweistöckigen Haus – aber in den Nebenräumen, im Keller, in der Küche, zusammengedrängt. Drei, vier Personen in einem kleinen Zimmer. Denn die schönen, die großen, die geschmacklos eingerichteten Zimmer sollen doch für die Fremden reserviert bleiben!

Antonio heißt der Hausherr. Er hat eine kleine Tankstelle. Aber mit der Benzinpumpe neben dem Eingang des Hauses kann er so viele Menschen nicht ernähren. Ich habe Antonio gefragt. Die Saison ist schlecht. Er verkauft nicht nur wenig Benzin, nein, auch die Zimmer, die er so schön für die Fremden eingerichtet hat, bleiben meist leer. Manchmal verlieren sich Touristen hierher. Aber es ist ihnen nicht komfortabel genug. Nach ein paar Tagen ziehen sie wieder aus. Trotz der Neonschrift, die über dem Hauseingang flammt: HOTEL MORTULA. Antonio schimpft. Großvater Remo sagt: »Dio ci aiuterà.«

Ich lerne schnell Italienisch. Das heißt, mein Italienisch ist sicherlich grauenhaft, aber ich kann schon vieles verstehen. Und ich schreibe an meinem Manuskript, an meinem Buch. Der Tisch, an dem ich dabei sitze, steht am Fenster. Ich sehe das Meer, die Schiffe, die kommen und ziehen, und ich weiß: In ein paar Stunden gehe ich an den Strand, und da wird Verenas Boot sein, da wird Verena sein. Und wir werden aufs Meer hinausfahren und einander lieben, unter dem blauen Himmel, weit, weit fort von allen Menschen.

Verena hat nun nur noch Stunden, nicht mehr den ganzen Tag für mich, weil ihr Mann wieder da ist. Sie muß sich auch um Evelyn kümmern. Aber es vergeht kein Tag, an dem ich sie nicht sehe, an dem wir uns nicht lieben. An Schnüren hängen immer Weinflaschen vom Boot ins Wasser. Wir trinken. Ich habe nie viel getrunken. Jetzt tue ich es. Ich glaube, das ist kein gutes Zeichen, auch wenn wir später, draußen auf dem Meer, sehr, sehr glücklich sind, und Verena sagt: »Man müßte immer betrunken sein.« Ich weiß nicht...

Gott sei Dank hat Evelyn Angst vor dem Motorboot und will nie mit. Gott sei Dank hat Herr Manfred Lord entweder zuviel zu tun, wenn er auf Elba ist, oder er schläft, völlig erschöpft von seinen vielen Geschäften, den ganzen Tag in dem Pinienhain hinter dem Haus aus Glas. Gott sei Dank hat Verena ihr Motorboot seit Jahren, und jeder auf der Insel weiß, daß sie ganz verrückt damit ist. Es fällt keinem auf, wenn sie durch die See saust. Dort, wo die Villen von Bekannten stehen, muß ich mich auf den Boden des Bootes legen, aber meistens fahren wir so weit hinaus in das Meer, daß uns keiner erkennt. Dann trinken wir Wein, springen ins Wasser und tun es nachher, und ich lese Verena vor, was ich geschrieben habe. Sie sagt, es sei gut.

Ist es gut? Ich weiß nicht...

Wenn Verena am Nachmittag Zeit hat, fahren wir nach Marciana Marina und gehen in die Bar, und die Musikbox spielt »Il nostro concerto«, sooft wir wollen. Es ist ein kitschiges Lied. Die Melodie ist kitschig. Der Sänger singt kitschig. Alles ist kitschig. Aber es ist *unser* Lied. Wir halten uns an der Hand, Verena und ich, und sehen zu, wie die Fischerboote ausfahren, im blutroten Licht der blutroten, untergehenden Sonne.

8

In der Kühle eines Nachmittags sind wir von Porto Azzurro aus landein gegangen. Wir kommen in einen Olivenhain, und da bleiben wir, weil Verena sagt, daß sie keinen Schritt weitergehen könne, ohne mich zu vergewaltigen. So tun wir es unter einem alten Olivenbaum. Dann trinken wir Chianti. (Gute Vorsätze!) Eine Olive fällt auf meinen Rücken. Ich stecke sie ein.

»Milton«, sagt Verena.

»Wieso Milton?«

»Der hat so etwas doch auch getan.«

»Woher weißt du das?«

»Ich bin nicht ganz so ungebildet, wie du denkst.«

»Ich meine doch nicht...«
»Doch, du meinst. Alle meine Männer haben das gemeint. Aber die Geschichte mit Milton und der Olive kenne ich eben.«
»Ich bin nur noch nicht siebzig und blind und impotent!«
»Nein, Liebster. Da hast du recht! Du bist ein großartiger Liebhaber. So, nun hast du es gehört. Werde überheblich! Betrüge mich! Verlasse mich!«
»Ich werde nie überheblich werden. Ich werde dich nie betrügen. Du bist meine große Liebe... die größte... die einzige... Nach dir kommt nichts mehr.«
»Sag das noch einmal.«
»Du bist meine einzige Liebe. Meine größte. Nach dir kommt nichts mehr.«

9

Wenn ein Tag kommt, an dem Verena keine Zeit hat und ich keine Lust habe zu schreiben, gehe ich nach Portoferraio. In die kleinen Gassen hinter die Piazza della Repubblica. Ich lungere herum. Ich sitze auf der Straße vor einer »Bar« und trinke Espresso. Ich sehe alten Männern zu, die diskutieren, als wollten sie sich gleich erschlagen. Ich sehe die kleinen Läden an, die Schiffe, die von Piombino herüberkommen, die Jachten der reichen Leute im Hafen, auch die Jacht des Herrn Lord. Sie ist sehr prächtig.
Nun muß ich die Sache mit dem Armband erzählen.
Auf der Piazza Cavour gibt es zwei Juweliere. Der eine betrügt, hat mir Großvater Remo erzählt. Aber er besitzt die viel schöneren Ringe, Ketten, Steine und Armbänder. Die Radio- und Fernsehfabriken meines Alten sind auch viel größer als die der meisten anderen. Der, der betrügt, hat immer die feineren Sachen. Dagegen kann man nichts tun.
Eines Vormittags lehne ich vor dem Laden und sehe ein goldenes Armband. Es besteht aus lauter schmalen Streifen, die nebeneinander liegen und durch Ösen verbunden sind. Es ist ja blödsinnig, so etwas aufzuschreiben, aber wenn es doch wahr ist: In dieses Armband verliebe ich mich. Auf den ersten Blick! Mir fällt ein, daß ich Verena noch nie etwas Wertvolles geschenkt habe. Also gehe ich in den Laden, und da begrüßt mich ein kleiner Herr mit Brillantine im Haar und dauerndem Händereiben, und das Armband kostet zehntausend Lire, sagt er. Und auch nur deshalb, weil Gold in Italien so billig ist.

Es geht eine Riesenhandelei los, die fast eine Stunde dauert. Er wiegt das Band, hält es gegen das Licht, zwingt mich, es auf der Straße anzusehen. Nach einer halben Stunde habe ich ihn auf achttausend heruntergedrückt. Nun ist es so: Ich besitze noch achttausend, aber wenn ich die hergebe, dann sieht es schlecht aus mit dem Rest meines Urlaubs. Ich zahle also dreitausend an, damit man mir das Band zurücklegt, und sage, daß ich es in den nächsten Tagen abholen will.

Sie sehen, Sommer, Hitze, Meer, die Insel, all das hat mich meinen Verstand verlieren lassen. Denn wird Verena das Armband überhaupt tragen können? Egal! Ich will, daß Verena das Armband bekommt. Und wenn sie es in den Safe legen muß. Sie soll das Armband bekommen. Aber wo bekomme ich das Geld her, es zu kaufen?

10

Höchst seltsamerweise habe ich auch für dieses Problem eine Lösung gefunden. Hinter der Piazza Cavour liegt die Piazza della Repubblica. Ein großer Platz. Sehr viele Bäume. In der Mitte, natürlich, irgend so ein Denkmal. Viele Restaurants. Um das Denkmal rennen dauernd Kinder, schreien, spielen und lachen. An dieser Piazza befindet sich ein Fotogeschäft. Ganz modern. Einem älteren Herrn gehört es. Fellanzoni heißt er. Und eines Tages sehe ich, daß er ein kleines Plakat an die Auslagenscheibe geklebt hat. Soviel Italienisch kann ich jetzt schon: Der Herr sucht einen Gehilfen. Signor Fellanzoni hat sein Problem, und er kann es mir auch gleich deutlich machen, denn ich spreche englisch, und Signor Fellanzoni war in amerikanischer Gefangenschaft. (Ich sehe jetzt, wie völkerverbindend der Krieg sein kann. Herr Fellanzoni und ich verstehen uns vom ersten Moment an. Wir können miteinander reden! Wenn Hitler keinen Weltkrieg angefangen hätte, wäre Herr Fellanzoni nicht in ein PW-Camp geraten und könnte nicht englisch. Muß ich Hitler dankbar sein? Es sollte unblutigere Wege geben, kostenlos fremde Sprachen zu lernen.)

Herrn Fellanzonis Problem: Die Insel ist überbesetzt mit Touristen. Alle bringen Filme zum Entwickeln. Herr Fellanzoni kann es einfach nicht schaffen. Er bekommt auch keine Hilfskraft: Die Jungen sind alle mit Ausländerinnen beschäftigt, und das, was die bezahlen, könnte Herr Fellanzoni nie bezahlen, und auch die Mädchen haben ihre Saison, sie müssen für den Winter vorsorgen – ich brauche nicht weiterzusprechen.

»Ich suche jemanden für den Abend«, sagt Herr Fellanzoni in dem Englisch, das er in dem PW-Camp bei Neapel gelernt hat. (Es müssen viele Amerikaner aus Texas in diesem Lager Wache geschoben haben.) »Am Tag sitze ich in der Dunkelkammer. Abends falle ich um vor Müdigkeit. Da dachte ich mir, wenn mir dann jemand weiter die Filme entwickeln könnte... Ich würde gut bezahlen, madonna mia, wirklich gut!«
»Ich nehme die Stelle an.«
»Können Sie Filme entwickeln?«
»Nein. Aber so schwer wird das ja nicht sein.«
»Ich zeige es Ihnen. Ich mache einen perfekten Fotografen aus Ihnen. Wann können Sie anfangen?«
»Morgen abend.«
Den morgigen Tag verbringe ich nämlich mit Verena. Sie holt mich um zehn Uhr mit dem Boot ab. Ihr Mann ist nach Genua gefahren.
»Sie müssen aber damit rechnen, daß es manchmal ein, zwei, drei Uhr wird, bis Sie fertig sind.«
»Das ist mir recht, Signor Fellanzoni.«
Ich will Verena doch das Armband schenken!

11

Ich arbeite nun jeden Abend. Manchmal wird es wirklich zwei und drei Uhr. Herr Fellanzoni hat enorm viel Filme zu entwickeln. Mit dem letzten Bus fahre ich dann nach Casaccia, oder, wenn ich ihn versäume, schlafe ich im Laden. Herr Fellanzoni hat mir Schlüssel zum Geschäft und zu einem Ausgang in den Hof gegeben – je nachdem, was ich brauche. Herr Fellanzoni hat großes Vertrauen zu mir und ist mit meiner Arbeit zufrieden. Er bezahlt pro Nacht. Den Juwelier auf der Piazza Cavour habe ich inzwischen auf siebentausend Lire heruntergehandelt. Das ist – verglichen mit den Preisen in Deutschland – wirklich geschenkt.
Kommt der 14. August.
Ich erinnere mich noch genau an den Tag, es ist der Geburtstag meiner Mutter. Ich habe ihr über Fleurop Blumen ins Irrenhaus schicken lassen. Außerdem ist dieser 14. August furchtbar heiß. Herr Fellanzoni schließt seinen Laden stets erst gegen neun Uhr. Ich habe Verena heute nicht sehen können, weil sie mit ihrem Mann irgendwo eingeladen ist. Also komme ich nach dem Abendessen schon gegen acht ins Geschäft. Es ist ausnahmsweise nicht viel zu tun. Auf der Piazza della Repubblica schreien die Kinder.

Herr Fellanzoni will gerade seinen Laden schließen, da hält auf kreischenden Pneus ein Wagen vor dem Geschäft. Ein Ford. Mit englischer Nummer. Aus dem Wagen steigt eine alte Dame. Sie ist derart sonnenverbrannt, daß ihre Haut aussieht wie Leder. Sie trägt Shorts und ein Buschhemd. Sie erkennt mich sofort. Mit einem Aufschrei stürzt sie in den Laden.
»Mister Mansfeld!«
Mrs. Durham, was soll ich machen.

12

Mrs. Elizabeth Durham aus Warrington bei Liverpool. Die gute Dame, die mir einen »Lift« von Florenz bis hierher gab. Die liebe Dame, die so allein ist. Die schon wieder angetrunkene, bezaubernde Dame, die der Teufel holen soll.
»Mrs. Durham!«
Nein, diese Freude.
»Sie arbeiten doch nicht ständig hier?«
»Nur aushilfsweise. Weil ich ein bißchen Geld verdienen will.«
Mrs. Durham gibt Signor Fellanzoni drei Filme zum Entwickeln. Dann kommt, was ich befürchtet habe: »Sie haben nie bei mir angerufen, Mister Mansfeld!«
»Verzeihen Sie bitte, ich hatte so viel...«
»Sagen Sie nur zu tun!«
»Ja, wirklich.«
»Hören Sie...«
»Mrs. Durham, ich schreibe einen Roman.«
»Bla, bla bla! Jetzt reicht es mir! Ich muß zur Selbsthilfe greifen. Haben Sie heute abend auch ›viel zu tun‹?«
»Irrsinnig viel.«
»Signor Fellanzoni« (auf Italienisch), »hat er viel zu tun?«
»Nicht sehr viel, Signora.«
Dämlicher Hund!
»Könnte Signor Mansfeld mit mir kommen? Ich warte schon so lange auf seinen Besuch!«
»Aber natürlich, Signora...«
Dieser Fellanzoni muß einmal Zuhälter gewesen sein. Er gibt mir einen Blick, quasi: Los, Junge, ran an die Alte, sei nicht dämlich!
»Die Arbeit hat bis morgen Zeit. Wenn Signor Mansfeld ein alter Freund von Ihnen ist, möchte ich unter keinen Umständen verhindern, daß Sie sich endlich einmal wiedersehen!«

Die Helden in den Bilderbuchgeschichten ertragen solche Schicksalsschläge immer gelassen und mit einem feinen Lächeln um die Lippen. Ich bin kein Held, ich bin ein Feigling. Und ich weiß überhaupt noch nicht, was mir heute abend bevorsteht. Aber ich muß Instinkt besitzen ...

»Signor Fellanzoni, einige der Filme sind doch sehr dringend ...«

»Ich bitte Sie! Wenn die Signora Sie einlädt! Ich wäre doch ein Barbar, Ihnen nicht freizugeben!«

»Das ist sehr freundlich von Ihnen, aber sehen Sie doch ... ich bin in Hemd und Hose ... so kann ich unmöglich ...«

»Wir fahren bei Ihrem Hotel vorbei. Wo wohnen Sie?«

Ich sage es ihr.

»Das ist kein großes Hotel, wie?«

»Es ist überhaupt kein Hotel, nur eine kleine Pension.«

»Ich liebe Pensionen! Ich bin betrunken, Sie haben es sicher schon gemerkt. Ich bin immer betrunken auf Elba. Mein Verwalter chauffiert, Sie müssen keine Angst haben, Mister Mansfeld. Wir fahren zu Ihrer Pension, Sie ziehen sich ein bißchen anders an, und dann kommen Sie zu mir zum Abendessen. Mein Verwalter bringt Sie nach Hause. Sie können ruhig auch ein paar kleine Drinks nehmen. Ich vergewaltige Sie nicht, keine Angst! Das ist wirklich ein scheuer junger Mann, Signor Fellanzoni, nicht?«

»Ja, Signora, außerordentlich scheu.«

13

Mrs. Durham besitzt ein Riesenhaus mit Nebengebäuden, Garagen und Dienerwohnungen. Es steht auf einem kleinen Hügel über dem Wasser der Bucht. Vor zehn Jahren wurde es gebaut, sagt Mrs. Durham, während sie die ersten Drinks bereitet. Die Fußböden sind aus Stein, zum Teil tragen sie Mosaikornamente. Es gibt eine Ölheizung, jeden Komfort, aber: »Kein Radio! Kein Fernsehapparat! Ich brauche bloß Zeitungen, und auch die nur ab und zu. Ich will meinen Frieden!«

Das Abendessen serviert ein sehr braunhäutiges Mädchen aus Elba, das mich dauernd neugierig betrachtet. Ich trinke Rotwein, Mrs. Durham bleibt bei ihrem Whisky. Sie hat schon sechs große Gläser getrunken. Man merkt es. An der Wand hängt das Bild einer schönen, jungen Frau. Ich frage nicht, denn ich weiß, wer das ist: Mrs. Durhams Tochter Virginia. Wenn Mrs. Durham das Bild ansieht, habe ich stets Angst, daß sie zu weinen beginnen wird.

Sie weint nicht. Sie trinkt dann nur immer einen großen Schluck. Komisch, daß ich sogar hier das Gefühl habe, verfolgt, beobachtet, beschattet zu werden. Es kann nur mein schlechtes Gewissen sein! Nach dem Essen spielen wir Ecarté. Mrs. Durham trinkt weiter. Jetzt hat sie dem Bild ihrer Tochter den Rücken gekehrt. Ich denke, daß ich mich in einer guten halben Stunde empfehlen kann, weil Mrs. Durham dann recht betrunken und müde sein wird, aber da erscheint plötzlich der Verwalter. Jemand scheint angerufen zu haben.

Mrs. Durham steht ein bißchen schwankend auf und teilt mit, daß ihr alter Freund, der Major Ingram, von dem sie mir erzählte, am Apparat sei.

»Bin gleich wieder da ...«

Ich erhebe mich höflich. Dann sehe ich das Bild Virginias an. Ein hübsches Mädchen. Ein sehr hübsches Mädchen! Ich kann die ruhelose Herumreiserei Mrs. Durhams verstehen – und auch wieder nicht. Hoffentlich ist das nicht zu idiotisch, aber ich überlege: Die Freude am Leben liegt doch immer nur in unseren Erinnerungen. Ich meine: In unseren glücklichen Vergangenheiten. Was heute noch ein Unglück ist, das ist in unserer Erinnerung in drei, vier, fünf, sechs Jahren vielleicht eine glückliche Vergangenheit geworden. Gesunde Menschen verdrängen das Häßliche, sie erinnern sich nur an das Schöne. Warum ist Mrs. Durham noch immer so traurig, warum trinkt sie so viel? Stimmt das nicht, was ich denke? Vielleicht habe ich auch schon zu viel getrunken ...

Mrs. Durham kommt zurück, ihre Wangen sind gerötet.

»Los! Los!«

»Bitte?«

»Lassen Sie uns gehen!«

»Wohin?«

»Zu Major Ingram.«

»Aber Mrs. Durham ...«

»Nein, nein, nein! Sie wissen ja nicht, was geschehen ist in Deutschland! Wir müssen zu Major Ingram. Es sind zu Fuß fünf Minuten. Kommen Sie, kommen Sie, schnell! Der italienische Rundfunk bringt dauernd Sondermeldungen, das Fernsehen auch! Vielleicht stehen wir vor dem Ausbruch des dritten Weltkrieges.«

»Mrs. Durham, sagen Sie mir endlich, was geschehen ist!«

»Dieser Mr. Ulbricht hat gestern, am Sonntag, eine Mauer bauen lassen. Sie trennt Westberlin von Ostberlin. Kein Mensch kann mehr durch. Familien wurden auseinandergerissen, Mann und Frau, Freund und Freund. Es soll auch Tote gegeben haben. Major

Ingram sagt, in zwanzig Minuten überträgt Eurovision Bildberichte aus Berlin...«

14

Ich muß Mrs. Durham führen, denn erstens ist der Weg, den wir entlanggehen, sehr schlecht, und zweitens ist sie jetzt sehr betrunken. Das Haus ihres Freundes liegt höher. Wir gehen schnell, und ich gerate ein bißchen in Schweiß. Der Mond scheint. Riesengroße Kröten sitzen auf dem Weg, wir müssen achtgeben, daß wir sie nicht zertreten. Und in ihren Strohhütten schreien die Esel.
»Er war so aufgeregt, der gute Major, daß er kaum reden konnte«, berichtet Mrs. Durham, an meiner Seite stolpernd. »Er hat die Invasion mitgemacht, er war im Alliierten Hauptquartier, und eben sagte er zu mir, Elizabeth, sagte er, es stinkt verflucht nach Krieg.«
Weiß leuchtet das Haus des Majors, das dicht von Pinien umgeben ist. Er öffnet uns selber. Major Ingram sieht aus wie ein Zwillingsbruder von Winston Churchill. Dick. Breitgesichtig. Klug. Eine Zigarre und ein Whiskyglas in der Hand.
Mrs. Durham bekommt einen Kuß von ihm. Mir schüttelt er die Hand. »Ich wußte nicht, daß Elizabeth Besuch hatte. Aber Sie sind Deutscher, Mister Mansfeld, nicht wahr? Kommen Sie herein, in zehn Minuten beginnt die Übertragung aus Berlin. Es muß Sie doch interessieren. Ihr Land und so, meine ich, nicht wahr?«
»Gewiß, Major.«
»Hick«, macht Mrs. Durham.
»Meine Ärmste, Sie brauchen einen Scotch, und zwar sofort!«
Der Major geht voraus. Wir folgen ihm. Im Wohnzimmer läuft ein Fernsehapparat. Ein schwarzer Beau (warum erinnert er mich an Enrico Sabbadini?) singt sich auf der Mattscheibe ein Kilo Schmalz herunter.
Major Ingram macht bekannt.
Es sitzen nämlich noch ein paar Herrschaften vor dem Kamin.
Mrs. Ingram, zum Beispiel.
Verena, zum Beispiel.
Manfred Lord, zum Beispiel.

NEUNTES KAPITEL

1

In Verenas Augen sehe ich nacktes Entsetzen.
Was soll ich tun? Was kann ich tun? Ich habe nicht gewußt, daß sie und ihr Mann heute bei Major Ingram eingeladen sind. Ich habe nicht gewußt, daß Manfred Lord, wie er mir lächelnd mitteilt, und Major Ingram alte Freunde sind. Ich habe nichts von der Mauer gewußt. Hat Herr Lord etwas von ihr gewußt? In seinem Haus gibt es ein Radio, gibt es einen Fernsehapparat. Hat er Verena absichtlich verschwiegen, was in Berlin passiert ist? Hat er, mit Intelligenz und Mühe, via Mrs. Durham dieses Zusammentreffen arrangiert?
Ist alles Zufall?
Wie zufällig kann Zufall sein?
»Oliver!« mit ausgebreiteten Händen kommt mir Manfred Lord entgegen. »Nein, die Überraschung! Diese Freude! Verena, hättest du das gedacht?«
Statt Verena spricht Mrs. Ingram: »Oh, Sie kennen sich?«
»Was denn, kennen?! Wir sind gute, alte Freunde! Seit wann sind Sie auf der Insel, Oliver?«
»Ich ...«
In diesem Moment wird es – der Herr im Fernsehen singt noch immer – Mrs. Durham übel.
»Verzeihen Sie, Herr Lord ... Einen Moment ...«
Ich bringe Mrs. Durham zum Badezimmer. Als sie sich erleichtert hat, kommt sie wieder heraus.
»Die Ravioli waren zu schwer. Es hat nichts mit Whisky zu tun. Wie sehe ich aus?«
»Großartig.«
»Ich habe mich wieder geschminkt, nachdem ich ...«
»Mrs. Durham ...«
»Ja.«
»Ich habe eine Bitte.«
Wir stehen auf dem Gang vor dem Badezimmer. Jetzt singt eine Frau im Fernsehen.
»Da sola a sola ...«
»Ich weiß nicht, ob Sie mir helfen können.«
»Ich will es versuchen.«
»Diese Leute, die bei Major Ingram zu Besuch sind, das Ehepaar, kenne ich ... Würden Sie ... würden Sie für mich lügen?«
»Lügen, wieso?«

»Würden Sie sagen, daß wir einander auch schon jahrelang kennen, und daß ich erst gestern hier ankam?«
»Ich verstehe kein Wort...«
»Ich erkläre Ihnen alles später. Wollen Sie das für mich tun?« Sie sieht mich mit schwimmenden Augen an.
»Würden Sie auch etwas für mich tun?« Und als ich nicht sofort antworte: »Natürlich nicht. Das wäre auch zu viel verlangt. Ich glaube, ich verstehe, was hier los ist. Sie können sich auf mich verlassen.«
»Kann ich das wirklich?«
»Na, was denn! Wie schade, daß ich nicht Mrs. Lord bin. Aber man kann eben nicht alles haben, wie?«
Dann gehen wir in das Wohnzimmer zurück, und Mrs. Durham erzählt (eine Spur übertrieben), welch alter Freund von ihr ich sei, und wie sie mich gestern am Schiff abholte. Sie spricht nicht mehr sehr deutlich, sie hat sehr viel getrunken. Aber es funktioniert. Ja, funktioniert es?
In Verenas Augen lese ich einen Ausdruck der Verzweiflung, in den Augen von Herrn Lord einen des Triumphes. Schön, die Mauer ist ihm zugute gekommen. Aber sonst hätte uns Major Ingram auch einmal eingeladen. Ganz bestimmt.
»Wo wohnen Sie, Oliver?« fragt Herr Lord.
»In einer Pension bei Portoferraio.«
»Das kommt ja überhaupt nicht in Frage!«
»Bitte?«
»Ab morgen wohnen Sie bei uns! Keine Widerrede! Meine Frau wird sich freuen, nicht wahr, Liebling?«
Sie kann nur stumm nicken.
Der Fernsehapparat dröhnt.
»Ich muß in drei Tagen wieder nach Rom. Ich vermag nicht zu sagen, wie froh ich bin, daß Sie sich entschlossen haben, nach Elba zu kommen. So können Sie meiner Frau doch Gesellschaft leisten, nicht wahr? Und die Menschen hier unten sind nicht so niederträchtig wie in Deutschland.«
»Nein, Herr Lord. Darum dachte ich auch, ich könnte Sie hier besuchen, ohne daß wieder geredet wird.«
Darüber muß Herr Lord herzlich lachen.
»Dieses Gerede«, sagt er. »Dieses Gerede...«
Auf dem Fernsehschirm erscheint das Eurovisionszeichen. Wir hören die bekannte Melodie dazu. Dann sehen wir die Mauer, das geschlossene Brandenburger Tor, Ostzonenpanzer, Stacheldraht, alles. Ein italienischer Reporter kommentiert. Es ist wirklich

schrecklich, was da passiert ist. Das Bild flackert verregnet, die Sendung zeigt erschütternde Bilder: Deutsche, die auf Deutsche zu schießen bereit sind. Eine junge Berlinerin, die eben geheiratet hat. Nun steht sie vor ihrem Elternhaus und weint, denn die Türen zu dem Haus, in dem Vater und Mutter wohnen, sind zugemauert. Man kann auch die Eltern sehen, im dritten Stock. Die Mutter weint. In einem schwachen Versuch, sie zu trösten, legt der Vater seiner Frau, die weiße Haare hat und eine Brille trägt, einen Arm um die Schulter. Dabei muß er selber zum Taschentuch greifen. Nicht einmal ihre Geschenke dürfen sie den Kindern, die unten auf der Straße stehen, in die Hände drücken. Päckchen und Blumen werden an Bindfaden herabgelassen, denn das Haus ist doch zugemauert.
Alle sind ergriffen.
Eine große Diskussion beginnt. Mrs. Durham muß weinen wie die alte Frau in Berlin. Manfred Lord ist herzlicher und kameradschaftlicher zu mir denn je zuvor.

2

Am nächsten Tag verlasse ich die trauernde Familie Mortula und übersiedle in das Glashaus von La Biodola. Das Manuskript gebe ich dem Großvater zur Aufbewahrung. Ich sage, ich werde es mir holen, wenn ich abreise.
»Ist etwas geschehen?«
»Ja.«
»Etwas Schlimmes?«
»Ja.«
»Gott wird helfen.«
Wird er?
Tage und Nächte verbringe ich nun in Herrn Lords Haus, an seinem Strand, an seiner Seite. Muß er einmal verreisen, sorgt er dafür, daß die Dienerschaft bleibt, die Sekretärin, Evelyn, die Bonne, alle. Wenn Verena und ich einander noch lieben wollen, müssen wir in diesen Tagen weit, weit aufs Meer hinausfahren, denn Gott sei Dank fürchtet Evelyn das Boot.
Als ich der Kleinen übrigens zum erstenmal wiederbegegne und mit ihr am Strand spiele (Herr Lord diktiert oben in seinem Glashaus Briefe), da entschuldigt sie sich. So klein sie ist – sie hat etwas begriffen von dem, was vorgeht ...
»Ich ... damals in Frankfurt war ich doch so böse auf dich und habe gesagt, ich will dich nie wiedersehen. Und jetzt bist du hier-

her nach Elba gekommen. Nicht wahr, es hat mit Mami und mir zu tun?« – »Ja.«
»Du läßt uns nicht im Stich?«
»Bestimmt nicht. Nie!«
»Es ist eben nur sehr schwer, was? Glaubst du, du wirst es schaffen?« – »Hoffentlich.«
»Darf ich dir einen Versöhnungskuß geben?«
»Ich wäre sehr glücklich darüber.«
»So. Und jetzt du mir auch einen!«
Ich küsse ihre nasse Wange.
»Du mußt wirklich Geduld haben, Evelyn.«
»Habe ich. Habe ich ja. Noch sehr lange?«
»Bis Weihnachten.«

3

Das Wetter ist immer noch schön, aber es gibt auch schon Regentage und stürmische Winde, und manchmal sieht das Meer unheimlich aus. Der Herbst kommt. Bald müssen wir alle heim.
Ich habe inzwischen aufgehört, nachts bei Herrn Fellanzoni zu arbeiten, denn ich habe genug verdient, um das Armband zu kaufen. Manfred Lord hat sehr viel zu tun. Wir sollen doch Bootsfahrten machen, sagt er. Nach Marciana Marina. Nach Porto Azzurro. Er nennt alle Orte, die ich mit Verena besucht habe, und lächelt dabei mild und läßt mich nicht aus den Augen.
Also nehmen wir das Boot und fahren los. Es ist ein sehr schöner Tag, und wir sind sehr traurig. Aber wenigstens können wir miteinander reden. Ich habe lange überlegt, ob ich Verena von meinem Gefühl erzählen soll, daß uns jemand verfolgt. Ich habe es nicht getan, um sie nicht zu erschrecken. Jetzt muß ich es tun. – Sie starrt mich an.
»Jemand beobachtet uns?«
»Seit ich auf Elba lebe. Ich bin davon überzeugt. Im Auftrag deines Mannes. Ich bin davon überzeugt, daß auch nur so dieses verfluchte Zusammentreffen bei den Ingrams zustande kam. Ich bin davon überzeugt, daß dein Mann alles weiß, daß er über alles informiert ist.« Auch in einem Paradies kann man höllische Gespräche führen.
Verena ist blaß geworden. Ihr Gesicht wirkt noch schmäler, die Augen sind noch größer. »Aber ... aber wenn er alles weiß, warum sagt er dann nichts? Warum hat er dich in sein Haus geladen? Warum läßt er uns allein?«

»Ich kann es nicht beweisen ... Aber ich habe eine Theorie.«

»Nämlich?«

»Dein Mann weiß auch – wieso, kann ich nicht sagen –, daß Fotografien der durchstochenen Buchseiten in deinem Safe liegen. Er will uns in die Hand bekommen, mehr und mehr. Um eines Tages sagen zu können: Her mit den Fotografien! Er muß sich nicht scheiden lassen. Nie. Er kann mir sein Haus verbieten und dich auf eine Weltreise schicken, oder er kann eine Anzeige gegen mich wegen Ehebruchs erstatten.«

»Nein!«

»Doch. Ich habe mich erkundigt. So etwas kommt äußerst selten vor. Wenn es vorkommt, kann der Betreffende mit Gefängnis bestraft werden. Es wird uns nichts anderes übrigbleiben, als mit ihm den niedlichen Handel einzugehen: Er bekommt die Fotos, ich bekomme dich.«

»Das klingt alles zu phantastisch!«

»Ja? Klingt es zu phantastisch? Dann muß ich dir noch etwas sagen. Ich habe dir erzählt, daß mein Vater mir den Wagen genommen hat. In Wahrheit ...« Ich erzähle ihr die Wahrheit, jetzt hat das alles keinen Sinn mehr, jetzt kommen wir nur noch mit der Wahrheit weiter.

»Du ... du glaubst, daß Leo in seinem Auftrag gehandelt hat?«

»Das weiß ich nicht. Aber Leo hatte nicht nur Briefe und Tonbandaufnahmen von Gesprächen mit Enrico und anderen, er hatte auch Fotos von uns. Er fotografierte uns, wenn wir das kleine Häuschen am Brunnenpfad betraten, wenn wir es verließen. Warum soll dein Mann nicht gesagt haben, Leo, fahren Sie nach Elba und machen Sie so weiter?«

»Du glaubst im Ernst, daß er Leo beauftragt hat, uns zu erpressen?«

»Ja. Die Methoden gleichen sich so. Aber auch wenn Leo auf eigene Faust handelt und deinem Mann die Fotos zeigt – der Effekt ist der gleiche.«

»Ich fühle mich sehr elend, Oliver.«

»Ich mich auch, Verena, ich mich auch.«

4

An diesem Nachmittag sitzen wir noch einmal auf der Terrasse der kleinen Bar in Marciana Marina. Wir sehen zu, wie die Fischer ihre Boote klarmachen, und trinken Wein und halten uns an den Händen.

Es ist alles ebenso traurig wie lächerlich, denn gerade, als ich das Armband aus der Tasche nehmen und es Verena geben will, nimmt sie eine goldene Armbanduhr aus der Brusttasche ihrer Bluse und sagt: »Ich habe dir ein Geschenk gemacht!«
Die Uhr trägt auf der Innenseite die Inschrift:
IN LIEBE – VERENA
ELBA 1961
Das Armband trägt auf der Innenseite die Inschrift:
IN LIEBE – OLIVER
ELBA 1961
Daraufhin bekommt Verena einen geradezu hysterischen Lachkrampf.
»Was ist so komisch?«
Sie lacht.
»Verena, sag mir, was los ist!«
Sie hört auf zu lachen, und ich sehe, daß sie Tränen in den Augen hat.
»Mein Lieber... mein Liebster... Ich bemerkte, daß du deine Uhr nicht mehr hattest, als du ankamst. Da wollte ich dir eine neue schenken. Aber ich sagte dir doch, mein Mann achtet auf jeden Pfennig, den ich ausgebe. So habe ich dieses Armband zu einem Juwelier in Portoferraio getragen...«
»Auf der Piazza Repubblica?«
»Ja, natürlich. Er nahm es in Kommission. Die Uhr für dich habe ich anbezahlt. Der Juwelier sagte, sobald er das Band verkauft hätte, könnte er mir die Uhr geben. Jetzt hat er es verkauft!«
»An mich! Und du hast dein eigenes Band wieder!«
»Aber du eine neue Uhr. Woher hattest du das Geld, das Band zu kaufen?«
Ich sage es ihr.
»Wenn du nicht bei Signor Fellanzoni gearbeitet hättest, wärest du vielleicht nicht Mrs. Durham begegnet. Und bei den Ingrams gelandet.«
»Vielleicht nicht bei den Ingrams, aber bei deinem Mann. Ich sage dir, er hat hier seinen Spion. Er spielt Katze und Maus mit uns. Wir werden bestimmt auch jetzt beobachtet, in dieser Minute. Vielleicht gibt es schon wieder ein Foto von uns!«
»Es muß jetzt nur schnell gehen, Oliver. Lange halte ich das nicht mehr aus.«
»Drei Monate, Verena, nur noch drei Monate!«
Die Uhr und das Armband geben wir auf der Heimfahrt in Casac-

cia bei Großvater Remo ab. Ich bitte ihn, beides für mich aufzuheben.
»Gerne. Gott wird helfen«, sagt er.

5

Nun sind wir auch noch dauernd bei den Ingrams und bei Mrs. Durham eingeladen. Zum Tee. Zum Tennisspielen. Fast immer ist Manfred Lord dabei.
»Mein alter Freund Ingram! Wann werden wir uns wohl wiedersehen? Es ist jetzt alles so ungewiß. Kommt Krieg? Kommt Frieden? Laßt uns glücklich sein, Freunde!«
Glücklich ...
Ich erinnere mich an meinen letzten glücklichen Tag auf der Insel. Das war der 29. August. Ein sehr starker Nordostwind wehte, und die Wellen des flaschengrünen Meeres waren so hoch wie kleine Häuser. Verena sagte, sie wollte trotzdem schwimmen gehen. Die Brandung warf uns beide zuerst um, aber als wir ein bißchen vom Ufer fortgekommen waren, trug uns das Wasser über riesige Wellenberge und Wellentäler hinweg, hinaus, hinaus, immer weiter hinaus. Wir mußten nicht schwimmen, der Wogengang und der Salzgehalt des Meeres verhinderten, daß wir versanken. Der Himmel war schwarz, das Meer war grün.
Weit, weit zurück liegt die Küste.
Da umarmen wir uns im Auf und Nieder der Wellen. Die Körper schlingen sich umeinander, die Lippen pressen sich aufeinander, ich sehe Holz und Algen vorübertreiben und den Widerschein der jagenden Sturmwolken in Verenas Augen.
Als ich durch eine riesige Welle von ihr fortgerissen werde, erblicke ich am Strand zwei blitzende Punkte, aber ich sage nichts darüber. Es sind die Linsen eines Feldstechers, den jemand an die Augen hält, der uns beobachtet. Wer wohl?
Am 1. September verlassen wir Elba.
Das Wetter ist an diesem Tag sehr schlecht. Vielen Leuten auf dem Schiff wird es übel. Ich sitze neben Evelyn auf Deck. Manfred Lord trinkt Whisky. Verena steht am Heck und sieht auf das Meer hinaus. Ihre Haare fliegen.
Drei Monate noch. Nur noch drei Monate. Warum habe ich bloß immer wieder das Gefühl, sterben zu müssen? Ich trinke auch einen Whisky. Aber er hilft nichts. Es ist heute sehr, sehr stark, das Gefühl.
Ich bin am Ende. Manfred Lord steht an der Reeling, Glas in der

Hand, und lächelt mich an. Ich muß mich abwenden vor diesem Lächeln, ich ertrage es nicht. So schlecht sind sie schon, meine Nerven.
Es ist gewiß beschämend für den Liebhaber einer Frau, daß er sich von ihrem Mann eine Auto- und eine Schlafwagenfahrt schenken läßt. Aber ich habe kein Geld mehr. Und Mrs. Durham ist noch auf der Insel geblieben. Also fahre ich mit Verena, Evelyn, dem Boxer und Herrn Manfred Lord von Piombino bis nach Florenz in einem neuen Mercedes 300. Ich fahre die gleiche Strecke hinauf, die ich in Mrs. Durhams Ford herunterkam. Wir sprechen wenig. Es regnet. Es ist kühl.
Als wir nach Florenz kommen, haben wir noch zwei Stunden Zeit bis zur Abfahrt unseres Zuges. Herr Lord möchte, wie er sagt, in der Via Vittorio Emanuele seiner Frau ein paar Schmuckstücke kaufen. Vielleicht goldene Armbänder und Ketten, weil Gold in Italien doch so billig ist. Er sagt das ganz natürlich und ruhig, während er seinem Chauffeur, der uns bei der großen Garage am Hauptbahnhof erwartet hat, Wagenpapiere und Schlüssel gibt.
Ich solle mir doch noch ein bißchen die Stadt anschauen, meint Herr Lord, hier sind die Platzkarten für den Schlafwagen. Er hat schon auf Elba gebucht. Wir treffen uns am besten im Zug.
Also gehe ich durch das abendliche Florenz und sehe viele schöne Gebäude und Brücken und sehr, sehr viele Menschen. Ich gehe so lange spazieren, daß ich schließlich von meinem allerletzten Geld ein Taxi nehmen muß, um den Zug noch zu erreichen. Als ich in die große Bahnhofshalle komme, wird bereits mein Name ausgerufen.
Evelyn hat ein Einzelabteil, ich habe eines, Manfred Lord und seine Frau schlafen zusammen. Vor Bologna gehen wir in den Speisewagen. Dann wird Evelyn zu Bett gebracht. Wir stehen noch eine Weile auf dem Gang vor den Abteilen und sehen Lichter vorüberhuschen und trinken Chianti aus zwei Flaschen, die Manfred Lord mitnahm. Und noch ein Glas. Und noch ein Glas.
Er ist stark, der Chianti, ich muß achtgeben, daß ich nicht betrunken werde und schwätze.
Besser, ich gehe zu Bett.
»Gute Nacht, gnädige Frau. Gute Nacht, Herr Lord.«
»Schlafen Sie gut, mein Lieber. Schöne Träume!«
Er drängt Verena so vor sich her den Gang hinab, daß sie mir nicht einmal mehr einen Blick geben kann. Ich gehe in mein Abteil. Der Schaffner kommt und bittet um meinen Paß. Dabei überreicht er mir ein verschlossenes Kuvert. »Was ist das?«

»Ich weiß es nicht, mein Herr. Die Dame von Nummer 14 gab es mir für Sie.«
Als ich allein bin, reiße ich den Umschlag auf.
Eine kleine Schallplatte fällt heraus.
Ich lese, was auf dem Etikett steht:
IL NOSTRO CONCERTO

6

Die Schule hat angefangen.
Die alten Gesichter sind wieder da, die alten Freunde, die alten Feinde. Der Chef, die Lehrer, die Erzieher. Alle bis auf Herrn Herterich. Der hat im Sommer gekündigt und arbeitet jetzt als Tankwart an der Autobahn. Er soll zu Hansi gesagt haben: »Da verdiene ich mit Trinkgeldern dreihundert Mark mehr als hier und muß mich nicht mit euch Kröten zu Tode ärgern.«
Ein Standpunkt.
Von Geraldine wäre zu berichten, daß sie außerordentlich braungebrannt und gut gelaunt von den Ferien zurückgekommen ist. Sie sagt, sie hätte den ganzen Tag in Cape Canaveral in der Sonne gelegen. Zu mir ist sie freundlich, und ich glaube schon, daß sich mit der Zeit unsere Geschichte eingerenkt hat. Das glaube ich, weil ich ein Idiot, ein »gescheiter Trottel« bin, wie Noah sagt, der auch wieder da ist. Auch Chichita. Auch Wolfgang.
Ein Junge kommt nicht zurück: Thomas.
Er schreibt uns allen einen todtraurigen Brief. Sein Vater besteht darauf, daß er in Fontainebleau, dem Hauptquartier der NATO, ein Internat besucht und dort sein Abitur macht.

7

Weil Evelyn nun schon zur Schule geht, kann Verena nicht in der Villa im Taunus leben. Sie muß in Frankfurt wohnen.
Der Chef hat noch keinen Ersatz für Herrn Herterich gefunden, und da wir also im Moment keinen Erzieher haben, fällt es mir leicht, manchmal zu verschwinden. Ausreden genug kenne ich. Ich glaube nicht, daß man sie glaubt. Aber ich bin ein guter Schüler, das hilft natürlich.
Zweimal hole ich Evelyn mit Verena von der Schule ab. Sie ist die Kleinste der Kleinen und sieht sehr niedlich aus in ihren bunten Kleidern und mit der großen Schultasche. Sie freut sich, wenn wir sie abholen, wir gehen dann immer noch eine Eiswaffel für sie kaufen.

Einmal nehmen wir ein Taxi und fahren zum Sandweg, dorthin, wo wir einander einst in dem alten Café trafen. Das alte Café gibt es nicht mehr. Ein prächtiger Süßwarenladen ist an seiner Stelle entstanden, mit bildhübschen Verkäuferinnen und einem dicken Geschäftsführer.
Später, im Taxi, sagt Verena leise: »Unser Café... Unser Cognac... Unser Herr Franz...«

8

Das ist die verfluchteste Zeit meines ganzen Lebens!
Ich kann Verena nur noch umarmen, wenn ihr Mann verreist ist. Ich habe kein Geld. Ich habe keinen Wagen mehr. Tante Lizzy schreibt, daß es meiner Mutter sehr schlecht geht, so schlecht, daß sie die Anstalt wohl nie mehr verlassen wird.
Wenn Verena kann, kommt sie am Nachmittag manchmal zu mir nach Friedheim herauf. Aber es ist nicht mehr so, wie es früher war. Wir gehen vorsichtig und voll Angst durch den Wald und erzählen uns, wie schön es auf Elba war, in den grünen Wellen, in Marciana Marina, in Porto Azzurro.
Manchmal gehen wir auch zum »Engel des Herrn«. Die Blätter färben sich schon wieder golden, rot und braun und gelb, das Jahr ist so schnell vergangen wie kein anderes zuvor. Schwester Claudia freut sich, uns wiederzusehen. Wir sitzen auf der Bank ganz hinten im Park und halten einander an den Händen, und die Minuten verrinnen, wir wissen es beide, daß Verena zurück nach Frankfurt muß, und daß wir dann wieder tagelang nur miteinander telefonieren können. (Wenn wir das können.)
An einem Oktobernachmittag – er ist sonnig und mild – kommt jemand durch den Park auf uns zu. Wir denken zunächst, es sei Schwester Claudia, aber dann erkenne ich Geraldine.
Ich springe auf.
Sie ist ganz ruhig.
»Guten Tag, Oliver«, sagt sie freundlich. »Willst du mich nicht mit Frau Lord bekanntmachen?«
Das tue ich stotternd.
Geraldine setzt sich auf die Bank. Sie spricht völlig sachlich: »Sie wissen, daß ich Ihr Armband gestohlen habe, Frau Lord. Ich weiß, daß Sie die Geliebte Olivers sind. Ihretwegen hat er mich verlassen. Es ist mir wirklich peinlich, aber ich liebe ihn immer noch.«
In den Bäumen rauscht der Herbstwind, viele Blätter fallen schon zu Boden, und Verena sagt kein Wort. Ich auch nicht. Nur Geral-

dine spricht: »Ich habe lange versucht, meine Liebe zu vergessen. Ich kann es nicht. Es bleibt mir darum nur ein Mittel, das ich selbst verabscheue, weil es so gemein ist.«
»Was haben Sie vor?« fragt Verena.
»Ihr Mann ist verreist, nicht wahr?«
»Ja.«
»Darum sind Sie auch hier. Übermorgen kommt er zurück, nicht wahr?«
»Woher wissen Sie...«
»Meine Sache. Ich werde also übermorgen mit ihm sprechen.«
»Worüber?«
»Frau Lord, als die Schule wieder begann, wunderte sich Oliver darüber, daß ich so braungebrannt war. Ich erzählte ihm damals, ich hätte in Florida dauernd am Strand gelegen. Ich war überhaupt nicht in Cape Canaveral.«
»Du warst...«
»Verstehst du nicht deutsch? Mein lieber Vater schrieb mir zu Beginn der Ferien, er hätte keine Zeit für mich, ich könnte nicht zu ihm kommen. Nach Berlin konnte ich auch nicht, meine Mutter rief an und sagte, ihr zweiter Mann würde sich scheiden lassen, wenn ich käme.«
»Und?«
»Ich habe mich mit Hansi unterhalten. Hansi ist doch so klug. Er sagte mir, ich sollte mich an Herrn Leo wenden – Sie wissen doch, wer das ist, Frau Lord.«
Verena schweigt.
»Herr Leo lud mich zu einer Reise nach Elba ein.«
»Das ist nicht wahr!«
»Die reine Wahrheit. Willst du Beweise? Willst du Fotos sehen? Aus Marciana Marina? Aus Portoferraio? Wir haben Farbfotos gemacht.«
»Was heißt wir?«
»Ach so, das vergaß ich ganz zu erzählen. Herr Leo machte mich mit einem jungen Mann bekannt. Er arbeitet in der Wechselstube im Hauptbahnhof. Otto Willfried heißt er.«
»Mein... Bruder...«
»Ja, ich glaube, er sagte, er sei Ihr Bruder, Frau Lord. Ein reizender Junge. Wir hatten eine herrliche Zeit!«
»Ihr wart zu zweit auf Elba?«
»Bist du schwerhörig? Otto – entschuldigen Sie die Vertraulichkeit, Frau Lord, ich habe mich mit Ihrem Bruder recht angefreundet –, Otto hatte auch gerade Urlaub. Er kann so gut fotogra-

fieren! Ich gar nicht. Herr Leo gab uns seine teure Kamera mit.« Geraldine lacht. »Vier Augen sehen mehr als zwei, hat er gesagt. Sie sahen auch mehr. Sie sahen alles.«

»Jetzt weiß ich endlich ...«

»Mein Bruder, dieser Schuft! Für Geld tut er ...«

»Nicht doch, Frau Lord! Ich liebe Otto.«

»Du? Du liebst jeden! Du würdest auch Herrn Leo lieben, wenn der nicht so schlau gewesen wäre, die Finger von dir zu lassen. Wo sind die Fotos?«

»Ach, es sind so viele. Wir gaben sie Herrn Leo zum Entwickeln.«

»Das ist seine Masche, was?«

»Masche?«

»Fotografieren.«

»Wieso Masche? Andere Leute fotografieren auch ...«

»Hau ab!«

»Ich gehe schon, Schatz. Du wirst dich fragen, warum ich überhaupt gekommen bin, da Herr Lord ja in zwei Tagen doch alle Fotografien erhalten wird. Nun, ich wollte Sie gern einmal kennenlernen, Frau Lord – die Frau, die Oliver mir vorgezogen hat. Du hast keinen guten Geschmack, mein Lieber ...«

9

»Ich sehe eine einzige Möglichkeit«, sagt Schwester Claudia.

»Und die ist?«

»Sie wollen heiraten?«

»Ja.«

»Dann müssen Sie das Herrn Lord sagen. So schnell wie möglich. Sie müssen diesem Fräulein – wie heißt sie?«

»Geraldine.«

»Sie müssen ihr zuvorkommen. Sie müssen Herrn Lord die Wahrheit, die reine Wahrheit sagen. Nur dann sehe ich eine Chance, daß er seine Frau freigibt, daß ein Skandal vermieden wird.«

Dieses Gespräch findet in einem großen, kühlen Saal statt, in dem es viele erbauliche Sprüche an den Wänden gibt.

»Allerdings, Frau Lord, es ist Ihnen doch klar, daß Sie bei einer Scheidung als der schuldige Teil nicht einen Pfennig von ihm zu erwarten haben?«

»Das ist mir klar.«

»Dann sagen Sie ihm die Wahrheit. So schnell wie möglich. Sie müssen sich zuvor nur über eines klar sein.«

»Worüber?«

»Ob Sie einander genügend lieben«, sagt Schwester Claudia, der in einem Gestapo-Verhör zwei Finger abgehackt wurden. »Das ist die Voraussetzung. Wenn Sie beide nämlich nicht ganz sicher sind, dann wird die Sache ein böses Ende nehmen.«
»Wir sind ganz sicher«, sagt Verena.
»Wir sind ganz sicher«, sage ich.
»Dan sprechen Sie mit Herrn Lord«, sagt Schwester Claudia.

10

»Herr Lord...«
»Manfred...«
Der große Bankier macht nur eine zarte Handbewegung.
»Aber, aber, meine lieben Kinder«, sagt er.
Er ist vor zwei Stunden zurückgekehrt, wir haben in seiner Frankfurter Villa auf ihn gewartet, Verena und ich. Nun sitzen wir wieder einmal vor dem Kamin, in dem schon (heuer wird es früh kalt) ein Feuer brennt. Herr Lord lächelt, während er sich selber einen steifen Drink macht, nachdem wir abgelehnt haben, zu trinken.
»Wir sind nicht Ihre lieben Kinder«, sage ich. »Ich bin hierher gekommen, weil wir Ihnen etwas mitzuteilen haben. Und weil wir es Ihnen mitteilen wollen, bevor Sie es von den anderen erfahren.«
Herr Lord trinkt einen Schluck und äußert gelassen: »Aber ich weiß es doch schon.«
»Was weißt du?«
»Alles, was es zu wissen gibt, liebes Kind.« – »Seit wann?«
Manfred Lord überlegt ironisch, während er sich durch das weiße Haar streicht. »Beinahe von Anfang an«, erwidert er freundlich, dann trinkt er.
»Wollen Sie wirklich keinen Whisky, Oliver?«
»Nein. Sie bluffen!«
»Bluffe ich?« Manfred Lords Lächeln wird noch milder. Er geht zu einem Fenster. »Würden Sie einmal herkommen, Oliver, und sich etwas ansehen?«
Ich gehe zu ihm und sehe in den herbstlichen Park des Hauses hinaus. Vor dem Kiesweg der Auffahrt, auf dem schon viele Blätter liegen, steht mein weißer Jaguar.
»Was heißt das?«
»Das heißt, daß Sie endlich wieder Ihren Wagen haben. Hier sind übrigens die Schlüssel und die Papiere.« Er hält sie mir hin, und ich nehme sie mechanisch. Lord marschiert im Zimmer auf und ab.

»Sehen Sie, Oliver...«
»Herr Lord...«
»Jetzt rede *ich*, ja? Sie sind in *meinem* Haus. Wir kommen nicht weiter, wenn einer den anderen unterbricht. Ein Mann wie ich muß vorsichtig sein, verstehen Sie? Er kann nicht vorsichtig genug sein.«
»Das glaube ich!«
»Was Sie glauben, ist mir egal. Vor allem ist es falsch. Sie glauben ja zum Beispiel auch, was Ihre Freundin Geraldine sagte, nämlich, daß Leo mir die Fotografien aus Elba erst heute geben würde. Er gab sie mir natürlich sofort, nachdem er sie entwickelt hatte. Warum so lange warten? Wirklich, sehr intelligent scheinen Sie nicht zu sein! Ich habe übrigens auch keinen besseren Eindruck von Geraldine. Sie glaubt, ich hätte die Bilder tatsächlich noch nicht gesehen. Es dauerte ihr zu lange. Sie wollte die Sache beschleunigen, das erklärte sie jedenfalls Leo, als sie ihn anrief.«
»Anrief? Wann?«
»Vorgestern. Wirklich, Oliver, so naiv können Sie doch nicht sein!«
Verena steht auf und will aus dem Zimmer gehen. Ihr Mann stößt sie zurück, und sie fällt in einen Sessel.
»Du bleibst hier. Du hörst dir alles an. Ich habe lange genug geschwiegen.« Das alles sagt er aber nicht ingrimmig und bebend, sondern ruhig, ganz ruhig. Und bevor er weiterspricht, macht er doch noch zwei Drinks. »Vielleicht werdet ihr sie nötig haben«, meint er. »Nun, also. Es ist keine schöne Geschichte, die ich zu erzählen habe. Aber welche wahre Geschichte ist schön? Ich kenne alle Liebhaber meiner Frau – Liebling, du sollst sitzen bleiben, hast du nicht verstanden? –, ich kenne alle Briefe, die sie bekam und zu vernichten vergaß, ich kenne alle Telefongespräche.«
»Leo, dieser Hund...«
»Sagen Sie nicht Hund, lieber Oliver. Leo ist ein ergebener Diener seines Herrn. Er hat mir die Briefe *vor* Ihnen gezeigt. Er hat mich die Bänder *vor* Ihnen hören lassen. Er hat Sie in meinem Auftrag erpreßt. Ungern. Höchst ungern. Er besitzt ein weiches Herz. Aber ich mußte Gewißheit haben. Wie immer. Er hat Sie gezwungen, Ihren Wagen zu beleihen und ihm das Geld zu geben, das er gewissenhaft an mich ablieferte. Dann konnten Sie die Wechselraten nicht mehr bezahlen, und der Wagen wurde Ihnen weggenommen. Ist es nicht so, mein Kleiner?«
Ich schweige.
»Und nun, da ich genug weiß, habe ich den Wagen bei Kopper & Co. wieder ausgelöst. Ich konnte doch nicht Ihr Geld behalten.«

Verena nimmt plötzlich ihr Glas und trinkt es halb leer.
»Siehst du, daß du einen Drink brauchst, Liebste«, sagt Manfred Lord.
Ich trinke auch. Meine Hand zittert dabei so, daß ich etwas Whisky verschütte.
»Ich habe Leo beauftragt, Sie zu erpressen, weil ich weiß, wie sehr junge Leute an ihren Autos hängen. Am Grad Ihrer Bereitwilligkeit, sich erpressen zu lassen und den Wagen aufzugeben, konnte ich, wie auf einem Thermometer, den Grad Ihrer Zuneigung zu Verena ablesen.« Er verneigt sich. »Sie müssen sie sehr lieben.«
»Ich liebe sie sehr!«
»Das kann ich gut verstehen. Sie ist ein sehr liebenswerter Mensch.«
»Herr Lord, es tut mir leid, daß ich Sie hintergangen und Ihre Gastfreundschaft mißbraucht habe. Aber da wir nun schon einmal bei der Wahrheit sind, muß ich Ihnen auch sagen, daß Verena entschlossen ist, von Ihnen fortzugehen und mich zu heiraten.«
»Aber warum schreien Sie denn so, liebster Oliver? Das weiß ich doch alles schon längst.«

11

»Das ... das weißt du?«
»Mein armes Herz, habe ich dich erschreckt? Das wollte ich nicht! Du mußt jetzt Fassung bewahren. Sieh mich an. Ich bewahre sie auch. Und es ist für mich wahrscheinlich schwerer als für dich, weil ...«
»Woher wissen Sie es?« frage ich.
»Junger Freund, der Sie offenbar doch keine Manieren haben, denn sonst würden Sie mich nicht ständig unterbrechen ... Aber gewiß haben Sie andere Qualitäten ... Wo war ich, ach ja ... junger Freund, Leo hat Sie in meinem Auftrag nun beinahe ein ganzes Jahr verfolgt. Ich weiß von Ihren Treffen in dem kleinen Gartenhaus, ich kenne das Café, und ich weiß, daß Sie nicht ein paar Tage, sondern ein paar Wochen auf Elba waren. Ich weiß, daß Sie in meinem Haus schliefen, als Sie eintrafen, daß Sie ganze Tage mit Verena auf dem Meer, in Marciana Marina und in Porto Azzurro waren. Ich weiß, was auf dem Boot geschah, was auf dem Boot gesprochen wurde. Soll ich Ihnen eines der Tonbänder vorspielen?«
»Tonbänder?«
»Es gibt jetzt ganz kleine, hochwertige Magnetofone. Dein freundlicher Bruder, Verena, machte mich auf sie aufmerksam. Er ist ein großer Bastler. Diese Miniaturapparate schalten sich automatisch ein und aus. Ein solches Wunderwerk der Technik hat Otto in das

Motorboot eingebaut, Liebste. Auch die Aufnahmen, die er machte, sind exzellent.«
»Dieses Schwein! Dieses Schwein! Dieses Schwein!«
»Aber was für ein intelligentes Schwein! Im Gegensatz zu, entschuldigen Sie, beispielsweise Ihnen, Oliver. Darum ließ ich Geraldine auch nicht allein nach Elba reisen. Sie machte mir gleichfalls einen zu beschränkten Eindruck. Doch unter Ottos Anleitung, wenn sie nur seine Befehle auszuführen hatte... nein, nein, ich bin auch mit ihr sehr zufrieden. Sehr.«
Draußen beginnt es leise zu regnen. Die Tropfen fallen auf die herbstlichen Bäume, die gelben Wiesen, den Kiesweg, meinen weißen Wagen. Manfred Lord geht immer noch in der Bibliothek auf und ab.
»Ein Mann, der sich mit Geschäften meiner Art abgibt, kann nicht vorsichtig genug sein, ich sagte es schon. Jeder deiner Liebhaber war mein potentieller Berufsfeind und konnte mir gefährlich werden. Über jeden habe ich darum ein Dossier angelegt. Nicht etwa, um ihn als Ehebrecher zu brandmarken, ich meine, nicht in erster Linie, obwohl das natürlich meine ständige Drohung gewesen wäre, sondern um ihn geschäftlich in Schach zu halten.« Lord lacht. »Herr Sabbadini war die einzige Ausnahme! Mein Freund! Mein guter Partner! Und ausgerechnet den wirfst du hinaus! Du hast mir damals ein paar große Abschlüsse zerstört, weißt du das, Süße? Aber ich bin dir nicht böse.«
»Weiter«, sage ich. »Reden Sie weiter.«
»Jetzt sind Sie endlich neugierig geworden, ja? Sehen Sie, ich gab Ihnen ein paarmal alte Bücher mit, als Sie zu Ihrem Vater flogen. Und Ihr Vater gab Ihnen alte Bücher für mich mit. Sie haben eine große Anzahl dieser Bücherblätter fotografiert.«
»Woher wissen Sie das?«
»Von Geraldine.«
»Die kann es nicht wissen!«
»Kennen Sie einen kleinen verkrüppelten Jungen, Hansi heißt er, glaube ich? Nun, der hat Sie beobachtet, als Sie die Blätter fotografierten, und alles Geraldine erzählt. Und Geraldine in ihrer großen Liebe zu Ihnen, Sie Treuloser, erzählte es mir.«
»Na und?«
»Sagen Sie nicht ›na und‹, junger Freund. Ein Mann, der einmal wegen Ehebruchs vor Gericht stand, kann die Frau, mit der er den Ehemann betrog, nie mehr heiraten, auch nach ihrer Scheidung nicht. Das haben Sie nicht gewußt, wie? Ich sehe, Sie müssen noch etwas trinken...«

Danach ist es so still in der Bibliothek, daß man draußen die Tropfen fallen hört. Ich mache mir selber einen Drink. Herr Lord lächelt. Er lehnt an einem Gobelin. Verena starrt uns beide an. Ich muß jetzt etwas tun, das weiß ich, ich muß jetzt etwas sagen. Jetzt bin ich an der Reihe. – Ich frage: »Und was soll das Ganze?«

»Das Ganze soll meinen Ruf bewahren und euch zu eurem Glück verhelfen.«

»Zu unserem Glück!« Verena lacht bitter.

»Lach nicht so, Herz. Du ahnst nicht, wie sehr ich dich liebe. Du hast es nie geahnt. Du wirst es nie ahnen. Du hast mich nie geliebt, das weiß ich.«

»Manfred ...«

»Ich war der Regenschirm für dich, die letzte Rettung, Schutz und Heim, nie ein Geliebter. Sonst hättest du mich nicht von Anfang an betrogen. Gut, Liebe kann man nicht erzwingen. Ich habe Pech gehabt ...«

Entweder ist er ein großartiger Schauspieler, oder er leidet jetzt wirklich.

»Ich liebte dich mehr als irgendeine Frau, die ich jemals traf. Ich gab dir alles, was ich dir nur geben konnte ...«

»Du kannst alles zurückhaben!«

»Ich will es nicht. Du sollst alles behalten. Ich willige in eine Scheidung ein. Kann Oliver dich ernähren?«

»Von Weihnachten an kann ich es«, sage ich und denke: Ich lüge. Aber ich werde die Konkurrenz meines Vaters dazu bringen, mir einen Vorschuß zu geben!

»Ihr müßt mir glauben, daß ich euch nicht wirklich böse bin. Gegen die Liebe ist eben kein Kraut gewachsen. Aber ihr müßt auch verstehen, daß ich mich schützen wollte. Denn, Oliver, Hand aufs Herz – Sie würden die Fotografien doch benützen, um mich zu erpressen, wenn ich in eine Scheidung nicht sofort einwilligte, wie?«

»Natürlich.«

»Sehen Sie. Und darum verlange ich die Fotos. Alle siebenundachtzig.«

»Woher wissen Sie, daß es siebenundachtzig sind?«

»Sie waren so unvorsichtig, die Filme bei einem Herrn Eder in Friedheim entwickeln zu lassen. Herrn Eders Geschäft geht nicht gut. Ich habe ihm einen kleinen Kredit eingeräumt, und da – muß ich weitersprechen?«

»Nein.«
»Also: Die Abzüge und die Filme. Sie sehen, wir haben mit den gleichen Methoden gearbeitet. Es gibt nur einen Unterschied: Sie geben mir jetzt Ihre Filme und Bilder zurück, ich behalte alle, die Otto und Leo gemacht haben. Und wenn ich eines Tages – ich glaube es zwar nicht, Sie sind ein honoriger Mensch, Sie nehmen mir nur meine Frau weg –, wenn ich eines Tages doch darauf kommen sollte, daß Sie Fotokopien besitzen, dann werde ich einen Anwalt finden, der euch beiden und eurer Ehe mit all den Filmen und Bändern, die ich besitze, den Garaus macht. Du kennst mich, Verena. Spreche ich im Ernst? Werde ich es tun?« – Verena nickt.
»Sehen Sie, Oliver. Eine kluge Frau. Wo sind die Filme übrigens?«
»In einem guten Versteck.«
»Ich habe nicht angenommen, daß sie in einem schlechten Versteck sind. Wann bekomme ich sie?«
»Die eine Hälfte, wenn Sie die Scheidung eingereicht haben, die andere Hälfte, wenn die Scheidung ausgesprochen ist.«
»Damit bin ich einverstanden. Wann soll die Trennung stattfinden? Jetzt haben wir schon Ende Oktober.«
»Reichen Sie die Scheidung sofort ein. Dann wird sie wohl im Januar ausgesprochen werden.«
»Ausgezeichnet, Oliver, ausgezeichnet. Da können wir ja noch vielleicht zu dritt Silvester feiern? Nein, nein, ich sehe schon, ihr wollt lieber allein sein.«
Er blickt aus dem Fenster. »Gerade jetzt, wo Sie wieder einen Wagen haben. So ein Wagen ist großartig in der kalten Jahreszeit, nicht wahr? Die Krähen schrein und ziehen schwirren Flugs zur Stadt: Bald wird es schnein, wohl dem, der jetzt noch …«
»Woher wissen Sie …?«
»Otto. Er nahm sich die Freiheit, ein paar Ihrer Rendezvous in dem abgebrannten Gartenhaus aufzunehmen. Er mußte nur das kleine Magnetophon an die Außenwand der Hütte kleben. Es ist wirklich ein außerordentlich empfindliches Gerät, lieber Oliver …«

13

Vielleicht verfügen Sie über einen edleren Charakter als ich und hätten den Jaguar nicht zurückgenommen. Ich nahm ihn. So, wie die Dinge liegen, wäre ich mir wie ein Idiot vorgekommen, ihn zurückzuweisen. Schließlich hat man mich erpreßt.
So, wie die Dinge liegen, schreibe ich.
Die Dinge, die sich vor den Weihnachtsferien noch ereignen, liegen

weder gut noch schlecht. Das Wetter ist scheußlich. Zwei Tage nachdem ich die Aussprache mit Herrn Lord hatte, verläßt Geraldine plötzlich das Internat, um ein neues zu besuchen. Zum Abschied schenkt sie mir die lange grüne Glasperlenkette und sagt mit einem Lächeln, das ich nie vergessen werde: »Damit du ein Andenken an mich hast. Heb es auf. Ich sage nicht, es soll dir Glück bringen. Glück hast du genug. Ich habe mit unfairen Mitteln um deine Liebe gekämpft. Darum habe ich wohl verloren.«
»Geraldine, sieh mal ...«
Aber sie winkt ab: »Für mich ist das jetzt alles wirklich passé! Herr Lord und du, ihr habt euch geeinigt, wie ich höre.«
»Höre von wem?«
»Von meinem neuen Süßen.«
»Wer ist das?«
»Otto natürlich.«
»Woher weiß der das?«
Von Herrn Leo. Herr Lord wird sich scheiden lassen. Ich hatte keine Ahnung, daß du auch Fotos besitzt, die ihn belasten.«
»Du lügst! Hansi hat es dir erzählt.«
»Also gut, ich lüge. Warum soll ich nicht lügen? Ich habe es doch immer getan. Du wirst Herrn Leo die Fotos geben und Verena heiraten. Werdet glücklich. Hoffentlich bringt euch der Klapperstorch viele süße kleine Kinderlein.« Wir unterhalten uns im Schulgebäude. Draußen hupt ein Auto. »Ich muß gehen. Viel Spaß, mein Lieber. Und verzeih mir, wenn du kannst. Immerhin habe ich ja, ohne es zu wollen, zu deiner Seligkeit beigetragen, nicht?«
Sie nickt mir zu – wieder die alte »Luxusnutte« mit riesenhoch toupiertem Haar, geklunkerten Wimpern und schrecklich übermaltem Mund. Sie wackelt mit den Hüften, als sie, auf überhohen Stöckeln, die Schule verläßt.
Verzeih du mir, wenn du kannst, Geraldine!
Du wirst es nie können, ich weiß ...

14

Meiner Mutter geht es immer schlechter.
Diese Nachricht erhalte ich vom Leiter des Irrenhauses, in dem sie liegt. Sie sei völlig apathisch und unansprechbar, schreibt er, und sie nenne nur noch meinen Namen. Ich solle doch unbedingt zu Weihnachten kommen. Das werde ich auch tun. Nach dem Brief des Arztes zu schließen, sind es wohl die letzten Weihnachten, die meine Mutter erleben wird.

Raschid hat den Wunsch geäußert, in meinem Zimmer bleiben zu dürfen. Der Chef gestattet es. Hansi spricht nicht mehr mit mir.
Wenn ich einen Raum betrete, in dem er sich aufhält, verläßt er ihn sofort.
Mit meinem Wagen kann ich nun wieder mehr unternehmen, und aus einer Lüge, die ich Verena vor einiger Zeit erzählte, ist Wahrheit geworden. Ich war bei den Konkurrenzwerken meines Vaters. (Den Namen möchte ich aus begreiflichen Gründen nicht nennen.) Die Herren *haben* mir einen sehr großen Vorschuß bewilligt. Zu Neujahr *kann* ich über ihn verfügen. Das bedeutet: Wohnung und Leben für Verena und Evelyn sind *gesichert*, bis ich zu arbeiten anfange.
Am 28. November geht Herr Lord mit seiner Frau zum Anwalt und reicht die Scheidung ein. Am 29. November bin ich bei Herrn Lord eingeladen. Verena hat die Hälfte der Fotokopien aus dem Safe geholt, und wir übergeben sie Herrn Lord, zusammen mit den Filmen. Er betrachtet alle genau (mit einer Lupe), dann wirft er sie in das Kaminfeuer, vor dem wir sitzen, und hebt sein Glas: »Man muß ein guter Verlierer sein können. Ich war wohl nie der richtige Mann für Verena. Ach richtig, beinahe hätte ich es vergessen! Gehen Sie zu Evelyn hinauf, Oliver, sie will Ihnen gute Nacht sagen. Langsam müssen Sie sich an gewisse Vaterpflichten gewöhnen.«
Evelyn liegt im Bett. Sie strahlt, als ich eintrete, und streckt mir die Ärmchen entgegen: »Onkel Mansfeld!«
»Gute Nacht, Kleine.«
Ganz leise: »Mami hat mir gesagt, nach Neujahr sind wir geschieden?«
Ich nicke.
»Danke, Onkel Mansfeld. Danke! Es war nicht mehr auszuhalten. Ich verspreche dir, daß ich immer gut lernen und eine gute Stieftochter sein werde.«
»Ich verspreche, daß ich auch immer gut lernen und ein guter Stiefvater sein werde.«
Darüber muß sie lachen, bis sie sich verschluckt.
»Ich habe dir wieder Marzipan mitgebracht. Nimmst du es diesmal an?«
»O ja! O ja!«
Dann bekomme ich noch einen Kuß.
Am 18. Dezember beginnen die Weihnachtsferien. Am 15. Dezember muß Manfred Lord nach Wien. Er ruft mich im Internat an: »Wir brauchen kein Theater mehr voreinander zu spielen. Ich weiß,

wie oft Sie die Nacht in meinem Haus verbrachten, wenn ich nicht da war. Sollten Sie also noch einmal mit Verena sprechen wollen, bevor Sie abfliegen – Sie sind mein Gast.«
»Herr Lord, ich...«
»Haben Sie keine Angst. Allen Angestellten habe ich Urlaub gegeben, sogar Leo. Sie wären mit Evelyn und Verena allein.«
»Ich weiß nicht...«
»Also werde ich Verena sagen, daß Sie am fünfzehnten kommen. Ich verabschiede mich schon jetzt von Ihnen, Oliver. Alles Gute für Ihre Familie und für Sie selber. Leben Sie wohl.«
Also fahre ich am Abend des 15. Dezember (es regnet, ein eisiger Wind weht) in die Miquel-Allee, und wir essen zu dritt: Evelyn, Verena und ich. Evelyn hilft ihrer Mutter beim Servieren. Sie sagt plötzlich: »Eigentlich ist Daddy doch ein feiner Kerl, nicht? Daß er uns so gehen läßt! Hätte ich nicht von ihm gedacht!«
»Mein Schatz, im nächsten Jahr sind wir drei endlich zusammen!«

15

Dann schläft Evelyn, und Verena und ich sitzen uns vor dem Kamin gegenüber. Holzscheite prasseln.
»Die Hälfte der Fotos liegt noch im Safe«, sage ich. »Und das Manuskript. Unsere Geschichte. Bitte, hole das Manuskript. Ich habe noch einen letzten Teil geschrieben, den möchte ich hinzufügen und das Buch einem Verlag einreichen. Warum zögerst du?«
»Im Grund hat Manfred sich doch wirklich anständig gegen uns benommen. Sogar Evelyn sagt es.«
»Wie man es nimmt... Unter Druck... Ja, du hast recht, es war anständig.«
»Und wenn das Buch nun einen Verleger findet, dann wird man Manfred doch vor Gericht stellen wegen seiner Schiebungen mit deinem Vater.«
»Daran dachte ich schon. Was ich geschrieben habe, ist ein Tagebuch. Nicht wahr?«
»Eben!«
»Der Lektor, der es liest, ist zum Schweigen verpflichtet – wie ein Arzt.«
»Aber wenn das Buch gedruckt wird?«
»Es würde mir nichts machen, wenn mein Vater und Tante Lizzy mit ihren richtigen Namen genannt würden, wenn die Leute erfahren würden, was für Schweine sie sind.«
»Aber dann käme doch auch Manfred...«

»Warte. Was ich geschrieben habe, ist ein unverschlüsselter Schlüsselroman. Man muß ihn so sehr verschlüsseln, daß niemand die wahren Personen erkennt. Darum darf ich dir das Buch auch nicht widmen.«
»Aber ich werde wissen, daß es für mich geschrieben wurde.«
»Nur für dich, Verena.«
»Ja.«
»Wollen wir... willst du... können wir jetzt schlafen gehen?«
»Ja, mein Herz. Ich habe große Sehnsucht nach dir.«
»Wenn wir erst verheiratet sind, trennen wir uns nie mehr, nein?«
»Nie.«
»Du begleitest mich auf allen Reisen.«
»Wir schlafen immer im selben Zimmer.«
»Wir schlafen immer im selben Bett.«
»Hättest du gedacht, daß alles noch ein gutes Ende finden würde?«
»Ich habe es gehofft. Aber ich habe gefürchtet, es nimmt ein böses.«
»Ich auch.«
»Feigling, nimm eines Feiglings Hand.«

16

Natürlich gibt es im Internat auch eine Weihnachtsfeier. Sie kennen das. Wer nach Hause darf, ist fröhlich. Wer dableiben muß, ist traurig. Nur Hansi nicht. Der strahlt, daß er seine Scheißeltern nicht sehen muß.
Giuseppe lacht und singt und tanzt, Ali hat für ihn und Giuseppes Vater Flugkarten bis Rom besorgen lassen. »Von Rom sind es mit dem ›Rapido‹ nur noch drei Stunden nach Neapel«, erzählt Giuseppe. Er wird Weihnachten mit Mamma und Pappa und allen Verwandten verbringen.
Raschid nimmt sich furchtbar zusammen.
»Wann kommst du wieder, Oliver?«
»Am 7. Januar, nachmittags.«
»Darf ich dich abholen?«
»Klar, Kleiner.«
»Ich werde auf dem Flughafen sein. Allah soll dich beschützen auf allen deinen Wegen.«
»Dich auch, Raschid. Sei nicht traurig. Vielleicht darfst auch du bald heim.«
»Glaubst du wirklich?«
»Todsicher!«
Da lächelt der kleine Prinz.

Bevor ich abreise, tippe ich noch den Rest des Manuskriptes ab und schreibe das Vorwort für den Lektor, wie ich es mit Verena besprochen habe.
Ich erfinde auch noch eine kurze Abschiedsszene.
Verena bringt mich zum Flughafen.
Hier geben wir das Manuskript im Postamt auf. Wir müssen lange warten, denn vor den Feiertagen herrscht viel Betrieb. Ich habe mir den besten Verlag ausgesucht, den es in Frankfurt gibt. Wenn er das Buch ablehnt, kann ich immer noch einen anderen suchen. Verena und ich halten einander an den Händen, als ich das Paket auf den Schalter lege.
Teddy Behnke und die »Bonanza« warten bereits draußen auf dem Feld, als ich zum Zoll komme und mich von Verena verabschieden muß.
»Grüße Evelyn. Auch deinen Mann. Und wenn du kannst, ruf mich ab und zu nachmittags im Hotel an.«
»Ja, mein Herz.«
»Warum weinst du?«
»Weil ich so glücklich bin.«
»Das ist nicht wahr.«
»Doch.«
»Nein. Aber bald wirst du es sein. Jetzt geht alles ganz schnell. Sieh mal, ich habe ein so dickes Buch geschrieben – und nur ein Kapitel fehlt noch, dann ist auch das vorbei.«
»Ja«, sagt sie, während viele eilige Menschen uns anstoßen und ununterbrochen Lautsprecherstimmen die Ankunft oder den Abflug von Maschinen verkünden, »dann ist auch das vorbei.«
»Herr Mansfeld, kommen Sie zur Paß- und Zollkontrolle! Herr Mansfeld, bitte!«
Wir küssen uns.
»Hast du Angst?« frage ich.
»Ja.«
»Wovor?«
»Herr Mansfeld... Herr Oliver Mansfeld, bitte kommen Sie umgehend zur Paß- und Zollkontrolle!«
»Wovor hast du Angst?«
»Ich bin so glücklich mit dir. Und immer, wenn man besonders glücklich ist, passiert etwas Schreckliches.«
»Unsinn! Die Scheidung ist im Januar. Dann schreibe ich ganz schnell das letzte Kapitel.«
»Das letzte Kapitel...«

EPILOG

1

Am 9. Januar 1962, gegen 14 Uhr, erblickten etwa dreihundert Kinder, die sich vor dem Schulgebäude des Internats Doktor Florian im Taunus versammelt hatten, einen schwarzen Schatten, der jäh aus dem rasenden Schneetreiben auftauchte, das seit vielen Stunden tobte. Es war ein Hubschrauber der Bundeswehr, der – die Kinder haben seinen Motor dröhnen hören – lange über dem Platz vor der Schule gekreist war, bevor der Pilot das große weiße Bettlaken mit dem aufgemalten blutroten Kreuz erkannte. Nun sank die Maschine schnell. Der Wind ihrer Flügelschraube warf den Kindern Schnee ins Gesicht. Die Maschine landete auf dem roten Kreuz. Pilot und Kopilot sprangen heraus.
Sie öffneten eine Plexiglastür und waren einem älteren Mann beim Aussteigen behilflich, der sich äußerst ungeschickt und schwerfällig benahm. Dieser Mann trug einen schweren, altmodischen Wintermantel, einen dicken Schal und einen großen Hut. Aus der Schule trat ihm Professor Florian entgegen.
»Mein Name«, sagte der altmodische Ankömmling, »ist Albert Lazarus.« Es war eine der vielen Gelegenheiten, zu denen er diesen falschen Vornamen – jenen des großen Arztes und Menschenfreundes Albert Schweitzer, den er in Haltung, Gebaren und Lebensart nachzuahmen bemüht war – mißbrauchte, denn er hieß, wie wir eingangs mitteilten, in Wahrheit *Paul* Robert Wilhelm Albert Lazarus.
»Doktor Florian. Wir haben Sie schon erwartet, Herr Lazarus.«
»Erwartet?«
»Die Kriminalbeamten hier oben benützen einen Kurzwellensender, denn alle Telefonverbindungen sind unterbrochen.«
»Ich kam erst heute morgen aus Wien zurück und meldete mich bei Kommissar Wilms im Frankfurter Morddezernat. Sehen Sie, ich bin ein alter, kranker Mann, der nicht mehr lange leben wird« – in Eile steckte Lazarus drei verschiedenfarbene Pillen in den Mund, von denen viele offenbar lose in seinen Manteltaschen ruhten –, »aber ich bin auch der Mann, der das Manuskript dieses Oliver Mansfeld gelesen hat, und ich bat Kommissar Wilms, mich trotz der damit für mich verbundenen Anstrengung und Gefahr – es war alles andere als ein angenehmer Flug – das Manuskript selbst bringen zu dürfen, um bei der Lösung des Falles, die nun gewiß nicht mehr lange auf sich warten lassen wird, anwesend zu sein.«

Einer der Piloten reichte Lazarus einen abgestoßenen, alten Koffer aus dem Helikopter.

»Ich danke Ihnen«, sagte der Lektor. Und zu Professor Florian: »Hier habe ich das Manuskript verwahrt. Ist Herr Hauptkommissar Hardenberg in der Nähe?«

»Er vernimmt unten im ›A‹ Zeugen. Entschuldigen Sie, das ›A‹ ist...«

»Ein Hotel, ich weiß. Ich glaube, ich weiß überhaupt alles, was es über das ›A‹, Ihr Institut, Sie und Ihre Kinder zu wissen gibt. Und über gewisse Erwachsene. Wie komme ich in das Hotel ›Ambassador‹?«

»Wir haben einen Schlitten für Sie bereitgestellt. Die Wege sind alle tief verschneit.«

»Gut, daß es ein so großer Schlitten ist«, sagte Lazarus. »Wir haben nämlich auch einen Zinksarg mitgebracht. Den können wir gleich mitnehmen.«

Der Pilot und der Kopilot hoben bei diesen Worten den Sarg aus der Maschine. Nun war es totenstill. Auf den matt glänzenden Sarg fielen Flocken, unzählige Flocken.

»Liegt die Leiche im ›A‹?«

»Ja. Der Polizeiarzt hat sie dort untersucht.«

»Dann können wir fahren«, sagte Lazarus.

2

Der Kriminalhauptkommissar Hardenberg saß auf dem grünen Tisch des Billardzimmers im Hotel »Ambassador« und rauchte eine kurze Stummelpfeife. Er war immer noch schlank. Die vielen Jahre, seit er sich mit der »Sache Mansfeld« zu befassen gehabt hatte, schienen spurlos an ihm vorübergegangen zu sein. Er sah aus, wie er damals ausgesehen hatte: Weißhaarig, hager, gütig. Auch sein Charakter hatte sich nicht geändert: Er liebte immer noch Kinder und war immer noch freundlich, geduldig und einfühlend, wenn er mit ihnen sprach.

»Du mußt mir glauben, daß ich deinen Oliver viel, viel länger gekannt habe als du«, sagte er zu Prinz Raschid Dschemal Ed-Din Runi Bender Schahpur Isfahani. Der kleine Prinz saß in einem Sessel des Billardzimmers, das der Kommissar sich als Arbeitsraum erbeten hatte. Es standen noch Fotoapparate und die Geräte der Männer vom Erkennungsdienst im Raum, und eine grünbeschirmte Lampe brannte über dem Billardtisch. »Ich weiß, er war dein Freund, du hast ihn lieb gehabt. Ich habe ihn auch lieb gehabt. Als ich ihm

zum erstenmal begegnete, war er nur wenig älter als du. Raschid, willst du mir helfen?«
Der Prinz nickte, und Tränen rannen über seine blassen Wangen. Er wischte sie nicht fort.
»Wer... wer hat Oliver ermordet?« fragte er schluchzend.
»Woher weißt du, daß es Mord war?«
»Es muß Mord gewesen sein, Sir. Ich habe Oliver doch am Flughafen abgeholt...«
»Sag mir noch einmal genau, wann das war.«
»Vorgestern. Sonntag. Um halb vier. Er kam mit der Maschine seines Vaters aus Luxemburg zurück. Wir hatten vor den Weihnachtsfeiertagen besprochen, daß ich ihn abholen würde... Aber das habe ich Ihnen doch schon alles erzählt!«
»Erzähle es noch einmal. Laß dir Zeit. Sei ruhig. Oliver wird nicht mehr lebendig. Aber wenn du mir hilfst, Raschid, dann werden wir gewiß den Menschen finden, der für seinen Tod verantwortlich ist.«
»Ja, Sir«, sagte der kleine Prinz. »Ich versichere Ihnen, daß ich alles tun werde, um Ihnen behilflich zu sein. Oliver war mein Bruder. Das ist so ein Spiel, das wir hier haben.«
»Ja, ich kenne es. In dem Internat, in dem ich war, spielten wir es auch«, sagte Hardenberg. Er ließ eine weiße Kugel über das grüne Tuch des Tisches rollen. Sie traf eine rote.
»Nun, da Oliver tot ist, bleibe ich ganz allein«, sagte der Prinz. »Ich bin sehr unglücklich darüber, denn ich fürchte, ich werde niemals mehr nach Hause zurückkehren können.«
»Laß den Kopf nicht hängen, Raschid. Es geschehen noch Wunder.«
»Gewiß, Sir.«
Der Kommissar ließ die zweite Kugel über das grüne Tuch rollen. Er sagte: »Die meisten Menschen sind ganz allein, Raschid. Als ich Oliver zum erstenmal sah, war er es auch.«
»Ich glaube, Sir, Kinder sind arme Hunde«, meinte der Prinz.
»Ich fürchte, das stimmt. Sag mir: Du hast ihn also am Frankfurter Flughafen erwartet.«
»Ja Sir. Er kam vom Zoll, wo sie ihn untersucht hatten, und sagte mir, wie er sich freue, daß ich ihn abholte. Das hat mich sehr glücklich gemacht.«
»Was sagte er noch?«
»Daß seine Mutter sehr krank sei. Und dann gab er mir die Marke...«
»Was für eine Marke?«
»Er hatte seinen Wagen in einer Garage des Flughafens unterge-

stellt, bevor er abflog. Und dann bat er mich zu veranlassen, daß der Wagen wieder geholt wurde.«
»Der weiße Jaguar?«
»Ja, Sir.«
»Warum holte er ihn nicht selber?«
»Er sagte, er müsse telefonieren und habe ganz wenig Zeit.«
»Machte er einen glücklichen Eindruck?«
»Ja, Sir. Obwohl seine Mutter so krank war. Ich ging in das Büro, in dem man die Wagen wiederbekommt, und er ging in die Bar, um zu telefonieren.«
»Weißt du das genau?«
»Genau.«
»Hat er gesagt, mit wem er telefonieren wollte?«
»Nein, Sir.«
Die Tür des Billardzimmers öffnete sich, Marcus, ein junger, ehrgeiziger Beamter des Erkennungsdienstes, kam herein. Er hielt drei Fotografien in der Hand, die eben entwickelt worden waren; Wasser tropfte noch von ihnen. Der Kommissar nickte Raschid zu.
»Einen Moment.«
»Gewiß, Sir«, sagte der kleine Prinz.
Marcus sprach leise mit Hardenberg: »Das hier sind Fingerabdrücke, die wir in dem blutbeschmierten Wagen des Toten gefunden haben. Sie stammen von Oliver Mansfeld. Diese Abdrücke fanden wir ebenfalls im Wagen. Es sind die von dem kleinen Ausländer da drüben. Ich habe ihm seine Fingerabdrücke abgenommen. Sie stimmen überein. Aber sie sind älter und nicht blutig.« Er hielt das dritte Foto hoch. »Und das«, sagte er, »ist eine Reihe von Fingerabdrücken, die ich nicht identifizieren kann. Ich war in Frankfurt und habe ein Funkbild nach Wiesbaden durchgegeben, zum Bundeskriminalamt. Die Fingerabdrücke sind dort nicht registriert. Sie sind noch viel älter als die des kleinen Jungen.«
»Wahrscheinlich Leute, die Oliver in seinem Wagen einmal mitnahm.«
»Wahrscheinlich.«
»Was macht Doktor Peter?«
»Er arbeitet immer noch im Keller.«
»Wie lange braucht er noch?«
»Herr Kommissar, Sie wissen, wie schwer wir es bei Erhängten haben.«
»Ja, ich weiß. Im übrigen, ist dieser Herr Lazarus schon angekommen?«
»Wer?«

»Der Herr, der das Manuskript des Toten gelesen hat.«
»Ach so, ja. Der Hubschrauber, mit dem er gekommen ist, brachte gleich auch einen Sarg mit.«
»Wo ist Herr Lazarus?«
»In der Halle. Er trinkt Fernet Branca. Er sagt, er fühle sich sehr schlecht. Er hat die Bitte, Sie bald zu sprechen, wenn das möglich ist.«
»Dann bleiben Sie eine Weile hier und unterhalten den kleinen Jungen, während ich mit Herrn Lazarus spreche.«
»Jawohl, Herr Kommissar.«
Hardenberg ging zur Tür. Im Hinausgehen strich er Raschid über das schwarze Haar. »Du mußt ein paar Minuten warten, Kleiner«, sagte er. »Ich komme wieder.«
»Gewiß, Sir.«
Hardenberg gab Marcus einen Wink. Daraufhin setzte sich dieser neben Raschid und klopfte ihm auf die Schulter.
»Kannst du Billard spielen?«
»Ja, Sir.«
»Willst du mit mir spielen?«
»Nein, Sir. Seien Sie bitte nicht böse. Ich möchte nicht spielen.«
»Warum nicht?«
»Weil sie meinen Bruder umgebracht haben«, antwortete der Prinz. »Ich bin sehr traurig. Bitte, sprechen Sie nicht mit mir. Ich muß sonst weinen, und mein Vater sagt immer, es wäre unerzogen, vor fremden Menschen zu weinen.«
Marcus starrte den kleinen Jungen an. Er gab einer Billardkugel einen kraftlosen Stoß. Dann war es still in dem großen Zimmer.
Und draußen fiel der Schnee, verlegte Straßen und Wege, ließ schwere Äste alter Bäume ächzend unter seiner Last brechen. Es war, als bestünde die Luft selber aus Schnee, als gäbe es überhaupt keine Luft mehr, sondern nur noch ein atemraubendes, alles Leben erstickendes und dabei doch nicht einmal zu greifendes, nicht einmal zu benennendes Medium, schwerelos und lastend schwer zugleich, aus der Unendlichkeit des Himmels kommend und also ohne Grenzen, ohne Ende, ein Treiben von Abermilliarden Flocken. Bald schon sollten die ältesten Leute weitum sich an einen solchen Schneefall zu ihrer Lebenszeit nicht mehr erinnern können.

3

Der Lektor Lazarus stellte sich dem Hauptkommissar Hardenberg in der luxuriösen Halle des Hotels »Ambassador« vor. Er nieste zweimal. »Vermutlich ist diese Reise mein Tod. Ich bin nämlich

schwer krank, jede Überanstrengung kann mir das Ende bescheren.«
»Warum sind Sie dann heraufgekommen?«
»Weil ich Ihnen das Manuskript bringen wollte.«
»Das hätte auch einer meiner Leute tun können.«
Lazarus, vor dem noch der Rest einer Tortenschnitte stand, wischte den Mund ab und erwiderte mit Würde: »Der Mann, der das Manuskript als erster gelesen hat, mußte es Ihnen bringen, Herr Kommissar. Nach der Lektüre sind Sie mir kein Unbekannter mehr. Und trotz meines Leidens bin ich – vielleicht verstehen Sie das – neugierig auf andere Leben. Ich nehme an, daß die Neugierde auf das Leben bei niemandem so stark ausgeprägt ist als bei jenen, die wissen, daß sie diese Welt bald verlassen müssen. Und deshalb bitte ich Sie, mich an der Untersuchung teilnehmen zu lassen.«
»Das geht nicht.«
»Doch! Ich überreiche Ihnen mit diesem Manuskript das wichtigste Beweismaterial. Kann ich da nicht ein, zwei Tage lang als Ihr Assistent fungieren?«
Hardenberg betrachtete den weichlichen, rosigen Mann, der an seinem Tortenrest löffelte. »Und warum?«
»Weil ich das letzte Kapitel kennenlernen möchte, Herr Kommissar.«
»Das letzte Kapitel?«
»Das letzte Kapitel des Manuskriptes, das ich Ihnen übergeben habe. Es fehlt nämlich, dieses letzte Kapitel. Lesen Sie das Manuskript. Es wird Sie viel weiterbringen. Und, nicht wahr, Sie werden mich von nun an als Ihren Mitarbeiter ausgeben?«
»Ja... soweit es möglich ist, gerne...«

4

Kriminalhauptkommissar Hardenberg war ins Billardzimmer zurückgekommen und hatte seinen Mitarbeiter Marcus wieder fortgeschickt.
»Nun laß uns weitersprechen, Raschid.«
Hardenberg legte das dicke Manuskript, das Lazarus ihm gegeben hatte, auf den Billardtisch und setzte sich wieder auf das grüne Tuch. »Also, du hast deinen Freund Oliver abgeholt.«
»Ja, Sir. Und er schickte mich, seinen Jaguar zu holen.«
»Als du zurückkamst, wo war er da?«
»In der Bar. Ich glaube, sie heißt ›Die blaue Bar‹.«
»Trank er?«
»Oliver hat einen Cognac getrunken und telefoniert. Er legte eben

den Hörer nieder, als ich eintrat. Das Telefon stand auf der Bartheke. Es waren ziemlich viele Menschen in der Bar.«
»Sie müssen doch – ich meine, wenigstens einige von ihnen – gehört haben, was Oliver am Telefon sagte.«
»Es müßte so sein. Aber ich kenne diese Menschen nicht.«
»In den Zeitungen suchen wir nach ihnen.«
»Ja«, sagte Raschid, »aber werden sie sich melden?«
»Warum sollten sie das nicht tun?«
»Es gibt viele Gründe, Sir, in eine Bar zu gehen und sich dann nicht zu melden, wenn gefragt wird, wer dort gewesen ist.«
»Der Mixer hat ausgesagt, daß dein Freund Oliver anscheinend mit einer Frau telefoniert hat. Kannst du dir vorstellen, mit welcher Frau?« – »Ja, Sir.«
»Mit welcher? Wie heißt sie?«
»Verzeihen Sie, aber das möchte ich nicht sagen. Oliver war mein Freund. Und diese Dame ... nein, es ist unmöglich, daß ich spreche.«
Hardenberg klopfte auf den Leitzordner, der neben ihm lag. »Er hat einen Roman geschrieben, dein Freund. Ich werde ihn heute nacht lesen. Dann werde ich wissen, wer die Dame war.«
Raschid schwieg.
»Und du sagst es mir nicht?«
»Niemals. Ich käme mir wie ein Verräter vor.«
Hardenberg sah den kleinen Jungen mit den seidigen Wimpern und den feuchten schwarzen Riesenaugen lange an und seufzte.
»Na schön. Du mußt natürlich deinen Freund beschützen.«
»Ich freue mich, Sir, daß Sie das begreifen.«
»Was geschah, nachdem du den Wagen geholt hattest?«
»Wir fuhren nach Friedheim, ins Internat.«
»Hatte Oliver es eilig?«
»Sehr. Er setzte mich vor dem ›Quellenhof‹ ab – das ist das Haus, in dem ich wohne – und sagte, er müsse noch anderswohin fahren.«
»Wohin?«
»Das sagte er nicht.«
»War er fröhlich oder traurig?«
»Sehr fröhlich und aufgeregt.«
»Du weißt, daß wir Olivers Wagen etwa zwei Kilometer vom Schulgebäude gefunden haben, halb im Schnee vergraben?«
»Ich habe davon gehört.«
Hardenberg ließ wieder eine weiße Kugel über den Tisch rollen. Raschid rollte sie zurück. Im folgenden taten sie das noch ein paarmal.
»Der Wagen war voller Blut.«

Raschid schluckte krampfhaft.
»Auch Oliver war voller Blut, nicht wahr? Jemand hat ihn furchtbar geschlagen, bevor er ihn aufhängte.«
»Du glaubst also wirklich, er wurde ermordet?«
»Das ist meine feste Überzeugung.«
»Aber Oliver hatte hier doch nur Freunde und keinen einzigen Feind!«
Raschid senkte den Kopf und schwieg.
»Nun?«
»Ich habe nichts zu sagen.«
»Wenn du glaubst, daß er ermordet wurde, glaubst du dann auch, daß alles mit dieser Frau zusammenhängt, von der du nicht reden willst?«
»Ich bitte Sie, Sir, mir keine Fragen zu stellen, die ich nicht beantworten kann.«
»Also du glaubst es.«
»Das habe ich nicht gesagt!«
»Aber gedacht!«
Der kleine Prinz blickte auf und sah den Kommissar lange stumm an. Dann nickte er.
»Und obwohl du es glaubst, willst du mir nicht sagen, wer diese Frau ist?«
»Nein.«
»Wenn ich das Manuskript gelesen habe, werde ich sie kennen.«
»Ja, Sir. Leider. Aber ich habe Oliver dann wenigstens nicht verraten.« Raschid öffnete und schloß die Hände. »Kann ich... darf man... ist es erlaubt, Oliver noch einmal zu sehen?«
»Das geht leider nicht.«
»Warum nicht?«
»Unser Polizeiarzt hat... Dein Freund... sieht nicht mehr so aus wie früher... gar nicht mehr so... Wir legen ihn gleich in den Sarg.«
»Ich verstehe.« Der kleine Prinz schwieg eine Weile. Dann sagte er: »Ich habe eine Bitte, Sir.« Raschid zog zwei Kuverts aus seiner Tasche. »In der letzten Zeit sprach Oliver manchmal davon, daß er das Gefühl hätte, bald sterben zu müssen.«
»Das hat er gesagt?«
»Ja. Er fühlte sich nicht bedroht, er war nicht krank. Er sagte nur manchmal zu mir, daß er dieses Gefühl hätte. Und wenn es Wirklichkeit würde, sagte er, dann sollte ich dafür sorgen, daß diese beiden Kuverts mit ihm begraben würden.«
»Was ist darin?«

»Ich weiß es nicht, Sir. Die Kuverts sind geschlossen. Aber ich schlafe in seinem Zimmer, und als Sie mich rufen ließen, da nahm ich die beide Umschläge mit.«
Hardenberg stand auf und drückte den kleinen Jungen an sich.
»Ich danke dir. Ich brauche dich jetzt nicht mehr. Kommst du in diesem Schneetreiben allein in deine Villa zurück, oder soll einer meiner Männer dich begleiten?«
»Ich komme allein zurück, Sir.«
»Ich danke dir für deine Aussage, Raschid.«
»Ich habe gern ausgesagt, Sir. Es ist sehr traurig, daß Oliver tot ist, nicht wahr?«
»Ja«, sagte Hardenberg, »sehr traurig.« Er sah dem kleinen Jungen nach, der würdevoll zur Tür ging, sich dort umdrehte und noch einmal verneigte und danach in Tränen ausbrach. Als er zu weinen anfing, lief er aus dem Zimmer.
Hardenberg zündete seine Pfeife wieder an. Dann öffnete er die beiden Kuverts. Aus dem einen fielen die Trümmer einer Schallplatte, aus dem anderen zog Hardenberg eine vollständige Platte. Auf der vollständigen Platte stand:
IL NOSTRO CONCERTO
UMBERTO BINDI CON ENZO CERAGLIO E LA SUA
ORCHESTRA E IL VOCAL COMET
Die Teile der anderen Platte mußte der Kommissar zuerst zusammenlegen, dann konnte er auch ihren Titel lesen. Er lautete:
LOVE IS JUST A WORD
FROM THE ORIGINAL SOUND TRACK OF
»AIMEZ-VOUS BRAHMS?«

5

Der Polizeiarzt Doktor Friedrich Peter war klein und fett. Er hatte in seinem Leben so viele Leichen untersucht, daß er nicht in der Lage gewesen wäre, die Anzahl auch nur annähernd zu nennen. Im Keller des »Ambassador« hatte man ihm für die Untersuchung des toten Oliver Mansfeld einen kleinen Raum zur Verfügung gestellt. Oliver Mansfeld lag nackt auf einem großen Tisch, der mit einem weißen Tuch bedeckt war. Hardenberg kam in den Keller.
»War es Mord?«
»Nein.«
»Was dann?«
»Selbstmord.«
»Aber die Wunden...«

»Sehen Sie, Herr Kommissar, Fälle wie diese lieben wir am wenigsten. Trotzdem sage ich Ihnen, der Junge hat Selbstmord begangen!«

»Woher wissen Sie das?«

»Es gibt dicke Lehrbücher über echten und vorgetäuschten Selbstmord. In diesem Fall hat sich derjenige, der dem Jungen die Schlagverletzungen beibrachte – ich weiß natürlich nicht, wer das war, das herauszufinden ist Ihre Aufgabe, die Verletzungen stammen alle von einem stumpfen, harten Gegenstand–, hat sich der Betreffende, sage ich, nicht einmal die Mühe gemacht, einen Selbstmord vorzutäuschen. Also passen Sie auf.« Der Doktor neigte sich über den Toten. »Sehen Sie hier am Hals die Strangulationsmerkmale?«

»Ja.«

»Und nun betrachten Sie bitte die Verletzungen. Hier. Hier. Und hier. Ich habe ein paar mikroskopische Präparate gemacht. Die Blutkörperchen der verschmierten Stellen in dem Wagen, den Sie fanden, sind mit denen des Toten identisch. Es gibt eine besondere Methode, festzustellen, wann und auf welche Weise Blut verloren wurde. Wir haben Blut im Turm, auf den Treppen des Turms und im Wagen gefunden. In dem kleinen Wagen kann der Kampf nicht stattgefunden haben.«

»Und wenn der Tote sich die Wunden selbst zugefügt hat?«

»Unmöglich. Lassen Sie mich fortfahren. Der Verstorbene ist meiner festen Überzeugung nach im Turm überfallen und verletzt worden. Er hat sich dann – ich sagte Ihnen, daß der Tod spätestens in den frühen Abendstunden des Sonntags eingetreten ist – in seinen Wagen geschleppt. Zu dieser Zeit schneite es noch nicht. Ihre Leute haben unter dem Schnee aber Blutspuren gefunden.«

»Das stimmt. Was wollte er im Wagen?«

»Keine Ahnung. Fliehen. Sich verbergen. Wer kann das sagen? Das ist nicht meine Aufgabe. Als das Schneetreiben begann, taumelte der Verwundete wieder in den Turm zurück.«

»Woraus schließen Sie das?«

»Seine Kleidung und seine Schuhe waren voll Schnee, als wir ihn fanden.«

»Es hat in die Turmstube hineingeschneit.«

»Auch seine Schuhsohlen waren voll Schnee, Herr Kommissar! Und ich habe auch an den Sohlen Blut gefunden! Das ist aber nicht der entscheidende Punkt. Sehen Sie, dieser blaue Streifen am Hals, der von dem Strick herrührt, ist ohne jeden Zweifel mindestens zwei Stunden später entstanden als die Schlagverletzungen. Und diese

Schlagverletzungen – daran gibt es keinen Zweifel – hat er erhalten, als er noch lebte. Sie waren jedoch nicht so schwer, daß er nicht noch zu seinem Wagen und wieder zurück in den Turm gehen konnte.«

»Es ist möglich, daß jemand das Blut in den Wagen geschmiert hat. Der Junge muß nicht selber in den Wagen gestiegen sein.«

»Doch. Das Blut, das wir fanden, war getropftes Blut, nicht hingeschmiertes. Weiter«, sagte Doktor Peter. »Wir unterscheiden zwischen typischen und atypischen Erhängungen. Selbstmörder erhängen sich ...«

»Typisch.«

»Gerade umgekehrt! Sie hängen sich atypisch auf!«

»Was heißt das?«

»Wenn ich Sie aufhängen würde, Herr Kommissar, dann würde der Knoten des Strickes in der Wirbelmitte sitzen, damit Sie sich auch schnell und richtig das Genick brechen. Wenn ich Sie aufhängen würde, täte ich das so, daß kein Blut am Strick bleibt – falls ich Sie vorher schlug.«

»War Blut am Strick?«

»Jawohl. Blut des Toten. Auch am Balken war Blut. Es hat, wie ich glaube, zwischen dem jungen Mann und einem anderen Menschen ein Kampf stattgefunden, bei dem der junge Mann verschiedene Verletzungen erlitt. Diese waren jedoch nicht so schwer, daß sie es ihm unmöglich gemacht hätten, sich zu erhängen. Die Untersuchung des Mageninhalts hat ergeben, daß der junge Mann nicht alkoholisiert, durch Drogen oder durch ein Schlafmittel willenlos gemacht war. Es kann sich meiner Meinung nach auch nicht um Mord handeln, der uns als Selbstmord präsentiert wird. Damit will ich sagen: Es ist ausgeschlossen, daß nach Eintritt des Todes noch Verletzungen angebracht wurden. Das ergibt die mikroskopische Untersuchung des Gewebes, wie ich schon bemerkte.«

»Er wurde also geschlagen ...«

»Aber nicht so schwer, daß er aktionsunfähig war!«

»... aber nicht so schwer, daß er aktionsunfähig war, schleppte sich zu seinem Auto, blieb eine Weile darin ...« – »Richtig.«

»... schleppte sich in den Turm zurück und erhängte sich da. Warum?«

»Das«, sagte Doktor Peter, »ist Ihr Problem, Herr Kommissar. Ich habe darum gebeten, daß Professor Mokry von der Universität Frankfurt sofort heraufgeflogen wird, um meine Ansicht zu bestätigen. Er muß jede Minute eintreffen. Es war kein Mord, glauben Sie mir. Was haben Sie da?«

»Zwei Kuverts, nichts Besonderes. Wollen Sie mir einen Gefallen tun?«

»Gern.«

»Wenn Sie sich mit Professor Mokry einig sind, gebe ich die Leiche frei. Sie legen sie in den Zinksarg. Legen Sie die beiden Kuverts dazu.«

»Wie Sie wünschen«, sagte Doktor Peter.

Hardenberg sah den Toten an.

»Ich habe ihn schon als kleinen Jungen gekannt. Wenn es Selbstmord war, warum hat er es dann getan?«

»Das«, sagte Doktor Peter, »ist eine zweite Frage.«

Hardenberg verließ den Keller.

In der Halle des Hotels erblickte er den dicken Lektor. Lazarus winkte. Hardenberg trat zu ihm.

»Ich nehme an, Sie gehen jetzt auf Ihr Zimmer und lesen das Manuskript?«

»Das hatte ich vor.«

»Ich denke, daß wir dann morgen abend schon völlig Klarheit haben werden. Sagen Sie mir, Herr Kommissar, Sie haben doch die Taschen des Toten durchsucht?«

»Natürlich.«

»Sie haben viel gefunden?«

»Nicht sehr viel.«

»War eine Olive darunter?«

»Wie kommen Sie darauf?«

»Wenn Sie das Manuskript gelesen haben, werden Sie meine Frage begreifen. Er hatte also eine Olive in der Tasche?«

»Ja. Eine ganz alte, vertrocknete.«

»Wo ist sie?«

»In meinem Zimmer.«

Paul Robert Wilhelm Albert Lazarus sagte leise: »Wenn Sie sie nicht mehr brauchen, die Olive, Herr Kommissar, könnte ich sie dann wohl bekommen?«

»Wozu?«

»Nur so«, antwortete der fette, ungeschickte Mann errötend, »nur so.«

6

Am 10. Januar des Jahres 1962, gegen 10 Uhr vormittags, stapften zwei Männer durch den mehr als kniehohen Schnee des Waldes, nahe dem Ort Friedheim, bergwärts. Die Straßen oberhalb des In-

ternats waren noch nicht geräumt und deshalb auch für Schlitten nicht befahrbar. Die einzige Möglichkeit, ihr Ziel zu erreichen, sahen die beiden Männer, der Kommissar Hardenberg und der Lektor Lazarus, in einem außerordentlich beschwerlichen Fußmarsch.
Im »Ambassador« hatte man beiden gefütterte Stiefel geliehen. Immer wieder glitt der ungeschickte Lazarus aus. Sein Gesicht war krebsrot, und der Schweiß rann ihm von der Stirn, obwohl es in dicken Flocken weiterschneite und bitter kalt war. Auch Hardenberg schwitzte. Jeder Schritt bedeutete in diesem ungeheueren Schneemeer eine gewaltige Anstrengung, und der Kommissar dachte mit einiger Grimmigkeit daran, daß die Leute, denen er einen Besuch abstatten wollte, unter Umständen gar nicht zu Hause sein könnten. Man hatte versucht, sie telefonisch zu erreichen, aber durch den Schneefall waren die Telefonverbindungen der Gegend unterbrochen.
»Ich ... ich muß mich einen Augenblick hinsetzen. Mein Herz hält das nicht aus«, sagte Lazarus.
Eine große Menge Schnee war von einem Ast auf seinen Hut gefallen. Sie setzten sich. Lazarus reinigte seinen Hut. Er sah lächerlich aus: Vermummt, mit Stiefeln, schwitzend und atemlos. Er griff automatisch in seine Manteltasche und steckte wahllos Pillen in den Mund.
»Das letzte Kapitel«, sagte Hardenberg langsam.
Sie saßen nebeneinander und starrten in das Flockentreiben. Dann fuhren sie zusammen, denn mit einem Lärm, der wohl dem einer explodierenden Bombe vergleichbar war, brach hundert Meter von ihnen entfernt ein uralter Baum nahe der Wurzel und stürzte vorwärts, sich dabei im Geäst anderer Bäume verfangend, so daß er schräg stehen blieb.
Als der Baum brach, war Lazarus aufgesprungen und hatte laut aufgeschrien. Jetzt setzte er sich wieder neben den Kommissar. Er war verlegen. »Sie müssen das entschuldigen, Herr Hardenberg ... Ich ... ich bin furchtbar schreckhaft.«
»Ich auch. Aber meine Reaktionen sind langsamer.«
»Wie konnte das passieren?«
»Genau kann ich es auch nicht erklären, aber ich habe so etwas schon einmal erlebt. Im Krieg. In Rußland. Da war so ein Baum, der fiel plötzlich um. Wir untersuchten ihn. Und wir fanden, daß ein Biber an seinem Stamm genagt hatte.«
»Ein Biber?«
»Ja. Und zwar muß er monatelang genagt haben. Biß, Biß, Biß. Noch ein Stückchen Rinde, noch ein Stückchen Holz. Der Baum hielt es

aus. Der Biber allein hätte ihn wohl nie geschafft! Aber dann kam der Schnee, die gewaltige Last des Schnees. Die war zuviel für den Baum. Was haben Sie?«
Lazarus wischte sein Gesicht mit einem Taschentuch ab. »Nichts«, sagte er. »Ich mußte nur plötzlich daran denken, wie ähnlich Bäume und Menschen einander manchmal sind.«
»Ja«, sagte Hardenberg, »nur das, was einen Menschen quält, was an ihm nagt, was ihn aushöhlt und reif macht für den Sturz, das ist kein Biber.«

7

Die Tür der Villa öffnete sich. Ein Diener in gestreifter Weste erschien. Sein Gesicht war blaß und zeigte einen hochmütigen Ausdruck.
»Guten Tag, meine Herren. Sie wünschen?«
Hardenberg nannte seinen und seines Begleiters Namen und zog eine Dienstmarke aus der Tasche. »Kriminalpolizei. Ist Herr Lord da?«
»Jawohl, mein Herr.«
»Seine Frau auch?«
»Auch, ja...«
»Dann melden Sie uns an.«
»In welcher Angelegenheit...«
»Ich habe nicht vor, mich mit Ihnen zu unterhalten«, sagte Hardenberg und trat einen Schritt vor, indessen Herr Leo einen Schritt zurück trat. »Im Augenblick noch nicht. Später werden wir uns noch oft unterhalten. Im Augenblick wünsche ich Herrn und Frau Lord zu sprechen. Es geht Sie nichts an, was ich mit ihnen zu besprechen habe.«
»Pardon, bitte.«
In diesem Augenblick betrat Manfred Lord die Halle. Er trug einen grauen Anzug, ein weißes Hemd, eine schwarze Krawatte. Er blieb direkt unter dem Rubensbild stehen, welches ein üppiges, blondes Weib zeigte, das sich die Füße wusch. Der Kommissar dachte an das, was er in der letzten Nacht gelesen hatte, während Manfred Lord lächelnd fragte: »Was gibt es, Leo?«
»Die Herren sind von der Kriminalpolizei, gnädiger Herr.«
»Kriminalpolizei?«
»Jawohl, pardon, bitte.«
Manfred Lord kam näher. Er nahm eine Hand aus der Tasche und reichte sie Hardenberg, der seinen Namen nannte und dann, auf

den immer noch atemlosen Lazarus weisend, sagte: »Kommissar Lazarus, mein Assistent.«
»Seien Sie willkommen, meine Herren«, sprach Manfred Lord. Er sah großartig aus. Nur ein gelegentliches nervöses Zucken seines rechten Augenlides fiel Hardenberg auf. Der Mann hat Angst, dachte er.
»Worum handelt es sich?«
»Um den Tod des Schülers Oliver Mansfeld. Sie werden vielleicht schon gehört haben, daß ...«
»Ja. Die Frau meines Gärtners brachte uns gestern die Nachricht. Sie war unten im Ort.«
»Sie werden verstehen, daß ich einige Fragen zu stellen habe.«
»Selbstverständlich verstehe ich das, Herr Hauptkommissar. Was ich nicht ganz verstehe ist, warum Sie ausgerechnet mir diese Fragen stellen wollen.«
»Ihnen und Ihrer Frau.«
»Mir und meiner Frau. Warum?«
»Das darf ich Ihnen später erklären, Herr Lord. War Ihre Frau sehr überrascht, als sie erfuhr, daß Oliver Mansfeld tot ist?«
»Ich verstehe nicht.«
»Wenn Sie nicht verstehen, dann möchte ich mich gerne mit Ihrer Frau unterhalten, bevor wir beide uns zusammensetzen.«
Manfred Lords gesunde Gesichtsfarbe wurde fahl.
»Meine Frau hat einen Selbstmordversuch unternommen.«
Lazarus sprang in lächerlicher Manier einen Schritt vor und keuchte:
»Was?«
Lord musterte ihn hochmütig.
»Wann beging Ihre Frau den Selbstmordversuch?« fragte Hardenberg.
»Gestern. Sie schnitt sich die Pulsader auf.« Manfred Lords Lippen verzogen sich zu einem ironischen Lächeln. »Leo und ich stillten die Blutung und legten ihr einen ersten Verband an. Heute morgen war der Arzt bei ihr. Der Arzt aus Friedheim.«
»Und?«
Manfred Lord lächelte wieder: »Es besteht keine Lebensgefahr, wenn Sie das meinen.«
»Ist Ihre Frau vernehmungsfähig?«
»Unter allen Umständen. Eine andere Frage ist, ob sie vernehmungswillig ist.«
»Das werden wir sehen.«
»Bitte sehr. Leo ...«

»Gnädiger Herr?«
»Führen Sie die beiden Herren in das Schlafzimmer meiner Frau.« Lord stand jetzt wieder unter dem Rubens. »Wenn Sie mich suchen, ich bin in der Bibliothek. Sie wissen doch, daß ich Bücher liebe, nicht wahr?«
»Bitte?«
»Besonders alte.«
»Was wollen Sie...«
»Herr Kommissar, Sie haben doch ohne Zweifel das phantastische Machwerk gelesen, das dieser Oliver Mansfeld geschrieben hat. Sie sind sehr klug, nicht wahr? Ihr Kollege auch. Es bedeutet gewiß nur eine verrückte Vermutung von mir, daß er gar kein Kriminalbeamter, sondern der Lektor eines Verlages ist.«

8

Verena Lord sah aus, als sei sie gestorben. Sie lag reglos auf dem Bett des großen, kostbar eingerichteten Schlafzimmers. Ihre Haut war wächsern, die Lippen waren ohne Blut, die Augen geschlossen. Ihre Stimme klang leise, ohne Kraft, sie flüsterte.
»Sie haben das Manuskript gelesen?«
»Jawohl«, sagte Lazarus.
»Dann wissen Sie alles«, flüsterte die Frau auf dem Bett. Ihre rechte Hand trug am Gelenk einen dicken weißen Verband.
»Alles noch nicht«, sagte Hardenberg. »Darum sind wir hier. Es ist meine Pflicht, Sie zu Beginn unserer Unterredung darüber zu unterrichten, daß Sie meine Fragen nicht beantworten müssen. Sie können jede Aussage verweigern.«
»Fragen Sie.«
»Ist das, was in dem Manuskript des Oliver Mansfeld steht, wahr?«
»Nur zum Teil.«
Lazarus, der sich ein wenig erholt hatte, hob eine kleine Parfümflasche vom Nachttisch auf und stellte sie wieder hin. Er sagte leise: »Diorissimo.«
»Ja«, sagte Verena. »*Das* ist wahr.«
»Was ist wahr?« fragte Hardenberg.
»Alles, was Oliver in seinem Buch über uns beide geschrieben hat. Das weiß mein Mann auch.«
»Und alles andere?«
»Wovon sprechen Sie?«
»Zum Beispiel von den Fotografien der Buchseiten mit den durchstochenen Buchstaben, die in Ihrem Safe liegen.«

Verenas Stimme wurde immer leiser. »Es liegen keine Fotografien in meinem Safe.«
»Haben Sie sie herausgenommen?«
»Sie lagen nie darin.«
»Frau Lord, warum lügen Sie?«
»Ich ... lüge ... nicht.«
»Haben Sie Oliver Mansfeld geliebt?«
»Nein.«
»Er schreibt es aber.«
»Weil er es glaubte. Er hat aufgeschrieben, was er glaubte und was er sich wünschte. Zum Beispiel auch die Geschichte mit den Buchseiten. Er hätte gern ein Mittel besessen, meinen Mann zu erpressen.«
»Aber er besaß es nicht?«
»Nein.«
»Er hat die ganze Geschichte erfunden?«
»Ja. Sie können meinen Safe öffnen. Sie können das Haus durchsuchen. Auch die Villa in Frankfurt. Sie können suchen, wo Sie wollen. Sie werden nichts finden, was man als Beweismaterial gegen meinen Mann verwenden könnte.«
»Weil Sie es vernichtet haben.«
»Das sagen *Sie*!«
»Frau Lord«, fragte Lazarus, »warum haben Sie versucht, sich das Leben zu nehmen?«
»Ich habe schon zweimal versucht, mir das Leben zu nehmen. Ich neige zu Hysterie und Depressionen. In einem Anfall seelischer Verwirrung schnitt ich mir die Pulsader auf.«
Der Kommissar sagte mit milder Ironie: »Nicht allzu sehr entschlossen.«
»Was meinen Sie damit?«
»Nun, Sie sind nicht verblutet.«
Verena öffnete die Augen und musterte Hardenberg verächtlich.
»Was wissen *Sie*?«
»Nichts«, sagte dieser. »Aber ich möchte gern etwas wissen.«
»Sie würden es nie verstehen.«
»Vielleicht doch.«
»Niemals! Sie auch nicht, Herr Lazarus!«
Der Kommissar stand auf, trat an ein Fenster und sah in den wirbelnden Schnee hinaus. Er wandte Verena den Rücken, als er fragte: »Wann haben Sie Oliver Mansfeld zum letztenmal gesehen, gnädige Frau?«
»Bevor ... bevor er in die Weihnachtsferien fuhr ...«

»Das ist nicht wahr.« Der Kommissar bluffte: »Ich habe einen Zeugen dafür, daß Oliver am 7. Januar nachmittags mit Ihnen telefonierte und sich verabredete. In dem Manuskript erwähnt er außerdem, daß er sich mit Ihnen an diesem Tag, nach seiner Rückkehr aus Luxemburg, in dem alten Turm nahe der Schule treffen wolle.«
»Es ist ein Roman, nicht wahr? Seit wann untersucht die Polizei Todesfälle auf Grund von Romanen?«
»Es ist kein Roman«, sagte Lazarus.
»Sondern?«
»Ein Tatsachenbericht.«
»Lächerlich!«
»Warum weinen Sie dann, gnädige Frau, wenn ich so lächerlich bin?«
»Ich weine nicht«, sagte Verena und wischte mit der unverletzten linken Hand Tränen aus ihrem Gesicht. Sie zitterte jetzt so stark, daß Lazarus rief: »Herr Kommissar!«
Hardenberg drehte sich langsam um.
»Sehen Sie doch...«
»Hysterie«, sagte der Kommissar, absichtlich brutal. »Die gnädige Frau hat uns doch eben eröffnet, daß sie zu Hysterie neigt. Machen Sie sich keine Sorgen, Herr Lazarus.« Er trat an das Bett und hob das Gesicht der weinenden Frau hoch. »Sie sind eine Lügnerin und eine Verräterin.«
»Was erlauben Sie sich? Ich werde...« Verena sprach den Satz nicht zu Ende.
Die Tür ging auf.
Manfred Lord trat ein.
»Ich störe wohl nicht«, fragte er lächelnd.
»Doch«, sagte Hardenberg.
»Das ist mir außerordentlich unangenehm, Herr Kommissar. Herr Hauptkommissar, entschuldigen Sie. Aber Sie haben keinen Haussuchungsbefehl, Sie haben nicht einmal einen offiziellen Auftrag, uns zu vernehmen...«
»Beides könnte ich mir über Funk in einer halben Stunde verschaffen.«
»Ja, aber Sie haben es nicht getan! Sie verhören hier eine äußerst geschwächte, nervöse Frau auf, wie ich annehmen muß – weine nicht, Liebste –, rücksichtsloseste Weise. Ich habe Freunde im Frankfurter Polizeipräsidium. Ich würde Ihnen empfehlen, vorsichtig zu sein. Sei ruhig, mein Herz, sei ganz ruhig.«
»Herr Lord, ein Mensch ist gestorben.«

»Ja, Herr Hardenberg. Der Geliebte meiner Frau. Oliver Mansfeld. Wie bedauerlich.«
»Sie finden es bedauerlich?«
»Ein so junger Mensch, ich bitte Sie, Herr Kommissar! Haben Sie denn kein Herz?«
Verena stöhnte auf und drehte den Kopf zur Seite.
Lazarus steckte eine Pille in den Mund.
Manfred Lord wanderte lächelnd im Zimmer auf und ab.
»Ich glaube, ich kann alle Fragen, die Sie haben, beantworten. Meine Frau ist doch noch zu sehr erschüttert vom Tode Olivers. Nicht wahr, Liebste?«
Verena begann wieder zu weinen. Sie bedeckte ihr Gesicht mit beiden Händen. Sie weinte lautlos, ohne zu schluchzen. Alle Kraft schien sie verlassen zu haben.
»Erzählen Sie«, sagte Hardenberg.
Manfred Lord setzte sich in einen Empiresessel, kreuzte die Beine und preßte die Fingerspitzen gegeneinander.
»Sie wollen die ganze Wahrheit hören?«
»Natürlich.«
»Wie Sie wünschen. Wissen Sie, ich habe einen Beruf, in dem man mit der ganzen Wahrheit meistens sogar am meisten verdient.«
»Reden Sie«, sagte Hardenberg.
Und Manfred Lord redete.
Was er erzählte, entsprach in *vielen Punkten* der Wahrheit. In den meisten Punkten. Manfred Lord log oder verschwieg natürlich nur alle Tatsachen und Ereignisse, die geeignet gewesen wären, ihn zu belasten. Das ist verständlich und menschlich.
Wir aber wollen die *ganze* Wahrheit berichten und nichts verschweigen. Der Zuschauer eines Kampfes hat diese Chance. Die Chance, zu gewinnen, hat er selbstverständlich nicht...

9

Der Silvesterabend (erzählte Manfred Lord) verlief als sehr ruhige Angelegenheit. Nach dem Essen setzten sich Verena und er vor den Kamin und tranken ein wenig Whisky. Nachdem sie ein wenig Whisky getrunken hatten, sagte Manfred Lord: »Wir wollen jetzt wie vernünftige Menschen reden, mein Schatz.«
»Was meinst du damit?«
»Die Scheidung läuft. Im Januar wird sie ausgesprochen. Dann gehst du von mir fort.«

»Ich und Evelyn.«
»Du und Evelyn, natürlich. Verzeih, daß ich das Kind vergaß. Und wohin geht ihr?«
»Zu Oliver. Er wird eine Wohnung für uns besorgen, und mit dem Vorschuß, den ihm die Konkurrenz seines Vaters gegeben hat...«
»Nein.«
»Was, nein?«
»Er wird keine Wohnung für euch besorgen. Er hat keinen Vorschuß erhalten.«
»Aber er sagte...«
»Er hat gelogen.«
»Er hat nicht gelogen. Ich weiß, daß die Leute ihm einen Vorschuß versprachen!«
»Die Leute haben es sich anders überlegt.«
»Woher weißt du das?«
»Ich besitze dreißig Prozent ihres Aktienkapitals. Ich habe...«
»Verhindert, daß Oliver den Vorschuß bekam?«
»Nicht nur das, mein Kind. Ich habe auch verhindert, daß die Leute ihn jemals anstellen werden. Wenn du mich verläßt, hast du nichts. Keinen Groschen. Du wirst im Elend leben müssen. Natürlich wird Oliver bei dir sein. Wie lange dauert eine große Liebe im Elend, Liebling?«
Verena schwieg.
»Ich bin ein Mann mit vielen Beziehungen. Ich werde ohne Schwierigkeiten verhindern können, daß irgend jemand Oliver anstellt. Du bist dann eine geschiedene Frau mit einem unehelichen Kind und einem arbeitslosen Mann. Einem jungen Mann. Einem hübschen Mann. Zugegeben. Einem Mann, der gewiß viel besser als ich... Aber ich irre ab.«
»Er wird Arbeit finden«, sagte Verena.
»Natürlich. Er kann Straßen teeren oder Häuser decken, wenn man es ihm beigebracht hat. Inzwischen darfst du deinen Schmuck und deine Pelze verkaufen. Allerdings wird er nicht sehr viel verdienen, Liebling, denn er kann nichts, was sehr hoch bezahlt wird. Der Wert, den ihr Frauen uns Männern beimeßt, unterscheidet sich sehr von dem Wert, den andere Männer uns beimessen.«
»Du bist ein Schwein!«
»Vielleicht. Ich liebe dich aber. Und *mein* Wert ist sehr hoch. Auch bei anderen Männern.«
»Darum nenne ich dich trotzdem ein Schwein!«
»Weißt du, Schatz, wir wollen lieber im Vorderhaus bleiben anstatt im Hinterhaus. Du kommst doch eigentlich aus einer guten

Familie. In einer guten Familie sagt man gewisse Sachen nicht.«
»Schwein!«
»Also doch Hinterhaus. Bitte. Ich hatte eine zu gute Meinung von dir. Viele Leute – darunter Olivers Vater – waren immer der Ansicht, daß du eine Hure, eine geborene Hure bist. Sei still. Du bist eine. Ich habe nichts gegen Huren. Hätte ich dich sonst geheiratet?«
»Du bist gemein ... Du bist so gemein ...«
»Ich habe vielleicht ein bißchen getrunken. Du übrigens auch. In vino veritas, nicht wahr? Ach so, ich vergesse, daß du nicht Latein kannst. Im Wein liegt die Wahrheit, sollte das heißen. Prost, mein Liebling.«
»Ich verlasse dich morgen früh!«
»Natürlich nicht eher. Dazu bist du zu betrunken. Wohin wirst du gehen? Die Wohnung für dich ist noch nicht gemietet!«
»Ich ziehe in ein Hotel.«
»Und wer wird das bezahlen? Und wo wird Evelyn wohnen? Und wovon werdet ihr beide leben?«
»Oliver ...«
»Oliver besitzt keinen Pfennig. Ich habe einen Weg gefunden, seinem Vater mitzuteilen, daß er dein Geliebter ist. Auch sein Vater wird Oliver nicht einen Pfennig geben. Aus Freundschaft zu mir, er ist mir sehr verpflichtet. Im Gegenteil, wenn Oliver jetzt in den Ferien mit ihm spricht, wird der Vater ...«
»Du Schweinehund!«
»Nicht doch, Liebling. Du hast so lange in den besseren Kreisen verkehrt. Ich dachte wirklich, du hättest dir gewisse Urtöne abgewöhnt.«
»So fein wie deine Familie ist meine noch lange!«
»Daran zweifle ich nicht. Dein Bruder Otto hat mir ein leuchtendes Beispiel gegeben.«
Sie waren jetzt beide betrunken.
Leicht schwankend nahm Manfred Lord einen venezianischen Spiegel von der Wand. – »Was soll das?«
»Möchtest du ... möchtest du mir den Gefallen tun, in den Spiegel zu sehen?« Er hielt ihn vor Verena hin. »Du bist schön. Du bist wunderschön. Aber ist dir schon einmal aufgefallen, daß du an den Augen die ersten Krähenfüße bekommen hast? Ich habe selber Dutzende. Mein Haar ist weiß. Ich bin viel älter als du und kein Liebhaber wie Oliver mehr. Aber ich liebe dich. Ich umgebe dich mit Reichtum und Luxus. Ich werde es tun, solange ich lebe. Wenn ich sterbe, erhältst du eine phantastische Versicherungssumme. Du wohnst in schönen Häusern. Du kannst essen, was du willst.

Du kannst anziehen, was du willst. Wirst du das jemals bei Oliver können? Er ist so viel jünger als du. Mich stören deine Krähenfüße nicht. Ihn auch nicht. Noch nicht. Werden sie ihn in zehn Jahren stören? Mich nicht, mein Herz, mich nicht. Aber ihn?«

Verena blickte in den Spiegel. Sie war betrunken, doch nicht betrunken genug, um nicht die kleinen Falten in den Augenwinkeln zu sehen. Sie sah sie lange und genau an

»Manfred«, sagte Verena, »ich habe Angst.«

»Wovor?«

»Angst. Einfach Angst«, antwortete sie und sah immer noch in den Spiegel.

»Es sind ja nur winzige Falten, aber in zehn Jahren... Und er ist ein so hübscher Junge! Vielleicht verliebt er sich einmal in deine Tochter.«

»Schweig. Schweig augenblicklich!«

»Gewiß.«

»Und nimm den Spiegel weg!«

»Sofort. Aber dadurch verschwinden die Falten nicht«, sagte Manfred Lord. Er hängte den Spiegel wieder an die Wand und kam zu seiner Frau zurück, die ihren Kopf mit beiden Händen hielt. Manfred Lord sagte: »Ich bin bereit, alles zu vergessen, Betrug, Ehebruch, alles. Ich bin bereit, dich und Evelyn weiter bei mir zu behalten. Ich adoptiere Evelyn auch, wenn du das wünschst. Du wünschst es gewiß, geldgierig wie du bist.«

»Gemeines...«

»Halt den Mund! Ich habe dich aus der Gosse gezogen. Ich kann dich auch wieder dorthin zurückstoßen. Ich hielt dich bisher immer für eine vernünftige Frau. Bist du das nicht? Doch? Na also. Wenn Oliver aus Luxemburg zurückkommt, wirst du ihm sagen, daß es aus ist.«

»Nie! Nie! Nie!«

»Wenn eine Frau dreimal nie schreit, dann bedeutet das, daß sie sich bereits entschlossen hat zu tun, was man von ihr verlangt. Du hast dich doch auch eben entschlossen, Liebling. Du hast doch auch gerade eingesehen, daß alles völlig sinnlos und aussichtslos ist, was ihr beide vorhabt, wie?«

»Du bist ein Teufel!«

»Ja, aber ein reicher und ein kluger. Du willst doch nicht etwa einen dummen und armen Teufel heiraten?«

»Er ist kein Teufel!«

»Verzeih. Du willst doch nicht etwa einen armen und dummen Engel heiraten?«

Sie nahm einen schweren gläsernen Aschenbecher und schleuderte ihn nach ihm. Der Becher traf Manfred Lord an der rechten Schläfe, wo sofort eine heftig blutende Wunde entstand.
Er zog sein Taschentuch heraus.
»Ich sehe, du bist vernünftig, Liebling«, sagte er.
Unten in Friedheim begannen die Glocken einer Kirche zu läuten.
»Ein gesegnetes neues Jahr wünsche ich dir, mein Herz«, sagte Manfred Lord, das rasch rot werdende Tuch an die Schläfe pressend. »Morgen ist Feiertag. Aber übermorgen fahren wir zusammen zur Bank und holen die andere Hälfte der Fotokopien aus deinem Safe.«

10

Sie fuhren am 2. Januar 1962 nach Frankfurt.
Verena nahm die Fotokopien aus ihrem Safe und überreichte sie ihrem Mann.
»Wo sind die Filme?«
»Hier.«
Im Wagen, auf der Rückfahrt in den Taunus hinauf, begann Verena plötzlich zu lachen.
»Was ist so komisch?«
»Du sitzt in der Falle, mein Lieber.«
»Bitte?«
»Oliver hat unsere ganze Geschichte aufgeschrieben und einem Verlag eingereicht. Er erzählt auch von den durchstochenen Buchseiten, von den Filmen und Fotos.«
»Die werden in einer Stunde nicht mehr existieren, mein Schatz. Dann existiert nur noch die Geschichte. Was ist schon eine Geschichte?«
»Die Polizei ...«
»Die Polizei braucht Beweise. Die einzigen Beweise, die es gibt, besitze ich. Ich hatte Oliver gern. Aber nun ist es natürlich aus. Und wenn er zurückkommt, wirst du ihm das sofort sagen.«
»Ich kann nicht ... Ich kann nicht ...«
»Doch, doch, du kannst schon. Du bist eine robuste Natur.«
»Manfred, ich flehe dich an! Ich kann wirklich nicht! Ich ... ich wüßte einfach nicht, was ich sagen sollte ...«
»In solchen Fällen schreibt man am besten einen Brief«, sagte Manfred Lord.

11

Verena Lord schrieb einen Brief an Oliver Mansfeld. Der Aufenthalt auf Elba fiel ihr wieder ein, sie erwähnte sentimentalerweise die Bar in Marciana Marina, sie erwähnte Porto Azzurro, die grünen Wellen des Meeres, in denen sie Oliver umarmt hatte, und sie vergaß auch nicht zu sagen, daß er die große Liebe ihres Lebens gewesen sei. Nie würde sie ihn vergessen können; er solle versuchen, ihr zu verzeihen, bat Verena Lord.
»Du meine Seele«, schrieb sie. »Du mein Atem ...« Den Brief begann sie mit den Worten: »Oliver, mein geliebter Oliver!«
Obwohl solche und andere Bezeugungen der Zuneigung in ihrem Brief enthalten waren, konnte Verena Lord jedoch nicht umhin, ihrem geliebten Oliver eindeutig zu erklären, daß sie ihre Beziehung zu ihm aus zwingenden Gründen abbrechen müsse. Sie wurde in dieser Richtung sehr deutlich. Sie müsse an ihr Kind denken, schrieb sie. Sie hätte Angst vor Armut und Angst vor dem Altersunterschied. Jemand, der bejahrter als Oliver Mansfeld gewesen wäre, hätte diese Ehrlichkeit bewundert – vor allem deshalb, weil Frauenehrlichkeit einen doch wirklich außerordentlichen Seltenheitswert besitzt.
Verena Lord bewies weitere Charakterstärke. Sie war entschlossen, Oliver nach seiner Rückkehr in dem alten Turm des Limes zu treffen und ihm den Brief persönlich zu überreichen ...
Am 7. Januar 1962 rief Oliver Mansfeld, aus Luxemburg zurückgekehrt, Verena aus der »Blauen Bar« des Frankfurter Flughafens in ihrer Villa über Friedheim an, während sein kleiner persischer Freund seinen Wagen holte. Es war zu dieser Zeit 15 Uhr 35. Tapfer sagte Verena zu, ihren Geliebten in einer Stunde zu treffen.
Der Himmel war schwarz, als Oliver losfuhr, kein Lufthauch bewegte sich, und es war damit zu rechnen, daß in Bälde schwerer Schneefall einsetzen würde.
Oliver Mansfeld, der Prinz Raschid Dschemal Ed-Din Runi Bender Schahpur Isfahani in seinem Wagen nach Friedheim brachte, setzte ihn – in großer Eile, wie der Prinz später aussagte – vor der Villa der kleinen Jungen, dem sogenannten »Quellenhof«, ab und fuhr über einen schmalen Waldweg weiter, dem alten Wachtturm entgegen. Einige hundert Meter von diesem entfernt, parkte er den Jaguar in dichtem Gebüsch.
Als er die Turmstube des Gemäuers erreichte, fand er Verena Lord

vor. Er umarmte und küßte sie, und während er dies noch tat, fiel ihm eine seltsame Kälte an ihr auf.

»Was hast du?«

»Nichts«, antwortete Verena Lord.

»Doch. Du hast etwas. Du bist anders. Du bist ganz anders als sonst.«

»Bin ich das?«

»Ja. Das bist du. Und wo ist Assad? Wo ist Evelyn?«

»Sie sind zu Hause.«

»Ist etwas geschehen?«

»Ja.«

Oliver Mansfeld kniff die Augen zusammen.

»Was? Es war doch alles klar, als ich abflog.«

»Jetzt ist es nicht mehr klar«, antwortete Verena Lord. »Ich habe dir einen Brief geschrieben.«

»Einen Brief?«

»Ja.«

»Warum?«

»Es ist aus zwischen uns.«

»Verena!«

»Lies den Brief, dann wirst du alles verstehen.«

»Was soll ich verstehen? Wir waren uns doch einig, völlig einig...«

»Es ist alles ganz anders gekommen, Oliver, alles ganz anders.« Verena Lord begann zu weinen. Die Tränen liefen über ihr ungeschminktes Gesicht. »Es... es tut mir leid... Ich bin sehr unglücklich...«

»Verena... Verena...! Wir lieben uns doch!«

»Das genügt nicht, Liebling. Lies den Brief. Ich... ich kann jetzt nicht mehr. Ich gehe. Wir werden uns nicht wiedersehen.«

»Du bist wahnsinnig!«

»Nein, armer kleiner Oliver, ich bin ganz normal.«

»Aber du kannst doch nicht...«

»Ich muß. Ich habe ein Kind. Ich brauche Sicherheit.«

»Ich kann euch aber doch Sicherheit geben, dir und deinem Kind!«

»Das kannst du eben nicht! Laß mich los! Ich will nicht dabeisein, wenn du den Brief liest.«

»Warum nicht?«

»Es ist der schlimmste Brief, den ich in meinem Leben schrieb!«

»Bleib hier!«

»Nein!«

»Du bist feige!«
»Ja«, rief Verena Lord und lief die Wendeltreppe des Turmes hinab, »ja, das bin ich! Feige! Feige! Feige!«
Oliver Mansfeld verharrte reglos. Nach einer langen Weile setzte er sich auf eine alte Kiste, neben der ein langer Strick lag, und öffnete den Brief. Es war inzwischen noch düsterer geworden, aber trotzdem sah man durch die Luken der Turmkammer weit hinaus ins Land. Das Flüßchen Nidda konnte man erblicken, das sich mit schilfbewachsenen Ufern durch Wiesen, Weiden, fruchtbares Ackerland zwischen Gebüsch und Gruppen silberner Erlen talwärts schlängelte; den großen Feldberg mit seinen dunklen, weiten Waldrücken; den dreifach gebuckelten Winterstein; im Osten den Vogelsberg und das Massiv des Hohenrodskopfes; kleine und kleinste Dörfer, Burgen, Gehöfte und Eisenbahnen, die sich, melancholisch pfeifend, in der Dämmerung verloren. Bad Nauheim und Bad Homburg vermochte man noch zu erblicken, Bad Vilbel, Königstein, Dornholzenhausen, Oberursel und hundert andere Stätten menschlicher Gemeinschaft, deren größte Frankfurt war, Frankfurt am Main.
Nichts von all dem erblickte Oliver Mansfeld.
Er saß zusammengesunken auf der alten Kiste, inmitten des Gerümpels der Turmstube, den Brief in der Hand, den er eben gelesen hatte. Er war so vollkommen abwesend, daß er nicht einmal die Schritte hörte, mit denen Manfred Lord auf ihn zukam. Lord hatte sich in einer Nische der Turmstube verborgen gehalten, seit zwei Stunden bereits. Er hatte das Gespräch zwischen seiner Frau und Oliver Mansfeld mitangehört. Er hatte geduldig gewartet. Nun wartete er nicht mehr. Von hinten kam er an den Sitzenden heran, packte ihn an der Schulter und riß ihn hoch.
»Was... was...«
Nachdem er diese beiden Worte herausgewürgt hatte, erhielt Oliver den ersten Schlag ins Gesicht. Der zweite folgte. Oliver flog gegen die Wand. Lord sprang ihm nach. Er schlug den Jungen, wohin er traf, er schlug mit seinem schweren Spazierstock. Oliver begann zu bluten. Lord schlug weiter. Oliver schlug nicht zurück. Lord trat ihn mit den Schuhen gegen die Beine, in den Leib. Er sprach kein Wort. Sein Gesicht hatte sich zu einer Fratze des Hasses verzerrt.
Nach ein paar Minuten brach Oliver zusammen und fiel auf den schmutzigen Boden der Stube. Blut aus seinen Wunden sickerte in die Dielen. Er stöhnte.

12

»Ich hatte gehofft«, sprach Manfred Lord, »daß Sie sich wehren würden, Oliver. Ich freute mich auf einen Zweikampf. Es wäre mir angenehm gewesen, wenn Sie zurückgeschlagen hätten.«
Oliver lag zusammengekrümmt auf den schmutzigen Dielen. Neben ihm lag Verenas Brief.
»Ich bin mehr als doppelt so alt wie Sie. Sie könnten mich gewiß zusammenschlagen. Warum schlagen Sie mich nicht zusammen?«
Oliver antwortete nicht. Die Blutlachen um ihn wurden größer.
»Sie haben geglaubt, sehr schlau zu sein, nicht wahr? Nun, ich war schlauer. Eine Frau bleibt eine Frau. Verena hat nur so reagiert, wie alle Frauen reagieren. Das wollen Sie nicht glauben, das können Sie nicht glauben, weil Sie noch ein kindischer Idealist sind.« Er gab dem Liegenden einen Tritt. »Eine Frau braucht Sicherheit. Die können Sie Verena nicht geben. Sie ist Luxus gewöhnt. Den können Sie ihr nicht bieten. Sie ist eine Hure. Man darf ihr nicht böse sein.« Wieder ein Tritt. »Ich habe mich gedemütigt und erniedrigt vor Ihnen, Oliver. Damit ist es jetzt vorbei. Ich besitze alle Fotografien und Filme, die Sie anfertigten. Es war wirklich sehr klug von mir, mich so lange zu demütigen und zu erniedrigen und zu dulden, daß Sie der Liebhaber meiner Frau waren. Jetzt sind Sie es gewesen. Sie hat gewählt: Die Sicherheit und mich.«
Manfred Lord ging. Er war mit sich sehr zufrieden. Er hatte alles vorausbedacht. Er hatte nichts vergessen. Nur eines: Verenas Brief mitzunehmen...

13

Dies ist die Wahrheit, die *ganze* Wahrheit. Dies ist, was geschah. Wir haben nichts verschwiegen. Der Zuschauer eines Kampfes, sagten wir zuvor, hat eine solche Chance der Berichterstattung. Die Chance, zu gewinnen, hat er selbstverständlich nicht.
Manfred Lord, der den Herren Hardenberg und Lazarus versprochen hatte, die ganze Wahrheit zu erzählen, erzählte *nicht* die ganze Wahrheit. Das ist zu verstehen. Manfred Lord war nicht Zuschauer. Er stand, wenn der Vergleich gestattet ist, im Ring. Er kämpfte. Und er besaß eine Chance, zu gewinnen – an der Seite einer Frau wie Verena. Reue empfand er für sein Betragen gegen Oliver, den er zusammengeschlagen hatte. Das gab er zu...

»Ich gebe zu, daß ich mich barbarisch und der Verachtung wert betragen habe«, sagte Manfred Lord, »aber ich glaube doch, daß ich gerade bei Männern Verständnis für meine Handlungsweise finden werde, wenn man bedenkt, wie viel ich mir so lange gefallen ließ.«

»Das ist eine Frage des Geschmacks«, antwortete Hardenberg darauf. »Sie interessiert mich weniger als eine andere.«

»Nämlich welche?«

»In seinem Roman spricht Oliver Mansfeld von fotografierten Buchseiten, die in durchstochenen Buchstaben offenbar verschlüsselte Nachrichten enthielten. Er schrieb, daß Sie ihm derartige Bücher mitgegeben haben, wenn er nach Echternach flog, und daß sein Vater ihm solche Bücher mitgab, wenn er zurückflog.«

»Das ist eine glatte Lüge.«

»Gnädige Frau?«

Verena sah ihren Mann an, danach eine Fotografie Evelyns, die auf ihrem Nachttisch stand, dann sah sie an Hardenberg vorüber in das Schneetreiben hinaus und antwortete mit einer außerordentlich gleichgültigen Stimme: »Ich habe niemals von etwas Derartigem gehört.«

Lord lächelte.

Verena begann wieder zu weinen. Lord streichelte sie tröstend.

»Nerven«, sagte er, »nur Nerven, meine Herren.«

»Natürlich«, sagte Hardenberg. »Wissen Sie übrigens, daß der Untersuchungsrichter die neuerliche Überprüfung des Falles Walter Mansfeld angeordnet hat und damit die Verjährungsklausel fortfällt?«

»Ich habe davon gehört.«

»Wenn Herr Mansfeld also nach Deutschland kommt, wird er sofort verhaftet werden.«

»Dann wird Herr Mansfeld wohl nicht nach Deutschland kommen«, antwortete Manfred Lord, seine Frau streichelnd. »Wirklich, Liebling, du mußt dich beruhigen.«

Verena Lord hörte daraufhin zu weinen auf.

Der Hauptkommissar Hardenberg stellte Manfred Lord eine Anzeige wegen freiwillig eingestandener Körperverletzung und eine weitere Untersuchung in Aussicht. Manfred Lord erklärte, beidem mit Fassung entgegenzusehen, und nannte bei dieser Gelegenheit die Namen seiner drei Anwälte.

Als Hardenberg und Lazarus eine halbe Stunde später das Haus verließen, begegneten sie in der dämmerigen Halle einem kleinen Mädchen.

»Du bist Evelyn, nicht wahr?« fragte Lazarus.
»Ja, mein Herr.«
»Du weißt, wer wir sind?«
»Ich kann es mir denken. Von der Polizei, nicht?«
»Wieso denkst du das?«
»Wegen Onkel Mansfeld.«
»Was ist mit Onkel Mansfeld?«
»Das wissen Sie doch selber.«
»Hast du ihn gern gehabt?«
Das kleine Mädchen antwortete leise: »Ja. Ich bin sehr, sehr unglücklich, daß er tot ist.« Es waren die einzigen Worte der Trauer, die in diesem Haus ein Mensch für Oliver Mansfeld fand.

14

Im Laufe des Vormittags verhörte der Kriminalassistent Marcus den Diener Leo und das Gärtnerehepaar. Die drei sagten übereinstimmend aus, daß Manfred Lord seine Villa am Nachmittag des 7. Januar zwar vorübergehend verlassen habe, jedoch mindestens eine Stunde vor Einsetzen des Schneetreibens zurückgekommen sei – etwa eine halbe Stunde nach der Heimkehr seiner Frau.
Dem Gärtnerehepaar, dem Diener Leo, Manfred und Verena Lord und ihrer Tochter Evelyn nahm Marcus Fingerabdrücke ab. Einige Stunden später war er in der Lage, seinem Chef zu berichten: »Es sind Abdrücke von Frau Lord und der Kleinen im Wagen, Herr Kommissar. Abdrücke von Herrn Lord habe ich nicht finden können.«
»Die anderen Abdrücke?«
»Verschiedene Leute. Zum Beispiel wahrscheinlich Angestellte der Firma Kopper & Co. Ich habe über Funk veranlaßt, daß sie alle überprüft werden. Aber ich verspreche mir keine Sensationen mehr.«
»Und was glaubst du, Marcus?«
»Daß der Junge sich aufgehängt hat. Professor Mokry sieht ihn sich noch einmal an. Er stimmt vollkommen mit Doktor Peter überein. Oliver Mansfeld wurde zusammengeschlagen, lief zu seinem Wagen, um irgendwohin zu fahren – und verlor dann völlig die Nerven. Er ging zurück und hängte sich auf.«
»Was ist mit der Zeitung, die wir im Turm fanden?«
»Das muß schon eine Kurzschlußreaktion gewesen sein.«
»Was heißt das?«
»Hier in der Nähe gibt es ein Erholungsheim, das irgend so einer

religiösen Sekte gehört. Ich habe vormittags Wallner hingeschickt. Er sprach mit einer gewissen Schwester Claudia. Sie erinnerte sich an Oliver Mansfeld und erzählte, daß er allein oder auch mit Frau Lord zusammen häufig in das Heim gekommen sei. Der Junge ließ sich oft Zeitungen geben, die dort verteilt werden. ›Anzeiger des Reiches der Gerechtigkeit‹.« Marcus lachte. »Im Impressum steht: ›Verleger: Der Engel des Herrn, Frankfurt am Main.‹«
»Lach nicht!«
»Ich lache ja nur darüber, daß der Engel des Herrn seinen Verlagsort ausgerechnet in Frankfurt am Main hat. Wir stellten über Funk fest, daß eine Zeitung – Kopper & Co. wissen natürlich nicht mehr welche, aber es wird wohl diese sein – im Handschuhfach des Jaguars lag, der so lange bei ihnen stand. Der Junge muß die Zeitung, als er in sein Auto kroch, herausgeholt und in den Turm mitgenommen haben.«
»Warum?«
»Die Handlungen von Verzweifelten sind nicht rational und logisch zu begreifen. Vielleicht war es ...«
Lazarus, der schweigend dabeisaß, errötete.
»War es was?«
»Eine Art von Halt, von letztem Trost, was weiß denn ich, meine Herren!«
Der Hauptkommissar Hardenberg nahm die Zeitung, die man in der Turmstube gefunden hatte und die nun vor ihm im Billardzimmer des Hotels »Ambassador« lag. Er betrachtete sie nachdenklich. Sie war schmutzig, naß und alt. Auf der ersten Seite stand ein Artikel, der die Überschrift trug:

GLAUBE, LIEBE, HOFFNUNG, DIESE DREI: ABER DIE LIEBE IST DIE GRÖSSTE UNTER IHNEN

»Sie werden wohl recht haben«, sagte Hardenberg.
»Die Gendarmerie meldet, daß morgen früh der normale Zugverkehr wieder einsetzt. Können wir die Leiche einsargen?«
»Ja«, sagte Hardenberg, der plötzlich von einer ungeheuren Müdigkeit überfallen wurde, »sargt sie ein. Aber plombiert den Sarg nicht. Wegen des Zolls.«
Der Kriminalassistent Wallner kam in das Billardzimmer. »Frankfurt ruft, Herr Hauptkommissar.«
»Was gibt es?«
»Da hat sich ein Mädchen gemeldet ...«
»Was für ein Mädchen?«
»Sie heißt Geraldine Reber oder so ähnlich.«
Hardenberg und Lazarus sahen sich an.

»Wo ist sie?«
»Im Präsidium, bei Kommissar Wilms.«
»Wo habt ihr den Sender?«
»Auf dem Dachboden, Herr Hauptkommissar.«
Sie gingen auf den großen Dachboden des Hotels. Hier stand ein olivgrün gestrichener Kurzwellensender. Hardenberg nahm den Hörer und meldete sich.
»Wilms hier«, sagte eine metallen hallende Stimme. »Wie steht's?«
»Selbstmord. Hinter der Sache steckt eine ganz große Sauerei, die wir aber niemals beweisen können.«
»Das passiert uns ja öfter.«
»Ich denke, ich komme morgen mit der Leiche zurück.«
Lazarus war bei der Tür stehengeblieben, er schluckte Pillen und hustete.
»Was will diese Geraldine Reber?« fragte der Hauptkommissar.
»Sie sagt, sie hätte eine Aussage zu machen.«
»Na, dann soll sie doch!«
»Sie will mit Ihnen persönlich sprechen.«
»Geben Sie sie mir.«
»Einen Moment.« Man hörte Wilms sprechen. »Nehmen Sie den Hörer. Wenn Sie reden wollen, drücken Sie auf diesen Knopf. Wenn Sie hören wollen, lassen Sie den Knopf los.«
»Ich habe verstanden«, sagte eine ferne Mädchenstimme. Dann wurde sie lauter. »Herr Hauptkommissar Hardenberg?«
»Ja.«
»Ich habe gelesen, daß Oliver Mansfeld tot ist.«
Im Hörer knisterte und knatterte es, und durch eine Dachluke konnte Hardenberg sehen, daß der Schnee noch immer mit unverminderter Heftigkeit fiel.
»Ich bin nach Frankfurt gekommen, um eine Aussage zu machen.«
»Was für eine Aussage? Betrifft sie den Fall Mansfeld?«
»Nein.« – »Sondern?«
»Herrn Doktor Haberle.«
»Dokter Haberle?«
»Sie kennen ihn nicht. Er war ein Lehrer des Internats. Er wurde entlassen, weil ich behauptet habe, er hätte mich vergewaltigt. Er ist ohne Arbeit. Es geht ihm elend. Seine Frau und die Kinder wohnen noch in Friedheim, sie wollen das Haus verkaufen. Es ist noch Zeit.«
»Zeit wozu?« fragte der Kommissar und dachte dabei, wie schnell es dunkel wurde, wie schnell.

»Alles gutzumachen.«
»Ich verstehe nicht.«
»Ich habe gelogen. Doktor Haberle hat nicht versucht, mich zu vergewaltigen. Ich habe ... ich habe ...«
»Was? Reden Sie deutlich.«
»Ich habe mich vor ihm halb ausgezogen. Ich habe ihn geküßt. Ich habe ihn verrückt gemacht ... Wir waren allein. Er ließ mich nachsitzen. Ich bin eine sehr schlechte Schülerin. Ich wollte nicht durchfallen. Ich dachte, wenn ...«
»Ich verstehe.«
»Ja? Verstehen Sie?«
»Ich denke. Geben Sie Ihre Aussage zu Protokoll.«
»Glauben Sie ... Glauben Sie, daß Dokter Haberle rehabilitiert wird?«
»Das glaube ich.«
»Und ... und Oliver ist tot.«
»Ja. Schon lange.«
»Ich habe ihn sehr geliebt.«
»Das macht ihn nicht mehr lebendig.«
»Nein, natürlich nicht. Ich ... ich dachte nur ...«
»Was dachten Sie, Fräulein Reber?«
»Daß ich ein bißchen etwas gutmachen könnte, wenn ich mich jetzt bei der Polizei melde und wenigstens über diese Sache die Wahrheit sage. Vielleicht ist es kindisch, wahrscheinlich ist es idiotisch ...«
»Fräulein Reber«, sagte der Hauptkommissar Hardenberg. »Ich danke Ihnen. Sie sind ein anständiger Mensch.«
»Nein«, sagte die metallene Stimme aus dem Mikrophon. »Ich bin ein unanständiger, schlechter und verkommener Mensch. Aber ...«
»Aber?«
»Aber ich habe Oliver geliebt. Verstehen Sie? Geliebt!«
»Ja, ja«, sagte Hardenberg.
»Ist er ... kann man ihn noch einmal sehen?«
»Ich fürchte, das wird nicht möglich sein.«
»Hat er sich das Leben genommen?«
»Ja.«
»Wegen ... wegen dieser Frau?«
»Ja, ich glaube«, antwortete Hardenberg. Dann sprach er noch kurz mit Kommissar Wilms und gab ihm verschiedene Instruktionen. Als er sich umwandte, sah er, daß Lazarus mit geschlossenen Augen an der Wand lehnte.

»He!«
Der Lektor öffnete die Augen.
»Was gibt es?«
»Was haben Sie?«
»Mir ist übel.«
»Mir auch«, sagte Hardenberg. »Kommen Sie hinunter. Sie auch, Marcus. Wir wollen einen trinken.«

15

In der Nacht zum 11. Januar 1962 hörte der verheerende Schneefall auf. Die Bundesbahn konnte ihr Versprechen halten: Am Morgen war die Strecke der kleinen Lokalbahn, die von Friedheim nach Frankfurt hinabführte, frei.
Um 9 Uhr 35 wurde in den Transportwagen eines Zuges der Zinksarg verladen, der die Leiche Oliver Mansfelds enthielt. Der Polizeiarzt Doktor Peter und der Gerichtsmediziner Professor Mokry rauchten Zigarren und begaben sich in ein Abteil erster Klasse. Hardenberg und Lazarus standen auf dem menschenleeren Bahnsteig.
Knapp vor Abfahrt des Zuges erschien Raschid. Er führte eine Dame an der Hand, die einen Schleier vor dem Gesicht trug. Es war Verena Lord.
Sie sah aus, als sei sie fünfzig Jahre alt.
»Wir kommen, um Ihnen Lebewohl zu sagen, Gentlemen«, sagte der kleine Prinz.
»Was werden Sie jetzt tun?« fragte der Kommissar Verena.
Sie zuckte die Schultern und drehte den Kopf zur Seite.
»Wir wissen es beide noch nicht«, antwortete der kleine Prinz. »Aber die gnädige Frau hat gesagt, *sie* will jetzt meine Schwester sein. Da ist es nicht so schlimm, Sir.«
Verena starrte den Transportwagen an.
»Ist er da drinnen?« – »Ja.«
»Verachten Sie mich?«
»Nein«, sagte Lazarus.
»Und Sie?«
»Ich verachte Sie auch nicht«, antwortete der Kommissar. »Unter den gegebenen Umständen konnten Sie kaum anders handeln. Es hätte sehr viel Mut erfordert.«
Die kleine Lokomotive pfiff, der Stationsvorsteher hob die Scheibe.
»Es ist soweit«, sagte Hardenberg.
Raschid verneigte sich tief vor den beiden Männern und sagte:

»Möge Allah bei Ihnen sein auf allen Ihren Wegen. Möge Er den Tod meines Bruders Oliver sühnen.«
»Möge Er dich zurück nach Persien bringen«, sagte Hardenberg, während er in einen Waggon stieg. Er strich dem Jungen über das Haar. »Bona causa triumphat. Du weißt doch, was das heißt, nicht wahr? ›Die gute Sache siegt‹!«
»Ich weiß es, Sir, aber ich glaube nicht daran.«
»Woran denn?«
»Daß zuletzt immer die schlechte Sache siegt«, sagte der kleine Prinz.
»Bitte einsteigen und die Türen schließen!« rief der Stationsvorsteher.
Der Zug ruckte an.
Hardenberg hatte in seinem Abteil das Fenster geöffnet. Lazarus trat neben ihn. Sie winkten beide der verschleierten Frau und dem kleinen, schmalen Jungen zu, die auf dem verschneiten Perron zurückblieben. Die Frau und der Junge winkten zurück.
»Und Er hat über mich gerichtet«, sagte Verena verloren.
»Bitte?« fragte Raschid.
»Ich hatte einmal einen Traum, weißt du. Im letzten Sommer, als ich auf Elba war. Da hat jemand über mich gerichtet.«
»Wer?«
»Ach, niemand«, antwortete Verena Lord.

16

Der Zug rüttelte. Er fuhr durch einen verschneiten Märchenwald. Die Lokomotive keuchte. Zur rechten Seite tauchte ein alter Gutshof mit einer verschneiten grünen Pumpe auf.
»Der Engel des Herrn«, sagte Hardenberg.
Lazarus nickte stumm.
»Was haben Sie?«
»Wird die gute Sache siegen, Herr Kommissar?«
»Ich glaube, daß sie im Falle dieses unglücklichen Lateinlehrers siegen wird.«
»Und sonst?«
Hardenberg schüttelte den Kopf.
»Walter Mansfeld bleibt in Luxemburg.«
»Und die Schweinereien, die er mit Lord machte? Die durchstochenen Buchseiten? Die schiefen Geschäfte?«
»Können Sie Herrn Lord ein einziges nachweisen? Besitzen wir

auch nur eine Fotografie auch nur einer einzigen Buchseite? Nichts! Und Frau Lord wird nun immer für ihren Mann aussagen.«
Lazarus sagte mit dem Gesicht eines unglücklichen Kindes: »Dann ist auch das Manuskript, das ich habe, nichts wert.«
»Nicht das geringste. Wenn Sie es veröffentlichen, gnade Ihnen Gott! Sie würden einen wüsten Prozeß bekommen. Manfred Lord ist ein mächtiger und einflußreicher Mann, der seine Freunde überall hat.«
»Das weiß ich, Herr Kommissar. Sie haben das Manuskript noch. Behalten Sie es.«
»Warum?«
»Bei Ihnen ist es sicherer aufgehoben. Ich bin ein alter, kranker Mann. Ich will mit der Sache nichts mehr zu tun haben.«
»Bona causa triumphat, wie?« sagte Hardenberg bitter. »Danke für das Geschenk.« Lazarus antwortete nicht. Er steckte zwei bunte Pillen in den Mund und sah aus dem Fenster, vor dem viel Schnee lag, so viel Schnee.

17

Am Abend dieses Tages saß Paul Robert Wilhelm Albert Lazarus im Lesezimmer seiner kleinen Wohnung in Frankfurt. Fräulein Martha (52), die nun seit siebzehn Jahren seinen Haushalt führte und der er periodisch, aber niemals ernstlich zu kündigen pflegte, hatte sofort nach seiner Heimkehr Feuer im Ofen gemacht. Lazarus saß in einem Schaukelstuhl. Er trug Schlafrock und Pantoffel und hielt die rechte Hand zur Faust geballt. Er sah ins Leere. Fräulein Martha kam herein und fragte, ob er noch etwas wünsche.
»Nein, danke.«
»Gute Nacht, Herr Lazarus.«
»Gute Nacht, Fräulein Martha.«
Sie ging. Er blieb reglos sitzen und dachte, daß er, der niemals Wünsche gehabt hatte, sich nun doch etwas wünschte: Eine Liebe wie jene, von der er gelesen hatte. Und wenn sie so elend endete wie jene. Und wenn er unglücklich würde durch sie. Es war ihm plötzlich klar, daß er niemals in seinem Leben eine Liebe gehabt hatte.
Was ist Liebe?
Ein unbekanntes Land, dacht Paul Robert Wilhelm Albert Lazarus, der sich Albert nannte, wir wissen, warum.
Wir denken, daß Paul Robert Wilhelm Albert Lazarus irrte. Auch

er hatte eine Liebe in seinem Leben gehabt, hatte sie noch. Kein Mensch ist so armselig, daß er nicht einmal jenes Gefühl erlebt. Es gibt sehr viele Arten von Liebe. Die wenigsten machen glücklich. Aber das ist offenbar auch nicht ihr Sinn.

18

Zur gleichen Zeit, da Lektor Lazarus mit geschlossener rechter Hand in seinem Schaukelstuhl saß, untersuchte Koppenhofer, der Zollbeamte aus Bayern, gewissenhaft Sarg und Leiche des Oliver Mansfeld. Wegen der zerbrochenen und der italienischen Schallplatte, die er auf der Brust des Toten fand, konsultierte er einen Kollegen. »Es ist besser, wir nehmen das Zeug heraus!« sagte dieser. »Sicher ist sicher.«

Und so wurden die Platten entfernt und zu der Kriminalpolizeistelle gebracht, die sich im Flughafengebäude befand. Der Hauptkommissar Hardenberg fluchte, als er am nächsten Morgen verständigt wurde, ließ die Platten abholen und schickte sie dem Toten nach, der in jener Nacht in der »Bonanza« seines Vater nach Echternach flog. Am Steuer der Maschine saß Teddy Behnke. Er brach mit jahrzehntelanger Gewohnheit und trank während des Fluges. Der Sarg stand hinter ihm in der eleganten Passagierkabine ...

Zur gleichen Zeit, da der Lektor Lazarus reglos in seinem Schaukelstuhl saß, die geschlossene Hand gelegentlich öffnend, erhielt die Mutter Oliver Mansfelds von einem Arzt der Irrenanstalt in Luxemburg eine sehr starke Injektion, da sie außerordentlich unruhig war.

Zur gleichen Zeit betrank sich Professor Doktor Florian in seinem Arbeitszimmer und dachte, wie gern er ein Kind gehabt hätte. Ein eigenes Kind.

Zur gleichen Zeit sagte Großvater Remo Mortula, konfrontiert mit einer akuten finanziellen Krise seiner Familie auf Elba: »Dio ci aiuterà.«

Zur gleichen Zeit schlief Geraldine Reber mit Herrn Otto Willfried in einem Stundenhotel. Und er dachte dabei an eine verlorene Fabrik, und sie dachte an eine verlorene Liebe.

Zur gleichen Zeit schlich der verkrüppelte Hansi vorsichtig durch den verschneiten nächtlichen Wald oberhalb des »Quellenhofs«. Er hatte dort ein Tellereisen gelegt. Ein Fuchs lag gefangen darin. Der kleine Hansi würgte das bebende Tier langsam, ganz langsam zu Tode. Seine Augen glitzerten dabei ...

Zur gleichen Zeit trafen sowjetische Wissenschaftler letzte Vor-

bereitungen zum Start einer Riesenrakete, die sie dem Planeten Venus entgegenschießen wollten.
Zur gleichen Zeit schrieb Noah, im Bett liegend, seiner milchkaffeebraunen Freundin Chichita aus Brasilien einen langen Brief, in dem er ihr den Symbolismus des Romans »Die Pest« erläuterte.
Zur gleichen Zeit sprach Schwester Claudia in ihrem Zimmer des Erholungsheims »Der Engel des Herrn«, nahe dem Ort Friedheim, die Worte: »Vater unser, der Du bist im Himmel...«
Zur gleichen Zeit starben in China dreihundertvierundfünfzig Kinder an Hunger.
Zur gleichen Zeit warteten Walter Mansfeld und seine Freundin Lizzy auf dem Flughafen von Luxemburg auf das Eintreffen der »Bonanza«. Walter Mansfeld trank Whisky, seine Freundin trank Cognac. Sie versicherten einander, daß Drinks nötig wären nach der Tragödie, die sich ereignet hatte.
Zur gleichen Zeit las Wolfgang Hartung in einem Buch von Ernst Schnabel, das die Greuel der Nazizeit anprangerte und den Titel »Macht ohne Moral« trug.
Zur gleichen Zeit dröhnte aus der Musikbox der Bar in Marciana Marina das Lied: »Il nostro concerto«.
Zur gleichen Zeit saß der Hauptkommissar Hardenberg im Arbeitszimmer seiner Wohnung vor einem Ofen. Hardenberg hielt den dicken schwarzen Leitzordner auf den Knien, der das Manuskript Oliver Mansfelds umgab. Der Kommissar hatte den Ordner geöffnet und warf bündelweise Seiten in den Ofen. Bis zuletzt hielt Hardenberg die erste Seite des Romans in der Hand. Er zögerte einen Augenblick, als er den Titel des Buches las.
LIEBE IST NUR EIN WORT.
Hardenberg warf auch diese Seite ins Feuer.
Sie verbrannte schnell.
Zu dieser Zeit war der Lektor Paul Robert Wilhelm Albert Lazarus in seinem Schaukelstuhl eben eingeschlafen. Die geschlossene rechte Hand öffnete sich. Etwas fiel zu Boden. Es war eine kleine, vertrocknete Olive.